古代の歌と叙事文芸史

居駒永幸 Ikoma Nagayuki

笠間書院

明治大学人文科学研究所叢書

古代の歌と叙事文芸史

目次

Ⅱ 歌による物語の生成

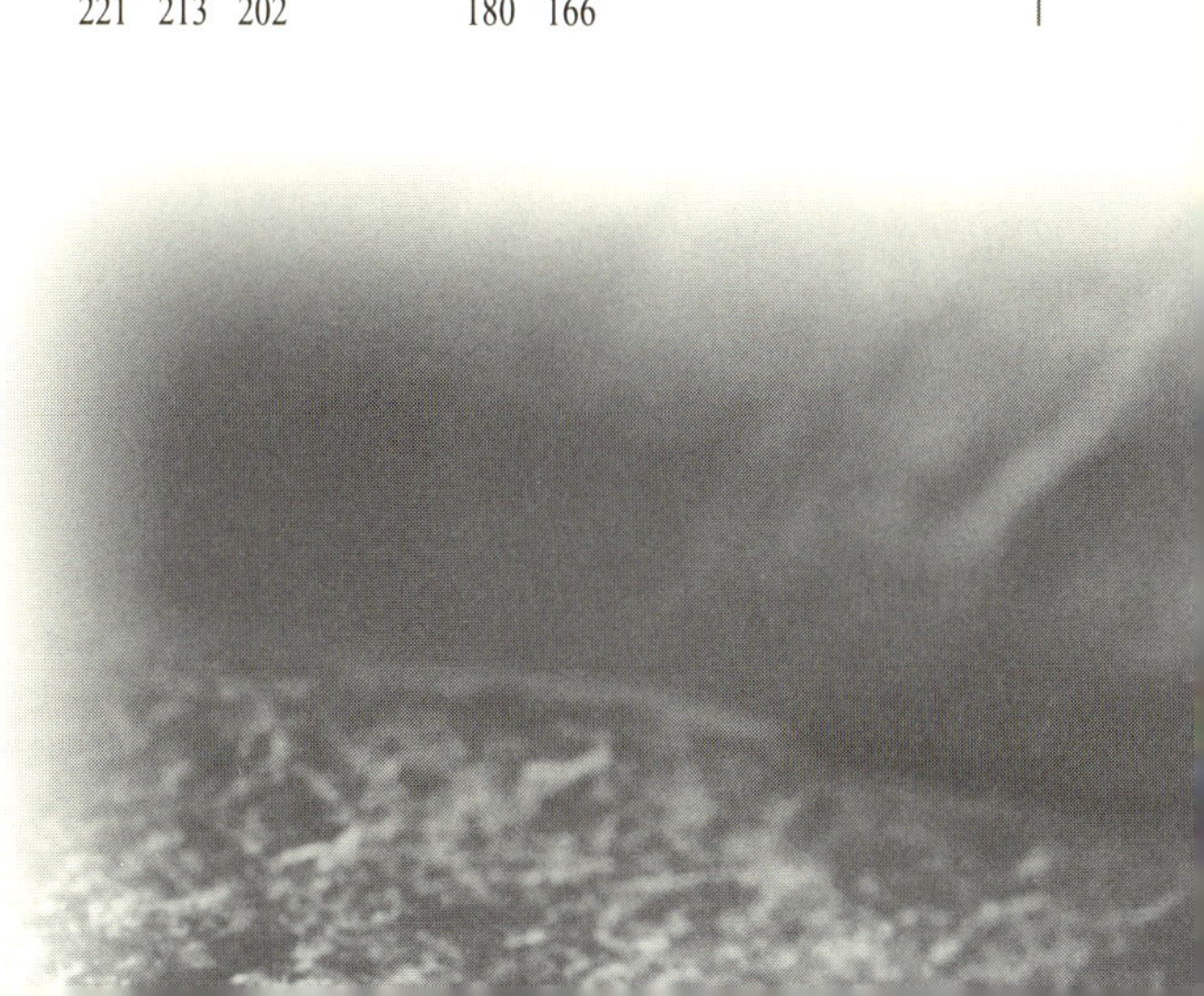

古代の歌と
叙事文芸史

古代の歌と叙事文芸史

凡例

引用の原文・書き下し文の主要なものは、次の文献による。ただし、表記や仮名づかいなど、私に改めるところがある。

『万葉集』――中西進、講談社文庫『万葉集』一～四（講談社）
『古事記』――西宮一民、新潮日本古典集成『古事記』（新潮社）
『日本書紀』――坂本太郎・家永三郎・井上光貞・大野晋、日本古典文学大系『日本書紀』上・下（岩波書店）
『風土記』――秋本吉郎、日本古典文学大系『風土記』（岩波書店）
『古事記』歌謡、『日本書紀』歌謡および歌謡番号――土橋寛『古代歌謡全注釈・古事記編』、『同・日本書紀編』（角川書店）
『琴歌譜』――土橋寛、日本古典文学大系『古代歌謡集』（岩波書店）
『おもろさうし』――外間守善・西郷信綱、日本思想大系『おもろさうし』（岩波書店）
南島歌謡――外間守善総編集『南島歌謡大成』Ⅰ～Ⅴ（角川書店）

序論

はじめに

古代の歌において、〈記・紀歌謡〉の歌の位相はどのようにとらえられるのか。その表現の水準はどのように見ればよいのか。古事記や万葉集の歌を研究領域として以来、このような問いかけをずっと続けてきたように思う。それが本書のモチーフであり、出発点になっている。なお、「記・紀」の表記については、古事記と日本書紀の間にテキストとしての独自性を認めるのが本書の基本的な立場であり、それを示すために・を入れた。一括、一元的意味を与える「記紀」「記紀歌謡」に違和感をもつからである。

さて、古代文学は古代の表現として読まなければならないが、それを読む時、現代の私たちの感覚をすべて捨象することはできない。事実、私たちの感性で理解できることが多い。しかし、私たちからはずれとか矛盾、あるいは意味不明と見える表現もある。理解できると思う表現でも、実はそれが古代的な読みとして正しいかどうかはわからない。その時問われるのは、私たちは古代の歌をどのようにイメージし、古代の表現を理解する論理をどのように示し得るかということである。イメージというと抽象的に聞こえるが、それは研究者の読みの根拠であり、研究方法に直結しているはずのものである。本書は、〈記・紀歌謡〉の歌の位相を研究の対象としつつ、記・紀の歌と散文の問題をも巻き込んで、古代の〈叙事文芸史〉を探究する試みへと向かっている。なお、以下の章題と内容は、本書の構成と対応しており、各論文の説明をも兼ねている。

I　記・紀歌謡の表現様式

本書の研究の位置を確かめるために、いま大づかみに〈記・紀歌謡〉の研究史を振り返ってみよう。まず一九五〇～六〇年代に土橋寛氏が、〈記・紀歌謡〉の実体は、古代の生活や儀礼の中でうたわれた独立の〈古代歌謡〉と物語のために創作・改作された〈物語歌〉であると提唱し(1)、この学説は現在も大きな影響を持ち続けている。一方、〈記・紀歌謡〉と散文の関係については、曽倉岑氏に、歌謡の文字化によって説話との共在が可能になったとする先駆的な論文がある(2)。七〇年代に入ると、記・紀から歌謡を分離する見解に対して益田勝実氏(3)は、歌と物語は記・紀成立以前にすでに結びついていたとし、そこに「歌謡劇」「大王伝承」などを想定した。

七〇～八〇年代には、南島歌謡研究の成果が折口信夫の発生論の再評価とともに、古代文学研究に方法論の進展をもたらした。藤井貞和氏による南西諸島の〈神歌〉からの文学発生論(4)は、〈記・紀歌謡〉研究に大きな刺激を与えた成果の一つである。古橋信孝氏は、やはり沖縄の歌謡に注目し、文学の始源に歌と語りの未分化な「神謡」の概念を立て、発生論の立場から土橋・益田氏の〈記・紀歌謡〉論を批判した(5)。古代の歌が発生や様式の視点から表現論として究明されたのである。古代文学研究が奄美沖縄文学から相対化される変革の時期であったと言える。

南島歌謡の側からの視点が文学の発生や表現の原理を明らかにする〝方法〟になり得たのは、それが古代日本の歌への当てはめであったり、古代の歌との単なる比較に陥らなかったからである。南島歌謡からの視点が有効なのは、表現方法や様式などの表現の問題においてであろう。そのような方法への意識によって、本論で後に述べる〈叙事歌〉を軸に、神名称辞の表現に歌謡の発生を見つつその展開まで視野に入れて論じるのが、Ⅰ・第一章・1「神名と歌謡の発生」である。歌は表現の型という様式において歌たり得る。歌の発生は歌の様式の発生ということになる。樹木をうたう歌謡の発生を、そのような表現様式から読み解こうとするのが、次の第一章・2「表現としての樹木崇拝」である。

本書のモチーフには、南島歌謡からの視点が明らかにしていった古代の歌の発生論が、〈記・紀歌謡〉レベルでその表現様式とどのようにクロスするかという問題があった。例えば、Ⅰ・第二章・1「ヤマトタケル葬歌の表現」では、ヤマトタケルの死の場面の歌が「御葬り歌」として読めるのは、それらの歌が〈境界の場所〉という葬歌の様式をうたっているからであることを論証する。そのような様式が南島歌謡の葬歌の広がりの中で確かめられ、〈境界の場所〉を越えて他界に鎮まることをうたう〈死者の歌〉の発生が、古代の葬歌のレベルとしてとらえられることを、次の2「死者の歌の発生、そして挽歌へ」で論じる。そして〈境界の場所〉という様式は、万葉挽歌の表現構造としても連続していくことを確かめるのが、最後の3「万葉挽歌の表現構造」である。表現の様式から見ていくと、葬歌と挽歌は連続性があるという、その間に断絶を見る従来の定説とは異なる見方が導かれるのである。

〈記・紀歌謡〉には歌曲名の注記によって〈宮廷歌曲〉とされる歌がある。歌曲名は古事記に記すものが「神語」「夷振」など一六種、日本書紀に「夷曲」「挙歌」など四種である。古事記の場合、例えば「神語」の名称やその範囲に対して疑問が出され（諸説については本書Ⅲ・第三章・1参照）、「片歌」は歌曲名か否かなどという問題がないわけではないが、一応それらも含めると〈宮廷歌曲〉と表示される歌数は全体の三分の一に及ぶ。歌曲名の注記は〈記・紀歌謡〉の位相を知る重要な情報であって、平安中期成立の琴歌譜に共通する歌曲名と歌謡が見られることから、〈宮廷歌曲〉としての実態が知られるのである。I・第三章・1「古事記の歌と琴歌譜」で論じるのは、琴歌譜の歌謡から古事記の〈宮廷歌曲〉の歌を相対化することである。〈宮廷歌曲〉は王権の声とも言うべき制度としてあったが、それと対応する形で〈宮廷歌曲〉の起源が天皇に求められた。次の2「記・紀歌謡と琴歌譜の『縁記』」では、琴歌譜の「縁記」を検討し、〈記・紀歌謡〉の起源としての宮廷伝承と〈歌の叙事〉について論じる。

II　歌による物語の生成

八〇年代はまた、例えば82年5月の『日本文学』（日本文学協会）で「古代＝〈うた〉と〈かたり〉」という特集が組まれ、89年4月の『上代文学』（上代文学会）が「記紀における歌謡と物語」というシンポジウム特集になっているように、歌と物語（説話）あるいは散文の問題が研究テーマとしてとりわけ意識された。そのようなテーマにおいて、身崎壽「モノガタリにとってウタとはなんだったのか―記紀の〈歌謡〉について―」(6)は、清寧記のシビの歌に王権への反逆という仕組みがあることを具体的に論じつつ、〈記・紀歌謡〉には物語を構成し展開する役割があり、そこに散文の時間と歌の時間の複合する〈文体〉を指摘した。この論は歌を物語から切り離すことへの批判でもあった。このような研究状況には、古事記を伝承レベルに解体していく方法の限界が自覚され、テキストとしての古事記のあり方を積極的に問おうとする意識があったのだと思う。

古事記が天皇の神話と歴史を記述するものである以上、古事記の歌はどのように王権の問題として読み解けるかという視点が求められる。Ⅱ・第一章・1「神々の恋」は、八千矛神の歌による神話に〈王の婚〉の起源という王権の側の論理を見ながら、そのような古事記の恋の神話群も実は共同体の神話に根拠があったことを論じている。次の2「八千矛神の婚歌」は、「神語」の「あまはせづかひ」を「よばひの使」と解し、八千矛神と沼河比売の〈よばひ歌〉の二ヶ所にだけ出てくるところに、まさに「よばひの使」の登場という必然的な意味があったことを論じる。「よばひの使」という見方は、「神語」の歌群の構造を明らかにすることにもつながっている。このような八千矛神の恋の神話は歌によって展開され、説明としての散文は〈歌の叙事〉による表現でしかない点が注目される。

記・紀における歌と物語について、〈歌謡物語〉という観点からの研究の展開があった。神野志隆光「歌謡物語論序章」(7)は、それは「記紀の述作という『書く』次元」で定着したもので、その「様式の確立」を「作品としての『古事記』(また『日本書紀』)の方法としてとらえなければならぬ」とする。都倉義孝「歌謡物語へ、〈ウタ〉の転生─『情』をからめとる王権の仕掛けとして─」(8)は、王権の側から見た〈歌謡物語〉論で、王権の力によって集められた宮廷歌謡が「歌謡物語の歌謡としての〈カタリ〉への付会」がなされ、「そのように形成された歌謡物語の歌謡を、『情』をからめとる王権の仕掛け」と見る。このような〈歌謡物語〉論も、王権の作品的構造としてとらえようとする研究動向と見ることができる。それは、記・紀の歌を独立歌謡として実体化し、創作の物語歌として解体していく方向への批判を含む、必然的かつ正当な立論と言えよう。

筆者もかつて、記・紀の方法としての〈歌謡物語〉論に共感しつつ記・紀の歌と物語の構造を論じたことがある。それ自体誤った方向ではないが、記・紀の書く次元での方法といった時、記述される歌は歌謡か否かという問題がすり抜けてしまっていたように思う。それは物語の場面をうたうという意味で〈叙事歌〉であり、うたい手は物語人物として理解されたはずである。例えば、ある地域の民謡がそのまま記・紀の書く次元にあるわけではなく、物語人物の歌として存在していたと見るべきである。それは歌謡と呼ぶにふさわしいかという問題がある。従って、本書では〈歌謡物語〉の語を用いていない。

記・紀の歌と物語の関係を書く次元でとらえた〈歌謡物語〉論においても、歌謡と物語との結合あるいは付会というとらえ方の有効性については検証が残されている。古事記を書くことに直接関わった太安萬侶の作業について、私たちは次のような言説に出会う。

太安萬侶が、それらの資料（筆者注─古事記以前の一字一音で表記された歌謡資料）をそっくり流用したのだといふことなのである。勿論、古事記の説話の叙述に従って歌を挿入していった（地の文と歌とが結合した資料の場合もあろう）……（中略）……安萬侶は歌謡の一字一音表記の資料群を「説話」中に按配せしめた……

これは古事記の仮名表記について論じた西宮一民氏の見解(9)であるが、説話に歌謡をはめ込んだとするこのような考え方は、結構通説化しているのではないだろうか。しかし、例えばその一部が一方で〈宮廷歌曲〉として機能していることを考えると、記・紀の歌は権威ある宮廷伝承だったはずで、歌を説話中に「按配」するという状況は想定しにくい。古事記の書く次元における歌謡と物語の結合や付会といった時、この「流用」「挿入」「按配」というような問題をどうとらえるかが課題として残されているのである。

後にも述べるように、書く次元こそ記・紀の歌と物語を記定する表現行為としてきわめて重要である。そこでは、歌は物語の中に「按配」されたのではなく、すでに物語の場面をうたう物語人物の歌としてあったと考えるべきであろう。従って、歌と物語の関係としては、〈歌の叙事〉から生成される物語叙述を引き受けて古事記に構成されていくという状況が想定されるのであって、古事記においてなされたのは歌と物語が構造をもつ文脈として書かれていくということであった。

　このような古事記の歌と物語の構造について論じたのが、II・第二章である。1「歌によるヤマトタケル物語の生成」では、歌が戦い・恋・死の場面を呼び起こし、歌によって物語が構造化されることを検証する。次の2「ヤマトタケル物語と歌謡」は、「国思ひ歌」と「御葬り歌」が物語との間に、死・白鳥・他界という構造的なつながりをもたらすことを論じる。「国思ひ歌」と臨死の「嬢子の」歌（記33）の表現については、3「ヤマトタケルの死と歌の機能」でさらに詳述し、国・家・妻という行路死人歌の構造によって歌が配置され、そのような〈歌の叙事〉からヤマトタケルの死の物語が生成してくることを確認する。

　II・第三章では記・紀の歌について〈歴史叙述〉という観点からとらえ直しを試みる。1「神話・物語としての風俗歌舞」は、隼人と国栖の風俗歌舞を伝える神話・物語に、天皇の権威を表す〈歴史叙述〉の意味を見出す。次の2「斉明紀と建王悲傷歌群」は、五月・十月の二つの歌群の表現を検討し、斉明の歌を根拠として建王の死が歴史化されるという、斉明紀の〈歴史叙述〉の方法を論じる。歌による〈歴史叙述〉の方法には、歌を根拠とする散文構成を見ることができる。

III　古代叙事歌の成立

　南島歌謡の側からの視点によって、古代の歌の発生や表現論が飛躍的に進展したことを述べたが、筆者も八〇年代末にはじめて宮古島狩俣を訪れた。その後、祖神祭や夏穂祭りで演唱されるフサ・タービなどの〈神歌〉や男の神役によるニーラーグという〈史歌〉を何度か見聞する機会に恵まれた。祖先神の村立てを内容とする〈神歌〉や〈史歌〉などの〈長詞形叙事歌〉は、共同体にとって歌とは何かを明確に示すもので、筆者にとって歌謡の発生とその表現論理を知る重要な契機となった。狩俣の〈神歌〉や沖縄の『おもろさうし』から、歌謡の発生状況とその展開として神々の事蹟をうたう〈叙事歌〉という歌の位相を見定めることができる。宮古島狩俣の〈神歌〉には三人称から一人称に転換する表現法が見られ、一人称叙事体をとるのが〈叙事歌〉の様式であった。それは付論1「宮古島狩俣の叙事歌」で具体的に述べている。

しかし、〈叙事歌〉は長編のものだけではない。奄美シマウタの〈歌掛け〉文化には悲劇的人物の事件が歌遊びの場で〈うわさ歌〉としてうたわれる事例がある。それは〈短詞形叙事歌〉の連鎖によって伝説や物語が生成される口承の歌世界なのだ。事件の当事者の立場で掛け合いをしたり、外部の第三者から発言したりして、うたい手が立場を移動しながらうたう〈短詞形叙事歌〉の連続において一つの物語が生成していくのである。そのような〈短詞形叙事歌〉に見られるうたい手の位置の移動については、付論2「奄美シマウタの叙事」に事例をあげて論じている。

同じく3「太陽子＝王の古代語」は、『おもろさうし』や宮古島狩俣の〈叙事歌〉に、琉球王と狩俣の祖先神が太陽の子と称されることを取り上げ、その背景にある神話や思想、琉球王府と村落共同体の関係について論じる。

八千矛神の「神語」(記2)や蟹の歌(記42)などは、I・第一章・1で述べるように三人称から一人称への転換が見られ、〈長詞形叙事歌〉の〈神歌〉と表現法が共通する。〈叙事歌〉は基本的に一人称であるが、本来、うたい手の位置が移動する形式をもつと見た方がよい。〈記・紀歌謡〉には人物名をうたう短詞形の歌があり、これらは〈短詞形叙事歌〉と見ることができる。

本書では〈記・紀歌謡〉の歌の位相を、このような〈叙事歌〉ととらえている。神・人物の事件や出来事をうたい、物語の場面をうたう〈叙事歌〉である。〈叙事歌〉の語については、大久間喜一郎氏が、歌謡・和歌の形に形象された物語としての〈物語歌〉を「叙事歌の一種」とするのが注目される。一人称の抒情歌の形をとっても、そこに歌が物語性を志向する現象があるとする。[10]本書ではこの問題を受け止めつつ展開している。確かに、記・紀、万葉に三人称で一貫してストーリーを叙した歌はなく、その叙事は出来事や物語の場面にとどまっている。むしろ、〈叙事歌〉としての〈記・紀歌謡〉は、話の筋から見れば断片的でしかないというあり方なのである。断片的な〈歌の叙事〉であっても、そこから神話・物語を理解し得るというのが記・紀の〈叙事歌〉の基本的な性格である。

古橋氏は南島歌謡から「生産叙事」「巡行叙事」という叙事の様式を析出し、それが古代日本の歌にも見出せることを証明した。神の行動を表すのが叙事であった。そのような叙事の性格について、

事件の登場人物の心をうたうこともできるということである。しかし、それらもなおかつ〈叙事〉と呼びうるのは、その心に誰でもが入りうるという〈共同性〉の構造によっている。[11]

と説明している。〈記・紀歌謡〉は物語人物をうたい手とする一人称表現になっているのだが、これらの歌もうたい手の位置に「事件の登場人物」が立つことで〈叙事歌〉と呼び得る構造になっていると言える。

Ⅲ・第一章・1「仁徳記・枯野の歌」は、記74に「生産叙事」の様式を指摘し、その叙事表現は琴の起源神話として読めることを論じる。次の2「衣通王の歌と物語」は、軽大郎女が唐突に衣通王に変わることやその部分の歌に歌曲名がないことに注目し、軽太子の歌曲名の歌群に衣通王の歌が組み込まれ、その〈歌の叙事〉によって悲恋の物語叙述が形成されることを指摘する。

〈叙事歌〉は、〈独立歌謡〉〈物語歌〉とは異なる概念である。それはどのように生成してくるのか。雄略と赤

猪子の歌を例としてその点に簡単に触れておこう。

A　引田《ひけた》の若栗栖原《わかくるすはら》若くへに率寝《ゐね》てましもの老いにけるかも　（雄略、記93）

B　日下江《くさかえ》の入江の蓮《はちす》花蓮身の盛《さか》り人羨《とも》しきろかも　（赤猪子、記95）

ABは、土橋氏によって、それぞれ三輪地方と日下地方の歌垣の民謡で、それを赤猪子物語に結びつけたとされる。(12)Aは、若い時に共寝をすればよかったのに、と年老いたことを嘆く歌になっているが、その相手は「引田の若栗栖原」から引田部の赤猪子とわかるようになっている。年老いた赤猪子を雄略は共寝に誘えなかったという叙事が読み取れる仕組みなのである。Bは若く美しい人への羨望がうたわれているが、やはり同様に「日下江」から雄略の皇后である若日下部王が読み取れる仕組みである。これは歌垣の民謡そのままではあり得ないだろう。赤猪子の出来事をうたう〈叙事歌〉という位相である。雄略に八十年も忘れられた赤猪子の悲しい出来事が、雄略と赤猪子の立場のうたい手によってうたわれ、歌によって伝えられたのだ。それは掛け合いであったかもしれない。そのような天皇に関わる事件や出来事をうたう場が宮廷にあったということである。宮廷には地方の歌謡が集められ、絶えず宮廷歌謡の整備充実が進められたであろう。まさに天皇のもとに歌が集中させられたのである。このような宮廷歌謡の整備と〈叙事歌〉の生成は重なっているはずである。

〈叙事歌〉の生成を示す例を、万葉歌からもう一つ取り上げてみよう。

C　葛飾《かづしか》の真間《まま》の手児奈《てごな》をまことかもわれに寄すとふ真間の手児奈を　（14・三三八四）

D　葛飾の真間の手児奈がありしばか真間の磯辺《おすひ》に波もとどろに　（三三八五）

E　鳰鳥《にほどり》の葛飾早稲《わせ》を饗《にへ》すともその愛《かな》しきを外《と》に立てめやも　（三三八六）

F　足《あ》の音せず行かむ駒《こま》もが葛飾の真間の継橋《つぎはし》やまず通《かよ》はむ　（三三八七）

この四首は「すべて真間の手児奈伝説にからむ」歌で、EFは後人の歌とする益田勝実氏の説[13]に従うべきであろう。Cは手児奈を慕う男、Dは手児奈を過去の人として回想する男、Eは手児奈の立場、Fは手児奈を慕う後人が若い男の立場になってうたったもので、当事者と外部の立場を自在に変えながら、男の求婚を拒絶して入水自殺した美女手児奈の伝説（万9・一八〇七）をうたっている。しかも、この歌の場は複数のうたい手の掛け合いだったことが考えられる。ある人物の事件をうたう歌は、前に述べた奄美シマウタの〈うわさ歌〉とも共通性が認められる。〈叙事歌〉生成の場はこのようなものであっただろう。

III・第二章・1「大山守命の歌と叙事表現」では、従来、歌と散文の間にずれがあるとするのに対し、神樹の下での男女の出逢いという叙事表現として読み解く。大山守命の事件をうたった〈叙事歌〉と位置づける論である。次の2「ヲケとシビの歌垣と宮廷叙事歌」は、清寧記の歌垣の歌群が歌垣を装った〈宮廷叙事歌〉で、その〈歌の叙事〉によって物語が生成する仕組みを論じる。最後の3「記・紀共通歌の詠者の相違」では、記・紀の間で共通する歌の詠者が相違する現象は、〈歌の叙事〉の側から説明できることを検証し、〈記・紀歌謡〉の歌の位相として〈叙事歌〉の概念を立てる論である。

歌が説話にはめ込まれたとする発想には、歌を従属的に位置づける考え方がある。しかし、〈叙事歌〉という視点に立つと、その〈歌の叙事〉がむしろ散文を生成することさえ見えてくる。歴史伝承をうたう〈叙事歌〉が記・紀の歌として記載されるのは、散文を書く側の表現行為であることは明らかだが、そのような記・紀の散文の文体が歌の表現を媒介して成立してくることに注目すべきであろう。内田賢徳氏が「歌謡へのその説明が歌謡の具体的なことばに即してのものだ」[14]とするのは、そのことと関わるであろう。しかし、これには「散文部は散文部なりの、歌謡部は歌謡部なりの論理」[15]があるとする反論が山口佳紀氏から出されているので、今後のさらなる検討が必要である。また最近の動向として、記・紀歌謡が物語を「伝誦の外部環境」としながら「ウタとしての自律性を保ってきた物語歌（独立歌）だった[16]」と見る阿部誠氏、「文字テキストの問題としての『古事記』において、歌は歌の叙述として見る[17]」べきだとする神野志氏の論など、作品論的立場からの提起も注目される。

さて、〈叙事歌〉は宮廷に累積される歌の場において物語人物の歌として生成（創作ではない）され、うたい伝えられるものと見てきた。歴史伝承としての〈叙事歌〉は、〈宮廷歌曲〉として、口誦の歌として、あるいは日本書紀歌謡の一部に「一本」とあるように〈歌謡集〉のような文字資料として、多様な形で記・紀に流れ込んでいくことになる。記・紀の書く次元において、そのような〈叙事歌〉を引き受けることで、古事記と日本書紀のそれぞれの意図のもとに歌と散文の表現空間が成立する。〈古代叙事歌〉は記・紀の書く次元で、正確には散文との関係において成立するのである。

Ⅲ・第三章・1「八千矛神の『神語』と散文」は、「神語」の研究史をたどりつつ「氏族伝承論」「実体推定論」の問題点を検証し、これまで述べてきたような歌と散文の関係や歌群の構成において、古事記の記載の方法を明らかにする。次の2「ヤマトタケル葬歌と古事記の文体」では、白鳥翔天の散文部の一字一音表記に注目し、そこに和語を含み込むことで口誦を装う文体を見ながら、古事記の文体の方法を探る。それは「御葬り歌」四首によって物語叙述が生成されるという、歌と散文の間の表現空間を明らかにしようとする視点である。最後の3「天語歌の〈語り言〉と雄略天皇」は、〈語り言〉を三重婇に関する叙事としてとらえ、それを根拠に散文叙述がなされることを検証する。このような「天語歌」の叙事を通して〈古代叙事歌〉の成立を論じる。

結び

本書は次の三点をテーマとしている。

1 〈記・紀歌謡〉の歌の位相として〈古代叙事歌〉という概念が立てられること。

2 記・紀の歌と散文の間の表現空間は〈歌の叙事〉から明らかにし得ること。

3 〈古代叙事歌〉と神話・物語への視点から〈叙事文芸史〉を構想すること。

このうち1と2についてはすでに述べてきたので、最後に3に触れて結びにしたいと思う。

〈叙事文芸史〉はまず〈語り〉の系としてある。古代の〈叙事文芸〉研究に大きな成果をもたらした三浦佑之『古代叙事伝承の研究』（平成4年）では、「語り論」を最初に置き、「神語り」から「語りとしてのウタ」へと展開していく。〈語り〉の系からの〈叙事文芸史〉は広く承認されているところであろう。三浦氏などの先行研究を踏まえつつ、南島歌謡からの視点によって、さらにまた古代の歌の側から〈叙事文芸史〉を構想することが開かれていく。本書では、歌はその発生において叙事表現を様式とし、神話・物語の表現でもあったという視点に立ち、記・紀の歌において〈古代叙事歌〉の成立を論じていくのであるから、〈叙事歌〉の系を軸として〈叙事文芸史〉を組み立てることになる。つまり、南島歌謡の広がりを視野に入れつつ、〈叙事歌〉の発生から、古事記（と日本書紀）の作品レベルでの歌と散文の表現までが、〈叙事文芸史〉として本書で論じていく内容である。

【注】

（1） 日本古典文学大系『古代歌謡集』（昭和32年）、『古代歌謡論』（昭和35年）の他、『古代歌謡と儀礼の研究』（昭和40

年）、『古代歌謡の世界』（昭和43年）でも展開されている。

（2）「記紀歌謡と説話」（『国語と国文学』昭和41年6月）

（3）『記紀歌謡』（昭和47年）

（4）『古日本文学発生論』（昭和53年）

（5）「歌謡研究の現在―おもに八千矛神の『神語』をめぐって―」（『日本文学』昭和53年6月）、その発生論はさらに『古代歌謡論』（昭和57年）、『古代和歌の発生』（昭和63年）などで展開される。

（6）『日本文学』（昭和60年2月）

（7）『日本文学』（昭和53年6月、『古事記の達成』所収）

（8）『日本文学』（昭和60年7月、『古事記　古代王権の語りの仕組み』所収）

（9）「古事記の仮名表記」（『古事記年報』昭和63年1月）

（10）「万葉の物語歌序説」（『美夫君志』昭和57年5月、『古代歌謡と伝承文学』所収）

（11）「『古事記』の歌の性格と様式―〈叙事〉という様式―」（古事記研究大系9『古事記の歌』平成6年2月）

（12）『古代歌謡全注釈・古事記編』（昭和47年）

（13）注（3）同書

（14）「古事記歌謡と訓字」（『上代文学』平成7年4月）

（15）「『古事記』の文体―散文部と歌謡部」（『古事記の現在』平成11年10月）

（16）「ウタとモノガタリの距離―主に詞章中の神人名をめぐって―」（『古事記年報』平成14年1月）

（17）「文字テキストとしての『古事記』における歌」（『論集上代文学』第二十五冊、平成14年11月）

I　記・紀歌謡の表現様式

第一章　歌謡の発生

1　神名と歌謡の発生——叙事歌の様式

はじめに

日本歌謡の発生について問うのが本論の課題である。歌謡の発生はどの時代の歌謡にも生起する現象であるから、例えば中世や近世の歌謡の発生もある。それぞれ日本歌謡史の重要なテーマであることはいうまでもない。しかしここで考えてみたいのは、歌謡の始源の問題である。そこでは古代の歌謡テキスト以前の、歌の原初へのまなざしが求められるであろう。そのまなざしからどのような歌謡の発生の論理が立てられるであろうか。

一　歌の発生の論理

折口信夫は、歌の発生について次のように述べている。

諺の発生こそは、叙事詩以前から、叙事詩になつても、尚行はれてゐたと見えるもので、歌の発生する原因になつた、一つ前の形なのである。（中略）訣り易く言へば、宣詞の緊要部なる神の「真言」の脱落したものなのだ。歌よりも、とりわけ古く、断篇であり、原詞章不明のものが多かつたらしい。此が「枕詞」「序歌」

> なり、或は神聖なる「神・人の称号」なりに固定する外に、この諺の起原と称する第二次の物語を発生させたりした。（中略）
>
> 宣詞が、対照的に寿詞を派生し、寿詞が叙事詩を分化し、叙事詩と相影響することによって、宣詞から諺が、叙事詩自身からは、歌の発生して来た経路は、此で説けたことにして貰ふ。(1)

この言説は折口独自の連鎖的につながる文学発生論の一つだが、この場合の「歌」は短詞形の「抒情歌」を指し、歌の発生の前段階に「諺」を想定する。「諺」とは神が宣り下す「宣詞」の中の「真言」が独立したもので、その固定した詞章が「枕詞」「序歌」として歌を発生させていくというのである。「神聖なる『神・人の称号』」も神の「真言」の固定詞章とする。折口発生論では最初の段階に神の唱えた「呪言」「呪詞」を位置づけるのであるが、それを図式化すると次のようになる。

「呪言」「呪詞」を始源として、一方は神の言葉である「宣詞」「諺」「歌」へ、他方は「宣詞」に和す「奏詞」すなわち「よごと（寿詞）」「叙事詩」「歌」へと二方向が合流する形で歌は発生すると折口は考えた。「歌」は「諺」を前段階としつつ、直接には「叙事詩」を母体として発生したとするのだ。この場合の「叙事詩」は、もちろんヨーロッパの長編叙事詩epicの訳語として用いているのではない。折口の発生論を形作る戦略的用語で、神自身の来歴や村落の起源など「神の自叙伝」のような叙事脈の口語文が次第に律文の「叙事詩」になっていくと位置づける。(2)その後次形態が物語だという。(3)折口の発生論では、右の引用文の直前で「叙事は、抒情を孕み、

平面な呪詞から出た叙事が、立体的な感情表出を展開して来た」と述べるように、叙事から抒情へという展開が基本となっていることは明らかだ。

折口が唱えた日本文学の信仰起源説は、いまも説得力を失っていない。その正しさは村落の側から神との関係で言語表現をとらえたことだろう。ただ、右の言説に欠けているのは、「呪言」「呪詞」から「叙事詩」の間に明確に歌を位置づけ得なかったことではないか。つまり、長詞形歌謡への視点である。折口のいう短歌謡の「歌」とは別の次元に、すなわち「呪言」「呪詞」から「叙事詩」の段階に長歌謡の発生は明示されるべきであろう。

村落にとっては神との関係において起源があり、現在がある。その存続は自然という人間を超えた力に決定されるから、神への祭祀によって村の安全や豊穣を獲得するしかない。従って、最初にあるのは祭祀における神の言葉と神への祈願の言葉である。それは村落にとってもっとも重要な伝えるべき言語伝承であったという論理が立てられる。従って、村落を守るのはどんな神であるかを示す内容が不可欠であった。そこではまず、神の在り処を示し、神名を称える表現が求められたはずだ。折口の言う「神聖なる『神・人の称号』」という表現である。そこに神自身が次に、「呪詞」の一つ「宣詞」ついて、折口が「主神自身の『出自明し』」と述べる内容である。そこに神自身が自らの行為や事蹟をうたう一人称の神歌というモデルが立てられる。この点について、古橋信孝氏が文学の発生を「神謡」という概念でとらえたことは重要であった。(5) また真下厚氏が「韻律ある神のことばを生み出すシャーマン」の存在に注目するのも踏まえなければならないだろう。(6)

さて、次の段階の「叙事詩」はその展開したものとして、神から英雄や村の人物までをうたった神話・物語的内容の三人称の長歌謡がモデルとして考えられよう。それらはいずれも叙事歌と称すべきものであるが、両者は神の言葉としての「呪言」「呪詞」との距離によって位置づけられる。そのような神・英雄・人の叙事歌において、長歌謡の発生の論理が立てられるであろう。その時、神の称え名が歌の発生と深く関わってくるはずだ。折口発生論の示唆するところから、「神・人の称号」の表現、神の「出自明し」の内容において、長歌謡の発生をとらえる視点が得られよう。

二　神名の称辞と韻律的表現

神名の称辞と神歌の関係について、いくつかの事例から考えてみたい。次に取り上げるのは、古代文献に見える神の称え名である。

A　ここに、答へて曰ひしく、「……吾《あれ》、先づ名告《なの》りを為む。吾《あ》は、悪事《まがこと》も一言《ひとこと》、善事《よごと》も一言、言離《ことさか》の神、葛《かづら》木《き》の一言主《ひとことぬし》の大神ぞ」……故《かれ》、この一言主の大神は、その時に顕《あら》はれましき。（雄略記）

a　①一事主神（雄略紀）　②葛木坐一事主神社《かつらきにますひとことぬしのかみのやしろ》（延喜式・神名帳）

B　大穴持命《おほなもちのみこと》の申したまはく、「……己命《おのれみこと》の和魂《にぎみたま》を八咫《やた》の鏡に取り託《つ》けて、倭《やまと》の大物主櫛𤭖玉命《おほものぬしくしみかたまのみこと》と名《みな》を称《たた》へて、大御和《おほみわ》の神《かむ》なびに坐せ……」（出雲国造神賀詞）

b　①大物主神（崇神記・紀）　②大神《おほみわ》大物主神社（延喜式・神名帳）

C　天迩岐志国迩岐志天津日高日子番能迩迩芸《あめにきしくににきしあまつひこひこほのににぎ》の命《みこと》（記・上巻）

c　①天国饒石彦火瓊瓊杵尊《あめくににぎしひこほのににぎのみこと》（紀・神代下・第九段一書第六）　②天津彦彦火瓊瓊杵尊（同・第一）　③火瓊瓊杵尊（同・第六）

Aは、一言（事）主神が葛城山に行幸した雄略天皇の前に天皇の行列とそっくりの姿で現れ、神自ら名告りをする場面である。ここでは神自身の言葉で、神の称え名が述べられている。その名告りの表現を見ると、

悪事も一言、
善事も一言、
　言離の神
葛木の一言主の大神

のように、二句の対語・対句から「言」を重ね、韻をふむような称辞によって神名が導かれる表現になっている。これは吉凶の神意をひと言で言い離（はな）つ一言主神の神威が、対語・対句・重語という非日常言語でこそ表されることを示している。「悪事」以下の長々しい称辞全体が祭祀の場で唱えられる神名と見るべきであろう。神の言葉を装う称え名を発した「その時」において、一言主はその存在[7]を「顕」わしたのである。それは神の称え名の呪力と言ってよい。一方、称辞を省いて神名だけを示せば、a①の「一事主神」の形になるし、神の所在を冠した様式的な神名表記が②の「葛木坐一事主神」ということになる。そこに、神が立ち顕れる呪的な言葉の不可思議さや霊妙な力を生み出す言葉のつながりはない。

Bは大穴持神自身が自らの和魂の称え名と鎮座の場所を唱え、その祭り方を教える言葉である。神名はb①の「大物主神」で通じるし、鎮座地を示せば、②の「大神」を冠した形でよい。「大神（三輪）に坐す大物主神」の意と受け取れるからである。しかし、Bに「櫛瓱玉」が加えられているのは、「瓱」を「御厳」の約「みか」の借訓とする西宮一民『古事記』（新潮古典集成）の釈義が正しく、「神秘的な厳《いかめ》しい神霊」の意を表す称え名であった。この称辞は祭祀の場で奏上される霊妙な神名を表し、なおかつ神自身の言葉として区別する意識が働いている。

Cにも A と同様のことが言える。

天迩岐志
国迩岐志
　天津日高
　日子　番能迩迩芸の命

対語・対句からヒコの重語へと続き、ニギシとニニギに音の重なりを響かせながら神名のホノニニギを称える表現である。韻律的でさえある。西郷信綱は、理由は示していないが、「すこぶる呪的な名」(8)とする。上述の例と同様、これが日常の言語でないことは明らかで、祭祀の場で機能する、称辞によって神威を顕現させる神名であったことを思わせる(9)。それに対してc①は対句を整理して一句とし、②は重語をも整理し、③はそれらの称辞をすべて省略した形の神名であることがわかる。このような整理には書く意識が働いていると見て間違いない。つまり、口誦による神の称え名は簡略化され、そこに神名の書記言語化が起っていると見られる。

いや、口誦の神名などと簡単に言えないかもしれない。しかし、神名に見られる対語・対句・重語そして音の重ねの技法は、神の祭祀の場で発する口誦言語において発生したとしか考えられない。そこで口承世界における神名の称辞を見てみよう。沖縄の久米島と宮古島狩俣の例である。

D　世野久瀬、けおの森、いさいらくに、ましらくに、おれなふし、若つかさ、めまよきよら、若つかさ、すでつかさかなし
（久米島・仲里間切旧記）

d　若ツカサ御イベ
（琉球国由来記）

E　てぃだぬ　うぷージ　とぅゆみゃよ　　太陽の大按司豊見親よ
うぃなうわ　まぬシよ　　天上の子真主よ

しらてぃやま　ビーゆぬシ　　シラテ山に坐《いま》す主
ふんむジん　ビーゆぬシ　　国の杜に坐す主
（宮古島狩俣・ニーラーグ）

Dは「せのくせの、霊力あらたかな森の、清浄なま石にえらび降り給うた、若司、眉目秀麗な、若司さま」という意味らしい(10)。その語句の関係は次のようになろう。

世野久瀬　けおの森
　いさいらくに
　ましらくに
　　おれなふし　若つかさ
　　めまよきよら　若つかさ
　　　すでつかさかなし

最初に神の所在を示し、対句を重ねて称辞から神名へと導く表現だ。これが若司の神を称える最高の賛辞であり、呪力に満ちた口誦言語だったに違いない。若司の神を祭る場で、祭祀を執り行うノロが唱えた神名であろう。さらに注目されるのは、ノロがこの御嶽の森で神のまねをしてうたい踊ることを雨乞いのオタカベの中でうたっていることである。オタカベとは祭祀の場で神を崇める神歌で、ノロが神自身の言葉としてこの神名をうたったことが考えられる。「世野久瀬けおの森」の神は、祀り手のノロによって神名を明かされ、祭祀の場にその存在を顕すことになる。神名の称辞は神歌にうたわれるものであっただろう。

ところが、霊威を表す長々しい神名は、dでは称え名をすべて取り払った形になっている。上江洲均氏が「『由来記』の編者が何らかの意図によって短絡化した(11)」と述べる「何らかの意図」としては、琉球王府という国家の側では村落の祭祀で機能する神名の権威を必要としなかったことが考えられる。村落の神の称え名は極力そぎ落とし、むしろ無化する意図が働いたのではないか。いずれにしても、称辞を連ねた口誦言語の神名は、国家の史書に書かれる時、言葉の呪力をそがれた簡略な形の神名で記載されることが、ａｂｃと同様に、ここにも示されていると言えよう。

次のＥは、宮古島狩俣の夏プーズ（夏穂祭り）でうたわれる長編の叙事歌である。祖先神や英雄による村の神話と歴史をうたうことから、一般に史歌と呼ばれている。[12]引用したのは祖先神をうたう冒頭の部分である。最初に「太陽の大按司豊見親」というの神名が提示され、「天上の子」と言い換えて対句にし、さらに「しらてぃやま」「ふんむジん」という鎮座地を示して神を称える対語・対句が続く。言い換えと対語・対句・重語で進行するうたい方で、神歌や史歌の表現様式である。そのようなうたい方は日常言語と区別し、神の言葉を装う方法と言える。

以上、神名の称辞には祭祀において神を顕現させる呪的な言葉の仕組みを見ることができた。それは、折口が、神の「真言」が脱落し、神の「称号」として固定化していくと述べたことでもある。長々と称える口誦の神名には歌の言葉の原初的な姿が明瞭に表れている。なぜなら、神の称え名は神の言葉の技法によって律文へと向かうからである。このような神名と神歌を通して、歌の発生の契機と原初的な言語表現の仕組みがとらえられよう。そして神名称辞の背景には、Ｄに見たように、神を祭るノロのような巫者の存在があることにも注意しておく必要がある。

三　託宣される神名と神歌

神の称え名に韻律的表現の契機を見てきたわけだが、それは神名が本来、神を祭る巫者などによって唱えられるという事情があるからだろう。神自身の言葉、つまり託宣によって神名が明かされるのである。そのような例が次の日本書紀・神功皇后条の記述である。

F　皇后、吉日《よきひ》を選びて斎宮に入りて、親《みづか》ら神主《かむぬし》と為《な》りたまふ。則ち武内宿禰《たけうちのすくね》に命《みことのり》して琴撫《みことひ》かしむ。中臣《なかとみの》烏賊津使主《いかつのおみ》を喚《め》して審神者《さには》にす。因《よ》りて千繒高繒《ちはたたかはた》を以ちて琴頭尾《ことのかみしり》に置き、請《ねぎまを》して曰《まを》さく、「先日《さきのひ》に、天皇に教《をし》へたまひしは誰《いづれの》神《かみ》ぞ。願はくは其《そ》の名《みな》を知らむ」とまうす。七日七夜《なぬかななよ》に逮《いた》りて、乃《すなは》ち答へて曰《のたま》はく、

①「神風《かむかぜ》の伊勢国《いせのくに》の、百伝《ももづた》ふ渡逢県《わたらひのあがた》の、拆鈴五十《さくすずい》鈴宮《すずのみや》に居《ま》す神、名は撞賢木厳之御魂天疎向津媛命《つきさかきいつのみたまあまざかるむかつひめのみこと》なり」……

②「幡荻穂《はたすすきほ》に出《で》し吾《あれ》や、尾田《をだ》の吾田節《あがたふし》の淡郡《あはのこほり》に居《ま》す神有《あ》り」……

③「天事代虚事代玉籤入彦厳之事代神《あめにことしろそらにことしろたまくしいりびこいつのことしろのかみ》有《あ》り」……

④「日向国《ひむかのくに》の橘小門《たちばなのをど》の水底《みなそこ》に居《ま》して、水葉《みなは》も稚《わかやか》に出《い》で居《ま》す神、名《な》は表筒男《うはつつのを》・中筒男《なかつつのを》・底筒男《そこつつのを》の神有《あ》り」……

時に神語《かむごと》を得て、教《みをしへ》の随《まにま》に祭《まつ》る。

（神功皇后摂政前紀）

これは仲哀天皇が神託を疑うことで急死した後、皇后が託宣された神の名を聞く場面である。①は天照大神の荒魂、②は稚日女尊、③は事代主神、④は住吉三神を指し、皇后自ら「神主」となって、神がかりして神託を得

るのである。そのためには祭祀者と祭りの場と祭具、その上七日間もの祈願が必要だったことを示している。そこで発せられた神々の名告りが「神語」であることに注意したい。それは例えば、①では神の鎮座地が枕詞を冠する連句仕立ての固定した律文伝承に見られる(13)。それに続く長い称え名は榊を依代とする神霊の出現を表しており、やはり長い神名の③の場合は「言」という託宣神の属性が示され、前に見たＡＣと同様、対語・対句の称辞で表される。①では「神風の」など五音の枕詞の連続や称え名は韻律的であり、全体が神の顕現と神威を示す「神語」の表現になっているのである。

②の「吾」という表現も注目される。ここには①と同様に枕詞が用いられ、「穂に出し吾や」と一人称で神自らの出現を叙するが、神の鎮座地を明らかにするのは三人称である。人称の未分化は神に寄り憑かれて発する言葉に特有のものであり、その言葉は折口が「神の自叙伝」と呼び、藤井貞和氏が歌の始源に「うた状態」と名づけたことと重なる(14)。神の出現は④の「水葉も稚に出で居す」にも鮮明なイメージで表現される。これは「水葉のように」ではなく「水葉であって」の意、すなわち「水葉」は神の依代であり、稚々しい神が出現する姿と解すべきであろう。単なる比喩ではなく、神話的幻想に支えられた喩性、言い換えれば生命的な関係をそこに見ることができる。「不可解な重義性・喩性」に神の本性が表れるとする森朝男氏の見解を受け(15)、多田一臣氏はＦの一連の神の名告りについて「神話的背景を背負った称辞的詞章(16)」と述べている。呪的な神の言葉としての神名には神の出現のイメージが言語化され、歌の始源を思わせる律文的要素が表れるのである。

Ｆの神託で重要なことは、神名が韻律性を胚胎しつつ、②と④に見られるように、神の出現を伝える称辞が神話の断片とでも言うべき叙事的な表現になっていることである。このような託宣される神名の韻律性・称辞性・叙事性は、「玉《たま》藻《も》鎮石《しづくし》。出雲人《いづもひと》の祭《まつ》る、真種《またね》の甘美鏡《うましかがみ》。押《お》し羽振《はふ》る、甘美御神《みかみ》、底宝御宝主《そこたからみたからぬし》。山河《やまがは》の水泳《みなくく》る御《み》魂《たま》、静挂《しづか》かる甘美御神、底宝御宝主」（崇神紀六十年）という出雲大神の託宣にも同様に見られるし、「剣刀太子《つるぎたちひつぎの》王《みこ》」「鳥往来《とりかよ》ふ羽田《はた》の汝妹《なにも》は、羽狭《はさ》に葬《はぶ》り立《た》ち往《い》ぬ」「狭名来田蔣津之命《さなきたこもつのみこと》、羽狭に葬り立ち往ぬ」（履中紀五年）という託宣の言葉にも指摘できる。このような例からも神名とその称辞には律文の一つの始源が示されており、歌の発生に向かう表現をそこに見ることができよう。

　次に神名が祈願の呪詞で唱えられる例を見てみよう。これはDと同じく久米島の『仲里間切旧記』から引いた神名と雨乞いのオタカベである。

G　いしらぐに、ましらぐに、ちやよくしめやる、かめちめしやる、大なちや、さたとのかなし（石の上に鎮座まします大父神、さだとのさま）

g　大なちや御イべ（琉球国由来記）

H　仲里城にて御たかべ言

①　むかしはじまり、きさしはじまり、あまみやはじまり、いねりやはじまり、いしらご、ましらご、ざよくめしやうろ、がけぢめしやうろ、大なざ、さだとのかなしに、御みのけやべら。

②　たるやあらん、そいきよらのおやのろおやぬし、みぜりきよのおやのろ、五の神、七の神、みそであわせ、こんであはせ、御みのけやへら。

③　三か日ではとうさ、四か日てばとうさ、なまのまひろまに、まひつじに、雨おろちいたまふれ、いぶふらちへたまふれ。

④　大野原、ひろ野原、田数、まし数、なかもらちへ、はたよらちへ、雨ふらちへたまふれ、いぶふらちへたまふれ。

（むかし、むかし、あまみや・しねりや両神の、国を造り給うた、おおむかしから、この立派な石垣の上に、安座し給い、鎮座したまう、大父神さだとのさまに、お願い申しあげます。かく申す私どもは、城のろの、そいきよらのおやのろと、比嘉のろの、みぜりきよのおやのろでございまして、配下の、すべての神女たちとともに、御袖を合わせ、掌をあわせて、お願い申し上げます。……雨ふらせて下さい。水ふらせてください）

Gの霊威を表す長い神名とgの簡略な神名との関係は、Dとdの場合と同様なので省略する。神名を見ると、この神は石を依代とし、石の上に出現する神らしい。Hのオタカベは、神女であるノロが神を崇べ、雨乞いなどを祈願する時の呪詞である。六音・七音・八音を中心とする対語・対句を連ねた律文的詞章であることは一見してわかる。ここで注目されるのは、Hの冒頭部①にGの長い神名がうたわれることである。最初に「あまみや・しねりや」という創世神、次に「大なざさだと」の神が称えられる。①で神名をうたって神を崇べ、②で祈願するノロの名を告げ、③④の雨乞いの祈願を実現させようとするのである。その場合、祈願する相手の神名を明らかにし、その称え名をうたうことが重要なのだ。

このようなオタカベとともにミセセルという神託の呪詞があるのだが、両者は区別がつかないとも言われている。[17]いずれも神の言葉としての始源性をもつ、言わば歌に向かう表現なのだ。沖縄のオタカベの例から、長い神名をうたい、神の霊威を称えながら、祭りの場に雨乞いの神を顕現させるという呪的な機能を期待された祭祀言語に、歌の発生の状況を見ることができよう。従来言われてきたように、神託という神の言葉、祈願という神への言葉において歌の発生は考えられるのだが、そのような始源の言葉の中心に律文的な神名の称辞があったのである。その神名の称辞こそが歌の発生の重要な契機になったとする見方が成り立つ。これは沖縄のオタカベに固有の問題ではなく、歌の発生の普遍的な論理として立てられるであろう。

神名をうたうことによって神の正体を明らかにする歌は、次の記・紀神話に出てくる。

Ⅰ　阿治志貴高日子根神《あぢしきたかひこねのかみ》は、忿《いか》りて飛び去りましし時に、其《そ》のいろ妹《も》高比売命《たかひめのみこと》、其の御名を顕《あら》はさむと思ひき。故、歌ひて曰はく、

天《あめ》なるや　弟棚機《おとたなばた》の　項《うな》がせる　玉の御統《みすまる》　御統に　足玉《あなだま》はや　み谷　二渡《ふたわた》らす　阿治志貴《あぢしき》　高日子《たかひこ》根《ね》の神そ　（記6）

此《こ》の歌は、夷振《ひなぶり》なり。

これは、天若日子の葬儀に行ったアヂシキが死者に間違えられたのを怒って飛び去った時、妹の高比売が神名をうたってアヂシキの正体を明かした歌である。しかし、歌には天若日子神話に触れるところがなく、アヂシキの神威を称える内容である。Fに見たように、祭祀者が祭りの庭に招き寄せる神の名を称える歌と言ってよい。

冒頭の「弟棚機」は天界の機織り女の意。紀・神代下の天孫ニニギを迎える段に「手玉《ただま》も玲瓏《もゆら》に機経《はたを》る少女《をとめ》」（第九段・一書第六）とあり、万葉歌にも「足玉《あしだま》も手玉《ただま》もゆらに織《お》る機《はた》」（10・二〇六五）とあるように、神を迎え祭る巫女の原像が見て取れる。土橋寛氏が「首飾りが二重に首を巻いている意で、蛇体が『み谷二渡る』の譬喩[18]」とする実体的な解釈よりも、「玉の輝きが谷を二つ渡っているの意[19]」の方がよい。「首飾り」ではなく、弟棚機の身につける「玉」にあるからだ。玉はアヂシキの依代と見られ、アヂシキへの称辞の中心は憑かせる巫女が弟棚機という関係である。その弟棚機の位置にあるのが高比売と理解されたのである。歌の表現に即して言えば、玉の輝きが二つの谷を渡っていくとすることでアヂシキの神威を称えているのだ。二つの谷を渡る玉の輝きから、雷神とか蛇体神を幻想することになる。神を祭る巫女が神の行為を称えて神名をうたい、神

の正体が明かされるわけだ。そうすると、これはFの②④に通じる神の出現をうたっており、古橋氏が述べるように「神話以前に伝承されていた[20]」ものと考えられる。しかも、祭祀者によってうたわれた神歌の位相をもつのである。

これまで祭祀の場における神名の称辞に歌の発生を見てきたように、Iはアヂシキを祭りの庭に出現させる神下ろしの歌であり、始源的な神歌の状況をよく伝えている。そのような神歌の位相は、韻律性はもちろん、神名の称辞とともに、「弟棚機の項がせる玉」「み谷二渡らす」のような神の行為の叙事的な表現として認められるのではないか。前にFのところで、歌の発生は祭祀言語の韻律性・称辞性・叙事性において考えられることを確かめたが、それはIにも見た通りである。従って歌の発生の要因は、内容から見れば歌の叙事に求められるということになる。

四　神名をうたう叙事歌の様式

それでは、神名を称え、神の事蹟や行動という叙事によって成る神歌とは、どのようなうたい方なのだろうか。ここに具体例として、沖縄の久高島で八月十二日の神事にうたわれる「テーラーガーミー」という神歌をあげてみる。この歌を特に引用するのは、うたわれる儀礼や状況がよくわかっており、神名と神の行為を内容とする神歌の姿をよく伝えている点で、神名をうたう叙事歌をモデル化するのにふさわしいからである。

J 1　八月ぬはじまい　　八月の初まり
2　八月ぬすばさし　　八月の柴指
3　あむとぅから　あさんはり　　神殿から　朝走り

4　たとぅまんぬ　かぐら　　ソールイガナシーの霊威よ
5　しまはにてぃ　いもうりよー　　島を跳ねて　いらっしゃいよ
6　くにはにてぃ　いもうりよー　　国を跳ねて　いらっしゃいよ
7　てがばかい　みしょうりよー　　枡で計ってくださいよ
8　ましばかい　みしょうりよー　　枡で計ってくださいよ
9　うふばまに　むちうりてぃ　　大浜に　持って下りて
10　さゆるから　くだゆる　　さゆるから　下っている
11　あかわんぬ　よなゆる　　赤椀の　世直し
12　やまとぅから　くだゆる　　大和から　下っている
13　くるわんぬ　よなわし　　黒椀の　世直し

（中略）

25　うり　くひなん　さびたん　　それ　クエーナも　しました
くいなー　　クエーナ
26　ささぎてぃ　うがま　くいなー　　ささげて　拝もう　クエーナ

この神歌については小島瓔禮氏による詳細な報告と考察があるので(21)、それに依拠しつつ表現について見ていこう。うたい手は男の神役たちで、一節毎に、

へーい　てぃだーがーみー　するてぃ　まぶる　へい　てぃだーがーみー

という囃し詞がくり返される。その意味は太陽の神がそろって島を守るということで、この神事をティーラーガ

ーミと言い、またJの歌の名にもなっているのは囃し詞からきている。14〜24節を省いたのは、ほとんど4〜13節と同じ内容のくり返しになっているからである。4は神霊とともに村役のソールイガナシーを表すという。小島氏は4について次のように言う。

タティマンヌワカグゥラーとは、いわゆる神名《かみな》である。神の名や神役の名など、特定の固有名詞を表わす雅語で、神歌のような、神事に用いる詞章につかわれる。

この神名は非日常の祭祀言語による称辞だったのである。その意味は「二つ馬のワカゴロ（若者）」で、二頭の馬はソールイガナシーの神を指し、神事の日の朝、白馬が二頭、島の北端の森から港まで、5・6にあるように「跳ねていらっしゃい」と招いている。3は神殿であるカベールの森から、朝走り出してくる意だという。3〜6は神名と神出現の叙事で、Jはソールイガナシーの神話をうたっていることがわかる。7以下は祭りの庭に出現した神に穀物の豊穣を祈願する詞章である。25・26はJがいわゆるクエーナ形式の神歌であることを示しており、その特色は歌の主題が囃し詞で一節毎に繰り返され、神事の具体的な内容がうたわれるところにあると小島氏は述べている。

Jの神歌は、神名を称えて祭りの庭に神を招き寄せ、神の出現と事蹟をうたう叙事歌と言えよう。それは神に祈願するためのうたい方であったのだ。神への祈願は祭祀の中で毎年くり返される。そのくり返しの中で、神名の称辞＋神の出現・事蹟＋神への祈願というたい方が、神名をうたう叙事歌の様式として固定化していくのである。

神名を称える長い詞章から祖先神による村立ての叙事へと展開する神歌としては、宮古島狩俣の「祓い声」というタービ（神を崇べるの意、アブンマのフサとも）がよく知られている。

K
1 やふあだりる　むむかん
はらい　はらい（以下略）
なゴだりる　ゆなオさ
2 てぃんだオノ　みオぷぎ
やぐみゅーいノ　みオぷぎ
3 あさてぃだノ　みオぷぎ
うやてぃだノ　みオぷぎ
4 ゆーチキ　みうふぎ
ゆーてぃだノ　みうふぎ
5 にだりノシ　わんな
やぐみかん　わんな
6 ゆーむとぅぬ　かんみょー
ゆーにびぬ　かんみょー
7 かんま　やふぁたりる
ぬっさ　ぷゆたりる
8 んまぬかん　わんな
やぐみうふかんま
（以下省略）

穏やかな百神
〈囃子。祓い祓い、の意〉
和やかな世直さ〈大皿の名〉
天道のお蔭で
恐れ多い神のお蔭で
父太陽《あさてだ》のお蔭で
親太陽のお蔭で
夜の月のお蔭で
夜の太陽〈月〉のお蔭で
根立て主のわたしは
恐れ多い神のわたしは
四元《むとう》の神は
四威部《いべ》の神は
神は穏やかに
主は静かに
母の神であるわたしは
恐れ多い神であるわたしは[22]

最初に村全体の「百神」を和ませ、清浄な空間にすることからうたわれる。それが、Kの歌の名になっている1の囃し詞の意味でもあろう。1は歌唱者アブンマのフサに欠かすことのできない特別な詞章らしい[23]。3以下の太陽・月の神の後、5で村の創世神が自らを称える。さらに6で狩俣の中心となる「四元」の神を崇め、8で再び創世神を一人称で称えるのである。折口の言う「神の自叙」の形式で、以下に村立ての長い叙事がうたわれていく。古橋氏が指摘するように、「神謡は本来一人称[24]」と見るべきなのであって、三人称から一人称へという展開は叙事歌の始源的な表現を残している。女性神役は村の始祖神として祭りの庭に立ち顕れて「祓い声」を演唱し、神による村立てという神話空間を現出させるのである[25]。

右に引用したKの冒頭部は、村の神々の名を称え、祭りの庭に始祖神が出現することを三人称と一人称の混在する文脈でうたうものであった。このように神々の名をあげ、称え崇めることを、カンナーギと呼んでいる。神名揚げの意である。外間守善氏は、このカンナーギにタービ本来の機能を認め、そこに神の行動の叙事部分が加わっていくことを指摘している[26]。それは本論で、神名の称辞に歌の発生に向かう表現を見てきたこととも重なる。このようなKの構造はカンナーギ＋一人称叙事としてとらえられ、ここに神歌に見られる叙事歌の様式を明確に見て取ることができる。それは、Jからモデル化された様式とも見合うものである。

これまで述べてきたことから、神名の称辞から発生し展開した神歌の構造、すなわちカンナーギ（神名の称辞）＋一人称叙事（神の出現・事蹟）は、くり返しうたわれることで固定化した、普遍的な叙事歌の様式と位置づけられるであろう。ここで古代歌謡に視点を移せば、八千矛神の神話をうたった古事記の「神語《かむがたり》」はそのような叙事歌の様式と言える。「八千矛《やちほこ》の神《かみ》の命《みこと》は八島国《やしまぐに》妻《つま》枕《ま》きかねて」と三人称の神名からはじまり、途中で「嬢子《をとめ》の寝《な》すや板戸《いたど》を押《お》そぶらひ我が立たせれば」と一人称叙事に変わる。「神語」の背景にはかつて「原始的な歌劇[27]」

や「歌謡劇」(28)などが想定され、人称転換についても語り手が恍惚状態になって主人公の役になりきるからだ(29)と説明されてきた。しかし、古代劇の存在が証明されたわけではない。しかも、劇の歌でないと人称転換は起こらないとは言えないだろう。むしろ、神の行為や事蹟のうたい方という表現の側から見るべきではないか。八千矛神の名を称え、一人称で妻問の行動をうたうのは、カンナーギ＋一人称叙事という、神名をうたう叙事歌の様式から説明できるのである。

もう一首引いてみよう。

L
1　この蟹《かに》や　何処《いづく》の蟹
2　百伝《ももづた》ふ　角鹿《つぬが》の蟹
3　横去《よこさ》らふ　何処に至る
4　伊知遅島《いちぢしま》　美島《みしま》に著《と》き
5　鳰鳥《みほどり》の　潜《かづ》き息《いき》づき
6　しなだゆふ　ささなみ道《ぢ》を
7　すくすくと　我がいませばや
8　木幡《こはた》の道に　逢《あ》はしし嬢子《をとめ》
（以下省略）　（記42）

これも古事記の歌謡で、応神天皇が矢河枝比売と出逢い、酒宴をした時の歌。2で自分を蟹に見立ててうたい、道中で比売と出逢うことをうたう7では一人称になる。後半の省略部分では比売の容姿の美しさを活写し、最後に成婚の喜びをうたう聖婚の叙事歌と言える。1の問、2は答の名告り、3の問、4以下の答というように、問答風に叙事が進行する。しかし、おそらく複数の演技者のうたい交わしではない。この点について、自ら素性を名告る「自叙の様式」であって、「角鹿の蟹」は始源的には神そのものとする三浦佑之氏の指摘は正当であろう。[30] 2は「百伝ふ」の枕詞による神名の称辞に当る部分である。つまり、「角鹿の蟹」は神の位置にあり、神名を称えるカンナーギの表現と見ることができる。Lは、2の蟹神の出現にはじまり、7以下の一人称叙事が展開する、神名をうたう叙事歌の様式になっているのだ。

以上述べてきたように、村落の神や起源をうたう神歌からモデル化される叙事歌の様式は、古事記歌謡の例を通して、記・紀の長歌謡のレベルに見られることが確かめられる。

五　物語人物をうたう叙事歌

最後に、神名をうたう叙事歌の発生とその様式の展開という視点から、記・紀歌謡と万葉歌において、物語人物を（が）うたう叙事歌の位相に触れておきたい。その場合、対象は短歌謡が中心となる。

叙事歌は、物語の場面をうたう歌、あるいは物語との関係を直接表す語はなくとも、物語を内在する歌である。その中で物語との関係を直接示すのが、物語人物の名をうたう歌ということになるが、記・紀の歌には三人称で一貫する叙事体のものはない。前に見てきたように、三人称から一人称に転換してうたう形式である。神話・物語の人物がうたったとされる一人称を基本とする歌、それが記・紀の叙事歌である。特に古事記では一首を除いてすべて神か物語人物をうたい手として明示する。[31] ここでは、そのような物語人物がうたった歌に、物語中の人名がうたいこまれる事例を通して、古代叙事歌の位相に迫ってみよう。

M　いざ吾君《あぎ》　振熊《ふるくま》が　痛手《いたて》負《お》はずは　鳰鳥《にほどり》の　淡海《あふみ》の海《うみ》に　潜《かづ》きせなわ　（記38）

Ｎ　いざ吾君　五十狭茅宿禰《いさちすくね》　たまきはる　内《うち》の朝臣《あそ》が　頭椎《くぶつち》の　痛手負はずは　鳰鳥の　潜きせな（紀29）

Ｏ　淡海の海瀬田《せた》の渡《わた》りに潜く鳥目《め》にし見えねば憤《いきどほろ》しも（紀30）

Ｐ　淡海の海瀬田の渡りに潜く鳥田上《たなかみ》過ぎて宇治に捕《とら》へつ（紀31）

忍熊王が皇位争いに敗れ、いずれも死の場面でうたった、政治的事件の歌である。このような物語の最後に置かれる敗者の皇子の歌は、大山守命などいくつか見られ、古事記の反乱物語とその叙事歌の間に一定の様式があったことを示唆している。そこには歌によって敗者の皇子の死を鎮魂するとともに、その死を伝えていくという理解があったのであろう。それは天皇となった皇子の正統性を伝えることと表裏の関係にあると考えられる。

ＭとＮの歌には、駒木敏氏が「人名表示の細密な限定化（「いざ吾君　振熊が……」→「いざ吾君　五十狭茅宿祢　たまきはる　内の朝臣が……」）がある」とし、「枠組みとしての物語の相違が人名表示の改変に波及する物語歌の形成の動態を典型的に表わす事例[32]」として取り上げるものである。古事記よりも日本書紀の方が物語の細部まで叙述し、そこには古事記にない「武内宿禰」の登場さえ見られるのだが、記Ｍと紀Ｎの間の異なる人名は、物語の「枠組み」の違いによる「改変」とするのである。このような見方に対して本論は、記Ｍと紀Ｎの関係について「改変」とするよりも、事件をうたう叙事歌のバリエーションとして並立的に考えた方がよいのではないかという立場である。事件への理解のしかたがＭとＮのような歌の差異を生み出すのであって、それは同時に記・紀の物語叙述の差異ともなって表れる。

さて、このような人物名をうたう叙事歌の生成については、どのように考えられるだろうか。駒木氏は「人名を表示して成る歌謡が〈物語る視点〉に立つ[33]」ことを指摘する。それは物語中の人物の視点、うたい手とうたいかけられる人物を対象化する視点であり、三人称から一人称への歌謡の人称転換を支える視点でもあるという。宮廷歌謡において、人称転換が一方法としてあり得たとする見方は、人称転換をもつ叙事歌の様式と展開という本論の観点からも首肯できる。このような歌の基盤に、駒木氏が「宮廷的世界における伝承者の存在」すなわち「複数の視点を共有し、全人称を包括する視点をもつ歌い手」[34]を指摘することも重要であろう。本論の問題として受け止めれば、それは、記・紀の叙事歌が宮廷の歌世界において視線と立場の移動を含み込んで生成されることを示唆しているからである。

再び忍熊の歌Mを見ると、まず味方の伊佐比に二人称で呼びかけ、敵の「振熊」に視線を移して三人称で展開し、最後に一人称で忍熊が死の決意を示すうたい方である。ここには固有名を含む主要な人物と場（淡海）を提示し、反乱者忍熊の入水死という事件の結末がうたわれている。忍熊の死という事件を伝える典型的な叙事歌である。このような叙事歌はまた物語の表現であることを明示してもいる。日本書紀のNは古事記とは異なる人物関係と場（瀬田）の理解のもとに、忍熊の死という、大枠では同じ事件をうたう叙事歌となっている。共通句「潜く」には万葉歌にも水死と結びつけてうたった例（16・三七八八、三八六九）があり、MとNは水死の表現を共有しつつ人名表現では別々の立場でうたわれた叙事歌ということになる。

その差異は書く次元だけの問題ではなかろう。歌の場が異なるものとしてとらえ得る。忍熊の歌Nの「鳰鳥の潜きせな」を受け、対立する武内の立場から「淡海の海瀬田の渡りに潜く鳥」という「淡海の海」ではじまる歌の類型に依拠（転用ではない）しつつ展開してうたう場があったのだ。Oでは入水後二人の姿が見えないことへの憤り、Qでは数日後宇治で水死体を発見したことがうたわれる。このような歌のつながりには、うたい手が対立する物語人物の相互の立場で、時間的な経過をも組み込んで叙事するという歌の場が考えられる。そこには複数のうたい手さえ想定される。このような歌の場には宮廷において歴史的事件の伝承に関わるうたい手の存在があったただろう。記・紀の物語人物を（が）うたう叙事歌はこのようにして生成してくるものと考えられる。

結び

神名の称辞から歌謡の発生を考えてきた。神名には始源的な律文的要素が認められ、歌の発生に向かう呪的な言葉の様相がとらえられたのである。神名こそは神を祭りの場に出現させる重要な祭祀詞章だったのだ。このような律文的な神名を核として、神名をうたう叙事歌は発生したことになる。それは、カンナーギ＋一人称叙事という神の自叙の様式としてとらえられた。この叙事歌の様式は八千矛神の「神語」や「この蟹や」などの記・紀の長歌謡に見られることが明かになった。記・紀には多くの神・人名をもつ歌があるのだが、その発生については、従来の創作された「物語歌」とは別の視点からの説明が可能であろう。つまり、これまで述べてきたように、記・紀歌謡の歌の位相は、歌の叙事という視点からとらえ直すことができるのではないか。本論ではそれを神話・物語をうたう古代叙事歌という歌の位相としてとらえてきたわけである。

【注】

（1）「日本文学の発生」（改造社版『日本文学講座』第一巻、昭和8年10月、『折口信夫全集』第四巻所収）
（2）「国文学の発生（第一稿）」（『日光』大正13年4月、『折口信夫全集』第一巻所収）
（3）注(2)同書「国文学の発生（第四稿）」（新潮社版『日本文学講座』昭和2年）
（4）注(1)同論文

（5）『古代歌謡論』（昭和57年）、『古代和歌の発生』（昭和63年）など。
（6）「韻文文学〈歌〉の成立」（『講座日本の伝承文学』第一巻、平成6年12月）
（7）カミの名と存在の関係については記号論的に究明した西條勉氏の論が参考になる（「カミの名・不在の喩—記号の地平を超えて—」『日本文学』平成2年2月）。
（8）『古事記注釈』第二巻（昭和51年）
（9）真下氏は「神自身の名告りとしての神名のことばにふさわしい」とする（注6同論文）。
（10）『仲里村史』第二巻（平成10年）
（11）谷川健一編『日本の神々・神社と聖地13・南西諸島』（昭和62年）
（12）稲村賢敷『宮古島旧記並史歌集解』（昭和52年）
（13）近藤信義「枕詞の発生—名辞と意識」（『文学の誕生』シリーズ古代の文学3、昭和52年10月『枕詞論』所収）
（14）『物語文学成立史』（昭和62年）
（15）「な」（『古代語を読む』昭和63年1月）
（16）『古代文学表現史論』（平成10年）
（17）外間守善「南島の言語伝承と折口学—呪言を中心にして—」（『日本民俗研究大系』第七巻、昭和62年3月、『南島文学論』所収）
（18）『古代歌謡全注釈・古事記編』（昭和47年）
（19）新編日本古典文学全集『古事記』（平成9年）
（20）「儀礼と幻想が神謡という『ことば』で結ばれる」（アエラムック『日本神話がわかる』平成13年8月）
（21）「太陽の神と白馬の霊威—久高島のテイーラーガーミの神歌—」（『芸能』、平成5年12月）
（22）『南島歌謡大成Ⅲ・宮古篇』（昭和53年）
（23）内田順子『宮古島狩俣の神歌—その継承と創成—』（平成12年）
（24）『古代歌謡論』（昭和57年）

(25)　この問題は、本書・付論1で論じているので参照していただきたい。
(26)　「宮古の歌謡」(『南島歌謡大成III・宮古篇』昭和53年6月、『南島文学論』所収)
(27)　土居光知『文学序説・増訂改版』(昭和2年)
(28)　益田勝実『記紀歌謡』(昭和47年)
(29)　小島憲之『上代日本文学と中国文学上』(昭和37年)
(30)　「〈この蟹や〉考」(『共立女子短期大学文科紀要』昭和59年2月、『古代叙事伝承の研究』所収)
(31)　記74の枯野の船の歌だけがうたい手を記さないが、古事記では仁徳の歌とする文脈なのであろう(本書III・第一章・1)。
(32)　「物語における歌謡の位相」(古事記研究大系9『古事記の歌』平成6年2月、『和歌の生成と機構』所収)。
(33)　注(32)同論文
(34)　「記紀の物語歌に関する覚書—人物呼称と人称転換—」(『同志社国文学』平成6年11月、『和歌の生成と機構』所収)

2　表現としての樹木崇拝

はじめに

もう少ししたら、わたしだって、木になれるかもしれない。[1]

岩田慶治氏が「木と原風景」というエッセイの最後に書いているこの言葉は、何か不思議な吸引力があって、ずっと気になっていた。意表をつく言い回しは、アニミズム研究を深めてきた文化人類学者の、ある時の心境を語るアニミスティックなメタファーなのかもしれない。しかし、この言葉は個人の心境を越えて、人間のかつての懐かしい感覚につながっているとは言えまいか。

人間が「木になる」という感覚は、のちに例を挙げて述べるが、古代の神話や歌に見ることができる。だからそれは、かつて共同の古代幻想としてあったことを考えてみなければならない。そしてまた、世界的な広がりをもつ神話的幻想という普遍的な観点からも分析できるであろう。木をうたう表現は、このような人間の樹木に対する親和性に支えられていると考えられる。

人間が樹木を同類とする幻想は、神が降臨する神木、あるいは橋をつくる時に犠牲にされた人柱などとも通じている。〈樹木崇拝〉と呼ばれる信仰も、人間が樹木に対して抱いてきた親和の感情をベースにしていると言ってよい。このような樹木に対する共同の幻想は、樹木の表現に様式を与えることになる。

記・紀歌謡の樹木の表現に注目してみると、もっとも神聖視されるのは、カシとツバキとツキである。それぞれ「厳白檮」「斎つ真椿」「斎槻」とうたわれ、神聖な木であることを示している。その中でも特にカシをうたったものは四首でもっとも多い。そこで、カシの歌を中心に、その表現を成り立たせている古代的な思考法を見ていくことにしたい。

一　カシの木の呪力

カシの木は神木であった。カシが神の降臨する神聖な樹木として崇拝されたことは、次の日本書紀の伝承に明らかである。

一《ある》に云《い》はく、天皇、倭姫命《やまとひめのみこと》を以て御杖《みつゑ》として、天照大神《あまてらすおほみかみ》に貢奉《たてまつ》りたまふ。是《ここ》を以て、倭姫命、天照大神を以て、磯城《しき》の厳橿《いつかし》の本《もと》に鎮《しづ》め坐《ま》せて祠《まつ》る。（垂仁紀二十五年三月）

倭姫命が天照大神の依代である神聖なカシを祭ったとする伝承である。一方、崇神紀六年には豊鍬入姫命が天照大神を祭るために「磯堅城の神籬を立つ」とあるから、「厳橿の本」に「神籬」を立てて祭ったとも取れる。しかしいずれにしても、カシは天照大神が降臨する神木であることに間違いはなく、神を寄り憑かせる呪力がそこに認められていたことになる。その呪力に対する表現が「厳」であったと考えてよい。

このようにカシは神そのものであったわけだから、カシに神意を聞くというような伝承も出てくる。

かれ、曙立王《あけたつのおほきみ》に科《おほ》せて、うけひ白《まを》さしめたまひて、（中略）また、甜白檮《あまかし》の前《さき》なる葉広熊白檮《はびろくまかし》を、うけひ枯《から》し、またうけひ生《い》けき。

（垂仁記）

垂仁天皇の御子で、もの言わぬホムチワケが出雲の大神に参拝する時、御子の口がきけるようになるかを曙立王に「うけひ」させ、効験を占ったという伝承。「葉広熊白檮」に神意を問うたのである。「熊」は大きいの意と解されるが、本来は「厳」や「斎」と同様、神を寄り憑かせる呪力をほめる語であったと見るべきである。そこに冠せられる「葉広」も、葉の大きいことに本来の意味があるのではなく、その呪力に対するほめ言葉だ。神が寄り憑く「葉広熊白檮」だからこそ、「うけひ」によって神意を問うことができたのである。

「熊白檮」は次のようにもうたわれる。

命《いのち》の　全《また》けむ人は　畳薦《たたみこも》　平群《へぐり》の山の　熊白檮《くまかし》が葉を　髻華《うづ》に插《さ》せ　その子

（記31、紀23に重出）

土橋寛氏は「葉広熊白檮」を「一種の呪術的な意味を持つ成語」とし、その葉を插頭にするのは、マナを感染させるタマフリの儀礼的行為と解する。しかしそのように説きながら、「『葉広』も、『熊白檮』も、木全体について茂り栄えている大きい木の意味に理解すべきであろう[2]」と、呪術的な意味から離れた解釈を示すのには従えない。この「熊白檮」も神が寄り憑く呪力をもつ木であった。だから、その葉を插頭にして呪力を身につけ、生命力を充実・再生させようとし、また妻問の占有のしるしになったりもしたのである。

白檮《かし》の生《ふ》に　横臼《よくす》を作り　横臼に　醸《か》みし大御酒《おほみき》　甘《うま》らに　聞《きこ》こし以《も》ち食《を》せ　まろが親《ち》

（記48、紀39に重出）

「白檮の生」はカシの木の林の意。そこで醸した酒をほめる歌である。吉野国栖が宮廷に大贄を献上する時の歌舞として奏された。「白檮」は神の寄り憑く木であったから、その神聖な木で作った臼で、神祭りをして醸した酒ということになり、「大御酒」として最高の酒と讃えられるのである[3]。「この御酒は　わが御酒ならず　酒の司

常世にいます　石立たす　少な御神の……」（記39、紀32に重出）とあるように、「大御酒」を醸すとは神を寄り憑かせ、神を祭ることにおいて行われる儀礼である。この場合、酒をつくった「白檮の生」は特別に神聖な場所であり、そこに寄り憑く神を祭る場所という観念が働いていると考えられる。

　ここで思い合わされるのは、初代天皇神武が即位する「畝火の白檮原の宮」である。この「白檮原」は「白檮の生」とほぼ同義で、カシの平地林という風景である。では、なぜ「白檮原の宮」なのか。やはりそれは、神の寄り憑く神聖なカシ林の宮という語義でとらえられていたからであろう。橿原遺跡からイチイガシの巨大な樹根が多数発掘されたという考古学の報告があり、神武伝承の形成において、畝傍山麓のカシの聖林は、神武即位の宮と伝えられる必然的な歴史的信仰的背景があったのであろう。[4] いずれにしても「白檮原」にはカシの樹林で神祭りをする神聖な場所のイメージがあった。

　カシの樹林が神祭りの場でもあるということは、次の万葉歌の解釈にも関わるであろう。

……平群《へぐり》の山に　四月《うづき》と　五月《さつき》との間に　薬狩《くすりがり》　仕《つか》ふる時に　あしひきの　この片山《かたやま》に　二つ立つ　櫟《いちひ》が
本《もと》に　梓弓《あづさゆみ》　八《や》つ手挾《たばさ》み　ひめ鏑《かぶら》　八つ手挾み　鹿《しし》待つと　わが居《を》る時に　さを鹿《しか》の　来《き》立《た》ち嘆《なげ》かく……
（万16・三八八五）

　これは「乞食者《ほかひびと》の詠《うた》二首」の第一歌。鹿のために痛みを述べる歌で、芸能者による天皇への寿歌である。「櫟」はイチイガシのこと。カシの木の下で鹿狩りをする場面をうたっている。この鹿狩りは鹿の角袋すなわち鹿茸や薬草を採る薬狩りのことで、古代に行われた初夏の儀礼である。だから「櫟が本」で「鹿待つ」というのは、狩猟における神祭りの儀礼として理解されたと見るべきである。「櫟が本」は、やはり「厳橿の本」と同じように、神祭りの場所と考えられる。

以上のように、カシは神の寄り憑く木であり、神そのものと理解されたことを、歌や伝承の中に確かめてきた。そのような呪力を認めてきたカシの木の下は、神祭りをする特別な場所であった。従って「葉広熊白檮」「厳橿」は、カシがもつ呪力の様式化された表現に他ならない。

二　樹木崇拝と同類共感

これまで述べてきたことは、日本の古代において、カシという木に神を寄り憑かせる呪力を見出していた点について、まずおさえてみたわけである。しかし、人間が木をどう見るかということは、日本だけに特殊な問題ではなく、むしろ文化的普遍性をもつはずである。その問題を考えていく上で、ジェームス・G・フレーザー『金枝篇』が〈樹木崇拝〉、特にオーク（カシ）崇拝を世界的な広がりにおいて取り上げたことは、現在においても十分に有効性をもつ。

『金枝篇』の冒頭は、アリキアの森の女神ディアナに仕える、森の王と呼ばれるネミの祭司が、聖所の木に生える枝を折り取った後継者の剣にかかって殺される運命にあった、という話ではじまる。聖所の木はオークで、その枝は祭司の魂が宿るヤドリギであった。フレーザーは、ネミの祭司はオークの神の化身であり、オークの女神ディアナとの聖なる結婚によって、大地の豊穣と子どもの多産を人間に与えるものであったと説く。その根拠として、オークの神は雷神で、雨を降らせて大地に実りをもたらす豊穣の力とみなすヨーロッパ古来のオーク崇拝をあげている。(5)

こうしたフレーザーの研究から、われわれはヨーロッパ古来のオーク崇拝と日本古代のカシの木の信仰との間に類似した現象があることを知る。例えば、聖樹オークを神とみなす観念は、カシを神木とする日本古代の〈樹木信仰〉と重なる。また、ネミのオークの森が女神ディアナを祭る神聖な場所だったというのは、やはり日本の古代において、カシの樹林が神祭りの場所になっていることと類似するのである。大きく枝を張るカシの巨木の姿に神霊の存在を信じるのは、東西に共通する普遍的な観念と言えるだろう。

ただ、足田輝一氏によれば、英語でオーク（Oak）というのは、日本の樹木名ではナラとするのが正確らしい。同じケルクス属でもシラカシ、アカガシ、イチイガシなどは常緑性で、カシワ、コナラ、ミズナラの類は落葉性だという。日本では常緑性のケルクス属をカシと言い、ヨーロッパでは落葉性のをオークと言ってきたことになる。(6) 日本では「立ち栄ゆる葉広熊白檮」（記91）とうたわれるように、カシの常緑性に「栄木（さかき）」としての神秘性を感じてきた。他方、ヨーロッパでは秋に落葉して春に新芽を出すところに、再生する生命力の神秘を感じてきたようだ。

ところで、フレーザーは、男や女を樹木と実際に結婚させる慣習があることに注目し、ネミの祭司とオークの女神ディアナとの聖婚を想定したのであった。それは人間と樹木との間に親しい関係があり、樹木との聖婚によって豊穣を実現しようとする呪術的行為であることを明らかにした。

英文学者の川崎寿彦氏は、イギリスの詩人マーヴェルの「私が逆立ちした木だとわかるだろうよ」という詩の一節を引いて、そこには人間と森の木々の〈同類共感〉という祖型的感性があることを述べている。さらにフレーザーが、人間と樹木との結婚という慣習を通して想定した、ネミの祭司とオークの女神ディアナとの聖婚に対して、〈樹木性愛〉という祖型的思考法があることに注目したのである。川崎氏はこの二つのキーワードによって、イギリスの森の文化や英文学を分析し解読するのに成功している。(7)

こうした人間と木との〈同類共感〉や〈樹木性愛〉は、西洋では例えば五月祭などの森の祝祭に綿々と受け継がれてきた。春の花が咲く頃、村の若い男女が森に出かけて共寝をし、翌朝に緑の木やサンザシの花を持ち帰る。森の生命力を呼び起こし、それにあやかろうという民俗行事だ。例えばシェークスピア劇などには、こうした民衆文化が巧みに取り入れられているという[8]。森や樹木に対する民俗的感覚が英文学の想像力の源泉にもなっていると言うのである。

五月祭はいまでもイギリスなどで慣習行事として行われているが、これが日本の歌垣的行事と似ていることは明らかだ。西洋では、森から取ってきた木や花で家を飾ったり、五月柱を立てて踊り回るところに、〈樹木崇拝〉がはっきりと見て取れる。神木や「熊白檮が葉」を插頭にする歌に見たように、日本の場合にもそれは考えられるであろう。こうした森や樹木の文化の類似性から見て、〈同類共感〉や〈樹木性愛〉という思考法は、いま取り上げようとしている古代歌謡を読み解く上で重要な視点になるのではなかろうか。

三　人間と樹木の同一性

次の日本書紀の歌謡は、イワノヒメが仁徳天皇にうたったものと伝える。

つぎねふ　山城川《やましろがは》を　川泝《かはのぼ》り　我《わ》が泝れば　川隈《かはくま》に　立《た》ち栄《さか》ゆる　百足《ももた》らず　八十葉《やそば》の木は　大君《おほきみ》ろかも　（紀53）

最後の「八十葉の木は大君ろかも」という天皇讃美の句には、「木は大君である」とするうたい方が見られる。すなわち木と人間との間に同一性を認める表現だ。この部分は古事記歌謡では「葉広　斎つ真椿　其が花の　照り坐し　其が葉の　広り坐すは　大君ろかも」（記57）とある。古事記の方が「花」や「葉」に具体化し、大君との間が「広り」「照り」の語を介する論理的な関係で結ばれていて分かりやすい。これと同じような頌句は天語歌（記101）にもあるから、宮廷儀礼における天皇讃美の定型的表現と考えられる。

問題は紀53と記57の表現の質、あるいはその関係である。この点について山路平四郎氏は、「比喩の方法が、〈五八〉歌（記57のこと、筆者注）が、直喩であるのに、この歌（紀53、同）は隠喩となっている。直喩的な表現のものから隠喩的表現のものへ進展することはあっても、その逆は考えにくい、という意味で、この歌謡を後出とすべきであろう[9]」と述べている。しかし、直喩から隠喩へという単純な図式を保証する根拠は何もない。

さらに記57を直喩ととらえることにも疑問がある。つまり「広り」「照り」が掛詞となって前後をつないでいるからである。一方、土橋寛氏は、「葉」「花」と「大君」の関係について、「譬喩的関係ではなく、融即的関係である」とする見解を示し、「融即は生命的連繋の関係」と説明している[10]。ここで重要なのは、「大君」の讃美表現を生み出す古代的な思考法をつきとめることだ。土橋氏の指摘は、直喩と隠喩という修辞の問題を、古代的な呪的観念のあり方からとらえ直した点で信頼できる。

紀53と記57の表現については、隠喩と直喩で分けること自体、あまり意味があるとは思えない。両方の表現が同時にあり得たと考えるべきだ。紀53の「八十葉の木」と「大君」は、記57の「斎つ真椿」と「大君」との関係に等しく、その間をつないでいるのは、神の寄り憑く樹木の生命力・呪力を「大君」の姿に幻想するという古代的な思考法である。それを土橋氏のように「融即的関係」といってもよいが、その根底にあるのは「木は大君である」とする、人間が木に抱く〈同類共感〉なのである。

日本の古代において、このような木と人間の同一性を幻想する歌謡は他にもある。

尾張《をはり》に　直《ただ》に向《む》かへる　尾津《をつ》の埼《さき》なる　一《ひと》つ松《まつ》　あせを　一つ松　人にありせば　太刀《たち》佩《は》けましを　衣《きぬ》着《き》せ
ましを　一つ松　あせを　（記29、紀27に重出）

これは、ヤマトタケルが東征の帰途に松の下に置き忘れた太刀を見つけてうたったことになっているが、本来は木讃めの民謡とする土橋寛氏の説がある。[11] 永池健二氏はさらに中世・近世の「衣掛松」などへの展開を視野に入れ、「一つ松」は境界に立つ標し木で、神霊の力の加護を期待できる場所であったことを指摘している。[12] 神樹である松に「衣」を着せるとうたうのは、神が衣を着た姿で顕ち現れると理解されたからであろう。ここには木に人間の姿をした神の影向を見る思考があったことを示している。いずれにしても、木は神であり、人であった。この「人にありせば」という仮想のしかたには、人間が木に抱く〈同類共感〉が前提になっている。

わが背子《せこ》は仮廬《かりほ》作らす草無《くさな》くは小松の下《した》の草を刈らさね　（万1・一一、中皇命）

君に恋ひ甚《いた》も術《すべ》なみ平山《ならやま》の小松が下《した》に立ち嘆くかも　（万4・五九三、笠女郎）

この二首は「小松の下」が男女の逢い引きをする境界の場所であることを示している。そのようにうたわれるのは、古橋信孝氏が明らかにしたように、松は神のおとずれを待つ木であり、相手を呼び寄せる呪力があると考えられたからだ。[13] 松の下は相手と逢うことを祈願する場所でもある。松という神樹の下で相手を待つというのは恋の成就を願う表現なのである。そのような恋の歌における松の表現には、松の木の下で相思の男女が出逢うという神婚幻想があったはずだ。そして、その根拠となる神話が存在したと見るべきである。

四　神女化生神話

次の常陸国風土記に採録された「童子女松原《うなゐまつばら》」の伝説は、若い男女が「嬥歌《うたがき》の会《つどひ》」の時、松の木の下で隠れて逢うという、万葉の恋歌に類似するモティーフが見られる。この話は、お互いに逢いたいと願っていた那賀《なか》の寒《さむ》田《た》の郎子《いらつこ》と海上《うなかみ》の安是《あぜ》の嬢子《いらつめ》が、「嬥歌」で偶然出会って恋を語り合ううちに夜が明けて、人に見られるのを恥じて松の木になるという恋のストーリー。最後の場面はこのように記される。

ここに、僮子《うなゐ》たち、為《せ》むすべを知らず、遂《つひ》に人の見むことを愧《は》ぢて、松の樹《き》と化成《な》れり。郎子《いらつこ》を奈美松《なみまつ》と謂《い》ひ、嬢子《いらつめ》を古津松《こつまつ》と称《い》ふ。古《いにしへ》より名を着《つ》けて、今に至るまで改《あらた》めず。（香島郡）

若い男女が松の木になるという神異力を、日本の原始的想像力における「黎明の異変という想像のしかた」と見たのは、益田勝実氏であった。益田氏が指摘するように、「わが国では、その時刻には、そのようなメタモルフォーシス（変態）が可能になるというとりきめがあった[14]」が、それではなぜ、松の木へのメタモルフォーシスでなければならなかったのか。黎明のメタモルフォーシスは、その若き男女が本性に帰ることを意味しており、このような樹木への「化成」の根底には、人間は木であるという〈同類共感〉に基づく神話的幻想があったと見てよかろう。寒田の郎子と安是の嬢子は、村人の間で「神の男」「神の女」と呼ばれたという。そこには、若い男女が樹木に化身するという神婚幻想があったのである。前に触れた、松の木の下での出逢いをうたう恋の歌の表現は、「童子女松原」に見たような、若い男女が松に化身して永遠の恋を成就するという化生神話が一つの根拠になっているのかもしれない。

このような話型は、日本古代の神話・伝説において、人間は木であるとする、人間と樹木との〈同類共感〉が語られたことを示しているが、これに類似するものとして、沖縄の宮古・八重山諸島に、美しい娘の死体から木が生えるという叙事歌謡が見られる。それは死体化生伝承の一つに分類されるもので、次に池間島の「池の大按司鳴響み親のアーグ」によって、その概要を示す[15]。

① 池の大按司鳴響み親の末娘マッサビーは、役人たちから求婚された。
② マッサビーは山の若佐司の求婚を拒絶した後、オモト岳に三ヶ月間身を隠して死んだ。

③　死体の片目から木が生え、もう片方の目から白い根が生えた。
④　その木で船を造り、海を走らせると、マッサビーが歩いているようだった。

ここで注目したいのは、マッサビーの体から木が生えるという③のモチーフである。この部分は八重山の伝承ではカシの木とタブの木になることが多い。

かーらぬばた　うすべょーり　川原の端に臥しなさり
いきぬかた　うすべょーり　池の方に臥しなさり
かたちから　かすにきー　片乳から樫の木
かたちから　たむにきー　片乳からタブの木（が生え）　（「いきぬぶす」[16]）

若い娘の死体から木が生えるという話は、古代神話には見られない。かといって、宮古・八重山に固有な伝承とも言い切れない。③は特に重要な要素であったらしく、ほとんどの伝承に見られる。それは、④の船の呪力を説明するために必要な部分であった。砂川哲雄氏はこの歌謡の表現を、祝女（神女）の山籠もりと聖婚儀礼から読み解いている[17]。そのような背景があったとすれば、③のモチーフはマッサビーという神女と樹木との呪術的な関係によって、④の船の呪力を説明する神話的な幻想を伴っていたことになる。③の神話的なモティーフは古事記にあるオホゲツヒメの死体化生型の穀物起源神話と類似しているから、その源流は古代神話に求められるであろう。

娘の死体がカシやタブの木に化生する神話は、若い男女が松に化成する「童子女松原」とも近い。カシやタブは造船の材料であると同時に、神女が化生した神聖な樹木として崇拝されたはずだ。カシに対する〈樹木崇拝〉については、すでに記・紀歌謡とヨーロッパの神話に確かめてきたが、南島歌謡の中にも人間がカシの木に化生する神話的モチーフがあった。このような南島の古歌謡から、日本の古代に、人間が樹木に化生するという神話の存在が想定される。

五　カシの木と古代歌謡

これまで述べてきたことを踏まえて、さらに記・紀のカシの歌を見てみよう。

御諸《みもろ》の　厳白檮《いつかし》が本《もと》　白檮が本　忌々《ゆゆ》しきかも　白檮原嬢子《かしはらをとめ》　（記92）

古事記では、雄略天皇が老いた引田部赤猪子に召すことを断った時の歌とされている。歌の表現を見ると、上二句が〈景〉を提示する序詞、下三句が〈心〉を述べる本旨となっており[18]、同じ説話にある四首がすべてこの構造で共通する。すなわち、〈景〉の「厳白檮が本」から、「白檮が本」の句を介して「忌々しきかも」の〈心〉に転換し、「白檮原嬢子」を導き出すうたい方である。「カシ」という三回の繰り返しの〈音〉で成り立つ、音声を前提にする歌に他ならない。

しかしながら、〈音〉だけで言葉が結びついているわけではなく、「厳白檮が本」から「白檮原嬢子」の転換には、理解を可能にする共同の幻想がなければならない。それは古代的な思考法と言ってもよい。「白檮原」は、すでに述べたように、神祭りをする神聖なカシの樹林であるから（地名としても、この意味は喚起される）、その「嬢子」はカシの聖林に籠もる神女と見ることができる。「御諸の厳白檮が本」の序詞は、ある叙事表現の一部であって、それが「嬢子」を呼び起こす背景になっていたにちがいない[19]。それは最初に取り上げた、倭姫命が天照大神を磯城の「厳橿の本」で祭ったとする伝承の存在からも想定されるように、神女がカシの聖林に籠もり、そこに降臨する神を迎えて祭るというような神話である。だから「厳白檮」は「嬢子」に重なっていくのである。それは、「厳白檮」のような「嬢子」ではなく、「厳白檮」である「嬢子」を意味するが、そのような関係を成り立たせているのは、前引の「八十葉の木は大君ろかも」に見た、人間が樹木に抱く〈同類共感〉という古代的な思考法と考えることができる。

さらにもう一首のカシの歌を示してみよう。

日下部《くさかべ》の　此方《こち》の山と　畳薦《たたみこも》　平群《へぐり》の山の　彼方此方《こちごち》の　山の峡《かひ》に　立ち栄《ざか》ゆる　葉《は》広《びろ》熊《くま》白檮《かし》　本《もと》には
い組《く》み竹《だけ》生《お》ひ　末《すゑ》へには　た繁《し》み竹生ひ　い組み竹　い隠《く》みは寝《ね》ず　た繁み竹　確《たし》には率寝《ゐね》ず　後《のち》も隠み寝
む　その思ひ妻《つま》あはれ　（記91）

この歌は「た繁み竹生ひ」までの十二句が〈景〉の序詞、後半の六句が〈音〉の繰り返しによって〈心〉へと転換するうたい方。この「立ち栄ゆる葉広熊白檮」という〈景〉は、神が寄り憑く呪力をもつカシへの木讃めの表現であった。その根本に竹が生え、竹の様は思い妻との隠り寝を呼び起こす。つまり、白檮の本に生える竹の表現には、カシの根本で行われる男女の共寝に転換しうる共同の幻想があったことになる。「平群の山の熊白檮」は国見・歌垣の歌と推定されている記31にもうたわれていた(20)。若い男女がカシの根本で共寝をするという様式があったと見てよい。

「立ち栄ゆる葉広熊白檮」の句は、カシを最高に神聖な木と見なす、カシへの樹木崇拝を表していると言える。それはヨーロッパのオーク崇拝と類似する文化現象であり、フレーザーはオークの神の聖婚が大地の豊穣をもたらすための模擬行為であることをすでにつきとめていた。森での聖婚は五月祭などにおける若い男女の共寝に引き継がれ、それは〈樹木性愛〉と言うべきものであった。記92の歌にも、カシの根本で大地の豊穣を予祝し、森の生命力を身に付けるための若い男女の性愛を読み取ることができる。「立ち栄ゆる葉広熊白檮」は大地の豊穣を村にもたらす呪力を示す表現に他ならない。このカシの〈景〉から妻との共寝という〈心〉への転換には、カシの根本での〈樹木性愛〉という古代的な思考法を認めることができる。

結び

これまで見てきた古代歌謡の樹木、特にカシの表現は、古代の〈樹木崇拝〉から出てくることがほぼ明らかである。〈樹木崇拝〉の二つの様相である、人間が木に抱く〈同類共感〉と大地の豊穣を願う〈樹木性愛〉という古代的な思考法を読みの軸として立ててみると、古代歌謡の表現を成り立たせている論理が少しははっきりしてくるのではないか。そのような読みを試みたつもりである。

最後に、気になっている言葉をもう一つ。斎藤茂吉は、紀の温泉で額田王が作った、あの難訓歌として知られる万葉集巻1・九番歌の下の句「わが背子《せこ》がい立たせりけむ厳橿《いつかし》が本《もと》」について、

この句は厳かな気持を起させるもので、単に句として抽出するなら万葉集中第一流の句の一つと謂っていい。(21)

と述べている。歌人茂吉をしてこのように言わしめるものは、この歌の中の一体何なのか。ずっと気になっていたのである。これまで見てきたところから言えば、それはたぶん、神の寄り憑く「厳橿」とその根本に立つ「わが背子」とが重なり合っていく〈同類共感〉という古代的感性に引き込まれるからではないか。この歌の表現が、古代の〈樹木崇拝〉と深く結びついていることは言うまでもない。

【注】

（1）『花の宇宙誌』（平成2年）

（2）『古代歌謡全注釈・古事記編』（昭和47年）
（3）古橋信孝『万葉集』（平成6年、ちくま新書）は、ここに樫の臼で醸した酒の起源神話を想定している。
（4）尾畑喜一郎「記紀と神武・崇神」（『解釈と鑑賞』昭和43年6月、『古事記の成立と構想』所収）
（5）簡約本の翻訳『金枝篇』昭和26年、およびメアリー・ダグラス監修、サビー・マコーマック編集の要約本の翻訳『図説・金枝篇』（平成6年）。
（6）『樹の文化誌』（昭和60年）
（7）『森のイングランド』（昭和62年）
（8）石井美樹子『シェークスピアのフォークロア』（平成5年）
（9）『記紀歌謡評釈』（昭和48年）
（10）注（2）同書
（11）注（2）同書
（12）「木に衣を掛ける─続・一つ松考序説─」『民俗文化』（平成7年3月）
（13）「松と待つ」（『短歌』平成3年10月）
（14）『火山列島の思想』（昭和43年）
（15）多和田さち子「南島における死体化生伝承とその周辺」（大野晋博士古稀記念論文集『日本研究─言語と伝承』平成元年12月）が類型を詳しく分析していて参考になる。
（16）『南島歌謡大成Ⅳ・八重山篇』（昭和54年）
（17）「南島歌謡における祝女の山ごもりと造船」（『八重山文化論集』昭和51年12月）
（18）注（2）同書
（19）古橋信孝氏に、序詞は神謡の〈叙事〉から成立した〈共同性〉の表現とする論がある（『古代和歌の発生』昭和63年）。
（20）注（2）同書
（21）『万葉秀歌』上巻（昭和13年）

第二章　歌謡・和歌における境界の場所

1　ヤマトタケル葬歌の表現──境界の場所の様式

はじめに

ヤマトタケルは、死後、白鳥と化して飛翔する。そして后・御子がうたう四首の葬歌に送られるように、天界へと去って行く。ヤマトタケルの死を歌によって語るのは、古事記の物語の方法と見るべきであろう。日本書紀の方にはこれらの歌がないからである。古事記の、歌によって構成される物語については、その成り立ちや構造から明らかにされなければならないが、この物語の場合、歌そのものにいくつかの問題がある。その一つは民謡か否かという実体推定に関わることであり、その前に葬歌とはどのようなものかという表現のあり方が十分に解明されていない点である。それらの歌が死者に対する表現としてどのような意味をもっているかということの究明は、おそらく万葉挽歌にまで及んでゆく問題であろう。従って、葬歌と挽歌のつながりという文学史的な視点が、そこに求められてくることになる。

このように多くの歌によって死を語る物語は、もちろんヤマトタケルにしか見られないのであって、そのこと自体古事記におけるヤマトタケルの特異な位置を示している。それは古事記の方法や王権の問題として解明されるべきことは言うまでもないのだが、(1)ここではさしあたって葬歌の表現について論じることにする。

一　死者儀礼と歌

A　なづきの　田の稲幹《いながら》に　稲幹に　蔓《は》ひ廻《もとほ》ろふ　野老蔓《ところづら》　（記34）

B　浅小竹原《あさじのはら》　腰《こし》なづむ　空は行《ゆ》かず　足よ行くな　（記35）

C　海処《うみが》行《ゆ》けば　腰なづむ　大河原《おほかはら》の　植草《うゑぐさ》　海処は　いさよふ　（記36）

D　浜《はま》つ千鳥《ちどり》　浜よは行かず　磯伝《いそづた》ふ　（記37）

この四首がヤマトタケルの葬歌である。最初のAは、后・御子たちが伊勢国能煩野に御陵を作り、「なづき田に匍匐《は》ひ廻《もとほ》りて、哭《な》きて」うたったとある。この所伝については殯宮での儀礼的所作と解するのが、従来の一般的な見方であった。例えば、西郷信綱氏は「御陵」とは殯宮のことで、后・御子たちの所作は殯宮での匍匐と涕泣の儀礼を意味するとして、殯宮儀礼との表裏一体の関係をここに見ている。(2)これを一つの根拠として、西郷氏のいわゆる女の挽歌の論が展開されたことが想起される。(3)

BCDの三首は、八尋白智鳥と化して翔天するヤマトタケルを追い行く時の歌。Bは「小竹《しの》の苅杙《かりくひ》に、足を跳《き》り破れども、その痛きを忘れて哭きて追はしき」、Cは「海塩《うしほ》に入りて、なづみ行く」、Dは「飛びてその磯に居《いま》し時」という状況でうたったとある。この三首は「腰なづみ」つつ追い行くことをうたっているのだが、西郷氏はやはりここでもAの匍匐に「似た葬《ハフ》りの場における儀礼的所作」、すなわち「鳥と化した魂を涕泣しつつ追っかける擬態」という儀礼的解釈を重ねている。この解釈は死者儀礼の二面性に対応させるもので、Aとそれ以外の三首との間に微妙な差異があることを認めている。それはつまり、殯（もがり）と葬（はふり）である。Aの歌とその儀礼的所作は、仮喪の期間におけるタマフリの行為という理解なのである。それに対して、B以下は死者を墓所におさめるまでの葬送、いわゆる第二次葬として位置づける。

こうした死者儀礼の二つの場面を、これらの歌と所伝に重ねる見方とは別に、四首全体の歌の場を殯宮儀礼に結びつけて説く立場もある。四首を殯の匍匐礼にうたわれた転用歌謡とする伊藤博氏(4)や殯の場での魂呼びの呪歌とする守屋俊彦氏(5)などの見解である。Aの一首にしろ、四首全体にしろ、うたわれる場を殯の儀礼とする立場においては、そこにタマフリあるいは魂呼びの機能を看取することになる。

しかし、前掲西郷氏がAを殯の儀礼の歌とする時、その出発点において、御陵とは殯宮であると述べるのには明かに飛躍がある。このような殯宮儀礼説を批判して、神野志隆光氏が、この四首について御葬にうたうと記す古事記の場の指定からすれば、殯ではなく、一貫して葬送の場、葬送の歌ととらえるべきだとするのは、古事記の文章に即した妥当な見解と言わなければならない(6)。従って、殯説の根拠となるべき匍匐や涕泣あるいは魂呼びの呪的行為という把握も、葬送のイメージによって物語化されたヤマトタケル葬歌の散文の説明から読み取れる内容にすぎない。それを殯宮儀礼にストレートに結びつけるのは、あまりに短絡的と言うほかなく、歌と物語の関係を読み誤る結果となろう。

古事記が死者儀礼を語るのは三回、イザナキの黄泉国訪問神話と天若日子の喪屋の段、そしてヤマトタケルの葬送の場面である。この三者が古代の葬礼の各部分として互いに関連するのではないかとする西郷氏の指摘は、おそらく正しい。はじめの二つは「死体が腐乱していく過程」と「喪屋でおこなわれる歌舞音楽」を語っている(7)。いずれも殯の儀礼に関わる神話で、そこに殯の起源が語られていると見ることができる。そうであれば、最後のヤマトタケルの白鳥翔天物語とその歌は、殯の後の葬の部分を語るものにちがいない。死者の魂が白鳥となって飛翔し、天界へ去るという、いわば魂のゆくえについて語るヤマトタケルのこの物語は、葬送儀礼の起源という位置にあると見てよいだろう。「天皇の大御葬に歌ふなり」の記述がそれを示している。はじめの二つの神話が殯、そしてヤマトタケルの場合が葬の起源を担っているのであって、古事記ではそれらの部分が関連する形で死者儀礼の全体を語るような仕組みになっていると見られる。

このような点からも、白鳥翔天の物語はヤマトタケルの葬送を語り、その歌は葬歌と見るべきことが明らかになった。しかしその場合、葬送の場の正確な記述あるいは実態をそこに求めてはならないだろう。それは葬送のイメージによって再構成された物語的世界だからである。(8) その物語的世界を成り立たせている重要な根拠が、四首の葬歌あることは言うまでもない。

二　民謡転用説批判

まず、四首の葬歌について考える上で、二つの基本的な立場がある。一つは、葬送とは別の場でうたわれた民謡がヤマトタケルの葬送物語に転用され、大御葬歌としてうたわれるようになったとする民謡転用説。従来の研究では、この民謡転用説がとりわけ盛況であった。それを整理しながら、その立場がヤマトタケル葬歌に対する方法として妥当かどうかを検討しておきたい。

（1）童謡（高木市之助『吉野の鮎』昭和16年）
（2）ABCが恋の民謡、Dが謎歌（土橋寛「古代民謡解釈の方法」『立命館文学』昭和26年2月、「倭建命御葬歌の原歌」『説林』昭和26年5月、『古代歌謡全注釈・古事記編』昭和47年など）
（3）農業祭に関わる呪歌（吉井巌「倭建物語と呪歌」『国語国文』昭和33年10月）

（4）民衆の労働の苦労をうたった労働歌 （神堀忍「歌謡の転用」関西大学『国文学』昭和34年7月）
（5）恋の通い路の民謡 （吾郷寅之進「倭建命御葬歌の原義一・二」『國學院雑誌』昭和41年2・3月）
（6）建部の忠誠披瀝歌 （尾畑喜一郎「八尋白智鳥」『日本武尊論』平成元年8月）

このように管見に及ぶものを挙げただけでも、民謡転用説は多種多様である。この中で、民謡理論を確立し、類歌類想の詞句の検討からその実体を推定するという点で、土橋氏の(2)がもっとも有力な見解と見られている。なお、(5)の吾郷氏の見解も大きく分ければここに含まれる。従って、民謡転用説の立場は(2)を見ていくことによって、成り立ち得るかどうか確かめられよう。

土橋氏は、Aの「蔓ひ廻ろふ」の句について、

E　道の辺《へ》の茨《うまら》の末《うれ》に這《は》ほ豆《まめ》のからまる君を別《はか》れか行かむ （万20・四三五二、防人歌）

G　われは奥山の笹子笹《ささをざさ》、藤《ふぢ》に巻《ま》かれて寝《ね》とござる （山家鳥虫歌・隠岐）

という万葉歌や民謡の例を示し、恋歌では這いまつわる蔓が恋の姿態の比喩になることから、Aもそのような恋の民謡と推定したのである。しかし、「蔓ひ廻ろふ」は「蔓延纏絡」とともに、吾郷氏が(5)で言うように「匍匐徘徊」の意味も含む。古事記の散文の説明では後者の意である。「蔓」の属性には多義的な比喩機能を考えておいた方がよい。歌の表現としては、「蔓ひ廻ろふ」がEやGのような恋歌のパターンに通じるにしても、それは一つのあり方にすぎないのであって、恋の民謡として限定的に考える根拠は見出し得ない。

BCの場合も、土橋氏は、「浅小竹原腰なづむ」と「海処行けば腰なづむ」の類似の表現が、「普遍的な恋歌のパターン」であるとし、恋の通い路の苦労をうたった恋の民謡とする。

H　巻向《まきむく》の桧原《ひばら》に立てる春霞おぼにし思はばなづみ来《こ》めやも （万10・一八一三）

Ｉ　うち日《ひ》さつ　三宅《みやけ》の原ゆ　直土《ひたつち》に　足踏み貫《ぬ》き　夏草を　腰になづみ　いかなるや　人の子ゆゑぞ　通はすも吾子《あご》……（万13・三二九五）

「なづむ」の語は、万葉恋歌において、ＨやＩのように、相手に恋しさを訴えるために通い路の難渋をうたう表現として出てくる。しかし、「なづむ」は常に恋しさを言う表現に限定されてはいない。

Ｊ　……大鳥《おほとり》の　羽易《はがひ》の山に　わが恋ふる　妹《いも》はいますと　人の言へば　石根《いはね》さくみて　なづみ来《こ》し　吉《よ》けくもぞなき　うつせみと　思ひし妹が　玉かぎる　ほのかにだにも　見えなく思へば（万2・二一〇、柿本人麻呂）

これなどは亡き妻に逢いに行く表現として用いられた挽歌の例であるし、後に掲げる恋歌ではない例（19・四二三〇）もある。従って、ＢＣの「腰なづむ」が「普遍的な恋歌のパターン」にすぐに結びつくとは考えがたい。もし「普遍的」と言うなら、「なづむ」の用法は他界あるいは異郷に行くという特殊な行為に対する普遍的な表現と言った方がよい（この点はなお後述）。やはり、ここでも恋の民謡に限定し得る表現上の根拠はないのである。最後のＤは、謎歌としてうたわれた歌垣の民謡とする。「浜つ千鳥」でありながら磯を行く、という点から謎歌と推定するのだが、それがどの程度ナゾになっているのか、類例がないのでよくわからない。土橋氏はさらに、四首は本来、野中・古市の歌垣の歌で、その地を本拠とする土師氏によって物語に転用されたという推定に展開してゆく。しかし、この場合も歌垣の民謡であることを表現から証明することはできない。まして、土師氏という伝承氏族については、確かめようがないと言うほかない。

土橋氏の恋の民謡転用説は、現在有力な学説となっているが、述べてきたように、四首はその表現から恋の民謡に限定し得るものではない。その表現は恋の歌でもあり得るし、死者の魂を追い求める葬歌と見ることもできる。四首が物語からかけ離れた歌とは考えられないが、それを物語から引き離して恋の民謡として独立させた時、今度は転用という論理を立てなければならなくなる。そこに土師氏の登場があるのだが、それは転用であることの証明にはならない。この物語は氏族伝承のレベルで成立したのではなかろう。古事記の成立過程において、天皇中心の物語の統合と体系化の中で成立したと考えられる。つまり、四首は葬歌であるゆえにヤマトタケルの葬送物語の歌として理解されたということである。このように考えてくると、民謡転用説は論理的に成り立ち難いと言わざるを得ない。

三 「場所＋なづむ」

それでは、四首はなぜ葬歌として読めるのか。次に葬歌としてうたわれることの根拠を、その表現において明らかにしなければならないが、そこに立ち入る前に、四首の特徴的な表現形式に注目しておきたい。

四首の表現を見ると、ＢＣの歌の表現構造がほとんど同じであることに気がつく。はじめに場所が提示され、難渋する意の「腰なづむ」の句が続き、最後に「なづむ」様子の具体的あるいは比喩的くり返しという構造である。それは、「場所＋なづむ」として取り出すことができる。この二首ではともに、邪魔するもののために難渋して進めないさまがうたわれている。歩行を邪魔するものは、Ｂでは茎が入り組んで繁茂する小竹であり、Ｃでは波が打ち寄せる海辺である。Ｂの散文では小竹で足を傷つけると解しているが、歌の表現としては「腰なづむ」とあるから、小竹で足をとられる意である。この意味の転換は、物語の構造と歌の関係から生じてくる。歌は足腰に纏わりつく小竹をうたっているのである。このようなＢＣの「場所＋なづむ」という表現形式は、ＡやＤの表現を考える手がかりになるのではないか。従来、Ａの「蔓ひ廻ろふ」については、大きく分けて二つの解釈があった。「悲哀《カナシミ》に堪《タヘ》ずて匍匐廻《ハヒモトホリ》賜ふことを、其地《ソコ》なる田の稲茎《イナガラ》に、薢《トコロ》の葛《ツル》の蔓繞《ハヒマト》へるに譬へ賜へり」とし、后たちの所作に結びつけて葬歌として解釈する本居宣長『古事記伝』のような立場と、「野老の葛が稲の茎に這いまつわる」のは恋の姿態の比喩であって、それが「后たちが御墓の辺を徘徊する」意の、死を悲しむ歌に転用されたとする土橋氏のような立場である。(9) しかし、前にも触れたように、転用説には問題があるので別の立場から歌の表現を成り立たせている観念や論理に迫ることが求められる。

先にAの蔓には、恋の姿態に限定し得ないとする立場から多義的な比喩機能を考えておいたが、「蔓ひ廻ろふ」も恋の民謡という解釈から離れて、BCやDとの関連においてとらえ直す必要がある。この四首が物語の同じ場所に一括して出てくるということは、まったく無関係の歌が民謡的世界からここに投げ込まれたものではなく、ある関連性をもって配置されていることを示唆している。従って、この四首には葬歌としての表現の一貫性が考えられるのであって、Aは当然BCの表現とも関連をもっているはずである。

それでは、Aの「蔓ひ廻ろふ野老蔓」の表現を支えているものは何か。

K　父母《ちちはは》に知らせぬ子ゆゑ三宅道《みやけぢ》の夏野《なつの》の草《くさ》をなづみくるかも　（万13・三二九六）

L　赤駒《あかごま》のい行《ゆ》きはばかる真葛原《まくずはら》何《なに》の伝言《つてこと》直《ただ》にし良《え》けむ　（紀128、万12・三〇六九に重出）

前掲のIやこのKは、夏草に難渋しながら恋人のもとに通う男の気持をうたったものだが、「葛引《くずひ》く吾妹《わぎも》」を「夏草刈《なつくさか》るも」と反復する旋頭歌（万7・一二七二）や「真田葛延《まくずは》ふ夏野《なつの》の繁《しげ》く」（10・一九八五）のような序詞があるところを見ると、この「夏草」や「夏野の草」には葛の野原の行き難さというイメージが加わっていると考えてよかろう。そしてLでは馬の歩行を阻む場所として葛原がうたわれている。足に絡みついて歩行を困難にするという蔓植物の属性が、IKの歌やLの序詞の発想となっているのである。

従って、Aの場合もこのような発想からとらえ直すことができよう。すなわち、稲幹に纏わる蔓は足に絡みついて歩行を困難にするものとしてうたわれているという解釈である。「野老蔓」の属性によって行きなづむさまを喚起する表現と言ってよい。そうすると、BCの歌の歩くことの困難さは、そのままAの「蔓ひ廻ろふ野老蔓」の比喩と重なっていることが明かであろう。Aの歌では「なづきの田」という場所を提示し、それに続いて歩行の困難さを表す「野老蔓」がうたわれる。これはBCの「場所＋なづむ」と同じ表現構造である。「なづきの田」がBCの「腰なづむ」と響きあっているだけでなく、AとBCの間には構造においても共通性が見られるのである。

次にDの場合についても、BCとの表現上の関連を考えておこう。Dの歌は、「浜つ千鳥」が浜ではなく、磯伝いに行くということをうたっているが、土橋氏は「それを歌に歌うことにどんな意味があるのか、説明がつかない」とし、浜と磯の対比による秀句ないしはナゾ歌と推定するのだが(10)、この見解については西郷信綱氏が批判したように、そこに実体的意味を求めるのは妥当でない。BCと同じく「この歌も、足場の悪い岩場を難渋しつつ進んでゆく動作(11)」とする西郷氏の解釈に従うべきであろう。そのように考えると、ここでも歩行の困難さがうたわれていることになる。この歌の表現は、磯という場所を浜と対比的に提示し、なづみ歩くさまを比喩的に引き出すところに中心がある。従って、Dの表現はBCとAの関係と同様に「場所＋なづむ」として考えることができる。

いま検討したように、BCの「場所＋なづむ」の表現構造は、AとDの間にも共通するものであった。ADに「なづむ」の語はないものの、内容としては行き難さというイメージをうたっているからである。このように見てくると、神野志氏が、四首に「行きなづむ」というモチーフを指摘し(12)、中西進氏が、この四首は難渋するもののイメージによって統一がとれている[13]と述べるのも首肯できる。前に述べておいたのだが、A〜Dの四首が表現の共通性をもつ歌として物語の中の同じ場所に配置されたという事情は、以上のことからほぼ明らかである。

四　葬歌の表現

さて、四首全体に「場所＋なづむ」の構造を確認した上で、それがなぜ葬歌の表現なのかという、先に提示した課題に進むことになる。まず、「なづむ」という語あるいはその行為に注目してみよう。四首が葬歌として読める一つの根拠は、この「なづむ」という語にあると考えられるからである。『名義抄』では「泥」や「阻」の字を「なづむ」「なやます」の義とする。何かが纏わる意で、そこから難渋する意をも表したと見られる。

M　難波《なには》人《ひと》鈴船《すずふね》取らせ腰《こし》なづみその船取らせ大御船《おほみふね》とれ　（紀51）

N　大空《おほそら》ゆ通《かよ》ふわれすら汝《な》がゆゑに天《あま》の河路《かはぢ》をなづみてぞ来《こ》し　（万10・二〇〇一）

O　直《ただ》に来《こ》ず此《こ》ゆ巨勢道《こせぢ》から石橋《いはばし》踏《ふ》みなづみぞわが来《こ》し恋《こ》ひてすべなみ　（万13・三二五七）

P　降《ふ》る雪を腰になづみて参《まゐ》り来《こ》し験《しるし》もあるか年《とし》の初《はじめ》に　（万19・四二三〇）

Mは海水のために舟曳きの足が難渋する意で、これはCの「海処行けば腰なづむ」と重なる。NOあるいは前掲HIKは、河原の石や夏草のために難渋すること。Pは雪に腰をとられて歩行が困難なことをうたう。神堀忍氏が用例を検討して、「『ナヅム』の語は、水に浸ることから発して、人間の志向する動作を阻む箇所での苦痛や苦労を感じることを表してゐる[14]」と規定するところにおおよそ言い尽されていよう。

そのように語義をとらえつつ、ここで重要なのは「なづむ」の語あるいはその行為がうたわれることの意味を、歌の側から表現の問題として問うことである。まず、「なづむ」は「行く」あるいは「来」に関わる行為としてうたわれている。それがHなどの恋の歌の場合、妻問の辛苦や難儀さをうたうことによって、妻（夫）への恋情の深さを表出する構造になっている。万葉歌ではこれが恋をうたう時の一つの様式なのである。そしてこの様式を支えているのは、妻問を異境への訪れとしてとらえる古代的観念と言ってよい。

Q　他国《ひとくに》に結婚《よばひ》に行きて大刀《たち》が緒《を》もいまだ解《と》かねばさ夜そ明《あ》けにける　（万12・二九〇六）

R　川の瀬を石踏み渡りぬばたまの黒馬《くろま》の来《く》る夜《よ》は常にもあらぬか　（万13・三三一三）

S　人言《ひとごと》を繁《しげ》み言痛《こちた》み己《おの》が世《よ》にいまだ渡らぬ朝川《あさかは》渡る　（万2・一一六）

Qは、「よばひ」には「他国」という異境に出かけて行くという発想があることを示している。QRについて、古橋信孝氏は「他国への通い婚のうたは、神と神女の位置に男女を転移させるものだ[15]」と述べ、妻問歌の表現の論理を鋭く分析している。Rの歌には、妻問歌に異境からの神の訪れというイメージがうたわれることを確かめることができよう[16]。恋が異境性と関わることは、例えばSが、相手に逢うことをあたかも川を渡って異境に行くかのようにうたうことからもわかる[17]。川渡りはまた、死者の行為としてうたわれることもここに想起しておくべきであろう。川渡りは異境へ行くという異常な行為であったのである。このように見てくると、恋の歌にうたわれる「なづむ」が恋情の深さを表出し得るのは、「なづむ」が境界を越えて異境に行く行為とする古代的理解があったからだと考えられる。つまり「なづむ」は境界に関わる表現であった。歌の側から言えば、妻問は異境へ行くことであったから、境界での行き難さをうたうことは恋の歌の表現論理としてあったと見ることができる。もちろん、異境の問題は恋に限らず、例えば旅や死にも関係している。従って「なづむ」も、恋や旅や死に関わる普遍性をもつ表現として見ていかなければならない。恋の民謡の転用と簡単に言えない理由はここにある。

ここでようやく、A～Dの「なづむ」の語あるいはその行為を死に関わる表現とする視点が可能になったと言えよう。「なづむ」が葬歌の表現として考え得るのは、死者がこの世との境界を越えて他界に去ることと関わっている。その点についてさらに検討してみよう。

T　楽浪《ささなみ》の志賀津《しがつ》の子らが罷道《まかりぢ》の川瀬の道を見ればさぶしも　（万2・二一八）

U　……佐保河《さほがは》を　朝川《あさかは》渡り　春日野《かすがの》を　背向《そが》ひに見つつ　あしひきの　山辺《やまへ》を指《さ》して　晩闇と　隠りましぬれ……　（万3・四六〇）

V　……ぬばたまの　黒馬《くろま》に乗《の》りて　川の瀬を　七瀬《ななせ》渡りて　うらぶれて　夫《つま》は逢《あ》ひきと　人そ告《つ》げつる　（万13・三三〇三）

死者の川渡りについては前に触れたが、これらがその歌である。TUは死者が川という境界を越えて他界へ去ることをうたっており、相聞に分類されるVも、本来それと同じ発想の挽歌であると見られる。これらの歌は、死者が川を渡って行くとうたうことによって死者として認識され、それが死者への鎮魂となることを示しているのである。これらの歌の背後にいるうたい手は、死者が川を渡って他界に去ることを見ているかのようである。Vに至っては、他界に行く夫と出逢ったことを里人が妻に告げている。死者は他界に去ることをうたい手によって確認され、鎮魂されるという構造が、これらの歌から読み取れるであろう(18)。このように死者に対する表現には、葬歌でもあるいは挽歌でも死者が他界へ去ることを確認するというあり方が考えられる。それは死者に逢いに行くとか追い行くというように、生者の側からうたわれるのが普通だが、死者自身の行為として死者の側から発想されることもある(19)。そこには死者に対するうたい手のあり方という問題があるが、いずれにしても死者に対する表現には他界へ去ることをうたうという基本的な性格がある。

「なづむ」の語あるいはその行為は、このような死者に対する表現と深く関わっている。挽歌に「なづむ」がうたわれた例としては、前掲のJがあった。妻の死をうたった柿本人麻呂の泣血哀慟歌である。死んだ妻が羽易の山にいると人が言うので、岩を踏み分けて難渋してやってきたが、ついに逢うことができなかったとうたう。この場合、羽易の山は山中他界を表しており、その山道の行き難さをうたうのは「なづむ」が境界と関わる表現であることを示している。この歌はうたい手が死者である妻と逢うために、そのあとを追い行くことをうたっている。そして逢えないことによって、妻との隔絶を確かめることになる。「なづむ」は死者のあとを追い行く時の行為としてうたわれているのである。その時行きなづむのは、そこが境界であるからにほかならない。

以上のことから明らかなように、A〜Dの四首が葬歌として読めるのは、「なづむ」という行為がうたわれるからであった。「なづむ」は境界に関わる表現であり、死者のあとを追い行く時の表現としてうたわれるのである。蔓が足に絡みつくAの印象、Bの小竹に阻まれるさま、Cの海水に腰をとられる様子、岩場で難渋するDのイメージ、この共通した行き難さの表現は、死者を追い行くことをうたう葬歌のあり方を示すものであった。死者を追い行くことによって死者が他界に去ったことをうたい、そのことによって死者を鎮魂する歌であったと見ることができる。

五　境界の場所

ヤマトタケルの葬歌四首がその葬送の物語から取り出してもなお葬歌として読めるのは、一つには「なづむ」という表現にあることを確かめてきた。死者を追い行く時の行き難さをうたうのは、すでに見たように「場所＋なづむ」の表現によってであった。そうすると、「なづむ」の表現を成り立たせる根拠は、この「場所」にあるにちがいない。素直に読めば、この四首は行き難さをうたい、そして行き難い場所をうたっているにすぎないとも言える。逆に言えば、それほどに「場所」の表現は重要な意味をもつということになる。その「場所」とは、Aの「なづきの田」、Bの「浅小竹原」、Cの「海処」、Dの「磯」である。

「なづきの田」については、御陵のそばの田[20]とか、水に浸っている田[21]などと解釈されているが、山地性の野老蔓がうたわれるところから、山の中の田あるいは山に接する田とも考えられる。歌の表現としては、「なづき」はBCの「なづむ」と響き合いつつ行き難さのイメージを与えている。ここで取り上げておきたいのは、出雲国風土記・出雲郡に「脳《なづき》の磯《いそ》」があり、この近くの窟は「黄泉《よみ》の坂・黄泉の穴」と呼ばれていることである。死に関する禁忌伝承も伝えられるところを見ると、この磯が死者の国との境界と見られたことは明らかで、「脳の磯」の地名由来がそこに関わっているとすれば、「なづきの田」も死者とか他界との関連から考えられるであろう。

「浅小竹原」は、「われし通はば靡《なび》け細竹原《しのはら》」（万7・一一二一）のように、恋の通い路の苦労する場所としてうたわれる。前に触れたように、異境への行き難さをうたうのが妻問歌の論理である。「神名火《かむなび》の浅小竹原《あさじのはら》」（万11・二七七四）も、神の世界と接する境界性を示している。

「海処」も異境と接する場所である。

W　水門《みなと》の潮《うしほ》のくだり海《うな》くだり後《うしろ》もくれに置《お》きて行《ゆ》かむ　（紀120）

これは斉明天皇が孫の建王の死を悲しんだ歌と伝えられ、海上他界観がうたわれている。死者が海坂を渡って他界に行く発想は、「玉桙《たまほこ》の道行《みちゆ》く人は」（万13・三三三五）などの歌に見られ[22]、「海処」はそのような海上他界につながっている。

「磯」も「脳の磯」のところで見たように、他界感覚を喚起する場所である。柿本人麻呂・石中死人歌（2・二二〇）の「荒磯《ありそ》」は、神の霊威が寄り着く場所と古橋氏は解している。[23]それゆえ死者と出逢うという境界性をもつわけである。

このように四首にうたいこまれているのは、等しく境界の場所であった。守屋氏によれば、B以下の配列には野原から海辺へという一本の道があり、「海の彼方の死者の国へ行こうとする、魂の通る道筋を物語っている」[24]という。古橋氏はまた、「死者がこの世に別れを告げて死者の世へ向って行く道行の謡[25]」と述べ、その配列が死者の道行を思わせることを指摘している。海への道をたどるのはその通りであるが、ここではさらに四首のそれぞれが境界の場所をうたうことを重視したい。他界との境界であるゆえに、死者を追い行く者は行きなづむのである。そして死者はこの世との境界を越えて、他界へと去って行く。そのような境界の場所がうたわれることによって、四首は葬歌としての言葉の呪力と表現様式をもち得たと言えよう。

それでは、葬歌はなぜ境界の場所をうたうのか。この問題を考える上で、『遠野物語』の次の話（拾遺・二二六話）は示唆的である。村に死ぬ人がいると、十王堂の別当の佐々木家に予兆があるという。デンデラ野を夜中に馬を引いてうたいながら通ったり、高声に話をして通ったりする人がいると、その人は間もなく死ぬという話である。死者は他界であるデンデラ野へ行く時に、佐々木家という境界を通るのだと語っているのである。吉本隆明氏によれば、他界は村落共同体の共同幻想によって作為的に設けられるという。[26]死者の世界はこの世から隔絶されなければならないからである。そして、死者がデンデラ野に行くことを確認するのが境界にある佐々木家なのだ。この話は、死者の魂は共同体に恐怖と不安を与えるから、死者が他界に去ることは共同体の問題としてあることを示している。葬歌においては、境界の場所をうたうことによって、死者が他界へ去ることを幻想させることになる。

しかし、境界の場所は葬歌の表現として普遍性をもつのであろうか。万葉歌については、すでにTUVの死者の川渡りやJの山中他界の表現を通して、その「川瀬」や「山道」が境界として意識されることを確かめながら、他界との境界の場所であるゆえに、そこが行きなづむ場所としてうたわれることを見てきた。だが、土橋氏は、民衆の葬歌は古代歌謡に見出すことができないと指摘している。(27) 従ってこの四首と比較すべき歌謡資料に恵まれないのだが、南島歌謡および南ポリネシアの葬歌を通して、境界の表現に触れておきたい。

X　今日祝女加那志《のろがなし》エイ〳〵　　チューフ祝女加那志エイエイ
月《ちち》ばんた　くしみしょうちエイ〳〵　　月端を越しなさってエイエイ
太陽《てだ》ばんた　越《く》しみしょうちエイ〳〵　　太陽端を越しなさってエイエイ
乗《ぬ》い板に　乗い召《み》しょうれ〳〵　　乗り板に乗りなさいませ
わき板に　乗い召しょうれ　　脇板に乗りなさいませ
いしやじょにエイ〳〵送《うく》やびら　　石門にエイエイ送りましょう
かねやじょにエイ〳〵送やびら　　金門にエイエイ送りましょう

Y
(独吟)聞こえるかヴェラ、潮騒《しおさい》の音が？
あの小さなパングヌスの木の彼方《かなた》の、
大岩の上で飛び散る波の音だ——
さあ、お別れの時が来た！
(中略)

（独吟）ああ、あそこに行く――
　もう精霊の国に向っている。
　大口あいた墓穴がそこへの通路だ――
　（中略）
（合唱）風、
　それがおれたちを吹いてこの広い海を渡してくれる。
　あちこちとおれたちはさ迷った。
　潮に洗われた岩の上も転々と跳《と》んで――
　でこぼこな岩を越えておれたちは来た。
　（中略）
（独吟）おまえの足は、おおヴェラ、
（合唱）おいしげる蔓草にからまれた。
　おまえ、精霊の国にはいる用意はいいか？
　いまこそ
（独吟）泡だち沸《たぎ》る海原をこえて、
（合唱）行こうとするのか？
　現身《うつそみ》のない精霊のお気に入りの場所、
　パンダヌスの林の間を縫って、

（独吟）平らな入り江は潮に洗われ、
　コオロギも鳴いて、おまえが通る
　磯べの叢林《しげみ》の径《こみち》を案内する。
　死者の精霊のさ迷う径だ。
　（以下省略）

南島歌謡には祝女の葬式にうたう一群の葬歌があり、その中でも「久米島の君南風の葬式のオモリ」はもっとも荘重なものと思われるが、Xは大宜味村城の「祝女葬式のおもい」(28)である。これらの葬歌はかなり様式的で、死者を石門・金門に送るというのはほとんど共通の詞章と言ってよい。これは洞穴墓の入口のことであると同時に、他界への入口すなわち境界の表現と見ることができる。小野重朗氏はこのXについて、「他界についても鮮明に語られていて」、万葉の挽歌よりも「より古代的なもの」(29)が見られるとしている。確かに、石門・金門にははっきりと他界観がうたわれている。この境界の場所の表現は、南島の葬歌においても、様式化が認められるほどに重要な表現であったことがわかる。このような歌の表現によって死者は他界に行き、鎮魂されるという、言わば呪力ある言葉と考えられたにちがいない。南島歌謡の葬歌の表現様式がヤマトタケル葬歌四首の境界の場所の問題と通じていることは明かである。

もう一つのYも、葬歌の表現を考える上で参考になる。これは、一七七〇年頃、南ポリネシアのマンガイアの酋長の甥ヴェラが死んだ時、その葬式でうたわれたという(30)。ヴェラと他の精霊たちを海の彼方の他界へ送る歌である。独吟と合唱の対話で進行し、三人称から突然一人称になることなど、ここには死者の歌の表現を知る手がかりがある。父親は、島をめぐり、磯から海原を越えて精霊の国へ行く子のあとを、足をいためて難渋しながら追いかけ、別れを告げるのである。このようにうたうことが、死者を精霊の国へ送ることになると考えられていたのである。そしてこの場合も、境界の表現が葬歌の構造になっていることを確かめることができる。このように見てくると、ヤマトタケル葬歌は基本的なところでXYと構造が類似することを知り得る。

結び

ヤマトタケル葬歌四首の表現について、他界へ去る死者（の魂）を追い行く歌として見てきた。そこにうたわれる境界の場所は、死者が境界を越えて他界へ行く表現となっているという点が注目される。人々は境界の場所をうたう表現によって、死者が他界へ去ることを確かめるのである。そのことがおそらく、死者の鎮魂を意味したと考えられる。

【注】

（1）この点については、本書II・第二章1〜3、およびIII・第三章・2を参照していただきたい。本論では、境界の場所の表現についてより詳細な検討を加えることに目的がある。
（2）「ヤマトタケルの物語」（『文学』昭和44年11月、『古事記研究』所収）
（3）「柿本人麿」（『詩の発生』昭和39年）
（4）「挽歌の世界」（『解釈と鑑賞』昭和45年7月、『万葉集の歌人と作品上』所収）
（5）「倭建命の葬送物語」（『甲南国文』昭和49年3月、『古事記研究』所収）
（6）「『大御葬歌』の場と成立―殯宮儀礼説批判―」（『上代文学論叢・論集上代文学』第八冊、昭和52年11月）
（7）『古事記注釈』第三巻（昭和63年）

(8)　本書III・第三章・2
(9)　『古代歌謡全注釈・古事記編』（昭和47年）
(10)　注(9)同書
(11)　注(7)同書
(12)　注(6)同論文
(13)　『古事記を読む3・大和の大王たち』（昭和61年）。しかし、Aを「匍匐礼そのものの歌」とする点には疑問がある。Aも他の三首と同じく、死者を追い行く歌とするのが本論の立場である。
(14)　「歌謡の転用」（関西大学『国文学』昭和34年7月）
(15)　『万葉集を読みなおす』（昭和60年）
(16)　居駒「ぬばたまの黒馬の来る夜は─万葉恋歌における妻訪い歌の発想─」（『明治大学教養論集』平成元年3月）
(17)　この歌の論としては、大久間喜一郎「川を渡る女─但馬皇女をめぐって」『國學院雑誌』昭和42年7月、『古代文学の構想』所収）参照。
(18)　このような挽歌の問題については、「死者との出逢い─万葉集巻13・三三〇三の挽歌的表現構造─」（『明治大学教養論集』平成2年3月）で論じたことがある。
(19)　死者の側からうたう死者の歌の表現については、秋間俊夫「死者の歌─斉明紀の歌謡と遊部─」（『文学』昭和47年3月）が論じている。また古橋信孝「王権の発生論─死者のうたと語り─」（『物語・差別・天皇制』昭和60年10月）は、この四首の葬歌も死者の側に立った歌と見ている。
(20)　『古事記伝』
(21)　注(14)同論文
(22)　注(19)同論文
(23)　「ことばの呪性─アラをめぐって、常世波寄せる荒磯─」（『文学』昭和61年5月、『古代和歌の発生』所収）
(24)　注(5)同論文

(25)　注(19)同論文
(26)　『共同幻想論』(昭和43年)。なお、この伝承については、注(18)同論文でも触れている。
(27)　『古代歌謡の世界』(昭和43年)
(28)　『南島歌謡大成I・沖縄篇上』(昭和55年)によったが、出典は島袋源七『山原の土俗』(昭和4年)。
(29)　『南島研究』(昭和53年12月)
(30)　浜野修編訳『南方原住民の歌謡』(昭和19年)。引用は大林太良『葬制の起源』(昭和52年)による。

2　死者の歌の発生、そして挽歌へ

はじめに

前節において、ヤマトタケル葬歌は、境界の場所の表現によって、死者（の魂）が境界を越えて他界へ行くことをうたっていると論じてきた。境界の場所の表現は、死者の行方、そして鎮魂をうたう葬歌の様式となっているのである。このように、ヤマトタケル葬歌の中に死者に対する表現の具体相を見る時、あらためて問題になるのが、ヤマトタケル葬歌という個別的な歌のレベルから、果して死者に対する表現の古代的かつ普遍的なあり方を解明し得るのか、という点である。死者をうたう歌は、万葉挽歌に接し、あるいは重なりあって、古代の歌の重要な部分を占めていたはずである。

ところが、民衆の社会に葬歌を見出すことができないという見解が示されている。土橋寛氏の言うように、葬歌や挽歌が支配階級の人々のための、知識人による作に限定されるものならば(1)、それらは宮廷という狭い社会や儀礼においてのみ成立、発展し得た特殊な歌ということになる。しかし、葬歌や挽歌が支配階級あるいは知識人に限定的に見られる歌と規定することには、古代の限られた資料によって結論を出すという不安を否定できない。

そうした資料的な隘路から脱するためには、死者に関わる歌を相対化する視点、そして死者をうたう表現のあり方をとらえる方法が求められる。

古代の葬歌は、死者に関わる韻律的な言語表現である。古代の死生観や世界観において成り立つ歌である。その表現については、発生の状況を想定することが必要だ。葬歌は死者に対する歌なのだが、他方死者自らがうたう歌もある。死者の側からうたわれる、いわゆる死者の歌の存在は、そのような葬歌の発生に関わる問題であるにちがいない。そこで、死者の歌の表現について、近年報告されている南島の例から相対化し、葬歌の表現のあり方や様式を発生的にとらえ直すことにしたい。このような視点から、あらためて境界の場所の表現に注目しつつ古代の死者に関わる歌――葬歌と挽歌の表現史の道筋を考えてみようと思う。

一　境界の場所の古代的観念

前節で述べたように、ヤマトタケル葬歌は死者を他界に送る歌であった。殯の儀礼での魂呼びの歌ではない。また野辺送りや埋葬の時の葬送歌が本体であるとも言い切れない。従来、これらの歌を殯とか葬の儀礼にあまりにも強く結びつけて理解してきたように思われる。その意味では、葬送の場による葬歌という用語は適切ではない。死者に関わる歌は、必ずしも儀礼の場に従属しているわけではない。それは殯宮挽歌に魂呼びの発想と見られる歌が少なく、むしろ死者の他界への鎮まりと生者の哀悼の気持ちをうたうものが多いことからも知られる。死者に関わる歌が儀礼のどの部分に属するかという検討もさることながら、言語表現の問題としては、その発想や構造をこそ問わなければならない。すでに、ヤマトタケル葬歌の分析のところで明らかにしたように、それらの歌は「場所＋なづむ」という表現構造をもっていた。場所というのは、境界の場所にほかならない。この境界の場所の表現が死者の歌の重要な構造となっている。死者は境界の場所をたどって他界に行くからである。死者は境界の場所をうたう歌によって他界に送られ、死者として鎮魂されると考えられる。こうした死者の歌の構造、すなわち境界の場所の表現を生みだす古代的な観念について、前節で論じたところを受け継ぐ形で、ここに展開しておきたいと思う。

さて、死者の世界との境界と言えば、まず記・紀にある黄泉国神話の「黄泉比良坂《よもつひら》」がある。黄泉国から逃げ帰ったイザナキは黄泉比良坂を岩で引き塞え、その坂本で互いに坂をはさんでイザナミに「事戸渡し《ことど》」をする。その黄泉比良坂は、古事記に「今、出雲国の伊賦夜《いふや》坂と謂ふ」という地名注記があり、出雲国の現存の場所に比定されているのである。これは死と生の起源神話であると同時に、黄泉国との交通遮断の起源にもなっている。死者が黄泉比良坂を通って行く黄泉国は、イザナキが引き塞えた岩によって、生者から隔絶されたことを神話的に説明しているのだ。

従来、この神話の黄泉国は地下の暗黒の世界というイメージと解されてきたが、佐藤正英氏は黄泉国の在りかを山中の他界ととらえ、それは黄泉比良坂の坂上に存在すると解釈した。(2) 言われてみれば、この神話の文脈は確かにそのように読める。ただ、古代社会においては、死者の世界は山中であったり、海彼であったり、また天上や地下とも考えられたはずである。従って、この黄泉国は古事記において葦原中国と接する神話的世界として構造化されたものであって、様々な死者世界を神話的にとらえ直したものと見るべきであろう。だから、山中とも地下とも指定していないのであって、それは根の堅州国においても同様である。

この神話では、死者が黄泉比良坂を通路として黄泉国に到ることを示している。坂は境・堺であり、他界との境界の場所であった。黄泉国に象徴されるように、この世と他界とは黄泉比良坂のようなある特殊な地点――境界の場所で接している。村落社会では死者の行く他界との境界の場所が定められていた。例えば、時代は下るが『遠野物語』の「デンデラ野」がそうである（前節参照）。黄泉比良坂を出雲国の伊賦夜坂に比定する注記は、古事記が黄泉比良坂という国家レベルの神話的観念に、出雲国意宇郡の村落社会おける現実の境界の場所を重層させた、言わば古事記神話の二重構造と言えるであろう。

古事記の黄泉比良坂は、境界の場所という古代的観念の神話的表象なのだが、一方でそれと対応する村落社会の伝承を見出し得る。それは出雲国風土記・出雲郡宇賀郷の「脳《なづき》の礒《いそ》」の伝承である。その礒は背後が高い崖になっていて、上に松が生え礒に達している。礒の西方に岩窟があり、その洞穴に人は入ることができない。この礒の岩窟のあたりに来る夢を見ると必ず死ぬ。そこで、その地方の人は「黄泉《よみ》の坂・黄泉の穴」と呼んだという。

この「黄泉の坂・黄泉の穴」は、おそらく死者の国への坂になっている穴を言うのではない。「黄泉の坂」は崖に連なる礒のことで(3)、ここでも坂は境なのであり、「黄泉の穴」は礒の岩窟に他ならない。黄泉の坂である礒には、明らかに境界の場所という観念が認められ、黄泉の穴という通路を経て死者は他界に行くという理解があったことがわかる。出雲郡の村落社会の伝承においても、この世と他界は礒や岩窟という境界の場所で接しており、死者は必ずその特殊な場所を通過して他界に行くと了解されていたのである。礒にしろ岩窟にしろ、霊威の強い、他界感覚を喚起する場所である。死に関わる夢の伝承はそのような村落の他界幻想を示していると見てよい。

「境は線ではなく点であった(4)」という折口信夫のことばは、何でもないことのようだが、実は鋭く境界の古代的観念を言い当てている。点は場所である。この村落伝承と古事記神話には、そのような境界の場所に関わる共通の古代的観念を見ることができる。

次のヤマトタケルの四首の葬歌は、以上述べてきたような境界の古代的観念からその表現をとらえ直す必要がある。

a　なづきの　田の稲幹《いながら》に　稲幹に　蔓《は》ひ廻《もとほ》ろふ　野老蔓《ところづら》　（記34）

b　浅小竹原《あさじのはら》　腰《こし》なづむ　空は行《ゆ》かず　足よ行くな　（記35）

c　海処《うみが》行《ゆ》けば　腰なづむ　大河原《おほかはら》の　植草《うゑぐさ》　海処は　いさよふ　（記36）

d　浜《はま》つ千鳥《ちどり》　浜よは行かず　磯伝《いそづた》ふ　（記37）

その詳細な検討は前節に譲るが、さらに発展させて言えば、これらの歌が「なづきの田」「浅小竹原」「海処」「磯」という場所をうたっているのは、そこがほかならぬ境界の場所であったからである。この境界の場所の表現によって、四首は死者を他界に送る歌になっている。「なづきの田」から「磯」までは、それぞれ他界に接する場所であり、死者がそれらをたどりながら他界に行く通路をうたっているのである。これらの歌は、死者があの世に去ってゆく道行の謡であることを古橋信孝氏が指摘したように、死者の歌としても読める[5]。しかし、古事記において、他界へ去る死者を追い行く近親者の歌として表出するのは、これらの歌の葬歌としてのあり方をも示しているはずだ。この四首の葬歌はその表現のうちに両方の理解を可能にする状況を含んでいるのではないか。死者と生者という歌の主体は、その発生において未分化な表現であったのではないか、ということである。死者の側から生者へ、また生者の側から死者へ、というように、うたい手の位置がしばしば入れ替わる死者の歌の未分化なあり方については、さらに後述したいと思う。

このように死者に関わる歌では、境界の場所をたどる表現が他界へ行くことを意味するという構造をもっている。ヤマトタケル葬歌がそのような場所の古代感覚を媒介して成り立っていることはこれまで見てきた通りである。

る。境界の場所の表現は、古代の死者に関わる歌の様式として想定しうる。

二　沖縄のノロの歌

それでは、ヤマトタケル葬歌に見てきたような古代の葬歌のあり方は、どのようにして相対化できるであろうか。古代歌謡の研究史において、この葬歌の問題は解明が進んでいない。その大きな理由は資料的な限界にあるのだが、それを乗り越える方法として、南島歌謡の世界に残された多くの葬歌に注目すべきである。

e
1　けふのよかる日に　今日の良き日に
2　けふのまさる日に　今日の勝る日に
3　うへまだけおしやがて　上間嶽に押し上がって
4　うへまもりくみやがて　上間森に踏み上がって
5　おなかだ　御中田
6　まなかだ　真中田
7　とんののろ　殿の祝女
8　とんのぬし　殿の主
9　やじゆくひきめしよわち　やじゆくを引きなさって
10　まんちよひきめしよわち　真人を引きなさって
11　きんばゐの　君南風の
12　ぎゆのしゆや　ギユ〈気〉の主は

13　しまはづれとうて　島のはずれを通って
14　くにはづれとうて　国のはずれを通って
15　いしやぐちふくて　石屋口を潜って
16　かなひやぐちふくて　金比屋口を潜って
17　たちじぶいなたい　立ち時分になった
18　のりじぶいなたい　乗り時分になった
19　でよいたちわから　いざ立ち別れよう
20　でよいたちもどら　いざ立ち戻ろう
21　わぬかみがおよい　我が神の御為
22　わぬせぜがおよい　我がセゼ〈神〉の御為
23　みまぶやいたばうれ　見守って下さい
24　やしなやいたばうれ　養って下さい

f
1　今日祝女《のろ》加那志《がなし》エイ〱　チューフ祝女加那志エイエイ
2　月《ちち》ばんた　くしみしょうちエイ〱　月端を越しなさってエイエイ
3　太陽《てだ》ばんた　越《く》しみしょうちエイエイ　太陽端を越しなさってエイエイ
4　乗《ぬ》い板に　乗い召《み》しょうれ　乗り板に乗りなさいませ
5　わき板に　乗い召しょうれ　脇板に乗りなさいませ

6　いしやじょにエイ〳〵　送《うく》やびら　石門にエイエイ送りましょう
7　かねやじょにエイ〳〵　送やびら　金門にエイエイ送りましょう

eは「久米島の君南風の葬式の時のオモリ」で、島袋源七氏が採集した詞章を伊波普猷氏が解釈を加えて紹介したものである。(6)君南風は五百年前の八重山征伐に従軍した神女（アムシラレ）としてよく知られている。アムシラレやノロなどの神女の葬歌は『南島歌謡大成』に多数報告されているが、その中でも君南風のオモリはもっとも荘重で古いものである。神女の葬式は庶民とはかなり違っており、この葬歌も特別な歌として伝えられたのであろう。伊波氏が述べるように、「聖なる君南風は今その部下と島民とに送られて特に精霊の国に入国」することをうたった歌で、死者に関わる歌の表現をよく伝えている。人々の葬列のことをうたっているのであるが、9・10の表現は君南風の行為のごとくであり、15・16では死者が他界に行く様子をうたっている。これについて伊波氏は、「崖などの中腹にある洞窟のことである。精霊の国はこの洞窟を潜って行くものと考えられていたのであろう」と解釈している。「石屋口」「金比屋口」は死者が行く他界への通路であり、境界の場所である。強い霊力をもつ神女であるからこそ、他界へ送る歌を必要としたのかもしれない。そのような南島の死者をうたう歌にも、やはり境界の場所はうたわれている。

fは前節でも取り上げた国頭郡大宜味村の「祝女葬式のおもい」であるが、ここに再掲した。まず、2・3は神女が月と太陽の沈む果てを越えて他界に行く表現である。月と太陽の境界の向う側というと、海上他界のイメージである。(7)6・7の「石門」「金門」は、洞穴墓の入口という実体的な意味だけでなく、海上他界への通路である境界の場所の表現と見なければならない。それはaの「石屋口」「金比屋口」と同じ表現であり、この境界の場所の表現は神女の葬儀にうたわれる歌の一様式となっていることが知られる。

e・fは、他界へ去っていく神女を敬語を用いて称えながら、生者が境界の場所まで送っていく歌である。このような葬歌の呪力によって、死者は境界を越えて他界に行くことができると信じられたのである。eなどは、21に「我が神」とあり、野田浩子氏のいう「神送り歌」と見ることができる。野田氏は、ヤマトタケルの霊を追うのも一種の神送りとするように、(8) eの葬歌との間には通じるものがある。e・fのような南島の葬歌は、境界の場所をうたい、他界へと死者を追い行くヤマトタケル葬歌の表現と構造が類似する。

しかし、このような神女の葬歌はきわめて特殊な歌で、死者の歌として一般化することはできないという見方があるかもしれない。伊波氏は、かつて沖縄では国王から庶民まで葬式のオモリがうたわれたことを想定しているが、庶民の葬歌の資料は残念ながら挙げていない。この点について、新城敏男氏は沖縄本島勝連の平安名に伝わる「死別のオモロ」が神女の葬儀だけでなく、俗人の場合にもうたわれたことを報告している。(9) これは琉歌調の歌詞でeやfのオモロよりも明らかに新しいが、村人・庶民の死に際してもオモロなどの葬歌がうたわれたことを示唆している。しかし、庶民の死をうたう歌の例は、沖縄本島において必ずしも恵まれているとは言えない。

三　奄美シマウタの弔い歌

これに対して、奄美諸島では庶民の葬歌が数多く報告されている。奄美でシマウタとしてうたわれている中に、弔い歌と見られるものが多く残されているのである。それらは村落社会の庶民の葬歌を知る貴重な資料として注目されるのだが、その中には死者を他界に送る歌がいくつも見られるのである。「かつての奄美では、歌が死者をあの世に送る重要な儀礼の一つと考えられていたふしがある(10)」と小川学夫氏は述べている。そのような死者に対する歌には、特に場所をうたう歌がいくつか見出される。

g　かとくなぶぃかなが　　嘉徳の鍋加那が
しじゃるくぅゐききぃば　　死んだというわさを聞いたら
みきゃやみきつぃくてぃ　　三日は神酒を造って
ちゅなんかあすぃぼ　　七日間歌い遊ぼう

h　かとくはまさきに　　嘉徳の浜辺に
はゆるいしょかずぃら　　這っている磯蔓よ
はえさきやねらずぃ　　這っていこうに這って行く所もなく
えに（てぃんに）かえろ　　上に帰ろう（天に帰ろう）[11]

これは「嘉徳鍋加那節」というシマウタである。gは、なべ加那という美しい娘の死をうたったもので、神女とも言われるなべ加那の霊を送るための歌だという。[12]そうすると、谷川健一氏が指摘するように、遊びは死者を慰める歌舞の意でもある。[13]

次のhはなべ加那の魂を他界に送る歌と考えられるが、そのように解すると、「上に（天に）帰ろう」というのは、なべ加那自身がうたっていることになる。つまり死者の側から発想された歌である。弔い歌の中にこのような死者の歌が紛れ込んでいること自体、きわめて重要な問題である。だが、それについては後に葬歌の発生の問題として触れることにして、この歌については、死者であるなべ加那が嘉徳の浜辺から天なる他界に帰って行く歌という点に注目しておきたい。その場合の浜辺は境界の場所であるに違いない。死者は浜辺から他界へ行くという観念がこの歌の表現を支えているのである。

それは次のような歌にもはっきりとあらわれている。

i　かなし　やくみぃぐゎ　　　愛しい兄さんよ
だんべぇ(何辺)が　いずら　　　どこの辺りを行っているやら
いくさきぬ　はまぬ　　　イクサキ*の浜の（*墓場所の地名）
なかの　まんな(真中)　　　中のまん中〔にいったよ〕

j　アレ送れこれ送れヨー
浜じょがれ送れ
アレうれからぬ先や
御風マタ頼もオセヤ　ヨンノー
アレうれからぬ先や
御風マタ頼もオセヤ　ヨンノー
（大意）送れ送れ、浜の入口まで送れ。それからの先は、風に頼もう。

iは酒井正子氏が徳之島の手々で採集した「やがま節」の一つで、明らかに死者に対する歌である。あの世への旅に出た死者のことを思う歌だが、「イクサキの浜」は他界との境界となる場所と見てよい。酒井氏が「墓場所の地名」と注記しているように、「愛しい人が埋められている」(14)場所であるとともに、死者が他界へ行く特別の場所なのであろう。浜辺に対する境界の場所という観念がi・jの歌の表現を成り立たせている。

jは小川学夫氏が「道払れ節」として報告した歌である。送別歌としてうたわれるこの歌も、その起源は葬送の歌ではなかったかと小川氏は推定している(15)。そうすると、浜まで死者を送る歌ということになろう。前に引いた小川氏の指摘にあるように、このような歌をうたうことが、死者の魂を浜辺から海上他界すなわちあの世へと送り遣る重要な死者儀礼であった。境界の場所を越えることで死者の死は完成される。このような歌は死者への鎮魂であるとともに、生者を慰めるものでもあったのである。それら徳之島の葬歌が境界の場所をうたう意味は、そこにあったと考えられる。

このように徳之島の弔い歌には、境界の場所である浜辺まで死者を送るという発想がある。死者に関わる歌のこのようなあり方は、ヤマトタケル葬歌の構造として指摘した境界の場所の表現と対応する。特にｃの「海処」やｄの「磯」は、白鳥と化したヤマトタケルすなわち死者の魂を追い行く境界の場所であるが、これはｈ〜ｊに見てきた境界としての浜辺と同じ構造と見得る。そこには共通の観念が介在していると見てよかろう。また、磯蔓の比喩による「這って行く所もなく」というｈの表現などは、死者の重い足どりを思わせるもので、蔓に絡まりながら難渋して死者を追い行くヤマトタケル葬歌のａの発想を読み解く上で示唆的だ。境界ゆえに、死者も生者も行きがたい場所なのである。

ところが、死者が他界へ行く場所は浜辺だけではないようだ。明らかに葬歌とわかる奄美のシマウタに次のような歌がある。

ｋ　なごびぬちぢに　　　なご坂《びら》〈地名〉の上に
　　しらとりぬゐしゅり　　白鳥が坐っている
　　しらとぅりやあらぬ　　白鳥ではないよ（あれは）
　　みよさだしゅがたまし　　美代貞〈人名〉主の魂だよ
ｌ　なきゅんとぅりくゎ　　鳴いている鳥よ
　　（「たじぎゅんぬ」「ゆはてぬ」とも）

おみやぬちぢなんてぃ　　お宮の上で（立神の、よはての）
なきゅんとぅりくゎ　　鳴いている鳥よ
あぐりかな　だいじゅかな　　あぐり加那　だいじゅ加那
たましだろ　　魂だろう

kは「いきょれ節」として南大島でよくうたわれるもので、小川氏によれば、「いきょれ」とは「私は行きますから、あなたはいなさいよ」の意と見ると、別れ歌にふさわしいという。(16) lは『南島歌謡大成Ⅴ・奄美篇』に「行きゅんにゃ加那節」として載るkの類歌である。kはまた、死者の柩や墓の前でうたったりするという。谷川氏が言うように、「いきょれ節」とは「死者が生者に別れを告げる」というのが本来の意味だったのかもしれない。(17)

そうすると、死んだ「美代貞主」のことをうたったlが、弔い歌として死者に向かってうたわれたことになる。その場合「美代貞主」はどんな死者とも重なるものでなければならない。これが死者の歌として一般化しうるのは死者の魂の行方をうたうという点にあると考えられる。そこでは死者の魂は白鳥となって「なご坂」にいるとうたわれる。この「なご坂」は死者がそこから他界に去ってゆく特殊な場所なのだ。「黄泉比良坂」で述べたように、ここでも坂は境で、他界との境界の場所なのである。境界の場所から飛び立とうとする白鳥をうたうことによって、死者をあの世に送る歌と解される。白鳥は死者の魂の姿と見られていた。lの場合は境界の場所という観念は薄れているが、鳥を「あぐり加那、だいじゅ加那」の魂の姿とする点はkと同じだ。鳥と魂の関係は「白鳥節」にも見られ、南島においてかなり普遍的な観念であったことがわかる。

普遍的と言えば、ヤマトタケルの魂が白鳥と化して天界に飛び去っていくことはよく知られており、kはヤマトタケルの白鳥翔天の物語と構造が類似する。ヤマトタケル葬歌はヤマトタケルの魂の姿である白鳥を追い行く歌であった。近親者が他界との境界まで行き、死者を他界に送り遣る歌である。葬歌の根拠はこの境界の場所の表現にあったのだ。ヤマトタケル葬歌の表現のこのようなあり方は、これまで取り上げてきた南島の葬歌から見ると、決して特殊なものではなく、むしろ共通性や普遍性をもつことが知られるのである。

四 死者の歌の発生

「嘉徳鍋加那節」のhで注目したように、弔い歌の中には死者の側から発想される歌、いわゆる死者の歌が弔い歌としてうたわれていた。もちろん死者がうたったわけではなく、死者を送る生者が死者にかわってうたったものだ。死者の歌というのは、死者に対する生者の哀悼の歌とは異なるレベルにある。すなわち発生のレベルである。そこで徳之島の弔い歌の様相を見ながら、そこに死者の歌の発生をとらえてみたいと思う。徳之島の葬儀では、死者の枕元でクヤ（供養歌）という泣き歌がうたわれる。クヤは場所によってオモイやウモリ、ウヤムイともいう。[18] オモイは死者に対する「思い」であろう。伴奏はなく、歌詞は死者の年齢によって異なる。子どもの時は「愛し子ぐえ」、若者は「うとじゃもい」、親は「親がなし」（徳和瀬）といった短いことばのくり返しである。[19]このクヤは女の年寄りたちが声を長く引いて掛け合いでうたう哀切な歌で、男はうたわないという。肉親にとってはいたたまれないほど悲しく美しい歌で、クヤをしないとあの世にいけないとシマの人々は固く信じていることを、松山光秀氏は報告している。[20] 酒井正子氏の調査から、クヤを例示してみよう。[21]

m　あたらし　むいぬ　アーうや　オーイーノ
（惜しい　亡くなった親）

クヤには決まった歌唱法があるわけではなく、感情のままに即興的に死者に言葉をかけるという特徴がある。「クヤをする」という言い方に、その儀礼性は端的に示されている。酒井氏が言うように、この声掛けは死者への告別、送別の儀礼と見てよい。(22) mの「オイノ」の歌詞は、「送る」意とも言われているようだ。この例から明らかだが、ここには死者の魂を他界に送り鎮めようとする願いが込められており、クヤは死者をあの世に送るための儀礼的な泣き歌と見られる。またクヤは女性だけがうたうことも注目される。

他方、徳之島にはこのような儀礼的な葬歌に対して、墓地での「アソビ」で近親者がうたう弔い歌がある。小川学夫氏によれば、それらは「やがま節」「二上り節」「うじょぐい節」の曲でうたわれ、歌詞は次のようなものである。

n　地獄極楽ちゅん島や　いきゃ遠《た》んべぬ島が
　　行き声《ぐい》やあても　戻り声ねらんで
　　（地獄、極楽という島はどんなに遠い島なのでしょうか。そこに行く人の声はあっても、戻ってくる人の声を聞いたことはない）

o　三日精進《みっかしょうじ》たてば　夢《いみ》見せて給《たは》れ
　　七日《なんか》精進たてば　行逢《いきょ》ち給れ
　　（三日精進がすめば〈なくなったあの人を〉夢に見せて下さい。七日精進がすめば逢わせて下さい）

p　静《しじ》か石枕《いしまくら》　欲《ふ》さる物《むん》やねらぬ
　　水ぬ鉢々《はちばち》と　花ぬ御枝《みゆだ》
　　（あの世で静かな石枕をする身では欲しい物はありません。ただ水の鉢々と花の枝を供えて下さい）

q　如何愛《いきやかな》さあても　一道《ちゅみち》行かれゆめ
汝《うい》や先行《さきい》じ待《ま》ちゅれ　吾《わぬ》や後から
（どんなにいとしくとも、同じあの世へ一緒には行けません。一足先に行って待っていて下さい。私もやがてあとから行きましょうから）

これは小川氏が母間で採集した弔い歌で、祝いの席でうたうことは今でもタブーだという。[23]いずれも死者を慰めて他界に安らかに送り、この世に残された生者の傷心を癒す歌である。これらは、近親者が墓地に通い、悲しみを慰めるために、墓前での「アソビ」で三味線にのせてうたわれたものであることは容易に想像できる。それだけに対の技法など表現に工夫が見られ、詞型も琉歌調に整理されつつあり、短い言葉をくり返す儀礼的なクヤとは明らかに違うレベルにある。

徳之島では集落をシマと言うが、死後の世界も「サキシマ」「サンカヌシマ」と呼んでいる。[24]nは死者が行くというもう一つの「シマ」をうたっている。松山氏によれば、nはミチ節の一つで、船旅へ出る人への別れの歌であるが、あの世への別れの挨拶とも見られ、その古風な悲しい響きはクヤに似ているという。[25]それは死者をあの世へ送るjの「道払れ節」とも通じる。歌詞の方から見ると、n・o・qが生者から死者にうたいかけた歌であるのに対し、pが死者の側から生者に向かってうたわれた歌となっている。前出のhの歌も、これと同じ死者の歌であった。こうした弔い歌において、死者の側から発想する歌が入り込んでいるのは、死者の歌の発生的状況を示唆している。

すでに述べたように、徳之島の弔い歌では、浜辺という境界の場所がうたわれる。浜辺を境にして、死者と生者の別れの歌が発生するのである。そこには死者（霊）と生者の歌掛けという背景があるのではないかと思われる。[26]このような場や背景において、hやpの死者の歌は、死者の側からの別れの歌として発生した。すなわち、死者の歌の発生においては、歌の主体が転換するような状況があり、死者の側からの歌と生者の側からの歌とは未分化であったと考えなければならない。

こうした弔い歌の多くは、いまシマウタとしてうたわれている。それは旅の別れや婚礼の送別であったり、切ない恋の別れであったりする。宴席の歌遊びや祝い歌としてうたわれるようになるのである。奄美大島や徳之島では三味歌は弔い歌から出たと伝えられており、小川氏は、シマウタの、弔い起源説を提示している。[27]弔いが歌の重要な場であり、伝承の機会でもあったことは明らかだ。注目したいのは、死者を送る歌が旅や婚礼の送別あるいは恋の別れとしてうたわれるということである。また、これとは逆に、船旅をする人の安全を祈る宮古島の「旅栄えのあやぐ」が、死者を葬る時の泣き歌のメロディに用いられるという谷川氏の報告も、ここに想起しておきたい。[28]

それでは、これまで取り上げてきた奄美の弔い歌や「旅栄えのあやぐ」のような例から、何が見えてくるであろうか。それはまず、歌は、本来、例えば死の場面だけにうたわれるというような限定的なものではなく、同時に恋や旅の歌でもあるという側面である。歌の表現は一つの場面に限定的に閉じられ、完結しているのではないということである。つまり、死者との別れをうたう弔い歌には、旅や恋の別れにもうたわれる、言わば表現の未分化性が認められる。

谷川氏はさらに、南島歌謡のこのような事例と関わらせて、万葉挽歌について論じている。相聞に分類された挽歌は、挽歌から相聞歌へと歌の内容が転用されたとする見解である。[29]確かに、奄美の弔い歌とシマウタとの関係に同じだ。ただ、その関係を転用とする時、表現のあり方を正しくとらえたことになるだろうか。死者との別れも恋人との別れも、表現としては基本的にそれほど変わらないと考えることができる。つまり、死者との別れの歌として自立した固有の表現があったわけではなく、旅や恋の別れの場合でも同じような表現になる。死や旅や恋の別れの歌は、その発生において、それぞれ未分化な表現としてあるのだ。

以上、徳之島における死者の歌の発生を通して、そこに歌の主体の未分化な状況、さらには死・旅・恋の別離の未分化な表現を見てきた。これはヤマトタケル葬歌の表現を考える上で重要な視点になるはずである。

すでに前節で触れたように、ヤマトタケル葬歌においては民謡転用説が唱えられてきた。その中でも土橋寛氏の、恋の民謡からの転用とする説が有力であった。しかし、このような徳之島の葬歌の事例から見る限り、ヤマトタケル葬歌における民謡転用説は成立しないと言うべきであろう。ヤマトタケル葬歌は、西郷信綱氏が言うように、恋の民謡に還元しなければならない理由はまったくない。(30)

四首の葬歌としての根拠が「境界の場所＋なづむ」という共通の表現にあることは、すでにくり返し論じてきた。(31)そこで述べたように、ヤマトタケル葬歌は、死者を他界へ送る歌である。死者が境界の場所から他界に去ることを確認する意味もそこにあった。そのようなヤマトタケル葬歌のあり方は、これまで見てきた沖縄や奄美の葬歌表現の構造によってさらに確かめられるであろう。もちろん、恋の民謡の中にヤマトタケル葬歌と類似の表現は見出せるかもしれない。しかし、それは転用を意味するのではなく、未分化な表現という、発生的なあり方としてとらえるべきなのである。もはや、類歌を結びつけただけの安易な転用論には訣別しなければならないだろう。

さて、村落共同体においては「ヤマトタケルのように死んだ死者の神謡だった」と述べ、それらの歌に死者の歌という始源的な性格を指摘したのは、前に触れた古橋氏の論であった。(32)これまで述べてきたように、死者に関わる歌を発生から見てくると、ヤマトタケル葬歌はその未分化な表現のあり方の中に、死者自身の歌という側面を含み込んでいると言ってよかろう。

このような死者の歌とともに、近親の女性だけがうたうという葬歌の側面も、徳之島のクヤや弔いのアソビによって知ることができる。ここには古事記が白鳥と化したヤマトタケルを后や子がうたいながら追い行くことや、西郷氏がかつて、人麻呂以前の挽歌に女の原始的啼泣の伝統を見出したことが思い合わされる[33]。后や子の歌とするのは単に古事記の物語的解釈というだけでなく、四首の葬歌の性格を示しているのである。それはすなわち、近親者が死者を境界の場所まで送り、他界での鎮まりを願うというあり方である。そのような葬歌に内在する叙事によって、ヤマトタケルの后や子がその魂の姿である白鳥を追い行くという古事記の散文が叙述されたと考えられる[34]。

五　挽歌へ

記・紀歌謡の中で、明らかに死者に関わる歌群がもう一つある。それは日本書紀・斉明天皇条の建王悲傷歌六首である。ここで取り上げたいのは特に後半の三首である。ただ、この歌群については本書II・第三章・2に詳述しているので、ここでは簡単に触れておく。

r　山越えて海渡るともおもしろき今城《いまき》の内《うち》は忘らゆましじ　（紀119）

s　水門《みなと》の潮《うしほ》のくだり海《うな》くだり後《うしろ》もくれに置《お》きてか行《ゆ》かむ　（紀120）

t　愛《うつく》しき吾《あ》が若《わか》き子を置きてか行かむ　（紀121）

斉明天皇は孫建王の殯宮で三首の歌をうたい、五ヵ月後に紀の温泉に行く途中、建王を思い出して悲しみのうちにこの後半の三首をうたった。さらに秦大蔵造万里にこの歌の伝承を命じたと、紀は記述している。

建王悲傷歌は、造媛の死を悲しむ中大兄皇子に献じた野中川原史満の歌（孝徳紀）とともに、愛する者の死を悲しんだ個人の抒情歌の最初の作品とする見方が多い。そこに抒情の萌芽を見、万葉挽歌と共通の性格を認めるのは通説といってよかろう。そして、従来、不整形のヤマトタケル葬歌との間に差異を認め、そこに断絶があるとするのが一般的な見方である。(35) しかし、その差異がそのまま断絶なのか、という問題は十分に深められてはいない。そこで、右の三首を通して、死者に関わる歌の表現史に触れておきたいと思う。

この建王悲傷歌三首に対して、かつて秋間俊夫氏は新見を提示した。すなわち、ｓについて「この歌は死者・建王をいたみつつ生者・斉明帝が海を渡る歌ではなく、逆に死者が生者に心を残しつつ海坂を下ってヨミの国へ行く歌になる」とし、ｒも死者の側の歌と解釈する。そこから遊部の祭式を想定し、遊部の伝承歌が天皇の私的感情の表現に転化するという、天皇制と抒情詩の問題へと発展するのである。(36) これが遊部の伝承歌かどうかは疑問だが、死者の側からの歌とするのは、いままで気がつかなかった古代的な読みとして評価されよう。

しかし、秋間氏のいう死者の歌も、うたい手は近親者・斉明と記されている。特にｔは「吾が若き子を置きて」とあるから、死者・建王の側からの歌ではありえない。そこで秋間氏は、語り手によって後に付加されたことを推測するのだが、それはやや都合のよい見方と言わなければならない。「独立の歌ではなく、前の歌と合わせて一首をなす一段と二段の関係」(37) という土橋氏のような見解もあり、無前提に語り手によるｔの付加をいうのは無理である。

確かに、「海渡る」とか「潮の下り海下り」といった、海上他界をイメージさせるやや異様な口吻とリズムは、斉明の紀の温泉への船旅というより、死者の他界への旅を思わせる。そのような読みの根拠になっているのが、

「山」「海」「潮」を遙かに渡っていくという、境界の場所の表現である。それらはもとより、実体的な「山」「海」「潮」の表現ではない。つまり、この世から他界までのはるかな境界の道程を示すものでもあるのだ。

この場合もヤマトタケル葬歌と同じように、歌の主体の未分化という発生的なあり方が、死者の歌という理解を生み出すのだと考えられる。だから、斉明の紀の温泉への船旅は、死者・建王の他界への旅と重なるといってよい。ただ、紀では紛れもなく祖母である斉明の歌になっている。境界の場所から死者・建王を他界に送る歌である。それは歌に対する紀の理解を示したというものではない。うたい手である近親者・斉明もまた、死者の歌の側から呼び起こされてくるのだ。

個人の抒情の表現と見られているr〜tの歌は、抒情詩の成立などと簡単に言えない問題を含んでいる。例えば古橋氏が、個別的なものが天皇という「共同性」によって根拠を与えられる構造をそこに見ているのは、従来の斉明歌の抒情のとらえ方に対する批判となっている[38]。rの「忘らゆましじ」やs・tの「置きてか行かむ」の結句は、確かにうたい手の心の表出ではある。しかしそれは、単純に個人の内面の表出とは言えないのであって、これらの歌には、ヤマトタケル葬歌の問題として見てきた、境界の場所の表現様式や歌の主体の未分化という発生的なあり方が関わっている。

以上、南島歌謡の葬歌から、古代の葬歌・挽歌の表現史が相対化できるのではないかという視点から論じてきた。最後に、ヤマトタケル葬歌と建王悲傷歌あるいは挽歌との間について言えば、そこに断絶があるとするのが一般的だが、必ずしもそうではない。前に両者に指摘した境界の場所の表現、すなわち死者の歌の様式から見ると、その間には発想と表現の明らかなつながりがある。もちろん両者には、死者儀礼に向かう葬歌とそこから抒情の方向に展開していく挽歌という次元の違いを認めなければならない[39]。両者は死者儀礼の内と外に並行して存在していたが、他界観念という根幹のところでつながっている。葬歌であれ挽歌であれ、あるいは呪禱であれ抒情であれ、死者を他界へ送り鎮めるという願いと切り結んでいるはずである。その他界幻想に押し出されてくるのが、境界の場所の表現であった。この境界の場所は、さらに万葉挽歌の発想や表現をも規定している。

【注】

（1）『古代歌謡の世界』（昭和43年）
（2）「黄泉の国の在りか」（『現代思想』昭和57年9月）
（3）注（2）同論文
（4）「民族史観における他界観念」（『アララギ』大正5年11月、『折口信夫全集』第二十巻所収）
（5）「王権の発生論―死者のうたと語り―」（『物語・差別・天皇制』昭和60年10月）
（6）「南島古代の葬儀」（『民族』昭和2年7月・9月、引用は『南島歌謡大成Ⅰ・沖縄篇上』による）
（7）新城敏男「ノロと死者供養儀礼―桜井徳太郎氏著『沖縄のシャーマニズム』にふれて―」（『八重山文化』昭和49年12月）
（8）「道行の謡―異郷からの旅」（『解釈と鑑賞』昭和55年2月）
（9）注（7）同論文
（10）『奄美民謡誌』（昭和54年）
（11）『南島歌謡大成Ⅴ・奄美編』（昭和54年）
（12）注（10）同書、なべ加那を天女のような神聖な神女とする見方もある（金久正『奄美に生きる日本古代文化』昭和38年）。
（13）『南島文学発生論』（平成3年）
（14）「徳之島の葬歌―奄美の民俗音楽文化から」（『口承文芸研究』平成5年3月、『奄美歌掛けのディアローグ』所収）

(15)　注(10)同書
(16)　『奄美の島唄』（昭和56年）。歌詞は『南島歌謡大成Ⅴ・奄美篇』による。
(17)　注(13)同書
(18)　「死と歌掛けの民族誌―奄美・徳之島の目手久集落の事例から―」（『民族文化の世界』上巻、平成2年4月、『奄美歌掛けのディアローグ』所収）
(19)　『徳之島町誌』「民俗芸能」（昭和45年、小川学夫氏執筆）
(20)　「徳之島の葬制」（『葬送墓制研究集成』第一巻、昭和53年）
(21)　注(14)同論文
(22)　注(18)同論文
(23)　注(10)同書
(24)　注(18)同論文
(25)　注(20)同論文
(26)　松山光秀「霊との歌掛け」（『奄美沖縄民間文芸研究』昭和55年7月）
(27)　「葬送のウムイ」（『南島研究』昭和53年12月）。なお、この論に対して、古橋氏は未分化な観念としてとらえるべきだとする（『古代歌謡論』昭和57年）。
(28)　『南島論序説』（昭和62年）。宮古島の岡本恵昭氏によれば、この歌をうたうと神高くなる（神がかりする）ので、神女たちはめったにうたわないという。
(29)　注(13)同書
(30)　『古事記注釈』第三巻（昭和63年）
(31)　本書Ⅰ・第二章・1、Ⅱ・第二章・2
(32)　注(5)同論文
(33)　『詩の発生』（昭和39年）

（34）本書Ⅲ・第三章・2
（35）例えば、伊藤博「挽歌の世界」（『解釈と鑑賞』昭和45年7月、『萬葉集の歌人と作品上』所収）
（36）「『死者の歌』—斉明天皇の歌謡と遊部—」（『文学』昭和47年3月）
（37）『古代歌謡全注釈・日本書紀編』（昭和51年）
（38）注（5）同論文
（39）神野志隆光「『大御葬歌』の場と成立—殯宮儀礼説批判—」（『上代文学論叢・論集上代文学』第八冊、昭和52年11月）

3　万葉挽歌の表現構造——境界の場所の視点から

一　境界の場所の表現

本論では、境界の場所というテーマから万葉挽歌の表現の問題を論じることにする。はじめに本論の課題を明確にするために、問題点を整理しておきたい。

1　なづきの　田の稲幹に　稲幹《いながら》に　蔓《は》ひ廻《もとほ》ろふ　野老蔓《ところづら》
2　浅小竹原《あさじのはら》　腰《こし》なづむ　空は行《ゆ》かず　足よ行くな
3　海処《うみが》行《ゆ》けば　腰なづむ　大河原《おほかはら》の　植草《うゑぐさ》　海処は　いさよふ
4　浜《はま》つ千鳥《ちどり》　浜よは行かず　磯伝《いそづた》ふ

そもそもこのテーマは、古事記にあるこのヤマトタケルの御葬りの歌がなぜ葬歌として読めるのか、という疑問から出発した[1]。それを解く鍵は、1〜4に共通して出てくる場所の表現にある。すなわち「なづきの田」「浅小竹原」「海処」「磯」という、人が住む世界との境界をなす場所である。1〜4の歌は、近親者がヤマトタケルの魂をこの世の境界まで送り行き、他界（死者世界）に鎮まることを願う歌である。もちろんこれらは、村落社会において村落の死者のための歌として発生したはずだ。それが古事記のレベルではヤマトタケル、宮廷儀礼のレベルでは天皇葬儀（大御葬）の歌として機能した。このような検討を踏まえて、これらが葬歌として読める根拠は、結局、境界の場所の表現にあるという考えに達した。死者が境界を越えて他界に鎮まることをうたうという点に、葬歌のもつ意味があったのである。

Ⅰ・第二章・1で述べたように、境界の場所の表現は葬歌の様式と見てよい。それを証明するためには、葬歌の中から普遍性をもつ表現として抽出されなければならないが、古代の葬歌はきわめて少数であり、後世の社会にも葬歌はほとんど報告されていない。葬歌の表現を明らかにする資料に恵まれていないのである。それどころか、日本には死の儀礼において葬歌をうたう習俗がなかったとさえ考えられている。土橋寛氏は葬歌の習俗そのものを否定する立場から次のように述べている。

大化改新以後貴族社会で挽歌が作られるようになるまでは、わが国には殯宮や葬送で歌を歌う習俗はなかったように思う。もし固有の習俗としてあったなら、後の民俗にも残っていると思われるのに、葬歌の例は一つも見出されていないのである。(2)

ここに述べられているように、民俗社会に葬歌は確認できないのであるが、そのことがすぐに古代の葬歌の存在を否定する根拠にはならないはずである。魏志倭人伝の「喪主哭泣し、他人就いて歌舞飲酒す」という有名な記事や、衆鳥を葬儀の役に任じて「八日八夜、啼泣悲歌」したという記・紀のアメワカヒコ神話などに照らして、古代社会に葬歌の習俗がなかったとはとても考えられない。古代以来の民俗社会の葬歌は死に関わる歌という性格から記録されにくかったということとともに、早くにうたわれなくなってしまったのではないかと推測される。従って、葬歌の表現を分析する比較資料にはまったく恵まれていないことになる。

ところが、沖縄では国王や祝女の死の儀礼において葬送の「オモロ」（ウムイ、オモリとも）がうたわれた。また、これまであまり注目されることがなかったのだが、奄美諸島の徳之島には近年まで葬式の時に「クヤ」という葬歌をうたう習俗があり、「ウジョグイ節」「ヤガマ節」などのシマウタには弔い歌と思われるものが数多く残されている。南島の豊富な葬歌は、古代の葬歌を解明する上できわめて重要である。前節でこれらの葬歌を取り上げて検討したように、南島の葬歌には、「石屋口・金比屋口」とか、坂・浜・磯という他界との境界として意識されている表現が見出される。それらは明らかに境界の場所から他界へと死者を送り遣る歌であった。南島の葬歌との比較を通して、境界の場所の表現は葬歌の様式として考え得るのである。

この点についてさらに補足しておくと、最近、徳之島の民俗研究者・松山光秀氏は、クヤとその周辺の葬歌について、葬儀の状況と新資料を紹介しながら、死者をあの世に送り出すためにうたわれてきたことを報告している。(3) それは死者の魂がこの世でさまようことを恐れる心意から出ているのだという。

5　吾《ワ》ッキャ産《ナ》チャル親《ウヤ》ヤ　エー　　私を産んだ親は
ダア原《バル》カチ　イモチャンガ　　どこの原（畑）へ行ったのですか。
原語《ハルカタ》ティ給《タボ》レ　　原を教えてください。
トゥメティ拝《ウガ》マ　　探して拝みたい。

その報告の中で、葬歌として例示する右の「ハヤリ節」の歌にも、親の魂の行方がうたわれている。ここに出てくる「原」は、墓を暗示するという理解では十分でない。あの世と接する場所であり、そこに行くと親に逢えるかもしれないと感じている場所である。それは現実にどこというよりも、他界との境界として幻想される場所であろう。あの世に鎮まっている近親者に逢いたいとうたうのは、葬歌の基本的な性格である。そこに境界の場所が幻想されてくるのである。松山氏は「ウジョグイ節」の「ウジョ」とはこの世とあの世が織りなす世界、すなわち境界領域を意味するという興味深い見解を示しており、この「ウジョ」という語や5の「原」という境界の表現が、葬歌の様式と深く結びついていることに注目すべきである。

さて、いま取り上げてきた徳之島の事例は、死の儀礼において葬歌をうたうという習俗がきわめて濃厚に民俗社会に残っていることを教えている。それではなぜ本土には葬歌が残されていないのか。本土において、古代以来の葬歌の習俗を消滅させるに至った要因は、やはり圧倒的な仏教の浸透であろうと考えられる。先ほど徳之島にはクヤという葬歌をうたう習俗が残っていることに触れたが、近年では聖職者が来ると遠慮してうたわないという報告がある。(4) 外部からの宗教によってクヤという葬礼が消えていくのである。古代以来の葬歌の習俗は、仏教葬儀の浸透と確立によって跡形もなく消滅したと考えてよかろう。徳之島の場合、近年まで固有の葬儀が仏教の影響をそれほど受けなかったために、驚くほど豊富に葬歌が残されたということである。

このような徳之島の葬歌の習俗は、民俗社会に葬歌が存在したことを証明している。そしてそれらの葬歌をうたうことが死者を他界に送り鎮めることになるという民俗社会の観念があった。5の歌で見た境界の場所の表現は、1～4の古代の葬歌の構造と類似する。死者がたどっていく境界の場所をうたうことが、葬歌の様式になっているのである。それは当然のことながら、万葉挽歌の表現のレベルとどのように関わっていくのか、という問題につながっていくであろう。これが本論の課題である。

二　挽歌表現への視座

葬歌と挽歌の間を文学史的に説明したのは、西郷信綱氏であった。ヤマトタケル葬歌から天智挽歌の間に、古い泣き女の伝統を背負う女の挽歌のあり方を見ながら、この女の挽歌と柿本人麻呂の叙事詩的な宮廷挽歌との間には文学的・歴史的転換ないしは飛躍があったことを指摘したのである。(5)これは現在おおむね承認されている図式であろうと思われる。

西郷氏は天智挽歌が女の挽歌の芸術的完成期にある作品と見ているのだが、伊藤博氏はまた別の観点から万葉挽歌とヤマトタケル葬歌の言語水準について、次のように論じている。

一方はことばによって自立する偲びの挽歌、一方はことばだけでは自立できない呪術の葬歌——この重大な断層に着目するとき、「挽歌」は「葬歌」からは単純には生まれてこないことが明瞭である。(6)

この論の前提になっているのは、ヤマトタケル葬歌は肉体的な労苦を表す労働歌からの転用であって、「這ひ廻ろふ」「腰なづむ」「空は行かず」「いさよふ」「浜よは行かず」など、匍匐礼の動作と関連することばによって葬歌への転用が可能になったというとらえ方である。このような呪歌に対して、万葉挽歌は孝徳朝の帰化系官人・野中川原史満の作に見られるような中国文化の流入と影響を基盤として創成されたとするのである。さらに神野志隆光氏が、この伊藤氏の論じたところを承けて、挽歌は儀礼の歌とは別に抒情詩として誕生したのであって、「中国の文学の媒介によってのみ可能となった新しい歌の領域」(7)と位置づけたのは、葬歌と挽歌の関係をより明確に否定する見解と言えよう。葬歌と挽歌の間に発想と表現の上で「断層」があるとするのは、現在の通説と見てよかろう。

しかし、ヤマトタケル葬歌と万葉挽歌には、呪的な儀礼歌と抒情的な哀傷歌という截然とした差異としてとらえられるのだろうか。挽歌の表現は葬歌の基盤とつながるところはなかったのか。これまで見てきた葬歌の表現のあり方を踏まえると、両者の発想と表現の間を「断層」ととらえるのは、少なからず疑問がある。

まず、ヤマトタケル葬歌は別の歌からの転用とするのが通説である。しかし、これらが葬歌でなくて、なぜ労働歌や恋の民謡でなければならないのかという点が不明である。すでに述べたように、ヤマトタケル葬歌は葬歌としてうたわれていたものが天皇の大御葬歌として位置づけられたものと見られる。

では、葬歌としての根拠は何か。ここで整理しておくと、「なづきの田―蔓ひ廻ろふ」「浅小竹原―腰なづむ」「海処―腰なづむ」「磯―伝ふ」という表現にある。つまり、死者を他界に送り鎮める表現である。境界は死者との別れの場所であり、行くのに難渋する場所である。境界の場所をうたうことは、葬歌の様式であり、構造と言ってよい。このことは沖縄や徳之島の多数の葬歌と類似する構造として確かめられたところである。

このような葬歌の構造は、挽歌の表現とは無関係であろうか。両者の表現に著しい断層があるとし、そのつながりも否定すべきものなのだ。ここで改めて、両者の表現上のつながりを構造の面から再検討する必要があると考えられる。例えば最近、谷川健一氏は南島の葬歌やシノビゴトから万葉挽歌を見直している。谷川氏によれば、挽歌は本来異常死者に対してうたうものであるが、その挽歌が相聞歌としてうたわれることもあると指摘する。(8)従来の挽歌論になかった視点が、南島文学の知見から新たに提示されはじめているのである。古橋信孝氏は、挽歌の異常死鎮魂説を補強発展させ、挽歌は死者の鎮魂が共同性になり得なくなった、新しい宮廷社会のあり方の中から成立すると説いている。古橋氏はその論において、他の葬儀でもうたわれたヤマトタケル葬歌は、固有な死者を鎮魂する万葉挽歌とは異なるとしている。(9)そうした差異を認めた上で、一回的で個別性をもつ表現を目指す挽歌は、くり返される葬歌を基盤として創成され、構造的なつながりを一方で保持したのではないかと思われる。そこで、境界の場所という視座から、万葉挽歌の表現構造をとらえ直してみたいと思う。

三　天智挽歌の「大御船」と「淡海の海」

万葉挽歌の初期の作品と言えば、女の挽歌として位置づけられる九首の天智挽歌がある。それらの挽歌は、天皇の崩御前後から葬礼の順序に従って配列されている。

天皇の大殯《おほあらき》の時の歌二首

6　かからむと予《かね》て知りせば大御船《おほみふね》泊《は》てしとまりに標結《しめゆ》はましを　（2・一五一、額田王）

7　やすみししわが大君の大御船待ちか恋ふらむ志賀の辛崎《からさき》　（2・一五二、舎人吉年）

大后の御歌一首

8　いさなとり　淡海《あふみ》の海《うみ》を　沖放《さ》けて　こぎ来る船　辺《へ》つきて　こぎ来る船　沖つ櫂《かい》　いたくな撥《は》ねそ　辺つ櫂　いたくな撥ねそ　若草の　つまの　念《おも》ふ鳥立つ　（2・一五三）

石川夫人の歌一首

9　ささなみの大山守《おほやまもり》は誰《た》がためか山に標結《しめゆ》ふ君もあらなくに　（2・一五四）

天智挽歌の九首は、聖躬不予之時（2・一四七〜八）→崩後之時（2・一四九〜五〇）→大殯之時（2・一五一〜四）→御陵退散之時（2・一五五）という整然とした構成になっている。歌によって葬儀の全体像が浮かび上がる仕組みだ。いま右に掲げた歌は殯宮の際の四首である。不予から崩後にかけての歌は、霊魂の復活を願う歌であるが、殯宮時の四首は天皇の不在とその魂の行方をうたっている。殯宮儀礼が営まれるといってもそれは死の確認のための期間であって、そこでは天皇の魂が他界へ鎮まることをひたすらうたっているように見える。

そのような大殯の6・7の歌は、なぜ「大御船」をうたうのか。天智の殯宮が琵琶湖を望みうる場所にあったからだというのでは、ほとんど説明になっていないであろう。6は「大御船が出ていかれないように標を結んでおくのだった」と、「大御船」の見えないことを嘆く歌である。7も「大御船の帰りを待ち、恋い慕っているであろうか。志賀の辛崎は」と、あるはずの「大御船」が辛崎につながれていないことをうたっている。「大御船」の不在によって天皇の死を自覚するのである。[10]

しかし、主を喪った「大御船」は、悄然として辛崎につながれたままという情景が自然ではないか。そうだとすると、「大御船」はある必然を伴って不在なのだと考えなければならない。その必然とは「大殯之時」ということと関わるであろう。すなわち「大御船」は、殯宮の期間、天皇の霊を他界に運び鎮める聖なる喪船と観想されたにちがいない。6と7の「大御船」は、「淡海の海」の彼方の他界へ向かって漕ぎ出していったという文脈において理解できる。[11]その不在をうたうことは、儀礼においても人々の認識としても、天皇の死の期間が終わったことを意味するのである。

次の8の「こぎ来る船」は、天皇の魂を運ぶためにやってくる「大御船」のイメージに重なるはずだ。8は、6・7の歌の時間とは前後していることになるが、前の歌の時間を忠実に承けてというよりは、やや視点を変えて「こぎ来る船」から「つまの念ふ鳥」に中心を絞っていくうたい方である。早くから言われているように、「つまの念ふ鳥」は大后にとって夫の霊魂のこの世での姿にほかならない。[12]

その「こぎ来る船」が「痛くな撥ねそ　若草の　つまの　念ふ鳥立つ」とうたわれるのはなぜか。

10　島《しま》の宮上《うへ》の池なる放《はな》ち鳥荒《あら》びな行きそ君いまさずとも　（2・一七二）

11　み立たしし島をも家と住む鳥も荒びな行きそ年かはるまで　（2・一八〇）

舎人らの作とする日並皇子の殯宮挽歌に、「放ち鳥」がうたわれている。主人の死後、放生会などで飼い鳥を放す行事があった。「念ふ鳥」がそれと同じかどうかわからないが、霊魂の宿る水鳥は鎮魂の呪術と関係があるらしい[13]。10・11の「荒びな行きそ」は、日並皇子の魂の「荒び」をひたすら鎮めようとする願いであろう。8の「つまの　念ふ鳥立つ」も、水鳥が慌てて飛び立つことは天皇の魂の「荒び」の現れであったから、それを諫めた歌と解される。天皇の魂は「大御船」によって他界へ送り鎮められなければならないのだ。そうした他界観念がこれらの挽歌のことばの中心にある。

森朝男氏は、6について「死者はこのように徐々にこの世から遠のき、境界のあちら側（異界）へ去るのである」と述べ、この挽歌群は「異界へ遠ざかりゆく死者を歌うことを中心にしている[14]」ととらえる。8の歌の「淡海の海を　沖放けて」というのは、他界へ通じる境界としての「淡海の海」でなければならない。生前、天皇が遊覧した湖は、死後のいまは天皇の魂が他界へと向かう境界の場所なのである。このように読み取ってくると、9の「山に標結ふ」もただ禁足地というような理解でよいのかどうか。森氏の指摘するように、「死者の異界性を強調する[15]」表現という視点が必要になってこよう。天皇の魂の行方をうたう一連の表現と考えられる。

このように天智挽歌の「大殯の時」の歌を見てくると、そこには悲痛とか哀傷の抒情とはまた別の心意が働いていることに気づく。一言で言えば、それは死者が境界の場所を経て他界に鎮まることをうたうという心意である。死の期間の後、天皇の魂が他界に鎮まるかどうかは、生者にとって重大な問題であった。6〜9は天皇の不在とともに、他界への鎮まりを予祝的にうたっていると見ることができる。そのような歌の呪力によって、天皇の死は鎮魂されると認識されたのである。

8の挽歌には「淡海の海」という境界の場所をうたう構造を見てきた。それはすべに述べたように、ヤマトタケル葬歌や南島の葬歌に共通して見られることであった。何度か触れてきたが、葬歌の基本構造は、死者が境界をたどって他界へ鎮まることをうたう点にあった。この葬歌のあり方は、いま見てきた天智挽歌の「大殯の時」の歌群にも同様に認められる。特に、ヤマトタケル葬歌の第三首の「海処行けば腰なづむ」は、「海処」という境界の場所から死者を他界へ送り遣る歌であったし、第四首の「浜つ千鳥」は死者の霊魂の姿をうたうものであった。８の挽歌などは、この第三首や第四首の発想と表現において地続きの歌と見られる。

四　挽歌表現としての野・山

境界の場所という構造をもつ挽歌は、万葉集からかなり拾うことができる。それらは天智挽歌の「大殯の時」の歌群に見たように、死者の魂の行方とその鎮魂に関わる歌と考えられるが、さらにその問題を深めるために巻七の挽歌群に注目したい。

A

12　鏡なすわが見し君を阿婆《あば》の野《の》の花橘の珠《たま》に拾《ひり》ひつ　（7・一四〇四）
13　秋津野《あきづの》を人の懸《か》くれば朝蒔《ま》きし君が思ほえて嘆《なげ》きは止《や》まず　（7・一四〇五）
14　秋津野に朝ゐる雲の失《う》せゆけば昨日《きのふ》も今日《けふ》も亡《な》き人思ほゆ　（7・一四〇六）
15　隠口《こもりく》の泊瀬《はつせ》の山に霞《かすみ》立ち棚引《たなび》く雲は妹《いも》にかもあらむ　（7・一四〇七）
16　狂語《たはごと》か逆言《およづれこと》か隠口の泊瀬の山に廬《いほ》りせりといふ　（7・一四〇八）
17　秋山の黄葉《もみち》あはれびうらぶれて入りにし妹は待てど来まさず　（7・一四〇九）

B

18　世間《よのなか》はまこと二代《ふたよ》は行《ゆ》かざらし過ぎにし妹に逢はなく思へば　（7・一四一〇）
19　福《さきはひ》のいかなる人か黒髪の白くなるまで妹の声を聞く　（7・一四一一）
20　わが背子《せこ》を何処《いづち》行かめとさき竹の背向《そがひ》に寝《ね》しく今し悔《くや》しも　（7・一四一二）

21　庭つ鳥鶏《かけ》の垂尾《たりを》の乱尾《みだりを》の長き心も思ほえぬかも　（7・一四一三）
22　薦枕《こもまくら》相纏《ま》きし児《こ》もあらばこそ夜の更《ふ》くらくもわが惜《を》しみせめ　（7・一四一四）
23　玉梓《たまづき》の妹は珠《たま》かもあしひきの清き山辺に蒔《ま》けば散りぬる　（7・一四一五）

この巻七末尾の十二首（或本歌一首は省略）の挽歌が、その発想や主題において関連を有した構成になっていることはすでに明らかにされている。[16] 全体が前半のAと後半のBの六首ずつに大きく分けられるが、特にAには野と山の地名がうたわれるという共通性が見られる。Aはまた、12「阿婆の野」「君」→13「秋津野」「君」→14「秋津野」「亡き人」、15「泊瀬の山」「妹」→16「泊瀬の山」→17「秋山」「妹」という具合に、「君」を野に葬った女の三首と、「妹」を山に葬った男の三首とに分かれる。その場合、14と16は男女を特定していないが、「亡き人」は13「秋津野」とのつながりで「君」とし、16も15「泊瀬の山」との関係で「妹」とする理解に従うべきであろう。[17] 野山に懸けて男女の嘆きをうたうという主題のもとに整然と配列された歌群であることは一目瞭然である。

一方、Bの歌群は地名を含まないことで、Aとは対照的な関係にある。18・19は男、20・21は女、22・23は男の歌となっていて、二首一組のそれぞれ男と女の側からの歌として交互に配列されている。このB群には、地名という素材の共通性が見られず、内容において、18と19、19と20というように、残された者の悲嘆が二首ずつ対比的な関係で展開されると見られている。[18] しかし、そのような連鎖的配列の意図はそれほど明確なものとは言えない。伊藤博氏は、女三首、男五首、女二首、男二首の配列に四人の作者を推定し、前半八首の葬送時に対して後半にはやや時を経た歌を置き、最後の23でまた葬送時にもどるとの見方を示している。[19] この歌群が四人の作者によるものかどうかは疑問だが、葬送時とその後という時間的な差異からとらえるのは首肯できる。ただ、18

「世間はまこと二代は行かざらし」や19「黒髪の白くなるまで妹の声を聞く」は、やや観念的な措辞と見られるのであって、時がやや経過しての回想と考えるのが自然である。従って、Aが葬送時の哀悼の歌、Bの五首がその後の悲嘆の歌で、末尾の一首がAの時点というように、AとBの間に時間的な差を置きながら、最後の23で全体が円還する仕組みととらえるべきであろう。

　AとBの間の際立ったうたい方の差は、死者に対する時間的な遠近とあるいは関係するかもしれない。しかし、そのことよりも重視したいのは、この巻七巻末の挽歌群に二つのうたい方が明確に示されていることである。すなわちそれは、相手を偲ぶよすがとして野や山をうたう方法と、相手の不在に対する哀傷や無常の嘆きという観念の次元でうたう方法との二つである。これは挽歌のうたい方に対する基本的な認識であったと見ることができよう。

24　児《こ》らが手を巻向山《まきむくやま》は常《つね》にあれど過ぎにし人に行き纏《ま》かめやも　（7・一二六八）
25　巻向の山辺《やまへ》響《とよ》みて行く水の水沫《みなわ》のごとし世の人われは　（7・一二六九）
26　隠口《こもりく》の泊瀬《はつせ》の山に照る月は盈昃《みちかけ》しけり人の常無き　（7・一二七〇）

24と25には「就所発思」という題がある。24は人の死を嘆き、25は人生の無常をうたったものであるが、題が示すように、巻向山という場所が思いを起こさせる歌である。次の26も無常をうたっており、やはり挽歌的な発想の歌と見られる。27は題が「寄物発思」であるが、この場合「泊瀬の山」の月であることが重要なのであって（この点、なお後述）、24～26は生の無常をうたった一連の挽歌と見ることができる。この「就所発思」と「寄物発思」の方法は、Aの挽歌のうたい方と共通すると言ってよい。ここには、ある特定の場所に寄せて死者への思いをうたうという挽歌のあり方が示されているのである。

Aの野や山という共通表現が「就所発思」といううたい方に基づくことは理解できたが、それではAにうたわれた、死者を偲ぶよすがとしての場所とは何か。それはおそらく挽歌の構造に関わっているはずだ。12〜15は火葬ないしは火葬後の散骨をうたっているから、その野や山は葬地ということになる。それらの歌は例えば、13「秋津野」「君が思ほえて」、14「秋津野」「雲」「亡き人思ほゆ」、15「泊瀬の山」「雲」「妹にかもあらむ」というように、「秋津野」や「泊瀬の山」が亡き人を思い起こさせるという構造である。亡き人を思い続ける（とうたう）ことが鎮魂することでもあったわけである。しかしそれがなぜ発思の場所になるのかというと、16「泊瀬の山に盧せり」とか17「秋山」「入りにし妹」とあるように、あるいはまた「玉桙《たまほこ》の道行く人はあしひきの山行き野行き」（13・三三三五）とうたわれるように、葬地というだけでなく、死者がそこを通って他界へ行くと考えられていたからである。それは言わば、他界幻想を背負う霊地であり、境界の場所であった。山中他界観はそのような構造として考えられる。

以上、巻七挽歌には、野山の地名をもつ歌群ともたない歌群との二つの方法があることを見てきた。およそ巻七の作者未詳歌群は、「平城遷都後の作が多いと想像されるが、中には藤原京時代の作もあるにちがいない」[20]とされ、雑歌の中に「伊勢従駕作」（7・一〇八九）とあることなどから、作者の階層としては官人層を想定するのが一般的な見方である。文武四（七〇〇）年僧道昭から始まったとされる火葬がうたわれることからも、この挽歌群は柿本人麻呂の挽歌以後、万葉後期に流布した歌であることはほぼ間違いない。作者層としては、青木生子氏は類歌関係に注目しながら、「一つの歌から一般向きの民衆の歌へと、さまざまに変化転用されてゆく過程」[21]をここに指摘している。

「民衆の歌」という概念はやや曖昧であるが、平城京という大規模な宮都の成立によって、貴族・官人層を中心に短歌体の哀傷挽歌が詠作され、流布・享受されていったことは十分考えられる。作者未詳の巻七挽歌は、古代都市において流通する和歌の一端を示すものであったと言うことができよう。万葉後期の短歌体哀傷挽歌においても、前半のA群から明らかなように、境界の場所としての野山をうたう様式が確立していた。このような境界の場所の表現という挽歌の基本構造は、ヤマトタケル葬歌の構造と重なる。すなわち、境界の場所を経て死者の魂を他界へ送り鎮めることをうたう葬歌のあり方と通底している。

五　泊瀬という場所

A群の「秋津野」や「泊瀬の山」は、死者への思いが心に現れてくる場所であった。特に「泊瀬の山」を含む歌は、十首中五首が挽歌部に入っている。この「泊瀬の山」を通して、さらに挽歌表現としての境界の場所を解読してみよう。

27　なゆ竹の　とをよる皇子《みこ》　さ丹《に》つらふ　わご大王《おほきみ》　隠口《こもりく》の　泊瀬《はつせ》の山に　神《かむ》さびに　斎《いつ》きいますと　玉《たま》
梓《づさ》の　人そ言ひつる　逆言《およづれ》か　わが聞きつる　狂言《たはごと》か　わが聞きつるも　天地《あめつち》に　悔《くや》しき事の　世間《よのなか》の
悔しきことは　天雲《あまぐも》の　そくへの極《きは》み　天地の　至れるまでに　杖策《つゑつ》きも　衝《つ》かずも行きて　夕占問《ゆふけと》ひ
石占《いしうら》もちて　わが屋戸《やど》に　御諸《みもろ》を立てて　枕辺《まくらべ》に　斎瓮《いはひべ》をすゑ　竹玉《たかだま》を　間《ま》なく貫《ぬ》き垂《た》れ　木綿襷《ゆふたすき》　か
ひなに懸《か》けて　天《あめ》にある　佐佐羅《ささら》の小野《をの》の　七節菅《ななふすげ》　手に取り持ちて　ひさかたの　天の川原《かはら》に　出で
立ちて　潔身《みそぎ》てましを　高山《たかやま》の　巌《いはほ》の上《うへ》に　座《いま》せつるかも　（3・四二〇）

この挽歌は丹生王が石田王の卒時にうたったと題詞にある。丹生王は石田王の突然の訃報を「逆言か」「狂言か」という呪的なことばとして聞き、祭祀や禊ぎをしなかったために、若き皇子を死なせてしまったと嘆く歌である。斎藤英喜氏は、逆言・狂言に、死者の口寄せに通じるシャーマニックな位相を見ながら、共同体の外部からの使いのことばに死が起源するととらえている。[22] 葬儀に加わったはずの近親者がその死を伝え聞くとうたうのは、万葉挽歌の定型と言ってもよい。そうした外部の人のことばによって、近親者は死者が境界を越えて他界へ鎮まり行くのを確かめることになる。このような死者の死を確認することばが必要であった。[23] それが「逆言か」「狂言か」という呪的なことばであったのである。

27の歌で言えば、その呪的なことばは「隠口の泊瀬の山に神さびに斎きいます」である。したがって、この「泊瀬の山」は葬地という意味にとどまるのでないことは明らかである。皇子はそこに神として再生したかのように幻想されている。27の「泊瀬の山」は葬地であると同時に他界との隔ての山と意識されているのだ。前の「泊瀬の山」をうたった16などは、27の呪的なことばの部分と重なる、同じ構造の歌と見てよい。このような境界の場所に死者の在りかが幻想され、それが外部からの呪的なことばとして近親者（うたい手）にもたらされるというのが、挽歌の重要なモチーフとなっているのである。この「泊瀬の山」は歌の最後で「高山の巌の上に座せつるかも」とくりかえされる。

しかし、「高山」は「泊瀬の山」のくり返し、あるいは同義と見てよいのだろうか。おそらく二語には微妙な差異がある。すなわち、「泊瀬の山」は外部の人が伝えた皇子の在りかであるし、「高山」はそのことばによってうたい手が認識した皇子の所在である。「高山の」以下は、近親者たる丹生王[24]が皇子の姿を幻想した表現と見なければならない。「高山」は、境界の場所としての「泊瀬の山」の背後に幻想される他界の表現なのだ。死をとどめる呪術をしなかったばかりに、皇子を他界に行かせてしまったというたい方は、前に触れた天智挽歌の6と同じ発想である。それは生者の側の悔恨としてうたわれるが、死者儀礼のレベルでは死者の、他界への鎮まりを確認することばであることに注意しておきたい。こうしたことばによって、死者は他界に鎮まることができると考えられていたのである。

27の「隠口の泊瀬の山」「高山」の表現の差異を分析しながら、泊瀬挽歌のあり方に触れてきた。泊瀬の山は他界幻想を背負う霊地であり、境界の場所であったわけである。死者の魂の隠り行く地、この世の果つる境界の場所という観念がそれらの挽歌の根底にあると言えるだろう。このような境界の場所は、他界の霊威に触れるところであった。死者が心に現れてくる霊異の場所でもあった。例えば日本霊異記の枯骨報恩譚（下巻・二七話）に出てくる、髑髏が「生ける姿を現して」自らを語る「竹原」という場所がそうである。(25)巻七のAでは「秋津野」や「泊瀬の山」がうたい手に亡き人を思い起こさせる場所としてうたわれていた。多田一臣氏によれば、この「思ほゆ」は対象が主体に依り憑く呪的な状態を表すことばであるという。(26)亡き人を思うことが鎮魂を意味したと考えてよい。生者に対して「思ほゆ」という呪的な状態にさせないではおかないのが、境界の場所であった。泊瀬とはそのような場所であったのである。

六　人麻呂挽歌と境界の場所

最後に、柿本人麻呂の挽歌の方法について検討しておきたいと思う。人麻呂は長歌体の挽歌をもっとも精力的にうたった挽歌歌人であるが、特にその中で死者の行方をうたう点に様々な表現の意匠が見られる。死者の行方をうたうことは、すでに述べたように、葬歌という死者儀礼の言語表現に由来するものであったわけだが、人麻呂は少なくとも三通りの死者の行方をその挽歌において示している。一つは皇子たちの殯宮挽歌に見られる「天の原」すなわち天上界である。日並皇子挽歌に「天《あま》の原　石門《いはと》を開き　神上《かむあ》がり　上がり座《いま》しぬ」（2・一六七）

とあり、この発想には高天原神話という国家神話の意識があることは疑いない。その二つは石中死人歌（2・二二〇）の海であり、三つ目はこれから取り上げる野山である。

28　楽浪《さきなみ》の志賀津《しがつ》の子らが罷道《まかりぢ》の川瀬の道を見ればさぶしも　（2・二一八）

人麻呂は、早い時期の作とされるこの吉備津釆女挽歌において、すでに死者の道行をうたっている。この世との境界の川を渡って他界に去る歌だ。「罷道の川瀬の道」は、他界での死者の鎮まりをうたう葬歌に発想の基盤があるだろう。人麻呂はこのような他界に赴く死者の描写を挽歌の構成要素とし、その表現を彫琢した形跡がある。特に、前に見てきた野山という境界の場所の表現は、人麻呂挽歌の方法に深く関わっていると見られる。

29　敷栲《しきたへ》の袖かへし君玉垂《たまだれ》の越野《をちの》過ぎゆくまたも逢はめやも〔一は云はく、越野に過ぎぬ〕　（2・一九五）

これは河島皇子挽歌の反歌で、左注に「河島皇子を越智野《をちの》に葬《はふ》りし時に、泊瀬部皇女《はつせべのひめみこ》に献れる歌なり」とある。越智野へ行く葬送の列という実体をここに重ねない方がよい。人麻呂は他界へ去る皇子とその姿を求める泊瀬部皇女を歌の世界に仮構したと考えられるからである。29の「またも逢はめやも」には、夫に逢えない皇女の姿がうたわれるのだが、この句は長歌の次の表現を受けている。

30　……そこ故に　慰めかねて　けだしくも　逢ふやと思ひて　玉垂の　越智の大野の　朝露に　玉裳《たまも》はひづち　夕霧に　衣《ころも》は沾《ぬ》れて　草枕　旅宿《たびね》かもする　逢はぬ君ゆゑ　（2・一九四）

死者、河島皇子はついに越智野から他界に去ったことをうたっている。それは30から29への「逢ふ」の畳みかけにおいて示される。その点については、西郷信綱氏が「『逢ふ』という語がこの長反歌のキイ・ワードで、それが『逢ふやと思ひて』『逢はぬ君ゆゑ』と否定的に漸層し、『またも逢はめやも』と強まっていく感情の流れをよみ落とさぬことである」[27]と述べる通りであろう。人麻呂のうたう越智野は、葬地を示す地名というだけでなく、境界の場所という古代的観念の表現でもあるのだ。そのような他界に接する場所であるから、死者と逢えるかのように幻想されるわけである。しかし、河島皇子妃の泊瀬部皇女がいくら訪ね求めても、ついに逢うことができない。再会できないとうたうことが死者の他界での鎮まりを意味すると同時に、残された近親者への慰め（鎮魂）にもなるという構造である。[28] 挽歌は生者に向けられた歌でもある。

皇子の他界への鎮まりをうたうというこの挽歌のモチーフは、葬歌のあり方とつながりをもつであろう。河島皇子挽歌がヤマトタケルの大御葬歌や影姫の歌（武烈紀）の表現と重なり合うことを指摘し、そこに葬歌の影響を認める曾田友紀子氏の見解[29]は、基本的に踏まえられてよいだろう。29の「越野過ぎゆく」には、越智野を通過して他界に行く死者の姿がありありと表現されているのである。越智野という境界の場所の表現は、死者儀礼としての葬歌から発生してくるものであった。人麻呂が河島皇子挽歌を構成する表現の源泉に、葬歌の様式が考えられるのである。

31　衾道《ふすまぢ》を引手《ひきて》の山に妹《いも》を置きて山路《やまぢ》を行けば生けりともなし　（2・二一二）

次にこの泣血哀慟歌の反歌を取り上げてみよう。31は「引手の山」に妻を葬った後、「墓所から帰る道の心境」[30]をうたったとするのが通説である。従来、「引手の山」は長歌との関係で、実在か虚構かという点が問題とされてきた。

32　……世の中を　背《そむ》きし得ねば　かぎろひの　燃ゆる荒野《あらの》に　白栲《しろたへ》の　天領巾隠《あまひれがく》り　鳥じもの　朝立《た》ちい
まして　入日《いりひ》なす　隠《かく》りにしかば……恋ふれども　逢《あ》ふ因《よし》を無み　大鳥《おほとり》の　羽易《はがひ》の山に　わが恋ふる
妹《いも》は座《いま》すと　人の言へば　石根《いはね》さくみて　なづみ来し　吉《よ》けくもそなき　うつせみと　思ひし妹が　玉
かぎる　ほのかにだにも　見えなく思へば　（2・二一〇）

ここにその長歌の関係部分を前半と後半に分けて示した。前半は、妻の葬列の具体的な描写というよりはむしろ、妻の魂の姿を鳥のイメージでとらえ直した神話的な表現と見るべきでろう。妻は「荒野」から他界へと夕日のように身を隠す。長歌を読む限り、「荒野」には妻の葬地のイメージがあり、境界として幻想された場所である。それが後半では「大鳥の羽易の山」に妻はいると人からの報せがうたわれる。この報せのことばは27の場合と同じ位置にある。妻が隠れる「大鳥の羽易の山」も他界幻想を背負う境界の場所である。妻(の魂)はそこで一度留まって他界へ赴いたと理解されているのであろう。大御葬歌に見られるように、境界の場所では死者の姿を求める近親者の行きなづむ様子がうたわれるのだ。再会が果たせずに「見えなく思へば」という死者との隔絶を告げる句は、30の「逢はぬ君ゆゑ」や29の「またも逢はめやも」と重なる。ついに逢えないとうたうことによって、死者の他界への鎮まりを確かめつつ、妻の不在を嘆くという構造になっているのである。

では、このような境界の場所としての「大鳥の羽易の山」は、31の「衾道を引手の山」の句とどのような関係にあるのだろうか。それは次の三説が考えられる。

(A) 二山とも墓所のある龍王山——沢瀉久孝氏は、この二山は三輪山の北の龍王山のことで、巻向山と両翼をなすことから羽がひの山と呼ばれ、また「引手の山」の枕詞「衾道」も龍王山の麓、手白香皇女の「衾田墓」の近くに比定されるという。(31)

(B) 同一の山で一方が虚構の別名——橋本四郎氏は、「羽易の山」が「左右の稜線が深く重なり交叉して、その奥に峡谷を包みこんださま」を表す「詩的な造形の結果としての用語」とし、「引手の山」の方を実際にあった山名と説く。(32)

(C) 二山とも仮構の山——桜井満氏は、「大鳥の羽易の山」は「大鳥の天翔りを連想させ」、「衾道を引手の山」も「墳墓の地に引かれて行く妹を思わせる」と述べ、「虚構の作だからこそ実際の山の名をさけながら、魂が赴き肉体が葬られる山を表現した」と解する。(33)

この(A)〜(C)のどの立場をとるかは、泣血哀慟歌をどうとらえるかによって決定される。人麻呂が妻の死という事実を叙したものと見るならば、(A)説によるのが妥当だろう。しかし、人麻呂は自己の現実ではなく、むしろ悲恋亡妻の物語を下敷きにうたっていると見るべきではないか。森朝男氏は、泣血哀慟歌を「われ」語り（一人称語り）の「語り歌」形式として位置づけ、そのベースに「軽や泊瀬の隠り妻伝承のようなものがあって、それをリファインし、伝承の生まの影を消して作りあげて来た」(34)と述べて人麻呂の創作性に迫っている。「羽易の山」も「引手の山」も、人麻呂が妻の死の「語り歌」において創作した、この世との境界の山と考えられる。それはまた神話的な空間として理解することができる。(35)もちろん創作にあたっては「春日《かすが》なる羽買《はがひ》の山」（10・一八二七）のような実在の地名を取り込んで仮構することもあったであろう。従って、基本的に(C)の立場をとるべきだと考える。

それと同時に、「羽易の山」と「引手の山」は歌の中で説明されなければならない。泣血哀慟歌はそれ自体で完結した世界をもつからである。そのように考えた時に問題になるのは、32の長歌で、妻が「荒野」に葬られ「羽易の山」に身を隠したように見えながら、31の反歌では「引手の山」が妻の葬地のイメージでうたわれることだ。これはもちろん矛盾ではなく、そこには作品としての独自の構造があるはずである。

前に境界の場所としての野山について述べたが、この「荒野」と「羽易の山」は、そのような対の構造をもつ表現と見るべきではないか。「大鳥の羽易の山」は、妻（の魂）が「荒野」から鳥となって飛び立つイメージを受けた語である。この語については前掲の橋本氏の解釈がすぐれており、たたんだ鳥の翼のように重なり合う、死者が隠れ行く山の意でよい。すなわち他界幻想を背負った境界の山として人麻呂が仮構した表現と見られる。

一方反歌では、「羽易の山」を妻の葬地のイメージから「引手の山」によみ変えたのであろう。長歌の「荒野」から「羽易の山」という関係が、反歌では「引手の山」から他界という関係に置き換えられたと言ってもよい。妻が他界へ去る境界の場所が「衾道を引手の山」という仮構の表現であった。「衾道を」の枕詞は、「蒸《むし》ぶすま柔《なご》やが下《した》に臥《ふ》せれども」（4・五二四）や「寒くしあれば麻衾《あさぶすま》引き被《かがふ》り」（5・八九二）などとあるように、夜具としての衾をかぶる、あるいは身に覆うことから、妻が他界へと引き隠れる山として表現されていると見てよかろう。それはおそらく長歌の、美しい領巾に身を隠してという「白栲の天領巾隠り」の句と対応している。反歌の「衾道を引手の山」は、長歌のこの部分を踏まえてより鮮明に他界との境界の山というイメージを提示している。

このように見てくると、人麻呂が死者の行方をうたうのにいかに意識的であるかがわかる。境界の向こう側に去る死者をうたうのは、死者に対する鎮魂の表現であった。ヤマトタケル葬歌を通して述べたように、葬歌には他界への死者の鎮まりをうたう性格があり、境界の場所の表現という構造が見られた。こうした葬歌の構造を語り歌の中に取り込み、境界の場所を仮構してうたっていくのが人麻呂挽歌の方法であったと言える。

結び

最初に述べたように、境界の場所というテーマから万葉挽歌の特徴的な表現を見てきた。このような境界の場所が人麻呂挽歌の方法にもなっていることに注目すべきであろう。万葉挽歌は死の嘆きを観念化したり抽象化したりして表現する哀傷挽歌への道を志向する一方で、死者儀礼における葬歌の表現を抜きがたく抱え込んだと言える。

33　……佐保河を　朝川渡《あさかは》り　春日野《かすがの》を　背向《そがひ》に見つつ　あしひきの　山辺《やまへ》を指《さ》して　晩闇と　隠《かく》りましぬれ……
（3・四六〇、尼理願挽歌）

34　……うつせみの　借《か》れる身なれば　露霜《つゆしも》の　消《け》ぬるがごとく　あしひきの　山道《やまぢ》を指《さ》して　入日《いりひ》なす　隠《かく》りにしかば……
（3・四六六、亡妾挽歌）

死者が境界の向こうに去っていくことをうたうものとしては、人麻呂以後も、例えば33の大伴坂上郎女や34の大伴家持の歌がある。ここにも「山辺」「山道」という境界の場所の表現が見られるのだが、しかしそれはきわめて形式化し、人麻呂挽歌のような仮構の境界表現はすでにない。このような挽歌の変化の背景には、死者儀礼および葬歌の伝統の衰退があると推測される。万葉において、境界の場所の表現を喪失する過程が挽歌の衰退と重なり合っているのは、あるいは当然のことかもしれない。死者の行く向う側の世界に対する想像力、その境界の場所という古代的感覚において、挽歌は歌としての呪性をもち得たのである。

【注】
（1）本書Ⅰ・第二章・1
（2）『古代歌謡の世界』（昭和43年）
（3）「徳之島の葬歌クヤとその周辺の歌謡」（『奄美沖縄民間文芸研究』平成5年7月）
（4）酒井正子「徳之島の葬歌の系譜」（奄美沖縄民間文芸研究会、平成3年8月の口頭発表）
（5）『詩の発生』（昭和29年）
（6）「挽歌の世界」（『解釈と鑑賞』昭和45年7月、『萬葉集の歌人と作品上』所収）
（7）「『大御葬歌』の場と成立—殯宮儀礼説批判—」（『上代文学論叢・論集上代文学』第八冊、昭和52年11月）

(8)『南島文学発生論』(平成3年)
(9)「挽歌の成立」(『日本文学』平成4年5月)
(10)杉山康彦「天智天皇挽歌」(『万葉集を学ぶ』第二集、昭和52年12月)
(11)『注釈万葉集《選》』(昭和53年)の渡瀬昌忠氏の執筆
(12)折口信夫「万葉集研究」(『日本文学講座』第十九巻、昭和3年9月、『折口信夫全集』第一巻所収)
(13)注(12)同論文
(14)「死・挽歌・仏教」(和歌文学講座2『万葉集Ⅰ』平成4年9月)
(15)注(14)同論文
(16)青木生子「作者不明の挽歌―巻七を中心に」(『上代文学』昭和57年7月、『万葉挽歌論』所収)
(17)渡瀬昌忠『万葉集全注』巻第七(昭和60年)
(18)注(16)同論文
(19)「万葉集研究今後の一課題―巻十歌群の配列をめぐって―」(『上代文学考究』昭和53年5月、『萬葉集の歌群と配列上』所収)
(20)日本古典文学全集『万葉集二』(昭和47年)
(21)注(16)同論文
(22)「逆言・狂言と挽歌」(セミナー古代文学'88『総括・表現論』平成元年11月)
(23)この点については、居駒「死者との出逢い―万葉集巻13・三三〇三の挽歌的表現構造―」(『明治大学教養論集』平成2年3月)で論じた。
(24)武田祐吉『万葉集全註釈』(昭和32年)は、丹生王が母か姉であろうと推測している。
(25)古橋信孝「王権の発生論―死者のうたと語り―」(『物語・差別・天皇制』昭和60年10月)は、これを一人称の死者語りとして論じている。
(26)「思ひ」(『古代語を読む』昭和63年1月)

（27）『万葉私記』（昭和45年）
（28）注（23）同論文
（29）「河島皇子挽歌の手法─葬歌との関係から─」（『古代研究』昭和61年3月）
（30）沢瀉久孝『万葉集注釈』（昭和33年）
（31）注（30）同書
（32）「衾道を引手の山」（『上代文学論集』昭和50年9月）
（33）「泣血哀慟の歌」（『上代文学』昭和51年11月、『柿本人麻呂論』所収）
（34）「柿本人麿─その〈語り歌〉史─」（『日本文学史を読む1①古代前期』平成2年4月、『古代和歌の成立』所収）
（35）多田一臣「泣血哀慟歌を読む」（『語文論叢』昭和61年9月、『万葉歌の表現』所収）

第三章　記・紀歌謡と宮廷歌曲

1　古事記の歌と琴歌譜——琴の声の命脈

はじめに

琴歌譜から記・紀の歌の何がわかるか——このような問いかけを一度はしてみるべきだと考えるのは、次のような方法への反省からである。

記・紀歌謡の研究では、古代の資料的な制約もあって、記・紀の間の比較という作業がどうしても中心になる。自明のことだが、文字で書かれた物語の中の歌というのが記・紀歌謡の基本的なあり方である。そこには唱謡の様相をほとんど留めていない。歌謡としての生態を一方に想定した場合、音声の歌と書かれた記・紀の歌との間には言語表現として大きな差異があるはずだ。その差異を自覚した時、私たちは、記・紀の歌を記・紀から観察し、その実体を証明していくことへの方法的な不安を抱え込むことになる。

記・紀歌謡の一部が伝えられている琴歌譜は、記・紀の歌をとらえ直す上で有効な歌謡テキストと考えられる。平安朝の宮廷に伝来した琴歌譜の中の大歌は、記・紀の歌を相対化し得るほとんど唯一の歌謡資料であり、しかもそれが歌の音声の記録でもあるからだ。この琴歌譜の中の記・紀歌謡から、記・紀の歌を見直してみようというのが本論の課題である。

一　記・紀歌謡と琴歌と大歌

琴歌譜は、唱謡の歌声の調子を墨書きで、和琴の絃の曲節を朱書きで示した平安時代初期の楽書である。記録された当時の宮廷歌謡は歌曲名が十七、歌数は二一首（一首は重複歌）である。それらは、十一月新嘗会・正月元日・同七日・同十六日の四節会ごとに、歌曲名・歌詞・声譜・琴譜・縁記を一組とする形式で書かれている。そこには五首の記・紀歌謡が含まれていたのである。

琴歌譜一巻　安家書

件書希有也仍自大歌師前丹波掾多安樹手傳写　天元四年十月廿一日

この奥書よれば、現存の琴歌譜は天元四（九八一）年の書写になるもので、多氏に伝わる大歌の記録である。その原本の成立は平安初期と言われてきた。土橋寛氏はさらに限定して、弘仁七（八一六）年に興世書主が大歌所別当に任ぜられた記事（『文徳実録』嘉祥三年十一月）や、弘仁十二（八二一）年に成立した『内裏式』に正月元日・七日・十六日・十一月新嘗会の四節会での大歌奏上が見えることから、琴歌譜の成立年代は弘仁年間と推定した。(1) しかし、成立時期について、大歌所で四節の大歌が教習されはじめた頃とするのは、成立の根拠とはならないだろう。口伝されるべき大歌の譜が記録されるというのは、言わば異常な事態で、それは大歌が衰退する時期と考えられるから、成立時期はもっと下がるはずである。この問題をここで詳しく検討することはできないが、ひとつ留意しておきたいのは、神楽歌・催馬楽など新しい宮廷歌謡の整備と盛行が琴歌譜成立の要因として考えられることである。平安朝における宮廷歌謡の変容という視点から、琴歌譜の成立時期は見直さなければならないだろう。

しかし、琴歌譜に記録された大歌は決して新しいものではない。大歌所の琴歌として奈良時代まで遡ることは確かである。記・紀歌謡と重なる歌は、さらにそれ以前の少なくとも記・紀成立時から伝承されてきたわけだが、果してそれらは琴歌としてうたわれたのであろうか。そのことを考える上で、続日本紀に重要な資料がある。

養老五（七二一）年正月二十七日と言えば、日本書紀が完成した翌年に当たるが、この時元正天皇は和琴師一名と唱歌師五名に褒賞を与えている。

和琴《わごむ》の師《し》正七位下文《ふみ》忌寸広田《ひろた》、唱歌《しやうか》の師《し》正七位下大窪《おほくぼ》史五百足《いほたり》、正八位下記《き》多《たの》直《ま》玉《たま》、従六位下螺江《さざえ》臣夜気女《やけめ》、茨田《まむた》連刀自女《とじめ》、正七位下置始《おきそめ》連志祁志女《しがしめ》、各《おのおの》絁《あしぎぬ》六疋、絲《いと》六絇、布《ぬの》十端、鍬《くは》十口。

この和琴と唱歌の指導者たちは正月の節会に奉仕したのであろう。ところが、和琴師と唱歌師は雅楽寮の職員規定に見えないので、彼らは雅楽寮とは別の楽人であった。彼らの所属機関は、言われているように歌舞所であろう。(2)しかも、日本書紀が完成した翌年に当たることから、彼らが伝えた歌謡と歴史伝承は日本書紀に吸収されたのではないかと見られている。(3)それは十分考えられるし、また彼らが伝承したのは和琴の伴奏でうたう唱歌、つまり琴歌であった。すでに琴歌が節会で奏されているのである。

琴歌は宮廷社会で盛んに行われたようだ。天平八（七三六）年の万葉歌の題詞に「冬十二月十二日に、歌舞所の諸王臣子等の、葛井連広成の家に集ひて宴する歌二首」（6・一〇一一〜二）とあり、続いて、この頃古舞が盛んに起こり、古歌を唱し、古曲二節を献じたと記している。古風な和歌に曲節をつけてうたわれ、そこには和琴師も加わっていたであろう。その三年後には、皇后宮の維摩講で大唐高麗等の種種の音楽とともに、「仏前唱歌一首」（万8・一五九四）がうたわれ、「弾琴」は市原王・忍坂王、「歌子」は田口朝臣家守ら十数人であったと伝える。(4) 彼らは「歌舞所の諸王臣子」にほかならないと考えられるが、雅楽寮に収まらない日本的な歌舞の受け皿となり、皇親貴族たちの教養のために宮中に設置されたのが歌舞所である。そこでは宮廷歌謡の教習が行われるとともに、天平の頃には、貴族たちが和琴と唱歌を教習して饗宴儀礼の風雅に供するという状況であった。

このように日本的な歌舞が雅楽寮とは分立し盛行するようになって、雅楽寮の変質や衰退という事態を招いた。『続日本紀』の天応元（七八一）年十一月に、大嘗祭に先立って行われた奏楽の記事に、「宴五位已上奏雅楽寮楽、及大歌於庭」とある。大歌は雅楽寮楽と対等に扱われており、それを管掌する大歌所はこの時すでに成立していたと推定される。(5) 大歌所は歌舞所を前身とし、衰退しつつあった雅楽寮の日本的楽部を吸収する形で、奈良時代末期に成立したと見てよい。平安時代初期には興世書主のような大歌所別当が任ぜられ、節会で奏する大歌所琴歌が整備されたと考えられる。

いま見てきたように、養老五年の和琴と唱歌の流れは大歌所の成立にまでつながっていることがわかる。平安朝になると、記・紀歌謡を含む大歌所琴歌は、十一月新嘗祭・正月元日・七日・十六日の四節会での奏歌として教習されるようなる。その大歌テキストが琴歌譜であった。記・紀歌謡の一部は、歌舞所の琴歌を経て、平安朝の大歌所琴歌へと伝来するに至る。そのような宮廷歌謡の伝承の生態を、琴歌譜は伝えているのである。

二　琴歌譜の中の記・紀歌謡

琴歌譜の中の記・紀歌謡を見ていくために、次に歌曲名と縁記の所在を掲げてみよう。なお、括弧内は類歌を示す。

十一月節

1　しづ歌（記94）　a古事記云……此縁記与歌異也、b一説云……此縁記似正説
2　歌返　a縁記……今校不接於日本古事記、b一説云……、c一古事記云……
3　片降（神楽歌36）
4　高橋振　5　短埴安振（年中行事秘抄・五節舞歌）　6　伊勢神歌　7　天人振　8　継根振
9　庭立振　10　あふして振　11　山口振
12　大直備歌〔歌詞なし、3と同歌〕——与片降同歌唯音節別耳

正月元日節
13　余美歌　a縁記……
14　盞歌（記103）　a古事記云……、b一云……
15　片降〔声譜なし〕（続紀1、古今20・一〇六九、催馬楽27）

同七日節
16　長埴安振——自余小歌同十一月節

同十六日節
17　あゆだ振一　18　同二　19　同三　a縁記……
20　酒坐歌一（記40、紀32）　21　同二（記41、紀33）　a日本記云……
22　しらげ歌（記79、紀69）　a日本記曰……今案古事記云日本記之歌与此歌尤合古記、b古歌抄云……

（注）類歌の歌番号はそれぞれ岩波古典大系『古代歌謡集』に拠る。

大歌所琴歌として伝来した記・紀歌謡は、十一月新嘗祭のしづ歌、正月元日の盞歌、同十六日の酒坐歌二首・

しらげ歌の全部で五首である。なぜこの五首だけが琴歌譜に残されたのか、記・紀の伝承ではしづ歌としらげ歌は酒宴とは関係ないが、平安朝の宮廷では宮中の四節会にふさわしい酒宴歌謡と見なされていたはずだ。この五首には琴歌譜に至るそれぞれの伝承過程があったのであろう。そこで問題となるのは、琴歌譜における五首の位置であり、そこから想定される記・紀歌謡の実態である。

まず、二十一首の構成を見てみると、十一月節の1と2、正月元日節の13と14、同七日節の17～19、同十六日節の20～22というように、はじめに縁記をもつ古歌謡が置かれている。賀古氏は、縁記をもつ十首が大歌で、その他の縁記のない歌が小歌であると指摘している。[6] それは、16の注記によって明らかである。「自余小歌」とは16の後にうたわれる十一月節と同じ小歌、すなわち3～12ということになるが、しかし3・12（同歌であるから一首と数える）や15の二首を小歌とするのは疑問がある。大歌と小歌の間にある3・12・15は、琴歌譜における大歌のあり方や位置づけを示す歌でもある。

木綿垂《ゆふし》での神《かみ》が崎《さき》なる稲《いな》の穂の諸穂《もろほ》に垂でよこれちふもなし　（3片降、12大直備歌）

に対して、神楽歌の大前張の中に、

本／木綿垂《ゆふし》での神の幸田《さきだ》に稲《いな》の穂の　末／稲《いな》の穂の諸穂《もろほ》に垂でよこれちほもなし　（36木綿垂で）

という類歌があり、

新《あらた》しき年《とし》の始《はじ》めにかくしこそ千歳《ちとせ》をかねて楽《たの》しきを経《へ》め　（15片降）

に対しては、古今集巻二十・大歌所御歌の最初に、

新《あたら》しき年の始めにかくしこそ千歳をかねて楽しきを積《つ》め　（20・一〇六九、大直毘歌）

が挙げられ、さらに続日本紀や催馬楽にも類歌がある。3・12は神に捧げる新穀を讃える歌として新嘗会にふさ

わしいし、15は正月元日に新年を寿祝する伝統的な儀式用の歌である。曲調では片降、機能からは大直備歌と、両方の名称があったことがわかる。二首ともそれぞれの節会の目的に合致した宮廷寿歌であり、[7] 神楽歌や催馬楽に先行する儀式歌であったと見られる。15に声譜がないのは、3と同じ片降の唱謡法でうたわれるからである。

この二首は記・紀歌謡を含む大歌とも異なるし、小歌からも区別されている。その点について、15の類歌から検討してみよう。

（天平十四年春正月十六日）天皇、大安殿《だいあんでん》に御《おは》して群臣《ぐんしん》を宴《うたげ》す。酒酣《さけたけなは》なる時、五節《ごせち》の田舞《たまひ》を奏《つかへまつ》る。訖《をは》りて更に少年童女《をのわらはめのわらは》をして踏歌《たふか》せしむ。また宴《うたげ》を天下《あめのした》の有位《うゐ》の人並びに諸司《しょし》の史生《ししゃう》に賜ふ。ここに六位以下の人等、琴《こと》を鼓《ひ》きて歌ひて曰はく、

新《あらた》しき年《とし》の始《はじ》めにかくしこそ仕《つか》へ奉《まつ》らめ万代《よろづよ》までに　（続紀1）

これは聖武天皇を言寿ぐ儀式歌であるが、後半部が異なるのは、固定的な上句に対して下句が詞句を変えてうたわれたことによる。この歌は、雅楽寮楽の五節の田舞、内教坊の踏歌に続いて奏されている。前の歌舞機関とは別の、歌舞所の琴歌と見るべきだろう。六位以下の人とあるのは、養老五年の唱歌師・和琴師がすべて六位以下で共通する。「新しき年」の琴歌を奏した人々は、唱歌師・和琴師や歌びとであったのではないかと考えられる。そしてこの琴歌は、大歌所琴歌として琴歌譜に伝えられていくものであった。15の片降や3片降・12大直備歌は、琴歌譜では前代の琴歌という意識でとらえられ、民謡風の小歌とは明らかに区別されたのである。従って、それもやはり大歌であった。琴歌譜の中の記・紀歌謡は、この前代の琴歌の前に位置づけられる、さらに古風な由緒ある大歌として意識されていたことがわかる。

このように見てくると、記・紀歌謡の多くはやはり琴歌としてうたわれたことを考えないわけにはいかないが、

その伝承者はこれまで言われてきた雅楽寮の「歌人・歌女」よりも、むしろ歌舞所に所属する「和琴師・唱歌師」とその指導下の歌びとを有力な担い手として考えなければならない。おそらく大歌所琴歌の主要な部分は、この歌舞所の琴歌が母体になっているであろう。天平年間の節会において、琴歌譜の15片降の元歌とも言うべき琴歌が奏上されており、節会における琴歌の唱謡と奏法がこの時期に確立していたことは明らかである。宮廷儀礼でうたわれる記・紀歌謡は、この節会の琴歌とともに伝習され、平安朝の大歌所琴歌として伝えられたことになる。それらの大歌は、催馬楽や風俗歌と交流する民謡圏の小歌を加えて、平安朝節会の儀式歌として構成された。大歌と小歌の差異は譜の記号に表れているとされるが(8)、琴歌譜の中の記・紀歌謡は記・紀成立時の唱謡の実態を留めているものと思われる。

三　音声の歌、あるいは歌の音声

それでは、記・紀の歌はどのようにうたわれたのか。しかし記・紀はうたわれた状態を表記することなく、ほとんど意味言語に切りそろえられている。記・紀の歌は音声をふり捨てることによって文字化された。これは、琴歌譜で言えば、万葉仮名で書かれた歌詞に当たる。そのような歌詞表記からはどのように唱謡されたかを知ることは不可能である。

しかし、記・紀の歌はうたわれることを根拠とする言語表現であるはずだ。琴歌譜の声譜はこの失われた唱謡の実態を伝えている。そこで、音声の歌、あるいは歌の音声について、しづ歌を例として見ていくことにしよう。

御諸《みもろ》に築《つ》くや玉垣《たまがき》斎《つ》き余《あま》す誰《た》にかも依《よ》らむ神《かみ》の宮人《みやひと》　（琴歌譜1）

〔歌詞〕美望呂尓　都久也多麻可吉　都安万須　多尓可毛与良牟　可美之美也碑等

〔声譜〕美望呂止於於迩　都久伊夜阿阿阿多阿麻可阿阿央吉伊　都吉阿安阿安麻須宇宇宇　伊与於應　都吉伊伊阿阿麻阿須宇　伊伊余於々　都吉伊々阿阿麻阿須宇　伊余於々　都吉伊々阿阿麻阿須宇　伊伊余於於應　都宇々吉伊伊伊伊阿阿麻阿須宇　伊伊余於於　都吉伊伊阿阿麻阿須宇　伊伊余　於於

〔譜中の歌詞〕

みもろとオオに　つくやアアアたアまかアア央きイ　御諸戸に　築くや玉垣
つきあアアますウウウ　いよオオ　斎き余す　いよ
つきイイイあァまアすゥ　いイよォォ　斎き余す　いよ
つきイイあァまアすゥ　いよォォ　斎き余す　いよ
つきイイあァまアすゥ　いイよオオオ　斎き余す　いよ
つゥウきいイイイあァまアすウ　いイよォォ　斎き余す　いよ
つきイイあァまアすゥ　いイよォォ　斎き余す　いよ

歌詞は歌曲名の下に小字二行の万葉仮名で書かれたもの、声譜は万葉仮名に譜の記号を加え、さらに朱書きで琴の弦の譜を示すが、ここでは譜の記号はすべて省略した。譜中の歌詞は声譜から意味言語を抜き出したものである。序文によれば、「点と句の形に依りて歌声を表はす。其の句は、顔を振りて強く発する声にして、此れに五種有り。点は忽ち短くして衝き止むる声にして、此れに二種有り[9]」とあって、「歌声を表はす」ことが琴歌譜の第一の目的であった。

これを見ると、大歌所琴歌の特徴は三つ挙げられる。まず極端に母音を長く引くうたい方である。しかも字間には、声の長短や質や高さを表すと思われる「引・細・上」などの記号がある。長く引く母音の音声は、高低強弱などの複雑な音質によって装飾音化されている。従ってこの引声の歌唱法は、歌の意味内容よりも音声そのものに意味があることを示している。

次に、はやし詞で、「いよ」が一区切りごとに入る。はやし詞はほかに「しや」などが見えるが、これが歌の意味に参加しない詞句であることは明らかであって、歌の中に間合いの音声を作り上げるものとして機能している。

最後に、くり返しである。しづ歌のような短歌形式の歌でも、「斎き余すいよ」の部分が五回もくり返されてうたわれる。反復句が音声の歌を形作ることがわかる。このしづ歌で興味深いのは、それぞれの反復句に音声の微妙な変化が仕組まれていることだ。譜中の歌詞では、反復句は「斎き余すいよ」に一元化されてしまうが、声譜を見ると、音声の歌ではすべて変化しながらくり返されるのである。ここに歌詞と声譜との間に大きな距離があることが確かめられる。

この三条件はうたわれる歌を特徴づけるものであるが、しづ歌の声譜と歌詞には音声の歌と文字の歌との決定的な相違が象徴的に表れていると言えよう。歌詞の短歌形式の歌は、声譜では譜中の歌詞に見られるように第三句までしかないのである。第三句が五回もくり返される。歌詞と譜中の歌詞はまったく一致しない。しかし、第四句以下を省略あるいは遺漏と見るのは正しくないであろう。このような現象は13余美歌にもあるからだ。うたわれる歌では意味を超えて、歌の音声の装いが極限まで求められるのである。非日常的な音声に歌の呪力を信じたのだ。非日常性という絶対化された位置に立つのが歌であり、歌の音声だと言える。ただその場合、歌の意味は完全に捨象されているのではなく、一方に歌詞の伝えがあって意味内容は理解されていると考えるべきである。

しづ歌を通して唱謡の実態に触れてきたのであるが、引声の複雑な音質や変化するくり返しは和琴の伴奏によって創出された歌の音声と言えるかもしれない。琴歌の様式化された音声と言ってもよい。「顔を振りて強く発する声」とは、そのことを指しているのであろうし、それはまた制度化された大歌の音声として宮廷の儀式に専有されるものであったことを確認しておく必要がある。

いま見てきたように、宮廷儀礼でうたわれる歌は、引声・はやし詞・くり返しという音声の装い、すなわち非日常的な音声に根拠をもっていた。それが記・紀の歌の場合は、大久間喜一郎氏が琴歌譜の酒坐歌から明らかにしたように、「その大歌の歌唱に準拠して、歌詞としての詞句に整理が加えられ、現在見るような形になった」[10]ということであろう。つまり、記・紀の歌は外部にある唱謡される音声の歌と併存することを基本としている。記・紀は、そこに書かれた歌が同時に宮廷儀礼でうたわれる音声の歌であることを示す必要があったはずだ。それが記・紀の歌の根拠であり、記・紀という書の権威を示す根拠でもあったからである。

記・紀には、歌の音声についての表記が一ケ所だけ見られる。神武天皇の大和平定伝承に、来目歌の最初に出てくる記・紀共通の「宇陀《うだ》の高城《たかき》に鴫罠張《しぎわなは》る……」(記9、紀7)の歌がある。この歌の後に日本書紀は、

　これを来目歌《くめうた》といふ。今、楽府《おほうたどころ》にこの歌を奏《うた》ふときには、猶手量《なほたはかり》の大《おほ》きさ小《ちひ》ささ、及び音声《うたごゑ》の巨《ふと》さ細《ほそ》さあり。これ古《いにしへ》の遺式《のこれるのり》なり。　(神武即位前紀)

と、歌曲名と唱謡についての注記を付している。楽府すなわち雅楽寮で教習された来目歌について、歌の音声の記述があるのは唱謡される儀礼歌謡としての根拠を示したのだと考えられる。「細」は琴歌譜の譜の記号にも見られるし、『令集解』には「大伴弾琴」とあるから、和琴も伴ったのである。舞の手とも、手拍子とも言われて定説のない「手量」は、あるいは和琴の演奏に関わる語かもしれない。

一方の古事記では、歌の末尾に日本書紀にはないはやし詞がついている。

亞亞　志夜胡志夜　此者伊能碁布曾　ええ　しやこしや　こはいのごふそ
阿阿　志夜胡志夜　此者嘲咲者也　ああ　しやこしや　こは嘲笑《あざわら》ふそ

「こはいのごふそ」「こは嘲笑ふそ」は、上二句のはやし詞を説明する注記であって、歌の本体ではない。原文ではやし詞の「ええ」「ああ」の下に小書きで「音引」という音声記号があり、琴歌譜の音声表記に「引」とあるのと同類のものである。これは古事記が歌の音声を表記した唯一の例であるが、日本書紀の来目歌の注記と同様、儀礼歌謡としての唱謡の実態を示すものである。この音声に関する表示は、来目歌を教習した雅楽寮の歌謡資料から出ていることも推測される。このような音声表記の類似性から見て、琴歌譜の中の記・紀歌謡は記・紀成立時の唱謡法を継承していると考えられる。

しかしながら、来目歌のように音声を表記するのは、記・紀においてはむしろ異例である。前述したように、記・紀は極度に装飾化された歌の音声をふり捨てて、一字一音の仮名表記を採用している。末次智氏は、この音仮名表記について、歌声と意味を同時に志向するものとし、その交錯する地点に記・紀歌謡の表現の独自の位相を認めている(11)。歌の意味を優先させながら音声にも近い表記となると、記・紀が採用し得るのはこの音仮名しかなかったと思われる。しかしその歌声とても、琴歌としてうたわれる唱謡の音声とかなり異なることは、すでに琴歌譜のしづ歌で確かめた通りである。従って記・紀は、歌の表記の外側にうたわれる歌であることを明記しなければならなかったことになる。

記・紀の書かれた歌が同時にうたわれる音声の歌であることを表示するのは、古事記で言えば、歌の約三分の一に見られる歌曲名によってである。藤井貞和氏は古代歌謡の歌曲名が沖縄の「おもろ」の「ふし名」に相当することを指摘しながら、これを「歌う歌」の第一条件としている。(12) この「ふし名」は琉球王府の宮廷歌曲を示すものであるから、歌曲名は宮廷歌謡が様式化されていく時の一表象と見ることができよう。古事記では「神語《かむがたり》」「夷振《ひなぶり》（の上歌《あげうた》・片下《かたおろし》）」「思国歌《くにしのひうた》」「酒楽歌《さかくらのうた》」「志都歌《しづうた》（の歌返《うたひがへし》）」「本岐歌《ほきうた》（の片歌《かたうた》）」「志良宜歌《しらげうた》」「宮人振《みやひとぶり》」「天田振《あまだぶり》」「読歌《よみうた》」「天語歌《あまがたりうた》」「宇岐歌《うきうた》」が見られ、日本書紀には「夷振《ひなぶり》」「挙歌《あげうた》」「来目歌《くめうた》」「思邦歌《くにしのひうた》」の四種がある。古事記の方が歌曲名の記載に重要性を見出していることは歴然としている。琴歌譜において歌曲名は必ず最初に記されるように、宮廷歌曲であることを指示し、保証するものである。

しかも歌曲名のあり方は唱謡法に関わるものもあり、音声の歌の表示でもある。古事記は歌曲名の他にも歌の説明として、倭建命の死を悲しむ歌のところに、

かれ、今に至るまでに、その歌は、天皇の大御葬《おほみはふり》に歌ふぞ。

と記し、また応神記の国主の歌のところには、

この歌は、国主等《くにすら》、大贄《おほにへ》献《たてまつ》る時々に、恒《つね》に今に至るまでに、詠《うた》ふ歌ぞ。

と記している。これは物語の歌が古事記成立の現在も唱謡されることを示すものである。歌を説明する記述は、歌曲名の場合と同様、伝承の文体とは異なるばかりでなく、その筋立てとは関係のない歌の注記とも言うべきものである。古事記がこうした歌の注記をあえて付したのは、伝承の中の歌が同時に宮廷儀礼でうたわれているという事実を必要としたからである。それは記・紀が、うたわれることを歌の根拠とし、その音声に歌の呪力の根源を信じていたからに他ならない。

四　琴歌と古事記

記・紀の歌曲名をもつ歌が琴の伴奏でうたわれたことは、その中の四歌曲・五首が琴歌譜に伝来したことから明らかである。養老五年の「和琴師・唱歌師」はその伝承者と推定されることもすでに述べた。琴歌譜を通して記・紀歌謡の実態を見てきたところから言えば、記・紀の宮廷歌曲は、記・紀成立時にすでに琴歌という唱謡の様式を確立していたと考えられる。そこで最後に、古事記において琴歌がどのような意味をもっているのかという問題について、琴歌譜の中の記・紀歌謡からの展開として考えてみたい。

　琴は神のよりしろであり、神下ろしの楽器と言われるが、古事記に琴が最初に出てくるのは、大国主（大穴牟遅）が大神・須佐之男の支配する根の堅州国から逃げ帰る場面である。

　その大神の生大刀《いくたち》と生弓矢《いくゆみや》とその天《あめ》の詔琴《のりごと》を取り持ちて、逃げ出でます時、その天の詔琴樹《き》に払《ふ》れて地動《つちとよ》み鳴りき。

　生大刀・生弓矢・天の詔琴を手に入れた後、大国主は葦原中国の王になることが語られるから、これらは王の資格を示す呪宝にほかならない。ここで重要なのは、琴が異郷のもの、神授のものであって、それが琴の呪力の起源となっていることである。さらに、天の詔琴の「詔」は「沼」（真福寺本）ではなく、兼永筆本の「詔」に拠るべきで、神は琴の音によって寄り憑き、言葉を詔るのである。このような琴の呪能は神功皇后神がかり伝承に、

　天皇御琴《みこと》を控《ひ》かして、建内《たけうち》宿祢大臣さ庭に居て、神の命《みこと》を請《こ》ひき。ここに大后、神帰《よ》りたまひて、言《こと》教へ覚して詔りまひしく、「西の方《かた》に国あり。金《くがね》銀《しろがね》を本《はじめ》として、目《め》の炎耀《かかや》く種々《くさぐさ》の珍《うづ》の宝、多《きは》にその国にあり。吾《われ》今その国を帰《よ》せ賜はむ」　（仲哀記）

とあるように、琴の音によって神が皇后に憑依し託宣する場面から確かめられる。ここでの琴は天皇自ら弾き、皇后が神がかりをするという天皇の祭祀に関わる呪器というところが重要である。この伝承は、琴が神授のものとして天皇に専有される、宮廷神事の祭具であることを教えている。琴の音は本来、天皇が主宰する宮廷祭祀の音であり、神の側から発せられる音と考えられていたのである。

日本書紀には次のような琴の声の伝承がある。それは雄略天皇十二年十月条である。

天皇、木工闘鶏御田《こだくみつけのみた》一本に猪名部御田《いなべのみた》と云ふは、蓋《けだ》し誤《あやまり》なり。に命《みことおほ》せて、始めて楼閣《たかどの》を起《つく》りたまふ。是に、御田、楼《たかどの》に登りて、四面《よも》に疾走《はし》ること、飛び行《ゆ》くが若《ごと》きこと有《あ》り。時に、伊勢の采女《うねめ》有りて、楼の上《うへ》を仰《あふ》ぎて観《み》て、彼《そ》の疾《と》く行くことを怪《あや》しびて、庭に顛仆《たふ》れて、擎《ささ》ぐる所の饌《みけつもの》饌は、御膳之物《みけつもの》なり。を覆《こぼ》しつ。天皇、便《たちまち》に御田を、其の采女を姧《をか》せりと疑《うたが》ひて、刑《ころ》さむと自念《おもほ》して、物部《もののべ》に付《たま》ふ。時に秦酒公《はだのさけのきみ》、侍《おもと》に坐《はべ》り。琴の声《こゑ》を以《も》て、天皇に悟《さと》らしめむと欲《おも》ふ。琴を横《よこた》へて弾《ひ》きて曰はく、

神風《かむかぜ》の　伊勢の　伊勢の野の　栄枝《さかえ》を　五百経《いほふ》る懸《か》きて　其《し》が尽《つ》くるまでに　大君《おほきみ》に　堅《かた》く　仕《つか》へ奉《まつ》らむと　我《わ》が命《いのち》も　長《なが》くもがと　言ひし工匠《たくみ》はや　あたら工匠はや　（紀78）

是に、天皇、琴の声を悟りたまひて、其の罪《つみ》を赦《ゆる》したまふ。

この伝承は、天皇の暴虐と助命という雄略説話の類型の内にある。秦酒公は、猪名部御田の助命を天皇に進言する時、琴の声で悟らせようとする。工匠の命を惜しむ歌は、琴の声によって、天皇に聞き入れられたことになる。古橋信孝氏が述べるように、琴を弾くことによって神を下ろし、その神の意志によって天皇を悟らせようとしたのである。[13] 琴の声の呪力はそれが神の側の声であるところに根拠がある。ただこの伝承の場合、神功皇后神がかり伝承のような弾琴によって神がかりして神の言葉を発するのとはまた別の段階に、琴の音に神の言葉を受

感するという認識があったと見るべきであろう。つまり「琴の声」とは、神の言葉そのものという認識である。従って秦酒公は、琴の声にこもる神の言葉を歌に直して天皇に伝えたと解されるのである。

かつて川田順造氏は、西アフリカのモシ族の口頭伝承を調査し、王の歴史伝承の構造を明らかにしたが、その著書の最初のところに、王に隷属するベンダ（語り部・楽師）が宮廷の前庭で王の系譜や賛辞を朗誦する時、テープをとり損なうという失敗談を記しているのは、[14]きわめて印象的であった。その歴史伝承は太鼓の音だけで人々に伝えるものだったからである。「おびただしい先祖の名を祭儀の場で正式に『朗誦する』資格をもつのは、王に信任された王宮付き楽師の長だけであり、それを、いくつかの祭の折りには位の低い楽師の一人がことばに直して、独特の抑揚をもった大声で朗誦して会衆に聞かせる」[15]のだという。太鼓の音は、王あるいは王に許された者が専有する、もっとも神聖な言葉だったことがわかる。

このモシ族の「太鼓ことば」の報告は、当面の課題である琴の声を考える上で示唆的である。太鼓の音が祖先の霊を呼びおこす呪力をもつのと同じように、琴の声は神の言葉を呼び起こす呪力を有した。そして太鼓の音が楽師によって言葉に直して朗誦されるように、秦酒公は神の言葉を判定して歌で伝えたということになる。ここに琴歌の発生が見えてくる。琴歌は祭の庭で神の言葉を伝えるという秘儀性を始源的にもっていたと言えよう。だから、天皇は「琴の声」で神意を悟ったのである。

古事記には、このような神意を表す琴歌があり、さらに天皇の琴の起源を語る伝承が記されている。仁徳記の雁卵の瑞祥説話に、天皇が雁の産卵を建内宿祢に問いただしたのに対して、建内は雁の産卵を聞いたことがないと答えた後、天皇から琴を与えられて、次のような歌をうたう。

かく白《まを》して、御琴《みこと》を給はりて歌ひしく、

汝《な》が御子《みこ》や　遂《つひ》に知《し》らむと　雁は卵生《こ》むらし　（記73）

こは本岐歌《ほきうた》の片歌《かたうた》ぞ。

この歌は日本書紀にはない。古事記の伝承では、雁の産卵は異変とされ、その異変を判定するために神意を聞くという行為が必要であった。そこで建内は琴を弾いて神の言葉を聞き、雁の産卵が天皇の子孫の繁栄を表す瑞祥と判定した。琴の声によって神の言葉を呼び起こし、建内はその神の言葉を人々がわかるようにうたったことになる。琴が神の言葉を聞くための呪器であることはここからも明らかだが、「御琴を給はりて」とあるのは、琴の声が天皇あるいは天皇に許された者に専有されることを示している。そこにはモシ族のベンダの太鼓に通じるものがある。天皇に対する「汝が御子や」という呼びかけは、臣下のそれではあり得ず、神の言葉でなければならない。琴歌は神の言葉を伝える秘儀性をもっていたのだ。そして「本岐歌の片歌」という歌曲名は、琴歌として宮廷でうたわれた歴史伝承でもあることを示しているのである。

古事記では、続いて枯野の歌の伝承を記している。枯野という船が壊れたので、焼いて塩を作り、さらにその燃え残りの木で名琴を作るという伝承である。

この船破《やぶ》壊れて塩に焼き、その焼け遺《のこ》りし木を取りて琴に作りしに、その音七里に響《とよ》みき。しかして、歌ひしく、

枯野《からの》を　塩に焼き　其《し》が余り　琴に作り　掻《か》き弾《ひ》くや　由良《ゆら》の門《と》の　門中《となか》の海石《いくり》に　振《ふ》れ立つ　なづの木の　さやさや　（記74）

こは志都歌《しつうた》の歌返《うたひかへし》ぞ。

仁徳記は雁の卵から枯野の琴へと、瑞祥が重なる聖帝の御世という印象を与えて完結する。この二つの説話に

記す琴は、文脈上は同じ御琴として理解し得る。建内が弾いた天皇の御琴の由来を説き、その起源を語るのが枯野の歌の伝承である。従って枯野の歌は、霊妙な音を発する天皇の御琴の呪力をうたっていることになる。最高に神聖な琴は神の側のものであるはずだが、その神の位置に仁徳天皇が結びつけられたことになる。この歌は、言わば御琴の起源神話であった。(16) 枯野の歌は古事記の中で唯一うたい手を明記しない例であって、そのうたい手を当時の人とする解釈もあるが、やはりこれは日本書紀では天皇（応神）の歌とする記述から見て、仁徳天皇の歌と理解されたはずだ。御琴の呪力は天皇の歌の権威と結びついていたに違いないからである。

この枯野の歌は「志都歌の歌返」の歌曲名をもつ宮廷楽部の琴歌であったことは明らかである。そこにおいて御琴作りの由来が説かれ、琴弾きの主体も天皇としてうたわれている。そうするとこの歌は、宮廷歌曲としての琴歌が仁徳天皇に起源することをうたっていることになる。琴歌譜の中で大歌の位置にある歌曲は、縁起を見るとすべて天皇か皇后であった。記・紀の歌においても、物語の歌として天皇伝承と結びつくのは、宮廷歌曲が天皇に起源するという理解があるからであろう。記・紀歌謡から琴歌譜へ、という宮廷歌曲としての琴歌の歴史は、琴の声に神の言葉がこもるという理解によって支えられたと言えるであろう。

結び――制度化された音声

先程の川田氏は、「文化の中で、声は多少とも制度化されている」ことを指摘した上で、

弱者が権力者を讃える声が甲高く、大きく、ある様式によって装われているのに対して、増幅してふれられる王の声は小さく、低く、音の装いは、むしろ復唱の役の者や楽師によって施される。(17)

と述べている。川田氏がここに提起した声の文化的性格は、これまで考えてきた琴歌という音声の歌にも重なる。

王権は自らの絶対性を保証する社会、すなわち宮廷を創出したのだが、そこでは大嘗祭を頂点とするさまざまの儀式において、宮廷の音声の様式が要請されていく。琴歌は、楽師たちによって創られた音の装いであり、宮廷の様式に見合った音声ということになる。それはまた、きわめて非日常的に装飾された、王権を表象する制度化された音声と見ることができる。従って、宮廷歌曲としての琴歌は、王権が宮廷という制度を成立させた時に発生したと言ってよい。

武田祐吉氏はかつて、宮廷歌曲を管掌する家柄の出である太安萬侶が古事記の歌の採録に深く関わったことを指摘した。[18] それを証明することは困難であるが、その可能性はあると思われる。宮廷歌曲としての琴歌は、多氏が特権的に管掌した時期があったからである。安萬侶が命じられた古事記の撰録とは、天皇に起源する琴歌の権威を天皇の歴史伝承として定位することでもあったのではないか。琴の声の命脈は、王権の制度化された音声として、古事記の歌から琴歌譜まで保ち続けられたのである。

【注】

（1）「『琴歌譜』解説」（『古楽古歌謡集』昭和53年9月）
（2）荻美津夫『日本古代音楽史論』（昭和52年）
（3）益田勝実「日本における抒情のうたの出現過程―歌謡からどう離脱したか―」（『国文学　言語と文芸』平成2年9月）
（4）仏前唱歌の仏教儀礼と歌声の意義については、猪俣ときわ「光の中の仏教儀礼―皇后維摩講の時空へ」（『祭儀と言説』平成11年12月『歌の王と風流の宮』所収）参照。
（5）林屋辰三郎『中世芸能史の研究』（昭和35年）

（6）「琴歌譜の原本とその構成」（『万葉集新論』昭和40年）
（7）島田晴子氏はこの二首の特殊性に注目し、「その節会のテーマ・ソング」ととらえている（「琴歌譜の構成について」『学習院大学国語国文学会誌』昭和44年3月）。
（8）注（6）同論文
（9）倉野憲司「琴歌譜序私注」（『文学・語学』昭和32年6月、『上代日本古典文学の研究』所収）の訓読による。
（10）「記紀歌謡の詞形と大歌―琴歌譜『酒坐歌』を軸として―」（『上代文学』昭和51年11月、『古代文学の伝統』所収）
（11）「記紀歌謡のディスクール―歌謡の引用ということ―」（『物語研究会会報』平成4年8月）
（12）『「おもいまつがね」は歌う歌か』（平成2年）
（13）「歌の呪性と語りの呪性」（『口承伝承の比較研究』3、昭和61年11月、『古代和歌の発生』所収）
（14）『無文字社会の歴史』（昭和51年）
（15）川田氏『聲』（昭和63年）
（16）本書Ⅲ・第一章・1で論じているので参照していただきたい。
（17）注（15）同書
（18）「古事記における歌謡の伝来」（『国語と国文学』昭和31年7月、『武田祐吉著作集』第三巻所収）

2　記・紀歌謡と琴歌譜の「縁記」――歌の叙事と縁記の生成

はじめに

琴歌譜は、平安中期の大歌師、多家に伝わる大歌と琴の演奏法の記録であることを建前とする。それは、天元四（九八一）年の奥書に、「自大歌師前丹波掾多安樹手伝写」とあるからである。大歌の範囲は必ずしも明確ではないが、宮廷儀式の唱歌であることは間違い。琴歌譜ではすべて宮中の節会の歌となっている。そこには五首の歌曲名をもつ記・紀歌謡が伝えられ、大歌は宮廷歌曲の位相にあるものとして理解されていたことがわかる。

大歌のもう一つの条件に、天皇の歴史伝承に関わる歌という認識がある。「大君」「大御葬り」「大御酒」などの「大」は、天皇への尊称に用いられる語だった。そうであれば、大歌としての琴歌譜に、天皇の歴史伝承を示す「縁記」があるのはきわめて自然なことだ。縁記は七ヶ所、十首に記される。そのうち四ヶ所には記・紀の引用など複数の縁記が見られ、記・紀にない由来や歴史叙述も含み込む。駒木敏氏が「歌謡そのものが説明としての起源伝承を増殖してゆく(1)」と述べるような縁記の生成がそこにはある。

宮廷歌曲としての琴歌譜歌謡と記・紀歌謡との関係については、すでに前節「古事記の歌と琴歌譜」で述べたので、本論では考察の対象を縁記に限定し、歌と縁記の関係やその生成の仕組みという問題を、以下論じていく。

一　云型縁記と歌の関係

琴歌譜の縁記には二種類ある。まず、古事記などの出典を明記し、異伝があることを明示するものがある。「○○云」と書き出すので、これを云型縁記と呼んでおく。この縁記を付すのは琴歌譜に伝来した記・紀歌謡の歌曲名をもつ歌である。また、それと対照的な形式として、出典をまったく記さずに天皇や皇后の名から書き始める無云型縁記がある。この縁記をもつ歌は、他書に重出歌が見られない。

まず、云型縁記の四例において、歌との関係を検討してみよう。数字は歌謡番号である。

1　茲都歌（記94〈志都歌〉）

a右、古事記云、大長谷若建命……此縁記、与歌異也。

b一説云、弥麻貴入日子天皇々子、巻向玉城宮御宇伊久米入日子伊佐知天皇、与妹豊次入日女命、登於大神美望呂山、拝祭神前作歌者、此縁記似正説。

aは、古事記の赤猪子物語の文章を部分的に削除してそのまま引用し[2]、筋立てを中心にまとめたものである。うたい手は赤猪子であるが、最後の編者の評言はaが1の歌と合致しないという判断をのべたものである。そこで、bの一説が追記されたという関係である。

bでは1を垂仁天皇が豊次入日女命と大神の御諸山に登って神の前を拝祭した歌とするが、記・紀の垂仁条にこの記事はない。三輪神の祭祀は、崇神記（紀にも）に意富多々泥古による拝祭として見える。豊次入日女命（記は豊鉏入日売、紀は豊鍬入姫）は垂仁の異母妹で、崇神記に伊勢大神の宮を拝祭し、崇神紀には天照大神を託けて倭の笠縫邑に祭り、その時磯堅城の神籬を立てたとある。巫女としての豊次入日女命が、垂仁の妹という対の関係で三輪神の拝祭伝承をもつに至ったと見られる。琴歌譜はうたい手を垂仁とする一説を採用し、「此縁記似正説」という判断に立つのである。島田晴子氏が指摘したように、琴歌譜編者には大歌が天皇またはそれに準ずる者の歌との認識があり、(3) それが「正説」の第一の判断基準になっていると見てよい。

それとともに、いやそれ以上に琴歌譜縁記の判断として働いているのは、1の表現内容である。

「玉垣」を築いて、「神の宮人」である巫女が三輪神を斎き祭るという歌の叙事を第二の判断としているのである。「御諸」でもし、大歌のうたい手が天皇であるべきだとするなら、天皇の名だけを書けばよいのに、具体的な拝祭の記述にまで及ぶことからそれが了解される。あるいは歌詞の「築くや玉垣」には、琴歌譜の側に豊鍬入姫の神籬という連想が働いているのかもしれない。bの一説がどのような資料に依拠するのか不明であるが、歌の叙事に対応して記述されていることが確かめられる。

13　宇吉歌（記103〈宇岐歌〉）

a古事記云、大長谷若建命……巻日之遠杼比賣、献大御酒之時、天皇作此歌。

b一云、大長谷天皇……此時大臣女子韓日女娘、注云、即天皇妃也。見其父被殺、而即哀傷作歌者。

このaも古事記・雄略条にある豊楽の場面の文章をつなぎ合わせて引用したものだが、巻日（春日）・遠杼（袁杼）のような明らかな誤字が見られる。うたい手が天皇なのにさらにbの異伝が付いているのは、うたい手だけが縁記を追記する判断基準ではないことを示している。

bは雄略即位前の目弱王物語で、記・紀に見られる。ただし、都夫良意富美（紀は円大臣）が殺される時、その女韓比売が哀傷歌をうたったとする記述はない。13は献杯する「臣の少女」をうたうのだから、韓日女がうたい手の位置にあるのは不自然である。考えられることは、「臣の少女」の句へのこだわりである。うたい手としての適合性よりも、歌詞の一部に適合する人物として日本書紀の雄略関係記事から「大臣女子」が求められたことになる。記では袁杼比賣も「丸迩之佐都紀臣之女」とされるが、袁杼比賣は紀になく、琴歌譜に日本書紀の方を重視する傾向が認められる。(4)

19・20　酒坐歌（記40・41〈酒楽歌〉、紀32・33）

日本記云、磐余稚桜宮御宇息長足日咩天皇之世……皇后挙觴以寿于太子、因以歌之。

これも日本書紀の引用である。異伝はなく、二首一括して神功皇后の歌とする。これは二首目の歌を建内宿禰の答歌とする紀とは異なる。また、神功皇后を天皇とするのは常陸国風土記などに見えるが、日本書紀になく、琴歌譜縁記の方針を示すものであろう。

21　茲良宜歌（記78〈志良宜歌〉、紀69）

a日本記曰、遠明日香宮御宇雄朝嬬稚子宿祢天皇代……今案古事記云日本記之歌与此歌、尤合古記。但至許曽己曽之句、古記不重耳。

b古歌抄云、雄朝豆万稚子宿祢天皇、与衣通晏王寐時作歌者。

このaも紀の文章に拠るが、「姧」の用字は記に近い。記・紀両方を利用していることは明らかだ。従って、「今案」以下の「云」は「及」の誤記、「古記」は「事」の脱字とし、記・紀と比べると、21は記の歌詞の方に近いとする解釈が妥当であろう。(5)続く文は「こぞこそ」の句が古事記ではくり返さないという意になる。

bの古歌抄は古い歌を集めて作歌事情を加えた歌集ような形態と見られ、その作歌事情を縁記としたものであろう。允恭天皇が衣通晏王と寝た時の作とするのは、明らかに允恭と衣通の忍ぶ恋を伝える日本書紀の記述に基づいている。これはaに対してbという異伝を並記したという関係である。21の歌の側から見ると、bは「此夜こそ妹に安く膚触れ」を允恭と衣通の共寝という叙事として理解したことになる。ここには21の歌の叙事がaとは別にbの縁記をも生成していく状況が見えてくる。

二　無云型縁記の傾向

次に、出典を記さない無云型縁記を最初に置く三例について検討しておこう。

2　歌返

a難波高津宮御宇大鷦鷯天皇、納八田皇女為妃。于時皇后聞大恨。故天皇久不幸八田皇女所。仍以恋思若姫之、於平群与八田山之間、作是歌者、今校、不接於日本古事記。

b一説云、皇后息長帯日女、越那羅山望見葛城作歌者。

c一古事記云、誉田天皇、遊獦淡路嶋時之人歌者。

aは出典の引用なしに、仁徳と八田皇女の恋と皇后の嫉妬を記す無云型縁記。「今校」以下は、その縁記と歌が日本書紀と古事記に見えないとする編者の意見である。(6)確かに、仁徳が平群と八田山の間で若姫（八田皇女）を恋しく思ってうたったとする部分は記・紀にない。仁徳は平群木菟宿祢との関係で平群に滞在していたと推測されているが、(7)そのような事実関係からの実体的解釈ではなく、琴歌譜は2の歌をどう理解したかという視点が必要だろう。aからは、仁徳が難波から八田山の近くに住む若姫に会おうと平群と八田山の間まで来て、姫への恋しさをうたった歌という理解が読み取れる。このような縁記と2の歌を関係づけるものとして、「朝妻の御井」の句が考えられる。朝妻は、仁徳が八田皇女を入内させようと皇后に乞う日本書紀の歌に見え、天皇の他の歌

（紀46、48）が八田皇女のことをうたっていることから、「朝妻のひかの小坂」（紀50）も八田皇女の家の付近と解されたことは十分あり得る。[8] 淡路の三原の篠を取り持って、朝妻の御井に植えたとうたう2の表現は、仁徳が朝妻にいる八田皇女のもとに通うという叙事として解釈されたことになる。2の歌の叙事へのまなざしがａのような縁記を生成していくと見てよい。

ａの異伝がｂｃである。ｂはほとんど同文が仁徳紀の磐之媛の記事としてあるが、神功皇后とするのは朝妻を神功に縁のある葛城（母が葛城高額媛）に関係づけるからであろう。ｃの応神天皇の淡路嶋遊猟は、古事記になく、応神紀十三年の一云の文章に近い。2の「淡路の三原」との関係で生成された縁記と見られる。「一古事記」は詳しくは不明だが、少なくとも古事記と異なる文献であることは明らかだ。[9] 日本書紀の異伝を含むものらしい。

12　余美歌

巻向日代宮御宇大帯日天皇、久御坐於日向国、厭邊夷之處、懐倭国之宮。斯乃述眷戀之情、作懐舊之歌。

この縁記は、景行天皇が日向国で京都《みやこ》を憶《しの》び、思邦歌三首をうたったとする景行紀十七年の記述に似ている。12の歌は豊穣と更新を願う正月の国ぼめ歌で、その「在りが欲しき国は蜻蛉嶋大和」の表現を、景行が長い日向遠征で倭国の宮を懐かしみ、望郷の思いを抱いたという叙事として理解したということであろう。思邦歌の位置に12の歌を重ねて解釈したと言える。このような12の歌の叙事への理解が、景行紀をもとにした縁記を生み出したものと考えられる。

16・17・18　阿遊陁扶理

大帯日子天皇々后、尾張国孕任、忽焉臨産。以使者奏天皇。即時遣使者召上、到春日穴枕邑所生王子稚帯日子太子天皇大歓喜、即歌者。

この縁記は記・紀に類似するものがない。ただし「春日の穴咋邑」は景行紀に出てくる。16の「何か汝が此処に出でて居る清水」という思いもかけないところに出た清水を、景行の皇后が宮に到着する前に春日の地で太子を出産したという叙事として解釈したことになる。さらに聖水の呪力による出産という意味も重なっているであろう。17の「杭を宜しみ」が「春日の穴杭邑」を呼び起こす要因になっている。前の12もここもそうだが、無云型縁記では景行天皇が意識される傾向がある。

三　琴歌譜縁記と歌の叙事

琴歌譜縁記を二類型から見てきたが、その両方に一歌曲に複数の縁記が記載される。それは、正説提示と異伝並記という態度によるものと考えられる。例えば、1茲都歌の場合は、「古事記云」の縁記が歌と異なると判断し、正説として「一説」を提示するものである。14宇吉歌の場合は、「古事記云」に対して「一云」という異伝を並記するものである。ここに正説の語はないが、第一縁記の「古事記云」を正説として扱っていると見るべきなのであろう。21茲良宜歌の「日本記曰」に対する「古歌抄云」の関係も、正説と異伝の関係と認められる。2歌返の場合は、無云型縁記を正説として提示し、「一説云」「一古事記云」を異伝として並記したものと見られる。無云型縁記を第一縁記の正説として提示するのはここだけである。

記・紀歌謡の重出歌においては、当然のことながら記・紀を出典とする云型縁記を基本とする。第一縁記である記・紀の云型縁記が正説として提示されるのであった。しかし、1茲都歌のように、「古事記云」の縁記が必ずしも正説と判断されない場合もある。それは琴歌譜編者の日本書紀重視と無関係ではなかろう。琴歌譜編者には記・紀歌謡の重出歌において、日本書紀を重視しながら正説を提示し、異伝を並記する基本的方針があったことが確かめられる。

そこでもう一つの無云型縁記の存在が問題になってくる。かつて拙論において無云型縁記に注目し、この三例は琴歌譜独自の縁記で編纂時以前から伝えられた形式をもつと指摘したことがある。(10)その書式は2と13に「…宮御宇…天皇…作歌」とあり、そこに万葉集巻一・二の題詞に近い歌謡集の形態が認められるとしたのであった。無云型縁記をもつ歌謡は、宮廷の儀礼歌謡である余美歌と地名をうたう風俗歌謡のような歌返や阿遊陁扶理の間に表現と性格の違いが認められ、必ずしも共通の歌謡として一括することはできない。これは様々な出自の歌謡が宮廷に集積され、宮廷歌曲として生成されていった過程を示すものである。

宮廷歌曲の伝承者であり、管掌者が大歌師の多氏だったことを考えると、多氏は大歌としての由来・起源伝承の生成に関わり、その伝承をも担ったことになる。斎藤英喜氏が述べるように、琴歌の譜詞を書くことは、歌曲の現場に通じる、多氏の実践的な行為であった。(11)それは、天皇の歴史伝承として歌謡を解読する行為にも考えられる。歌の叙事を読み取り、その叙事によって日本書紀を中心に古事記などの古代文献から縁記を生み出していくという方法である。それが云型縁記の生成と見てよい。一方、記・紀歌謡とは別の歌謡において、その歌の叙事を解読し、記・紀を踏まえつつそれとは異なる起源が生成されていく。それは記・紀の引用ではなく、多氏の家伝として伝承されるものであって、そこに多氏と天皇伝承との固有の関係を見ることができる。無云型縁記の生成はそのように考えられる。

琴歌譜縁記は多氏の、歌の叙事を読み取る行為によって生成されていくと述べたが、すべての例で検討したように、歌と縁記の関係は必ずしも一様ではない。1は歌の表現全体と縁記の内容がよく対応し、歌の叙事と縁記がかみ合っている例である。2ではそれぞれの縁記が歌詞中の地名との対応関係で成り立っており、例えば無云型縁記の若姫への恋慕が歌詞に明確に見られない。歌詞中の地名や一語句による縁記の生成は16・17・18にも見られる。さらに部分的な関係の縁記は14の例である。これは「臣の少女」の句との関係しか認められない。しかも、「臣の少女」をうたうのに、「臣の少女」である韓日女をうたい手とする点で、緊密な関係の縁記になっていない。このように歌の叙事によって生成されていく縁記にも、その関係に疎密があることがわかる。その生成がそれぞれの条件においてなされたということである。

結び

琴歌譜縁紀に云型縁記と無云型縁記があり、その検討を通して二類型の生成の差異や編者の方法に触れることができたように思う。本論で特に注目したのは無云型縁記の存在である。記・紀の規範から脱して琴歌譜独自の縁記に向かうところに、琴歌譜における無云型縁記の意味を見てきたわけである。このような琴歌譜縁起の生成は、記・紀歌謡と散文の間の表現空間を考える一つの視点を与えるものと考えられる。

【注】

（1）「散文と歌の交渉」（『国文学』昭和62年2月）

（2）青木周平「歌謡資料としての琴歌譜」（『古事記研究』平成6年）によれば、この縁記の本文には卜部系諸本の用字との一致が認められ、「『琴歌譜』所引の『古事記』『日本記』は、現存記紀からの引用とみてよい」という。

（3）「琴歌譜の縁起について」（学習院大学『国語国文学会誌』昭和48年7月）

（4）賀古明「琴歌譜の有縁起歌」（『國學院雑誌』昭和31年6月、『琴歌譜新論』所収）は、琴歌譜における日本書紀所載伝承の重視を指摘している。

（5）注（3）同論文
（6）武田祐吉『記紀歌謡集全講』（昭和31年）は、「紀」の脱落とする。
（7）神野富一・武部智子・田中裕恵・福原佐知子「琴歌譜注釈稿（一）」（『甲南国文』平成8年3月）
（8）日本古典文学大系『日本書紀上』（昭和42年）頭注に、皇后とする見解とともに、「片泣きに行く者を八田皇女」と見る説を示している。
（9）注（2）同論文
（10）居駒「記紀における歌謡物語の形成―歌謡集の想定から―」（『國學院大学大学院文学研究科論集』昭和52年3月）
（11）「『古事記』―歌曲名からの視点―」（古事記研究大系9『古事記の歌』平成6年2月）

II 歌による物語の生成

第一章　歌謡と神話・物語

1　神々の恋——恋の神話の様式

一　恋の神話の位相

恋とは、男女が互いに思い合う関係をいう。それは結婚に至る過程であることも、また結婚へと恋が成就しないこともある。恋愛はきわめて個人的な事柄に相違ないが、結婚は男女が社会的な関係になるという意味において、それぞれ区別されるべきものである。しかし古代の場合、恋愛と結婚は必ずしも区別が明らかでない。例えば古事記や日本書紀の説話では恋愛が独立したテーマとなることはなく、神あるいは天皇の婚姻譚として語られることが多い。古代の男女関係では、恋愛は結婚をして子を産むことと連続していたのである。だから、恋は社会的な行為のように見える側面をもっている。

自明のことだが、恋愛関係は基本的に男女二人の間の出来事である。本来、その恋は異性間の対の世界で完結するものである。したがって、文学の側から言えば、男女が交わした言葉や歌は、それがいかにすぐれた文学であっても対の世界に閉じられることになる。ところが、万葉集や古今集をはじめとする和歌の世界では、膨大な数の恋の歌がうたわれ、それが和歌集の中心をなすことはあらためていうまでもない。恋の歌は個別的な世界の表現のように見えながら、実は共同体とか社会という場において成立するものであったことを示している。ある男女に固有の表現は消えていくしかないから、和歌という社会的な言語形式に託した表現が残っていくことになる。つまり恋の思いは和歌の形式の様式化された表現方法で表出される。それが、万葉集でよく言われる相聞歌の類型である。古代の恋愛や結婚は、個別的な恋愛感情という次元で解決されるようなものではなく、より強く共同体や社会の問題に属していたのである。

男女関係の原理について、吉本隆明『共同幻想論』（昭和43年）がかつて「対幻想」という概念で説明したことはよく知られている。そこでの重要な問題は、男女の対幻想が共同幻想と同じものとして見られるということであった。その問題は古事記のイザナキ・イザナミの国生み神話において論じられている。

おそらく『古事記』のこの場面は、男性器を象徴する自然石や石棒のまわりをまわって行う男女の性的な祭儀に現実的な基盤をもっているだろうが、すでに現実的な基盤をはなれて〈対〉幻想そのものが共同幻想と同一視されるまでに転化されている。（改訂新版・角川文庫）

この神話では、男女の性的な行為が農耕社会という共同体全体に関わる行為になっており、〈対〉幻想であるはずの性愛が、国生みという農耕社会の共同幻想に転化されたというのである。そして「農耕神話に特有な共同幻想と〈対〉幻想との同致という現象」について、農耕と子を産むことの間に重層する関係を見出した時、はじめてその同一視が可能になったと展開している。鋭い解読だと思うが、ここで少し足踏みをして、男女の〈対〉幻想は、共同体の幻想であるかのようにあらわれてくることをまず確かめておかなければならない。例えば恋の歌で言えば、Aの男女の歌はBの男女の歌になりうるし、さらに広い範囲でその恋の歌が共有される。また、ここで考えようとしている神々の恋愛・結婚は、村落や国家の神話という位相において語られるということである。

男女関係の〈対〉幻想が神話において共同幻想に転化されてあらわれることはいま見てきたばかりである。神々の恋として神話化されるということは、異性の性愛が対の関係を超えて共同体全体に関わる意味をもったことを示す。神話は共同体の起源や規律を語るものだからである。性愛神話は共同体の成り立ちに関わるところで発生したと言ってよい。男女の関係が共同体全体を語るものへと転化したのである。神々の恋の神話は共同体のものとしてあり、共同幻想の表現として読むことが必要だ。そしてそのようにとらえた時、すぐに古事記の伝承との差異が問題になってこよう。古事記神話の神々の恋は王権とか古代天皇制に関わる表現であるから、その神話を成り立たせている、古事記というテキストの構造がそこにあるということだ。

二　兄妹の恋

日本神話において最初に結婚が語られるのは、いま触れたイザナキとイザナミの国生みの場面である。両神は天つ神に命じられ、漂う国に先ずオノゴロ島を造る。

その嶋に天降《あまくだ》りまして、天《あめ》の御柱《みはしら》を見立て、八尋殿《やひろどの》を見立てたまひき。ここに、その妹《いも》伊耶那美《いざなみ》の命《みこと》に問ひて、「なが身はいかにか成れる」と曰《の》らししかば、「あが身は、成り成りて成り合はざる処《ところ》一処《ひとところ》あり」と答へ白《まを》しき。しかして、伊耶那岐《いざなき》の命の詔《の》らししく、「あが身は、成り成りて成り余れる処一処あり。かれ、このあが身の成り余れる処をもちて、なが身の成り合はざる処に刺《さ》し塞《ふた》ぎて、国土《くに》を生み成さむとおもふ。生むこといかに」伊耶那美の命の答へ曰ししく、「しか善《え》けむ」しかして、伊耶那岐の命の詔らししく、「しからば、あとなとこの天の御柱を行き廻《めぐ》り逢《あ》ひて、みとのまぐはひせむ」と、かく期《ちぎ》りて、すなはち「なは右より廻り逢へ。あは左より逢はむ」と詔らし、約《ちぎ》り竟《を》へて廻る時に、伊耶那美の命先《ま》づ、「あなにやし、えをとこを」と言ひ、後《のち》に伊耶那岐の命「あなにやし、えをとめを」と言ひ、おのもおのも言ひ竟へし後に、その妹に告げて、「女人《をみな》の言先《ことさきだ》ちしは良くあらず」と曰らしき。しかれども、くみどに興《おこ》して生みたまへる子は、水蛭子《ひるこ》。この子は葦船《あしぶね》に入れて流し去《う》てき。次に、淡嶋《あはしま》を生みたまひき。この子も子の例《たぐひ》には入《い》れず。

両神の最初の国生みでは、このように異常な子が生まれる。そこでもう一度やり直し、今度は男から先に言葉を発してついに大八島国を生むのである。

これは男女神の性的な行為によって日本の国土が創成される神話である。イザナキとイザナミは人間の姿をもつ最初の人格神であると同時に、その掛け合いは男女が交わした最初の愛の言葉だった。二神の愛の唱和は、恋愛・結婚の起源を語るものであるが、男女の掛け合いという始源のことばに文学の発生があることをも伝えている。このイザナキとイザナミの性的な行為によって日本の国土が創成され、その国土は大八島国の中心となる大倭豊秋津嶋に表されるように、豊穣なる穀物をもたらす農耕の国土であった。

この二神の唱和は、男女の性的行事によって農耕生産の豊作を期待する古代の予祝儀礼、すなわち歌垣とつながりをもつようにも見えるが、臼田甚五郎氏は東北の民俗から読み解いている（1）。その民俗とは小正月の行事で、家人を外に出して、夫婦が裸になり、囲炉裏を四つ這いになって廻りながら、女房が「さがった、さがった、八重穂がさがった」と唱えると、亭主が「われた、われた、コラわれた」と応ずる、というものである。裸の男女の唱和は、その後で性的な行為をも伴うものと臼田氏は想定し、この豊作の祈念と性愛の合一はイザナキ・イザナミ神話に重なっていることを指摘している。このハダカマワリとも称する民俗は、男女だけの秘儀として行われる。しかもその唱和は農耕生産を予祝する呪言であることから、イザナキ・イザナミの「あなにやし、えをとこを」「あなにやし、えをとめを」も、豊穣をもたらす呪力を秘めた掛け合いであったと察することができよう。

恋愛の文学は性愛と農耕という発生基盤から生まれ育ってきたに違いない。

吉本『共同幻想論』の言葉で言えば、国生み神話という共同幻想は男女の性的な祭儀が転化されたものであるが、それは例えば、いまのハダカマワリのような男女の性的秘儀を考えればよかろう。その性的秘儀は穀物の豊穣の幻想と同一化するが、さらに豊穣をもたらす国土そのものを神の姿として見るようになった時、国生み（神生み）という共同幻想への転化が可能になったと考えられる。

御合《みあ》ひまして生みたまへる子は、……伊予《いよ》の国を愛比売《えひめ》といひ、讃岐《さぬき》の国を飯依比古《いひよりひこ》といひ、粟《あは》の国を大宜都比売《おほげつひめ》といひ、土佐《とき》の国を建依別《たけよりわけ》といふ。

この神話の表現は実は逆であって、国土が神として幻想された結果、その国土の神がイザナキ・イザナミの国生み（神生み）へ転化されたと見るべきである。イザナキとイザナミの恋は、国生みという始原の国土への共同幻想を語る神話として、古事記の冒頭に位置づけられたことになる。

それでは最初に水蛭子という異常な子が生まれてくる話は何を語っているのか。この前半部分は、ある話が国生み神話に転化されたことを示すのであって、もとから国生みの話ではなかったと見られる。その原神話ついては、イザナキとイザナミに兄妹の関係を認める論が近年出されている。いわゆる洪水神話として世界的に広く見られ、また日本の民間説話にも残っている兄妹婚の伝承である。この兄妹婚伝承が国生み神話の基層にあったことは認めてよい。同母兄妹の恋はどの社会でも禁忌であるから、兄妹婚の伝承にはその禁忌を破った結果としての変異や悲劇が語られる。水蛭子や淡島という異常な子は、そのような禁忌の犯しとして説明できる。古事記は他にも兄妹の恋の伝承を記しており、三浦佑之氏が分析しているように、中巻の垂仁記のサホビコとサホビメの場合、その罪は物言わぬ子ホムチワケへの「祟り」となって表れ(2)、また、下巻の允恭記にあるカルノミコとカルノオホイラツメの恋は、「奸《たは》け」として国家から排除される。いずれにしてもその恋は死という悲劇で終わらなければならない。

しかし、中・下巻の兄妹伝承と上巻の兄妹婚の神話には差異もある。イザナキ・イザナミの場合、女神が先に唱えたことが異常な子の誕生の理由になっているのは、母権的な社会が後退し、政治的宗教的に男権中心の思想が優勢になっていくという背景があろう。おそらく中国の男尊思想もそこに加わっているにちがいない。だが、それでもなお男神が先に唱えてやり直し、ついに国生みが完成するというのは、この兄妹婚が決して否定されているのではないことを示している。つまり、神婚として肯定されてるのだ。ここには男女の恋という人間的なレベルを超えた論理が働いている。この兄妹婚の神話を共同体の側から理論化した古橋信孝氏は、沖縄文化圏の兄妹始祖譚に注目しながら、「兄妹は性的関係が無であり、それにもかかわらず存在としての男女は消去できないゆえ、その性関係が疎外されて禁忌を生む。その構造はまるで逆にも成り立つ。すなわちその性関係が疎外されて理想婚として幻想される(3)」と述べている。共同体の論理では、兄妹婚は共同体の外に幻想される理想婚であり、その幻想は共同体の始祖神話として語られたことになる。

南西諸島にはこの兄妹始祖神話が豊かに伝承されている。その中で宮古島・狩俣の伝承は、穀物伝来をも語るものである。それは、四ムトゥ(元)の一つで、狩俣第三の拝所であるシダティムトゥ(志立元)の起源神話となっている。シダティムトゥの祭神はユーヌヌス(世の主)という五穀の神であるが、祖神祭でユーヌヌスのツカサ(司)をつとめたことのある久貝キヨさん(大正10年生まれ)から聞いた話を、谷川健一編『日本の神々13・南西諸島』の記述も参考にしながら、次に示してみよう。

①昔、久米島に仲のよい兄妹がいて、結婚をして夫婦になってしまった。

②　父親は怒って島流しにしたが、その時母親は娘に五穀の種を隠し持たせた。
③　兄妹は狩俣の南の浜に漂着し、良い土地を求めて五穀の種を播いて畑をつくった。
④　さらにシダティムトゥの場所に村立てをし、兄はユーヌヌスとして祭られたが、妹のユーヌヌスミガは祭られることなく追放された。

この話は①から知られるように漂着型の話であり、③のように穀物起源の要素も加わっている。④の妹の追放という話は、シダティムトゥの村立てをうたった「舟んだき司のタービ」という神歌の方にはないので、タブーの侵犯を罪とする後の説明であろう。シダティムトゥの共同体は、その村立ての始まりに兄妹という、禁忌としてある聖なる男女関係を幻想した。その表現として、兄妹の漂着と穀物栽培をモチーフとする兄妹始祖神話が語られた（うたわれた）。シダティムトゥの共同体は兄妹という理想的な男女関係によって存在の根拠が与えられたことになる。この始祖である兄妹神が村を開いたゆえに、五穀が実る豊かな村になったことを説明するのである。

このように兄妹の恋は、社会的な禁忌であるがゆえに、一方では絶対化された理想的な恋という神話的な位相をもった。それは共同体の起源を語る始祖神話としてあらわれてくる。イザナキとイザナミの恋はそのような共同体の起源として語られる兄妹の関係と通じる。イザナキ・イザナミ神話には、農耕社会の兄妹始祖神話を基層とし、豊穣なる国土の起源を語る国家（国生み）神話へと転化していく過程が想定されるのである。

三　〈よばひ〉する神

次に、遠い国の女神とそこに通って妻問する男神との恋を取り上げよう。その代表的なものはヤチホコノ神とヌナカハヒメが恋の歌を唱和する神話だ。

この八千矛神《やちほこのかみ》、高志国《こし》の沼河比売《ぬなかはひめ》を婚《よ》ばはむとして、幸行《いでま》しし時に、その沼河比売の家に到りて、歌ひたまひしく、

八千矛の　神の命《みこと》は　八島国　妻枕《ま》きかねて　遠々《とほどほ》し　高志の国に　賢《さか》し女《め》を　有《あ》りと聞《き》かして　妙《くは》し女を　有りと聞こして　さ婚《よば》ひに　在《あ》り立《た》たし　婚ひに　在り通《かよ》はせ　大刀《たち》が緒《を》も　未《いま》だ解《と》かずて　襲《おすひ》をも　未だ解かねば　嬢女《をとめ》の　寝《な》すや板戸《いたど》を　押《お》そぶらひ　我《わ》が立たせれば　引《ひ》こづらひ　我が立たせれば　青山《あをやま》に　鵼《ぬえ》は鳴きぬ　さ野つ鳥　雉《きぎし》は響《とよ》む　庭《には》つ鳥　鶏《かけ》は鳴く　うれたくも　鳴くなる鳥か　この鳥も　打《う》ち止《や》めこせね　いしたふや　天馳使《あまはせづかひ》　事《こと》の　語り言《ごと》も　こをば　（記２）

ヤチホコは大国主神の別名で、出雲国から高志国まで通って行ってヌナカハヒメに求婚する。その家の前でこの歌をうたいかけ、ヌナカハヒメが歌（記３）で答えて翌日に結婚をする。その後に嫉妬した正妻のスセリビメとヤチホコが歌（記４・５）を唱和して和解する話が続く。古事記はこの四首の唱和の歌を「神語」と記している。[4]

ヤチホコの恋をめぐる神話は、散文の説明をほとんど必要としない叙事的な歌よって構成される。歌の表現様式から見ると、「八千矛の神の命は」と三人称で始まり、途中から一人称に転換するが、これは古代の歌の発生に関わる問題だ。折口信夫は、「一人称式に発想する叙事詩は、神の独り言である。神、人に憑って、自身の来歴を述べ、種族の歴史・土地の由緒などを陳べる」[5]という文学発生論にはやくに到達していた。折口の言う神の自叙形式がこの歌に見られるのである。神をうたう歌は、神の名を崇め、神の自叙へ転換する様式として発生したことを想定し得る。神を祭る（うたう）者が同時に神でもあったわけである。

ヤチホコの恋の神話が演じられたことを指摘したのは、江戸時代の橘守部『稜威言別』であったが、これをす

ぐに古代演劇として見ることには慎重でなければならないだろう。いま述べたような神をうたう歌の表現が様式化し、それに拠っていることも考えられるからである。ヤチホコそのものが古事記のこの神話にしか顔を見せないし、すでに言われているように信仰的な実体をもたない神である。従って、ヤチホコの伝承が出雲国で伝えられていたとは考えにくい。それでは、ヤチホコの恋の神話はなぜ語られたのか。

出雲国風土記にはその関連伝承がいくつかある。

① 天《あめ》の下造《したつく》らしし大神《おほかみ》、大穴持命《おほなもちのみこと》、越《こし》の八口《やくち》を平け賜《ことむ》ひて、還《かへ》りましし時……　（意宇郡・母理郷）

② 天の下造らしし大神の命、越の八口を平けむとして幸《いでま》しし時……　（意宇郡・拝志郷）

③ 天の下造らしし大神の命、高志《こし》の国に坐《いま》す神、意支都久辰為命《おきつくしゐ》のみ子、俾都久辰為命《へつくしゐ》のみ子、奴奈宜波比売命《ぬながはひめ》にみ娶《あ》ひまして、産《う》みましし神、御穂須須美命《みほすすみ》、是《こ》の神坐す。故《かれ》、美保《みほ》といふ。（島根郡・美保郷）

④ 須佐能袁命《すさのを》の御子《みこ》、和加須世理比売命《わかすせり》、坐しき。その時、天の下造らしし大神の命、娶ひて通ひましし時に、その社《やしろ》の前《まへ》に磐石《いは》あり、その上甚《うへいた》く滑《なめ》らかなりき。（神門郡・滑狭郷）

①②は、天の下造らしし大神であるオホナモチが高志国を征討した伝承である。もちろんこれは、天の下造らしし大神とあるから意宇郡の村落伝承ではなく、出雲の国レベルの伝承である。それは③でも同じで、征服は一方で高志の奴奈宜波比売との結婚の伝承として語られたことを示している。④は大穴持命と和加須世理比売との妻問伝承で、③④は古事記のヤチホコ神話と対応する出雲国伝承と見られる。しかし、その伝承上の関係がいかなるものかという点は明確でない。

この点について益田勝実氏は、「ヤチホコの神の歌の物語は、出雲の王の物語で、神の物語ではなかろう」(6)とし、古代の出雲には、王の時代を回想する伝承文学があって、それが大和の側に吸い上げられたことを考えている。これは示唆に富む見解であるが、出雲から大和へ「吸い上げられた」という考え方には問題があるのではないか。たとえば出雲の王の物語というなら、①～④の出雲国風土記の神話がふさわしい。それはうたわれる神々の恋の神話ではなく、地名起源神話というあり方である。③④は古事記のヤチホコ神話と対応するが、③④のような出雲の伝承が大和に伝えられて古事記のヤチホコ神話になったのではなく、出雲のオホナモチ神話と大和のヤチホコ神話がそれぞれに伝えられたのである。つまりここには、出雲から大和へという単純な伝承の移動あるいは翻訳ではなく、伝承の普遍性を見る必要がある。

伝承の普遍性とは、共通の型とか様式をもった伝承が別々の場所にあり得るということである。遠い高志国の女神、ヌナカハヒメに求婚し妻とする話は、出雲でも大和でも語られた（うたわれた）のだ。王は多妻、多産（多子）でなければならない。それが生産の呪力と重なるからである。「遠々し高志の国」の女神にまで〈よばひ〉をするというのは、王の権威を表している。求婚・嫉妬・和解という筋立ては、仁徳天皇とイハノヒメの伝承にも見られる〈王の婚〉の話型で、ヤチホコ神話はそのような〈王の婚〉の起源としてうたわれた（語られた）のである。(7) 阿部寛子氏はさらに、スセリビメとヌナカハヒメとの対の関係を重視し、〈シコメ〉〈サカシメ〉との婚こそ古事記の語る〈王の婚〉の起源であったと、(8) 興味深い見解を述べている。この〈王の婚〉の起源には、古事記の王権の論理からの神話化が見えてくるのである。

〈よばひ〉するヤチホコノ神の恋は、〈王の婚〉の起源として位置づけられ、その歌の表現は神（王）の権威を示すものであった。神々の恋は、農耕生産とともに征服とも重なっているのである。

四　異郷の女との恋

ヤチホコが他国のヌナカハヒメを娶るというのは、異郷の女を妻にすることでもある。異郷の妻をもつことが王の資格と考えられたらしい。天皇系譜には畿内以外の出身である皇妃が多く見られ、そこには〈よばひ〉の起源神話が想起されたであろう。このような異郷の女との結婚は神婚の一様式と見られるが、最後にその神話的な位相について、トヨタマビメ神話から考察してみよう。

ホヲリノ命（山幸彦）は海の神の国でトヨタマビメと結婚をし、地上の国に戻った後、トヨタマビメは海辺で子を出産する。その時、産む姿を見てはいけないといわれるが、ホヲリは覗き見をして正体が八尋ワニであることを知る。恥ずかしいと思ったトヨタマビメは子を残して海坂を塞いで海の神の国へ帰っていく。その後、恋しさにたえられず、妹のタマヨリヒメに歌をもたせる。その子ウガヤフキアヘズは姨のタマヨリヒメを娶ることになり、神武天皇が生まれる。

実は、古事記において「恋」の表記はこの神話にはじめて出てくる。海坂を隔てて逢うことのできないトヨタマビメの心情は「恋しき心に忍びず」と表現される。古事記では他に、仁徳天皇が黒日売と八田若郎女に思いを寄せるところ、および衣通王が流された軽太子を追い行く箇所に見えるが、四例とも男女が離れて逢えない時の心の表現だ。万葉歌の〈こひ〉の表現については、多田一臣氏が、「対象との直接の出会いが妨げられている状態から生ずる魂のあくがれ」(9)と的確にとらえている。そうした和語としての〈こひ〉の意味は、古事記の散文の「恋」にも見出すことができよう。古事記の「恋」はいずれも歌を伴うのである。相手によって心が掻き立てられ、魂の触れ合いを求める状態が〈こひ〉であるが、そうした魂の揺らぎは歌の呪力によって相手と交流し、鎮めなければならなかったのである。

この神話の贈答歌はこのようなものだ。トヨタマビメは、

赤玉《あかだま》は緒《を》さへ光《ひか》れど白玉《しらたま》の君が装《よそひ》し貴《たふと》くありけり　（記7・紀6）

とうたい、ホヲリは、

沖《おき》つ鳥鴨《かも》どく島にわが率寝《ゐね》し妹《いも》は忘れじ世《よ》のことごとに　（記8・紀5）

と答える。二首は、白玉を装う神と見立てて讃え、一夜の聖なる共寝をうたった、神婚の幻想による歌と見てよい。神話では悲別のまま終わるのではなく、最後に心を通わすのである。その魂の和合は歌によって果たされる。恋の歌は〈こひ〉の呪術的なあらわれでもあった。古事記はヤチホコ神話とともに、ここにもう一つの恋の歌の起源を示しているのである。

このトヨタマビメの話型は、人間と人間ならざる異類との結婚をモチーフとする、いわゆる異類婚説話に属し、昔話では異類女房に分類される。例えば日本霊異記の狐女房型の話では、麗しき女に姿を変えた狐が人間の男との間に生んだ子を残して去っていくのだが、その子は美濃国の狐の直等の祖先になるということからもわかるように、本来この話型は共同体の始祖伝承として語られるものである。

トヨタマビメ神話の場合、女神の本体はワニザメであった。このようなサメ変身譚は古代にいくつか見られる。

①事代主神《ことしろぬしのかみ》、八尋熊鰐《やひろわに》に化為《な》りて、三嶋《みしま》の溝樴姫《みぞくひひめ》、或《ある》は云《い》はく、玉櫛姫《たまくしひめ》といふに通《かよ》ひたまふ。而して児姫《みこひめ》蹈鞴五十鈴姫命《たたらいすずひめのみこと》を生みたまふ。是《これ》を神日本磐余彦火火出見天皇《かむやまといはれびこほほでみのすめらみこと》の后《きさき》とす。

（日本書紀・神代上、第八段一書第六）

②古老《ふるおきな》の伝へていへらく、和爾《わに》、阿伊《あい》の村に坐《いま》す神、玉日女命《たまひめのみこと》を恋《した》ひて上《のぼ》り到《いた》りき。その時、玉日女命、

石《いし》を以《も》ちて川を塞《さ》へましければ、え会《あ》はずして恋へりき。故《かれ》、恋山《したひやま》といふ。　（出雲国風土記・仁多郡）

③この川上《かはかみ》に石神《いしがみ》あり、名を世田姫《よたひめ》といふ。海《うみ》の神《かみ》 鰐魚《わに》を謂《い》ふ 年常《としごと》に、流《なが》れに逆《さか》ひて潜《くぐ》り上《のぼ》り、この神の所《もと》に到るに、海《うみ》の底《そこ》の小魚《こうを》多《さは》に相従《あひしたが》ふ。或《ある》は、人、その魚《うを》を畏《かしこ》めば殃《まが》なく、或は、人、捕り食《くら》へば死ぬることあり。凡《すべ》て、この魚等《うをども》、二三日《ふつかみか》住《とど》まり、還《かへ》りて海に入《い》る。　（肥前国風土記・佐嘉郡）

男がワニである点で異類女房譚とは異なるものの、これらの伝承の基層には始祖神話というあり方が見て取れる。②③の背景には、「海の神」がワニと化して「年常に」来訪し、土地の女神がそれを迎える共同体の神婚儀礼があるものと考えられる。特に②は、来訪神との隔絶と「恋」が地名の起源にもなっており、「恋」のモチーフを含む点でトヨタマビメ神話ときわめて類似する。三浦佑之氏が説くように、「ワニと巫女との神婚から始祖誕生へと語られる神婚型始祖神話[10]」というのが、この説話の原型であっただろう。①は天皇の始祖である神武の誕生を伝えるものとして、②③のような共同体の始祖神話が王権のレベルで語られたのである。トヨタマビメ神話も、共同体の始祖伝承を基層として成立し、国家神話として古事記の神話体系に位置づけられたと考えることができる。

こうした神話に共通しているのは、異郷の神が始祖となる子を授けるということだ。これは共同体が異郷の呪力によってその豊かさを与えられるという観念と結びついている。共同体は異郷の呪力を体現する子が始祖になるという神話によって、共同体が神授のものだという絶対性の根拠を確かめることになる。古橋信孝氏は、異郷の呪力を身につけることで、「天皇家が世界を統括する呪力を確実なものにした[11]」と、ここに王権の問題が深く関わっていることを指摘している。異郷の女であるトヨタマビメがウガヤフキアヘズを生む話は、王権の始祖を語る神話の一つであったが、この神話の論理は共同体が始祖を求める論理と重なっているのである。

王権の始祖と異郷の女との恋と結婚は、王権が異郷の呪力を身につけ、絶対的な権威を獲得していくことを語るものであった。その異郷の女との恋の神話も、共同体の神話に根拠があったのである。

【注】

（1）「日本文学の発生と性」（『解釈と鑑賞』昭和41年6月、『臼田甚五郎著作集』第一巻所収）
（2）「話型と話型を超える表現―物言わぬ子と兄妹の説話―」（『文学』昭和61年5月、『古代叙事伝承の研究』所収）
（3）「兄妹婚の伝承」（『シリーズ古代の文学5・伝承と変容』昭和55年2月、『神話・物語の文芸史』所収）
（4）「神語」が四首の歌を指すと見ることには異論がある。しかし、歌というスタイルをとった神々の恋の出来事を内容とする〈語り言〉を「神語」と呼んだのだから、四首の歌を指すと見てよい。なお、異論は本書Ⅲ・第三章・1に紹介したので参照していただきたい。
（5）「国文学の発生（第一稿）」（『日光』大正13年4月、『折口信夫全集』第一巻所収）
（6）「八千矛の神のうた」（『現代詩手帖』昭和54年11月）
（7）〈王の婚〉については、本書Ⅲ・第三章・1に述べたので参照していただきたい。
（8）「大国主の婚」（『調布日本文化』平成4年3月）
（9）「〈おもひ〉と〈こひ〉と―万葉歌の表現を考える―」（『語文論叢』昭和62年10月、『万葉歌の表現』所収）
（10）「古代説話論・試論―語臣猪麻呂の〈事実譚〉―」（『説話　伝承の日本・アジア・世界』昭和58年11月、『古代叙事伝承の研究』所収）
（11）『古代の恋愛生活』（昭和62年）

2　八千矛神の婚歌——〈あまはせづかひ〉をめぐって

はじめに

一つの詞句が歌全体の解釈に深く関わっている場合がある。この詞句の意味が確定すれば、歌全体がもっとよくわかるはずだと思うことは、古代の歌においてしばしば直面することである。

八千矛神の歌にある〈あまはせづかひ〉などは、まさにこの一語の意味が確定すれば、という思いを抱かせる詞句ではないだろうか。よく知られているように、〈あまはせづかひ〉は物語人物と見る説と伝承者とする説が対立したまま、いまも定説を見るに至っていない。かかる状況を踏まえて大久間喜一郎氏が、伝承者とする「海人駈使」説に否定的な考えを示しつつ、「『いしたふや』は、遥かに遠いという意味で『天』にかかるのではないか。そうだとすれば、天駈使とは神聖な駈使丁とか、天界の駈使丁とかいう意味になろう」(1)と説いたのは、物語人物と見る「天駈使」説に一つの方向性を与えるものであった。

〈あまはせづかひ〉の意味は、なかなかわかりにくい。しかし、確実に言えることは、八千矛神と沼河比売の歌の二箇所にしか出てこないという事実である。これが〈あまはせづかひ〉のすべてを、実は的確に、余すところなく伝えているのではないか。さらに言えば、二箇所にしか出てこないことの意味が解明されない限り、おそらく〈あまはせづかひ〉は明らかになったとは言えないのである。このことこそ、〈あまはせづかひ〉を論じる上で欠くことのできない前提となることを、ここで確認しておきたいと思う。

さて、この〈あまはせづかひ〉の問題は、八千矛神の歌にとってはわずか一語の解釈の揺れにすぎない。しかし、この語が伝承者であるのか、物語人物なのかという差異は決して小さくない。それどころか、八千矛神の歌全体の構造やこの歌の表現を支える古代的観念にまで及んでいく問題を内包していると考えられる。

この韜晦の〈あまはせづかひ〉は、どのような相貌を顕わし、どのような歌の読みを可能にするのであろうか。

一　〈あまはせづかひ〉の用例

くり返しになるが、〈あまはせづかひ〉の語は、八千矛神の歌とそれに唱和した沼河比売の歌の二箇所にしか出てこない。その有力な手がかりは、従ってこの二つの用例の中にある。その歌を次に掲げる。

この八千矛神《やほこのかみ》、高志《こし》国の沼河比売《ぬなかはひめ》を婚《よ》ばはむとして、幸行《いでま》しし時に、その沼河比売の家に到りて、歌ひたまひしく、

A　八千矛の　神の命《みこと》は　八島国　妻枕《ま》きかねて　遠々《とほどほ》し　高志の国に　賢《さか》し女《め》を　有《あ》りと聞《き》かして　妙《くは》し女を　有りと聞こして　さよばひに　在《あ》り立《た》たし　よばひに　在り通《かよ》はせ　大刀《たち》が緒《を》も　未《いま》だ解《と》かずて　襲《おすひ》をも　未だ解かねば　嬢子《をとめ》の　寝《な》すや板戸《いたど》を　押《お》そぶらひ　我《わ》が立たせれば　引《ひ》こづらひ　我が立たせれば　青山《あをやま》に　鵼《ぬえ》は鳴きぬ　さ野つ鳥　雉《きぎし》は響《とよ》む　庭《くは》つ鳥　鶏《かけ》は鳴く　うれたくも　鳴くなる鳥か　この鳥も　打《う》ち止《や》めこせね　いしたふや　あまはせづかひ　事《こと》の　語り言《ごと》も　こをば　（記2）

しかして、その沼河日売、未だ戸を開かずて、内《うち》より歌ひしく、

Ｂ　八千矛の　神の命　萎《ぬ》え草《くさ》の　女《め》にしあれば　我《わ》が心　浦渚《うらす》の鳥ぞ　今こそは　我鳥《わどり》にあらめ　後《のち》は
汝鳥《などり》にあらむを　命《いのち》は　な殺《し》せたまひそ　いしたふや　あまはせづかひ　事の　語り言も　こをば

Ｃ　青山《あをやま》に　日《ひ》が隠《かく》らば　ぬばたまの　夜《よ》は出《い》でなむ　朝日《あさひ》の　笑《ゑ》み栄《さか》え来《き》て　栲綱《たくづの》の　白き腕《ただむき》　沫雪《あわゆき》の
若《わか》やる胸を　そ擁《たた》き　擁き抜《まな》がり　ま玉手《たまで》　玉手さし巻《ま》き　股長《ももなが》に　眠《い》は寝《な》さむを　あやに　な恋《こ》ひ
聞《き》こし　八千矛の　神の命　事の　語り言も　こをば　（記3）

故《かれ》、其の夜は、合はさずて、明日《くるつひ》の夜に、御合《みあ》ひましき。

二つの用例とも「いしたふや」の枕詞を冠し、さらに歌の本体から独立する「事の語り言もこをば」の句が、問題の〈あまはせづかひ〉に後接する形式の一まとまりの表現になっている。そして、これは定型的な結びと見られる。後接する「事の語り言もこをば」は、ＡＢＣの三例の他に、

（1）朝雨《あさあめ》の霧《きり》に立《た》たむぞ　若草《わかくさ》の妻《つま》の命《みこと》　事の語り言もこをば　（神語・記4）
（2）是《こ》しもあやに畏《かしこ》し　高光《たかひか》る日《ひ》の御子《みこ》　事の語り言もこをば　（天語歌・記100）
（3）高光る日の御子に　豊御酒《とよみき》献《たてまつ》らせ　事の語り言もこをば　（天語歌・記101）
（4）今日《けふ》もかも酒水漬《さかみづ》くらし　高光る日の宮人《みやひと》　事の語り言もこをば　（天語歌・記102）

の四例を加えた七例が全用例であるが、一例を除けばすべて歌の結びとなっているからである。Ｂだけが歌中に出てきて例外である。右の引用では土橋寛『古代歌謡全注釈・古事記編』の本文に拠ったため、ＢＣを一首の書き方にして、Ｂの場合を例外扱いすることになったのだが、この歌についてはすでに本居宣長『古事記伝』が「二首《フタウタ》を連《ツヅケ》て記せるが、後に一ッ歌のごとく見ゆるなり」として明確に二首に分け、武田祐吉氏『記紀歌謡集全

講』もこの態度を継承して二首に分記したのに従えば、この一まとまりの表現はすべて結びの位置にあることになる。「一ッ歌のごとく見ゆる」のは、私見では、古事記において歌を書く次元で起ってくる現象であり、「神語」の構成や記載の問題としてとらえるべきだと考えられる。少なくとも歌謡としての記3のあり方は二首なのである。

このように〈あまはせづかひ〉の語は、八千矛神と沼河比売のセットをなす歌の二箇所だけに、結びの位置に照応する形で出てくる。そしてこの二箇所だけに照応する形で出てくるということが、〈あまはせづかひ〉の何たるかを何よりも的確かつ雄弁に物語っているのである。逆に言えば、この二箇所以外には登場する根拠をもたなかったことになる。

二　解釈の揺れ

まず「いしたふやあまはせづかひ」の意味はどう理解されているか、諸説を次に挙げてみよう。

a　石飛ぶや天駈使（契沖『厚顔抄』）
b　急き飛ぶや天駈使（本居宣長『古事記伝』）
c　い慕ふや天（母）駈使（度会延佳『鼇頭古事記』傍注、倉野憲司『古事記』）
d　い下ふや天駈使（武田祐吉『記紀歌謡集全講』）
e　石飛ぶや海人駈使（中島悦次『古事記評釈』）
f　い下経や海人駈使（土橋寛『古代歌謡集』）
g　石（磯）伝ふや海人駈使（臼田甚五郎『日本藝能叙説』）

h　い慕ふや海人駈使（西宮一民『古事記』）

諸注、このどれかをとるか、二説を折衷するかのいずれかである。なお「いしたふや」の語義はいまは不明とする他ない。

〈あまはせづかひ〉については、aは「空飛使」とし、bは「言通《コトカヨ》はす使《ツカヒ》を、虚空飛鳥《ソラトブトリ》に譬《ヘ》いへるにや」と説く。次田真幸『古事記全訳注』が「空を飛びかける使の意で鳥をさす」とするのは、abのとらえ直しと言えようか。またcの立場をとる志田延義『日本歌謡圏史』は、「わが語り言をメッセージとして、をとめに送るその使者としての駈せ使ひ」と解し、dは「天から従い来た駈使の従者」とする。

これらはいずれも、〈あまはせづかひ〉を八千矛神や沼河比売とは同じ次元の物語人物（動物）と見る点で共通する。「天駈使」＝物語人物説である。「使者」あるいは「従者」という解釈は(2)、〈あまはせづかひ〉の名称から当然導かれるものであって、それ自体は的はずれだとも思えない。しかし、このような解釈の問題点は、〈あまはせづかひ〉が〈よばひ〉をうたう歌に登場する理由、しかもそこに二箇所だけ出てくることの意味をほとんど問うことなしに、その一語をとり出しての表層的な語釈や前後の表現から想定される表面的な語義の説明にとどまっているところにあるのではないか。それを問うことにおいてこそ、〈あまはせづかひ〉は正しくとらえ得るはずであり、その意味するところの解明が可能になるはずである。従って、「天駈使」＝物語人物説の諸解釈は、決め手を欠いて揺れていると言わなければならない。

それに対して折口信夫は、〈あまはせづかひ〉は「海部駈使丁」であり、神祇官配下の駈使丁として召された海部の民であるとし、「海部駈使丁」から分化した「天語部」は、「神語」や「天語歌」を伝承し、宮廷語部ともなっていった、という筋道を想定した。(3)「海人駈使」＝伝承者説である。e〜hの「海人駈使」説は、この折口説をもって嚆矢とする。中でもｆの土橋氏は、「海人駈使」が伊勢の豪族「天語連」に隷属する海部から貢進されたとし、(4)折口説を補強・発展させたこともあって、「海人駈使」＝伝承者説は現在もっとも有力な説になっている。ただ最近、西郷信綱氏やｈのように、「海人駈使」である八千矛神の従者とする折衷的な案も見られるが、(5)基本的には物語人物とする説である。

「海人駈使」＝伝承者説は有力な説のように見られてきたが、しかしこれにも「海語連」が奈良時代の新しい氏姓であることから反論が出されており、(6)伝承者としての「海人駈使」の存在は、十分に明らかにされたとは言えない。そして「事の語り言もこをば」の共通句の前の神（人）名が、他はすべて伝承者とは解し得ないのに、なぜ〈あまはせづかひ〉だけを伝承者としなければならないのかという疑問が残る。さらに決定的な難点は、仮に〈あまはせづかひ〉を含む共通の結び句が伝承者の署名句であったと考えるにしても、(7)それが最初の歌にだけ出てくるとか、「神語」と「天語歌」のすべての歌の結びとして統一的にうたわれるというあり方ではなく、「神語」の八千矛神と沼河比売の歌の二箇所に限って出てくるということの理由が説明できないことである。この二箇所にしか出てこないことの意味が説明できなければ、いかなる解釈も説得力をもたないであろう。

三　文脈上の位置

〈あまはせづかひ〉が歌の本体に属することを最初に論じたのは、青木紀元氏であった。Ａの「この鳥も打ち止めこせね」が他に対して誂える意を表わすことから、「この鳥をまあ、ぶち殺してもらいたい」と依頼する相手が〈あまはせづかひ〉だと解するのである。Ｂの「命はな死せたまひそ」の場合も同様に、「鳥の命をば、どうか殺さないで下さい」と嘆願する相手が〈あまはせづかひ〉だとする。(8)この考え方によれば、〈あまはせづかひ〉は歌の本体に含まれることになり、「打ち止めこせね」や「な死せたまひそ」の対象が明示され、文脈上のつながりも説明できるし、その他のCや(1)〜(4)の場合にもすべて適用できる。整合性や統一性をもった説得力のある見解と言えよう。

しかし、この考え方で問題があるとすれば、Bの「命はな死せたまひそ」の句であろう。その問題とは、神野志隆光氏が、この句は「たまひ」という敬語が示すように、八千矛神に向けられたものであるから、〈あまはせづかひ〉への嘆願と見る説には必ずしも従い得ないとするところに集約される。(9) 神野志氏は、この部分を「わたしはあなたのものになる鳥なのに、打ちのめしてくれとおっしゃるが、この鳥を殺しなさいますな」と解釈し、「命はな死せたまひそ」の句は八千矛神に向けられた、意に従おうとする沼河比売のことばであって、〈あまはせづかひ〉への嘆願ではないと説く。そして、Bの〈あまはせづかひ〉が嘆願の相手でない以上、Aの〈あまはせづかひ〉も依頼された相手ではないとし、「いしたふや」以下を注記的記事とする通説を支持して、鳥に対するいまいましさを吐き出し罵ったものと解するのである。

このように「たまひ」という敬語が、〈あまはせづかひ〉への嘆願とする考え方に対する批判の根拠になっているのである。しかし、「たまひ」は八千矛神に向けられたものであって、〈あまはせづかひ〉に用いられるはずがないのであろうか。Aの「打ち止めこせね」の希求の対象は、やはり〈あまはせづかひ〉以外に考えられないから、それと対応するBの「な死せたまひそ」の嘆願も、〈あまはせづかひ〉に向けられたものと見るべきだろう。この唱和の歌は、八千矛神も沼河比売も〈あまはせづかひ〉を介してうたい交すのだが、歌そのものは直接〈あまはせづかひ〉に向ってうたわれていることになる。「な死せたまひそ」をこのような文脈としてとらえると、「たまひ」は〈あまはせづかひ〉に用いられたとするのがむしろ自然な考え方である。〈あまはせづかひ〉は八千矛神に命ぜられて行動することで、「たまひ」の対象になり得る物語人物ということになる。

以上のことから、〈あまはせづかひ〉の帰属に対する青木氏の見解は、基本的に正しいと考えられる。この見方に立てば、「事の語り言もこをば」の前の神（人）名がすべて物語人物として統一的に解釈できる。〈あまはせづかひ〉の文脈をこのように理解した上で、「天馳使」＝物語人物説の立場からその意味するところを究明すべきであり、ＡＢの二箇所に限って照応する形で出てくることの理由が問われなければならない。

四　〈よばひ〉の語

Ａの八千矛神の歌には「さよばひに在り立たし　よばひに在り通はせ」とあるように、〈よばひ〉の場面が〈あまはせづかひ〉の登場の条件になっていると考えられる。そこで〈よばひ〉の語に注目し、そこから〈あまはせづかひ〉の意味を検討してみたいと思う。求婚の意の〈よばひ〉は、一字一音表記の例としてＡと備後国風土記逸文の例があり、万葉集には「結婚」を〈よばひ〉と訓ませる例がある。

（1）……血沼壮士《ちぬをとこ》　菟原壮士《うなひ》の　廬屋《ふせや》焼く　すすし競《きほ》ひ　あひよばひ（相結婚）　しける時は……　（9・一八〇九）

（2）他国《ひとくに》によばひに（結婚尓）行きて大刀《たち》が緒《を》もいまだ解《と》かねばさ夜《よ》ぞ明《あ》けにける　（12・二九〇六）

（3）隠口《こもりく》の　泊瀬《はつせ》の国に　さよばひに（左結婚丹）　わが来《きた》れば……　（13・三三一〇）

（4）隠口の　泊瀬小国《をくに》に　よばひせす（夜延為）　わがすめろきよ……　（13・三三一二）

（5）昔、北の海に坐《いま》しし武塔《むたふ》の神、南の海の神の女子《むすめ》をよばひに（与波比爾）出でまししに、日暮れぬ。　（備後国風土記逸文）

また古事記の訓読では、西宮一民氏が、「婚」の字はヨバフ（求婚）・マグハフ（交接）・アフ（結婚）のいずれかを内容によって訓み分けねばならないとした上で、Aの前文以外の次の三箇所に〈よばひ〉の訓を付している。[10]

（6）その八十神《やそかみ》、おのもおのも稲葉《いなば》の八上比売《やかみひめ》を婚《よば》はむの心ありて……　（記・上巻）

（7）また天皇、丸邇《わに》の佐都紀臣《さつきのおみ》が女《むすめ》、袁杼比売《をどひめ》を婚《よば》ひに……　（雄略記）

（8）志毘臣《しびのおみ》、歌垣《うたがき》に立ちて、その袁祁命《をけのみこと》の婚《よば》はむとしたまふ美人《をとめ》の手を取りき。　（清寧記）

この（1）〜（8）の例によって、〈よばひ〉の語は妻問婚における未婚男女の求愛・求婚を指すことが明らかである。〈よばひ〉は〈呼ぶ〉を語源とし、〈なのる〉と同義語であると折口信夫が述べたように、[11] 相手の名を呼ぶところに本来の意味があった。

ところが、〈よばひ〉の代りに、それと全く同じ意味で〈つまどひ〉の語が用いられることもあった。例えば（1）は高橋虫麻呂歌集の歌であるが、田辺福麻呂歌や大伴家持の菟原処女をうたった歌では〈つまどひ〉の語が用いられており、[12]〈よばひ〉と〈つまどひ〉との間に混同があったことを示している。〈つまどひ〉は万葉集に「伏屋立て妻問ひしけむ」（3・四三一）とあるように、〈よばひ〉という求婚段階を経て、相手の女性とその親の承諾を得た後の段階を言うのであって、〈よばひ〉と〈つまどひ〉との間には成婚前と成婚後という区別があったように見える。それにもかかわらず、こうした混同が生じるのは、高群逸枝氏が述べるように「この時代の求婚は、うけいれられさえすれば、ただちに結婚をいみする」[13] という事情によるのであろうが、それと同時に〈よばひ〉のもつ古代的な意味とその特殊な語感が、万葉後期になると次第に希薄化していったのではないかと考えられる。[14]

こうした求婚行為としての〈よばひ〉は、夜に行われると考えられていたようである。（4）の「夜延」は表記の上でそれを明示している。Aや(2)(3)の〈よばひ〉も夜である。しかし、夜であればいつでもよいというわけではない。

> (太子)、羽田矢代宿禰《はたのやしろのすくね》が女黒媛《むすめくろひめ》を以《も》て妃《みめ》とせむと欲《おもほ》す。納采《あとふること》既《すで》に訖《をは》りて、住吉仲皇子《すみのえのなかつみこ》を遣《つかは》して、吉日《よきひ》を告《つ》げしめたまふ。時に仲皇子、太子《ひつぎのみこ》の名《みな》を冒《たが》へて、黒媛を姧《をか》しつ。是《こ》の夜《よ》、仲皇子、手の鈴《すず》を黒媛が家《いへ》に忘れて帰りぬ。明日《くるつひ》の夜、太子、仲皇子の自ら姧《をか》せることを知《しろ》しめさずして到《いた》ります。乃《すなは》ち室《よどの》に入《い》り帳《とばり》を開《あ》けて、玉床《みゆか》に居《ま》します。
> (履中即位前紀)

ここには漢文的な文飾が見られるものの、〈よばひ〉の行為がリアルに叙述されている。この例から明らかなように、求婚行為としての〈よばひ〉においては、貴人の場合はあらかじめ求婚の使者（ここでは住吉仲皇子）が吉日を相手に告げ、求婚者（本来は太子）はその日の夜に相手の女（黒媛）の家に〈よばひ〉に行くことになっていた。日を定めて男が女の家に忍んで行き、共寝をした後、親の承認を得て結婚が成立するというのが、妻問婚における〈よばひ〉のあり方であった。

古代において男女の求愛と結婚とは、日常的世界からはっきりと区別される行為であり、それゆえに儀礼的信仰的な側面を濃厚にもっていたと考えられる。夜に何処からともなくやって来る男の訪れとそれを待つ女との間には、男神の来訪とそれを迎える神の嫁という神婚の構造があったと見るべきだろう[15]。男の訪れは、女の側にとっては〈つまどひのもの〉あるいは子を授かるものであって、その意味では村に豊穣をもたらす〈まれびと〉の来訪と同一の構造をもっている。

〈よばひ〉のもつ古代的な意味を、このようにとらえてみると、用例のいくつかが説明できる。〈よばひ〉というと、竹取物語の男たちの求婚の場面で、「闇の夜に出でて、穴をくじり、かひばみまどひあへり。さる時よりなむ、よばひとは言ひける」とする滑稽な語源説明がすぐ思い起こされるが、この「夜這ひ」の洒落が〈よばひ〉の語感に大きく影響したことが考えられる。ただ、〈よばひ〉のヨに対する「夜」という理解は、すでに万葉歌に見たように、〈よばひ〉の神話的構造を受け継いでいると見てよい。

この語源説明に見られるように、〈よばひ〉は野卑とか卑俗というイメージでとらえられていくことになるのだが、Aや(1)～(8)の用例にはまったくそのような語感はない。Aや(3)の「さよばひ」の「さ」は、本来神聖の意を表す語と見られるのであり、〈よばひ〉はむしろ神聖な行為として受けとめられていたことが知られる。(4)の「よばひせす」が敬語を伴うことからも、〈よばひ〉が決して卑語でなかったことは明らかである。[16]〈よばひ〉をする者は、Aの八千矛神や(5)の武塔神、あるいは(4)の「すめろき」であり、(2)のように大刀を所有できるほどの支配者クラスの人物である。〈よばひ〉の用例のこのような状況から、〈よばひ〉は神話的な構造をもつ神聖な行為であることがわかる。

〈よばひ〉が神や貴人の求愛・求婚を表す語として用いられても、決して不思議なことではなかった。〈よばひ〉はむしろ神聖な行為と理解され、神や貴人の権威に結びつけて語られることさえあったと考えられる。そして、神や貴人の〈よばひ〉の場合、前掲の履中紀にあったように、求婚の使者が立てられることに注目しておきたい。

五　〈よばひ〉の使者としての「天馳使」

このように〈よばひ〉の語を踏まえた上で、〈あまはせづかひ〉は具体的にどのような物語人物ととらえられるだろうか。〈あまはせづかひ〉は〈よばひ〉の場面において、その役割や登場の理由があったはずだから、〈よばひ〉の伝承の中にその姿は現れると見てよい。〈よばひ〉はすでに述べたように、求愛の段階を言い、すなわち男が女のもとに通って結婚が認知されるまでの求婚行為であるが、〈よばひ〉の伝承を見ていくと、その段階に男と女以外の第三の物語人物が登場する。それはすでに履中紀の住吉仲皇子に見たように、相手の女に求婚の意を伝え、仲を取り持つ求婚の使者というべき存在である。このような人物は〈よばひ〉の伝承に一般的なのだろうか。以下、次頁の表に整理してみた。

(1)の大久米命は神武天皇の妻求ぎの際に、求婚の相手に伊須気余理比売を進言し、求婚の使者となって比売立后の立役者となる。[17] (2)は「喚上」とあるから〈よばひ〉の伝承としてはふさわしくないかもしれないが、求婚の使者という役割の人物が登場するので取り上げた。(3)の場合、速総別王を「媒」と記すのが注目される。(4)は既述。(5)(7)は政略的な結婚であるが、根臣と中臣鎌子はそこで求婚の使者を演じている。(6)の「媒人」、(8)の「媒」としての息長命は、求婚の使者であることを明記された例である。(6)のナビツマ説話に登場する息長命は、賀毛郡の山直等の始祖とあるので族長クラスの人らしく、求婚の相手を進言して〈よばひ〉の案内まで行なった大久米命に類似する役割の人物と思われる。(9)の山部小楯も明らかに求婚の使者である。(10)の場合は「伉儷」(訓釈に「二合与波不二」とある)とその使者である「媒」との関係が明示される。(11)は求婚の使者「仲人」を立てて訪れる男を椰楡した、いささか滑稽な歌である。

この(1)～(11)の例を通して、〈よばひ〉には「媒」と記されるような求婚の使者を立てることが社会的に了解されており、求婚の使者の登場が〈よばひ〉説話の枠組として一つの類型をなしていると言ってよい。

これに関連して、宇津保物語・蔵開上の巻に興味深い記述が見える。

その娘嫁《とつ》ぎ時になり給ひしかば、御門《みかど》を鎖《さ》して人通はさでありしに、天皇、皇子《みこ》、宮、殿ばらの御婚《みよばひ》の使は

出典	求婚者	求婚の相手	求婚の使者	表現
(1)神武記	神武天皇	伊須気余理比売	大久米命	大久米命、天皇の命もちて、その伊須気余理比売に詔りし時、……
(2)景行記（景行紀）	景行天皇	兄比売・弟比売	大碓命	兄比売・弟比売の二りの嬢子、その容姿麗美しと聞こしめし定めて、その御子大碓命を遣はして喚上げしめたまひき。
(3)仁徳記（仁徳紀）	仁徳天皇	女鳥王	速総別王	天皇、その弟、速総別をもちて、媒（なかびと）として、庶妹女鳥王を乞ひたまひき。
(4)履中紀	太子	黒媛	住吉仲皇子	（前掲）
(5)安康記（安康紀）	大長谷王子	若日下王	根臣	天皇、伊呂弟大長谷王子の為に、坂本臣等が祖、根臣を大日下王の許に遣して、詔らしめたまひしく、……
(6)武烈紀	太子	影媛	媒人	太子、物部麁鹿火大連の女影媛を聘へむと思ほして、媒人（なかだち）を遣して、影媛が宅に向はしめて会はむことを期る。
(7)皇極紀	中大兄皇子	長女	中臣鎌子	蘇我倉山田麻呂の長女を納れて妃として、婚姻の昵を成さむ。……中臣鎌子連、即ち自ら往きて媒（なかだ）ち要め訖りぬ。而るに長女、期りし夜、族に偸まれぬ。
(8)播磨国風土記・賀古郡比礼墓	景行天皇	印南別嬢	息長命	昔、大帯日子命、印南の別嬢を誂ひたまひし時、御佩刀の八咫の剣の上結に八咫の勾玉、下結に麻布都の鏡を繋けて、賀毛の郡の山直等が始祖息長命一の名は伊志治を媒（なかだち）として、誂ひ下り行でまし時、……
(9)播磨国風土記・賀毛郡玉野村	意奚・袁奚皇子	根日女命	山部小楯	意奚・袁奚二はしらの皇子等、美嚢の郡志深の里の高野の宮に坐して、山部の小楯を遣りて、国造許麻の女、根日女命を誂ひたまひき。
(10)日本霊異記中巻第三四縁	里の富める者	みなしごの嬢女	媒	里に富める者有り。妻死にて鰥なり。是の嬢を見て、媒（なかひと）を通して伉麗（よばひ）を作す。
(11)催馬楽・朝津	不明	不明	仲人	朝津の　とどろとどろと　降りし雨の　古りにし我を　誰ぞこの　仲人（なかびと）たてて　御許の容姿　消息し訪ひに来るや　さきむだちや

明けたてば、立ち巡りてあれど、言もえ告げでぞ侍りし。

年ごろになった俊蔭の女の家に、天皇・皇子あるいは貴族たちの求婚の使者が引きも切らず訪れる場面である。その求婚の使者は「御婚《よばひ》の使」と呼ばれている。(18)男女の間を取り持つ第三の人物が、「媒」という言い方でなく、〈よばひの使〉として登場するのである。

(1)〜(10)や宇津保物語の例において重要なのは、古代の婚姻習俗に実際に〈よばひの使〉が存在したかどうかではなく、〈よばひ〉の登場が求婚説話の一つの共通の構造として確認し得ることである。従って、八千矛神の〈よばひ〉をうたう歌にも、求婚説話に見られる共通の構造が内在するはずであり、その歌の理解においても〈よばひの使〉の登場という共通理解があったと考えられる。このように論じてきて、八千矛神の「神語」に登場する〈あまはせづかひ〉の意味にようやく近づいたと言えるだろう。

〈よばひ〉は男女が直接逢って共寝をする以前の、男が女の家を訪れて呼びかける求婚・求愛の行為であったが、Aの八千矛神の歌は、その〈よばひ〉の段階での歌である。貴人の〈よばひ〉には〈よばひの使〉が登場し、大久米命や息長命のように〈よばひ〉の案内までつとめる人物もいた。八千矛神は沼河比売の家に〈よばひ〉に行き、その日は直接逢えないまま唱和の歌をうたい交すことになる。その唱和の歌に第三の物語人物として登場する〈あまはせづかひ〉は、求婚説話に見た〈よばひの使〉以外には考えられない。〈あまはせづかひ〉は「天馳使」であり、〈よばひの使〉という物語人物として考えられる。

「天馳使」については、「天馳・使」ではなく「天・馳使」という語構成で考えるべきであろう。そうなると、空を飛びかける意と見たり、鳥と解したりする説は成立し難いのではないか。やはり「馳使」の名称は〈よばひの使〉の役割に由来すると考えられる。〈よばひの使〉は男の求婚を女に伝え、その間を行き来して仲を取り持ち、男の〈よばひ〉の案内さえすることもあった。〈よばひの使〉の役割は「駆使」と称されるにふさわしく、その神話的な表現が「天駆使」であった。従って、「天駆使」の「天」は、空を飛びかけるという実体的な意ではなく、前掲の大久間氏の解釈にあったように「神聖な」ととらえ、神話的な世界に属するゆえに「天」の「駆使」という名辞になったと解されるのである。それがAの〈あまはせづかひ〉ということになる。

再言することになるが、「天駆使」が八千矛神と沼河比売のセットをなす歌の二箇所だけに、照応する形で出てくるという事実は、やはり「天駆使」の何たるかを何よりも雄弁に物語っていた。〈よばひの使〉としての「天駆使」は、八千矛神と沼河比売の間を行き来する神話世界の求婚の使者として、八千矛神と沼河比売の〈よばひ〉をうたう歌に登場するのである。

六　〈よばひ歌〉の表現

〈よばひの使〉としての「天駆使」は、八千矛神の歌に対して新たな読みを可能にするだろう。八千矛神の歌は二段に分けて考えることができる。前段は「よばひに在り通はせ」までの三人称の叙事文脈、それ以下の後段は一人称の文脈である。この前段の叙事は、後段の一人称の文脈に対する説明というだけでなく、八千矛神に関する求婚と嫉妬の物語の歌、すなわち「神語」全体の叙事として機能していると解される。後段が八千矛神の、沼河比売にうたい掛ける言葉であり、求婚の表明になるはずの部分である。

しかし、実際には沼河比売への求婚の言葉になっていない。「嬢子の　寝すや板戸を　押そぶらひ」とあるものの、ついに沼河比売への直接の呼びかけはない。これと同様に戸を隔ててうたわれる万葉の〈よばひ歌〉、例えば、

誰《たれ》そこのわが屋戸《やど》に来喚《きよ》ぶたらちねの母に嘖《ころ》はえ物思ふわれを　（11・二五二七）

などは、女に呼びかけて逢おうとする歌である。さらに次の万葉歌は〈よばひ〉の問答歌である。

（1）隠口《こもりく》の　泊瀬《はつせ》の国に　さ結婚《よばひ》に　わが来《きた》れば　たな曇《くも》り　雪は降り来《く》　さ曇り　雨は降り来　野《の》つ鳥
雉《きぎし》はとよみ　家つ鳥　鶏《かけ》も鳴く　さ夜は明け　この夜は明けぬ　入りてかつ寝む　この戸開かせ　（13・三三一〇）

（2）隠口の　泊瀬小国《はつせをくに》に　よばひ為《せ》す　わがすめろきよ　奥床《おくとこ》に　母は寝《ね》たり　外床《とどこ》に　父は寝たり　起
き立たば　母知りぬべし　出で行かば　父知りぬべし　ぬばたまの　夜は明け行きぬ　幾許《ここだく》も　思ふ
如《ごと》ならぬ　隠妻《こもりづま》かも　（同・三三一二）

（3）東屋《あづまや》の　真屋《まや》のあまりの　その　雨《あま》そそぎ　我《われ》立ち濡《ぬ》れぬ　殿戸《とのと》開《ひら》かせ　（催馬楽・東屋）

（4）鎹《かすがひ》も　錠《とざし》もあらばこそ　その殿戸《とのど》　我鎖《さ》さめ　おし開《ひら》いて来ませ　我や人妻《ひとづま》　（同）

（1）や（3）の場合も、男が家の中の女に向って、「戸を開いて家の中に入れて下さい」とうたいかける表現になっている。〈よばひ歌〉としてはこのような表現になるのであろう。ところが、沼河比売に向けられるはずのAの後段は、「慨くも鳴くなる鳥か」と夜明けを告げる鳥への腹立たしさをうたい、二人の間の「天馳使」に対して、「この鳥どもをぶちのめして鳴き止めさせてくれ」と依頼してうたい終るのである。

このように見てくると、Aは（1）や（3）のような、女にうたいかける〈よばひ歌〉になっていないことがはっきりしてくる。沼河比売に向けられるはずの言葉が、夜が明けて直接逢う機会を失い、実際には途中から「天馳使」に向けられてしまう。〈よばひ歌〉の表現が、本来うたわれるべき沼河比売から「天馳使」の方へとねじれているのである。

「天馳使」に向けられたAの後段を承けてうたわれるのが、Bの沼河比売の歌である。このBは(1)に対する(2)、(3)に対する(4)のように、〈よばひ歌〉に対する〈こたへ歌〉の位置にある。沼河比売の歌は、自分の心を、夫を恋い求めて落着かない浦渚の鳥としてとらえ、[19]「今は独り身の勝手気ままな鳥ですが、後には御心に従ってあなたの鳥になりましょうから」と、八千矛神に対して受諾を前提としてうたわれる。しかし最後になると、Aの「この鳥も打ち止めこせね」と対応する形で、「この鳥たちを、むやみに殺すことをなさらないで」と、「天馳使」に向って嘆願する言葉で収めるのである。「恋い死になぞなされますな」というように八千矛神を慰める言葉とする解釈もあるが、[20]Aの歌との対応という点から、これは考えにくい。この場合、「な死せたまひそ」の句で「天馳使」への敬語が用いられるのは、この句が直接には「天馳使」に依頼する八千矛神の「この鳥も打ち止めこせね」の句を承けているからである。すなわち、「天馳使」が鳥を殺そうとするのは、「うれたくも……」という八千矛神の言葉を実現する行為なのであり、八千矛神の代行者という立場にあることが、この敬語表現の根拠になっていると見てよかろう。そうなると、やはりBの沼河比売の歌においても、八千矛神に向けられるはずの歌が実際には「天馳使」への呼びかけで終ることになり、Aの後段に照応する形で表現のねじれが認められるのである。

このように、Aの八千矛神とBの沼河比売の歌は、唱和の歌という関係にありながら、直接相手にうたい掛ける歌ではない。「天馳使」を間にはさんだやりとりになっており、直接には「天馳使」に向けてうたわれるのである。それをいま、〈よばひ歌〉の表現のねじれとして見てきたわけであるが、ABの歌においてなぜそのような表現になるのか。それは〈よばひの使〉としての「天馳使」の登場が、ABの歌にこのような特殊な構造を生み出したということになる。そして、この表現のねじれは、求婚説話・物語に見た「よばひの使」の登場という構造に対応すると言えるだろう。その意味では、ＡＢの歌は男と女が直接うたい交す〈よばひ歌〉ではなく、第三の物語人物「天馳使」の登場という物語世界を内包する〈叙事歌〉ということになる。

八千矛神と沼河比売が直接相手にうたいかける歌は、おそらくこの後にうたわれる。それがＣの歌である。そこにはもはや、「天馳使」の登場はない。「天馳使」は、〈よばひの使〉としてＡＢの歌に限って登場する必然性があったのである。

結び

八千矛神の歌は男女が直接うたいかける〈よばひ歌〉になっていなかった。物語人物の〈よばひの使〉の登場によって、求婚説話・物語と対応するような構造である。八千矛神の〈神語〉は〈よばひ物語〉の中の歌ではなく、歌そのものが妻問神話なのだ。これは前段の叙事部分はもちろん、後段の一人称部分においても認められる。いわば〈一人称叙事〉の表現様式に(21)、八千矛神の歌の位相を見ることができよう。〈よばひ歌〉の表現のねじれは、妻問神話をうたう〈叙事歌〉の位相において現われてくるものであった。〈よばひの使〉としての「天馳使」は、八千矛神と沼河比売の〈よばひ〉の〈叙事歌〉において登場の必然性をもつことになったのである。

八千矛神の歌について、土橋氏は「この歌が一般の記紀歌謡と異なるのは、主題が八千矛神の妻問いという点だけであって、方法においては、なんら叙事的特徴をそなえていない。物語の叙事性とは、人物の行動の展開を意味する」とし、「主題が物語であるという意味で叙事的という語を用いるなら、叙事的抒情詩ともいうべき性格の歌であり、方法的には抒情詩の範疇からはみ出してはいない(22)」と評する。この見解で問題なのは、叙事や物語という概念を、一つの主題のもとに首尾が完結する、整った筋立てのものと見ている点である。断片的な叙事性だから、方法としては抒情詩だとする、このような立場に対して、そもそも歌の叙事は断片的であり、むしろそれが〈叙事歌〉のあり方だとするのが本論の立場である。

本論では、歌の外部に完結した物語が固定したものとしてあったとは考えていない。断片的な叙事性であっても、歌によって神話・物語が呼び起こされるという関係である。従って、その歌は〈叙事歌〉であり、歌の叙事によって物語は表現し得た。つまり、固定した表現として伝えられるのは〈叙事歌〉なのである。八千矛神の歌のきわめて短い散文は、その歌の叙事による表現でしかない。八千矛神の〈よばひ〉神話そのものとして八千矛神の〈叙事歌〉があり、歌の叙事が古事記の散文の根拠になっているのである。

【注】

（1）「古事記私解（四）」（『明治大学教養論集』昭和58年3月、『古事記の比較説話学』所収）

（2）畠山篤氏より「アマ馳せ使ひは天馳せ使ひで、鳥であり、同時に船神でもあって、主神・八千矛神を運ぶと共にその使者にもなって、主神の色好み生活を支えている」（「アマ馳せ使ひ考―「神語り」の神話的要素―」『古事記年報』昭和61年1月）とする見解が出されている。〈あまはせづかひ〉の神話的な姿を究明するものであるが、それをもう一度八千矛神の歌の文脈に返して読む時、〈あまはせづかひ〉を八千矛神を運ぶ船神という意味にまで拡大して解することが適当かどうかという問題は残る。〈あまはせづかひ〉は八千矛神と沼河比売の歌の構造と文脈から離れて存在しないのであり、〈あまはせづかひ〉の意味はあくまでもそこから導き出されるものでなければならない。

（3）「国文学の発生（第四稿）」（新潮社版『日本文学講座』昭和2年、『折口信夫全集』第一巻所収）

（4）「宮廷寿歌とその社会的背景―『天語歌』を中心として―」（『文学』昭和31年6月、『古代歌謡論』所収）、『古代歌謡全注釈・古事記編』（昭和47年）

（5）「八千矛神の歌につき一言」（『日本古典文学全集』月報、昭和48年10月）

(6) 益田勝実『記紀歌謡』(昭和47年)

(7) 土橋寛『古代歌謡全注釈・古事記編』(昭和47年)

(8) 『日本神話の基礎的研究』(昭和45年)

(9) 「ことのかたりごともこをば―古事記覚書―」(『新潟大学国文学会誌』昭和50年9月)。同じ問題を扱って、Bの「たまふ」の対象である〈あまはせづかひ〉を鳥にたとえた八千矛神とし、Aの場合を鳥そのものとして別々に解する武井睦雄「ふたつの『あまはせづかひ』―補助動詞『たまふ』の用法から見たる―」(『論集上代文学』第八冊、昭和52年11月)のような考え方もある。

(10) 桜楓社版『古事記』(平成5年新訂版)

(11) 「最古日本の女性生活の根柢」(『女性改造』大正13年9月、『折口信夫全集』第二巻所収)

(12) 菟原処女歌において、高橋虫麻呂歌集の〈よばひ〉が田辺福麻呂、大伴家持の歌では〈つまどひ〉とうたわれ、菟原処女伝承が大和物語に記された生田川説話では再び〈よばひ〉になるのが興味深い。〈よばひ〉の語は伊勢・大和をはじめとする平安朝物語に多用され、復活する。

(13) 『高群逸枝全集・招婿婚の研究一』(昭和41年)

(14) この辺の事情については、江守五夫氏が記・紀万葉の例を中心に詳しく論じているのが参考になる(『日本の婚姻』昭和61年)。江守氏は、〈よばひ〉も〈つまどひ〉も「男性が女性を訪問する状況にさしたる変りはなく、『万葉集』で詠まれている歌においてそのいずれの段階にあるかを解読することは困難である」と指摘している。

(15) この点に関連して、古橋信孝氏は「恋は訪れる神と迎える神女の関係に見立てられた。すくなくともうたではそういう表現をもった」(『万葉集を読みなおす』昭和60年)と指摘している。

(16) 臼田甚五郎氏は平安朝物語の例から、〈よばひ〉が卑語でなかったことを指摘している(「よばひの文学」『國學院雑誌』昭和43年11月、『臼田甚五郎著作集』第一巻所収)。

(17) この神武天皇の求婚伝承について、青木周平「古事記神武記〈妻求ぎ伝承〉の神話的性格―〈高佐士野伝承〉の検討から―」(『國學院大学日本文化研究所紀要』昭和58年9月、『古事記研究』所収)は、「大久米命の恋問答を中心とした伝承」という原型を想定し、「伊須気余理比売と大久米命の結婚につながる恋問答」という特殊なあり方を見ている。興味深い見解であるが、本論ではこの大久米命について、求婚説話や物語の類型あるいは共通の構造となっている〈よばひの使〉の登場という範囲内で考え得るものとして、求婚の使者の表に加えた。

(18)　臼田氏は、注(16)同論文において「御婚の御使」をとりあげ、それが夜訪れることに注目している。

(19)　西郷信綱『古事記注釈』第二巻（昭和51年）に「私の心は浦渚の鳥のように云々と訳してはならぬ。私の心は浦渚の鳥なのである」とするのが正しいと思われる。

(20)　注(7)同書。この解釈はすでに本居宣長『古事記伝』にも示されている。

(21)　〈一人称叙事〉の問題は、古橋『古代和歌の発生』（昭和63年）、三浦佑之『古代叙事伝承の研究』（平成4年）が論じている。本書・付論1でも、〈叙事歌〉の表現の問題として考察したので参照していただきたい。

(22)　注(7)同書

第二章　古事記の歌と物語の構造

1

歌によるヤマトタケル物語の生成

はじめに

ヤマトタケル物語の十五首の歌が、全体の構造にどのように関連しているかということを本論のテーマとしたい。歌の側からヤマトタケル物語の構造をとらえ直してみる必要があると考えられるからである。例えば、日本書紀ではヤマトタケルに関する歌が三首しかない。それが古事記のヤマトタケル物語では十五首もの歌を絡ませて、征旅と恋、そして戦いに破れて死へと進行する物語を構成している。歌を中心として語っていくのは、明らかに古事記の、王権を語る物語の様式なのだ。

古事記のヤマトタケル物語において、戦い・恋・死と展開するそれぞれの局面で歌がどのように機能しているか、古事記のヤマトタケル物語というテキストは、その歌の力によってどのように作られているかという問題を立ててみたいと思う。

一　記・紀の歌の異同

古事記と日本書紀では、同じヤマトタケル物語でも歌に対する姿勢に大きな差異が見られる。そこで次に、歌による物語の場面を八つに分け、記・紀間の異同を示してみよう。

	古事記	日本書紀	
1	出雲建を殺した時のヤマトタケルの歌(23)	出雲振根が弟の飯入根を殺した時の時人の歌(20)	B
2	走水の海に入水する時のオトタチバナヒメの歌(24)		A
3	酒折宮でのヤマトタケルの歌(25) 御火焼の老人が答えた歌(26)	酒折宮でのヤマトタケルの歌(25) 秉燭者が答えた歌(26)	C
4	ミヤズヒメの襲に月経を見た時のヤマトタケルの歌(27) ミヤズヒメが答えた歌(28)		A
5	尾津前の一つ松のもとで刀を見つけた時のヤマトタケルの歌(29)	尾津の浜の松の下で剣を見つけた時のヤマトタケルの歌(27)	D
6	能煩野でのヤマトタケル思国歌(30) 同(31) 同、片歌(32)	日向国子湯県での景行天皇の思邦歌(22) 同(23) 同(21)	B
7	臨死の時のヤマトタケルの歌(33)		A
8	ヤマトタケルの死を悲しむ后・御子の歌(34) 白鳥になったヤマトタケルを追い行く時の后・御子の歌(35) 海水に入って白鳥を追い行く時の后・御子の歌(36) 白鳥が磯に居る時の后・御子の歌(37)		A

※（　）内の数字は歌謡番号をしめす。

この対照表において明らかなように、古事記では八場面が全部で十五首の歌によって進行するのに対し、日本書紀ではわずかに三首である。1と6の対応する歌はそれぞれ別の話の中にあり、うたい手もまったく異なる。記・紀の間のこのような歌の異同は、歌の時・場・うたい手、さらに物語の話型という四つの基準を立てて当てはめてみると、その程度がいくつかの段階に分けられる。その異同の大きいものから異同のないものまで順に示したのが次のA〜Dであり、対照表のA〜Dの記号はそれを表している。

A　記・紀のどちらか一方のみに記される歌。

B　時・場・うたい手・話型のうち二つ以上異なる歌。

C　時・場・うたい手・話型のうち一つだけが異なる歌。

D　記・紀の間で異同がない歌。

記・紀における歌と散文の関係の異同状況は、およそこのA〜Dのランク付けで表示できるであろう。このような四基準からヤマトタケル物語を見ていくと、対照表に示したように、2・4・7・8の場面の歌がA、1・6がB、3がC、5がDとなる。意外にも異同のないケースは5の「尾津の埼」の歌しかなく、異同の少ないCも3の記「御火焼の老人」・紀「秉燭者」といううたい手の相違一例を見るにすぎない。もっともこのうたい手の相違も、「老人」とする古事記とそれを意識しない日本書紀では歌の状況に大きな違いがあるのだが。[1]ともかく、古事記にだけある歌や記・紀の間で歌の状況が大きく異なるものが、八ヶ所中六ヶ所で見られるということなのである。この事実は、歌が物語の散文の中に均一な関係で存在するのではなく、古事記の文体において様々な位相をもつことを示している。そこで、ここではAとBの異同状況を示す各ケースにおいて、歌と散文の間に浮かび上がってくる記・紀の問題を見ていくことにする。

二　構造を作り出す歌、作り出さない歌

Aは古事記にしかないから、古事記の物語における歌の位置づけを明確に示す例と言ってよい。

さねさし相模《さがむ》の小野《をの》に燃ゆる火の火中《ほなか》に立ちて問ひし君はも　（記24）

2は、オトタチバナヒメがヤマトタケルのために入水し、死を前にして大波の間からこの歌をうたいかけたことになっている。しかし、歌にはそのような切迫感はなく、相模国でのヤマトタケルの火難を回想する恋の歌という内容である。前段の火難物語は、野に火を放ってだまし討ちにしようとした相武の国造を、逆に切り殺し焼き滅ぼす話であるが、そのような残忍な戦いの中に、ヒメを気遣い恋い慕うヤマトタケルの姿があったというもう一つの火難物語の場面を、2の歌はありありと浮かび上がらせる。歌はこの場合、征服の戦いの中で語られることのなかった恋の物語を呼び起こしているのだ。そして「問ひし君はも」の句に呼応するように、「あづま（吾嬬）はや」と悲嘆して呼びかける足柄の坂の物語が続くのである。ここには物語を呼び起こしつつ、歌の叙事がそこにもう一つの物語を作り出してしまうという古事記の歌の機能が見て取れる。

ところが、日本書紀の方には2の歌がない。古事紀において、相模国でヤマトタケルが火難に遭う物語に焼津の地名起源が結びついているのは、この2の歌によって作り出された部分と見られる。焼津という地名は駿河国に属するからである。日本書紀が2の歌を欠くのは、火難を駿河での出来事とする、地名の整合性に理由があると考えてみてもよい(2)。だが、それはおそらく決定的な理由ではない。このことはAの4・7・8にも共通する問題なのであるが、その根本の理由は、日本書紀の、歌に対する見方や歴史叙述の方法に由来するはずだ。次に1の歌を例として、その問題を検討してみよう。

やつめさす出雲建《いづもたける》が佩《は》ける刀《たち》黒葛《つづら》多巻《さはま》きさ身《み》なしにあはれ　（記23、紀20）

この歌は、古事記にヤマトタケルが出雲建をだまし討ちにした時の歌として出てくるが、日本書紀では崇神紀六十年の出雲の神宝貢献を伝える記事の中に、出雲振根が弟飯入根をやはりだまし討ちにした時の「時人」の歌として出てくる。すなわち、記・紀の間で時・場・うたい手のすべてが異なることでよく知られている歌であるが、記紀に共通するのは、真刀と木刀をすり替えるという手を使って、相手をだまして斬り殺す点である。大久間喜一郎氏は木刀とすり替えるモチーフから「刀易え説話」と名づけたが(3)、その刀易えという話型が一致するのである。古橋信孝氏は「謡が背後に負っている共同幻想があり、それに則ってしか散文脈はな」いとしており(4)、本論ではこの「共同幻想」こそ歌に内在する叙事にほかならないと考える。歌の叙事が物語の散文を生成するのだ。この歌の場合、出雲の勇者が刀をすり替えられて殺されるという叙事を背負っていたことになる。だから、時・場・うたい手の違いがありながら、記・紀の異なる刀易え説話の歌になり得たのである。

しかし、日本書紀がうたい手を「時人」とするのは、歌に対する日本書紀の基本的な姿勢が古事記とはかなり異なることを示している。「時人」の歌は日本書紀に五ケ所（紀19・20・24・105・112）見られるが、その主体はある事件に対して歌によって社会批評をする不特定の第三者である。「時人」は出来事の外側に位置するうたい手であり、物語とは異なる文脈の中に位置する。崇神紀六十年の「時人」の歌は、出雲の神宝を王権に献上して斬殺された飯入根に対して何かを表しているというより、不特定の第三者という形で王権の側からの事件批評をしているのである。それを、土橋寛氏が、ヤマトタケルの歌だと嘲笑の意で明快なのに、「時人」の歌の場合、出雲人なら同情でいいとしても、大和人とすると同情なのか嘲笑なのかわからなくなると述べる(5)のは、「時人」の歌の理解としては相当ずれているのではないか。「時人」に出雲人か大和人かという意味を日本書紀の文脈が与えているとは考えられないからである。「時人」はあくまでも事件を王権の立場で外側から批評する歴史叙述の方法であって、あえてそこに嘲笑か同情かのいずれかの意を求めるならばそれは同情である。なぜならば、飯入根は「皇命《おほみこと》を被《うけたまは》りて」出雲の神宝を朝廷に献上したのであり、兄振根に殺された後、詳細な事件報告が朝廷側になされて振根は誅殺されるのであるから、王権の側に忠実に行動した飯入根に対して同情的な文脈になっているのは当然である。

どうも1は、ヤマトタケル物語にあるのが本来の形で、日本書紀の時人の歌は新しいと見られがちだ。それは土橋氏の次の言説に顕著に表れている。

> 物語歌でも、本来の物語の場から切り放されて、異質な物語の場に設定されると、歌の意味はあいまいにならざるをえないのである。(6)

土橋氏の「物語歌」の位置づけは、「物語述作者」が物語のために創作した歌で、それは「抒情詩の創作」という点で「万葉歌人の創作抒情歌と本質的に異なるところはない(7)」とするものである。しかし、この「創作」という概念が記・紀の歌の位相に適合しないだけでなく(8)、1の場合、歌の場に「本来」とか「異質」があるとは考えられない。実は6の異同にもこれと同様に日本書紀の歌の新しさを指摘するのだが、記・紀の間で歌が重出する場合、先後関係でとらえるのではなく、歌の叙事によって物語が生み出されたり、物語と関係づけられたりする時の違いと見るべきである。(9)

さて、1の歌にもどるが、うたい手が日本書紀では出来事の当事者から切り離されて、その外側に時人の歌として位置づけられた。日本書紀のヤマトタケルに関する記述は、一貫して出来事の記事という意識で成り立っている。日本書紀での「時人」の歌は、歴史叙述の方法によって生み出された、王権の意図を表す書き手の声になっていると言える。それは、物語の歌とは次元を異にする歌のあり方であった。日本書紀のヤマトタケルの記事には、歌によって物語が組み立てられていくという構造が見出せないのだ。

古事記では、刀易えによるだまし討ちという1の歌の叙事が、智に長けた勇者としてのヤマトタケル像を描き出している。歌は物語人物のイメージに深く関わりつつ物語の枠組を作り出すのである。歌が物語に構造を生み出しているのだ。これが古事記というテキストにおける物語の中の歌の機能と見ることができる。

三　戦い・恋・死の枠組と歌

いま古事記の1の歌を通して、歌が作り出す物語の構造を見てきたのであるが、この歌が西征の最後に置かれている意味を問う必要があろう。

西征物語では一貫してヤマトタケルの戦いが語られる。それは父景行が「御子の建《たけ》く荒き情《こころ》を惶《かしこ》みて」、西のまつろわぬ者の征討を命じ、ヤマトタケルは天皇の代行者として国土の王化のために行動するからである。

（イ）熊曽建兄弟―熟苽《ほぞち》のごと振り折《さ》きて殺す

（ロ）山の神・河の神、穴戸の神―皆言向《ことむ》け和《やは》す

（ハ）出雲建―刀を抜きて打ち殺す

これが西征で征服した神（人）たちである。（イ）では残酷な殺し方が物語の一つの中心になっており、（ハ）は前に触れたように、だまし討ちで相手を斬り殺す話であった。西の国々を支配する王を代表するのが熊曽建や出雲建と見てよかろう。（イ）や（サ）には、地方王権が天皇という大和王権によって征討され、服属させられていく歴史が畳み込まれており、それが熊曽建と出雲建である所以は、隼人舞や出雲国造神賀詞の奏上という、

宮廷儀礼の中の芸能や儀式と切り離して考えることができない。大和王権に征服された地方の反王権が演出する服属儀礼は、このような物語と通底していると言ってよい。大和王権は地方の反王権に服従を誓わせる一方で、征服した地方の王たちを鎮魂するという関係がそこにあったはずである。

このように出雲建は出雲の王に他ならないのであって、彼は大和王権を代行する英雄・ヤマトタケルに殺され、出雲国は服属するというのが（ハ）の物語である。（ハ）に含まれる1は、切り殺した地方の王の一人、出雲建に対してうたったヤマトタケルの歌であった。この歌には、切り殺し征服した地方の王に対する大和王権の側からの鎮魂という意味があったと見るべきであろう。地方の反王権の服従と征服された王への鎮魂は、一体の関係でとらえられたからである。ヤマトタケルの西征はその物語化であったと考えられる。1の歌は征服の戦いを物語化する機能を持ち、西征物語に、滅ぼされた者への鎮魂という構造を与えているのである。

このような征服の戦いは東征物語にも一貫しているが、先にオトタチバナヒメのところで見たように、東征においては恋の物語が歌によって作り出されている。ヤマトタケルとミヤズヒメの恋物語もその一つで、古事記にしかない4の問答歌がそこに含まれる。4では、ヤマトタケルが「……さ寝むとは　吾《あれ》は思へど　汝《な》が着《け》せる　襲《おすひ》の裾《すそ》に　月立《つきた》ちにけり」（記27）とうたいかけ、ミヤズヒメが「……君待ちがたに　我《わ》が着《け》せる　襲の裾に　月立たなむよ」（記28）と答えた、月の障りをめぐる歌のやりとりになっている。この歌については、月経は神の召されるしるし、すなわち神の嫁とする折口信夫説[10]に従って、神婚を表す歌と見てよかろう。ミヤズヒメは「尾張国造の祖」とあるように、宗教的権威をもつ地方国家の女王であった。その女王との神婚が大和王権による支配を意味したことは言うまでもない。4の問答の歌は、征服の戦いの中に恋の物語を作り上げているのであるが、その恋物語も地方王権の服属を語る一方法であったと見ることができる。

ヤマトタケルはミヤズヒメのもとに草那藝剣を置いて、また征服の戦いに赴く。それがもとで死に臨むのであるが、その時の歌が7である。これも日本書紀にはない。

嬢子《をとめ》の　床《とこ》の辺《べ》に　我が置《お》きし　つるぎの大刀《たち》　その大刀はや　（記33）

この歌の「剣には、神話的類型がある(11)」と西郷信綱氏が述べるように、神武記のセヤダタラヒメや山城国風土記逸文の賀茂の玉依姫に見られるのと同型の神婚伝承がうたわれている。嬢子が丹塗矢を持ち帰って床の辺に置くと、それがうるわしい男となり、結婚して神の子を生むという、いわゆる丹塗矢型説話の断片のような叙事をもつ歌である。「我が置きしつるぎの大刀」は、古事記の文脈ではヤマトタケルがミヤズヒメのもとに草那藝剣を置いてきたという、4の歌を含む文脈をうけている。丹塗矢型の神婚伝承という神話的な観念に支えられる7の歌は、ヤマトタケルの死の場面に、ミヤズヒメとの恋物語を呼び起こす仕組みになっているのである(12)。おそらくこの歌の神婚幻想(13)は、4の問答の歌とも響き合っているであろう。このように4と7の歌は、征服の戦いを語る東征物語にミヤズヒメとの恋の物語を作り出し、7の歌においては4のミヤズヒメとの恋物語を呼び起こす形でヤマトタケルの死が語られるのである。

東征物語は、ヤマトタケルの死後の話へと展開し、四首の大御葬歌を含む白鳥翔天の話で完結する。そこでは四首の歌を軸として、ヤマトタケルの魂の行方を語るのが主題であった。ヤマトタケルの死だけでなく、出雲建やオトタチバナヒメの死もあった。その死の場面はいずれも歌によって語られる。そこには古事記の一貫した意図が働いていると思われる。例えばここに、歌をうたって死んでゆく忍態王や大山守命などを思い出してみればよいであろう。死の場面になぜ歌があるのか。前に述べたように、それは死んでゆく者への鎮魂と見てよい。王権は、征服の戦いに死んでいった王権の側のヤマトタケル（父景行との対立関係から反王権という見方もできる）はもちろん、征服し滅ぼした反王権の側の人（神）をも祀り鎮めていかなければならなかった。出雲建の話はこのような王権の論理から読む必要がある。その時、古事記の物語は王権のために死んでいった者の鎮魂を歌に託したことになる。死者を祀り鎮めるのは歌であった。散文にはない呪的な力が歌には内在すると考えられていたからである。英雄ヤマトタケルの死の物語は歌によって生成されるのである。

結び

古事記のヤマトタケル物語は、戦いと恋と死とが絡み合いながら進行する。歌は、これまで見てきたように、征服の戦いのそれぞれの場面で、恋や死の物語を呼び起こし作り出している。その十五首の歌が、物語の中に戦い・恋・死という構造を内在化させている。このような歌の叙事の機能によって、古事記のヤマトタケル物語は生成してくる。

【注】

（1）この「老人」の問題は、本書Ⅲ・第二章・3で論じたので参照していただきたい。
（2）西郷信綱『古事記注釈』第三巻（昭和63年）
（3）「古代伝承のトリック」（『上代文学』昭和51年4月、『古代文学の伝統』所収）
（4）『古代歌謡論』（昭和57年）
（5）『古代歌謡全注釈・日本書紀編』（昭和51年）
（6）注（5）同書
（7）『古代歌謡の世界』（昭和43年）

（8）記・紀の歌の性格については、本書III・第二章・1～3で〈叙事歌〉という位相から論じているので参照していただきたい。
（9）本書III・第二章・3において、この歌の異同を歌の叙事から論じているので参照していただきたい。
（10）折口は「月経を以て、神の召されるしるし」（「小栗判官論の計画」（『民族』昭和4年9月、『折口信夫全集』第三巻所収）と述べ、その構想を示唆するが、論文化されていない。ただ、『折口信夫全集ノート編』第二巻の「月および槻の文学」には「まれ人迎える場合、『おすひ』の裾に月経がついてもとがめられなかった」という記述がある。
（11）「ヤマトタケルの物語」（『文学』昭和45年11月、『古事記研究』所収）
（12）本書II・第二章・3で、歌の叙事という表現の問題から論じたので参照していただきたい。
（13）神婚幻想の概念については、古橋信孝「原神話への構想」（『解釈と鑑賞』昭和51年10月、『神話・物語の文芸史』所収）による。

2　ヤマトタケル物語と歌謡

一　ヤマトタケルの死と歌

A　大和《やまと》は　国のまほろば　畳《たた》なづく　青垣《あをがき》　山籠《やまごも》れる　大和し美《うるは》し　（記30・紀22）

B　命《いのち》の　全《また》けむ人は　畳薦《たたみこも》　平群《へぐり》の山の　熊白檮《くまかし》が葉を　髻華《うず》に挿《さ》せ　その子　（記31・紀23）

C　はしけやし　我家《わぎへ》の方よ　雲居《くもゐ》立ち来《く》も　（記32・紀21）

D　なづきの　田の稲幹《いながら》に　稲幹に　蔓《は》ひ廻《もとほ》ろふ　野老蔓《ところづら》　（記34）

E　浅小竹原《あさじのはら》　腰《こし》なづむ　空は行《ゆ》かず　足よ行くな　（記35）

F　海処《うみが》行《ゆ》けば　腰なづむ　大河原《おほかはら》の　植草《うゑぐさ》　海処は　いさよふ　（記36）

G　浜《はま》つ千鳥《ちどり》　浜よは行かず　磯伝《いそづた》ふ　（記37）

ここに掲げたA～Cの三首は、ヤマトタケルが東征の帰途、伊勢国の能煩野で大和を望郷してうたった思国歌、D～Gの四首は、死後白鳥となって飛翔するヤマトタケルを追い行く時にうたった御葬歌である。これほど多くの歌によって死が語られる人物は、古事記ではヤマトタケルを除いて他にいない。この英雄的人物の死は、歌で語られねばならぬ伝承上の理由があったのだろう。ところが、日本書紀では思国歌は父景行天皇の歌と伝えられ、御葬歌も記していない。ヤマトタケルの死を歌によって語るのは、古事記の物語の方法なのである。(1)

　このようなヤマトタケルをめぐる歌謡を問うことは、古事記の物語はなぜ歌を含みもつのか、あるいは古事記の物語はなぜ歌を必要としたのかという問題と深く関わってくる。物語と歌の関係については、物語とは無関係の歌謡を転用したために、その間に矛盾やずれが生ずることもあると考えられてきた。しかし、それは矛盾なのだろうか。歌謡は物語に従属的に組み込まれているのではなく、物語が歌謡に意味を与え、歌謡が物語を作り出すという表現作用を考えてなくてはならない。歌謡と物語の間には緊密な連接の構造があると考えられる。思国歌と御葬歌が望郷歌や挽歌として読めるのは、物語と歌の連接の構造によるものと見られる。ヤマトタケルをめぐるこれらの歌謡について、このような視点から読み直してみたいと思う。

二　思国歌の表現構造

　最初のAは、応神記の「千葉《ちば》の葛野《かづの》を見れば百千足《ももちだ》る家庭《やには》も見ゆ国の秀《ほ》も見ゆ」(記41)などと同じ発想でうたわれた国讃め歌とされている。「国のまほろば」のホは、稲の穂・国の秀と同じく、霊威の顕われを意味し、地霊が盛んに活動して繁栄する土地であることを示す。大和が青垣をなす神聖な山に囲まれ、地霊に満ちて繁栄する国であることをうたい、大和の国讃めをしているのである。Bは、熊白檮の葉を挿頭にし、その生命力を身につけることをうたっている。古橋信孝氏は、神女が斎槻の枝を里の男のために手折って帰ることをうたった万葉歌(13・三二二三)を例として、Bは神女が挿頭を里の男たちに挿して、男たちの魂を活性化する祭りの歌と見ている。(2)村の若者の生命力は村の繁栄につながる。そのような成年式を思わせる村の祭りでの若者の姿がうたわれている。Cは自分の家をはるかに望見する歌で、雲居が立つというのは霊威の顕われであり、家の繁栄を意味する家讃め歌の様式である。

この三首は、国、村の若者、家を祝福する発想をもつ。土橋寛氏は、これらが春の予祝行事である国見儀礼でうたわれた歌謡であることを指摘し、さらにAとBが平群山の国見歌としてうたわれたことを推定しているが[3]、そこまで特定できるかわからない。Aは大和の国ならばどこでうたわれてもよい詞章であるから、平群に限定することはできないだろう。この三首が一組になっているのは、天皇がうたった望郷歌という共通の起源をもつことになったからだと考えられる[4]。すなわち、景行天皇やヤマトタケルが征旅において大和を思慕するという叙事を内在する歌として成立したのである。

次に物語と歌の関係について見てみよう。ヤマトタケルは東征の帰途、伊吹山の神に苦しめられ、疲弊した身体で大和へ向かう。多芸・杖衝坂・三重、そして能煩野へと、地名起源伝承を列挙しながら苦難の道行を盛り上げ、ついに行路での死を語る。その最期の地となった能煩野について、西郷信綱氏が「大和の方へのぼって行く意をあらわす想像上の野」[5]とするのは示唆的である。さらに付け加えて言うなら、倭建命の魂が白鳥と化して天にのぼっていく意をもこめた物語上の野である。地名が物語叙述を担っていると言ってもよい。このような物語的な地名を連ねて、ヤマトタケルの最期を行路死という形で語るのが古事記の歌による物語なのである。

思国歌の叙事は行路死という物語の構造を作り出している。それは、万葉の行路死人歌と比較することから明らかになる[6]。人麻呂の香具山での行路死人歌をあげてみよう。

草枕《くさまくら》旅の宿《やど》りに誰《た》が夫《つま》か国忘れたる家待たまくに　（3・四二六）

ここでは「誰が夫」と問うことで、家郷で夫の帰りを待つ妻が表出される。次の「国」「家」の表現も、「国問

へど　国をも告《の》らず　家問へど　家をも言はず」（9・一八〇〇）などとあるように、行路死人歌に共通する表現である。国・家・妻は、行く当てのない行路死人の魂の落ち着くべき場所としてうたわれる。そのようにうたってやることが行路死者の鎮魂になるという発想である。そこには帰郷できない横死者の魂への畏怖も作用していよう。行路死人歌は国・家・妻の表現を基本的な構造としている。

このような視点から、思国歌三首をもう一度古事記の文脈として見直してみよう。まずAは、行路死者たるヤマトタケルの魂の帰属すべき国をうたっている。その魂が鎮まる場所としての大和の国を讃めた歌と解される。そして「国」をうたうAと対の関係にあるのが、「家」をうたうCである。このCもヤマトタケルの帰って行くべき家の繁栄をうたうことによって、鎮魂の歌となり得ている。次にBであるが、「髻華に挿せその子」をどのような叙事として解し得るかが問題である。挿頭を挿すというのは、応神記・髪長比売物語に「いざささば良《よ》らしな」（記43）という、男が女に妻問をする印として花橘を髪に挿すと解釈できる歌があるように、女が男に占有されたことを意味する。(7)「その子」という呼びかけは、妻問を意味する文脈においてヤマトタケルの帰りを待つ大和の妻に対するものでなければならない。従ってBは、物語においては大和の妻を思慕する位置にある。

このように思国歌は、行路死人歌の国・家・妻という基本的な構造と重なる。行路死人歌は第三者のうたい手が死者を見てうたうのであるが、思国歌の場合はうたい手の側にヤマトタケルが立つことで、望郷から行路死へと転換する仕組みになっている。思国歌には歌の叙事による行路死の構造があった。日本書紀が古事記と決定的に違うのは、日本書紀にはこの構造がないことである。それを表現し得たのは古事記の歌による物語の方法であった。

三　御葬の歌の表現構造

ヤマトタケルの死が特異なのは、その魂が白鳥となって翔天するという死後の物語をもつことであり、それが御葬歌四首によって語られることである。しかも、その四首は天皇の大御葬でうたわれるようになったという。この特異な死後の物語と御葬歌との連接構造を明らかにしつつ、これがなぜ葬歌として読めるのかという問題を、ここでは考えておきたい。御葬歌の場合も本来は民謡としてうたわれていたとするのが通説になっている。しかし、どのような民謡を転用したかという点では、童謡・恋の民謡・労働歌・農業呪歌などの諸説があって定まらない。その中で現在もっとも有力な説は、土橋氏の恋の民謡説であろう。それは、Dが男女の恋の姿態をうたったもの、ＥＦが野と海辺の通い路を男が女のもとに通う歌、そしてGを恋のナゾ歌と解し、いずれも野中・古市の歌垣の民謡と推定するのである。野中・古市を本拠とする土師氏は、歌垣の歌によって倭建命の白鳥物語を述作し、この物語を起源として、ヤマトタケル葬歌は天皇の大御葬歌に転用されたとする。(8)

このような民謡転用論に対して、本来葬歌であったと見る立場もある。特に最近、古橋氏がＤＥＦについて「死者がこの世に別れを告げて死者の世へ向かって行く道行きの謡」(9)ととらえていることに注目したい。これは秋間俊夫氏が斉明紀の建王悲傷歌や万葉集巻十三の挽歌（三三三五など）に指摘した「死者の歌」(10)のあり方に通じ、死者に関わる古代的な表現として想定できるからである。

いまここに、恋の民謡と死者の道行きの謡という二つの説を取り上げてみた。四首の表現に即して、この二説を検証してみよう。まず、Dを恋の民謡とする根拠は、「蔓ひ廻ろふ」の句を男女がからみつく恋の姿態の比喩と見るところにあった。もちろん恋の様子とも読めるが、恋に限定する根拠にはならないことも事実である。比喩的に解釈しなければならないのは、歌とは本来非完結的な表現だからであり、それゆえいくつかの読みを許容することになる。恋の姿態の比喩は、そのいくつかの解釈の一つにすぎない。この解釈のもっとも大きな問題点は、恋の民謡がなぜ葬歌として用いられたのかという説明し難い転用の論理の上に成り立っていることである。

それでは、四首は何を表現しているのか。それは一言で言えば、場所だと考えられる。Dの「なづきの田」は、どのような田か明らかでないが、出雲国風土記・出雲郡に、黄泉の穴の近くに「なづきの磯」があり、死者にかかわる禁忌伝承を伝えるところを見ると、死者の世界への入口あるいは他界との境界という特殊な場所を指すようである。「蔓ひ廻ろふ野老蔓」はそうした境界の場所で蔓草にからまれて行き難いことを表していると解される。Eの「浅小竹原」、Fの「海処」、Gの「磯」も他界との境界と考えてよい。境界の場所であるから、EFの「腰泥む」のように行く手を遮られて難渋するのであり、「足よ行くな」「海処はいさよふ」と行き難さをうたっているのである。Gの「磯伝ふ」も、浜の千鳥が磯を伝い行くことに対比して、磯歩きの困難さを表すのであろう。つまり、この四首は行き難さをうたい、そして行き難い場所を表現しているにすぎない。他界との境界と意識される場所をうたうことで、死者の道行きの葬歌になり得たことになる。

四　御葬歌と境界の場所

この四首が葬歌と読めるのは、言うまでもなくヤマトタケルの白鳥翔天の物語にあるからである。この物語は故郷の大和に帰ることなく死んだヤマトタケルの魂が白鳥と化して天界に去って行くことを語っている。天智挽歌の「夫《つま》の思ふ鳥立つ」（2・一五三）に見られるように、死者の魂は鳥となって他界へ飛び去るという古代観念があった。人麻呂はそれに基づいて、泣血哀慟歌に「白栲《しろたへ》の　天領巾隠《あまひれがく》り　鳥じもの　朝立《た》ちいまして」（2・二一〇）というように、白鳥に化身したかのように亡妻のことをうたったのだと思われる。その泣血哀慟歌に「大《おほ》鳥《とり》の　羽易《はがひ》の山に　わが恋ふる　妹《いも》は座《いま》すと　人の言へば　石根《いはね》さくみて　なづみ来《こ》し……ほのかにだにも　見えぬ思へば」とあるように、難渋しながら逢いに行くけれども逢えないことにより、妻がこの世から他界に去ったことを確めるのである。この内容はそのままヤマトタケルの死の物語に重なる。后・御子たちがなづみながら追い行くけれども、ヤマトタケルの魂はついに他界へと去ってしまうことを語るところにこの物語の主眼がある。そして、死・白鳥・他界という構造をそこに見ることができる。

その時にうたう御葬歌は、前に触れたように、他界との境界の場所を示し、その行き難さをうたうものであった。これらの歌は、物語において、白鳥と化して他界へ去るヤマトタケルを、その境界までなづみつつ追い行く歌となっているのである。追い行くことによって、死者が他界へ去ったことを確認する歌である。それらの歌は、死・白鳥・他界という物語との間に構造的なつながりをもつ。葬歌や挽歌は、このように死者が他界へ去ることをうたうのであった[11]。

ヤマトタケルの魂は、思国歌や御葬歌によって鎮められたかのように見える。そのように見えるのは、それが古事記の倭建命薨去の歌と物語に一貫する構造であったからである。天皇の大御葬り歌がヤマトタケルの死の歌に起源をもつというのも、ヤマトタケルがくり返し鎮魂されなければならない存在であったことを示している。

【注】

（1）「国思歌」についての論述は、次節に述べるところと関連するので参照していただきたい。

（2）「古代歌謡にみる英雄伝説の構造」（『歴史読本』平成元年6月、『神話・物語の文芸史』所収）

（3）『古代歌謡と儀礼の研究』（昭和40年）
（4）常陸国風土記などに倭武天皇とする伝承がある。
（5）「ヤマトタケルの物語」（『文学』昭和44年11月、『古事記研究』所収）
（6）その関連性については、伊藤博『萬葉集の歌人と作品下』、伊澤正俊「行路死人歌唱和論―再死の呪歌―」（『上代文学』平成元年4月）などに指摘がある。
（7）本書II・第二章・3で論じているので参照していただきたい。
（8）『古代歌謡全注釈・古事記編』（昭和47年）
（9）「王権の発生論―死者のうたと語り―」（『物語・差別・天皇制』昭和60年11月）
（10）「『死者の歌』―斉明天皇の歌謡と遊部―」（『文学』昭和47年3月）
（11）このような挽歌の問題については、「死者との出逢い―万葉集巻十三・三三〇三の挽歌的表現構造―」（『明治大学教養論集』平成2年3月）で論じた。

3　ヤマトタケルの死と歌の機能

はじめに

本論では、古事記（と日本書紀）の歌を含む物語の表現とそこにある構造について検討しておきたい。その問題は、歌と散文が作り出す古事記の文体を考える上で必要になってくるからである。

物語と歌の関係については、例えばその間に矛盾や齟齬を見せている場合、本来、歌は物語とは無関係にうたわれていた歌謡であって、ある時期に物語に結びつけられたものだとする考え方が一般的である(1)。しかしそのように考える時、物語と歌はなぜ単純な矛盾を露呈する形で結びついているのかという疑問が当然起ってくる。つまり、物語と歌の関係は果たして矛盾なのかということである。矛盾というとらえ方を疑ってみることによって、古代の表現として物語を読むことへの転換が可能になるのではないか。

このような視点から、ヤマトタケルが死の場面でうたう思国歌三首と「嬢子の床の辺に」の歌を取り上げ、その死の場面を構成する古事記の物語と歌の構造を明らかにしていきたいと思う。

一　ヤマトタケルの死と歌

古事記のヤマトタケル物語は、西征と東征と薨去の三つの物語に大きく分けられるが、そこに含まれる歌の数には偏りが見られ、それぞれ叙述のしかたに違いがある。思国歌と「嬢子の床の辺に」の歌は最後の薨去の物語にある。この物語は、さらに死の直前の望郷と死後の白鳥翔天に分かれる。ヤマトタケルは記・紀の中で、仁徳・雄略天皇とともに多くの歌によって語られる人物である。ヤマトタケル物語の歌は全部で十五首あるが、西征には一首、東征に五首、そして薨去の物語には九首という具合にかなり偏在する。その九首の内、「国思ひ」の場面に五首、白鳥翔天には四首となっていて、薨去の場面に歌が特に集中している。このような死と歌の関係は、古事記ではヤマトタケルを除いて他にない。この英雄的人物の死が多くの歌によって語られることには、当然何らかの伝承上の理由があったと見なければならないだろう。そこでヤマトタケル薨去の物語と歌の構成を見ることによって、四首の歌の位置を確かめておきたいと思う。

東征の帰途、ヤマトタケルは伊吹山の神に反撃され、衰弱した体を引きずって美濃国から伊勢国へと向かう。ヤマトタケル薨去の物語は、この死の道行からはじまる。この部分は地名とその起源伝承を連ねていく散文中心の記述である。その地名の一つ、尾津のところに、短い散文の説明とともに最初の歌が出てくる。

尾津《をつ》の前《さき》の一つ松の許《もと》に到りまししに、先に御食《みをし》したまひし時、其地《そこ》に忘らしし御刀《みはかし》、失《う》せずてなほ有りき。しかして、御歌よみしたまひしく、

A　尾張《をはり》に　直《ただ》に向《むか》へる　尾津《をつ》の埼《さき》なる　一つ松　あせを　一つ松　人にありせば　大刀《たち》佩《は》けましを　衣《きぬ》
着せましを　一つ松　あせを　（記29）

この歌は日本書紀にもほぼ同じ物語状況で重出し、土橋寛氏は「元来伊勢地方の民謡で、それをヤマトタケルの物語に取り入れたものであることは、ほぼ疑いない」[2]としている。しかし、伊勢民謡が本来無関係なヤマトタケル物語に取り入れられるだろうか。民謡が記・紀の物語に自由に恣意的に結びつき得たとは考えられない。従って、Aは民謡的発想の歌であっても民謡そのものではない。Aはヤマトタケルの歌としての根拠をもつ歌でなければならないだろう。その根拠は「大刀佩けましを」と大刀をうたうことであり、そこにはヤマトタケルと大刀に関わる叙事があったと考えられる。物語の散文に歌がはめこまれるのではない。歌の叙事が説明の散文を生成させるのである。そこに古事記の歌と散文という文体が成立してくると考えるべきだろう[3]。ヤマトタケル物語には大刀（剣）をめぐる話がいくつか見られ、そこには歌と物語の間に大刀をモチーフとする構造があったことを窺わせる。

ヤマトタケルは能煩野の地でついに薨去するが、その時四首の歌がうたわれる。

これより幸行《いでま》して、能煩野《のぼの》に到りましし時、国を思《しの》ひて歌ひたまひしく、

B　大和は　国のまほろば　畳《たた》なづく　青垣《あをがき》　山籠《ごも》れる　大和し美《うるは》し　（記30）

また歌ひたまひしく、

C　命《いのち》の　全《また》けむ人は　畳薦《たたみこも》　平群《へぐり》の山の　熊白檮《くまかし》が葉を　髻華《うず》に挿《さ》せ　その子　（記31）

この歌は思国歌《くにしのひうた》ぞ。また歌ひたまひしく、

D　はしけやし　我家《わぎへ》の方よ　雲居《くもゐ》立ち来《く》も　（記32）

こは片歌《かたうた》ぞ。この時御病《みやまひ》、甚急《いとにはか》になりぬ。しかして、御歌よみしたまひしく、

E　嬢子《をとめ》の　床《とこ》の辺《べ》に　我が置《お》きし　剣《つるぎ》の大刀《たち》　その大刀はや　（記33）

歌ひ竟《を》ふるすなはち崩《かむあが》りましき。しかして、駅《はゆまづかひ》使を貢上《たてまつ》りき。

伊勢の能煩野にたどり着いたヤマトタケルは、思国歌をうたって大和を望郷し、危篤状態でEの大刀讃め歌をうたう。散文の部分が少なく、ほとんどこの四首の歌によって物語が構成されると言ってよい。ヤマトタケルはその死の悲劇性を自らの歌で示すことになるが、日本書紀では思邦歌三首が景行天皇の歌となっており、なおかつEの歌は記していない。薨去物語については、記・紀それぞれの叙述方法があったことを示している。古事記ではヤマトタケルの薨去を歌を中心に展開する物語として構成しているのである。

このようにヤマトタケル薨去物語と歌の構成を見てくると、前半の地名を列挙する散文中心の文脈から、後半の歌を中心とする文脈への展開の中で、ヤマトタケルの悲劇的な死が語られることを確認できよう。その悲劇性は大和への望郷をうたうBCDの思国歌によって高められ、さらに「御病、甚急かにな」ってうたうEの大刀讃め歌において頂点に達する。ここでもAと同様に、ヤマトタケルと大刀（剣）との物語的な結びつきの深さを示しているのだが、しかし死の場面と大刀讃めがなぜストレートにつながるのかという点が必ずしも明瞭でない。Eは、ヤマトタケルが死に臨んでうたう最期の歌として、物語上どのような意味をもっているのか。そこには、歌が作り出す物語の構造があったと見なければならない。

二　行路死の歌の表現

ヤマトタケルの死に至る苦難の行路は、地名起源伝承を連ねていく手法で語られる。当芸、杖衝坂、尾津、三重、そして能煩野の地名である。この地名については、「この物語の成長した地域を示唆するものであろう(4)」とも指摘されているが、ここには実在の地名をあまり重ねない方がよい。地名列挙は実際の交通のルートを正確に記述するところに目的があるのではなく、死の道行を語るための物語方法として選ばれた地名と見るべきである。それぞれの地名が行路の苦しみを表現するものとして機能しているのだ。ヤマトタケルの最期の地となる能煩野を例にとれば、「実名かどうか疑わしく、大和の方へのぼって行く意をあらわす想像上の野であってかまわない」(5)とする西郷信綱氏の指摘は示唆的である。さらに的確に言えば、「想像上の野」は「物語上の野」とするのが正しいであろう。ノボノという音には、大和へ上って行く場所としての上り野、大和への国見・望郷の場所としての登り野、そして白鳥と化したヤマトタケルの魂が昇天する地上の場所としての昇り野という物語的な意味が読み取れる。大和上京、大和望見、白鳥昇（翔）天など、多義的に暗示する物語上のトポスとも言える。このような物語の表現としての地名は、苦難の道行とその果ての行路死を語るものとして機能している。行路死こそは、ヤマトタケル薨去物語と歌の共通の構造となっていると見られる。それを歌の側から確かめてみよう。

行路死者をうたう歌は、万葉歌からいくつか拾うことができる。それらは「死れる人を見て作る歌」というような共通の題詞をもつ、行路死人歌と呼ばれる歌群である。

足柄《あしがら》の坂を過ぎて死《みまか》れる人を見て作る歌一首

J　小垣内《をかきつ》の　麻《あさ》を引き干《ほ》し　妹《いも》なねが　作り着《き》せけむ　白栲《しろたへ》の　紐《ひも》をも解《と》かず　一重《ひとへ》結《ゆ》ふ　帯《おび》を三重《みへ》結ひ　苦しきに　仕へ奉《まつ》りて　今だにも　国に罷《まか》りて　父母も　妻をも見むと　思ひつつ　行きけむ君は　鳥が鳴く　東《あづま》の国の　恐《かしこ》きや　神の御坂《みさか》に　和霊《にきたま》の　衣寒《ころもさむ》らに　ぬばたまの　髪は乱れて　国問へど　国をも告《の》らず　家問へど　家をも言はず　丈夫《ますらを》の　行《いき》のすすみに　此処《ここ》に臥《こや》せる

（9・一八〇〇、田辺福麻呂歌集）

ここにうたわれているのは、夫の衣の紐に魂を結びこめ、行路の安全を願って夫の帰りを待つ妻や父母という家人のことである。旅にある夫を待つ妻の歌には、「栲衾《たくぶすま》新羅《しらぎ》へいます君が目を今日か明日かと斎《いは》ひて待たむ」（15・三五八七）という遣新羅使人の妻の歌に見られるように、「斎ひて待つ」という共通の発想がある。それと表裏をなす形で、遣新羅使人は「真幸《まさき》くて妹が斎《いは》はば沖つ波千重《ちへ》に立つとも障《さは》りあらめやも」（15・三五八三）というように、妻（恋人）との魂の交流とその呪的な関係による信頼感をうたっている。神野志隆光氏が指摘するように、この呪術的な共感関係をうたうことが家人と旅人のつながりを喚起する意味をもつのであろう。(6) それはJの「紐をも解かず」の表現に通じる。旅にある夫と「斎ひて待つ」妻との間に霊魂の強い紐帯を認める古代的な観念によって、Jでは「妹なねが　作り着せけむ　白栲の　紐をも解かず」「国に罷りて　父母も　妻をも見む」と、行路死者の妻・父母への思いがうたわれる。もちろん、行路死者が妻を思慕するようにうたうのは、それを第三者の立場から見ているうたい手であることは言うまでもない。それは行路死者自身の歌（であるかのようにうたわれた歌）、例えば柿本人麻呂の終焉歌として知られる、

柿本朝臣人麻呂、石見国《いはみ》に在りて臨死《みまか》らむとせし時、自《みづか》ら傷《いた》みて作れる歌一首

K　鴨山《かもやま》の岩根《いはね》し枕《ま》けるわれをかも知らにと妹《いも》が待ちつつあらむ　（2・二二三）

という歌にもつながる発想である。行路死人歌における妻あるいは家族への表現は、強く思慕して死んでいったようにうたうことによって行路死者が鎮魂されるという観念に支えられている。

しかし、行路死者の死には、「一重結ふ　帯を三重結ひ　苦しきに　仕へ奉りて」にその一端が示されるように、自己と家族に苦しみを強いる国家への批判が憎悪となって先鋭化する契機を孕んでいたはずである。行路死人歌には、そこに国（故郷）の妻や家族への思慕という心のつながりを作り出すことによって、行路死者の苛烈な現実を包み込むという表現の論理があると言えよう。従ってこの場合、言葉によって行路死者の心をどのよう

に充足した状態として表わし得るかというところに歌の表現の問題がある。行路死者は充足した状態では死んでいないからである。つまり、あたかも妻を強く思慕しながら死んでいったかのようにうたうのは、それが行路死者の心の充足を意味するからに他ならない。歌が作り出した故郷とのつながりに行路死者の苛烈な現実を包み込むことによって行路死者の心の充足をうたうことが、行路死人歌の鎮魂の構造であると考えてよかろう。

さらに、Jの歌では、妻のことともに「国問へど　国をも告らず　家問へど　家をも言はず」とうたっている。国と家が特に意識されているのである。しかしながら、行路死人に国と家を問うけれども答えないというのは、どのような意味をもつ表現なのだろうか。古橋信孝氏はこの点について、国も家も実体的な存在ではなく、幻想の共同体であって、「国も家も不明だと表出することが、逆に死者を国・家に掬い上げるという構造である」(7)とし、その意味において鎮魂の表現になっていることを指摘する。国や家に対する無言は、行路死人が帰るべき国や家を喪失したことを意味するものではない。むしろ行路死人の魂が帰属する場所、そしてその魂を掬い取るべき共同体として幻想されるのが国と家であったというのである。そうすると、行路死人歌では妻とともに国と家をうたうことが、鎮魂の表現様式になっていたことになる。行路死者をうたう歌を規定するものとして、妻(家族)と国・家があったのである。このような行路死とその歌のあり方から、ヤマトタケルの薨去物語と歌の構造はどのようにとらえられるであろうか。

三　思国歌三首の表現構造

ヤマトタケルの最期が行路死という物語の枠組で構成されていることはすでに述べたが、その立場から言えば、そこに含まれる歌は、これまで見てきたような行路死人歌の表現として読み解くことができるはずである。すなわち、ＢＣＤの国思歌やＥの歌は、臨死者自身がうたった行路死人歌という位置にある。(8)前に触れたＫの人麻呂終焉歌もこれらと同じ位相の歌と見ることができる。特にＪの歌を通して、行路死人歌の様式として妻（家族）や国・家があることを確認したが、その様式からＢＣＤの思国歌の表現を見てみよう。

Ｂは「大和は国のまほろば」とあるように、国見、国讃めの表現によってヤマトタケルの望郷という叙事がうたわれる。この場合、「国」という表現が物語の枠組には必要であった。ヤマトタケルは死に臨んで自分の帰属すべき大和国をうたったことになるからだ。これは行路死人歌に見た「国」の表現と同じ観念に支えられている。

次のＣには、「髪華に挿せその子」を歌と物語の関係でどのように解釈するかという問題がある。土橋氏は、この歌の実体を平群の山遊びの民謡で老人の若者への勧誘歌と推定し、「命の全けむ人」について「物語に即していえば、病気になった倭建が、故郷の人または従者たちに対して言う言葉」(9)とする。平群の山遊びの民謡にストレートに結びつけ得ないことは前に述べた通りであるが、物語との関係で「故郷の人」とするのは首肯できる。Ｃからは、Ｂの「大和の国」から「平群の山」に展開してヤマトタケルの故郷を浮かび上がらせ、ヤマトタケルが死に臨んで、故郷の人に呼び掛けたものという歌の叙事が読み取れるであろう。従って、「その子」は一般的な故郷の人ではなく、古事記の文脈では故郷で帰りを待つヤマトタケルの近親者でなければならない。

そこで、「熊白檮が葉を髻華に挿せ」の詞句が、近親者をイメージさせるのかどうかを確かめる必要がある。Ｊ・Ｇ・フレーザーの『金枝篇』にあるように、カシの葉を挿すということは樹木の生命力を身につける感染呪術であるが、男女の間でうたわれる時には女が男に占有されたことを意味するらしい。そのような例として次の歌がある。

Ｌ　いざ子ども　野蒜《のびる》摘みに　蒜《ひる》摘みに　我《わ》が行《ゆ》く道の　香妙《かぐは》し　花橘《はなたちばな》は　上《ほ》つ枝《え》は　鳥居《とりゐ》枯《が》らし　下枝《しづ》は

人取り枯《が》らし　三《み》つ栗《ぐり》の　中《なか》つ枝　ほつもり　赤《あか》ら嬢子《をとめ》を　いざささば　良《よ》らしな　（記43）

これは応神天皇が太子大雀に髪長比売を賜う時の古事記の歌で、日本書紀にも重出する。「いざささば」の意味が不明であるが、相磯貞三『記紀歌謡全註解』の「誘《いざ》す＋す」とする「誘う」説と武田祐吉『記紀歌謡集全講』の「いざ＋刺す」と見る「髪に挿す」説がある。「赤ら嬢子を」の「を格」を受けるには「誘う」説の方が自然であるが、「橘の譬喩がなお残って頭髪にさす意とすべきだろう」とする武田氏の「挿す」説も成り立つ。「誘う」説に立てば、花橘の木の下に「嬢子」を誘う意であろう。本書Ⅰ・第一章・2で述べたように、神樹の呪力によって恋を成就させるという古代の思考法があったのである。一方「挿す」説は、「嬢子」に妻問し、その髪に花橘の枝を挿して占有する意と解される。この二つの解釈は、どちらか一つに正当性を求めるという問題ではなかろう。「いざささば」には歌の表現にしばしば見られる多義性が内在しており、記43は「誘う」「挿す」のいずれをも許容する歌と見た方がよい。

ただ、古事記の文脈においては、「ささば」が「挿す」の意味に作用する。それは次の歌に「堰杙《ゐぐい》打ちが刺しけく知《し》らに」（記44）とあって、その「標《しめ》刺す」意の「刺し」と相互に作用し、「ささば」は占有する意の、「嬢子」の髪に花橘の枝を挿すイメージを喚起することになるからである。記44「刺し」との関連は、武田氏の前掲書や西郷信綱氏(10)が示唆しているのだが、古事記の文脈における意味作用とそれへの書き手の意識として明確にとらえるべきだろう。あるいは、記44「刺す」にも占有の印としての挿頭を挿す意への転換があるのかもしれない。いずれにしても、野蒜摘みに嬢子を誘い、妻問し占有を勧めるという記43の叙事が、応神が豊明の酒宴で髪長比売を太子大雀に与えるという歌の散文叙述を導いている。古事記は歌と散文の間にそのような関係性を作り出すのである。

古橋信孝氏はここに「巡行叙事」という古代の歌の表現論理を指摘し、「道中に見出した橘を比喩にして女の美しさをうたう、つまり嬢子讃めの謡」で、「神婚という幻想を内包している」とするのが注目される。(11) 記・紀などの古代説話に道で出逢う女（神女）との結婚という神婚説話の様式が見られるように、この歌には「巡行叙事」とつながる神婚のモチーフがうたわれているのである。Lには、「野蒜摘み」の道の途中で見出した「花橘」の枝を嬢子の髪に挿して妻問し占有するという叙事が読み取れるのである。「さす」の語が花や枝を女の髪に挿すことで妻問し占有する意を表すことは、このLの例から言えるであろう。

そうすると、「熊白檮が葉を　髻華に挿せ　その子」は、大和の故郷の近親者とりわけ妻を想起させる表現として機能していることを読み取るべきであろう。(12) Cがなぜヤマトタケルの望郷歌としてあるのかという理由は、大和国の望郷だけではなく、妻問の表現を通して大和で待つ妻への思慕がうたわれるところにあったと言えるのではないか。つまり、それはJの行路死人歌における妻の表出と同じ構造であり、Cの歌は故郷の妻を思慕することにおいてヤマトタケルの心の充足をうたうものということになる。

最後のDでは「我家」がうたわれる。それは雲を媒介して家が想起されるというものであるが、雲居をうたった万葉歌には次のような一首がある。

M　遠くありて雲居《くもゐ》に見ゆる妹《いも》が家に早く至らむ歩め黒駒《くろこま》　（7・一二七一、柿本人麻呂歌集）

このMは行路の歌で、雲居遥かな妻（恋人）の家をうたっている。家が雲を媒介して表現されるという点はDの歌と同じである。雲が「我家」の妻や子の待つ姿を呼び起こすもので、妻や子が待つとうたうことによって行路死者を慰めるといううたい方なのだ。この点に関連して、土橋氏は雲が家人または故郷の霊魂の姿であることを明らかにしているように、(13) 遠く離れている者同志の霊魂の交流という呪的観念を背景とする表現であった。このように旅人は家を想起し、家と結びついていなければならなかった。Jの行路死人歌において特に家が取り出されてくるのは、上述したように家が行路死者の魂の帰属する場所であったからである。Dの「我家」はこのような行路死人歌と同じ構造をもっている。死に臨んでDの歌がうたわれるのは、ヤマトタケルが妻の待つ「我家」と呪的な関係で結びついており、その魂の拠り所であるという、行路死とその歌の発想が介在しているからに他ならない。

このように思国歌三首の、Bの「大和は国の真秀ろば」、Cの「髪華に挿せその子」、Dの「我家の方よ雲居立ち来も」という表現は、Jの行路死人歌の表現を規定している妻や国・家という構造と対応していることがわかる。思国歌三首は、行路死人歌が妻への思慕、国や家への帰属という状況を作り出し、あたかも死者の心が充足しているかのようにうたうのと同じように、ヤマトタケルが国・妻・家を想起し、充足した心で薨去したことをうたうものであった。

これまでの検討によって確かめてきたことは、ヤマトタケル薨去の物語と思国歌の枠組には行路死人歌の構造があったということである。古事記のヤマトタケル薨去の物語とその歌は、このような構造的なつながりによって構成されていると言える。この三首を景行天皇の歌とする日本書紀との違いは、行路死人歌の構造が日本書紀にはないことである。

四　「嬢子の床の辺に」の歌の表現論理

Eの歌は、ヤマトタケルがいよいよ危篤状態になって、まさに死の直前にこの世に残した歌であることを簡略な物語の散文は伝えている。しかし、苛酷な行進、衰弱していく体、そして迫りくる死、こうした物語の状況に、

Eの歌の表現が有効に嚙み合っていると言えるだろうか。確かに、Aの歌にも見られることであるが、ヤマトタケルと大刀（剣）の物語上のつながりは強い。ヤマトタケルが美夜受比売のもとに残した草那芸剣の霊威によって守護されていたことは、それを持たずに伊吹山の神の征伐に出かけ、それが結果的に死を招いたことから明かだ。だから、吉井巌氏のように、「ヤマトタケルがその臨死の時に、みずからの守護霊に向いよびかけ、命を終ることはいかにもふさわしい」[14]と、草那芸剣との関係で物語との整合性を見出しているのは一応理解できる。ただその場合、「嬢子」をうたっている意味はどう考えればよいだろうか。つまり、このEの歌は嬢子に向かう表現でもあるはずなのだ。そこで、行路死人歌がもつ妻への思慕は、このEの歌にも内在する構造と考えられる。Cの歌の「その子」とEの歌の「嬢子」は、古事記の文脈においては同じ構造のもとに叙事的に対応する表現だったのではないか。つまり、ヤマトタケルの最期は、Cで大和の妻、Eで尾張の美夜受比売に思慕を寄せるという叙事で終るのである。

それでは、Eの歌は美夜受比売への思慕や恋情をうたうことを表現の上から確かめられるであろうか。それを考える上で、西郷信綱氏の次の指摘は注目される。

「をとめの、床のべ」におかれた剣には、神話的類型がある。ある乙女、しかじかの矢をもち来って床のべにおくと、たちまちうるわしい男となり、ちぎって御子を生んだというセヤタタラヒメや賀茂の玉依姫の話がすなわちそれである。[15]

ここに神話的な類型というのは、いわゆる丹塗矢型説話のことである。これは、川上から流れ来る丹塗矢によって水辺の乙女が懐妊し、神の子を産む話で、神婚説話の一様式と見てよい。次にその説話の記述を取り上げてみる。

その矢を将《も》ち来て床《とこ》の辺《べ》に置けば、たちまちに麗《うるは》しき壮夫《をとこ》と成《な》りぬ。すなはちその美人《をとめ》を娶《めと》りて、生みたまへる子……
（神武記）

丹塗矢《にぬりや》、川上《かはかみ》より流れ下《くだ》りき。乃《すなは》ち取りて、床《とこ》の辺《へ》に挿《さ》し置き、遂《つい》に孕《はら》みて男子《をのこ》を生みき。
（山城国風土記逸文）

大刀と矢の違いはあるが、Eの「嬢子の床の辺に我が置きし」はこのような神婚説話の類型表現と重なっているのであり、Eが大刀をモチーフとする丹塗矢型説話という叙事表現によって成り立っていることは十分考えられる。つまり、神が嬢子のもとに通うという神婚幻想に支えられているということである。[16] Eの歌ではこの神婚の叙事において、嬢子への思慕という恋情が表出されることになる。

この「大刀」の表現については、宮岡薫氏が田植歌に類似の表現があることを指摘し、Eの歌が妻問を背景として伝承されていたと推測している。[17] このことはEの歌に大刀讃めとは異なる叙事性を見出すことになるだろう。すなわち、大刀が妻問の歌の表現として考え得るのである。大刀をうたう妻問歌には八千矛神の「神語」やその類似歌（万12・二九〇六）があり、そこでは女の家を訪れた男が大刀を解く前に夜が明けたことをうたっているが、それは妻問歌の表現に男が女の家で大刀を脱ぎ置くというモチーフがあったことを示している。これもEの歌と同様、神婚の観念に支えられた表現と見られる。大刀はこの観念において妻問歌や恋歌の表現になり得た。それは、笠女郎の「剣太刀《つるぎたち》身に取り副《そ》ふと夢《いめ》に見つ」（4・六〇四）の表現にまで流れていると言えよう。さらにまた、今昔物語・巻22にある鷹狩説話は、高藤が雨宿りをした家の娘と契り、大刀を形見に置いてくる話であるが、ここにも神婚の神話的構造が見られると言ってよい。

このようにEの歌には、大刀をモチーフとする神婚の叙事によって嬢子への妻問の情をうたう表現論理が認められる。美夜受比売への妻問の時に脱ぎ置いた草那芸剣を讃めることによって、死に臨んで妻・美夜受比売を思慕するという叙事を表現しているのである。大刀のモチーフについては前にも触れたが、ヤマトタケルの死の場面を中心に振り返ってみると、ヤマトタケルは伊勢大御神（天照大御神）の神威の象徴である草那芸剣を美夜受比売のもとに置いて行き、伊吹山の神に敗れた後、尾津前の一つ松のもとで忘れた大刀を見つけ、Aの大刀の歌をうたう。しかし、草那芸剣ではないゆえ神威は回復できないまま、Eの歌で剣をうたって美夜受比売への思慕を表わし薨去する。このように歌と物語の間に剣と大刀をモチーフとする構造が見られ、妻・美夜受比売を思慕して死すというように、ヤマトタケルの最期はEの歌の叙事によって悲劇性が高められるのである。

結び

以上のことから、ヤマトタケル薨去の物語においては、万葉集の行路死人歌に見られる国・家・妻という、BCDの国思歌やEの臨死の歌の叙事が作り出す構造によって物語叙述が構成されていると言えよう。このように歌と散文が作り出す古事記の文体は、そこに歌による物語という表現世界を可能にした。

最後に、ヤマトタケルの死はなぜ歌で語られねばならなかったのかという問題に触れておかなければならないだろう。それはやはり、ヤマトタケルの苛烈な死は、歌で隠すしかなかったということだろう。その死はすでに東征の前に定められていた。ヤマトタケルの姨・倭比売に対する言葉、「天皇、既《すで》に吾《あ》を死ねと思ほすゆゑにか、……吾を既に死ねと思《おも》ほしめすぞ」にそれは示されている。行路死人歌のところで述べたことをここにくり返せば、天皇への批判が憎悪となって先鋭化する契機がここに孕まれていた。このようなヤマトタケルの苛烈な死を包み込み、悲劇的で穏やかな死という形を与えるには歌しかなかったということである。行路死人歌が名もない衆庶の行路死を鎮魂する制度であったように、古事記では思国歌や臨死の歌がヤマトタケルの死を和らげ鎮める装置として機能しているのである。

【注】

（1）土橋寛氏が『古代歌謡論』（昭和35年）・『古代歌謡と儀礼の研究』（昭和40年）などで展開した方法である。
（2）『古代歌謡全注釈・古事記編』（昭和47年）
（3）記・紀の歌の位相については本書Ⅲ・第二章、古事記の歌と散文の文体については同・第三章を参照していただきたい。
（4）直木孝次郎『日本古代の氏族と天皇』（昭和39年）
（5）「ヤマトタケルの物語」（『文学』昭和44年11月、『古事記研究』所収）
（6）「行路死人歌の周辺」（『論集上代文学』第四冊、昭和48年12月、『柿本人麻呂研究』所収）
（7）「万葉短歌の表現構造―行路死人歌のばあい―」（『国語と国文学』昭和58年9月、『古代和歌の発生』所収）
（8）万葉の行路死人歌と思国歌の類似性を指摘したものに、伊藤博「伝説歌の源流」（『国語国文』昭和39年3月、『萬葉集の歌人と作品下』所収）や伊澤正俊「行路死人歌唱和論―再死の呪歌―」（『上代文学』平成元年4月）がある。しかし、いずれも歌と物語の構造の問題には届いていない。
（9）注（2）同書
（10）『古事記注釈』第四巻（平成元年）
（11）「古代の歌の表現の論理―〈巡行叙事〉―」（『文学』昭和59年5月、『古代和歌の発生』所収）
（12）土橋氏は「妻問いの譬喩になりうる」とする（注2同書）。伊澤論文でも「家郷の肉親」（妻子）とするが、「記の編集者は家郷の肉親の力を強めることによってヤマトタケルを生き長らえさせようとして歌を歌わせている」という展開のしかたにはやや恣意的な飛躍がある。

(13)　注2同書
(14)　『ヤマトタケル』
(15)　注5同書
(16)　丹塗矢型の神婚幻想については、古橋信孝「原神話への構想」(『解釈と鑑賞』昭和51年10月、『神話・物語の文芸史』所収)による。
(17)　「ヤマトタケル伝承の歌物語的方法―『嬢子の床の辺に』を中心に―」(『伝承文学研究』昭和51年6月、『古代歌謡の構造』所収)

第三章　記・紀の歌と歴史叙述

1 神話・物語としての風俗歌舞——歴史叙述の背景

はじめに

古代において地方諸国の歌舞は、神祭りや饗宴、そして死者の葬送など多様なレベルで伝承されていた。そのような諸国歌舞の中で隼人舞や国栖奏のように、践祚大嘗祭に代表的な風俗歌舞として位置づけられたものがある。この二つの歌舞の起源は、古事記や日本書紀に神話や物語として記されている。神話・物語として記述された風俗歌舞は、古事記と日本書紀の全体の中でどのような意味をもっているのだろうか。それを問うことによって、祭祀儀礼で奏される実態とはまだ別の、神話・物語としての風俗歌舞というテーマが設定されるはずである。

ここではまず、隼人と国栖の歌舞を中心に、宮廷儀礼おける諸国歌舞の実態と意義を見ておきたい。そこからさらに、神話・物語としての風俗歌舞は、古事記・日本書紀において歴史叙述という視点からどのように読めるかというテキストの問題に発展させてみたいと思う。

一　諸国歌舞の制度化

天皇を頂点とする中央集権機構が強化され、官司制をはじめとする諸制度が整ったのは、天武天皇の時代とされている。(1) 壬申の乱を経て強大な権力を得た天武天皇は、律令体制による中央集権を押し進め、天武十年二月に飛鳥浄御原律令の撰定を命じている。こうした背景において、地方諸国の歌舞は国家的儀礼に集められ制度化されることになる。それを示すのが、天武天皇の次の二つの詔勅である。

① 大倭・河内・摂津・山背・播磨・淡路・丹波・但馬・近江・若狭・伊勢・美濃・尾張等の国に勅《みことのり》して曰はく、「所部《くにのうち》の百姓《おほみたから》の能《よ》く歌《うたうた》ふ男女《をのこめのこ》、及び侏儒《ひきひと》・伎人《わざひと》を選びて貢上《たてまつ》れ」とのたまふ。　（天武紀四年二月）

② 詔《みことのり》して曰はく、「凡《おほよ》そ諸《もろもろ》の歌男《うたを》・歌女《うため》・笛吹《ふえふ》く者《ひと》は、即ち己《おの》が子孫《うみのこ》に伝へて、歌笛《うたふえ》を習《なら》はしめよ」とのたまふ。　（同　十四年九月）

①は天武天皇の即位の二年後、畿内とその周辺の諸国から芸能者を集めよとの勅である。「百姓の能く歌ふ男女」は農民の中で歌うことにすぐれた者を指し、共同体の神祭りや饗宴における歌の担い手と見られる。「侏儒」は小人の芸能者、「伎人」は舞人のことであろう。武烈紀八年三月条には、「侏儒《ひきひと》・倡優《わざをぎ》」が「爛漫《みだりがは》しき楽《うたまひ》」を行ったという記事があり、彼らは歌舞や演技のワザによって宮廷に仕える古代芸能者だったことがわかる。

それでは天武朝になぜ、地方歌舞の担い手を集めることが必要になってきたのか。一つは、天武二年十二月に大嘗祭が行われ、播磨・丹波の二国の郡司が奉仕したという記事と深く関係していよう。即位礼としての大嘗祭が毎年の新嘗祭と区別されるのは天武朝以後であり、播磨・丹波の二国はその大嘗祭のために卜定された悠紀・

主基の国を指している。延喜式の践祚大嘗祭を見ると、悠紀・主基の国はそれぞれ風俗歌舞を奏することになっているから、大嘗祭が新たに成立した天武朝において、地方諸国の歌舞の状況を把握し、その担い手を確保することが求められたはずである。それともう一つは、宮廷賜宴の整備拡大が考えられる。例えば天武朝の正月儀礼を見ると、百寮拝朝、賜宴、賜禄、大射などの記事が増え、養老雑令に正月十五日と定められた御薪などは、天武四年正月十五日の記事がその初見となっている。こうした行事の饗宴において、宴の重要な要素である歌舞が必要になってくることは当然である。①の勅は、天武朝に新たに成立した大嘗祭や宮廷賜宴の拡大とともに、そこで奏されるべき地方諸国の歌舞が畿内の内外から一斉に集められたという文脈で理解することができる。

　こうして諸国歌舞の担い手の集中は、天武四年以降、飛躍的に進んだと見てよかろう。そして次の段階として、これら多数の地方芸能者から必要なものを選んで組織し、その歌舞を伝承するために国家制度の中に組み込む必要があった。それが②の詔である。②は、「能く歌ふ男女」を「歌男・歌女・笛吹」と称する歌舞の職として制度化し、その子孫に「歌笛」を伝習させることによって歌舞の職を世襲化しようというのであろう。[2]②の詔は、天武朝の宮廷儀礼に諸国歌舞が編成されていく過程を示すものとして重要であるが、ここに①の「侏儒・伎人」に関する規定がないのはなぜだろうか。おそらく「伎人」の一部は舞人として「歌男・歌女」に付随して保存されたはずであるが、「侏儒」については天武十三年正月の大射にそれを召した記事はあるものの、「侏儒」の存在が国家制度に組み込まれたことを窺わせる資料はない。①から②の過程には明らかに「歌男・歌女」を宮廷儀礼において中心的に位置づけ、その制度化の方針を見て取ることができる。

　この「歌男・歌女」については、さらに次の朱鳥元年正月の記事が注目される。

己未（十八日）に、朝廷《みかど》に大きに酺《さけのみ》す。是の日に、御窟殿《みむろのとの》の前に御《おはしま》して、倡優等《わざひとども》に禄《もの》賜ふこと差《しな》有り。亦歌《うた》人等《びと》に袍袴《きぬはかま》を賜ふ。

この年の正月には饗宴が四回行われている。これは天武紀の中でもっとも多い。そして十八日の饗宴後に、「倡優」と「歌人」への褒賞記事が見える。それは「倡優」と「歌人」がその日の饗宴で歌舞を奏したことへの褒賞以外に考えられない。この「歌人」こそは、②の「歌男・歌女」が伝習のために制度化された名称にほかならない。天武朝末期のもっとも整備された正月の宮廷儀礼に「歌人」が参加していることは、この時すでに雅楽寮の編成の基礎がほぼできていたことを示唆するものである。「倡優」は武烈紀の例で触れたように、演技（ワザ）を見せる芸能者であったが、ここでは「歌人」と対になっていることが重要である。つまり、歌と舞の対と見られるから、「倡優」は「歌人」の歌唱に合わせて舞をする「舞人」であろう。それは①の「伎人」が宮廷儀礼の中に制度化された存在と考えられる。

このように天武朝の資料からは、地方諸国から集められた芸能者が「倡優」「歌人」という宮廷歌舞の担い手として編成、制度化され、宮廷の諸節会で歌舞を奏していたことが確かめられた。もちろん宮廷儀礼で奏される諸国歌舞は、天下諸国が天皇に服属するという支配原理を儀式的に象徴する演出であったことは言うまでもない。そしてまた天武朝における地方歌舞のこのような集積は、古事記や日本書紀の歌の基盤にもなったはずで、その文学史的な意義は決して小さくない。(3)

二　隼人と国栖の風俗歌舞

律令制の雅楽寮の基礎は、天武朝に集められた地方の諸国歌舞及びその担い手にあったと見られるが、そこに所属する歌舞は在来系と外来系のものがある。令集解の古記（天平中期）に引く尾張浄足の説では、在来系のものとして久米舞・五節舞・田舞・倭舞・楯臥舞・筑紫舞・諸県舞を挙げている。久米舞は大伴・佐伯氏が伝承するもので、神武の大和平定という天皇国家の始発を演ずる歌舞であるゆえ、在来系を代表する歌舞として最初に位置づけられているのであろう。

五節舞については「五節舞十六人、田舞師、舞人四人、倭舞師舞也」とある。天智紀十年五月に見えるような「田舞」や大和国を代表する地方歌舞としての倭舞が、五節の節会の歌舞として固定化していく中で、新たに五節舞と呼ばれるようになったと推測され、その祖型は天平十四年正月などに見える「五節田舞」であったと考えられている。(4)五節舞の起源については、年中行事秘抄所引の本朝月令や江談抄に、天武天皇が吉野で琴を弾き、それに感応した天女（神女）が歌舞を奏したとする由来説話があり、やはり天武と歌舞のつながりは深い。

次の楯臥舞は土師・文氏が伝えるもので、持統紀二年十一月の天武殯宮に奏されたのが初見である。筑紫舞は九州地方の歌舞の代表格とされたものであり、もっとも僻遠の地方歌舞として諸県舞と並んで伝習されていた。楯臥舞と諸県舞はいずれも甲を著け刀を持つとあるが、それは戦闘のための武装ではなく、刀を収めて天皇に服従を誓う歌舞というところに実態があったのだろう。(5)西の果ての諸県舞は、地方諸国の服従を代表し象徴する歌舞として雅楽寮に設置されたと考えられる。

このような雅楽寮の地方歌舞は、天皇国家の揺るぎない支配を示す政治的意義を担っていたわけであるが、その一方で制度化されない雑多な地方歌舞もまた諸国に伝来していた。それらは天皇の行幸従駕の際に奏上されたらしく、とりわけ続日本紀・養老元年九月に記す元正天皇の美濃行幸記事は興味深い。

　戊申（十二日）、行《みゆき》して近江国に至りて、淡海《あふみ》を観望《みのぞ》みたまふ。山陰道は伯耆《ははき》より以来、南海道は讃岐《さぬき》より已来の、諸国司等、行在所《いでましところ》に詣《まゐ》りて土風《くにぶり》の歌舞《かぶ》を奏《つかへまつ》る。

甲寅（十八日）、美濃国に至りたまふ。東海道は相模《さがみ》より以来、東山道は信濃《しなの》より以来、北陸道は越中より以来の、諸国司等、行在所に詣りて風俗《ふうぞく》の雑伎《ざつぎ》を奏る。

十二日は都より西の諸国、十八日は都より東の諸国の国司が歌人・舞人を率いて歌舞を奏上している。「土風歌舞」「風俗雑伎」もそれぞれの国に伝わる風俗歌舞を指しているが、この大々的な祝賀行事は通常の行幸ではないことを想像させる。これが大嘗祭の翌年であることから、歌舞は天皇への服属儀礼を意味し、また淡海や美濃の地であることから、近江朝廷や壬申の乱を回顧する政治的な意図があったと見るのはおそらく正しい(6)。この行幸において、風俗歌舞は天皇の支配や権威を儀礼的に示すものであったことがわかる。

この行幸と同じ年四月条に隼人舞のことが見えるのも、大嘗祭直後の服属儀礼の意味があったのであろう。

甲午（二十五日）、天皇、西朝に御《おは》します。大隅・薩摩の二国の隼人《はやひと》ら、風俗《ふうぞく》の歌舞《かぶ》を奏《つかへまつ》る。

これは「風俗歌舞」の語の初見であるが、隼人舞がその代表のように用いられているのはやはり大嘗祭と関係している。践祚大嘗祭では、隼人は吠声を発し、風俗歌舞を奏することになっていたからである。天皇の即位礼という宮廷のもっとも重要な儀式において、隼人が吠声と歌舞をもって奉仕するのは、それが王権の権威に深く結びついていたことを示唆している。隼人の吠声は古事記や日本書紀の海幸山幸神話に起源が記され、その歌舞についても朝廷との特殊な関係を示しているのである。

践祚大嘗祭において、隼人舞とともに風俗歌舞として奏されたのが国栖奏であり、「古風」として吉野国栖と楢笛工が奏することになっていた。古事記と日本書紀の応神天皇条には起源伝承が記され、国栖歌とその所作についての説明がある。それを「古風」と称するのは、大和国の古い風俗歌舞を代表するものとして位置づけられていたからにほかならない。践祚大嘗祭では朝廷にもっとも近い大和国の国栖奏ともっとも遠い大隅・薩摩国の隼人舞を風俗歌舞として代表させ、これを奏することで天皇への服属という政治的支配を儀礼的に演出するという意味があったと考えられる。

これまで見てきたように、地方の諸国歌舞は、雅楽寮で管理されるもの、諸国に保存されるもの、践祚大嘗祭で奏されるものがあった。それらは天皇の政治的権威を示す風俗歌舞として律令国家の諸儀礼に位置づけられたのである。そのような風俗歌舞の歴史叙述を踏まえて、古事記や日本書紀において、隼人舞や国栖奏の起源神話や物語の読みを試みるのが次のテーマになる。

三　神話としての隼人舞

践祚大嘗祭での隼人の役割は上に簡単に述べたが、それをもう少し詳しく見てみよう。当日の平明（午前六時）、隼人司は隼人を率いて、朝集堂の前で開門を待って声を発する。即位の秘儀が頂点となる戌時（午後八時）、群官が大嘗宮に入る際に隼人が声を発して楯の前に進み、手を打って歌舞を奏する、というものである。

延喜式の隼人司によれば、元日・即位・蕃客入朝などの儀式に、大衣二人、番上隼人二十人、今来隼人二十人、白丁隼人百三十二人が、応天門の外に左右に分かれ、群官が入る時、今来隼人が吠声を三節発する。この三節の吠声は「左は本声を発し、右は末声を発す。惣て大声十遍、小声一遍、訖りて一人更に細声を発すること二遍」に当たるものと見られ、大声・小声・細声の定まった発声の仕方があったようである。隼人は遠方の行幸に従い、国境及び山川や道路の曲がり角を通る時にも吠声を発したという。辺境の民が発する特異な吠声は、宮廷にとってこの世ならぬ異境の声であり、そこに邪霊を払う声の呪力が認められたのであろう。

一方、隼人司式にある歌舞の規定では、琴弾き二人、笛吹き一人、百子撃ち四人、拍手二人、歌人二人、舞人二人が、践祚大嘗祭において、御在所の屏外で北向きに立って風俗歌舞を奏することになっている。隼人の歌舞は、天皇の御在所のすぐ近くで奏される服属忠誠の儀式であったことがわかる。

大嘗祭の吠声と歌舞は、古事記・日本書紀のホデリ（海幸彦）とホヲリ（山幸彦）の神話に起源譚として出てくる。この兄弟は日向に降臨したニニギの子で、互いに獲物をとる道具を交換したが、弟が兄の釣針をなくしてしまう話である。弟は釣針を求めて海神の国へ行き、海神から塩盈珠・塩乾珠を手に入れる。弟は海神の呪具を用いて、攻めてくる兄を逆に懲らしめ、ついに兄は弟に服従を誓う。敗れた兄のホデリは隼人阿多君の祖となる。古事記はホデリの服従の場面を次のように記す。

攻めむとする時は、塩盈珠《しほみつたま》を出でて溺《おぼほ》らし、それ愁《うれ》へ請《こ》はば、塩乾珠《しほふきたま》を出でて救ひ、かく惚《なや》まし苦しめたまひし時に、稽首《の》みて白《まを》ししく、「あは、今より後、いまし命《みこと》の昼夜《ひるよる》の守護人《まもりびと》となりて、仕へまつらむ」かれ、今に至るまでに、その溺れし時の種々《くさぐさ》の態《わざ》、絶えず仕へまつるぞ。

（古事記・上巻）

ホデリのことばは、天皇の近き守り人として仕えることを誓ったもので、古代説話によく見られる服属伝承の様式に沿うものである。それは、隼人の宮門警護が神代の日向神話に由来する聖なる職掌であることを語るものであった。隼人の反乱と大和朝廷の征服は、奈良朝に入って養老四年にも見られるほどである。隼人を昼夜の守護人とする古事記の記述は、反乱する隼人を聖なる職掌に従事させ、天皇国家に制度化するという意味を背景にもつ神話的表現であった。隼人の歌舞がホデリの「溺れし時の種々の態」に始まるとするのも同様である。

日本書紀にもこの吠声と歌舞に関して詳しい記述があるので、合わせて比較検討してみよう。

（1）兄火闌降命《あにほのすそりのみこと》、既に厄困《なや》まされて、乃ち自伏罪《したが》ひて曰さく、「今より以後、吾《われ》は汝《いましみこと》の俳優《わざをぎ》の民《たみ》たらむ。請《こ》ふ、施恩活《いけたま》へ」とまうす。是に、其《そ》の所乞《ねがひ》の随《まにま》に遂《つひ》に赦《ゆる》す。其れ火闌降命は、即ち吾田君小橋《あたのきみをばしら》等が

本祖《とほつおや》なり。　（第十段、本文）

（2）伏罪《したが》ひて曰さく、「吾已に過《あやま》てり。今より以往《ゆくさき》は、吾が子孫《うみのこ》の八十連属《やそつづき》に、恒《つね》に汝《いましみこと》の俳人《わざひと》と為《な》らむ。一《ある》に云はく、狗人《いぬひと》といふ。請《こ》ふ、哀《かなし》びたまへ」とまうす。弟還《おとどかへ》りて、涸瓊《しほひのたま》を出したまへば、潮自づからに息《ひ》ぬ。是に、兄、弟《おとのみこと》の神《あや》しき徳《いきほひ》有《いま》すことを知りて、遂《つひ》に其の弟に伏事《したが》ふ。是を以て、火酢芹命《ほのすせりのみこと》の苗裔《のち》、諸《もろもろ》の隼人等《はやひとたち》、今に至までに天皇の宮墻《みかき》の傍《もと》を離れずして、代《よよ》に吠《ほ》ゆる狗《いぬ》して奉事《つかへまつ》る者《もの》なり。　（同、一書第二）

（3）兄、著犢鼻《たふさぎ》して、赭《そほに》を以《も》て掌《たなうら》に塗《ぬ》り、面《おもて》に塗りて、其の弟《おとのみこと》に告《まう》して曰さく、「吾《われ》、身を汚《けが》すこと此《かく》の如し。永《ひたぶる》に汝《いまし》の俳優者《わざをきひと》たらむ」とまうす。乃ち足を挙《あ》げて踏行《ふ》みて、其の溺苦《くるし》びし状《かたち》を学《なら》ふ。初め潮《しほ》、足に漬《つ》く時には、足占《あしうら》をす。膝に至る時には足を挙ぐ。股《もも》に至る時には走り廻《めぐ》る。腰に至る戸には腰を捫《もち》ふ。腋《わき》に至る時には手を胸に置く。頸《くび》に至る時には手を挙げて飄掌《たひろか》す。爾《それ》より今に及るまでに、曾《かつ》て廃絶無《やむことな》し。　（同、一書第四）

古事記も日本書紀の三伝承も、隼人の服従神話という主題は同じである。①ではホノスソリが弟の「俳優の民」になることを誓うが、これは(2)の「俳人」、(3)の「俳優者」と共通し、古事記の「守護人」との違いが見られる。日本書紀では隼人を「俳優」をもって天皇に隷属する民と位置づけるのに対し、古事記の隼人は天皇の忠実な護衛者とするのである。差異はテキストの存在の主張でもある。(7) その中で隼人の吠声に触れるのは(2)だけである。異伝において「狗人」とするのは、隼人の異風に対する蔑称であろう。隼人が宮墻を警護し、狗吠を発する天皇の隷属民と位置づける記述にほかならない。

古事記の「溺れし時の種々の態」については、（3）がもっとも詳しい。褌をして顔を赤く塗り、潮が足から膝、股、腰、腋、首へと満ちてくる時に、足を挙げ走ったり、腰を挙げ手を胸に置く所作をし、最後は手をひらひらさせて溺れる様子を演じるというものである。赤顔に褌といい、足腰や手の所作といい、服従を滑稽に演じる芸態が見て取れる。天皇の近習として仕える俳優の民には、この滑稽な芸はいかにも似つかわしいが、それは大嘗祭で演じられる隼人舞を反映する記述でもあるだろう。(3)の隼人舞は、宮廷からみれば土俗的かつ異風の風俗ゆえに、そこに異境の呪力が感受されたと言えよう。

このような神話としての隼人舞は、隼人の服属と天皇の権威を示すものにほかならない。しかしさらに重要なことは、(2)に「弟の神しき徳有すことを知りて」とあるように、ホヲリの正統性を語っていることである。この話は、兄弟の争いの結果、弟のホヲリが勝って天つ神の御子を継承したことを語ると同時に、ホデリの服従に起源する隼人舞が、ニニギからホヲリ、ウガヤフキアヘズを経て初代神武に至る天皇の正統性を保障する構造になっている。ここに、ホデリの子孫である隼人が仕え祭る、ホヲリの子孫としての天皇が浮かび上がってくる。辺境の国の荒ぶる隼人に祭られる天皇の権威と正統性、それが隼人の服属歌舞という神話がもつ意味であった。

四　物語としての国栖奏

次に国栖奏であるが、吉野国栖らが大嘗祭で「古風」すなわち大和国の古い風俗歌舞としてこれを奏したことはすでに触れた。国栖奏が「古風」とされる理由は、神武の大和平定物語に吉野国主の祖石押分之子が登場し、また国栖奏の起源が応神朝の御酒献上に結びつけて語られることによるのであろう。まず、古事記から国栖奏の起源伝承を掲げてみよう。

吉野《えしの》の国主等《くにすら》、大雀《おほさざき》の命《みこと》の佩《は》かせる御刀《みたち》を瞻《み》て、歌ひしく、

品陀《ほむた》の　日の御子《みこ》
大雀　大雀　佩かせる大刀《たち》
本《もと》つるぎ　末振《すゑふ》ゆ
冬木《ふゆき》の　素幹《すから》が下木《したき》の　さやさや　（記47）

また、吉野の白檮《かし》の上《ふ》に、横臼《よくす》を作りて、その横臼に大御酒《おほみき》を醸《か》みて、その大御酒を献《たてまつ》りし時に、口鼓《くちつづみ》を撃《う》ちて、伎《わざ》をなして、歌ひしく、

白檮《かし》の上《ふ》に　横臼《よくす》を作り
横臼に　醸《か》みし大御酒《おほみき》
うまらに　聞こしもち飲せ《を》　まろが親《ち》　（記48）

この歌は、国主等《くにすら》、大贄《おほにへ》献る時々《ときとき》に、恒《つね》に今に至るまでに、詠《うた》ふ歌ぞ。

応神記の後半部は、仁徳天皇の即位前記として構成されたオホサザキ中心の物語と見るべきで、この吉野国主の物語もそのひとつである。従って、大御酒を献る相手は応神ではなく、オホサザキであることは明らかである。(8)日本書紀では応神十九年条に、天皇が吉野宮に行幸した時、国樔人《くずひと》が来朝し、醴酒《こざけ》を天皇に献ってこの歌をうたったとあるから、献酒の相手は応神である。古事記のようなオホサザキの物語という枠組がないことに注意しておきたい。

この歌は、第二連までが生産叙事による酒を讃める表現、(9)第三連ではその最高の酒をオホサザキに勧めている。「まろが親」は「国主等、大贄献る時々」を反映した表現で、御贄貢献の民と王権との、前代の共同体的な親近性を示す呼称とすべきであろう。歌そのものも「古風」を伝えるものであった。物語の散文の側から見ると、

「白檮の上に」「横臼を作り」「横臼に」「大御酒」「醸み」はすべて歌詞にあることばであり、散文叙述は歌から導かれるものである。歌そのものが国主の御贄貢献物語と言ってよい。

「口鼓を撃ちて、伎をなして」は、うたう時の所作を伝えている。この部分に対応する日本書紀の本文には、

歌《うたよみ》既に訖《をは》りて、則ち口を打ちて仰《あふ》ぎて咲《わら》ふ。今国樔《いまくずひと》、土毛《くにつもの》献る日に、歌訖りて即ち口を撃ちて仰ぎ咲ふは、蓋《けだ》し上古《いにしへ》の遺則《のり》なり。

とある。口撃ちや仰ぎ笑いははっきりと歌い終わってからの所作とあるから、古事記の「伎をなして」を仰ぎ笑いと簡単に同一化できるのかどうか。前述の「伎人」という言い方に徴して、舞をなしてと解されぬこともない。国主の歌舞は口鼓をしながら舞いつつうたうのだとするのが古事記の言説ということになる。それは延喜宮内式に、吉野国栖が御贄を献じ歌笛を奏すとあること[10]や大嘗祭の国栖奏が翁の舞を伴っていたこと[11]の起源として響き合っていると言えよう。吉野国栖による御贄貢献と歌舞の奏上は、神武の大和平定以来、天皇への服属忠誠を表す儀礼的行為であって、古事記は国栖の歌舞の始まりを応神朝とし、国主の御贄貢献物語として構成したわけである。

国栖奏の起源はなぜ応神朝なのか。国内統一期の応神朝に地方芸能が吸収されたとする見方があるが[12]、それは古事記というテキスト内部の問題として問うべきだと考える。そこでもう一度、古事記と日本書紀の相違に注目してみよう。そのもっとも大きな違いは、日本書紀にオホサザキの大刀の歌がないことである。古事記では、国栖の歌舞はオホサザキの大刀讃め歌と献酒歌によって構成されるように見える。しかし、大嘗祭の国栖奏では献酒歌だけが「古風」としてうたわれた。『西宮記』の「辰日新嘗会豊明賜宴事」に「吉野国栖承明門外に於て歌笛を奏す」とあり、歌詞に伝承の混乱が見られる形でこの献酒歌が記されている。『西宮記』が成立した平安中

期のみならず、国栖奏と言えば少なくともこの献酒歌だけを指したことは、日本書紀に献酒歌一首しか記されていないことからも明らかである。

国栖の歌舞がオホサザキの大刀讃め歌と献酒歌から成るように見えるのは、古事記独自の意図とその文脈によるのである。日本書紀は儀礼としての国栖奏をかなり忠実に記述しているが、古事記には国栖奏の記録とはまた別の意図が働いていると言わざるを得ない。それは、儀礼としての献酒歌の前にオホサザキの大刀讃め歌を置いたことにある。

この大刀讃め歌は、「日の御子」すなわち日神の子孫として照り輝くオホサザキの姿を讃える歌である。「本つるぎ末振ゆ」は本が剣で末が枝のように増えていると解し、石上神宮の七支刀とする説[13]がある。しかし、それでは「佩かせる大刀」と合わないので、腰に吊り下げ、その先が揺れているとする解釈[14]もある。その揺れる音の様子を、冬木の幹の下に生える木々が揺れる霊妙な音に重ねて大刀を讃め、大刀を佩くオホサザキを讃えるという構造である。この歌は次の天皇としてふさわしいオホサザキの霊威をうたった、皇統に関わる歌だったのである。国主の献酒歌は応神の子オホサザキの大刀讃め歌と一続きのものとされたために、必然的に応神朝にうたわれた歌ということになり、国栖奏の起源は応神朝に結びつけて伝承されたのではないかと見られる。新撰姓氏録の大和国神別、国栖の条では、允恭天皇の御世に国栖が御贄と神態を献上したとその起源を記しているのを見ても、起源伝承はテキストによって異なることがあり得たし、その差異はテキスト内部の問題なのである。

それでは、物語としての国栖奏はどう読めるのか。古事記では、吉野国主による大刀讃め歌と献酒歌を一続きのオホサザキ物語として構成し、それが国栖奏の起源伝承になっていることは前に述べた。大刀讃め歌では、オホサザキが日の御子として即位する姿をうたっているとも見られる。そのように見ると、オホサザキに吉野国主が大御酒を献じ、歌舞を奏するというのは、大嘗祭の国栖奏の場面とまったく重なってくる。「うまらに聞こしもち飲せまろが親」とは、大嘗祭で即位した天皇と国栖との、宮廷儀礼における擬制的な共同体の関係を示すものである。このように古事記における物語としての国栖奏は、大嘗祭という祭祀空間を背景に置きながら、日の御子として即位し祭られるオホサザキを浮かび上がらせるのである。

結び

地方の諸国歌舞が、大嘗祭や諸節会などの宮廷儀礼に、風俗歌舞として制度化され機能していく過程を見てきた。そうした諸国歌舞の実態とともに、隼人舞と国栖奏を例として、風俗歌舞が天皇の権威と正統性を示すものであり、そこに儀礼の中心にいて祭られる天皇の姿が浮かび上がってくることを確かめてきた。

しかしもう一方に、歌舞をする天皇の存在がある。五節舞という風俗歌舞の由来が、天武天皇に結びつけられていることは前に触れたが、この由来説話は雄略天皇が琴を弾いて吉野の童女を舞わしめ、歌を詠んだとする古事記の物語ときわめて類似する。雄略は琴を弾き歌を詠む天皇である。またオケ・ヲケの兄弟も歌舞をする。弟の歌によって天皇の孫だとわかり、顕宗・仁賢天皇となる。このような歌舞をする天皇の物語は、天皇の権威や威徳を語る歴史叙述と見ることができるのである。

【注】

（1）これを万葉集の側から、主に柿本人麻呂の宮廷讃歌の形成という視点で論じたものに、橋本達雄『万葉宮廷歌人の研究』（昭和50年）がある。

（2）林屋辰三郎『中世藝能史の研究』（昭和35年）
（3）神野志隆光「歌謡物語論序章」（『日本文学』昭和53年6月、『古事記の達成』所収）
（4）注(2)同書
（5）注(2)同書
（6）新日本古典文学大系『続日本紀二』（平成2年）の補注。
（7）日本書紀の各伝承の差異を論じたものに、三宅和朗『記紀神話の成立』（昭和59年）がある。
（8）西宮一民・新潮日本古典集成『古事記』（昭和54年）は、明確に献酒の対象をオホサザキとする。
（9）古橋信孝『古代和歌の発生』（昭和63年）
（10）西郷信綱『古事記注釈』第四巻（平成元年）は、歌笛が口鼓の儀式的、音楽的に洗練されたものと推測する。
（11）注(2)同書
（12）注(2)同書
（13）折口信夫「ほうとする話」『折口信夫全集』第二巻、西宮一民「古事記私解―歌謡の部―」（『皇学館論叢』昭和46年10月）
（14）土橋寛『古代歌謡全注釈・古事記編』（昭和47年）

2　斉明紀と建王悲傷歌群

はじめに

本論では、従来、抒情詩成立期の歌として、また挽歌初期の作品として重要視されてきた日本書紀・斉明四年の建王悲傷歌六首について、その発想と表現を考察することにしたい。その上で、歌を中心に構成する建王薨去の記事について、日本書紀の歴史叙述の方法という視点からも検討しておきたい。

まず、斉明天皇作と伝える六首を、作歌事情の記述とともに掲げておく。

五月に、皇孫《みまご》建王《たけるのみこ》、年《みとし》八歳《やつ》にして薨《みう》せましぬ。今城谷《いまきのたに》の上《へ》に殯《もがり》を起《た》てて収《おさ》む。天皇、本《もと》より皇孫の有順《みさをか》なるを以ちて、器重《ことにあが》めたまふ。故《かれ》、哀《かなしび》に忍《しの》びず傷慟《いたみまと》ひたまふこと極めて甚《はなはだ》し。群臣《まへつきみたち》に詔《みことのり》して曰《のたま》はく、「万《ばん》歳千秋《ざいせんしう》の後に、要《かなら》ず朕《わ》が陵《みささぎ》に合せ葬《はぶ》れ」とのたまふ。廼《すなは》ち作歌《みうたよみ》して曰《のたま》はく、

今城《いまき》なる小山《をむれ》が上《うへ》に雲だにも著《しる》くし立たば何か嘆《なげ》かむ　其《その》一　（紀116）

射《い》ゆ鹿猪《しし》を認《つな》ぐ川辺《かはへ》の若草《わかくさ》の若《わか》くありきと吾《あ》が思《も》はなくに　其二　（紀117）

飛鳥川《あすかがは》漲《みなぎら》ひつつ行《ゆ》く水の間《あひだ》もなくも思《おも》ほゆるかも　其三　（紀118）

天皇、時々《ときとき》に唱《うた》ひたまひて悲哭《みね》す。

（中略）

冬十月の庚戌《かのえいぬ》の朔甲子《きのえねのひ》（十五日）に、紀温湯《きのゆ》に幸《いでま》す。天皇、皇孫建王を憶《おも》ほしいでて、愴爾《いた》み悲泣《かなし》びたまふ。乃《すなは》ち口号《くつうた》して曰はく、

山越えて海渡るともおもしろき今城《いまき》の内《うち》は忘らゆましじ　其一　（紀119）

水門《みなと》の潮《うしほ》のくだり海《うな》くだり後《うしろ》もくれに置《お》きてか行《ゆ》かむ　其二　（紀120）

愛《うつく》しき吾《あ》が若《わか》き子を置きてか行かむ　其三　（紀121）

秦大蔵《はだのおほくらの》　造《みやつこ》万里《まろ》に詔《みことのり》して曰はく、「斯《こ》の歌《うた》を伝《つた》へて、世《よ》に忘らしむること勿《なか》れ」とのたまふ。

六首は、斉明四年五月の建王薨去時と同十月の紀伊行幸時の二ヶ所に三首ずつ分記されている。ここでは便宜上、前半を五月歌群、後半を十月歌群と呼ぶことにする。二つの歌群の間には、五月歌群は万葉集に多くの類歌があって類型的であるのに対し、十月歌群の場合は類歌を見ないという異質な発想と表現が認められる。この一つをとっても、二つの歌群が異なる成立事情をもつことは明瞭である。二つの歌群の異質性は、歌の成立の違いによることは当然であるが、それとともに斉明紀に記述された歌の場と深い関わりをもつと考えられる。つまり、その異質性は、建王薨去の記述のしかたから生まれてくる問題でもあると見なければならない。ここに斉明紀における建王薨去のもつ意味が問われてくる。それは日本書紀が斉明天皇の歌を中心に建王の死を書くことの意味と言ってもよい。建王の記事の前後には歌を伴う薨去記事が出現してくるのであって、建王悲傷歌群については、史実をそこに見るという態度ではなく、日本書紀の一連の歴史叙述として読み解くことが必要なのではないか。そこに日本書紀の歴史叙述の方法を問うことが求められてくるのである。

一　実作と代作の間

この歌群の作者や成立時期については、早くから異説が出されており、斉明紀の記述をそのまま信じて斉明の実作と決めつけることはできない。異説というのは、一つは秦大蔵造万里が斉明のために代作したとする次の折口信夫説である。

皇極天皇が萬里をして、孫王を悼む御製を、永遠に伝へさせようとせられたといふのも、実は歌を代作せしめて、永く謡ひ伝へよと命ぜられたのであらう。(1)

この代作説は相磯貞三氏(2)や山本健吉氏(3)に継承され、さらに中西進氏は、万里を「詞人」(天皇の資格で歌をよむ宮廷歌人)と見ることによって代作説を補強した。(4)

斉明は額田王作の比良行幸歌(巻1・七)・伊予湯宮行幸歌(巻1・八)や中皇命作の紀温泉行幸歌(巻1・一〇〜一二)の左注に作者として記され、その背後に代作が想定されることから考えると、斉明歌の周辺には常に代作歌人の存在が浮かび上がってくることも確かである。こうした万葉の斉明歌の不透明さに加えて、直接には孝徳紀の、造媛の死を悲しむ中大兄皇子に献歌した野中川原史満との関連から生まれてきたのが万里代作説であった。儀礼的な場において天皇の立場で唱詠したと考えられる額田王や中皇命と、帰化系氏族の満や万里を同一視することには問題があるが、帰化人出身のうたい手が個人の心情をうたう短歌体の歌の最初の担い手として登場すること、そして天皇やその周辺の貴人に献歌する役割を果たしたことは認めてよかろう。

しかし、日本書紀の記述は満と万里の場合、必ずしも一致しているわけではない。孝徳紀・大化五年の満の歌は、次のような記述になっている。

皇太子、造媛《みやつこひめ》徂逝《みう》せぬと聞《きこ》しめして、愴然《い》傷怛《た》み哀泣《かなし》びたまふこと極甚《はなはだ》し。是《ここ》に、野中川原史満《のなかのかはらのふびとみつ》、進《すす》みて歌を奉《たてまつ》る。歌《うたよみ》して曰く、

山川《やまがは》に鴛鴦《をし》二つ居て偶《たぐ》ひよく偶へる妹《いも》を誰《たれ》か率《ゐ》にけむ　其一　（紀113）

本毎《もとごと》に花は咲けども何《なに》とかも愛《うつく》し妹がまた咲き出来《でこ》ぬ　其二　（紀114）

といふ。皇太子、慨然《な》頽《げ》歎き褒美《ほめ》めて曰《のたま》はく、「善《よ》きかな、悲《かな》しきかな」とのたまひ、乃《すなわ》ち御琴《みこと》を授《さづ》けて唱《うた》はしめたまふ。

満は中大兄皇子の心に形を与え、新しいスタイルの哀傷歌を詠んだことになる。中大兄がその献歌を称賛して満に琴の伴奏で唱歌させたというのは、この歌が新作の宮廷歌曲であったことを示している。ところが、万里の場合には献歌の記述はなく、「斯の歌を伝へて、世に忘らしむること勿れ」と命ぜられたにすぎない。この点について稲岡耕二氏が、斉明実作の立場から、「代作が一般化していたのならば、なぜ満の歌の方だけ『進みて歌を奉りき』と記されたのか[5]」と指摘したところに、万里代作説の問題点があることも事実である。万里代作説は、万里に満の歌と共通の事情を想定することによって成立しているのである。

斉明の実作を否定する第二の立場は、土橋寛氏の物語歌説である。土橋氏は、六首が万葉調の歌であること、恋歌に見られる類型的発想の歌であること、特に117には特殊な序詞が見られること、の三点を挙げて、「所伝のような場面と作者によって実際に作られたものではなく、特異な物語述作者によって虚構された物語歌ではないか[6]」とした。さらに建王についても、母である造媛（土橋氏は遠智娘と同一人物とする）の死後二年目に建王が生まれることなど、日本書紀の記述に矛盾があることを指摘し[7]、「野中川原史満や秦大蔵造万里は、挽歌の実際の作者や伝唱者というよりも、物語述作者に深い関係のある人物ではないかと思われる[8]」という見解に至ってい

る。

土橋氏の言う「物語歌」とは、「物語のために独立歌謡（雑歌）を利用する代わりに、述作者が自ら歌を創作して物語の中に組み入れたもの」(9)であるが、そうなると、この六首の背景に建王に関する物語を想定しなければならない。しかし、建王の記述は物語を想定させるものなのか、また建王は物語的人物なのか、という根本的な疑問が起こる。仮に物語的人物であったとしても、この時代に多くの悲劇的な皇子がいるのに、なぜ建王だけに虚構の物語歌が仮託されたのか、その必然性がまったく説明されていない。やはり建王の実在性を否定することはできないし、物語的人物とする根拠は見い出し難い。

しかし、造媛と建王の関係には土橋氏が指摘したように問題があるので、次に検討してみよう。まず天智紀七年二月条の系譜を掲げてみる。

A　蘇我山田石川麻呂――遠智娘（或本、美濃津子娘）
　　　　　　　　　　　　天智天皇
　　　　　　　　　　　　　├大田皇女
　　　　　　　　　　　　　├鸕野皇女（持統天皇）
　　　　　　　　　　　　　└建皇子

B　或本
　　蘇我山田麻呂――茅渟娘
　　　　　　　　　　天智天皇
　　　　　　　　　　　├大田皇女
　　　　　　　　　　　└沙羅羅皇女（持統天皇）

本文のAによれば、建王は遠智娘の子であり、遠智娘は或本の説によって美濃津娘、すなわち造媛と見られている。造媛は大化四年三月（六四九年）に亡くなったとするにもかかわらず、建王の生年は斉明四年（六五八年）

の八歳から逆算して白雉二年（六五一年）となる。これは明らかに矛盾する。しかし、造媛と遠智娘を同一人物とするのは、

蘇我山田石川麻呂大臣《そがのやまだのいしかはまろのおほおみ》の女《むすめ》有り、遠智娘《をちのいらつめ》と曰《い》ふ。或本に曰はく、美濃津子娘《みのつこのいらつめ》といふ。

という或本の説を挙げた注記を唯一の根拠とするが、遠智娘と造媛と美濃津子娘の間にはなお不明な点も残る(10)。むしろ、造媛と遠智娘は別人であった可能性が強い。このことは、Aでは建王が遠智娘の子で、大田皇女や鸕野皇女と同母兄弟になっているのに、Bでは建王の名がないことからも言える。この点について神田秀夫氏が、大田皇女と鸕野皇女の生母が造媛であって、遠智娘は建王だけの生母と推定した上で、「茅渟娘は即ち造媛で、ただ、その造媛の死後、遠智娘が入内して、姉が遺した二皇女を養育したので、系譜には実母の如く伝えられたに過ぎまい(11)」と述べた見解が合理的で妥当性があると考えられる。造媛と遠智娘を同一人物とする見方には疑問があり、別人の可能性が強いとなると、建王の母と生年の矛盾を簡単に虚構に結びつけることはできなくなる。

土橋氏の物語歌説は、六首の歌の性格と日本書紀の記述の矛盾から生まれてきたものであるが、万葉調とか類型性が斉明の作歌を否定する根拠にはなり得ないだろう。またいま述べたように、建王をめぐる日本書紀の記述をもって虚構の物語歌とする見解は、成立し難いと言わなければならない。

斉明の実作か、万里の代作かという対立は、おそらく二者択一の問題ではないだろう。斉明期の歌が書く歌でないことは、初期万葉の歌の状況から見て自明のことであり、それは歌唱され伝誦される歌を基盤としていた。そのような歌の状況を考えると、それは書く歌の、したがって作者が明確になる次元の歌に起こる認識のしかたであって、実作とか代作の用語の立て方にこそ問題があるのではないか。いわゆる代作の問題、つまり題詞と左注の相違する作者を「実作者」と「形式作者」という関係でとらえる見方(12)に対して、それを克服する視点がすで

に出されている。たとえば、阪下圭一氏の「歌の共作」(13)や神野志隆光氏の「歌の共有」(14)がそれである。「共作」「共有」は初期万葉の歌と作者の間に潜む曖昧さをとらえるものでもある。

古代の作者像が近代の認識と異なることは、実は代作説を主張した折口が指摘していた。

古代の考へ方では、単に作ったが故に其歌の作者だと言ふ条件は具備してゐなかったのである。第一義に於ける発唱者と見るべき者を作者と定めたのである。だから、伝達者の代作であるものも、其主君の作となる。(15)

作者は必ずしも表現者ではないということだ。初期万葉の歌の水準とはそういうものだろう。作者の基準は「発唱者」にあったのだから、作者＝表現者を前提にする「実作」「代作」の議論はかみあわないことになる。斉明について言えば、建王悲傷歌六首の作者であることは間違いない。亡孫への祖母の真情を押さえ難く表出する斉明の歌なのである。だが、その場合の作者像も「発唱者」としての作者であることを確かめておく必要がある。それでは万里の存在とは何か。満と万里に共通しているのは、歌の演奏や伝唱の役割と見るべきであろう。令制の雅楽寮では外来音楽の教習が重要な部分を占めているが、帰化系氏族である彼らが外来音楽に通じていたために、宮廷歌曲と関わりをもつことは十分考えられる。満や万里は「楽府」関係の官司(16)に所属し、宮廷歌曲の奏上や伝唱（作歌も含めて）を任としていたのではあるまいか。もちろん彼らは満に見たように、古歌謡の伝唱だけではなく、新しい歌曲を作り、演唱することもあった。万里は作歌も含めて、天皇の近くで歌曲奏上を職掌とする人物だったと見てよい。万里の氏族、秦氏が歌曲や作歌と関わることを、次の雄略紀十二年十月の記事は示している。

時に秦酒公《はだのさけのきみ》侍坐《さもら》ひき。琴の声《ね》を以ちて、天皇に悟《さと》らしめむと欲《おも》ひ、琴を横《よこた》へ弾《ひ》きて曰く、

神風《かむかぜ》の　伊勢の……

といふ。是《ここ》に天皇、琴の声を悟りたまひて、其《そ》の罪《つみ》を赦《ゆる》したまふ。（紀78）

この記述は雄略天皇に諫言して過ちを悟らせるという太秦の始祖、秦造酒の顕彰譚と見られなくもないが、「琴を横へ弾きて」うたったという伝承は、帰化氏族ゆえにもっていた秦氏の職掌の一端を示すものとして注目される。外来音楽に通じ、歌作の才をもって天皇に近仕することが秦氏の職掌の一つでもあったとすれば、斉明の近くにいて歌の伝唱を命じられた万里の存在が明らかになってこよう。「この歌を伝えて、世に忘らしむること勿れ」との斉明の言葉は、建王への哀傷歌を宮廷歌曲として伝えよということであり、万里は「発唱者」の位置に立つという意味で作者の可能性もあったのである。六首が斉明の作歌であることは、歌曲のうたい手である万里と支え合う関係において成り立っていると言える。斉明紀に万里を登場させる記述は、まさにそのことを語っているのである。この斉明紀前後の日本書紀の歌や初期万葉歌は、作歌と歌唱（歌曲）が一つになってはじめて歌なのだから。そのような斉明歌の表現の方法が次に問われることになろう。

二　五月歌群の表現

五月歌群の特徴は恋歌の類型にある。この歌群と万葉の類歌との関係は、従来論議されてきたところで、そのとらえ方によって歌群の評価が大きく分かれることになる。

田辺幸雄氏はこの歌群が万葉の類歌を生んだとする立場から、「この一連の歌のよい意味での類型性」を認めるのに対し、益田勝実氏は類型的表現への寄りかかりが悲しみを弱めていると否定的だ。また稲岡氏は類型性と個性を対立的にとらえるのではなく、「類形の詞句の間にうかがわれる女帝の個性を見るべきだ」とし、塚本澄子氏も類歌性を超えた、叙景的方法による「新しいことばの世界の獲得[20]」と見て肯定的である。

このような類型性への評価の分かれは、それをどれほど脱却し得ているか、個的な悲しみをどれほど深化し得ているか、という点の見方の違いによるのであろう。少なくとも斉明の歌は、後に述べる十月歌群などから見ても、心の内面の表現を獲得しつつある個性的な作者を思わせる。それではなぜ、五月歌群において類型的表現の歌が並ぶことになったのかを問うことからはじめなければならない。

116には、次のような類歌や類同表現をもつ歌がある。

（1）雲だにも著《しる》くし立たば心遣《や》り見つつもあらむ直《ただ》に逢《あ》ふまでに　（11・二四五二、寄物陳思）

（2）面形《おもがた》の忘れむ時《しだ》は大野ろにたなびく雲を見つつ偲《しの》はむ　（14・三五二〇、相聞）

（3）直《ただ》の逢ひは逢ひかつましじ石川に雲立ち渡れ見つつ偲はむ　（2・二二五、挽歌、依羅娘子）

（4）風をだに恋ふるはともし風をだに来《こ》むとし待たば何か嘆《なげ》かむ　（4・四八九、相聞、鏡王女）

このような類歌に引き比べてみると、三句以下は、（1）と（4）をつなぎ合わせたような歌とさえ思われてくる。116の方が早いから時代的に逆転した言い方になるが、それは必ずしも成り立たないとは言えないのではないか。内田賢徳氏が117について「先行ではなくむしろ広がり[21]」と述べたように、斉明歌と類歌群の間は創始と影響の先後関係ではなく、歌の流布という歌謡的基盤においてとらえるべきであろう。

（1）は雲を見ることによって、相手のことを偲ぶ恋の歌である。こうした発想の歌が流布していたことは、（2）の東歌の例によって確かめられよう。（2）と類想の歌として、次のような歌もある。

吾《あ》が面《おも》の忘れむ時《しだ》は国はふり嶺《ね》に立つ雲を見つつ偲《しの》はせ　（14・三五一五）

対馬《つしま》の嶺《ね》は下雲《したぐも》あらなふ神《かむ》の嶺《ね》にたなびく雲を見つつ偲《しの》はも　（14・三五一六）

これらは、遠く離れて逢うことのできない男女の歌であるが、そこには（1）にも共通する類型的発想法を見ることができる。それは雲を魂の姿と見る古代的観念から生まれてきたものであり、雲を媒介して相手と交流するという観念を基底に置くことによって、（3）のように挽歌の発想にもなり得たわけである。116の歌謡的基盤には同発想の歌がいくつも存在していたのであって、116にはそのような表現の共同性を見るべきであろう。やはり、116と（1）～（3）などの類歌は単純な影響関係でとらえることはできない。

116は、述べてきたような雲を素材とする類型表現を、「何か嘆かむ」で結ぶ。この結句には、（1）～（3）の、雲を「見つつあらむ」とか「見つつ偲はむ」とは違って、反語による心の内面の表出を見ることができる。しかし、「……だに……ば何か嘆かむ」の抒情表現も、（4）の他に、

秋山のしたひが下《した》に鳴く鳥の声だに聞かば何か嘆かむ　（10・二二三九、秋相聞）

にも見られるのであって、「何か嘆かむ」表現の流布の中で「……だに……ば何か嘆かむ」の形のようなバリエーションが広がっていくと考えられる。表現論として言えば、古橋信孝氏が述べたように、表現の「累積」が歌の「共同性」を生み出していくということである。[22] 116をはじめとする類歌性は、先後関係ではなく、歌の共同性による様式の問題としてとらえることができるであろう。116の挽歌としての様式は、建王の魂の姿を見ようとする「雲」であり、それが見えないことへの「嘆き」に認められる。そのような挽歌表現の共同性において、十分に斉明の悲傷の心を伝える歌となっている。

次の117歌にも、ほとんど同じ序詞をもつ万葉歌が見出せる。

射《い》ゆ鹿《しし》を認《つな》ぐ河辺の和草《にこぐさ》の身の若《わか》かへにさ寝《ね》し児《こ》らはも　（16・三八七四）

この歌は巻十六の「筑前国志賀白水郎歌」と「豊前国白水郎歌」の間に、題詞のない歌群の一首として置かれ

ており、諸国の国風歌として採録されたらしい。[23] 明らかに野遊びでの共寝をモチーフとする歌で、土橋寛氏は「春の山遊びで乙女と情を交した青春の日を追憶した老人の歌」[24]と推定する。こうした歌謡的基盤において、「矢射しの鹿」という序詞の特殊さが類歌の流布の要因になっているのかもしれない。

それでは、序詞の特殊さとは何か。この点について渡辺昭五氏は、玉津日女の命が鹿の血に種を播いたところ一夜で苗が生えたという播磨国風土記・讃容郡の地名起源説話に注目し、この序詞に鹿の血による再生と豊穣の信仰を示唆している。[25] 血に染まって豊かな生命力を得た「和草」の若々しいイメージが「若くへ」に提示される生命力溢れる若い男を呼び起こすと同時に、しなやかな「和草」の状態が「野外での逢いびきのカーペット」[26]のイメージに結びつくのである。豊穣の根源にある生命力への憧れは、古代の農耕生活や狩猟生活の中から必然的に生まれてくるものであって、この序詞の背景にはかかる生活性を見なければならないだろう。いま述べてきたような「鹿の血による再生と豊穣」の神話的叙事がこの序詞の特殊性の根拠になっていると言ってよい。その特殊さは播磨国風土記のような地方性ともつながっており、「由縁」ある歌として万葉集巻十六・国風歌に配置されるのも理解できる。117はこうした歌謡的基盤の歌と表現を共有しつつ、斉明の悲嘆の歌になっている。

問題は、「若くありきと吾が思はなくに」である。孫建王の早世を嘆く斉明の歌として「若かったとは思わない」という解釈は不自然と見られてきた。そこで塚本氏は「若し」を「脆弱」[27]の意に解するのだが、

若《わか》ければ道行き知らじ幣《まひ》はせむ黄泉《したへ》の使負《つかひお》ひて通《とほ》らせ　（5・九〇五）

のような万葉歌の例もある。「若ければ」は背負うような幼な子を指している。この用例に照らしても、117の「若く」は年齢的に幼いことを意味すると見た方がよい。117「若くありきと吾が思わなくに」と121の「吾が若き子」との間に意味上のずれがあるように見えるが、それは異なる歌の文脈として理解すべきである。さらに後述

するが、117は、八歳で死んだ建王に対して「幼かったとは思わないのに」と、その将来に夢を抱いていた斉明の期待が死によって実現しなかったことへの哀惜として読める。

ただ斉明歌では、三八七四歌に見られる歌謡的基盤の歌にあった神話的叙事や生活性との緊密な関係が希薄化していることは否めない。それは、三八七四歌の「和草」が117では「若草」になっていて、同音の「若く」を起こす技法でしかないところに明瞭に表れている。それにもかかわらず、死を悼む歌としてのこの序のもつ意味は明確にあったはずで、それは「射ゆ鹿」にあると見ておいてよい。「射ゆ鹿の行きも死なむと」（13・三三四四）という万葉歌の例もある。内田氏がその句を「死にイメージする序が生まれつつあった」(28)とした通りである。「射ゆ鹿」の死のイメージは、前に述べたような歌謡的基盤の「再生と豊穣」という意味から離れて、まさに斉明の哀惜の言葉として機能していると言ってよかろう。

三首目の118にもかなりの類歌を指摘できる。

（1）秋山の樹《こ》の下隠《がく》り逝《ゆ》く水のわれこそ益《ま》さめ御思《みおもひ》よりは　（2・九二、相聞、鏡王女）

（2）あしひきの山下響《とよ》み逝《ゆ》く水の時ともなくも恋ひ渡るかも　（11・二七〇四、寄物陳思）

（3）八《や》釣川水底《つりがはみなそこ》絶えず行く水の続《つ》ぎてそ恋ふるこの年頃《としころ》を　（12・二八六〇、寄物陳思）

（4）潮気《しほけ》立つ荒磯《ありそ》にはあれど行く水の過ぎにし妹《いも》が形見《かたみ》とそ来《こ》し　（9・一七九七、挽歌、柿本人麻呂歌集）

（5）……羽《はね》さし交《か》へて　打ち払《はら》ひ　さ寝《ぬ》とふものを　行《ゆ》く水の　還《かへ》らぬ如く……　（15・三六二五、古挽歌、丹比大夫）

（6）大和路《やまとぢ》の島の浦廻《うらみ》に寄する波間《あひだ》も無《な》けむわが恋ひまくは　（4・五五一、相聞）

（7）風をいたみ甚振《いたぶ》る波の間無《あひだな》くわが思ふ君は相思《あひおも》ふらむか　（11・二七三六、寄物陳思）

118は、（1）〜（3）らのような「行く水」の豊かさや永続性のイメージを恋情に重ねる発想や、（6）（7）のような、途絶えることのない波のイメージから「間無き恋」を導く発想を共有する。これらの類歌の多くが作者未詳歌であり、118は恋の歌の類型的発想に拠っているのである。「これらの万葉の歌の源流から彼女の歌も出てきている(29)」と益田氏が述べるように、類型化された恋の歌の流れの中に斉明歌118や鏡王女の（1）が位置づけられよう。塚本氏は、「漲ひつつ」に独創性を認め、そこに「類型を抜き出た詩的形象」を見ているが、「行く水の」の序詞、「思ほゆるかも」の主想句において、類型的な恋の歌から脱却しているとは言えない。118がより挽歌的な表現に近づくためには、（4）の「過ぎにし」や（5）の「還らぬ」という不可逆的時間の明示が必要であった。

しかし、118の「行く水の」が死という立ち戻らない時間への初期的な表現だとしたら、見方は自ずと変わってくる。斉明の歌としては、永続性を示す「行く水」に還らない時間としての建王の若き死を重ねつつ、生前の建王との時間を回想という形で引き戻そうとしていると言えるのではないか。「行く水」には永続と死のアンビヴァレンスが生まれはじめているという点で、恋歌の類型から離れて斉明の悲傷歌たり得ている。

三　十月歌群の表現

五月歌群は恋の類型歌の流れのうちにありつつ、初期万葉の中に斉明の悲傷歌の位置を確かに示していた。一方、十月歌群は他に類歌が見られないことによって独創的と評価され、そこに抒情詩としての完成度の高さを見る論が多い。「個の寂寥感に包まれた万葉歌風の早きにすぎる先駆けともなった(30)」という吉野裕氏の評言などは、この十月歌群においてよく理解できる。

しかし、秋間俊夫氏はまったく別の視点から、この三首の背後に死者の鎮魂儀礼における遊部の祭儀と伝承歌謡を想定する。すなわち、119・120を「死者自身の発することばの体裁をとった」[31]死者の歌として解釈するのである。遊部の祭儀に死者のことばを伝える伝承歌謡の存在を想定するのは、証明は難しいもののきわめて示唆的であり、葬歌や挽歌が死者の側からうたう発想をもつとする指摘は重要である。だが、この三首の場合、やはり斉明の立場からの悲傷の歌であることは動かし得ない。

そこで、この歌群に万葉挽歌に向かう表現史的な意味を見ていくことにしよう。119と120には、海を渡ることが共通してうたわれている。すなわち、斉明の紀伊行幸と切り離せない関係で、この歌群の表現があることを示している。従って、119の「山越えて海渡るとも」は、飛鳥から紀伊の海への行程を示し、建王の故地飛鳥から遠離ることで心の内面が呼び起こされるというたい方である。その飛鳥へ向けられた忘れられない思いが「おもしろき今城の内」である。

「おもしろき」の用例としては、次のような万葉歌がある。

玉くしげ見諸戸山《みもろとやま》を行きしかばおもしろくして古《いにしへ》思《おも》ほゆ　（7・一二四〇、羈旅作）

おもしろき野をばな焼きそ古草《ふるくさ》に新草《にひくさ》まじり生《お》ひは生《お》ふるがに　（14・三四五二）

「見諸戸山」は神が籠もる山、「野」は野遊びで共寝する野で、こうした例の「おもしろき」は「山」「野」にとり憑かれた心の状態を表している。斉明歌の場合も「今城の内」にとり憑かれていることを示しており、「今城」は斉明が建王とともに過ごした飛鳥の地の、あるいは宮のあった場所とされていたのかもしれない。縁の地ゆえに、五月歌群の記述に「今城谷の上に殯を起てて収む」とあるように、そこで殯が営まれたと伝えられたと考えられるのである。鉄野昌弘氏は「今城」を地名とした上で、万葉歌の「佐保の内の里を行き過ぎ」（17・三九五七）などを例として「川の流域一帯をウチと呼んでいた」[32]と指摘するが、これは重要であろう。五月歌群の散文叙述では、「川辺」や「飛鳥川」の歌詞によって、建王の殯が斉明の後岡本宮からさほど遠くない飛鳥川の近くで執り行われたという理解を示しているのではないか。「今城の内」は「飛鳥川」と「小丘」に囲まれた飛鳥の一画を指し、「おもしろき」はその地に心が寄り憑いている状態を表している。「今城の内」で過ごした建王との、そこだけが切り取られたような日々は、斉明だけが心の中に呼び戻せるものとしてうたわれている。「忘らゆましじ」は斉明の個的な思いであるかのような表現になっているのである。

「忘れない」という言い方は、ある継続していた時間が終わった後、それを振り返って発する言葉であろう。すなわち、建王の生前から殯まで続いてきた「今城の内」のことを振り返っているのだ。119は殯の終わりを告げる歌でもある。従って、殯の五月歌群の冒頭歌116が「今城なる」とうたうのに呼応する形で、十月歌群の冒頭で「今城の内は忘らゆましじ」と回想するうたい方になっている。殯の終わりは十月歌群全体の主題である。斉明が紀温泉へ行幸する記事にも、服喪が終わったという理解があったことは言うまでもない。

さて、「おもしろき」と対照的な関係にあるのが、120の「後もくれに」である。それは建王のことを回想する心のあり方ではなく、死者と生者の隔絶を強く認識したうたい方になっていると考えられる。死者、建王に対する言葉が、「潮の下り・海下り・後もくれに」というウ音とク音を重ねるリズム、対句的な反復による緊密な構成を通してうたわれるのである。この上の句については稲岡氏に、「潮の下りは水門の潮が流れる様を叙したものであり、海下りはそれに加えて作者の舟が流れを下る様を述べたもの」[33]とする解釈がある。しかしその場合、一首内の二つの「下り」の主語が異なってしまう。やはり、「海下り」も海が流れ下る様と解した方がよいのではないだろうか。そうすると、この表現はうたい手が海を渡っていく風景を叙したものではないことになる。

では、どのような風景なのか。ここで、「渦巻き流れる海潮の深い色は建王のゆく黄泉路を暗示」[34]という田辺氏の指摘、そして「死者の歌」という立場から、死者建王が海坂を下って黄泉の国へ行くことをうたったもの[35]とする秋間氏の解釈が注目される。死者の国との境にある海坂の風景と見る時、「潮の下り海下り」の表現ははじめて理解されることになろう。

「海坂」の語は、よく知られているように、古事記の豊玉毘売神話に見られる。豊玉毘売は「海つ道を通して往来はむ」と思ったけれども果たせず、「海坂を塞へて返り入りましき」と記す。「海坂」は「海つ道」の坂であり、海底の国への通路とする神話的幻想があった。大祓の祝詞によれば、国中の罪が海の果ての「根の国・底の国」に放たれることになっており、根の国と海底の国は重なり合って死者の国と考えられていた。

この死者の国は、万葉集では「奥つ国」として出てくる。

奥《おき》つ国　領《うしは》く君が　塗屋形《ぬりやかた》黄塗《にぬり》の屋形　神が門渡《とわた》る　（16・三八八八）

「黄染の屋形」は船葬における船で、黄色に塗られた棺槨のことだと犬飼公之氏は述べている。[36]さらに秋間氏によって明らかにされたように[37]、この歌は黄泉国の神が海坂を渡っていく様をうたっていると見てよいだろう。死者は黄泉国の神によって海底の死者の国へ運ばれると考えられていたのである。こうした死者の国の観念は、死者を海に流し遣る水葬とか舟葬を背景として生まれてきたと考えられる。120は、このような海坂の果ての死者の国をうたっているにちがいない。坂は他界との境だった。[38]従って「水門の潮の下り海下り」は、作者が海を渡る現実の風景などではない。斉明が死者の国との境をなす海坂を確かに見ている風景なのである。呪歌と呼べるようなこの歌の響きは、三浦佑之氏が指摘するように[39]、皇極紀元年八月条に天に祈って大雨を降らせたと伝える斉明の巫女性と通底しているはずである。

それにしても、なぜ斉明はこの世と死者の国の境界をうたわなければならなかったのか。そこにうたわれる「後もくれに」の意味は何か。それは、死者は境界を隔てたあちら側の世界へ送り遣らねばならないという古代観念によるものだと考えられる。すでに本書Iの第二章で詳述したように、死者は境界を越えて他界に行き鎮まったとうたうことが葬歌と挽歌の共通の構造になっているのである。くり返しになるので、ここでは古事記のヤマトタケル葬歌から一首だけ挙げてみよう。

海処《うみが》行《ゆ》けば　腰《こし》なづむ　大河原《おほかはら》の　植草《うゑぐさ》　海処はいさよふ　（記36）

この歌は后・御子が白鳥に化身したヤマトタケル（の魂）を追い行く時の歌とある。「海処」という境界の場所を越えて、ヤマトタケルの魂は海の向こうの他界に行き鎮まることをうたう。「腰なづむ」は境界を行くヤマトタケルの姿態であり、それを送り遣る近親者の行為でもある。境界は行きなづむ場所なのだ。死者は他界へと難渋しながら赴くのであり、近親者もあちら側との境界まで難渋しながら送り遣る。この歌はそのような境界の場所の表現を通して、死者の他界への鎮まりをうたうのである。

120も36のような葬歌の表現として見得る。「潮の下り海下り」という海坂は境界の表現にほかならない。斉明は建王の魂を海坂の向こう側に送り遣る位置に立つ。祖母斉明に送られて、建王の魂は境界を越えて死者が行く黄泉の国に鎮まるのである。従って、建王を黄泉の国に置いて、とは、殯の終わりを意味する表現でもある。つまり、死は一時点ではなく期間として認識され、儀礼的な死の完結があるということだ。「置きてか行かむ」の句はそのように解される。

その結句にかかる「後もくれに（倶例尼）」は、最近の注釈では「後のことが気がかりで暗い気持ちのまま[40]」と口語訳しており、「くれ」に「暗」の字を当て、「暗い気持ち」の意とするのは一般的な理解と言ってよい。この

「くれ」の類語と見られる「くれくれと」が万葉歌に二例出てくる。(41)

常知らぬ道の長手《ながて》をくれくれと（久礼ゝゝ等）いかにか行かむ糧《かりて》は無しに　（5・八八八、大伴君熊凝）

……淡海《あふみ》の海の　沖つ波　来寄《きよ》る浜辺を　くれくれと（久礼ゝゝ登）　独りそわが来る　妹《いも》が目を欲《ほ》り　（13・三二三七、雑歌）

問題の「くれくれと」はいずれも「行く」「来る」という歩行と関わる語で、歩く場所の「道の長手を」「浜辺を」を承ける。しかし、両者は通常の道ではない。この二例も「暗い気持ちで」と解釈されているが、原文に「暗」の意味が示されているわけではない。一首目は熊凝の臨死歌（を装う歌）になっているが、その解釈は厳密に言えば、死出の旅路「道の長手を」を承けるのだから死者は暗い気持ちだという、解釈する側の状況判断でしかない。しかもその解釈はあまりに当たり前で、つまり近代的だという意味で疑問である。本田義憲氏が指摘するように、(42)この歌が涅槃経聖行品「死トハ嶮難処ニ於テ資糧有ルコトナシ」を典拠としているならば、死者が「嶮難処」を難渋しながら行く行為を「くれくれと」という和語で表現したとも見られる。

また二首目も、琵琶湖の湖岸を妻に会いたいと願いつつ来るのに、暗い気持ちでという解釈は合わないのではないか。通い路の苦労をうたうのが恋歌の様式であり、妻に会いたいばかりに道のない「浜辺」を難渋しながらやってきたと解すべきであろう。この語は歩行状態をいうのであって、心情を表すとしてもそれは二次的な意味ということになろう。しかも「道の長手」と「浜辺」は他界との境界性を帯びる場所であることは確かだ。「くれ」の語源を示すことはできないが、そのような境界から向こう側に行く時の難渋を意味する語と見た方が適合する。

以上のことから、120の「くれに」は、「置きて」ではなく「行かむ」にかかると見てよい。しかも、暗い気持ちでの意ではなく、斉明の難渋して行く様と解すべきことが次第に明らかになってきたと思う。そこで、後世の用例も視野に入れて検討を深めてみよう。「くれに」が、語史的に見れば、万葉歌の「くれくれと」を経て、さらに梁塵秘抄巻二・四句神歌の「花の都を振り捨てて　くれくれ参るは朧《おぼろ》けか」(260)や「信濃の御坂《みさか》をくれくれと　はるばると」(361)へと展開することは、高橋六二氏が多くの用例を引いて指摘した通りである[43]。そこで梁塵秘抄の例を見ておく。最初の「くれくれ参る」では、熊野参詣の道が遠く、山は険しいとうたわれる。次の例も東山道の神坂を苦労して越えることをうたっている。ここに、暗い気持ちの意は必ずしも合致しないように思われる。最近の注釈では「悲しみで心も暗く[44]」とあり、それが通説のようであるが、志田延義氏が栄花物語の浦々の別の巻に「かの山近《ぢか》にてはおりさせたまひて、くれぐれと分け入《わい》らせたまふに」とあるのを引いて、「たどり行くさま、難渋して行くさま[45]」と解釈しているのは注目される。栄花物語の例は、伊周が宮中を抜け出して木幡の墓所の山に父道隆の墓を訪ねる場面である。ここに「くれぐれと」の語が選ばれているのは、うっそうとした木々の繁みを苦労しながら進む行為であるからだろう。それは、墓所という異界に入っていく難渋さを表していると見られる。それと同様に、「くれくれ参る」は熊野という異界[46]へ難渋しながら入っていくのであり、「信濃の御坂をくれくれと」も異界との境を難渋して越えて行く様と了解される。

　このように見てくると、120の「くれに」の意味は、万葉歌から梁塵秘抄まで一貫して続いていることがわかる。つまり、死者の国とか異界に向かう時、あるいはその境界の場所を通過する時の、難渋しながら行く様を表しているのだ。従って「後も」は建王の魂が鎮まる黄泉国を背後に、ということになる。あらためて一首の解釈を示せば、「水門の潮が流れ下り、海が流れ下る海坂の向こうに幼い子を置き、その黄泉国を後ろにして難渋しながら行くことであろうか」となろう。

120では孫建王の魂の鎮まり、そしてこの世との隔絶をうたっている。殯を経て、死者が他界へ鎮まることが、歌の呪力によって実現し得ると見なされていたのである。それはすでに触れたように、葬歌や挽歌がもっている表現の構造と言える。120には119と同様に、殯の終わりと建王の魂の鎮まりという主題を確かめることができよう。五月歌群と十月歌群は、殯と殯の終わりという主題において対比的かつ相互補完的なのである。

121について言えば、そのような挽歌としての主題をくり返す歌曲の結びになっている。内田氏が「末の片歌に収斂してそこに主題を卓越させる構成[47]」と述べる通りである。121は、日本書紀が「其三」として独立させたために120から分離してしまったとし、もともと一つの歌と見るべきことを指摘したのは田辺幸雄氏であった[48]。それに対して神野志隆光氏は、120と121は「歌謡的様式としての、五句プラス三句の二段構成」で、「唱謡において後段三句の分離性乃至独立性をはらむもの[49]」とする。やはり、121は歌曲としての様式を備えたものであり、それは万里に伝唱を命じたこととも通じている。

ただ、ここで注意しなければならないのは、121と等しい二段構成をもつ記64・86の歌謡では、後段三句が「言をこそ」と意味的に前段を転換するのに対し、121は120の結句を反復強調する点である。この二段構成の歌曲が後段の意味の転換において成立した歌謡形式であったのならば、120・121の場合、後段121の独自なあり方は重視されなければならない。121は「愛しき吾が若き子」に主題を「卓越的」に示すと同時に、歌曲的に完結する機能をもつ。歌曲的だということは、別の皇子の葬送儀礼でも（全く同じ詞句ではないにしても）うたわれることを意味する。しかし、「その歌謡性は、歌謡として極めて高度に洗練され[50]」たもので、121を含めて建王悲傷歌群六首は「愛しき吾が若き子」に示されるように、斉明の個的な抒情（であるかのように）が表出する歌の水準と言える。そこにおいて六首は、歌謡の類型性や共同性を越えて、斉明の悲傷歌であることを深く刻印する。

四　歴史叙述としての建王悲傷歌群

建王悲傷歌群は、日本書紀において特異な記事である。皇子の死を悼む歌が六首も記載されることなど他に見られないからである。それはたまたま斉明の歌が歌曲あるいは文字資料として伝えられていたという問題ではない。若き建王の薨去という出来事をどのように書くかという歴史叙述の問題である。建王の早世という出来事の歴史叙述は、祖母斉明の歌六首を中心に構成しなければならなかったと見るべきである。そこで建王悲傷歌群を通して、斉明紀の歴史叙述の方法に触れておきたいと思う。

この歌群がなぜ二つに分かれているかという点については、前述したように、そこには殯と殯の終わりという構成意識があったからだと考えられる。それは殯と埋葬という死の儀礼に対応していたはずである。十月歌群の前に殯の終わりも埋葬の記事も見えないが、斉明の行幸記事は、殯の間の行幸は考えられないから、その前に殯が終わり、建王の埋葬が済んだという文脈で理解し得る。八歳の皇子の死にもかかわらず、建王の場合は天皇に準ずるような異例の殯宮儀礼が執り行われたことになる。それはなぜか。

系譜のところで述べたように、建王は父が中大兄、生母が蘇我倉山田石川麻呂の女であり、同母姉妹として大田皇女と鸕野皇女（後の持統天皇）がいた。建王がもっとも有力な皇位継承者であったことは、誰の目にも疑いない。このような皇位継承者の死の叙述は、古事記の皇子たちの反乱物語に明らかなように、皇統譜の正統性を語るという意味をもっている。この皇子がなぜ即位できなかったかということを説明する意識である。斉明紀の歴史叙述にもそのような意図があり、建王の死の記述は天智紀七年二月条の天智系譜に対応するものであっただろう。天智系譜から言えば、天智の後を継ぐ第一の皇位継承者、建王が即位できなかった理由の説明が求められたということである。

しかし、建王の早世を記せばそれで済んだはずである。それにもかかわらず、斉明紀をして、建王を「有順」「器重」などと賞賛させ、六首もの歌でその死を哀惜する叙述を選ばせたのは何か。その点が必ずしも明確ではない。そこで、斉明の歌の117と121に二回出てくる「若し」に注目すべきではないか。八歳での早世によって、建王が皇位継承者として認められていたかは微妙であった。むしろ、皇位継承者に位置づけられる以前の死として扱われるのが普通であろう。そのような中で、斉明紀の叙述には、建王が八歳にしてすでに父中大兄以後の皇位継承者であったことを強調する意図があったと見るべきである。

それはまず、斉明が群臣に「朕が陵に合せ葬れ」と命ずる言葉に読み取れる。天皇陵への合葬の詔は、斉明個人の「哀」や「傷慟」を越えた建王の位置づけを意味するだろう。それは「有順」「器重」という叙述とも関係している。いずれも建王のすぐれた資質を強調するもので、斉明紀からは天智紀七年二月条に記す「唖《おふし》にして語《ものい》ふこと能《あた》はず」の痕跡すら窺うことができない。斉明紀では内田氏が指摘するように、「斉明がその資質を期待して重んじた」ことを記述しているのである。後漢書に典拠があるとされる「有順」「器重」も「歌への一つの解釈であった[51]」わけで、117の「若くありきと吾が思はなくに」を「もう立派に一人前で皇位継承者にふさわしいと思っている、の意[52]」とするのは、斉明紀述作者の理解として正しいだろう。五月歌群の散文叙述は、斉明が建王に将来の天皇を期待していたことを思わせる言葉で書かれているのである。

このように見てくると、散文叙述は斉明の歌を根拠として構成されていると言える。散文では殯の状況が少しも具体的でなく、合葬の詔以外はほとんど歌詞から叙述できる内容になっている。詔は公的記録によるものと考えられるが[53]、それ以外の散文に記録があったとは思えない。それは散文がさらに少ない十月歌群でも同様である。

散文だけで自立していないのだ。日本書紀の歴史叙述は明らかに中国史書からもたらされたのだが、一方に累積された伝承群を抱え込むことで、外部と内部のせめぎ合いとして史書編纂の試みがあったとする三浦氏の立論には説得力がある。(54)そのような伝承群として、斉明の歌群をとらえておくことができよう。

建王の早世という出来事は、斉明の歌によって伝えられたと考えるしかない。日本書紀は、天智系譜の有力な皇位継承者として叙述することを意図し、天皇である斉明の歌によって、その早世のために即位をなし得なかった建王の死を、継起的時間の中に記し定めた。すなわち、歴史化したのである。歌は斉明の肉声に回帰するという身体性をもち、それが歌の呪性でもあった。斉明の肉声である歌を根拠として、天智皇統に連なる建王の死は、斉明紀の歴史として存在することになった。そこに、建王悲傷歌群における斉明紀の歴史叙述の方法とその意味を見定めることができる。

結び

建王悲傷歌群の発想と表現、その歴史叙述の方法について論じてきた。本論の主題は、斉明紀が建王の死という出来事を斉明の歌によっていかに表現し得たかということの解明にあった。(55)日本書紀ではとかく散文叙述に視点を置きがちであるが、歌の側から見ることで、斉明紀の、歌による歴史叙述の方法という問題を提起し得たと思う。ただ万葉挽歌との関係については、本論の主題に必ずしも合致しないこともあって言及しなかった。しかし、これは斉明紀にとって重要な問題でもあるので、以下に今後の課題として簡単に触れておきたい。

一つ押さえておきたいのは、孝徳・斉明期に歌による薨去記事が三ヶ所あり、その記述に関連が見られることである。

① 孝徳紀・大化五年　中大兄妃、造媛　野中川原史満、奉歌　其一113・其二114

② 斉明紀四年　中大兄の子、建王　斉明、作歌　其一116・其二117・其三118
　斉明、口号　其一119・其二120・其三121

③ 斉明紀七年　中大兄の母、斉明　中大兄、口号　123

　歌の表現はいま措くとして、①②の記述で共通するのは、帰化系氏族の人物が関わること、文選の詩の書式に倣ったと思われる「其…」という歌の表示が見られることである。②③の記述には「口号」が共通する。「其…」は皇極紀以降の四ヶ所にのみ見られ、唐人も加わった[56]とされる述作者との関係が問題になるであろう。「口号」については、歌の引用形式として多くの場合「歌曰」「歌之曰」を用いるが、「口号」は三例しかなく、異例の表記と見られるものである[57]。古訓にクツウタとあり、万葉歌の左注に「この歌を口号《くちずさ》み、登時逝没《すなはちみまか》りき」（16・三八一三）とあるように、即境的に口ずさむの意である。三例のうち二例が②③であるから、その関連性は強い。①～③は死者を悼む悲傷歌（あるいは哀傷歌）というだけでなく、記述上の外形的な共通性ももっているのである。

　注目すべきは①～③に示したように、すべて中大兄と関わることである。悲傷歌は、日本書紀において明らかに中大兄周辺から発生してくる。中大兄周辺の人物に対する歴史叙述の方法によって、悲傷歌が登場してくると言ってもよい。土橋氏は①が「わが国における挽歌の最初の記録である[58]」と断じ、またそれは一般的な見方といってよいが、挽歌という呼称にはいささか問題がある。挽歌は万葉集の理念と編纂方針において選ばれ、巻二挽歌冒頭の有間挽歌群において規定された語であって、日本書紀は挽歌の語を用いないのである。いま悲傷歌の語を用いて、あえて挽歌と言わなかったのはそのような理由による。

　日本書紀において悲傷歌を創始したのは中大兄周辺の人々であった。一方、万葉集では挽歌は有間から始まる。

挽歌の創始は有間と位置づけられるのである。伊藤博氏は、「近江朝挽歌の女たち」は②や③を享受することによって、「天智をめぐる女たちにおいて、はじめて〝ことばの挽歌〟が形成された」(59)としている。しかし、①〜③と万葉挽歌の最初を先後関係ではなく、共時的にとらえた時、また別の側面が見えてくるのではないだろうか。日本書紀が悲傷歌の出発点とした中大兄、万葉集が挽歌の最初に位置づけた有間は、政治的に対立する人物である。両者とも天皇の子でありながら、片や天皇、片や謀反者として処刑と、際立って対照的な人生である。万葉集も一つの歴史叙述だとすれば、万葉集は挽歌の創始の位置に有間を歴史化し、巻二挽歌の冒頭でそれを叙述したことになる。死者を悼む歌の創始は、万葉挽歌だけでなく、同時に日本書紀にも中大兄をめぐる歴史叙述として位置づけられている。そのような歴史叙述の問題から挽歌への視点があり得る。さらに課題としなければならないだろう。

【注】

（1）「万葉集講義（二）」（『短歌講座』昭和7年2月、『折口信夫全集』第七巻所収）。折口は、斉明を記すのに重祚以前の皇極の名を用いている。なお、短歌が帰化人の代作によって成立したことを、満と万里を例示して別のところでも述べている（「大和時代の文学」岩波講座『日本文学』昭和8年1月、『折口信夫全集』第五巻所収）。
（2）『記紀歌謡全註解』（昭和37年）
（3）『柿本人麻呂』（昭和43年）
（4）「近江朝作家素描」（関西大学『国文学』昭和37年3月、『万葉集の比較文学的研究』所収）
（5）「舒明天皇・斉明天皇」四・五（『解釈と鑑賞』昭和46年2・3月）
（6）『古代歌謡全注釈・日本書紀編』（昭和51年）

（7）　その他に、①斉明紀の「有順」と天智紀の「啞」との間には、建王の人物評価に大きな相違があること、②建王の死に当って、父の中大兄皇子が全く姿を見せないこと、③斉明紀で合葬の記事があったにもかかわらず、天智紀の斉明天皇埋葬記事には建王の名が見えないこと、の三点を挙げている。しかし、①の場合、「有順」と「啞」は異なる文脈の中にある。②も斉明天皇主体の記事であるから、中大兄皇子に触れなくとも矛盾とは言えない。③の場合は、大田皇女の埋葬に関連して斉明天皇陵の合葬を記すものであるから、合葬記事に建王の名を欠くとしても、虚構の論拠にはなり得ない。

（8）　注（6）同書

（9）　『古代歌謡の世界』（昭和43年）

（10）　日本古典文学大系『日本書紀』の頭注は、「造→御（美）野津子→美濃津子と、宛てた字が変ったか」として、造媛と遠智娘の同人説を説明しているが、宛て字の変化だけでは根拠が弱い。仮りに或本を引いて、遠智娘と造媛が同人であるとしたにしても、それは日本書紀の編者が造媛の名がないことを疑って、遠智娘の別名として扱ったとも考えられる。

（11）　『初期万葉の女王たち』（昭和44年）

（12）　伊藤博「代作の傾向」（『国語国文』昭和32年12月、『萬葉集の歌人と作品上』所収）

（13）　「斉明天皇―万葉集巻四・岡本天皇の歌をめぐって」（『文学』昭和50年9月、『初期万葉』所収）

（14）　「中皇命と宇智野の歌」（『万葉集を学ぶ』第一集、昭和52年12月、『柿本人麻呂研究』所収）

（15）　注（1）「万葉集講義（二）」

（16）　律令制では治都省に雅楽寮が置かれ、宮廷音楽を管掌することになっているが、神武紀の来目歌の注記に「楽府」とあるところを見ると、当初はそのように呼ばれていたらしい。林屋辰三郎氏はその前身を推古朝の成立と見ている（『中世藝能史の研究』昭和35年）。

（17）　『初期万葉の世界』（昭和32年）

（18）　『記紀歌謡』（昭和47年）

(19) 注(5)同論文
(20) 「考徳・斉明紀の挽歌における詩の成立の問題—類歌性をめぐって—」(大久保正編『万葉とその伝統』昭和55年6月)
(21) 『万葉の知』(平成4年)
(22) 「『妹』の表現位相—発生論から—」(『文学』昭和57年2月、『古代和歌の発生』所収)
(23) 大久間喜一郎氏の教示によれば、巻十六の諸国の歌は国風歌として集められたと考えられ、三八七四番歌に国名は記されていないが、国風歌の一群の歌の一つではないかという。
(24) 注(6)同書
(25) 『歌垣の研究』(昭和56年)
(26) 注(18)同書
(27) 注(20)同論文
(28) 注(21)同書
(29) 注(18)同書
(30) 「影うすき女帝」(『萬葉集大成』月報、昭和31年3月)
(31) 「『死者の歌』—斉明天星の歌謡と遊部—」(『文学』昭和47年3月)
(32) 「斉明紀建王悲傷歌の抒情について〜『おもしろきいまきのうち』小考〜」(『手塚山学院大学研究論集』平成3年12月)
(33) 注(5)同論文
(34) 注(17)同書
(35) 注(31)同論文
(36) 「血と棺と船と」(『古典評論』昭和44年1月)
(37) 注(31)同論文

(38)　西郷信綱『古事記の世界』(昭和42年)
(39)　「中大兄・斉明・額田王─説話的存在としての歌人たち─」(犬養孝編『万葉歌人論』昭和62年3月、『神話と歴史叙述』所収)
(40)　新編日本古典文学全集『日本書紀』3(平成10年)
(41)　尼理願の挽歌「山辺を指して　晩闇跡　隠りましぬれ」(3・四六〇、大伴坂上郎女)の「晩闇跡」を土屋文明『万葉集私注』は「くれくれと」と訓む。これを加えれば三例になる。
(42)　「万葉集と死生観・他界観」(『万葉集講座』第二巻、昭和48年)
(43)　「梁塵秘抄の『くれ〳〵』『くれ〳〵と』といふ語」(『日本歌謡研究』昭和47年12月)
(44)　新編日本古典文学全集『神楽歌・催馬楽・梁塵秘抄・閑吟集』(平成12年)
(45)　日本古典文学大系『和漢朗詠集・梁塵秘抄』(昭和40年)
(46)　熊野が死と再生の異界であることは、神武大和平定における熊野入りに神話化されるところに明らかで、それが中世の「蟻の熊野詣で」を経て現在の熊野参詣にまで一貫していることは言うまでもない。
(47)　注(21)同書
(48)　「『夷振之片下』考」(『国語と国文学』昭和24年7月)
(49)　「『片歌』をめぐって─旋頭歌の成立序説」(『萬葉』昭和56年3月、『柿本人麻呂研究』所収)
(50)　注(21)同書
(51)　注(21)同書
(52)　注(40)同書
(53)　谷口雅博氏は、合葬の詔、作歌伝承を記録することが建王の魂の慰撫になったという見方を示している(「若くありきと吾が思はなくに─紀一一七番歌における嘆きの表現」(『美夫君志』平成4年11月)。
(54)　「歴史叙述の展開」(『岩波講座日本文学史』第一巻、平成7年12月、『神話と歴史叙述』所収)
(55)　斉明紀の表現については、『セミナー古代文学'84〈表現としての斉明紀〉』(昭和60年4月)において集中的に論じられており、本論もそれに多く示唆を得ている。

(56) 森博達『日本書紀の謎を解く』(平成11年)

(57)「口号」の他の例は紀75、123。

(58) 注(6)同書

(59)「挽歌の世界」(『解釈と鑑賞』昭和45年7月、『萬葉集の歌人と作品上』所収)

Ⅲ 古代叙事歌の成立

第一章　歌の叙事と物語叙述

1 仁徳記・枯野の歌——琴の起源神話

はじめに

古事記・日本書紀から琴に関する伝承を拾い出し、注釈とつきあわせながら読んでいる時、従来の理解の仕方に大きな疑問をもつことがあった。古事記の仁徳天皇条の末尾、「枯野」説話のあたりには琴が続いて出てくるが、その文脈の読みへの疑問である。そこで、枯野の歌とその説話を成り立たせている伝承の論理とは何か、という問題を立ててみたい。そしてその問いかけは、枯野の歌の表現を通して、歌の発生の問題に向かっていくことになるだろう。

一 御琴給はりて

そもそもの疑問の発端は、古事記の「雁の卵の瑞祥」説話の一文にある。建内宿祢が仁徳天皇から琴を下賜されて本岐歌の片歌をうたう場面である。これは日本書紀の方にはない歌である。建内が雁の産卵を瑞祥と判定する場面に、なぜ「御琴を給はりて」とあるのか。まず説話の全体を引いてみよう。

また或る時、天皇、豊楽《とよのあかり》したまはむとして、日女島《ひめしま》に幸行《いでま》しし時に、その島に雁《かり》、卵生《こ》みき。しかして建内宿禰命《たけうちのすくねのみこと》を召《め》して、歌もちて雁の卵生みし状《かたち》を問ひたまひき。その歌に曰《の》らししく、

A　たまきはる　内《うち》の朝臣《あそ》　汝《な》こそは　世《よ》の長人《ながひと》　そらみつ　大和《やまと》の国に　雁卵生《かりこ》むと聞くや　（記71）

ここに建内宿祢、歌もちて語《かた》り白《まを》ししく、

B　高光《たかひか》る　日《ひ》の御子《みこ》　諾《うべ》しこそ　問ひたまへ　真《ま》こそに　問ひたまへ　吾《あれ》こそは　世の長人　そらみつ　大和《やまと》の国に　雁卵生むと　いまだ聞かず　（記72）

かく白して、御琴《みこと》を給《たま》はりて歌ひしく、

C　汝《な》が御子や　遂《つひ》に知《し》らむと　雁は卵生《こ》むらし　（記73）

こは本岐歌《ほきうた》の片歌《かたうた》ぞ。

これは雁の産卵をめぐって歌で問答するという話である。大和国で雁の産卵を聞いたことがあるかと仁徳天皇が問い掛けると、建内はそのような出来事をいまだ聞かないと答える。雁の産卵という不思議な出来事は、物知り人によって説明されなければならない。そこで「世の長人」と讃えられる長寿者、建内が登場する。長寿者は最高の物知り人、知の権威者ということでもある。ところが、希代の長寿者においても雁の産卵を聞いたことがないとうたうのである。この建内の歌は、雁の産卵という不思議な出来事を未知の異変として位置づける歌であることを確認しておく必要がある。

この歌のあり方は、「歌もちて語る」という記述とも当然関わっている。これは「うた」と「かたり」の未分化を示す用例として注目されてきた。(1)「かたり」は答える意では十分でないのであって、この用例について、古橋信孝氏は過去の体験を装う言語表現であり、それは事柄が明瞭な像を結ぶ不思議な呪性をもつものと論じて

いる。(2) 長寿者・建内の歌は、雁の産卵が未知の異変であることを過去の出来事に照らして判断し、説明するのである。雄略記の天語歌が盞に槻の葉が浮かんだのを創世神話に結びつけ、天皇を讃える「語り言」であるのと同じように、雁の産卵という現象を説明する「語り言」が歌の形式をとったとみればよい。過去の出来事が眼前に立ち現れてくるのが、「かたり」のもつ呪力であったと考えられる。

ただ、Bの建内の歌では雁の産卵が瑞祥であるかはまだ明らかになっていない。最高の長寿者であり物知り人の建内が過去の経験から答えうる範囲では、未知の異変という点にとどまる。一方の日本書紀がBで終わっているのは、最初から奏上形式の瑞祥記事になっているのであって、長寿者の建内でさえも知らないという事実が瑞祥のめでたさを保証しているのである。従って、瑞祥の内容をうたうCを欠くのは当然である。Cの有無は、同じ瑞祥説話であっても記紀の間に基本的なとらえ方の差異があることを示している。

古事記では、雁の産卵は最初から瑞祥として問われてはいないから、雁の産卵がいかなる予兆かを判定しなければならない。そこにおいて、建内の、神下ろしをして神意を聞くという役割が求められる。古事記の場合、瑞祥を解き明かすCの建内の歌こそ、この説話の核になっているのである。この点が記紀の決定的な違いである。

建内が長寿者とともに神と交流する男覡の姿をもっていたことは、次の神功皇后伝承によって明らかである。

D　天皇御琴《みこと》を控《ひ》かして、建内宿祢大臣《たけうちのすくねのおほおみ》沙庭《さには》に居て、神の命《みこと》を請《こ》ひき。（仲哀記）

E　皇后、吉日《よきひ》を選びて、斎宮《いはひのみや》に入りて、親《みづか》ら神主《かむぬし》となりたまふ。則ち武内宿祢《たけしうちのすくね》に命《みことのり》して琴撫《みことひ》かしむ。中臣烏賊津使主《なかとみのいかつのおみ》を喚《め》して、審神者《さには》にす。（神功紀）

DEは神功皇后が神がかりをして新羅征討の託宣を得る場面である。仲哀天皇が琴を弾いて神を下ろすことからはじまる。琴は神霊を寄り憑かせる楽器である。建内は、Eでは神下ろしのために琴を弾き、仲哀記では神のことばを聞く審神者の役割を担っている。このような神功皇后の神がかり伝承から、建内の男覡の姿がありありと浮かび上がってくる。

仁徳記の瑞祥説話では、雁の産卵に示された予兆をいかに占い定めるかという展開を、仁徳と建内との問答歌の中に用意していることになる。そして異変を解読するには、神意を聞くことしかない。そうした文脈における霊能者・建内の登場は、いまの神功神がかり伝承が前提になっているはずだ。

「御琴を給はりて」は、琴の音の呪力によって神下ろしをしたことを意味している。中島悦次氏が「神降しの作法」によって占いの答えを得たと釈く通りであるが、(3)注釈書にはこのような弾琴の核心に触れるものはほとんどない。しかし古事記の文脈では、「御琴を給はりて」は重要な展開を示す記述なのだ。この記述は、Cが神意を表す歌であり、神のことばそのものであることを明らかにするからである。建内はこの場面で、弾琴と神がかりと審神者の一人三役をつとめて神意の歌を得たと古橋信孝氏は解している。歌というのは神のことばを装ったもので、そこに歌が呪力をもちうる根拠があるというのだ。(4)この歌の発生への理論はここで踏まえられるべきである。建内の歌は神のことばを装うことで瑞祥という判断を示し得たと言えよう。さらに加えて言えば、琴の音でうたうことも神の歌を装う行為であった。以上のことから、Cの建内の歌は、建内が弾琴によって神下ろしをし、彼に憑依した神が発したことばという位置にあることが明らかになってくる。

このように理解すると、三首目の歌の表現はかなり違って見えてくる。「汝が御子」は本居宣長『古事記伝』が「汝王」とし、天皇とする解釈が広く支持されている。例えば土橋寛氏は、この部分を「天皇さまが最後まで末長く、国をお治めになるしるしとして」と口語訳する。(5)末長く統治し繁栄する予兆という点はよいが、「天皇さまが」はこれでよいのか疑問である。「汝」と「御子」は別だと考えられるからである。この点について、倉野憲司氏は「あなたの皇子が遂には此の国土を領知して帝位に登ると言ふその予ねての吉兆に」という太田水穂『記紀歌集講義』の解釈を卓見として支持する立場をとっている。(6) このように「汝が御子」は「あなたの皇子」の意で、仁徳の御子を指すと見るのが自然だ。ただその場合、菅野雅雄氏が述べるように、天皇を「汝」と指すところが難点とする見方が出てくる。(7) 確かに、建内を主体とする文脈理解からは、天皇を「汝」とうたうのは説明しにくい。しかし、「汝が御子や」の句は神が仁徳に呼びかけた祝福のことばとしては当然の表現ではないだろうか。金井清一氏がこの句について諸説、用例を詳細に検討した上で「建内宿祢が天皇を『汝』と呼ぶ対等な物言い」と解し、それは「建内宿祢を媒介者としての神が天皇に呼びかける、それゆえの対等な言葉だった」(8) と指摘する通りであろう。つまり、「汝」という神と天皇の関係を示す表現によって、この歌は神のことばになり得ているとも言えるのである。

建内は神のことばによって、雁の産卵という予兆を瑞祥と判定し得た。雁の産卵は仁徳の子孫の繁栄を表象するものと解読されたのである。この瑞祥説話は神によって約束された仁徳の子孫の繁栄という主題において、仁徳記の最後の部分の、履中記へつながっていくところに位置する。神が祝福する仁徳の御世とその子孫の繁栄、まさに聖帝の世は神によって讃えられる。そのような神の祝福の歌であることを了解させる記述が、「御琴給はりて」であった。

二　「御琴」の起源

しかし、なぜ「御琴を給はりて」なのだろうか。ここは「琴を弾きて」というような言い方でもよいはずである。言うまでもなく「御琴」とは天皇の琴である。この部分の文脈は、建内が天皇の御琴を借りて、その呪力によって下された神のことばで答えた、と理解される。ということは、天皇の御琴が神のことばを導いたことにもなる。やはり、ここは「御琴」でなければならない。

琴の呪力に関して、古事記の大国主神話に次のような記述がある。

F　その大神の生大刀《いくたち》と生弓矢《いくゆみや》とその天《あめ》の詔琴《のりごと》と取り持ちて、逃げ出でます時、その天の詔琴樹《き》に払《ふ》れて地《つち》動《とよ》み鳴りき。　　　　（古事記・上巻）

これは大穴牟遅（大国主）が須佐之男が与えた試練を克服し、須勢理毘売を背負って根の堅州国から逃げ帰る場面である。その後大穴牟遅は大刀と弓の力で国作りをなし遂げ、葦原中国の王になることが語られる。Fの生大刀・生弓矢・天の詔琴は、王の権威を示す呪器に他ならない。異郷の呪宝を獲得することによって成功（ここでは王の資格）を得るという、説話の世界に広く見られる話型である。天の詔琴は「地動み鳴りき」とあるように、神霊を発動させる呪力をもっていた。天の詔琴を異郷の神から奪ってきた呪宝とするのは、琴が神授のもの、そして異郷に起源するものであるということだ。琴の呪力の起源とその根拠は、神話の中でまずこのように語られる。

天の詔琴については、琴の音によって神が御言を詔るという語義が考えられるのだが、「詔」字には異同があって、簡単に詔と琴を結びつけることはできない。真福寺本では「沼」と判断されるので、「沼琴」とする本文が多いが、兼永筆本では明らかに「詔琴」となっている。二系統の祖本で分かれているのだから、いずれにも根拠があるはずである。ただ、「沼」字から「詔」字に書き誤るよりも、「詔」のくずし字として「治」や「沼」に写される可能性の方が高いと考えられる。現に真福寺本は「治」に近い「沼」字である。従って「詔琴」の表記はもっと重視してよい。この点について、「沼琴」を採用する西宮一民氏は、「沼琴」は玉で飾った琴の意と解し、琴は神のよりしろであるが、琴が託宣するのではないとしている。[9] しかし、神は琴の音によって託宣するのである。「詔」字には根拠があるのであり、琴の機能をよく伝えているのではないか。すなわち神功皇后と建内の託宣伝承に見たように、神が琴に寄り憑いて御言を詔るという琴の呪能を、「詔琴」はその名に留めていると言ってよかろう。

「御琴」は異郷からもたらされたもの、神授のもの、という位置にあることになる。琴はすべてそのように考えられるが、神意を聞くという宮廷祭祀の根幹に関わるために、天皇の専有するところのものとされたのではないか。琴の伝承が多く天皇に関わるのはそうした琴の呪能に理由があろう。「御琴」は仁徳天皇の所有する、そのような特別な琴を意味し、その説話の展開において「御琴」の由来が求められることになろう。

それと同時に、「御琴を給はりて」は三首目の歌の「本岐歌の片歌」という歌曲名とも結びついている。中島氏が言うように、実際に琴にあわせてうたわれてきたことを示すものだ。[10] それは雅楽寮に伝来する宮廷歌曲であったことを推測させる。そうすると、この三首の歌は音楽的な歌曲構成を保存していたことになる。この点について、「本岐歌の片歌」の歌曲名は三首目だけを指し、それらを音楽的な様式による配列とする神野志隆光氏の指摘は重要だと思う。「御琴を給はりて」という説話の場面は、宮廷歌曲の唱謡の場でも伝承されていたのである。[11]

先に雁の卵説話の展開において、天皇の「御琴」の起源が求められると述べたが、それは宮廷歌曲においても伝えられていたと考えられる。それはすなわち、次の枯野の歌の説話に他ならない。瑞祥の託宣をした霊妙な「御琴」は、古事記の文脈において、枯野の船の燃え残りで作った琴と重層的に結びついているはずだ。もちろん、そのような指摘はいままでになかったわけではない。例えば、思想大系『古事記』が「御琴を給はりて」の

「琴」は「次の話を導く役を勤める」との頭注をつけ、西郷信綱氏も「次の段に琴の話が出てくる前触れとなっている[12]」と述べている。しかし、「導く」とか「前触れ」では、次の枯野伝承との関係がわからない。少なくとも前に琴が出てきたから、次にも琴に関する伝承を載せたというようなものでないことは明らかだ。そこにはもっと構造的な関係を見なければならないだろう。古事記のこの文脈は、「御琴を給はりて」の「御琴」の起源が次の枯野説話において説明されると読むべきではないか。冒頭の疑問はまさにそこにあった。

ここに枯野説話を引いてみよう。

G　①この御世に、兎寸《とのき》河の西に、一つの高き樹《き》有りき。その樹の影、旦日《あさひ》に当れば、淡道嶋《あはぢしま》に逮《およ》び、夕日に当れば、高安山《たかやすやま》を越えき。／②故《かれ》、この樹を切りて船を作れるに、いと捷《はや》く行く船なりき。時に、その船を号《なづ》けて、枯野《からの》といふ。／③故、この船を以ちて旦夕《あしたゆふへ》に淡道嶋の寒泉《しみづ》を酌《く》みて、大御水《おほみもひ》献りき。／④この船破壊《やぶ》れて塩に焼き、／⑤その焼け遺《のこ》りし木を取りて琴に作りしに、その音七つの里に響《とよ》みき。

（仁徳記）

Gは散文と歌から成っているが、歌は後に取り上げることにして、まず散文伝承を示した。Gは燃え残りの船材で名琴を作る話である。これとほぼ同形の伝承は応神紀（五年と三十一年条）にもあるが、ここでは仁徳記の枯野説話を成り立たせている伝承の論理を考えてみる。この説話は従来、伝承者や形成過程について多く論じられてきたが[13]、それは本論の目的とするところではないので触れないことにする。いま問いたいのは、この説話が何を語っているか、である。

さて、Gの散文伝承のモチーフは、①大樹、②船造り（枯野）、③水運搬、④塩焼き、⑤琴作りに分けられる。最初の①の国土を覆う大樹は、普遍的にある話だ。類話は、古事記の雄略記・天語歌、日本書紀の景行紀・御木のさ小橋、仁徳紀・遠江の御船、風土記の播磨国・速鳥、筑後国・三毛郡、肥前国・佐嘉郡、豊後国・球珠郡、同・直入郡などがある。大樹は神の降臨する木だから、村落の起源伝承すなわち村立て神話の一様式であったと考えてよかろう。それは風土記のような村落伝承だけでなく、宮廷にも伝えられていたことがわかる。このうち、仁徳紀と播磨国風土記の話は、②の船造りのモチーフをもち、特に後者の伝承は③聖水運搬のモチーフまで共通している。それに対して、④⑤の塩焼きの燃え残りの船材で琴を作るというのは、類話がない。そこで、中国の焦尾琴説話（『後漢書』）と類似しているところから、その影響が指摘されているが、[14] はっきりしたことはわからない。いずれにしても、Gはモチーフの上から、①②③の大樹による船造りと、④⑤の燃え残りの木による琴作りに分かれる。

それではGの伝承の中心はどこにあるのか。それは言うまでもなく、④⑤の琴作りにある。「その音七つの里に響みき」は、「天の詔琴」が「樹に払れて地動み鳴りき」というのと同じで、その琴の霊威を語るものだ。そしてそれは異境の音と理解された。西郷信綱氏によれば、琴は「木の音」に由来する語であるらしい。[15] そのような語感には琴の音の呪力が木の霊性に発するという観念があっただろう。おそらくそれは、万葉集の梧桐日本琴の歌（5・八一〇〜一一）に見える「対馬《つしま》の結石《ゆふし》山の孫枝《ひこえ》」にも通じているはずだ。古事記の文脈で言えば、琴の霊威を保証する話が①②③の霊木によって造られた枯野の船ということとなる。④⑤の不思議な霊力をもつ琴を語るために、枯野の船の話は奉仕しているのである。

Gのような琴作り伝承が生まれたのは、宮廷以外に考えられない。それは、この伝承において、天皇の飲み料「大御水」を運搬する枯野という官船が重要な要素となっているからである。そうすると、枯野の船材から作られた琴も、天皇に関わると見てよい。この点、応神紀では、初め枯野船《からののふね》を、塩《しほ》の薪《たきぎ》にして焼《や》きし日に、余燼《あまりのもえくひ》有り。則ち其の焼《も》えざることを奇《あや》びて献る。天皇、異《あや》びて琴《こと》に作《つく》らしむ。其の音《ね》、鏗鏘《さやか》にして遠《とほ》く聆《きこ》ゆ。（応神紀三十一年）

とあって、燃え残りの不思議な船材を見出して琴を作らせたのは天皇であることを明示している。従ってGも天皇の琴を指すことは疑いない。その御琴の霊威が霊木で造られた枯野の船の船材に起源することを語っているわけだ。そしてその霊妙な琴の音の響きは、仁徳天皇の御世を寿祝する瑞祥として理解されたのである。

このように、仁徳記は雁の卵から枯野の琴へと、瑞祥が重なる聖帝の御世という印象を与えて終わるのだが、この二つの説話に琴が続いて出てくるのである。この二つの琴は、古事記の文脈の上では同じ天皇の御琴を指すことになる。ということは、建内が弾いた天皇の「御琴」の由来を説き、その起源を語るのがGの枯野説話でなければならない。

ところで、説話間で一定の関係を保ちつつ構成されているのが古事記というテキストのあり方であるが、前の説話で語られた事物の由来・起源を後から説くというような例は、古事記に他に見られるであろうか。一つあげるとすれば、応神記の大雀の御刀の例がある。それは、吉野の国主らが「本剣末ふゆ」という天皇の御刀を誉める歌（記47）があり、その後に「この御世に」の書き出しで、百済の国主照古王が「横刀」を献上したとする伝承を記すというものである。大雀の御刀というのは七支刀のこととする説[16]があるが、その由来は「この御世に」以下で記述する。Gも「この御世に」で始まるのであって、その間にきわめて類似した記述の方法があるのは明らかである。「この御世に」には、その天皇代に起源する事柄を書き出すという、古事記独特の表現機能が見てとれる。

このような観点からも、前の雁の卵説話と後の枯野説話との間に、「御琴」とその起源という関係を読み取ることは妥当性をもつはずだ。建内は天皇から「御琴」を賜って神意を問うことができたのだが、その霊威ある「御琴」の起源は、Gの枯野説話で説明されるという関係でとらえられる。瑞祥説話の「御琴を給はりて」から「この御世に」で書き出す枯野説話への古事記の文脈は、そのように読み取れる。

三　枯野の歌の叙事表現

いま、枯野説話の散文伝承を「御琴」の起源を語るものとして見てきたのだが、そのように考えた時、この散文に続いて記される枯野の歌とは何かがすぐに問われることになろう。

しかして、歌ひしく、

H 1 枯野《からの》を　塩に焼き
2 其《し》が余《あま》り　琴《こと》に作り　掻《か》き弾《ひ》くや
3 由良《ゆら》の門《と》の　門中《となか》の海石《いくり》に
4 振《ふ》れ立つ　なづの木の　さやさや　（記74）

こは志都歌《しつうた》の歌返《うたひかへし》ぞ。

これが①～⑤の散文に後接する歌の部分である。難解な歌であるが、土橋寛氏の注釈が現在もっともすぐれている。[17] 従来の解釈の難点が、古代的霊魂観から歌の構造を説く視点によって克服されているからだ。しかし、これを物語述作者によって作られた物語歌とするのには疑問があり、表現としての把握もさらに深めねばならないと思われる。そこで、土橋注釈への問いかけを通して、この歌において何が表現されているのかをとらえ直してみたいと思う。

a　琴に作り掻き弾くや
b　海石に振れ立つなづの木の

土橋注釈ではbの「ふれ」を「振れ」とし、海石の海草が水中で揺れ動く姿と解する。「さやさや」の句に霊威の活動を形容する意味を認め、この句によってaの琴の音とbの海草の揺れる姿が統一されるという構造があり、それが成り立つのは「異質な感覚的形状に観念的同一性を認めていた」[18]からだという。この歌はab二段構成の意味上の差異に難解さがあったが、そこに音と形の統一という構造を明らかにしたのは、土橋注釈の評価すべき点である。

さて、Hで注目しなければならないのは、1・2の琴作りの叙事表現である。1・2は散文の内容と重なっており、物語歌の立場からは散文伝承を踏まえた表現ということになろう。しかし、散文伝承が歌に先行するとは言い切れない。琴作りの表現は他にも、

I　隠国《こもりく》の　泊瀬《はつせ》の川ゆ　流れ来《く》る　竹の　い組竹《くみだけ》世竹《よだけ》　本《もと》へをば　琴《こと》に作り　末《すゑ》へをば　笛《ふえ》に作り　吹《ふ》き
鳴《な》す　御諸《みもろ》が上《うへ》に……　（紀97）

とあり、序詞としても用いられる。HやIは散文伝承を踏まえないと出てこない歌ではなく、自立した歌の表現と見るべきである。

このような琴作りの叙事表現は、古橋信孝氏が古代の歌の様式として立てた「生産叙事」と見ることができる。[19]「生産叙事」とは小野重郎氏が南島の歌の生産過程をうたう類型に対して名付けたもので、その類型は神がつくったとする創成神話をうたうものであるという。[20]古橋氏は「生産叙事」の様式を古代日本の歌謡に見出し、古代の歌にある表現の論理を明らかにした。琴作りの叙事は、このような表現様式から古代の表現としての独自の構

造が見えてくるはずだ。

琴作りの叙事を解明するための「生産叙事」は、やはり沖縄の古歌謡にある。

J1　一　うちま　おきて　　　内間の掟は
2　　　おにさんこ　　　　　オニサンコ（人名）は
3　　　ゑ　け　ほこら　　　それ　ほら！　讃えよう
4　又　あたりやま　　　　　辺りの山に
5　　　かくちやま　　　　　近くの山に
6　又　くわげ　うゑて　　　桑の木を植えて
7　　　なです　うゑて　　　ナデス（桑木）を植えて
8　又　つゞみ　つくて　　　鼓を造って
9　　　なりよぶ　つくて　　鳴り呼ぶ（鼓）を造って
（巻17・一二〇二、よゝせきみの節）

『おもろさうし』の鼓讃めの歌である。6・7は神聖な桑木を表し、8・9において霊威に満ちた鼓が作られたことをうたっている。嘉手苅千鶴子氏は、「鬼さんこ」という鼓作りの名人によって「桑木で鼓が造られたことを讃美したオモロ」とし、さらに鼓作りの過程を詳しくうたった『諸間切のろくもいのおもり』に記す金武間切のウムイ「イナゴバシフシ」を挙げている。(21)

K1　あかりやむてに　　　揚がりやむてに
2　　あかりくもとに　　　揚がり隈基に
3　　くすのきはうゑて　　楠木を植えて

4　まくらきはうゑて　枕木を植えて
5　ねはぢすてゝ　根を剝ぎ捨てて
6　すぅらはぢすてゝ　梢を剝ぎ捨てて
7　いちュちゃわんさばけて　五茶碗を捌けて
8　なゝちゃわんさばけて　七茶碗を捌けて
9　めぐまざいくやとで　目細細工を雇って
10　てぐまざいくやとで　手細細工を雇って
11　いちャぼこのめぅちへ　いちゃぼ〈鼓〉を作りなさって
12　ないぼこのめぅわちへ　鳴り呼ぶ〈鼓〉を作りなさって
13　しぢがおてはやないおとて　シヂ〈神〉が打つと鳴り踊って
14　かみがおてばやないあがて　神が打つと鳴り上がって

Jに比べて、5〜10の生産過程が詳しい。JやKの「生産叙事」は、霊威に満ちた最高の鼓であることをうたうものと見てよい。なぜ最高かというと、古橋氏がHついて述べるように、「造り方が伝えられてこの世に初めて鼓がもたらされた起源をうたう」[22]点が重要なのである。Kの13・14において神が鼓を打つとうたわれているから、鼓は神に起源があることになり、その生産過程は鼓の起源神話と見ることができる。Jにはそうした「生産叙事」の神話が省略されていることについて、古橋氏は、「桑木植ゑて」だけで了解できるほど、「生産叙事」が様式として成り立っているからだと指摘している。

HやIの琴作りの表現は、このような「生産叙事」の様式と見うるのである。Hの2はJのように「生産叙事」の神話が省略されているのであるが、「琴に作り」とうたうことで、その神話が想起されたと考えてよい。「枯野を塩に焼き其が余り」は琴の神聖な材料のことで、JやKで言えば「桑木」「楠木・枕木」にあたる。

Hの1・2は、枯野の船の燃え残りから霊木が見出されて琴が作られたという神話的な幻想によって支えられており、この琴作りの表現は琴の起源神話をうたっていることになる。「生産叙事」の様式は、Kの13・14のように、神に起源があることをうたうものであり、Hの1・2も本来そのように考えられるが、その神の位置に仁徳が結びつけられたのである。このような「生産叙事」の様式から、この世で最高の霊威に満ちた琴をうたう構造が見えてくる。「さやさや」という音は、鼓の異称ともなっているJの「鳴り呼ぶ」と同様に、琴の霊威の働きを表している。それは神霊の発動する音と理解されたであろう。

Hの1・2は「生産叙事」の様式として説明できるが、次の3・4はどのような表現であろうか。前に触れた土橋注釈では、海草が揺れ動く姿によって霊威の活動を形容すると解している。霊威の活動はよいとして、問題は、なぜ海草の揺れる姿なのかという点である。3の「由良」は地名。「門」は「水門の潮の下り海下り」(紀120)の「水門」で、海の瀬戸。異境との境界を表すものだ。「海石」は万葉歌に例がある。

L　つのさはふ　石見《いはみ》の海の　言《こと》さへく　韓《から》の崎なる　海石《いくり》にぞ　深海松《ふかみる》生《お》ふる　荒磯《ありそ》にぞ　玉藻《たまも》は生ふる
玉藻なす……　(2・一三五)

M　……淡路《あはぢ》の　野島《のしま》の海人《あま》の　海《わた》の底　奥《おき》つ海石《いくり》に　鰒珠《あはびたま》　さはに潜《かづ》き出《で》……　(6・九三三)

このように海石は、「深海松」が生える「海の底」としてうたわれる。Mの「海石」は海底という「奥」なる世界を表している。従って、境界の向こうの「門中の海石」は、異境をうたっていることになる。それは異境に接するLの「荒磯」とも通じている。4の「なづの木」は、海藻とする土橋注釈に従う。そうした海底の異境に揺れて立つ海藻は、異境の風景の表現にちがいない。異境は神の側の世界である。「さやさや」の音は霊威の活動でもあるが、もっと明確に言えば、神の発する異境の音と解される。4は、琴の音がこのような異境から届く音であったことを示している。

このように見てくると、Hの枯野の歌は、前段の「生産叙事」と後段の異境の風景とにおいて、重層的に作用しながら琴の霊威をうたう表現となっていることがわかる。この歌は、琴が異境のものであり、そこに霊威の根拠があることをうたった琴の起源神話と見られるのである。従って、この歌を枯野説話のために作られた物語歌とすることはできない。枯野の歌を成り立たせている神話的叙事によって、記・紀それぞれの立場で編纂の段階で記述されたのが枯野説話である。このような歌の叙事から散文叙述が生成されてくるのだ。記・紀の違いはこの叙述のしかたの違いであって、歌の叙事から説明できる。(23)

古事記の場合、下巻最初の仁徳治世を至高の御世として称えるのが、枯野の歌とその説話であった。仁徳の御世に霊威に満ちた琴が出現したという、その琴の起源をうたう（語る）神話によって、「聖帝の世」としての仁徳の御世の絶対的至尊性が言語的に獲得されるのである。それが古事記というテキストが意図するに仁徳末尾の枯野の船の構成論理であった。

【注】

（1）この用例に関して、〈うた〉と〈かたり〉は両立しないものでなく、歌のスタイルで語りの内容を表わしたものと考えられている。その諸説については、本書Ⅲ・第三章・3に整理したので参照していただきたい。

（2）「歌の呪性と語りの呪性」（『口頭伝承の比較研究』3　昭和61年11月、『古代和歌の発生』所収）

（3）『古事記評釈』（昭和5年）
（4）注(1)同論文
（5）『古代歌謡全注釈・古事記編』（昭和47年）
（6）『古事記全註釈』第七巻、（昭和55年）
（7）「古事記の雁卵生の祥瑞説話」（『上代文学』昭和49年10月、『古事記成立の研究』所収）
（8）「那賀美古夜都毗尒斬良牟登《ながみこやつびにしらむと》―琴の聖性―」（『論集上代文学』第十六冊、昭和63年6月）
（9）桜楓社版『古事記』（平成5年新訂版）
（10）注(2)同書
（11）「『片歌』をめぐって― 旋頭歌の成立序説」（『万葉』昭和56年3月、『柿本人麻呂研究』所収）
（12）『古事記注釈』第四巻（平成元年）。また山路平四郎『記紀歌謡評釈』（昭和48年）も、「御琴を給はりて」を受けているとする。
（13）土橋寛・注(4)同書、青木周平「『記』『紀』にみえる巨木伝承―その展開と定着―」（『上代文学』昭和53年11月、『古事記研究』所収）、畠山篤「枯野伝承考―呪禱から服属そして治世謳歌へ―」（『沖縄国際大学文学部紀要』昭和55年3月）、寺川真知夫「『仁徳記』の枯野伝承の形成」（『日本古代論集』昭和55年9月）に詳細な考察がある。
（14）注(5)同書
（15）注(5)同書
（16）折口信夫「ほうとする話」（『折口信夫全集』第二巻所収）、西宮一民「古事記私解―歌謡の部―」（『皇学館論叢』昭和46年10月）。土橋氏に、「末振ゆ」を「大刀の鞘の先が揺れている意」とする解釈もある（注5同書）。
（17）注(5)同書
（18）鑑賞日本古典文学『歌謡I』（昭和50年）
（19）「古代のうたの表現の論理―〈生産叙事〉からの〈読み〉―」（『文学』昭和58年5月、『古代和歌の発生』所収）
（20）『南島の古歌謡』（昭和52年）

（21）『おもろそうし精華抄』（昭和62年）、歌詞もこの書による。
（22）『幻想の古代―琉球文学と古代文学―』（平成元年）
（23）この点については、本書Ⅲ・第二章・3で論じたので参照していただきたい。

2　衣通王の歌と物語

はじめに

古事記の允恭天皇条、軽太子と軽大郎女の悲恋の物語は、歌を中心として構成され、歌によって物語が展開する。「これは物語と言うよりむしろ歌謡と歌謡とを点綴したに過ぎない(1)」と言っても過言ではない。

君が行き《ゆき》日長《けなが》くなりぬ山たづの迎《むか》へを行かむ待つには待たじ　（記88）

これはその中の一首。衣通王（軽大郎女）の、伊予に流された太子のもとに追い行く時の歌、と物語では伝えている。衣通王の歌は、この歌とその前と二首だけであるが、この二首は衣通王に鮮明な個性を与えている点から見て、物語にとっては特に必要とされた歌に違いない。

ところが、この歌は詞句に若干の違いはあるが、万葉集に磐姫皇后の歌として重出する。

君が行き日長くなりぬ山たづね迎へか行かむ待ちにか待たむ　（2・八五）

巻二相聞の巻頭、「思天皇御作歌四首」の最初の歌として、万葉集では古事記とはまったく異なった作者と作歌事情で理解された。この二首の歌の異同については追々考えていくとして、この磐姫皇后歌について伊藤博氏が「万葉時代を代表する歌語りの一つ(2)」と述べたことに注目したい。磐姫皇后歌が口承の場で歌の由来に関する〈語り〉を伴って伝えられたということの検証からはじめたいと思う。

そこで、歌と散文による古事記の文体はすでに口承の世界に用意されていたのか、それとも記載の次元ではじめて可能になったのか、という問題が立てられる。さらに万葉歌との関係をどうとらえるかという問題もある。二首の「君が行き」の歌を通して、古事記と万葉集の歌をめぐる文学史的課題に言及することになろう。

一　軽太子の歌と物語

軽太子の悲恋物語は、散文が少なく、歌の占める割合が極端に多い。しかも歌は二首一組で構成され、物語における歌の効果が十分に考慮されている。「歌謡を摂取して長大化した物語の一つの頂点を示す(3)」とする山路平四郎氏の評価は妥当であろう。その一二首の歌(4)うち九首までが歌曲名をもつというのも、この物語の大きな特色と言ってよい。しかし「君が行き」の歌は、歌曲名をもたない三首の中に入る。これは「君が行き」の歌を考える上で、きわめて重要な意味をもっているはずだ。ここに一二首の歌、その物語中のうたい手、及び歌曲名を掲げて検討に入りたい。

軽太子・志良宜歌《しらげうた》

(1) あしひきの　山田を作り　山高《やまだか》み　下樋《したび》を走《わし》せ　下訪《したど》ひに　我《わ》が訪《と》ふ妹《いも》を　下泣《したな》きに　我が泣く妻を　今夜《こぞ》こそは　安《やす》く肌触《はだふ》れ　（記78、紀69）

軽太子・夷振《ひなぶり》の上歌《あげうた》

(2) 小竹葉《ささば》に　打つや霰《あられ》の　たしだしに　率寝《ゐね》てむ後《のち》は　人は離《か》ゆとも　うるはしと　さ寝《ね》しさ寝てば

　刈薦《かりこも》の　乱れば乱れ　さ寝しさ寝てば　（記79・80、紀70）

穴穂御子

（3）大前小前宿禰《おほまへをまへすくね》が金門蔭《かなとかげ》かく寄り来《こ》ね雨立ち止《や》めむ　（記81、紀72）

大前小前宿禰・宮人振《みやひとぶり》

（4）宮人《みやひと》の足結《あゆひ》の小鈴《こすず》落ちにきと宮人響《とよ》む里人《さとびと》もゆめ　（記82、紀73）

軽太子・天田振《あまだぶり》

（5）天飛《あまだ》む　軽《かる》の嬢子《をとめ》　甚泣《いたな》かば　人知りぬべし　波佐《はさ》の山の　鳩《はと》の　下泣《したな》きに泣く　（記83、紀71）

（6）天飛む軽嬢子したたにも寄《よ》り寝《ね》て通《とほ》れ軽嬢子ども　（記84）

（7）天飛《あまと》ぶ鳥《とり》も使《つかひ》そ鶴《たづ》が音《ね》の聞こえむ時《とき》は我《わ》が名《な》問《と》はさね　（記85）

軽太子・夷振の片下《かたおろし》

（8）大君を　島に放《はぶ》らば　船余《ふなあま》り　い帰り来むぞ　我が畳《たたみ》ゆめ　言《こと》をこそ　畳と言はめ　我《わ》が妻《つま》はゆめ　（記86、紀70）

衣通王

（9）夏草《なつくさ》の阿比泥《あひね》の浜の蠣貝《かきかひ》に足踏《あしふ》ますな明《あ》かして通《とほ》れ　（記87）

（10）君が行き日長くなりぬ山たづの迎へを行かむ待つには待たじ　ここに山多豆と云へるは、是今の造木ぞ　（記88、万2・八五）

軽太子・読歌《よみうた》

（11）こもりくの　泊瀬《はつせ》の山の　大峰《おほを》には　幡《はた》張《は》り立《だ》て　さ小峰《をを》には　幡張り立て　大峰にし　仲定《なかさだ》める

思ひ妻《づま》あはれ　槻弓《つくゆみ》の　臥《こや》る臥りも　梓弓《あづさゆみ》　立《た》てり立てりも　後《のち》も取《と》り見る　思ひ妻あはれ
（記89）

（12）こもりくの　泊瀬の川の　上《かみ》つ瀬《せ》に　斎杙《いくひ》を打ち　下《しも》つ瀬に　真杙《まくひ》を打ち　斎杙には　鏡《かがみ》を懸《か》け　真杙には　真玉《またま》を懸け　真玉なす　吾《あ》が思《も》ふ妹《いも》　鏡なす　吾が思ふ妻　在《あ》りと　言はばこそよ　家にも行かめ　国をも偲《しの》はめ
（記90、万13・三二六三）

軽太子物語の歌にいかに歌曲名が集中しているか、一見して知られよう。古事記に記された歌曲名と歌曲名をもつ歌は、全体で一五種類三六首にのぼるが、そのうちの六種類九首がここに集まっているのである。

歌曲名の注記は、神武紀の来目歌の条に、

こを来目歌《くめうた》といふ。今、楽　府《おほうたどころ》にこの歌を奏《うた》ふときは、猶手量《なほたはかり》の大《おほ》きさ小《ちひ》ささ、及び音声《うたごゑ》の巨《ふと》さ細《ほそ》さあり。これ古《いにしへ》の遺　式《のこれるのり》なり。
（神武即位前紀）

とあるように、楽府すなわち律令制の雅楽寮(5)に歌曲として保存され、教習された歌であることを示す。平安中期書写の琴歌譜を見ると、宮廷の儀式でうたわれた宮廷歌曲には、「縁記」という起源伝承が記されている。すなわち、歌曲が宮廷伝承を伝えるものでもあるという、言わば叙事の機能をもっているのである。来目歌で言えば、神武の大和平定という叙事を担うということが、宮廷歌曲としての根拠になっていたと考えられる。軽太子物語の(1)の歌も、軽太子の「縁記」を伴って琴歌譜にまで伝来したことがわかる。このように宮廷歌曲は宮廷伝承という叙事の機能において、楽府から雅楽寮へと伝習されることになったと見られる。従って、歌曲名は楽府・雅楽寮における楽器伴奏による唱謡を示すとともに、何らかの叙事を背負っていると理解されたのである。

さて、軽太子物語の歌曲名をもつ歌は、その出自が宮廷歌曲であったことは明らかで、それらの歌を連ねることで物語は成立している。しかも歌曲名をもつ歌九首は、軽太子の物語を伝える歌として一括されていたことになる。その資料として、琴歌譜のような〈宮廷歌謡集〉の存在があったことも考えられる。(6) しかしその場合、歌曲名をもたない(3)(9)(10)の三首をどう説明するのか。

最初の(3)は、物語人物「大前小前宿禰」の名をうたっていることから、軽太子事件を伝える叙事歌と見てよい。物語のために創作された、いわゆる「物語歌」という見方はとらない。記・紀の歌の水準に「創作歌」という概念は適合しないと考えるからである。(7) こうした歴史伝承をうたう、宮廷歌曲とは別に伝承された叙事歌が想定される。この歌には軽太子と穴穂御子の皇位争いを「雨」にたとえ、事態収拾への期待という叙事が読み取れる。(4)の大前小前宿禰の歌と一対をなす穴穂の歌を必要としただろう。

次に(9)(10)であるが、この二首は一対の歌として構成され、二首とも歌曲名をもたない。この二首には共通の性格を認めてよかろう。いずれも旅中の夫（恋人）を気遣う女の歌である。ここには(3)のような物語人物の名はうたわれていないが、軽太子事件に関わる叙事を内在して伝えられていたと見るべきである。ただこの二首は、古事記の軽太子物語の歌としてはもっとも新しい段階のものと考えられる。それはこの歌が日本書紀にないという理由だけでなく、歌曲名をもたないことから、歌曲名注記の歌よりも後の段階に形成されたと見るのが自然だからである。つまり、歌曲名注記の歌が一括して軽太子物語として構成された結果、物語の展開の上で軽太子と衣通王（軽大郎女でないことの問題は後述）との別離をうたった(7)(8)と、二人が再会して自死に至る(11)(12)との間に大きな空白が生じ、この空白に衣通王の軽太子を思慕する歌が求められた。そこで、宮廷の歌曲とは別の軽太子伝承の叙事歌(9)(10)が新たに編成されたことになる。

二　軽大郎女と衣通王

それでは(9)(10)はどのような歌だったのだろうか。三谷栄一氏は、(9)～(10)の歌を含む「古事記の軽太子物語の第三部は、本来は日本書紀の弟姫物語の原形であった伝承物語に附随していた歌謡」であったが、「物語が混乱し」て、「古事記の允恭記に、弟姫物語の一部が軽太子物語として記載された(8)」と述べている。その理由として、第一に(9)の前文に「『衣通姫』という文字が軽太子物語の第三部にのみ突如として現われる」こと、第二に日本書紀の弟姫物語は、

常《とこ》しへに君も逢《あ》へやもいさな取り海の浜藻《はまも》の寄る時々《ときどき》を　（紀68）

という衣通郎姫の歌で終っているが、この歌と(9)はともに海辺に関連することから、(9)以下が衣通郎姫の歌に続くと考えられること、第三に(9)の「阿比泥の浜」は、允恭紀の弟姫物語に、

天皇、則ち更《たちどころ》に宮室《みや》を河内の茅渟《ちぬ》に興《た》造てて、衣通郎姫《そとほしのいらつめ》を居《はべ》らしめたまふ。此《これ》に因《よ》りて、日根野《ひねの》に遊猟《かり》したまふ。（允恭紀八年）

と見える「日根野」と推測されること、の三点を挙げている。ただ、第二の理由は海辺だけでは弱いし、第三の場合も「阿比泥」と「日根野」を同一の地名と見ることはできない。そこで第一の「突如」出てくる衣通王の問題について検討してみよう。

さて、軽大郎女は軽太子と同じ軽の名をもち、同母妹を表わす一対の名称である。允恭天皇の系譜記事に、

この天皇、意富本杼王《おほほどのおほきみ》の妹《いろも》、忍坂之大中津比売《おさかのおほなかつひめ》を娶《めと》りて、生みたまへる御子は、木梨之軽《きなしのかる》王。次に長田大郎女《をさだのおほいらつめ》。次は境之黒日子《さかひのくろひこ》王。次に穴穂命《あなほのみこと》。次に軽《かる》大郎女、亦の名は、衣通郎女《そとほりのいらつめ》御名を衣通王と負《おほ》せる所以は、其の

身の光、衣《そ》より通り出づればぞ。（允恭記）

とあり、軽大郎女は「亦の名」として衣通郎女の名をもっていたことがわかる。軽大郎女は系譜的な名称と言ってよい。それに対して「亦の名」の衣通郎女（衣通王）の方は、物語的な名称と考えてよさそうであるが、その「亦の名」のもつ意味は証明できるだろうか。神武記に、手がかりになる記述がある。

その美人《をとめ》を娶《めと》りて生みたまへる子、名は、富登多多良伊須須岐比売命《ほとたたらいすすきひめのみこと》と謂ふ。亦の名は、比売多多良伊須《ひめたたらいす》気余理比売《けよりひめ》と謂ふ　こは、そのほとと云ふ事を悪《にく》みて、後《のち》に名を改めしぞ。（神武記）

この富登多多良伊須須岐比売命は、系譜記事にしか記されないのに対し、物語においては「亦の名」の伊須気余理比売で表記される。割注に、富登の字を嫌って改名したとあるのは古事記編者の注記であって、系譜記事に伝えられた名称に対して、物語伝承中の名称を「亦の名」として扱い、それを編者は後の改名と説明したのだと解される。

この神武記の例と前記の軽大郎女の「亦の名」には、共通の関係を認めることができよう。小野田光雄氏の「亦名」の分析によれば、衣通郎女とその割注の部分は、「帝紀として本来的なものではなく、旧辞を接合し、此の天皇記を編纂する時、安万侶が挿入した部分と考えられる」[9]という。これは、前述したように、衣通王とその歌がもっとも新しい段階に付加されたと考えられることからも、首肯できる見解である。「亦名」の衣通郎女とその割注は、その名称が信仰的神話的な起源を有することを伝えており、[10]（9）（10）の恋歌の作者として比類なき美女の典型がここに示されているのであろう。従って、衣通郎女（衣通王）の名は物語の次元で要請されてくる呼称であったと言える。

それでは日本書紀の衣通郎姫の場合は、どう見たらよいか。

弟姫《おとひめ》、容姿《かほすぐ》絶妙れて比無《ならびな》し。其《そ》の艶《うるは》しき色《いろ》、衣《そ》より徹《とほ》りて晃《て》れり。是《ここ》を以《も》て、時人《ときのひと》、号《なづ》けて、衣通郎姫《そとほしのいらつめ》と曰《まう》す。

日本書紀では、衣通郎姫の名称は弟姫に時人が名付けた後次的名称とする。そして衣通郎姫の名が記されるのは、歌を中心として構成される部分に限られる。斎藤静隆氏によれば、弟姫で記述する部分と衣通郎姫で記述する部分が截然と分かれるのは、伝承資料の相違によるもので、衣通郎姫の部分は「歌謡伝承として宮廷社会に流布していた伝承をもとにした」[11]とする。日本書紀の衣通郎姫物語の歌四首は、允恭天皇と衣通郎姫の忍ぶ恋という叙事を背負うもので、例えば紀65「我が夫子が来べき宵なり」の歌が万葉集巻四の額田王・鏡王女の天皇を待つ女の歌にモチーフが近似するように、恋の抒情として整った短歌形式は、万葉前期の相聞歌と重なり合うものがある。あるいは、万葉集巻二の物語背景をもつ相聞歌群とも通じるのかもしれない。衣通郎姫の歌と物語は、弟姫関係の伝承の中で、もっとも新しい段階に形成され、宮廷社会で享受されたものと考えられる。衣通郎姫はまさに歌による物語の叙述において求められた物語人物の名称であったと言ってよかろう。

このように衣通郎姫の歌と物語が宮廷社会で享受されたとしても、軽大郎女と混同して軽太子物語にその一部が紛れ込んだとは考えられない。記・紀の間で歌の作者が異なっても、それぞれに重出するのが通例であるから、もし(9)(10)が衣通郎姫物語の歌として伝えられていたのなら、允恭記に重出するはずである。また衣通郎女は軽大郎女に特定されない物語的な名称と考えられるから、軽大郎女と弟姫のどちらか一方に決定しなければならないということもない。

やはり、軽大郎女＝衣通王伝承と弟姫＝衣通郎姫伝承は、それぞれが歌を中心とする物語として形成され、どちらも並行してあり得たのである。古事記は前者に拠りつつ軽太子と衣通王の悲恋の歌を中心とする物語として構成し、日本書紀は後者を採録して弟姫伝承の中に、允恭天皇と衣通郎姫の忍ぶ恋を歌をめぐる歴史叙述として記載したことになる。

三　「夏草の」と「君が行き」の歌

これまで述べてきたことから、「君が行き」の歌(10)は(9)とともに、歌曲名注記の歌のグループとは別の出自をもつことが明らかになった。次に二首の表現の問題について検討してみよう。まず、(9)の歌の類歌・類想の歌を掲げておく。なお、次のAは(6)の再掲。

A　天飛む軽嬢子したたにも寄り寝て通れ軽嬢子ども　（記84）

B　信濃道《しなのぢ》は今の墾道《はりみち》刈株《かりばね》に足踏ましなむ履《くつ》着けわが背《せ》　（万14・三三九九）

C　桜麻《さくらを》の苧原《をふ》の下草露しあれば明《あか》してい行け母は知るとも　（万11・二六八七）

(9)は女のもとに通ってきた男に対して、女が「蠣の貝殻に足を踏みつけなさいますな。夜が明けてからお出かけなさい」と気遣う歌と解される。夫に対する妻の歌と明確にとらえた方がよいかもしれない。その点ではBにうたわれる心情と共通する。この(9)について武田祐吉氏が、

> 愛人が夜おとずれて来て帰るのに、夜があけてから帰れという意の歌は多い。別れを惜しむ真情から出るものである。これも物語からはずして、あいねの浜あたりの民謡とすると、趣が多い。[12]

と説くのは興味深い。というのは、「別れを惜しむ真情」という、個人の歌の性格を指摘しつつ、一方では民謡そのものと考えていて、いささか矛盾した言い方になっているからである。その点については後に触れるとして、土橋寛氏は、武田氏の「あいねの浜あたりの民謡」とする見解をさらに進めて、「『明して通れ』は、娘たちのそ

ばを通り過ぎる男たちを引き止める言葉である」としてAと共通の性格を認め、その実体を「阿比泥の浜の歌垣における女の誘い歌」と推定した。

　しかし、(9)とAを共通の歌として同じ次元で扱うのは問題があろう。Aは「軽嬢子ども」に端的に示されるように、うたいかける対象が軽の娘たちである。土橋氏は「通れ」を「誘い歌の慣用語」とする立場を貫いて(9)までも、

　浜を「通って」行く男たちに対して、こんな暗い晩に行くと蠣殻で足を怪我するから、私たちの所で夜を明かして行ってはいかが、と娘たちが誘う歌である[13]。

と解釈し、Aと同様に、集団でうたわれる場や民謡そのままの性格を認めるのである。しかし、(9)の歌は、なぜ「男たちに対して」「娘たちが誘う歌」なのだろうか。その解釈の根拠が「通れ」という一語にあるというのであれば、拡大解釈にすぎるのではないだろうか。(9)の歌はBCが夫や恋人の旅路とか帰路を心配する女の心情表現に重なるものであり、娘たちによる誘い歌というよりも、夫に対する妻の思いやりをうたったものと見るべきである。(9)の歌にあるのは「娘たち」の集団的心情ではなく、妻の個的な心情と言えるだろう。ただ、(9)は単純に創作歌とすることもできない。やはり他に類想の歌があり、様式的な恋歌であることも明らかである。前に掲げた武田氏の解釈が、個人の歌に通じる性格を認めつつ、一方で民謡の性格を見たのは、(9)の歌のありのままを率直にとらえたからに他ならない。

　それではいったい、(9)はどのような表現の水準にある歌なのだろうか。

　この点については吉田義孝氏が天武紀四年二月条の、諸国から「百姓の能く歌ふ男女」を集めたという記事に注目し、直接には人麻呂歌集の作者不明の歌を対象として論じたものだが、「民謡を多少モデファイすることで

宮廷風にしたてなおしたり」、「別個の創作歌を作り出す[14]」という歌の生成を想定するのは、(9)(10)の歌における一つの可能性を示すものであろう。例えば(9)は「民謡を多少モデファイ」した作者未詳の相聞歌として宮廷社会に流布し享受された歌ととらえることができる。天武四年だけがその契機であったとは考えにくいが、(9)と(10)は宮廷の伝誦相聞歌として生成される歌であっただろう。

一方、(10)について土橋氏は、(9)を歌垣の民謡とするのに対して、

この歌、特に「迎へを行かむ待つには待たじ」の句は、所伝とよく一致して、衣通郎女の激しい行動的な恋慕の情を表わしており、したがって物語歌と認めてよいと思われる。

と述べ、物語のために創作された歌という見解を示した。(10)は所伝とよく一致するというのが主たる理由である。さらに、

これは旅に出た夫を思う女の歌（独立の創作歌）を物語化したものではないかということも、一応考えられぬことではない。しかし、『記紀』の歌には独立の創作歌（歌謡ではなく）を物語に結びつけたと思われる例はなく、また夫が旅に出るという状況が『記紀』の歌の時代に一般化していたとは考えられないので、この考え方はやはり否定されるべきであり、……

と論を進め、記・紀に創作歌が転用された例がないことを理由にして、物語歌と見るべきことを主張したのである。土橋氏の言う物語歌とは、物語に合わせて、「物語述作者によって創作された[15]」歌の意味である。

しかし、ここで問題なのは、「独立の創作歌」という概念の立て方なのではないか。(9)(10)の歌はそのような概念ではとらえられない歌と考えられる。むしろ(10)は、土橋氏が否定した「旅に出た夫を思う女の歌」と見るのが自然であり、BCと共通するのが(10)の発想なのである。(10)などは宮廷社会の出来事や伝承との関わり

において生成された歌の位相を示しているのではないか。

D　君が行き日長くなりぬ奈良路なる山斎《しま》の木立《こだち》も神《かむ》さびにけり　（万5・八六七）

Dは天平二年、吉田宜が大伴旅人に贈った歌。同一の上句をもつ巻二巻頭の磐姫歌の影響が見られる。その他、「わが行きは久《ひさ》にはあらじ」（万3・三三五、大伴旅人）、「君が行きもし久にあらば」（万19・四二三八、大伴家持）など、その類句が上級官人層の歌に散見され、この表現が天皇行幸に対する官人の旅の歌の様式になりつつあることが知られる。いずれにしても宮廷社会から流布した表現である。

それでは「迎へを行かむ待つには待たじ」はどうか。ここには「もう迎えにまいりましょう。このまま待ってなどいられません」という積極的行動的な姿勢、激しい恋慕の情がうたわれている。これは磐姫歌の「迎へか行かむ待ちにか待たむ」に表出する、逡巡する女の弱さとは対照的である。例えば、笠金村の「紀伊国に幸《いでま》し時、従駕《みとも》の人に贈らむがために、娘子《をとめ》に誂《あとら》へて作る歌」には、

E　……わが背子《せこ》が　行《ゆき》のまにまに　追はむとは　千遍《ちたび》おもへど　手弱女《たわやめ》の　わが身にしあれば　道守《みちもり》の
問はむ答を　言ひ遣《や》らむ　術《すべ》を知らにと　立ちて爪《つま》づく　（万4・五四三）

とあって、磐姫歌と同じく待つ女の消極的な姿がうたわれる。万葉相聞歌の待つ女の歌では、このEのような「手弱女」の自覚とひたすら待つ姿勢が基本構造になっている。その意味では、(10)の歌の姿勢はきわめて稀だということとなる。しかし、女の積極的行動的な姿勢をうたう歌がないわけではない。

F　事しあらば小泊瀬《をはつせ》山の石城《いはき》にも隠《こも》らば共にな思ひわが背　（万16・三八〇六）

Fは「御心配なさいますな。私の夫よ」とうたうところに、女の主体的な強い姿勢が見られる。常陸国風土記に採録された類歌では「な恋ひそ我妹」になっており、男の歌として伝えられている。「な思ひわが背」の表現

は、相聞の女歌として異質な表現と見られたのではないか。このことがFを由縁ある歌として位置づけ、左注の由来譚を伴うことになったと考えられる。おそらく「な思ひわが背」の表現に対する異和が、「な恋ひそ我妹」という男の側の歌へと変容させていくのだろうと思われるが、Fの歌が伝承される背景には、女の強い姿勢を許容する状況があったことを示している。それは(10)の歌にも言えるわけだが、「迎へを行かむ待つには待たじ」や「な思ひわが背」のような表現を可能にする歌の状況とはいったい何であろうか。次の但馬皇女の歌をも視野に入れながら検討してみたい。

G　秋の田の穂向《ほむき》の寄れること寄りに君に寄りなな言痛《こちた》くありとも　（万2・一一四）
H　後《おく》れ居て恋ひつつあらずは追ひ及《し》かむ道の隈廻《くまみ》に標結《しめゆ》へわが背《せ》　（万2・一一五）
I　人言《ひとごと》を繁《しげ》み言痛《こちた》み己《おの》が世に未《いま》だ渡らぬ朝川《あさかは》渡る　（万2・一一六）

Gは、人の噂など気にせずに、あなたに寄り添いたいと宣言し、Hはあなたの後を追いかけて行きたいと決意する。Iの「朝川渡る」は難解であるが、大久間喜一郎氏は恋の成就を目的とする行為であることを明らかにしている(16)。恋の川渡りをする行動的な女がうたわれているのだ。ただこの場合、恋に生きる積極的な女性像が但馬皇女その人のように見えてしまうが、そのように実体化して理解すべきではない。Iの題詞に「竊《ひそ》かに穂積皇子に接《あ》ひて、事すでに形《あら》はれて」とあるように、許されない恋という事件を背景にもつ歌なのである。従ってこれらの歌には、宮廷社会の恋の禁忌を破った皇子と皇女の事件という叙事があると言ってよかろう。事実、この直前にある大津皇子関係の歌群には、大津の謀反と処刑という政治的事件が介在しており、その背景に「ドラマチックな歌語り」による大津の悲恋物語があったと言われている(17)。つまり、歌の連なりによる叙事がそこに物語を浮び上らせるという仕組みなのである。

このようにFやG～Iの但馬皇女の歌には物語の存在が確かめられることから、女の積極的な恋という異例のうたい方は、やはり物語世界において求められたものと言うことができる。それと同様に、(9)や(10)の行動的な恋の女歌は、宮廷の恋物語としての叙事を含みもつ歌だったのである。それらは物語という叙事を内在し、あるいは物語とともにある歌という意味で叙事歌と見なされるものであった。

衣通王は相聞歌のうたい手として、また恋物語の中の典型的な美女として、宮廷の物語世界を生きた人物であった。伝説的な相聞歌人と言ってもよいだろう。その物語がいくつかの歌として伝えられたと考えれば、古事記や日本書紀の別々の歌と物語に登場することは理解できる。

結び

最後に、(9)(10)の歌を通して、軽太子の歌と物語がどのような関係で成り立っているか、という点に触れておきたい。

まず(9)(10)以外の、軽太子と軽大郎女の悲恋が宮廷歌曲として伝えられる部分。物語の大半はこの歌曲の部分であるから、歌曲として統合されることで物語は整えられたと言ってよい。それらの歌曲は宮廷儀礼で演奏、唱謡されたわけだが、同時に軽太子事件という叙事をも背負っていた。宮廷歌曲が叙事を背負っていたことは、琴歌譜の「縁記」を見れば明らかである。(18) 歌は物語であり、歴史叙述でもあったのだ。従って、この部分の歌は歌曲という側面と宮廷の叙事歌という側面をもっていたことになる。これらの歌の叙事によって、軽太子の悲恋はほぼ整えられたと見ることができる。

次に、歌曲名をもたない(9)(10)の部分。この部分は衣通王が軽大郎女と同一視され、歌曲とは別の出自をもつ衣通王の恋歌が軽太子との悲別の歌と、軽太子を追い行く歌として構成されることになる。(9)の「阿比泥」が逢い、(10)の「山たづの」が尋ね（現に万葉歌〈2・八五〉では「山たづね」になっている）に通じ、衣通王が配流された軽太子に逢いに行くという叙事で理解されたと考えられる。それは伊余湯に流された太子と軽太郎女の「共に自ら死にき」という結末には必要な部分であった。すなわち、そこに恋歌のうたい手であり、その美しさゆえに軽太子が兄妹の許されない恋を選んでしまう人物として、衣通王の歌と伝承像が重ねられたのである。

【注】

（1）山路平四郎「木梨之軽太子物語について―古代物語の形成と展開―」（『早稲田大学大学院文学研究科紀要』昭和41年3月、『記紀歌謡の世界』所収）

（2）「トネリ文学」（『日本文学』昭和41年1月、『萬葉集の歌人と作品上』所収）

（3）注(1)同論文

（4）夷振の上歌を二首と数えて全部で一三首とするのだが、物語の中の歌として見た場合は、志良宜歌と二首一対の歌として位置づけられているとすべきであるから、これを一首と数える。

（5）林屋辰三郎『中世藝能史の研究』（昭和35年）では、楽府は雅楽寮の異称としている。

（6）益田勝実『記紀歌謡』（昭和47年）は軽太子の物語に「歌謡集」の歌を「アレンジ」して記述していく方法」があったと述べている。しかし、この見方ではなぜこれらの歌が軽太子の物語に「アレンジ」されたのかが説明できない。そこで、歌曲が軽太子伝承という叙事を内在していたと考えられる。歌の叙事によって物語の散文が生成されていくとするのが本論の立場である。

（7）本書III・第二章・2および3

（8）「記紀から万葉へ―万葉集巻二の冒頭歌をめぐって―」（『國學院雑誌』昭和44年11月、『記紀万葉集の世界』所収）

(9)「允恭天皇記」(『古事記年報』昭和34年10月)
(10)折口信夫「水の女」(『民族』昭和2年9月、3年1月、『折口信夫全集』第二巻所収)
(11)「允恭紀『衣通郎姫』伝承の複合性」(『古事記年報』昭和57年1月)
(12)『記紀歌謡集全講』(昭和31年)
(13)『古代歌謡全注釈・古事記編』(昭和47年)
(14)「天武朝における柿本人麻呂の事業―人麻呂歌集と民謡の関連を中心に―」(『国語国文学報』昭和37年5月、『古代宮廷とその文学』所収)
(15)注(13)同書
(16)「川を渡る女―但馬皇女をめぐって―」(『國學院雑誌』昭和42年7月、『古代文学の伝統』所収)
(17)都倉義孝「大津皇子とその周辺―畏怖と哀惜と―」(『萬葉集講座』第五巻、昭和48年2月)。また、やはり直前にある、石川女郎をめぐる大津と草壁の恋歌群は、草壁の正統性を意図する日継の物語として読めることを論じたことがある(居駒「大津皇子・大伯皇女と伊勢・大和」、犬養孝編『万葉の風土と歌人』平成3年1月)。
(18)琴歌譜縁起の詳細については、本書I・第三章・2を参照していただきたい。

第二章　叙事歌としての記・紀歌謡

1　大山守命の歌と叙事表現

はじめに

その骨《かばね》を掛き出でし時に、弟王《おとみこ》の歌ひたまひしく、

A1　ちはや人　宇治《うぢ》の渡《わた》りに
2　渡り瀬《ぜ》に　立てる　梓弓檀《あづさゆみまゆみ》
3　い伐《き》らむと　心は思《も》へど　い取らむと　心は思《も》へど
4　本辺《もとへ》は　君《きみ》を思《おも》ひ出《で》　末辺《すゑへ》は　妹《いも》を思ひ出
5　苛《いらな》なけく　そこに思ひ出　悲《かな》しけく　そこに思ひ出
6　い伐らずそ来《く》る　梓弓檀　（記51・紀43）

かれ、その大山守命《おほやまもりのみこと》の骨は、那良山《ならやま》に葬《はぶ》りき。

いわゆる「記紀歌謡」をどう読むかと問題には、少なくとも二つの視点が求められる。一つは記・紀に書かれた歌への視点、もう一つは記・紀以前の歌謡の実体への視点である。明らかなことは、それらが古代歌謡として

書かれたものではなく、記・紀の神話・物語や歴史叙述に位置づけられた歌であることだ。にもかかわらず、記・紀「歌謡」と呼称されるのは、物語のために創作された、歌謡ならざる歌を含みつつ、全体としては本来独立の古代歌謡であったものという理解による。そしてこのような独立の歌謡を記・紀の物語に転用したために、その間にはずれとか矛盾という現象が生じたと考えられている。

本稿で考えてみたいのは、記・紀の物語と歌の間をずれと認識する読み方である。それはまさに「記紀歌謡」をどう読むかという問題にほかならない。ここではずれのはなはだしい例とされる古事記・応神条の前掲Aの歌を取り上げる。応神の子たちの皇位争いに出てくる歌で、大山守の死の場面に弟王の宇遅能和紀郎子がうたったと記すものである。これとほぼ同じ物語と歌が日本書紀にもある。

しかし、このAと物語の間には、果してずれはあるのだろうか。歌謡の表現構造を分析し、歌の叙事の側から読み解いていくと、その実体や物語との関係がまた違ったものとして見えてくる。以下、Aの歌を通して具体的に述べてみよう。

一　注釈の混乱

応神記では、大山守の死の場面が二首の歌を配置して記述される。大山守は弟王の宇遅能和紀郎子を討とうとして逆に宇治川に落とされ、流されていく時に、次の歌をうたう。

B　ちはやぶる宇治《うぢ》の渡《わた》りに棹《さを》取りに速《はや》けむ人しわがもこに来《こ》む　（記50・紀42）

大山守は訶和羅《かわら》の前《さき》で宇治川に沈んだ。鉤《かぎ》にその甲《かぶと》が引っ掛かってカワラと鳴ったので、そこを訶和羅の前というその骨を引き上げた時に、弟王がうたったのが冒頭のAである。大山守の骨は那良山に葬ったとする。

このような大山守物語のストーリーに対して、Aの意味上のずれは結句の「い伐らずそ来る梓弓檀」において生じている。この句は、本居宣長『古事記伝』以来「梓弓檀」を大山守の比喩とし、土橋寛『古代歌謡集』（岩波古典大系、昭和32年）のように「殺さずに来ることよ、の意」と解されてきた。しかし、すでに大山守は水死しているのだから、歌と物語の間には明らかにずれがあり、矛盾するのである。そこで西宮一民『古事記』（新潮古典集成、昭和54年）は、「殺したくなかった弟王の気持に基づく物語歌」とするが、ストーリーから無理に付会した解釈と言わざるを得ない。

解決策が見出せない困惑は、土橋『古代歌謡全注釈・古事記編』（昭和47年）が「今見る所伝とは異なる所伝を背景とした物語歌か」とするところに端的に示される。しかし、歌そのものから離れた理由づけに説得力があるとは思えない。それに、ずれがあるのになぜ物語歌なのか。土橋氏の物語歌の概念は物語のために創作された歌とするもので、物語との間にずれは起こりにくかったはずである。[1]一方、独立の歌謡とする見方もある。山路平四郎『記紀歌謡評釈』（昭和48年）や大久保正『古事記歌謡全訳注』（昭和56年）が「木こり歌」と推定するのがそうである。しかし、民謡としての「木こり歌」の発想や表現とこの歌の関係が明確ではなく、従えない。

Aに生じるずれや矛盾は、注釈に混乱を引き起こしている。物語歌としてストーリーから都合よく解釈したり、歌の内容からの印象によって民謡に結びつけたり、注釈の方にも大きなずれが見られる。このような注釈の問題は、歌が物語を前提として存在するというとらえ方にあると考えられる。

二　記51歌の表現構造

物語の側から歌を読む立場が、いま見てきたような注釈の混乱の一因をなしていると言えるだろう。むしろ逆に、歌の側から物語を見る視点が必要なのではないか。そのためには、歌の表現の問題としてとらえ、その表現構造を取り出してみることが求められる。

Aの構造は二段から成っている。最初の1と2が場所と景物の「檀」を提示する第一段、以下が3・4・5の対句の後に2の「梓弓檀」をくり返して結ぶ第二段である。第二段では「思ふ」が6回もくり返され、そのくり返しによって6の心の高まりに導く構造である。従って、2と6の「梓弓檀」は単なるくり返しではあり得ない。第一段の景物から第二段の人事へ転換するうたい方と説かれるが、第一段の2は単なる景物としての「檀」なのではなく、2がないと第二段がうたえないという関係である。「檀」は神が降臨する木であり、1・2の表現は神によって見出された聖樹をうたう、古橋信孝氏のいう巡行叙事と見ることができる。[2] すなわち、第一段は神話的な叙事表現であり、それを踏まえることで、第二段の「君」「妹」を思い出して「檀」を伐らないで来たという叙事がうたわれると言ってよい。

このような神話的な第一叙事から恋歌的発想による一人称の第二叙事へという構造は、次のような記・紀歌謡に同様に見られる。なお、この第二叙事において心情がうたわれると考えればよい。

C1 日下部《くさかべ》の　此方《こち》の山と　畳薦《たたみこも》　平群《へぐり》の山の
2 彼方此方《こちごち》の　山の峡《かひ》に　立《た》ち栄《ざか》ゆる　葉広熊白檮《はびろくまかし》
3 本《もと》には　い組《く》み竹生《だけお》ひ　末《すゑ》へには　た繁《しみ》み竹生ひ
4 い組み竹　い隠《く》みは寝《ね》ず　た繁み竹　確《たし》には率寝《ゐね》ず
5 後《のち》も隠み寝む　その思《おも》ひ妻《づま》あはれ　（記91）

これも1・2が「熊白檮」を讃める第一叙事、共寝をイメージさせる3・4の対句の後に5「思ひ妻」との成婚をうたう第二叙事から成る。2「立ち栄ゆる」は神降臨の聖樹を讃める表現で、A「立てる」もそれと同様の木讃め句と見てよい。[3] 3以下の第二叙事では聖樹「熊白檮」の下での男女の出逢いと共寝という恋の叙事が一人称でうたわれる。神が降臨する木だから、その神樹の呪力によって恋が成就すると考えられたのである。[4]

D1　いざ子ども　野蒜《のびる》摘みに
2　蒜《ひる》摘みに　我《わ》が行《ゆ》く道の　香妙《かぐは》し　花橘《はなたちばな》は
3　上《ほ》つ枝《え》は　鳥居枯《とりゐか》らし　下枝《しづえ》は　人取り枯《が》らし
4　三《み》つ栗《ぐり》の　中《なか》つ枝の　ほつもり　赤《あか》ら嬢子《をとめ》を
5　いざささば　良《よ》らしな　（記43・紀35）

第一叙事は「香妙し」が木讃めの表現で、神の巡行によって「花橘」が見出される位置に、「我が行く」と一人称でうたい手の行動を重ねるうたい方。この場合、神降臨の聖樹「花橘」は、3以下の対句を含む第二叙事で「嬢子」に比喩的につながり、5「いざささば良らしな」で結ばれる。「いざささば」は語義未詳で、嬢子を花橘の下に誘う意と花橘の枝を嬢子の髪に挿す意の二説がある。むしろその両様の解釈を許容する歌と考えられるが、[5] いずれにしてもCと同様、神樹の呪力によって恋が成就するという観念が背景にあると見ることができよう。

このようにAとCDは、神話的な第一叙事を踏まえて恋歌的発想の第二叙事をうたう、同一の構造の歌と見ることができる。すなわちAの2「檀」には、C「熊白檮」やD「花橘」のように恋を成就させる神樹という観念があり、それを踏まえて第二叙事において「君」「妹」という恋歌的な発想がうたわれるのだ。もちろんAは、CDのような共寝に誘う恋をうたっているわけではない。「君」「妹」のゆかりの「檀」を伐らないで来たという叙事に展開する。AはCDのような木讃めから恋に転換する様式に基づいて、「檀」への哀惜がうたわれている。

その心の表出は叙事表現の中にはじめて可能になることを確かめることができよう。

三　歌の叙事と物語

さて、これまで見てきた表現構造から、Aの歌の叙事はどう読めるか。「君」「妹」は、契沖『厚顔抄』が「君」を応神天皇、「妹」を大山守の同母妹、大原郎女、高目郎女とし、先帝や妹の皇女のことを思い出した歌と解して以来、諸注この説を引くことが多い。しかし、契沖説は物語の状況からそう読み取れるということであって、歌の表現に即した解釈ではない。やはり、歌の表現の側に根拠があるはずなのだ。

歌の側から見れば、「君」は相磯貞三『記紀歌謡全註解』（昭和37年）が契沖説と並べて示した大山守、「妹」は大山守の妻とするのがよい。Aは神樹の下での男女の出逢いという表現様式を踏まえているからである。すでに述べたように、2・6の「檀」は大山守とその妻にとってゆかりの木と理解されるものである。二人にとってゆかりの木であるゆえ、いまは亡き大山守とその妻が「檀」に重なって思い起こされ、その木を伐ることができずに帰って来た、という叙事として読める。この場合、「伐る」は「殺す」という比喩的意味ではなく、文字通り「木を伐る」という意でよい。このように「檀」をうたうことが大山守とその妻への哀惜の表出になるのは、木讃めから恋歌的発想へと展開する叙事構造によるものであることが確かめられよう。

物語の側から見ると、大山守はすでに死んだ後なので、6を「殺さずに来ることよ」ととれば、散文の「その骨を掛き出でし時」と矛盾し、ずれが生じるのであった。しかし、これまで述べてきたように、大山守と妻のゆかりの木に二人を重ねて「木を伐らないで来た」と大山守の死を哀惜する歌であるから、物語の間に矛盾もずれもないことになる。このような歌の叙事の側からの読みによって、諸注の混乱に示される従来の矛盾やずれというとらえ方は克服できるのではないかと思われる。

このような歌の叙事と散文はどのような関係にあるのだろうか。旧稿では散文の「骨」に注目し、顕宗が父王の骨を捜し求める段の骨の用例から、大山守の「骨」を死体ではなく、遺骨の意で解し得ると考えた。(6) 大山守の水死と歌の間に時間的経過があると理解され、散文では大山守の遺骨として記述されたと考えたのである。しかしその後、肥前国風土記・褶振の峯の弟日姫子説話に出てくる骨の例を見て、遺骨の意に疑問をもった。弟日姫子の話では、姫子が通ってくる男の後を訪ねて沼に行き、そこにいた蛇とともに消えてしまう。親族が捜しに行き、沼の底を見て、「人の屍《かばね》のみあり。各《おのもおのも》、弟日女子《おとひひめこ》の骨《かばね》なり」と言い、それを墓に納めたという。水死した屍を、明らかに骨と書いている。散文の「骨」を、大山守の死と歌の間の時間的経過と関わらせて読み解くのは、文脈の上から成立し得ないであろう。

山口佳紀氏の批判はこの点にあった。すなわち、大山守の遺体が引き揚げられて程なくうたわれたと見るのが、散文の叙述に対する素直な理解とする。その上で、本居宣長『古事記伝』が、大山守を「いらなく悲《カナシ》くて、え殺しもやらず、此処《ココ》まで追流しつゝ来たり」とする解釈を支持し、この歌は、和紀郎子が「せっかく命を助けようとした大山守命が死んでしまったことを残念に思い、哀惜している」心情をうたっていると読み取るのである。(7) 西宮一民氏が「殺したくなかった弟王の気持ちに基づく物語歌とみたい(8)」とするのも、物語歌に問題はあるが、歌の心情としては同様のとらえ方であろう。前に述べたように、大山守の死を哀惜する歌と見るべきであるから、山口氏の解釈は首肯できる。歌がうたわれた時点については、大山守の死後まもなくとする山口氏の指摘によって旧稿は修正されなければならない。つまり、和紀郎子は大山守の水死体が川から揚げられた場面において、兄王大山守の死を哀惜する歌をうたったことになる。この歌がなぜ、大山守への哀惜になるかというと、その死の場面に立っている「檀」が大山守とその妻のゆかりの木で、そこに二人を重ねて「木を伐らないで来た」とうたう叙事表現に理由がある。山口氏が「散文と歌謡とが支え合って、一つの物語を形作っている」とするのは、その通りであろう。そのような物語の散文叙述が歌の叙事から生成してくることは、十分あり得たと述べてきたのである。

それではAはどのような歌だったのか。大山守の死に関わる歌として伝えられたことは明らかだ。皇位争いに敗れ死んだ大山守の事件は、記・紀の他の皇位争いの歌に見られるように、歌によっても伝えられたと考えられる。すなわち、AやBは大山守の事件をうたった叙事歌と位置づけられる。大山守のような皇位争いの犠牲者は、歌によって鎮められなければならなかった(9)。記・紀の反乱伝承にある歌には、そのような意味があった。そしてAやBのような叙事歌群が記・紀歌謡の歌の位相としてとらえ得る。

結び

Aの表現構造の分析を通して、歴史的な事件（の場面）をうたう、あるいはその事件を内在させる歌に対して叙事歌という言い方をしてきた。王権の歴史伝承は叙事歌によっても伝えられたのだ。歌の形態で伝えることは、そこに伝承の権威が存在するからである。記・紀が物語の中に叙事歌を位置づける根拠は、その伝承の権威にあったと見てよかろう。

記・紀において、民謡がストレートに物語に転用されたり、物語のために歌が創作されたと考えることには、やはり疑問が残る。少なくとも、記・紀歌謡をそのまま民謡などの独立の歌謡とすることには慎重でなければならない。記・紀歌謡は物語の枠組から離れては存在しないのだから。

従来の独立歌謡転用論の弱点は、歌謡が物語に転用される理由の説得力に欠けることであった。本稿では、転用論を批判的に受けとめつつ、記・紀歌謡の歌の位相として叙事歌という概念を立て、歌の叙事の側からの読みを試みた。その結果、記・紀歌謡と物語の関係をずれや矛盾としてではなく、新たなとらえ方が可能になることを述べてきたつもりである。

【注】

（1）『古代歌謡の世界』（昭和43年）
（2）「古代の歌の表現の論理―〈巡行叙事〉―」（『文学』昭和59年5月、『古代和歌の発生』所収）
（3）このような「立ち栄ゆる」「立てる」の木讃め句をもつ歌はACを含めて記・紀に七首あり、これを様式的な表現と見ることができる。他の記57、紀53、記100、記101の四首は、「大君」「日の御子」を讃える叙事へと展開する。もう一首は記74・紀41の「振れ立つ浸漬の木」であるが、この場合は琴を作る生産叙事の表現と見られる（注2同書、本書Ⅲ・第一章・1）。
（4）本書Ⅰ・第一章・2。神樹の下での出逢いや共寝の類型は、『常陸国風土記』の童子女松原の話や次のような歌謡的基盤に根ざす万葉歌にも見られる。
池の辺の小槻が下の細竹な刈りそね　それをだに君が形見に見つつ偲はむ（7・一二七六）
長谷の斎槻が下にわが隠せる妻　茜さし照れる月夜に人見てむかも（一は云はく、人見つらむか）（11・二三五三）
橘の下に吾を立て下枝取り成らむや君と問ひし子らはも（11・二四八九）
馬の音のとどともすれば松蔭に出でてそ見つるけだし君かと（11・二六五三）
青柳の張らろ川門に汝を待つと清水は汲まず立処ならすも（14・三五四六）
（5）この点については、本書Ⅱ・第二章・3で論じたので参照していただきたい。

（6）「記紀歌謡をどう読むか―大山守命の死と記51歌の叙事を通して―」（『日本文学』平成12年8月）
（7）「『古事記』大山守命物語の読み方―散文と歌謡が作る物語―」（『論集上代文学』第二十五冊、平成14年11月）
（8）新潮日本古典集成『古事記』（昭和54年）
（9）中西進『大和の大王たち・古事記をよむ3』（昭和61年）に、「この歌の本来の効用は鎮魂にあって、一種の挽歌だった」とする指摘がある。

2　ヲケとシビの歌垣と宮廷叙事歌

はじめに

古事記と日本書紀の歌とは何か。その問いかけは、古代の歌謡や和歌の中のどのような位相として記・紀の歌をとらえるかという歌の表現史を探ることに他ならない。それはまた、〈記紀歌謡〉という既存の文学史的用語にあいまいに解消されてきたこれらの歌の表現の水準を改めて問うことでもある。

まず、様々な前提や既成観念を離れることからはじめなければならないが、確かな規定は、記・紀という古代国家の〈歴史叙述〉として記載された歌、すなわち記・紀というテキストの文脈において意味をもつ歌、である。それは当然の立場であるが、しかしその立場にとどまる限り、記・紀の歌は両書の編者が既存の歌を利用したり、新たに創作したりして記録した歌という一面しか見えてこないのではないか。もしそれ以外は問うべきでないとすれば、記・紀の文脈を、そこにある歌の本体を見ないで理解する結果になろう。それらの歌の本体は記・紀テキストに閉じられた歌ではなく、歌曲名をもつことからもわかるように、一方で記・紀に並行してある歌なのだ。従ってその表現の水準や位相は、記・紀の歌を、記・紀の文脈の中の歌という横軸と、記・紀と同時代に存在する古代の歌という縦軸の交差するところに位置づけることによって、はじめて明らかにし得ると考える。このような位置づけを明確にしないと、記・紀テキストはもとよりその歌の表現性にも迫れないだろう。

この基本的方針に立って記・紀の歌を解明するために、古事記・清寧天皇条に記す、袁祁命（後の顕宗天皇、以下ヲケと記す）と平群臣志毘（以下シビと記す）による〈歌垣〉の歌群を取り上げて論じてみたい。よく知られているように、その中の一首は日本書紀・武烈天皇条の太子と平群臣鮪による「歌場」の歌群に同歌が見られ、二つの歌群とその物語には明らかな類似性とともに異質性も認められる。それぞれのテキストの意図とともに、そこにある歌の表現性が問われてくるのだ。ヲケとシビの〈歌垣〉の歌群は、記・紀の歌の位相を見ていく上で好例と言えるであろう。

一　歌の次第の乱れたる

まず古事記の本文を引いておく。

故《かれ》、天の下治めたまはむとする間《あひだ》に、平群臣《へぐりのおみ》が祖《おや》、名は志毘《しび》臣、歌垣《うたがき》に立ちて、その袁祁命《をけのみこと》の婚《よば》はむとしたまふ美人《をとめ》の手を取りき。その嬢子《をとめ》は、菟田首《うだのおびと》等が女《むすめ》、名は大魚《おふを》ぞ。しかして、袁祁命も歌垣に立たしき。是《ここ》に、志毘臣が歌ひしく、

A　大宮の　彼《をと》つ端手《はたで》　隅傾《すみかたぶ》けり　（記105）

かく歌《うた》ひて、その歌の末《すゑ》を乞《こ》ひし時に、袁祁命の歌ひたまひしく、

B　大匠《おほたくみ》　劣《おぢな》みこそ　隅傾けれ　（記106）

しかして、志毘臣、また、歌ひしく、

C　大君《おほきみ》の　心を緩《ゆら》み　臣の子の　八重《やへ》の柴垣《しばがき》　入《い》り立たずあり　（記107）

是に、王子《みこ》、また、歌ひたまひしく、

D　塩瀬《しほせ》の　波折《なを》りを見れば　遊び来る　鮪《しび》が端手に　妻立てり見ゆ　（記108）

しかして、志毘臣、愈《いよ》よ怒《いか》りて歌ひしく、

E　大君の　御子の柴垣　八節結《やふじま》り　結《しま》り廻《もとほ》し　切れむ柴垣　焼けむ柴垣　（記109）

しかして、王子、また、歌ひたまひしく、

F　大魚《おふを》よし　鮪突《つ》く海人《あま》よ　其《し》が離《あ》れば　心恋《うらごほ》しけむ　鮪突く志毘《しび》　（記110）

かく歌ひて、闘《かが》ひ明《あ》かして各《おのもおのも》退《しりぞ》きぬ。

明《あ》くる旦《あした》の時に、意祁《おけ》命・袁祁命二柱、議《はか》りて云らししく、「すべて、朝庭《みかど》の人等は、旦には、朝廷に参《ま》ゐ赴《おもぶ》き、昼は志毘が門《かど》に集《つど》へり。また、今は志毘、必ず寝《い》ねたらむ。また、その門に人も無けむ。故、今に非《あら》ずは、謀《はか》るべきこと難《かた》けむ」とのらして、即《すなは》ち軍《いくさ》を興《おこ》して志毘臣が家を囲《かく》みて、乃《すなは》ち殺したまひき。

ヲケとシビが〈歌垣〉の場で大魚（以下オフヲと記す）という妻を争う清寧記の物語は、右のように六首の歌で展開される。物語の発端と結末を伝える短い散文がその前後に添えられているにすぎない。この物語の中心が〈歌垣〉でのヲケとシビの歌による「闘ひ明かし」にあることは明かだ。それに対して武烈紀では、海柘榴市の「歌場《うたがき》」での歌による妻争いという類似する舞台設定ながら、人物は太子（武烈）とシビが影媛を争うというように異なっており、話の結末も古事記にはない、影媛の、歌による亡夫悲傷の後日譚を伴っている。物語のディテールを記さず、シビの殺害で全体を結ぶ古事記と、人物の表情や心理描写まで記述し、シビの殺害後、影媛の悲劇に話が展開する日本書紀との、その差異は小さくない。しかし、〈歌垣〉という場と王権への反乱者の名がシビであること、そしてDの歌が重出するだけでなく、「大君」「臣の子」「鮪」「柴垣」などの歌詞の一致によって、両書の歌群が何らかの関連をもつことも事実である。

本居宣長『古事記伝』が「伝の間《ヘタ》に、歌の次第《ツイデ》の乱れたる」として記・紀以前に共通の原形を考えたのも、Dをはじめとするそのような類似性による。その後、「歌の次第の乱れ」を正すために原歌群の配列を求める作業が続けられてきた。それは例えば、西宮一民氏のように「現代意識に基く合理的な判断で、歌の配列」(1)が試みられ、土橋寛氏のように「歌の意味を正しく生かすことのできるような組合せと順序」(2)を示したのであった。だが、それが恣意的な読みを超えていないことは、結局記・紀の歌群の組み替えでしかないことに表れている。仮りに原歌群があったとしても、それが記・紀の歌群と同じである保証はない。それはついに不明なのだ。身崎壽氏が述べるように、「うたいてや歌順をいたずらにかえることなく、そのあるがままのかたちにおいてみて」(3)いくことが正当な立場であろう。「歌の次第の乱れ」と感じてきた点にこそ古代の歌の論理があり、それを古代の歌の水準や位相として読み解くことが求められるのである。

それでは、宣長はどこになぜ「歌の次第の乱れ」を感じ取ったのか。それはDの歌こそ最初にあるのがふさわしいとする点にあった。古事記を重んじる宣長にしては珍しく、Dの歌からはじまる日本書紀の方が正しいとさえ述べている。

志毘臣《ノ》先《ヅ》詠《ヨマ》むも又此歌《ノ》〈おほみやの云々〉も、上文のさまに叶はず。故《レ》今は下なる斯本勢能《シホセノ》云々の御歌を此《コ》処《コ》に移《ウツ》して、先《ヅ》其御歌より解《トク》べし。（『古事記伝』）

宣長がDを最初に置く理由は、シビが歌垣でオフヲの手を取るのをヲケが見ているという冒頭の散文に続く歌は、うたい手がシビではなくヲケでなければならず、Dの「妻立てり見ゆ」の詞句がその散文内容に合致する、

とする点にある。従って、

鮪臣《しびのおみ》来《きた》りて、太子《ひつぎのみこ》と影媛《かげひめ》との間《なか》を排《おしはな》ちて立《た》てり。是《これ》に由《よ》りて、太子、影媛が袖《そで》を放《はな》ち、移《うつ》り廻《めぐ》り前に向《すす》みて立ちたまひ、直《ただ》に鮪に当《むか》ひて、……

（武烈即位前紀）

の散文に続いて、Dの歌からはじまる日本書紀の方がふさわしいというのである。つまり宣長は、古事記の冒頭の散文からAへのつながりやDの歌の位置に不自然なものを感じて、歌群の全体に「歌の次第の乱れ」を認めたのであった。その違和感は、Dの歌が最初にある日本書紀にはなかったことになる。

　このような散文と歌のとらえ方には、散文がはじめにあって、そこに歌がはめ込まれたという前提がある。しかし、この常識的前提には疑問がある。古事記は歌群によってヲケとシビの争いを伝えているのであり、歌を中心に物語を構成しているのだ。つまり、歌群から物語が浮かび上がる仕組みであって、この場合散文は補助的である。少なくとも歌は散文の中に従属的に置かれているのではない。古事記はそういうテキストになっていると理解すべきであろう。それに対して日本書紀は、散文のディテールによって歌との距離を埋め、散文と歌の連続性をより説明的に構成している。

　このように記・紀の相違を認めつつ、特に古事記の方法においては、歌群から物語の輪郭が見えてくるという歌の表現性に支えられていることをここに確かめておきたい。物語を表現し物語を構成する古代の歌の位相として、これらの歌を見直していく必要がある。

二　片歌問答の〈叙事〉

最初の片歌問答は、「大宮」の「隅傾く」とシビが悪口を言い、ヲケが「大匠」のせいだと切り返す歌の応酬である。「大宮」は天皇の宮殿、すなわちヲケ王権を象徴している。「それは見かけだけで、いまにも倒れそうな危ういものだ」と、シビはヲケの権威を否定したのだ。

それに対して、「大匠」に臣下シビを重ね、「お前が下手だから傾いたのだ」と、ヲケはシビのせいにしてやり込める。「をぢなみ」は拙劣の意に加えて、『新撰字鏡』に「怯乎知奈之」とあるように、「いくじなし」「おくびょう」の意がここに喚起されることで、シビはこっぴどくダメージを与えられる。この応酬でヲケは、明らかにシビを歌の力でやり込めた結果になっている。

このように片歌の問答あるいは問答に片歌が用いられた例は、記では他に、15・16、17・18、25・26、66・67、71・72・73、紀では25・26、44・45、87・88（傍線が片歌）の合わせて八ヶ所に見られ、片歌が問答形式の詩形の一つであることは明かである。

あめ鶺鴒《つつ》　千鳥《ちどり》ま鵐《しとと》　何《な》ど開《さ》ける利目《とめ》　（記17）

嬢子《をとめ》に　直《ただ》に会はむと　我《わ》が開ける利目　（記18）

これは、「そんなに目を見開いているは、なぜ」という問に対し、「お嬢さんに直接会うため」と答える関係に見られるように、片歌問答は謎解きの関係で成り立つ。ただ、それが歌垣の掛け合いに起源があるとすることには否定的な見解が出されている。例えば土橋寛氏は「記紀における片歌問答なるものは、旋頭歌の問答形式に物語的内容を盛ったもの」とし、「独立歌謡としての旋頭歌」の本末が分離して問答形式をとったもので、それらはいずれも物語述作者が作った「物語歌」とするのである。(4) これに対して神野志隆光氏は「歌垣における本末唱和が三句によって成されることを背景として想定」すべきと批判しつつ、「記載の次元での新しい意識」において想定される「生のままでない口誦の歌」の営みとして、『片歌問答』のような『物語歌』は成されうるもの(5)」

とする。いずれも「物語歌」の次元にA・Bの片歌問答の成立を位置づけるものである。

確かにA・Bの問答は、

大宮の彼つ端手隅傾けり　大匠劣みこそ隅傾けれ

という旋頭歌体が本来持っている、結句をくり返す本末関係として見られるものであって、「大匠」という第三者の話題には「物語的内容」が内在する。そしてこのような関係は記・紀に多い。

須須許理《すすこり》が醸《か》みし御酒《みき》に我《われ》酔《ゑ》ひにけり　事無酒《ことなぐし》笑酒《ゑぐし》に我酔ひにけり　（記49）
八田《やた》の一本菅《ひともとすげ》は独《ひと》り居《を》りとも　大君し良《よ》しと聞こさば独り居りとも　（記65）
あたらしき猪名部《ゐなべ》の工匠《たくみ》懸《か》けし墨縄《すみなは》　其《し》が無《な》けば誰《た》れか懸けむよあたら墨縄　（紀80）
加羅国《からくに》を如何《いか》に言《い》ふことそ目頬子《めづらこ》来《きた》る　向離《むかさ》くる壱岐《いき》の渡《わた》りを目頬子来る　（紀99）

これらは「須須許理」「大君」「猪名部の工匠」「目頬子」とあるように、いずれも特定の人物の行為や伝承をうたい、前三句の話題提示と後三句の説明という本末構造を持つ旋頭歌で、やはり謎解きの関係が見られる。例えば、「須須許理が醸んだ酒で酔っ払ったのは、なぜ」という上三句の謎に対し、「事無酒笑酒だから酔っ払ったのさ」と下三句で解く構造である。A・Bもこれと同様に「物語的内容」をもつ謎解き構造の片歌問答と見られる。

それではA・Bは「物語歌」なのであろうか。「物語歌」を明確に規定したのは土橋氏である。それは「述作者が自ら歌を創作して物語の中に組み入れたもの」で、「作中人物の心持になって作った歌」(6)という。A・Bの片歌問答がストレートに歌垣行事の掛け合いに結びつかないことは、「大宮」「大匠」の宮廷用語からもほぼ言えることであり、そこに物語性を見るのは正しいであろう。しかし、「物語歌」の水準を「物語述作者の創作歌」

とした時、なぜもっと多くの、そして物語場面にふさわしい歌が「創作」されなかったのかという疑問をもつ。王権の規範の書である記・紀において、歌は自由に「創作」され、組み入れられる状況にはなかったと見るべきであろう。従って、「創作物語歌」という水準が記・紀の歌にふさわしいかどうかきわめて疑わしい。

そこで記・紀の歌に物語性を見つつ、しかし「物語の中に組み入れた創作物語歌」という概念は問い直す必要があろう。いま問題にしているA・Bの片歌問答は、「大宮」「大匠」の語から見て〈歌垣〉の独立歌謡ではあり得ず、「大匠」に擬せられる物語人物の行為あるいは伝承をうたっている点にこそ注目すべきである。つまり、「大匠」がシビ、「大宮」がヲケの宮殿を指し、その対立、闘争のストーリーを表すのがA・Bの片歌問答のあり方なのだ。「大匠」がシビであることは、D・Eの歌によってわかるわけだが、シビとヲケの対立、闘争はA・Bの歌の〈叙事〉として理解されたであろう。A・Bの物語的な意味はこの歌の〈叙事〉によって支えられていたはずだ。つまり、それは〈叙事歌〉(7)とでも呼ぶべき歌のあり方である。A・Bの見直しを通して、「物語歌」ではなく、〈叙事歌〉ととらえることの有効性が確かめられるであろう。

三　〈叙事歌〉による物語構成

次にC・DとE・Fの二組の表現を見てみよう。シビの歌C「心を緩み」は、「寛容」では挑発にならないから、「心がゆるみきっているので」の意。相手のヲケをストレートな言い方でこき下ろすのである。これは臣下の言葉としては君臣の間の一線を越えた挑発の歌と見なければならない。Aではまだ「大宮」という比喩だったものが、シビはCで「大君」と名指しで悪態をついたのだ。

Cの歌の話題は「柴垣」である。この語はさらにEで三度くり返され、シビのC・Eの歌全体を印象づけるキーワードになっている。ところが、D・Fでは「柴垣」に触れるところがなく、挑発に対する答歌としては明らかに話題がずれている。ただ、この点については「107のシバを、わざとシビという相手の名と取り違える」[8]という見方もある。しかし、この一連の問答については、身崎氏が、「単に反射的な言葉のやりとりによる交互の問答という形式上の興味があったにすぎない」[9]とする西宮氏の見解を引き、「ことばのやりとりによってうまれる意味のながれを意に介せず、もっぱら一対一の対応、問答という形式そのものを重視している」[10]と述べるのが、やや意味のつながりを軽視しすぎるとしても、基本的に正しい方向でのとらえ方なのではないかと考えられる。

ここに強いて対応関係を見るとすれば、「入り立たず」と「妻立てり」の部分なのであろう。立派な「柴垣」の私の家にヲケは入れないでいるよ、とシビがうたう。シビの家の「八重の柴垣」は、Aの「大宮」に対する優位性を表し、Eの「御子の柴垣」を対比的にこき下ろす仕組みになっている。そしてこの場合、「八重の柴垣」は歌垣の「垣」[11]とともに妻が籠もる「八重垣」[12]が重なっていよう。Cには、すでにオフヲは「柴垣」の中でシビの妻としてそばにいるという〈叙事〉が組み込まれている。その〈叙事〉はヲケの答歌D「鮪が端手に妻立てり」につながっている。

Dの歌でヲケは「鮪のそばに妻が立っているよ」とシビに言い返す。「立たず」に「立てり」と応じた形だ。しかし、「妻立てり」はオフヲがシビの妻であることをヲケ自ら認めたことになり、それではCの答歌にならないことから、石田千尋氏のような「シビを魚呼ばわりして貶めた上に、そうした奴に似合いの女がそばに立っているぞと、オフヲをも自分とは無縁のものであるかにうたってやり返す」[13]という解釈も出てくるのだが、オフヲを無縁とするのは分かりにくい。やはり「鮪のそばに私の妻が立っているよ」でよいのではないか。シビを魚の鮪とけなし、鮪（まぐろ）のそばにいる私の妻とうたうことで挑発しているのである。そのような挑発を含みつつ、Dはシビのそばに妻が立つ歌垣の景をうたっているのであろう。ここに複雑な言葉の照応を見ようとすると、かえってこの歌の表現がどこに向かっているのかを見誤ることになる。

日本書紀の方には「答歌」とあるので、ついその語を使ってしまったが、古事記に「答歌」の語はない。「亦、歌曰」なのである。それぞれの立場でうたった形式上の問答という関係であって、Dは答歌というよりも状況説明になっている。益田勝実氏が「太子役の口を借りてする場面説明のうた」[14]と指摘したのは、「歌謡劇」を想定しての「太子役」という言い方に問題はあるが、「場面説明のうた」とする点は首肯できる。ヲケを出し抜いてオフヲを自分のものにした臣下シビの横暴とヲケ王権への反逆という〈叙事〉が歌の連続の中に浮かび上がってくるのを見るべきであろう。

次にEのシビの歌では「大君の御子の柴垣」を「切れむ」「焼けむ」とこき下ろすが、これはただ事ではない。シビによる、ヲケの「柴垣」の破壊と炎上の予告、これはヲケ王権へのあからさまな宣戦布告とも受け取れるのではないか。ところが、それに続くFではDに登場した「鮪」がくり返しうたわれ、ここでも話題がかみ合わない。歌の意味としては「鮪」にオフヲを喩え、その「鮪」が離れて行ったら恋しく思うだろうと、オフヲがいずれヲケの妻になることを暗示している。そしてこの歌の「鮪」の枕詞「大魚よし」、「鮪突く志毘」の句には、登場人物の名がはっきりと示される。シビからオフヲが離れ、ヲケの妻になることを暗示し、そこにシビの敗北とヲケの勝利という〈叙事〉が読み取れる仕組みになっている。

このように見てくると、意味上の関連という点ではシビのC・E、ヲケのD・Fという二首一組のまとまりをもつ四首が、形式として掛け合い問答という枠組において機能していることがわかる。意味上の関連とは、これまで述べてきたように、シビとヲケの対立・闘争から平群臣勢力の滅亡とヲケの王権獲得・継承に至る古事記のヲケ即位物語が、掛け合い形式の歌の〈叙事〉によって表されるのである。すなわち、シビやオフヲの物語人物をうたう歌は、ヲケ即位に関わる〈叙事歌〉に他ならない。古事記ではシビとヲケの一連の〈叙事歌〉を中心に、ヲケの即位に至る物語を構成しているわけである。

四　歌のアジール

それではなぜ、〈歌垣〉での掛け合い問答になっているのか。身崎氏はこの点について、「王権とその反逆者との対立という潜在するテーマは、つまあらそいという顕在するテーマによっておきかえられている」が、「その変換のためによびこまれたのが〈歌垣〉という〝舞台装置〟だった」[15]と指摘する。しかし、妻争いそのものが王権への反逆になっていて、それは潜在とか顕在という問題にはなっていないのではないだろうか。王権への反逆が妻争いでもあるのは女鳥王物語に明らかである。ここでも〈叙事歌〉によって仁徳への反逆物語が浮かび上がる仕組みだが、反逆者の速総別王は女鳥王との恋の逃避行で次の歌をうたう。

梯立《はしたて》の倉椅山《くらはしやま》を嶮《さが》しみと岩懸《か》きかねて我《わ》が手取らすも　（記69）

梯立の倉椅山は嶮しけど妹と登れば嶮しくもあらず　（記70）

この歌には肥前国風土記逸文の「杵嶋曲」や万葉集の「仙柘枝の歌」（巻3・三八五）などの類歌がある。〈歌垣〉の歌の様式をもつ歌で、仁徳への拒絶をあからさまにうたったものだ。つまり、天皇という制度を脅かす危険な言葉である。そうした言葉は容易には外部に表せない。それ自体が価値をもち、天皇の制度を超えてしまうこともあり得るからである。そこで反逆という危険な言葉を許容するのが〈歌垣〉の歌という様式だったのではないかと考えられる。

それはシビの場合もっと先鋭的であっただろう。前に述べたように、シビは臣下であり、その言葉は君臣の間の一線を超えてしまうからである。この話が天皇という制度に関わることは、冒頭の「天の下を治めたまはむとする間に」に明示されている。実際にシビの反逆の言葉は君臣の関係を無視した挑発であり、ヲケ王権を脅かすきわめて危険な言葉であった。そのような危険な言葉の表出を可能にする場所として〈歌垣〉がある。

〈歌垣〉においてなぜそれが可能なのかというと、〈歌垣〉ではオトコとオンナの資格しかなく、身分とか日常的秩序が無化されるからである。〈歌垣〉という場やその歌の様式が反逆という危険な言葉を無化し、許容する機能をもつと了解されていたはずだ。この点について川田順造氏が、モシ族の女性がうたう「あてこすり歌」を紹介し、それが「粉挽き歌としてうたわれたのであればとがめないという暗黙の了解」があり、それを「うたうことによって女性は『声のアジール』をつくりだしている(16)」と述べているのが参考になる。すなわち、危険な言葉を無化する仕組みである。シビとオケの〈歌垣〉は王権をめぐる対立の一種の「アジール」であって、そこでうたわれる歌はとがめない（その場を退いた後、朝廷の人がシビの家に集まるという理由でシビは殺される）という、言わば「歌のアジール」を作り出すことによって反逆の言葉の表出を可能にする構造があると言えよう。もちろん古事記のテキストでは、「歌のアジール」としての〈歌垣〉は実体的なものではなく物語上の舞台であって、そこでうたわれているのは〈歌垣〉の歌を装った〈叙事歌〉である。

五　〈宮廷叙事歌〉の位相

ヲケとシビが〈歌垣〉でうたった対立・闘争の歌は、男女の歌掛けという〈歌垣〉本来の形ではなく、男同士の歌の掛け合いという点でやや特異なケースと見られなくもない。もっとも「歌垣では、男同士の対立も当然あったはず[17]」という推測もあり得る。遠藤耕太郎氏の調査によれば、中国少数民族のモソ社会で行われる悪口歌の掛け合いでは、男同士の場合も見られるという。遠藤氏は聴衆に裁定を求める「歌による裁判」を悪口歌掛け合いの歌垣モデルとし、記・紀のシビ物語の〈歌垣〉〈歌場〉を読み解く試みをしている。その結果、記・紀の悪口歌は民俗レベルの〈歌垣〉と大差ないが、記・紀では聴衆の裁定が地の文に語られないままシビが殺され、「歌の裁判」とは異なる論理がもちこまれたとの見方を示した[18]。興味深い報告と解釈であり、悪口歌の淵源はこのような〈歌垣〉に求められるのかもしれない。

しかし、記・紀の歌群を〈歌垣〉の現場から説明する場合、方法の慎重さが求められるであろう。ヲケとシビの歌の掛け合いは、オフヲをめぐる妻争いが王権への反逆そのものとして対立し、ヲケが勝利して即位に至ることを語る宮廷伝承であったと見られるからである。掛け合いの歌にはシビの敗北とヲケの勝利という〈叙事〉が内在している。ヲケ即位に関わる〈叙事歌〉が物語を構成しているのであって、〈歌垣〉の歌を装った〈叙事歌〉によって、ヲケ即位に至る経緯が伝えられるのである。

このように天皇の歴史伝承を担うものとして〈叙事歌〉はあったが、それは古代の歌のどのような位相としてとらえられるであろうか。石田氏は「記紀それぞれがそれぞれの主題に従って、歌垣の歌を仮構している」という。シビもまた、「皇統の断絶という危機的状況を体現する者として、『記』が方法的に作り上げた人物[19]」とする。歌や物語人物が記・紀編纂における「仮構」や「創作」によってなされたとする立場であるが、これは前に触れた土橋氏の「物語述作者による物語歌の創作」と基本的に重なる。しかしその際述べたように、記・紀の歌を「仮構」とか「創作」という水準でとらえることには疑問がある。例えば、なぜオフヲの歌がないのかとか、シビが殺される時の歌はないのかという問題を抱えることになるからである。記・紀の歌は、「仮構」された歌として記・紀テキストに閉じられているのではなく、歴史伝承としての〈叙事歌〉を記・紀が取り込んでいったものと見るべきであろう。

歴史伝承の表現である〈叙事歌〉は、村落社会でも宮廷社会でもあり得ただろう。村落社会では村の起源やそれに関わる神とか英雄的人物の〈叙事歌〉として想定されるし、宮廷社会では神話や天皇の歴史の表現としてあったと考えられる。記・紀の歌の位相としては、天皇の歴史伝承としての〈宮廷叙事歌〉ととらえられる。それは天皇の歴史伝承ゆえに宮廷の歌曲としても伝えられた。記・紀の歌のいくつかに歌曲名があるのはそのためだと考えられる。ヲケとシビの歌が歌曲であったかどうかは不明であるが、「大宮」「大匠」「大君」「臣の子」「御子」の歌詞は、それらの歌が宮廷圏の言葉によって成り立っていることを示している。歴史的事件を歌で伝えるという〈宮廷叙事歌〉の表現のしかたの一つに、互いに挑発し嘲笑する歌の掛け合い形式があったわけだが、それは相手をやりこめる歌のわざとして万葉歌にも見られる。

〔I〕　石川女郎《いしかはのいらつめ》の大伴宿祢田主《おほとものすくねたぬし》に贈れる歌一首

遊士とわれは聞けるを屋戸貸《やどか》さずわれを還《かへ》せりおその風流士《みやびを》　（2・一二六）

大伴宿祢田主の報《こた》へ贈れる歌一首

遊士にわれはありけり屋戸貸さず還ししわれそ風流士にはある　（2・一二七）

同じ石川女郎のさらに大伴田主中郎《なかちこ》に贈れる歌一首

わが聞きし耳に好《よ》く似る葦《あし》のうれの足痛《あしひ》くわが背勤《せつと》めたぶべし　（2・一二八）

〔II〕　黒き色を嗤笑《わら》へる歌一首

ぬばたまの斐太《ひだ》の大黒《おほぐろ》見るごとに巨勢《こせ》の小黒《をぐろ》し思ほゆるかも　（16・三八四四、土師宿祢水通、字志婢麿）

答へたる歌一首

駒造《こまつく》る土師《はじ》の志婢麿《しびまろ》白くあれば諾欲《うべほ》しからむその黒色《くろいろ》を　（16・三八四五、巨勢朝臣豊人）

〔I〕の掛け合いには、老婆に変装した郎女が田主の寝所に共寝の下心を隠して火をもらいに行ったが、田主は火種を与えて帰してしまったという左注が付いている。恋情の機微を弁えた「風流士」か否かで、互いに挑発と反撃の歌を応酬するのだ。腹いせに郎女は相手の身体的欠陥をからかってやりこめる。石川郎女の名が大津皇子の宮の侍女（2・一二九題詞）としても出てくることからして、この一風変わった恋問答は宮廷の宴歌に属するものと見るのが妥当だろう。[20] しかも、左注は中国の賦をもとに脚色構成されたもので、[21] その物語的説明はあとから贈答歌に加えられたと言われている。[22]〔I〕は相手を嘲笑しやりこめる掛け合いの歌という点で、ヲケとシビの歌群に通じるものがある。

次の〔II〕は、同じシビ（マロ）が出てくるから挙げたわけではないが、互いに嘲笑しやりこめる巻十六の嗤笑歌群の一つである。[23] 色黒の男と色白の男が相手を名指しでこきおろす歌だ。挑発し揶揄し嘲笑する歌わざをもって互いに争うというところは、ヲケとシビの闘歌の延長線上にあると言ってよい。

〈宮廷叙事歌〉という概念を立てることにおいてはじめて、ヲケとシビの闘歌は、記・紀テキストに閉じられたものとしてではなく、万葉集巻二相聞の石川郎女と大伴田主の贈答歌や巻十六の嗤笑歌の系譜につながっていく歌の位相としてとらえうるのである。

結び

ヲケとシビの〈歌垣〉歌群を通して、記・紀の歌に〈宮廷叙事歌〉という位相を見てきた。歴史伝承をうたう、あるいはそれを内在する歌である。宮廷に関わる出来事が歌によって伝えられ、記・紀に書かれるところに〈宮廷叙事歌〉は成立したと言えよう。それは物語を前提しなければ成立しないかというと、そうではない。ある出来事がうたわれ、その〈叙事歌〉がうたい継がれることによって筋立てがふくらみ、物語が形成されていくこともある。すなわち、〈叙事歌〉がその説明としての散文叙述を生成させていくのである。その意味で、古橋信孝氏が、アヂシキタカヒコネの神の名を顕した歌（記6・紀2）とその神話について「実際に言葉の表現として伝承されているのは歌謡だということになる[24]」と述べているのは、きわめて重要な指摘であった。記・紀の歌は、まず物語があって、その散文にはめ込まれたとする固定観念にとらわれるべきではないことを、具体的に述べてきたつもりである。

もはや十分に論じる余裕はないのだが、ヲケとシビの歌の散文は、ほとんど歌の言葉のくり返し、ないしは歌の解釈として構成されている。シビとオフヲの人物名がそうであるし、「歌垣に立ちて」という設定も歌から出てくるものだ。「美人の手を取りき」も歌の「端手」と関連するであろう。

これまで見てきたように、物語の側から歌をとらえる視点とともに、歌による物語の方法を明らかにする視点が必要である。そこに、〈叙事歌〉によって散文叙述が生成し、物語が展開していくという、日本書紀とは方法的に異なる古事記の文体の位相も明らかになってくるのではないかと考えられる。

【注】

（1）「記紀歌垣の歌順をめぐって」（関西大学『国文学』昭和30年2月）
（2）『古代歌謡全注釈・古事記編』（昭和47年）
（3）「モノガタリにとってウタとはなんだったのか」（『日本文学』昭和60年2月）
（4）『古代歌謡論』（昭和35年）
（5）「旋頭歌試論」（『萬葉』昭和57年2月、『柿本人麻呂研究』所収）
（6）『古代歌謡の世界』（昭和43年）
（7）〈叙事歌〉の概念については、本書III・第二章・3にも触れているので参照していただきたい。
（8）内田賢徳「記紀歌謡について」（『帝塚山学院大学日本文学研究』昭和59年2月）
（9）注（1）同論文
（10）注（3）同論文
（11）西郷信綱『古事記注釈』第四巻（平成元年）
（12）注（2）同書
（13）「清寧記ヲケ物語の歌垣をめぐって」（山梨英和短大創立三十周年記念『日本文芸の系譜』平成8年10月）
（14）『記紀歌謡』（昭和47年）
（15）注（3）同論文
（16）「口頭伝承論」『社会史研究』昭和58年5月、（『口頭伝承論』所収）
（17）西郷信綱「市と歌垣」（『文学』昭和55年4月、『古代の声』所収）
（18）「海柘榴市での闘の歌垣―モソ人の悪口歌の掛け合いをモデルとして―」（『古代研究』平成13年1月）
（19）注（13）同論文
（20）緒方惟章氏は、大伴氏内部の宴歌が宮廷世界に持ち込まれたと推測する（「久米禅師と石川郎女の歌」『万葉集を学ぶ』第二集、昭和52年12月）。

(21)　小島憲之『上代日本文学と中国文学中』(昭和39年)
(22)　稲岡耕二『万葉集全注』巻第二(昭和60年)
(23)　寺川眞知夫氏はヲケをめぐる〈歌垣〉歌群と巻十六の悪口歌(三八四〇〜三八四七)の間の共通性を指摘している(「悪口歌応酬の理解―袁祁命と志毘臣の闘歌―」『菅野雅雄博士古稀記念　古事記・日本書紀論究』平成14年3月)。
(24)　「儀礼と幻想が神話という『ことば』で結ばれる」(アエラムック『日本神話がわかる』平成13年8月)

3　記・紀共通歌の詠者の相違

はじめに

いわゆる「記紀歌謡」とは何か。それはどのような歌の位相としてとらえられるのか。

登場人物の心情をうたう抒情歌と見る立場は、もはや前提になっていると言ってよかろう。[1]土橋寛氏が、「その文学的方法が、叙事的ではなく、物語歌の挿入という抒情的方法によっている」（『古代歌謡の世界』昭和43年）と端的に述べる通りである。そして「物語歌」には民謡などを物語に転用した「転用物語歌」と「物語述作者」が創作して物語にはめ込んだ「創作物語歌」の二種があるとする。「古代歌謡」と「記紀所載歌」[2]との間を整合させようとした見解であり、その体系的な歌謡研究は古代歌謡の解明に大きな成果をもたらした。

だが、「記紀歌謡」は情の部分を担って記・紀に記載されたのであろうか。もし、それが登場人物の抒情歌として取り入れられ、あるいは創作されるものであったならば、記・紀それぞれの主題と構想のもとにもっと多様に歌謡が利用され、歌と物語の間にずれを生じるなどということはほとんど起らなかったであろう。ところが、「記紀歌謡」の現象はそうではない。記・紀に共通する歌が全体の半数近く[3]に及んでいるだけでなく、しばしば物語との間にずれを見せ、記・紀共通歌の16ヶ所で詠者の相違が起っている。それは「記紀歌謡」のあり方やその性格と深く関わって発生しているのではないかと考えられる。

一　記紀歌謡の叙事性

その問題を考える一例として、まず雄略記・赤猪子物語の歌を取り上げてみよう。

日下江《くさかえ》の入江の蓮《はちす》花蓮《はなばちす》身《み》の盛《さか》り人《びと》羨《とも》しきろかも　（記95・志都歌）

これは、老年まで求婚の約束を守った赤猪子を見て天皇が嘆いた歌に、赤猪子が答えた歌。ここには蓮の花のように華やかで若々しい人への羨望がうたわれていて、赤猪子の、滑稽さを潜ませた忠誠と悲恋の物語を結んでいる。土橋氏によれば、この歌は嘆老の歌のパターンに基づく日下地方の歌垣の民謡と推定されるという。

しかし、この歌を日下地方の歌垣の民謡とすると、いくつかの疑問が起こる。まず、前の三首が三輪地方の民謡だとすれば、なぜ最後の一首だけが日下地方の民謡なのか。この点について土橋氏は、赤猪子物語の述作者が両方の土地に関係を持つ者だったためではないかと推測している（『古代歌謡全注釈・古事記編』昭和47年）。三輪や日下の民謡が物語述作者によって雄略天皇や赤猪子の歌に転用されたとするならば、民謡を物語にはめ込むのは述作者の自由裁量だったのだろうか。これでは「転用」の実態がよくわからないし、不確かな物語述作者の存在に問題が解消されてしまう結果になりかねない。特に「羨しきろかも」の句は、万葉集の「藤原宮の御井の歌」の反歌に「處女《をとめ》がともは羨《とも》しきろかも」（1・五三）と見え、「ろかも」の詠嘆の表現は万葉集の大伴家持歌（3・四七八）の他、記・紀の歌に三例ある。それは「この蟹や」歌謡（記42）の「後手《うしろで》は小楯《をだて》ろかも」、女鳥王反乱物語の歌の「誰《た》が料《たね》ろかも」（記66）、仁徳に対する磐之媛皇后の答歌の「恐《かしこ》きろかも」（紀47）で、いずれも民謡とは見られない歌である。藤原宮時代の万葉歌に同一句があることも、記95のおよその成立年代を示唆するとともに、民謡的世界の用語ではないことの一証左になるであろう。

「日下江」の地名も、日下地方の民謡とする根拠になり得るかどうか。「日下江の蓮」はその背景に神話的な伝承が想定され、集団的表象の景とする高野正美氏の見解を踏まえれば(4)、「日下江」と言えば「蓮」というつながりが民謡的世界に留まる表現ではなく、宮廷世界にも可能であったと考えてよいのではないか。それは例えば、記31・紀23や記91に見られる「熊白檮《くまかし》の葉」と言えば「平群《へぐり》の山」とする表現なども、連想関係の共有があったことを示していよう。因みに、万葉集の「乞食者《ほかひびと》の詠《うた》」にも「平群の山」の「櫟（イチイガシ）」(万16・三八八五)が出てくる。やはり、地名があるからその地方の民謡だと直結させることには慎重でなければなるまい。

この歌の表現は景と心という古代和歌の基本構造をもつ。景の部分は古橋信孝氏が提唱した巡行叙事で(『古代和歌の発生』昭和63年)、「花蓮」が神に見出されたことを根拠とする表現である。地名の「日下」、景物の「花蓮」の位置に若日下部王が表されている(5)。心の部分では「花蓮」に重層的に「身の盛り人」を連続させ、羨望の情がうたわれるという構造である。「身の盛り人」はその名も若々しい若日下部王への讃美と解し得る。

それではなぜ「日下江」なのか。それはこの物語の直前に雄略天皇が日下に行幸し、後に大后となる若日下部王に求婚する話があることによる(6)。この歌は雄略と若日下部王の一連の成婚物語を担っていたのであろう。このように位置づけた時、あらためて「日下」と「花蓮」は若々しく美しい若日下部王を意味するものとして機能することが確かめられる。従って、雄略の大后となった若日下部王の若く盛んな姿への、老女からの羨望と讃美がうたわれていると見てよい(7)。「羨し」は「あやに羨《とも》しき高照《たかて》らす日《ひ》の皇子《みこ》」(万2・一六二)とあるように、祝福・讃美の表現に他ならない。このように記95は、雄略による若日下部王への求婚物語(歌で言えば、記91にあたる)を承け、若日下部王と雄略の成婚、大后としての繁栄という物語をうたっていることは明らかである。

こうした若日下部王の物語をうたう歌は、日下地方の民謡を転用することで可能だったのだろうか。これまで述べてきたように、赤猪子の記95は、雄略と若日下部王の成婚と讃美という叙事がその表現内部に組み込まれていて、ストレートに日下地方の民謡に還元できるようなものではないだろう。かと言ってまた、記95が物語のストーリーそのものをうたっているわけでもなく、その叙事性は「日下」「花蓮」「身の盛り人」の表現に結びついて内在し、その地名や景物から呼び起こされてくるものであった。この記95のような物語（の場面）をうたう歌を、ここでは叙事歌と呼んでおきたい。

二　歌謡と物語の関係

記・紀の歌と物語の関係は、記・紀の間で結びつきが概ね一致しつつも、個別的なところでは歌の詠者の違いやつながりにずれを含む場合がある。この点について曽倉岑氏は、歌謡は説話の存在を前提とし、起源説話を伴なって伝承され、歌謡の文字化を契機として説話との共在が可能になったと述べている（「記紀歌謡と説話」『国語と国文学』昭和41年6月）。ただ、歌謡はうたわれる場において自立し完結しているはずであるから、そこで起源説話が同時に語られるものかどうかはわからない。前掲の記95で言えば、前の三首とともに「志都歌」の名をもつ宮廷歌曲であって、その中の記94「御諸に」の歌などは「しづ歌」として平安中期の琴歌譜にまで伝来したが、琴歌譜からは縁記の説話が儀式での歌曲演奏の場で語られた様子を窺うことはできない。縁記の多くは「古事記云」などと他書からの引用になっており、歌の注釈的な説明だからである（I・第三章・2）。そうは言っても、歌謡（歌曲）は誰によってどんな時にうたわれたかという理解が共有されていたはずで、その理解は歌のもつ叙事性によって支えられていたと考えられる。つまり、歌の叙事はストーリー全体から見れば断片的であるが、その〈叙事歌〉によって物語が理解できるということだ。物語伝承が歌とは別に並行して存在したと考えてもよいが、固定した表現としては歌があるということになろう。

記・紀歌謡の叙事性から言えば、記92〜記95の「志都歌」では、三輪の聖なる乙女赤猪子が老女になってしまったことを嘆く雄略歌と、頼る人さえいない老巫女が大后若日下部王への羨望と讃美を表して結ぶ赤猪子歌との間に、民謡の寄せ集めとはとても思えない物語的な場面構成が認められる。筋立てそのものがうたわれているわけではないが、記92と記94の「みもろ」、記93「引田」と記95「日下江」にはそれぞれ対応関係があり、地名からうたい出される歌の叙事によって、三輪の神に仕える引田部の赤猪子と雄略、そして若日下部王をめぐる先の物語が了解される仕組みなのである。一方、前段の散文では童女との出会いと名告りにはじまる会話中心の記述になっており、それ自体が会話体で進行する散文の物語として完結している。(8) 従って、雄略と老女・赤猪子の贈答の四首は、前段の散文の物語と並立する、宮廷歌曲で構成されたもう一つの赤猪子物語と見ることができる。もちろん、散文と歌の複合的な文体は互いに交響し合って、老巫女の忠誠によって映発される天皇の威光という物語が成立していることは言うまでもない。

ここで言う〈叙事歌〉とは、このように物語（の場面）をうたう、あるいは物語を内在させる歌のことである。かといって、物語を前提として創作されたり、物語のために民謡が転用されることを必ずしも意味するものではない。やや誤解を招く言い方になるかもしれないが、一首の歌、あるいは歌群そのものが物語という関係である。しかし、再び記94を振り返れば、確かに、赤猪子が若い若日下部王への羨望の気持ちを滲ませた抒情歌とも言える。しかし、すでに述べたように、記95は若日下部王の立后と繁栄という物語の枠組を「日下」「花蓮」「身の盛り人」の表現に浮かび上がらせ、うたい手赤猪子の羨望の情に重ねて、大后若日下部王への祝福という物語的意味を強調している。抒情歌という形態はとっているが、同時に伝説的な人物を詠者とし、歴史的な事件や伝説の場面を表出させる歌の叙事によって物語の機能をも果たしている。これが「記紀歌謡」における〈叙事歌〉の性格である。

　このような記・紀の〈叙事歌〉の概念は、三人称で筋立てを叙していく長編の歌のイメージからはかけ離れていると言われるであろう。もちろん、記・紀に三人称ではじまる長歌謡がないわけではなく、例えば八千矛神の「神語」第一歌（記2）や応神記の「この蟹や」（記42）などをあげ得るが、それらの歌にしても途中から一人称への転換が見られ、筋立ての叙述も豊富とは言えない。土橋氏は「神語」に対して、伝説上の人物をうたった点が「僅かに叙事的といいうる程度の抒情詩」とし、「この蟹や」の歌は「初めの部分にホカヒ人の歌詞を取り入れて作られた物語歌」（『古代歌謡の世界』）で、主題の提示と説明という構造において「短歌とその構成原理は同じ」（『古代歌謡全注釈・古事記編』）だと述べている。いずれも三人称の〈叙事歌〉と見るには当たらないことになる。

　しかし、古橋氏は宮古島狩俣の神歌として知られる「祓い声」などに三人称と一人称が混在することに注目し、「神語」に叙事的な「神謡」の構造を見出している（『古代歌謡論』昭和57年）。また「この蟹や」の歌も三浦佑之氏によって「ホカヒ的な存在による自叙の様式をもつ歌謡」（『古代叙事伝承の研究』平成2年）と指摘されている。村落共同体の始源的な表現から、一人称叙事が古代の〈叙事歌〉の様式として考え得ることが明らかになってきたのである。また狩俣の事例で言えば、村立て神話や祖先の物語は、神女によって祭祀の場でタービやフサという神歌でよまれるのであって、(9) その神歌の場に散文伝承の説明が入ることはない。神歌には神の系譜や筋立てに不明な部分もあるのだが、それらは村落の共同幻想によって理解されている（古橋『古代歌謡論』）。とは言え、神話や物語は祭祀の外側に語られるものとしてあり、藤井貞和氏はこれを神歌と伝承の「並行状態」ととらえている。(10)

前に触れた歌謡と神話・物語の並行が狩俣の口承世界でも確かめられるのである。

一方、奄美のシマウタには短歌謡の叙事性をよく伝える事例がある。伝説的な人物の事件や物語が、人々が寄り集まって行う「歌遊び」でうたわれるのである。それは、かんつめの悲恋と自殺という実際の事件をうたった「かんつめ節」や、役人の妻になるのを拒否したうらとみの悲劇をうたった「うらとみ節」などであるが、小川学夫氏は事件や物語をうたい継いでいくこれらの「連鎖式物語詩」が歌掛けから発生することを指摘している。また「歌遊び」には世間話や人の噂をうたう「うわさ歌」のジャンルがあり（小川『民謡の島の生活誌』昭和59年）、酒井正子氏は「うわさ歌」が「短詞型歌謡の連なりでありながら物語（叙事）をとりこむ」、言わば物語生成の機能に注目している（『奄美歌掛けのディアローグ』平成8年）。物語はもちろんうわさ話まで歌を連ねてうたわれたのである。こうした口承の歌世界で盛んに行われる、短歌謡の掛け合いによる物語の生成は、歌謡の始源的で普遍的な性格の一つとして考え得るのではないか。

口承の歌謡に手がかりを求めて以上に述べてきたことから、「神語」や「この蟹や」の歌謡は一人称叙事の様式をもつ〈叙事歌〉と言ってよい。また短歌謡であっても、赤猪子歌などには歌の表現に内在する叙事によって物語りの場面を浮かび上がらせる構造があり、歌の贈答には掛け合い形式による物語の生成の機能が見て取れるのである。このように「記紀歌謡」の歌の位相は物語との関係の上に成り立つ〈叙事歌〉の性格から見ていく必要がある。歌が語りの表現形態でもあることは、よく引かれる仁徳記の「建内宿禰《たけうちのすくね》、歌《うた》もちて語《かた》り白《まを》しく」に示されており、[12]天皇とその周辺の物語は歌謡の形態でも伝えられていた。そして記・紀において叙事歌は、天皇をはじめとする歴史的人物の声であり言葉であるゆえ、物語の事実性の根拠あるいは伝承の権威となり得たのである。

三　叙事歌と詠者の位置

個人の心情を一人称でうたう抒情歌が短歌謡から発生し、万葉の古代和歌へと続いていくという図式はもはや自明のことであろう。にもかかわらず、これまで記・紀の短歌謡に〈叙事歌〉の性格を見てきたのは、それらが物語人物の位置から物語の場面や心情をうたう歌であるからに他ならない。古橋氏が「〈共同性〉に支えられているかぎり短歌謡も〈叙事〉たりえた」（『古代和歌の発生』）と述べているのは、〈共同性〉としての物語を孕む短歌謡の叙事的性格を的確に言い当てている。記・紀の歌は物語の枠組から離れては存在しないのである。また真下厚氏は、前掲の奄美の「かんつめ節」を引きながら、万葉東歌や高橋虫麻呂の「真間の手児奈」の歌のように「手児奈伝承に依拠しつつ伝承を膨らませてゆく」（「歌謡と説話―その関わりの諸相―」古代文学講座9『歌謡』平成8年7月）ありようとの共通性を指摘している。うたい手が手児奈の入水事件あるいは伝承に入り込んでうたい、歌によって悲恋伝承が生成されていくのである。

他国《ひとくに》によばひ（結婚）に行きて大刀《たち》が緒《を》もいまだ解《と》かねばさ夜そ明けにける　（12・二九〇六、正述心緒）

この万葉の相聞歌は、八千矛神の「神語」（記2）のコピーのような歌としてよく知られている。益田勝実氏が、「他国」へ「大刀」を佩いて求婚に行く行為は現実生活のものではないとし、「八千矛の神の歌のような、妻問い伝承を歌った歌の断片」（『記紀歌謡』昭和47年）と述べる通りであろう。そこではあまり問題にされてないが、求婚の意の「よばひ」もきわめて特殊な用語であって、上代の文献で確実に「よばひ」と訓む例は、八千矛神の歌とこの万葉歌の他に、高橋虫麻呂の菟原処女伝説をうたった歌（万9・一八〇九）、やはり八千矛神の類歌で、泊瀬の隠妻と「すめろき（天皇）」の問答歌（万13・三三一〇、三三一一）、備後国風土記逸文の武塔神の妻問伝承に「与波比」とある例を数えるにすぎない。そのいずれもが神話伝説に関わりがあり、「よばひ」は神婚の表現と考えられる（本書II・第二章・2）。このようなことからも、二九〇六歌は、うたい手が八千矛神の恋の伝承歌に入り込み、さらに短歌体でもうたわれたことを示しており、古橋氏が説くように、うたい手が八千矛神の位置に自己を転移させてうたった歌（『万葉集を読みなおす』昭和60年）ということになる。つまり、八千矛神という伝承の詠者とうたい手の同化である。

記・紀の歌を相対化して見ていく必要があるので、次の例も万葉歌から取り上げる。すでに触れた東歌の「真間の手児奈」歌である。

葛飾《かづしか》の真間《まま》の手児奈《てこな》をまことかも我《われ》に寄《よ》すとふ真間の手児奈を　（14・三三八四）

葛飾の真間の手児奈がありしかば真間の磯《おすひ》辺に波もとどろに　（14・三三八五）

二首ともいくつかの解釈が出されているが、第一歌は、評判の娘手児奈を、私に気があると世間でうわさしているのというのは本当かなあ、と解釈され、うたい手の「我」は手児奈の男を装っている。うたい手は恋人「我」に自己を同化させつつ、当事者の位置から手児奈伝承をうたうという方法である。それに対して第二歌は、「評判の美女手児奈がいたから」と、手児奈を過去の人物として回想する歌。下二句はいまだ解釈が定まらないものの、最高の美女を讃えるものであろうから、第一歌とは違って、手児奈とは時間的な距離を置いて批評的視点も含みつつうたわれていることになる。第二歌のうたい手は手児奈伝承を第三者の立場からうたっているのである。この二首が同一のうたい手によるものかどうかはわからないが、そこには、当事者と第三者の立場を移動しながら、手児奈伝承に入り込んだり、離れたりしてうたううたい手（たち）が存在することに注目しておきたい。

これらの万葉歌について益田氏は、個的な抒情以前に、集団の共有する伝承に没入してうたう抒情法を「前抒情」と呼び、そこに「記紀の歌謡の本質のひとつの側面」（『記紀歌謡』）があったとする。万葉東歌の「真間の手児奈」歌や二九〇六歌が「記紀歌謡」の抒情と同質かどうかは別としても、伝承が歌によって伝えられる状況、すなわち神話・物語をうたう〈叙事歌〉という共通の基盤をそれらの歌の間に認めてよかろう。右に述べてきたように、神々や物語人物の行動や事件を当事者の立場からうたう歌、またそれを第三者の立場から距離を置いてうたう歌の二つが〈叙事歌〉のうたい方としてあって、そのようなうたい手の位置が歌の叙事に表れてくるのである。

四　記紀歌謡の詠者の相違

〈叙事歌〉としての「記紀歌謡」というテーマを、やや迂遠な論になったが、以上に述べてきた。この前提から、以下に記・紀共通歌に発生する詠者の相違という問題を検討したい。それは記・紀の歌のほぼ半数に当たる記・紀共通歌の様態に深く関わっているからである。

さて、その問題は歌と物語の関係として表れてくる。記・紀の歌と物語は、効果的にかみ合って融合しているもの、やや分離を含んで並行しているものなど、多様なあり方を示している。しかし、多様ではあるが、歌から見ると、物語との関係が記・紀の間でほぼ決まっているように思われるから、歌の詠者として記載された人物が異なるという現象はほとんど起こらないはずである。ところが実際には、記・紀共通歌の十二ヶ所の詠者に明らかな相違が見られ、さらに四首には詠者の書き方の微妙な違いが表れている。

それではなぜ、記・紀共通歌に詠者の相違が発生したのか。例えば、口承の段階ですでに相違していたとし、記・紀の外側に理由を求めることも可能かもしれない。しかし、それは記・紀の記述からはたどれず、不明としか言いようがない。重要なのはむしろ、物語と歌謡の表現の問題に踏みとどまって、その表現の側から説明する論理を立てることである。少なくとも、詠者の相違は記・紀の記述を通して表れてくるのだから、記・紀の歌の位相と関わるところで見極めていく必要がある。

その相違は、記52首、紀51首の共通歌のうち16ケ所に起っているが、それぞれの相違の程度はきわめて多様である。

(1) 天《あめ》なるや弟棚機《をとたなばた》の………記6高比売《たかひめ》（夷振）／紀2会喪者《もにつどへるひと》、或云下照媛《したてるひめ》（夷曲）
(2) 忍坂《おさか》の大室屋《おほむろや》に………記10神武天皇／紀9大伴氏の祖道臣命《みちのおみのみこと》（来目歌）
(3) 御真木入日子《みまきいりひこ》はや………記22山代《やましろ》の幣羅坂《へらさか》に立つ少女《をとめ》／紀18和珥坂《わにさか》に有る少女、一云山背《やましろ》の平坂《ひらさか》に有る童女《をとめ》
(4) やつめさす出雲建《いづもたける》が　……記23（景行記）倭建命《やまとたけるのみこと》／紀20（崇神紀）時人《ときのひと》
(5) 日日並《かがな》べて夜《よ》には………記26御火焼《みひた》きの老人《おきな》／紀26秉燭者《ひともしびと》
(6) 大和は国の真秀《まほ》ろば………記30倭建命（思国歌）／紀22景行天皇（思邦歌）
(7) 命《いのち》の全《また》けむ人は………記31同／紀23同
(8) はしけやし我家《わぎへ》の………記32同（片歌）／紀21同
(9) 水たまる依網《よさみ》の池………記44応神天皇／紀36大鷦鷯尊《おほさざきのみこと》（仁徳）
(10) 山城《やましろ》の筒木《つつき》の宮に………記62丸邇臣口子《わにのおみくちこ》の妹口比売《いもくちひめ》／紀55的臣《いくはのおみ》の祖口持臣《くちもちのおみ》、一云和珥臣《わにのおみ》の祖口子臣、の妹国依媛《くによりひめ》

(11) 女鳥《めどり》のわが王《おほきみ》の…………記66仁徳天皇
高行《たかゆ》くや速総別《はやぶさわけ》の…………記67女鳥王　紀59嶋鳥皇女《めとりのひめみこ》の織縑《はたお》る女人等《をみなども》
(12) 雲雀《ひばり》は天《あめ》に翔《かけ》る…………記68女鳥王／紀60隼別《はやぶさわけ》皇子の舎人《とねり》等
(13) 枯野《からの》を塩に焼き…………記74詠者不詳（志都歌の歌返）／紀41応神天皇
(14) 宮人《みやひと》の足結《あゆひ》の小鈴《こすず》…………記82大前小前宿禰《おほまへをまへすくね》
(15) やすみしし我が大君…………記98雄略天皇／紀76雄略天皇の舎人
(16) 塩瀬《しほせ》の波折《なを》りを…………記108（清寧記）袁祁命《をけ》（顕宗）／紀87（武烈紀）稚鷦鷯《わかさざき》尊（武烈）

（注）数字は歌謡番号、共通歌の見出しは古事記歌謡で示す。

右のように、記・紀に共通する歌謡にもかかわらず、記・紀の間で詠者が異なる場合、詠者の相違の程度は、当然のことながら物語の相違の程度に対応する。例えば(4)の記・倭建命と紀・時人の相違は、景行記と崇神紀というように、物語の時と場が大きく異なることと対応している。また(4)のように不特定の第三者を詠者とする傾向が紀の方の特徴として見られる。それを整理してみると、次のように分類できよう。

A　詠者の他にも、物語の時や場が異なるもの―(6)(7)(8)(13)(16)
B　同一物語でありながら、詠者が異なるもの―(2)(3)(5)(9)(10)(14)
C　記の詠者が、紀では不特定の第三者となるもの―(1)(4)(11)(12)(15)

この相違状況の分類によって、Aのような物語の相違に伴う詠者の違いはそれほど多くないことがわかる。物語から見ると、(6)(7)(8)で1ヶ所だから合計3ヶ所に見えるだけである。同一物語のBのケースは合計6ヶ所で起っている。ただBの詠者の違いは、(3)(10)のように紀の異伝に一致する部分が見られたり、(5)のように一見表記のしかたの違いによると思われるものも含んでいる。Cは、記では当事者の歌が、紀では歌の主体が第三者になるケースである。第三者が詠者になるのは、歌中の人物表現との合理的な関係が求められたためと見られる。このCについて土橋氏は、記の当事者から紀の不特定第三者への改作とするが（『古代歌謡の世界』）、記から紀への一元的な改作論は記・紀それぞれの構想という視点から批判されている(13)。

以上のように、記・紀間に発生する詠者の相違は三つに分けることができる。その相違は、上述の記・紀の歌の叙事性、すなわち歌の叙事という歌謡の表現の側からどうとらえられるのか。記・紀共通歌にもかかわらず、そこから発生してくる歌の主体の差異を、〈叙事歌〉の表現性として見ておきたいと思う。そこで三つの位相のそれぞれにおいて、具体的にAの⒃、Bの⑸、Cの⑹を順次取り上げ、検討していく。

五　歌の叙事と物語の生成

Aの⒃とその前後の歌をすべて掲げてみよう。

a　大宮の彼《をと》つ端手《はたで》隅傾《すみかたぶ》けり　（記105・志毘）
b　大匠《おほたくみ》拙劣《おぢな》みこそ隅傾けれ　（記106・袁祁）
c　大君の心を緩《ゆら》み臣の子の八重《やへ》の柴垣《しばがき》入り立たずあり　（記107・志毘）
d　潮瀬《しほせ》の波折《なを》りを見れば遊び来る鮪《しび》が端手に妻立てり見ゆ　（記108、紀87・袁祁）
e　大君の御子の柴垣八節結《やふじま》り結り廻《もとほ》し切れむ柴垣焼けむ柴垣　（記109・志毘）
f　大魚《おふを》よし鮪突く海人《あま》よ其《し》が離《あ》ればうら恋《こほ》しけむ鮪突く志毘《しび》　（記110・袁祁）

この六首は二首一対で三組の掛け合い歌になっている。歌の素材が統一的でないと見られているが（中西進

『河内王家の伝承・古事記を読む4』昭和61年)、問答の中の対応句の他、a「端手」—d「端手」、c「大君」「八重の柴垣」—e「大君」「柴垣」、d「鮪」—f「鮪」が複雑に絡み合って、挑発や対立の緊張した言葉の関係を作り出している。この緊密な歌の構成体の中で、「鮪」を主人公とする妻争いという叙事の中心的な位置にあって、前後の歌を一体化する役割をもっているのが記・紀に共通するdすなわち(16)の歌と理解できよう。都倉義孝氏は、(16)が一連の歌謡の中核と見なされたとし(「志毘臣物語論—『古事記』の構造に関連して—」『早稲田商学』昭和57年10月、『古事記　古代王権の語りの仕組み』所収)、身崎壽氏がそれを承けて、(16)が政治的抗争を妻争いの物語として構想する契機になったとする推測も正当なものであろう。(「モノガタリにとってウタとはなんだったのか—記紀の〈歌謡〉について—」『日本文学』昭和60年2月)。

ただ、この場合、物語は歌を含みこむものととらえられるであろうか。

故《かれ》、天の下治めたまはむとする間《あひだ》に、平群臣《へぐりのおみ》が祖《おや》、名は志毘《しび》臣、歌垣《うたがき》に立ちて、その袁祁命《をけのみこと》の婚《よば》はむとしたまふ美人《をとめ》の手を取りき。その嬢子《をとめ》は、菟田首《うだのおびと》等が女《むすめ》、名は大魚《おふを》ぞ。しかして、袁祁命も歌垣に立たしき。

(清寧記)

歌の前段の散文はこれだけである。これが物語の発端のストーリーなのである。場面としての「歌垣」、登場人物としての「志毘」「大魚」はすべて歌の中から引き出し得る。「志毘」の相手のe「大君の御子」だけが歌において固定しない。また、歌の後段に二皇子による志毘臣の誅殺があるのは、d「鮪が端手に妻立てり見ゆ」を承けて、最後の袁祁の歌fが「其が離ればうら恋しけむ」(いずれ大魚は離れてゆき、お前は恋しく思うだろうの意)と、志毘をやり込める形で歌垣が終わるところに用意されていると言えまいか。志毘は歌争いに負けることによって、袁祁たちの軍に殺されるという結末を招くのである。志毘誅殺事件は顕宗即位の由来伝承でもあった。それは掛け合い歌で伝えられ、記は歌による物語をもとに散文と歌群を構成し、記述したことになる。記の散文叙述は、歌を含みこむものとしてあるのではなく、逆に歌の叙事から生成されてくるものと考えられる。

一方、紀の⒃は武烈即位前紀に置かれているが、その物語は稚鷦鷯太子（武烈）と鮪臣の、やはり「歌場」における妻（影媛）争いになっており、記と同じ話型と見られる。八首の歌の最初に⒃があり、次のように展開する。

I　太子（紀87）と鮪（紀88）、太子（紀89）と鮪（紀90）、最後に太子（紀91）で歌場での掛け合い。
II　太子が影媛に贈る歌（紀90）と鮪が影媛のために答える歌
III　鮪の死を悲しむ影媛の歌（紀92）、鮪を埋葬した時の歌（紀93）。

紀の場合、物語の話型は同じであるが、時だけでなく、人物も稚鷦鷯太子（武烈）と物部麁鹿火の大連の女影媛が記と大きく異なり、⒃の詠者は稚鷦鷯太子になっている。平群鮪臣だけが記・紀の間で同じなのは、鮪をうたう⒃が共通しているからである。⒃の前文には、太子が影媛の袖を取って誘っているところに、「鮪臣《しびのおみ》来《きた》りて、太子《ひつぎのみこ》と影媛《かげひめ》との間《なか》を排《おしはな》ちて立《た》てり。是《これ》に由《よ》りて、太子、影媛が袖《そで》を放《はな》ち、移《うつ》り廻《めぐ》り前に向《すす》みて立ちたまひ、直《ただ》に鮪に当《むか》ひて」とあり、記では曖昧であった「鮪が端手に妻立てり見ゆ」を、太子と影媛の間に割って入って影媛の傍に立った鮪に、太子が向かい合ってうたったと、より詳細な状況説明で関係づけている。それは⒃が鮪と太子の掛け合いの起点となり、記と同様、歌謡群の中核となっているからである。Iの掛け合いでは⒃以外の歌謡は記と異なるが、挑発や対立の構造は同じである。紀ではIIIの影媛の歌へと展開するのが特徴になっているが、この影媛物語への橋渡しの役割を果たしているのがIIの歌である。

さて、⒃の歌は、歌垣（歌場）での鮪の妻争いという叙事を表すものであった。従って、記・紀の間で平群鮪という人物は共通していたが、鮪の相手は歌の叙事においてなお流動する部分であった。記の袁祁と紀の稚鷦鷯太子に分かれたのは、歌の叙事の側に理由があったことになる。その意味で、益田氏が「鮪の死の物語は、いくつかの物語られ方で伝承されており、うたの物語になっていた」（『記紀歌謡』）とするのはその通りであろう。つまりこの場合、ある特定の物語があって歌が作られたり、はめ込まれたりしたのではなく、歌の連なりという物語を考えるべきであろう。歌の叙事によって散文叙述が生成されていくという様態を、記・紀それぞれの鮪の物語が垣間見せているからである。同時に、袁祁と稚鷦鷯太子という詠者の相違も歌の叙事と深く関わるところで発生したと言ってよかろう。

次にBの(5)に触れておこう。記ではヤマトタケルと御火焼きの老人との片歌問答になっている。

新治筑波《にひばりつくば》を過《す》ぎて幾夜《いくよ》か寝《ね》つる　（記25、紀25・ヤマトタケル）

日日並《かがな》べて夜《よ》には九夜《ここのよ》日《ひ》には十日《とをか》を　（記26・御火焼きの老人、紀26・秉燭者）

この問答の後、記は老人を誉めて「東《あづま》の国造」に任じた。それに対して紀には、詠者を「秉燭者」とし、「聡《さとり》を美《ほ》めたまひて、敦《あつ》く賞《たまひもの》す」とあるが、「東の国造」の記述はない。この「老人」の有無は記・紀の間になぜ起こったのであろうか。問答の問の方は日数を下問する歌であるが、天皇・皇子が下問する話には返答者が老人になる例がある。例えば、仁徳天皇が「歌もちて雁《かり》の卵《こ》生みし状《かたち》」を問うた建内宿禰は、「なこそは世の長人《ながひと》」と讃えられる長寿の人であったし、顕宗天皇が父王の骨の在り処を求めた時に答えたのも「老嫗《おみな》」であった。このような例からも、天皇などの下問に、人々が答えあぐねた末に「老人」が答えるという話型を想定し得る。そして記の詠者「御火焼きの老人」はそのような話型のうちにある。答歌には毎夜篝火を焚く卑賤の「老人」がその役目ゆえに日数を答え得たという叙事が内在することを認めてよかろう。紀の詠者に「老人」が明記されないのは、こうした歌の叙事よりも「秉燭者」の漢語が優先されているからであつて、この紀のあり方は清寧記の

「火焼きの小子《わらは》」が紀ではやはり「乗燭者」になることと通じている。

ヤマトタケルの筑波問答は、「御火焼きの老人」の物語がまずあって、物語の中に問答歌をはめ込んだというようなものではなかろう。歌の側から導き出される「御火焼きの老人」を詠者として物語が構成されたという関係である。この話の前には相武国での火難の物語があり、それは弟橘比売が入水した時の、

さねさし相模《さがむ》の小野《をの》に燃ゆる火の火中《ほなか》に立ちて問ひし君はも　（記24・弟橘比売）

の歌、そして足柄の坂で弟橘比売を偲んでヤマトタケルが「あづまはや」と嘆く話に連続する。この「さねさし」の歌も、言われてきたような野焼きの民謡とは決めつけられない。(14) むしろヤマトタケルと弟橘比売の、火難の中の恋を伝える〈叙事歌〉と位置づけられるのであって、そこにもう一つの火難物語を見ることができる。(15) このように一連の「火」をモチーフとする記のヤマトタケル物語は、「さねさし」の歌や「日日並べて」の問答歌によって意識されるものではなかったか。「あづまはや」から「東の国造」へと連続することは言うまでもないことで、卑賤の「火焼きの老人」が実は太陽の運行を知る「日知り」と見られたのであり、東国の支配者たる「東の国造」を賜ったのは、当意即妙の返歌とともにこの日知りの呪能に対してであったのではないか。「火」のモチーフが連続する記の物語は、歌の叙事から紡ぎ出されてくるところに展開されたものと見られるのであり、「火焼きの老人」という詠者もそこに関わる。紀の方には「さねさし」の歌がなく、また「日日並べて」の詠者も漢語的表現が選ばれ、歌の叙事による物語構成が希薄であった。同じ歌でありながら、そこに必然的に詠者の相違が起こる結果になったと考えられる。

最後にCの(4)を取り上げる。刀を取り替えてだまし討ちにするという共通の話型をもつ物語と歌である。

やつめさす　（紀・八雲立つ）出雲建《いづもたける》が佩《は》ける刀《たち》黒葛多《つづらさはま》巻きさ身なしにあはれ

（記23・ヤマトタケル、紀20・時人）

記の物語では、ヤマトタケルが熊曽建を征伐した後、出雲の肥の河で出雲建を計略を用いて殺した時の歌。一方紀では、出雲の神宝を朝廷に献上した飯入根を、兄の出雲振根が怒って止屋の淵でだまし討ちした時の、「時人」の歌として崇神紀六十年七月条に記される。記・紀の間で物語の時と場所のほか、詠者もヤマトタケルに対して第三者の「時人」という相違が起っている。

記・紀共通歌でありながら、物語内容や詠者が大きく異なる点を整合させるために、従来記・紀の間での改作論が唱えられてきた。例えば吉井巖氏は、崇神紀六十年の話がもとになってヤマトタケルの話が作られたと推定する。紀の記述には出雲国内部の勢力抗争という史実的根拠があったというわけである（『ヤマトタケル』昭和52年）。それに対して土橋寛氏は、記のヤマトタケル歌を出雲振根の物語に結びつけて詠者を「時人」にしたと考え、逆の改作説を示す（『古代歌謡全注釈・日本書紀編』昭和51年）。しかし、歌謡から見れば誰がどんな時にうたったかという理解が共有され、歌の表現にも叙事的な根拠が内在していたと考えるべきであるから、仮に話型が同じだとしても同じ歌謡が複数の物語との間に関係をもつことはそれほど自由ではなかったであろう。従って記・紀の間の改作論は、歌謡の叙事的根拠を無化する、物語（構成者）の側の論理に立たざるを得ない。しかし、無化することへの説明はおそらく不可能であるから、記・紀間の一元的な改作論は成り立たない。また、(4)の背景に伝承の伝播・流伝があったとも考え難い。考え得るのは、(4)の詠者の相違が改作に起因するのではなく、記・紀両方の伝えられ方が根拠をもって存在したということであろう。その根拠は歌の表現から見る必要がある。

記における歌の表現は、「出雲建」に見るも立派な（「黒葛多巻き」）偽の刀（「さ身なし」）をつかませて（「佩ける刀」）、太刀打ちできないでいる奴をだまし討ちにしてやったぞ（「さ身なしにあはれ」）という叙事として読める。

「出雲建」は出雲の勇者・首長という意の固有性をもたない一般名称で、ヤマトタケルと熊曽建の関係と同じように、西征物語としては熊曽建に連続してヤマトタケルとは対の関係になる物語人物名であった。阿部誠氏が想定するように、そこにはヤマトタケルの英雄像をより鮮明にしようとする意図が働いているのかもしれない（前掲平成10年3月論文）。このようにヤマトタケルという詠者は、歌の中の「出雲建」が呼び起こす叙事によって導かれる人物と言ってよかろう。

それでは、紀で第三者の「時人」になっているのはなぜだろうか。この場合も歌の中の「出雲建」が関わっていると見られる。紀の場合は、出雲国の神宝奉献をめぐる内部抗争事件をうたった歌として、伝承的根拠もって伝えられていたであろう。記と同じように殺す側が詠者だとすれば、紀では出雲振根ということになる。しかし、兄振根が弟の飯入根を「出雲建」と呼ぶのはふさわしくない。「出雲建」は出雲の外部からの名称だからである。そこで第三者の外部的な名称で、名もない人の事件批評の声として「時人」が詠者に位置づけられたと考えられる。「時人」という外部からうたわれることで、「出雲建」との関係は矛盾がなくなる。

記のヤマトタケルと紀の「時人」という詠者の相違も、(4)の歌の叙事において表出し得る部分であった。その(4)を、記から紀へ、あるいは紀から記へという単純な改作、流用の関係でとらえることはもとより否定されるべきで、(4)はヤマトタケルと出雲振根・飯入根兄弟のそれぞれの叙事を背負っていたのである。うたい手は異なるが、刀易えによるだまし討ちという歌の叙事は共通していたということである。刀易えの物語を前提に(4)の歌が創作ないしは改作されたのではなく、(4)の歌そのものが一つの物語であったと言うべきであろう。それと並行して刀易えの物語があったと考えてもよいが、歌の叙事によって物語の側に刀易えのモチーフが生成されていった可能性も考えられるのである。

結び

土橋氏が提示した、いわゆる「物語歌」の概念に拠らないで、歴史的な事件や伝説（の場面）をうたう、あるいは内在させる歌という意で、〈叙事歌〉という言い方をしてきた。そしてそこに「記紀歌謡」の歌の位相を見てきた。記・紀の歌の表現の水準に、民謡がストレートに物語に転用されたり、物語のために自由に歌が創作されるというような状況が果してあり得たかどうか、やはり疑問が残る。歴史的な事柄は物語によって語られる、と並行して、〈叙事歌〉という歌によってうたわれる、と考えてきたわけである。そのような見方に立つと、記・紀の歌の中で民謡と言われてきたものが曖昧に見えてきたりする。やはり、記・紀の歌は物語の枠組から離れて存在しないということから論を立てなければならないだろう。〈叙事歌〉としての「記紀歌謡」という立場はそこから導き出される。そのような立場から、記・紀共通歌の詠者の相違を通して、歌の叙事によって散文の物語叙述が生成され、そこにまた詠者の相違も発生してくることが確かめられた。それはあくまでも記・紀の歌の問題として論じてきたのであって、民謡などの独立歌謡の存在を否定しているのではない。それは確かに存在していたが、記・紀の歌を民謡などに直接的に還元することには慎重でなければならないだろう。

「記紀歌謡」の歌の位相として見えてくる、事件や伝説をうたう〈叙事歌〉群、歌謡群による物語の形成、また歌の叙事から生成されていく物語という、言わば「記紀歌謡」の〈叙事歌〉の生態は、万葉歌にどうつながっていくのだろうか。例えばそれは、森朝男氏が柿本人麻呂の長歌を「語り歌史」として論じた問題が想起されよう（『古代和歌の成立』平成5年）。当然のことながら、高橋虫麻呂などの伝説歌の方法にも関わる。そして、有馬皇子や大津皇子には日本書紀に歴史叙述という物語があるが、彼らの万葉歌は悲劇を伝えるもう一つの物語と言えるだろう（都倉義孝「大津皇子とその周辺」『万葉集講座』第五巻、昭和48年2月）。〈叙事歌〉としての「記紀歌謡」の生態は、そのような文学史的課題として位置づけていくことが必要である。

【注】

（1）このような「歌謡抒情詩観」は津田左右吉『神代史の新しい研究』（大正2年）から明確になるという（曽倉岑「上代歌謡」『上代文学研究事典』平成8年）。

（2）内田賢徳『万葉の知』（平成4年）が、「『記紀所載歌』であることと『記紀歌謡』であることとの対立は、いつでも思い起こされる必要があろう」とするところに、「記紀歌謡」の基本的な問題が提起されている。

（3）「記紀」の間で歌詞が対応する歌を「共通歌」とする。ただし、古事記のハヤブサワケの歌二首が日本書紀では一首になっている例があるので、記は52首、紀は51首に数える。

（4）『万葉歌の形成と形象』（平成6年）。ただし、高野氏は民謡とする立場である。

（5）この解釈は、本居宣長『古事記伝』が「若日下大后をうらやみ奉れるか」としつつすぐに「さる意はあらじ」と否定したのがもっとも早い。宣長が自ら否定した解釈を再評価するものとして、島田晴子「赤猪子の歌謡物語」（『上代文学論叢・論集上代文学』第八冊、昭和52年11月）、品田悦一「歌謡物語―表現の方法と水準」（『国文学』平成3年7月）、駒木敏「物語における歌謡の位相」（古事記研究大系9『古事記の歌』平成6年2月）など。

（6）西郷信綱『古事記注釈』第四巻（平成元年）は「前段に若日下部王の話が出てきた余韻」と指摘するが、後に述べるように、もっと直接的、構造的な関係としてとらえられる。

（7）品田氏が老女の「逆説的なことほぎ」と述べる通りである（注5、同論文）。

（8）歌の後の「多の禄をその老女に給ひて返し遣りたまひき」の文は、散文の末尾の「婚ひをえ成したまはぬことを悼みて」に続けてもストーリーに変更はなく、物語は完結しているのである。なお、物語人物の会話文、特に〈心話文〉の意味作用について、新しい視点から論じたものに、青木周平「雄略記・赤猪子物語における会話文の性格」（梅沢伊勢三先生追悼『記紀論集』平成4年3月、『古事記研究』所収）がある。また同氏は、〈心話文〉を含む物語の文脈を、雄略と赤猪子の歌が受けとめ、記95に「物語の中で抒情する〈嘆老〉のあり方」を認めている。そこに万葉集相聞歌群との共通基盤があることも指摘する（赤猪子物語における〈老〉表現―相聞歌の基盤として―」『美夫君志』平成4年3月、『古事記研究』所収）。やはりこの論においても、「記紀歌謡」の歌の位相をどうとらえるかということが問題にされているのである。

（9）池宮正治「上代歌謡と琉球文学」（『記紀歌謡』昭和51年4月）、藤井貞和『古日本文学発生論』（昭和58年）、古橋信孝『古代歌謡論』（昭和57年）『古代和歌の発生』（昭和63年）などがこの問題を論じている。なお、狩俣ではタービやフサなどの神歌をウタウとは言わずにヨムと言い、ここには神の言葉への特別な意識が現れている。

（10）注(9)同書。私もまた、狩俣の神歌と神語りが自立的に並行して存在することを具体的に論じたことがある（「南島歌謡論―狩俣・志立元の叙事伝承」『明治大学人文科学研究所紀要』平成6年12月）。

（11）『奄美民謡誌』（昭和54年）、『歌謡（うた）の民俗』（昭和63年）、『奄美シマウタへの招待』（平成11年）。また小野重朗『南島歌謡』（昭和52年）は、物語をうたった琉歌調の節歌群を長編叙事歌に続く「物語り抒情歌」ととらえている。

（12）歌と語りが両立しないものでないことはすでに指摘されており、諸説の紹介と整理は、本書Ⅲ・第三章・3に記したので参照していただきたい。

（13）阿部誠「物語歌の複層性―記紀の歌詠者設定の相違を通して―」（『國學院雑誌』平成5年5月）、「『日本書紀』における歌詠者設定の問題（上・下）―『古事記』との歌謡観の相違と第三者詠の展開―」（『國學院雑誌』平成10年2・3月）

（14）相磯貞三『記紀歌謡新解』（昭和14年）に「東国における若い男女の農民生活を背景とした民謡」とある。土橋寛『古代歌謡全注釈・古事記編』はそれを否定して、この歌は「個人的創作歌」で、倭建命の火難物語をふまえた物語歌とする。それに対して西郷信綱『古事記注釈』第三巻（昭和63年）は、民謡か物語歌かという一義的なとらえ方を批判した上で、相模国での火難なのに駿河国の焼津が出てくる点に注目し、「さねさし」の歌の方が物語よりも先にあったことを指摘している。この見解は歌謡と物語の関係を固定的にとらえない点に説得力がある。

（15）「もう一つの火難物語」を作り出す古事記の歌の機能については、本書Ⅱ・第二章・1を参照していただきたい。

第三章　古事記における歌と散文の表現空間

1　八千矛神の「神語」と散文

はじめに

日本の神話研究において「読みと解体」はいかに可能か。これは古事記を作品として読む立場において、必然的に直面する問題であるにちがいない。このような神話研究の現状を認識しつつ、具体的に八千矛神の神話を取り上げ、歌謡と散文の関係という視点から、新たな読みと解体を模索することが本論の課題である。

ところで、いま八千矛神の神話と言ったが、それはほとんど四首の歌から成っている。この神話は注記によって〈神語〉と称される。ここでの散文は歌に対して極端に短く、神話の叙述の役割をほとんど果していない。ここでは、古事記の〈神語〉において歌によって神話を書くことの意味を、歌と散文の関係という古事記のテキストの問題として考えてみたいと思う。

一　氏族伝承論

研究史的に見れば、戦後の記・紀研究は、歴史社会学派による発展史観からの記・紀伝承のとらえ直しや文献史学による記・紀の資料批判からはじめられたと言えよう。また、記・紀の神話・伝説・説話を細分化して切り離し、それらを氏族伝承の中に解体していく方法もあった。この氏族伝承論は、天皇家との関係を主張する各氏族の伝承を資料あるいは素材として記・紀が成立したという考え方を前提とするものである。武田祐吉『古事記説話群の研究』（昭和29年）が古事記の旧辞伝承を説話群として分化・解体し、その項目ごとにしばしば伝承氏族の記述に及ぶのは、氏族伝承論の基本的な立場と言ってよい。しかし、記・紀の神話や説話を氏族伝承に解体していくことは、逆に、統一した構成に向かうものとしての、作品としての記・紀の姿を見えにくくすることにもなった。

このような記・紀研究の動向は、〈神語〉の研究にも明確に反映された。それは〈海人駈使〉＝伝承者説である。

　いしたふや　あまはせづかひ　事の　語り言も　こをば

〈神語〉のはじめの二首、八千矛神の歌と沼河比売の歌の前半は、このような共通句で結ばれる。「あまはせづかひ」は、契沖『厚顔抄』が〈天駈使〉と訓んで「空飛使」と解し、本居宣長『古事記伝』も同じ訓をとって「言通《コトカヨ》はす使《ツカヒ》を、虚空飛鳥《ソラトブトリ》に譬へいへるにや」と解釈した。そして〈天駈使〉説は近代以降の諸注に受け継がれたのである。

この〈天駈使〉説に対して折口信夫は、

　あまはせつかひとは、海部駈使丁《アマハセツカヒ》の義である。神祇官の配下の駈使丁《ハセツカヒ》として召された海部《アマベ》の民を言うたらしい。

とし、海部駈使丁から分化した天語部は、〈神語〉や〈天語歌〉を伝承し、宮廷の語部ともなっていったという新説を提示した。[1] この海部駈使丁こそ、〈神語〉の伝承者であるとする見解である。

昭和二年の「国文学の発生」（第四稿）に書かれたこの折口説を、戦後見直しを加えて継承し、補強・発展させたのが土橋寛氏の〈海人駈使〉＝伝承者説である。土橋氏は、伊勢の豪族・天語連に隷属する海部から貢進されたのが〈海人駈使〉と推定し、それが後に宮廷語部化して〈神語〉や〈天語歌〉を伝承したと説いた。(2)そして「いしたふや」以下の結びは、伝承者としての〈海人駈使〉＝天語部の署名句のようなものとするのである。土橋氏の立場は、記紀の歌を説話から切り離し、独立歌謡としての歴史的社会的背景及びその機能や生態を明らかにすることが中心となるので、その歌謡研究において、伝承氏族の究明に向かうのは当然であった。この〈海人駈使〉＝伝承者説は、中島悦次『古事記評釈』（昭和5年）や相磯貞三『記紀歌謡新解』（昭和14年）が従い、さらに土橋氏の補強の後、神田秀夫・太田善麿『古事記』（日本古典全書、昭和37年）や上田正昭・井手至『古事記』（鑑賞日本古典文学、昭和53年）などが支持して、現在有力な説になっている。

土橋氏の所論には、歴史学的方法による氏族伝承論の影響が見られるが、次田真幸氏の次のような見解は歴史学の成果とその方法を一層援用して導き出されたものである。次田氏は〈神語〉の原形を伝承した氏族を阿波の海人・天語連と推定し、それを八千矛神の妻問物語として構成したのが倭直であろうとする。(3)次田氏の立場は〈神語〉の歴史的背景とその形成過程の追究に主眼を置くものであるから、論の対象が伝承氏族の問題になっていくのは当然である。見てきたところから明らかなように、〈海人駈使〉＝伝承者説の背景には、歴史学的な立場による氏族伝承の方法があったのである。(4)

ただ、これと関連して付け加えておきたいのは、〈海人駈使〉＝伝承者説の嚆矢となった折口説についてである。折口学の主軸に発生論があったことは周知の通りであるが、この〈海人駈使〉説が書かれたのは、「国文学の発生」の第四稿であった。「あまはせつかひとは、海部駈使丁《アマハセツカヒ》の義である」とする立場は、記・紀の伝承から発生的なものへと遡源し、その原型的な伝承を特定氏族の固有の伝承としてとらえていくものであった。折口説の前提にあるのは、それぞれの氏族には変らないで伝えられていく固有の伝承があったとする考え方である。歴史性を超えようとする民俗学的方法と歴史的事実を究明しようとする歴史学的方法とが、背馳する立場にもかかわらず重なり合ったのが氏族伝承論であったと言えよう。

しかし、このように氏族伝承論の方法によって浮上してきた〈海人駈使〉＝伝承者説は、〈神語〉は海部の固有の、あるいはその発展した伝承として読まなければならない、という制約を自ら抱えてしまうことになる。〈神語〉の表現は、海部の伝承において可能だったのだろうか。また、海部の固有の伝承と言い得る確かな根拠があるだろうか。このように考えていくと、〈海人駈使〉＝伝承者説はいくらつきつめていっても、結局歌の表現の問題になっていかないことに気づくのである。そして、益田勝実氏が述べるように、「天語歌にも神語の方にも、海洋のかおりがしない」という、歌の題材の次元で批判が出されるのである。(5)

〈神語〉を氏族伝承の世界に解体していった〈海人駈使〉説は、〈神語〉の歌の表現を一氏族の固有の伝承と言えるかどうかという根本的な問題を解決していないと言わなければならない。むしろ、歌の表現は氏族伝承の固有性を超えてあり得ると考えられるところに、氏族伝承論の方法の限界があるのではないか。氏族伝承論は、三浦佑之氏が指摘するように、「伝承を一元的なものとして理解しようとする方向が強すぎたのであ(6)」り、記・紀の神話や説話あるいは歌を一氏族の固有性の問題にしすぎたところがあると言えよう。従って〈神語〉の場合、歌の表現や歌と散文をめぐる問題から、新たにその表現のありようをとらえ直していくことが必要になってくる。

二　歌謡表現論

〈神語〉の歌を〈海人駈使〉＝伝承者説から解放し、表現の問題として「いしたふやあまはせづかひ」をとらえ直したのは、青木紀元氏である。青木氏は、この句は伝承者を示すものではなく、前句の「打ち止めこせね」や「な死せたまひそ」に接続するもので、希求・嘆願の相手と解するのである。(7)この考え方によれば、〈あまはせづかひ〉は歌の本体に含まれることになり、希求・嘆願の対象が明示されて文脈上のつながりもうまく説明できるし、その他の例にもすべて適用できる。整合性をもった説得力のある見解と言えよう。〈あまはせづかひ〉の文脈上の帰属に関する青木氏の見解は、基本的に正しいと考えられる。特にこの見解のすぐれているところは、「事の語り言もこをば」の前の神（人）名がすべて物語人物として統一的に把握できる点である。

このような青木氏の物語人物説を継承しながら、〈あまはせづかひ〉は〈海人駈使〉で八千矛神の従者とする修正案をとるのが、西郷信綱氏の見解である。(8)この見解には荻原浅男『古事記』（日本古典文学全集、昭和48年）や西宮一民『古事記』（新潮日本古典集成、昭和54年）などが従っている。

〈あまはせづかひ〉は物語人物と見るべきことを述べてきたが、その場合、八千矛神と沼河比売のセットをなす歌の二箇所だけに、結びの位置に照応する形で出てくることの理由が問われなければならない。そのような視点から古代の求婚説話を見ていくと、「媒」とか「媒人」と呼ばれる求婚の使者がしばしば登場することに気つく。求婚説話においては、〈よばひの使〉の登場が共通の構造として考え得るのである。このようなことから、〈あまはせづかひ〉は〈天馳使〉で、神聖な〈よばひの使〉の意であり、(9)神話的な名称でもあったと解される。〈天馳使〉は、物語人物としての〈よばひの使〉と考えると、八千矛神の〈よばひ〉の場面の二ケ所に限って出てくることの意味がはじめて明らかになる。[10]

〈天馳使〉は〈よばひの使〉として考え得る。そのように考えると、八千矛神と沼河比売の歌の構成が、問答歌として一見整合性をもつ形になっているが、実際にはかなり不完全なものであることが知られる。それを問題にするために、いま便宜上、八千矛神の歌をA、沼河比売の前半の歌をB、後半の歌をCとする。Aの後半とBは八千矛神と沼河比売の問答でありながら、前述したように、直接には〈よばひの使〉としての〈天馳使〉に向けて歌われるのであり、〈天馳使〉を介してなされる問答歌と見なければならない。八千矛神と沼河比売が直接逢う前の〈よばひ〉の問答がA（の後半）とBであり、「あやにな恋ひ聞こし　八千矛の神の命」とあるように、直接うたい交すのがCの歌と見ることができる。ところが、Cの沼河比売の答歌に対する、八千矛神の問歌がない。それは、Aの句数に対応するかのように、BCは沼河比売の答歌二首を合わせた形になっているからではないか。実際に、両方とも二句ずつの19行でほぼ一致する。同様のものとして、允恭記・軽太子の「志良宜歌」（記78）に対し、「夷振之上歌」（記79・80）が二首を合わせた形の十句で一致する例がある。〈神語〉の場合、古事記の書く次元で起こった可能性が高い。ともかく、ABには〈天馳使〉という第三の物語人物が登場し、そのBに、八千矛神に向けたCが連続してうたわれるということは、男女の求婚のうたい交わしというよりも、物語世界を内包する問答形式の〈叙事歌〉という歌の位相を示している。

先に、Bにある結び句によって、BとCの間に問答上の分離を見たのであるが、例えば『古事記伝』の「二首《フタウタ》を連《ツヅケ》て記せる」というような見方に対して、青木周平氏は、Cの「な恋ひ聞こし」の「聞こし」は「言ふ」の尊敬語で、Aの「会話文、『うれたくも……天馳使』以外には考えられない」とし、歌の構造から見て「efを二つの歌として独立させて見るべきではない」とする次のような見解を述べている。eはB、fはCにあたる。

この〈我鳥―汝鳥〉という関係性が、直接的には天馳使を向く文脈の背後に、八千矛神に向かう文脈があることを示し、fの「な恋ひ聞こし」へという呼びかけとなるのである。[11]

この見解は、土橋氏が「構造上の関係からすれば、一首の一段と二段の関係と見るほうが正しい[12]」と述べるところに通じるが、青木氏の文脈理解は従来の研究になかった重要な指摘である。それを認めた上で、「聞こし」の文脈上の働きについて若干触れておきたい。

Bは八千矛神への呼びかけからうたい出し、Aの天馳使への言葉を受ける形で、Bの、天馳使に向けた沼河比売の嘆願がうたわれる。そしてCで再び八千矛神に向けた言葉になり、「な恋ひ聞こし」がBの嘆願と呼応しつつAの天馳使への言葉を受けることになる。しかし、『古事記伝』が「命者勿死賜《イノチハナシセタマヒソ》とあると同意《ジ》なり」と、この句をBの嘆願と同じ意とするのは正しいだろうか。確かに、Aの天馳使に対する八千矛神の言葉を受けるが、Bの嘆願と同じではない。天馳使ではなく、八千矛神に向けられた言葉だからだ。八千矛神の「恋しがって」言う言葉は、沼河比売への直接の呼びかけをも呼び込んでしまうのである。直接の呼びかけは、Aの「さよばひに在り立たし」の「よばひ」に表されている。万葉集の〈よばひ歌〉の問答歌で見てみよう。

隠口《こもりく》の　泊瀬《はつせ》の国に　さよばひに（左結婚丹）　わが来《きた》れば……この夜は明けぬ　入りてかつ寝む　この戸開かせ　（13・三三一〇）

隠口の　泊瀬小国に　よばひせす（夜延為）　わがすめろきよ　奥床《おくとこ》に　母は寝《ね》たり　外床《ととこ》に　父は寝たり　起き立たば　母知りぬべし……　（13・三三一二）

答歌の「よばひせす」は女が「起き立たば」とあるから、「すめろき」が女に呼びかけて知らせたことがわかる。すなわち「よばひ」は相手を「呼ばふ」ことである。この歌に対して、Aの類歌で、「この戸開かせ」とうたいかける問歌がある。ところが、Cの部分には直接の問歌がない。万葉の問答歌を見れば明らかなように、沼河比売への直接の呼びかけは、Aの「さよばひに　在り立たし……引こづらひ　わが立たせれば」の文脈に用意されるはずであった。しかし、Aでは八千矛神の言葉が天馳使への命令になって、沼河比売へ向かわないのである。これを〈よばひ歌〉の表現のねじれと呼んでみたことがある。[13]つまり、沼河比売のC「聞こし」は八千矛神の〈よばひ〉の文脈に向かいながら、直接にはAの天馳使への命令を受けるという、やはりBとCの間が問答上の分離をはらむ構造になっていると言えよう。それが、青木氏が指摘した「天馳使を向く文脈の背後に、八千矛神に向かう文脈ある」ということになるのではないか。そのようなことがなぜ起こったのかというと、〈よばひ〉の問答歌を装いながら、歌そのものによって八千矛神の神話——女神との恋の物語が伝えられるという〈叙事歌〉であったからだということになる。そのような〈叙事歌〉のありようにおいて、これらの問答歌は「事の語り言」であったと言えよう。

三　実体推定論

八千矛神の恋の問答歌は、それではどのような場で、どのような形式で歌われたのだろうか。これらの歌が古代演劇に伴う歌曲であるとするのは、橘守部『稜威言別』以来の説であった。この演劇歌謡説は通説化するほどに大きな影響力をもったが、それを古代の文学の問題としてさらに発展させたのが西郷信綱氏であった。西郷氏は、八千矛神の歌謡が滑稽猥褻な所作をともなって上演された場面は、「粉れもなく新嘗または大嘗の豊の明り、つまり饗宴であった」と述べる。その説くところ、韻律上の特色に注目して「詩と踊りと音楽の原始的三位一体」に触れ、鳥の所作のものまねを指摘し、饗宴における滑稽猥褻な芸能の存在と女役をする男の演じ手の想定

にまで及んでいく論である。(14)

さて、この演劇歌謡説が承認される上で、大きな役割を果したのは土居光知氏であろう。土居氏は記・紀の伝承の背後に原始的な物まね劇を想定し、「八千矛と沼河姫、また須勢理姫との唱和は原始的な歌劇とも感ぜられる」と指摘した。(15)

土居氏の原始的な物まね神話劇に対して、益田勝実氏は、記紀成立前夜の七世紀は歌謡劇が盛んに演ぜられた時代であったと想定し、例えば〈神語〉などはこの歌謡劇時代に神話が劇化されたものとする。(16)益田氏は記・紀歌謡のいくつかが歌謡劇として演ぜられ、それが記・紀の文章にありありと投影していると考えているのである。福島秋穂氏はこの点をさらに進めて、単に物語中の歌謡と見るより、演劇の台本と見る方が迫真性を帯びてくると述べることも、(17)ここにとり挙げておかねばならないだろう。

その他、〈神語〉の歌の演劇歌謡説に関連するものとしては、〈神語〉は本来、出雲の杵築大社の神事歌謡としてあったもので、その例祭などにおいて演ぜられた歌曲とする西田長男氏のような見解もある。(18)

このような演劇歌謡説の通説化に対して一石を投じたのは、土橋寛氏であった。土橋氏は、「演劇と呼びうるためには、二人以上（一人の場合を含めてもよい）の人物の登場と、登場人物による身体的演出（所作または舞踊）を主とする口頭的演出（科白、もしくは歌）が必要」(19)とし、〈神語〉はこれに見合う条件に十分には恵まれていないことから、歌謡に身ぶりを伴った程度の独演的なものは認められるものの、演劇的な印象を与える表現は演劇として演じられたことを示すのではなく、(20)「語部（述作者を含めて）の想像・表現力」(21)の所産と見るべきことを述べている。土橋氏の指摘するごとく、やはり〈神語〉は、身ぶりや演劇的所作を伴ってうたわれる歌という点において考えるべきであろう。

土橋氏は、古代歌謡の社会的生態によって、民謡・宮廷歌謡・芸謡に分類する、言わば実体推定の方法を用いて古代歌謡の全体像を明らかにしようとした。[22]これは古代歌謡研究においては画期的意義をもつものであった。〈神語〉の歌について、土橋氏が、「『神語』を『天語部』という専門的な芸能人による古代的な芸謡として、歌謡史の中に位置づけたい」とし、「宮廷語部としての天語部の活躍の場は、新嘗会の饗宴の場から、さらに広くサロン的な場にまで拡がっていたであろう」[23]と述べるのは、その実体を具体的に推定するものである。

このように見てくると、〈神語〉の歌の実体は、新嘗（大嘗）会の饗宴の場において、語部が問答歌形式でうたった芸謡であり、それはまた身ぶりや所作をともなう芸能（演劇ではなく）でもあったという推定に、およそ落ち着いていくのであろう。そして西郷氏が述べているように、「宮廷雅楽寮において伝承・保存されてきた歌舞であった」[24]と見ることができよう。ただ、そのように考える時、新嘗（大嘗）会の饗宴、あるいは語部の芸謡とする点に、また別の見方が可能になると思われる。〈神語〉の歌が宮廷雅楽寮の管掌するものならば、その担い手はむしろ歌びとを想定すべきであって、そのような点からすると、天武紀朱鳥元年正月の、

己未（十八日）に朝廷《みかど》に大きに酺《さけのみ》す。是の日に、御窟殿《みむろのとの》の前に御《おほしま》して、倡優《わざひと》等に禄《もの》賜ふこと差有り。亦歌人《うたびと》等に袍袴《きぬはかま》を賜ふ。

という記事の「倡優」「歌人」の存在は、宮廷芸能や歌曲の担い手としてもっと注目されてよいのではないか。

以上のように、実体推定論の方法は、古代歌謡の社会的機能やその生態を明らかにする点で、大きな功績があった。ただ、この方法もまた、記・紀歌謡を古代歌謡の世界に解体していくことによって、歌と散文の関係によって成立する作品としての『古事記』の姿を、ややもすると見失い、歌と散文の間の矛盾や齟齬を論う結果になることも事実である。実体推定の方法は、書かれた記・紀の歌から、歌われた状態の原形あるいは前身を追究す

るゆえに、どうしても限界を抱えてしまうことを認識しておかねばならない。[25]

四　始原的表現からの照射

これは前に触れたことだが、〈神語〉における散文は極端に短く、しかもほとんどが歌の内容のくり返しであって、ここに、歌そのものが八千矛神の神話になっている、というありようが認められた。そのようなありようにおいて、これらの問答歌は、八千矛神の「事の語り言」なのであり、八千矛神の〈神語〉なのある。この場合、〈神語〉は〈神語歌〉の脱落形ではなく、[26]〈カムカタリゴト〉の略とする臼田甚五郎氏の指摘に従うべきであろう。[27]神野志隆光氏は〈神語〉の歌のあり方について、「物語る何か（伝承）に拠って歌うのである」[28]として、歌の外側に歌を支える伝承（「語り言」）を置いてとらえる。その場合、伝承はどのようなものと考えられるであろうか。〈神語〉の歌は、「叙事的抒情詩ともいうべき性格の歌であり、方法的には抒情詩の範疇からはみ出していない」[29]と土橋氏が指摘するのはその通りであろう。益田氏が「それぞれの歌が、その半分量の説明的叙述を含んでいても、伝承の中の人物の心中の思いの歌い交しというところに、その本質がある」[30]と述べることも首肯できる。しかし、〈神語〉の歌に叙事性が希薄であっても、八千矛神の神話はその問答歌（語り言）そのものの中に伝えられ、歌に接する人々は歌によって八千矛神の神話を理解し得たと見るべきである。八千矛神の神話である〈神語〉は、歌において伝承されるのであって、うたわれる場に散文的伝承などあり得なかったことは言うまでもない。このように見てくると、〈神語〉において、歌と語りの未分化な用法が認められる。[31]この点について益田氏が、

かたりごと↓うたを含むかたりごと↓かたりごと呼ばれるうた（神語）↓その亜流（天語歌）

というように発展的に図式化して説くのは、[32]歌と〈語り言〉を形態的にはっきりと区別している点で妥当ではな

いと考えられる。〈神語〉の問答歌は、八千矛神の恋の神話を伝えるものであり、八千矛神の〈語り言〉であったと見るべきなのである。語りあるいは〈語り言〉は、歌と対立する形態を言うのではないということになる。

歌と語りの未分化な始源的表現を〈神謡〉という概念で説明したのは古橋信孝氏であるが、古橋氏は〈神語〉を「神婚の神謡としてみられる」とし、〈神語〉の歌全体について「求婚、そして別れと、ひとりの女との神婚謡として一貫してみることができる」[33]と述べている。八千矛神の歌の三人称から一人称への転換や自称敬語なども、〈神謡〉の表現の構造を示すものとして説明できるというのである。斎藤英喜氏はこの点をさらに進めて、〈神自身の詞〉〈神の自叙〉であることの根拠となる表現ととらえている[34]。これは従来、神がかりとか演劇の科白の問題として説かれてきたのだが、始源の表現のありようという方向から新たにとらえ直されたと言えよう。〈神謡〉の歌は、〈神謡〉の表現として読むことによって、その表現構造が解明されつつある。このような始源的表現からの照射という方法は、従来の〈神語〉研究の中心に置かれてきた氏族伝承論や実体推定論の方法的限界を克服するものとして注目される。

福田晃氏は南島歌謡のタービと〈神語〉の比較を通して、「『神語』における『事の語言』とは、神女が神の声を自らの口にのせて語る、神の自叙伝ふうのフルコトを意味する」[35]と述べている。福田論の目指すところは、〈語り言〉に昔話の発芽を見出すことであった。福田氏は、南島歌謡の豊富な資料とその知見から、八千矛神の〈語り言〉が〈神の自叙〉の形式をもつことを実証的に確かめようとしたのである。

一方、三浦佑之氏はアイヌの〈神謡〉からこの問題について検討している。三浦氏は、語りの表現様式を追究した上で、アイヌの〈神謡〉と八千矛神の〈神謡〉とが自叙として共通性をもつことに注目し、自叙の様式が〈神語〉だけでなく、応神記の「蟹の歌」や万葉集・巻十六の「乞食者詠」などにも見られることから、「口誦の叙事表現は古代日本文学においてもかなり普遍的なものであった可能性が大きい[36]」との見通しを示した。

福田氏と三浦氏が、南島歌謡とアイヌの〈神謡〉というように、論の対象と目的を異にしながら、共通して〈神の自叙〉の様式に注目したのは興味深い。このような〈神謡〉の表現や〈神の自叙〉の様式からの〈神語〉へのアプローチは、従来の研究方法では得られなかった、言語表現にかかわる新しい成果をもたらし、さらに古代文学全体への新たなとらえ直しとなることが期待される。

しかし、ここで注意深く押えておきたいのは、〈神語〉の歌は〈神謡〉の表現や〈神の自叙〉の様式を受け継ぐものではあっても、始源の表現にすべて重なっていくものではないということである。その歌は基層に始源の表現を含みつつ、表現の位相はすでに始源の表現と距離を置いている。益田氏が「『神語』の歌のなかみは相当に新しい[37]」とするのは首肯できるし、古橋氏が「すでに村落の神謡ではなく、クニの神謡になっている[38]」と述べるのも、そうした差異を認めてのことであったと思われる。始源的表現からの照射によって古代の歌を明らかにしようとする場合、始源的表現との差異とか距離が問題になってくるであろう。〈神語〉の歌は、その意味では村落の歌謡ではあり得ず、宮廷歌謡としてとらえるべきだろう。しかも、それらの歌を構成し記載するにあたっては、古事記の神話講成の論理が当然働いたはずである。

五　古事記の記載の方法

次に、『古事記』における〈神語〉の構成と記載の問題について、歌と散文を中心に検討してみよう。すでに述べたように、〈神語〉という問答歌によって八千矛神の恋の神話がうたわれた。そのような問答の〈叙事歌〉において、〈神語〉は八千矛神の恋の神話という〈事〉の、問答歌で展開される〈語り言〉なのであった。〈語り言〉こそ、八千矛神の恋の神話の表現だったのである。

　このように見てくると、古橋氏が〈神語〉の求婚と嫉妬の歌全体を「ひとりの女との神婚謡として一貫してみることができる」とし、さらに「『古事記』の散文と神謡との関係」に触れ、神謡を支える「共同幻想の説明の仕方は多様にありえた。『古事記』の文脈はその説明の仕方の問題[39]」ととらえたのは、〈神語〉の歌と散文に対する重要な指摘であろう。〈神語〉の散文叙述は、歌の叙事によって生成されていくと本論では考えてきた。言い換えれば、散文は〈神語〉の歌の叙事に対する古事記の理解であり、その説明と言える。そして、求婚と嫉妬の二組の問答歌構成は、古事記の記載の次元で可能になったと考えられる。

　それではなぜ求婚と嫉妬なのか、という点が問題になろう。嫉妬伝承としては古事記の石之日売がよく知られ、その話は、(1)仁徳天皇の求婚、(2)大后・石之日売の嫉妬、(3)天皇と石之日売の和解、という筋立てになっている。嫉妬伝承の例はそれほど多くなく、それがどのような意味をもつのかという点については必ずしも明らかになっていないが、仁徳天皇と石之日売に見られるように、古代の婚姻説話の一話型としてあったと考えられる[40]。それは〈王の婚〉を語る話型と言えよう。

〈神語〉はいま述べた石之日売嫉妬伝承の話型とほとんど同一である。それを具体的に示してみよう。

　(Ⅰ)　八千矛神が高志の沼河比売に求婚する。(問答歌)

　(Ⅱ)　嫡后・須勢理毘売が嫉妬する。(散文)

　(Ⅲ)　八千矛神と須勢理毘売が和解する。(問答歌)　二神が出雲に鎮座する。(散文)

(Ⅰ)(Ⅱ)(Ⅲ)の構造は、石之日売嫉妬伝承(1)(2)(3)のと対応し、この二つの話は同一の話型から成り立っている。このような嫉妬を中心とする話は、〈王の婚〉を語る話型として成立したのではないか。それが八千矛神の問答歌として神話化されたり、石之日売の嫉妬をめぐる歌群として物語化されたことになる。益田氏は「ヤチホコの神の歌の物語は、出雲の王の物語で、神の物語ではなかろう」[41]と指摘しているが、「出雲の」という部分をとりはずせば、重要な指摘として注目される。嫉妬には、天皇や神が対立の克服によって豊穣を保証するという神話的意味があるらしいのだが[42]、このようなことからすると、嫉妬を中心とする話は「王の婚」を語る話型として、神話的意味をも有して成立していたことが十分考えられる。古事記が(II)の散文において、嫉妬の話として位置づけた背景には、〈王の婚〉の話型による〈神語〉の構成という意識があったと見ることができるであろう。ここには、嫉妬からの展開として(III)に和解を置き、(III)の散文において、〈神語〉全体を八千矛神・須勢理毘売二神の出雲国鎮座由来神話として統一しようとする古事記の論理が読み取れる。また、古事記・上巻では須勢理毘売だけに用いられる「嫡后」という特殊な表記[43]などから、この〈神語〉は天皇の婚の起源を語る（うたう）伝承という一面を有したことも、合わせて考えておく必要があろう。

散文は、歌の叙事から導き出され、古事記の論理による歌の位置づけとして機能する。二組の問答歌は〈王の婚〉の話型によって構成されたと考えたが、(II)の散文も書く次元で歌の叙事の理解として生成してくる。(II)の散文は求婚から嫉妬への場面の転換として機能し、劇的所作の記述になっている点でも注目される。これも歌に内在する叙事からの表現と言えるのである。このような散文のあり方は、本来歌そのものにおいて伝えられる叙事＝〈語り言〉の内容が、古事記の論理において、散文という形でより明確にとり出されてきた結果と見られる。

そうした形で歌の説明として散文を置いた時、「此れを神語と謂ふ（此謂之神語也）」という注記は、きわめて不安な位置に立たされることになった。この注記が抱える不安を最初に見抜いたのは、本居宣長『古事記伝』である。それは、〈神語〉は歌「五首を惣て云なり」としながらも、「神代の事を云るは、みな神語なるに、此《ココ》に限《リ》て如此《カク》いふは」という困惑を含んだ言い方として示される。この宣長が提示した問題を〈神の自叙〉という方向に発展させ、「八千矛神の神婚伝承としての呼び名」として論じたものに斎藤英喜氏の見解がある。(44)また犬飼公之氏は、この注記の書式がきわめて異例なことに注目し、「『神語』が、『地の文』と『語り言』との全体であることは、『語り言』とこの『地の文』に認められるような所作の総量が『語り』だと見做された時代のあったことを示しているであろう」(45)と述べ、注記の背後に〈神語〉の古代的なあり方を見ようとしている。さらに吉井巖氏によって、〈神語〉は「須佐之男と大国主神系譜の間に語られた、大国主神実現の物語」とする新説も出されている。(46)

〈神語〉の注記が抱える不安は、その範囲のとらえ方の違いとなってあらわれているが、〈神語〉は、すでに述べたように、歌によって伝えられる八千矛神の〈語り言〉に対する名称であったはずである。それは、問答歌による〈語り言〉であるから、歌だけで完結するものであった。記載の次元において、歌と歌をつなぐ説明として必要とされたのでる。歌によって伝えられる〈語り言〉の内容が、散文の説明として分化していくのである。〈神語〉にとっては異質の散文を含むところに、〈神語〉の注記の不安が生起することになった。このことはもはや歌だけでは〈語り言〉の内容を支えきれなくなった状況を示している。

結び

古事記の表現は、本来音声の歌である歌謡を散文脈の中に文字として定着させるという、矛盾する行為によって成立したとも言える。歌と散文の表現空間は、古事記の書く次元で開かれていく方法であった。このような方法を可能にしたのは、歌の側から見れば、〈神語〉の「神代の事を云る」という歌の叙事であった。そのような歌の叙事を根拠として散文が生成されていくのである。歌と散文という、亀裂や矛盾さえはらむ異質な文脈を、古事記の論理を一貫させる形で統一的な構成を志向して「記定」したのが、古事記の文体であった。古事記全体としては、歌と散文の間の緊密度という点で一様ではない。むしろ、ばらつきがあると言うべきだろう。それが古事記の文体であり、作品としてのあり方である。(47) このような歌と散文との関係から生成される表現空間への視点によって、従来の氏族伝承論や歌謡転用論という古事記研究の解体と同時に、そこから古事記という作品の新たな読みがはじまると言えよう。

【注】

（1）「国文学の発生」（第四稿）」（新潮社版『日本文学講座』昭和2年、『折口信夫全集』第一巻所収）
（2）「宮廷寿歌とその社会的背景―「天語歌」を中心として―」（『文学』、昭和31年6月、『古代歌謡論』所収。『古代歌謡全注釈・古事記編』（昭和47年）。『古代歌謡をひらく』（昭和61年）では、「語部の歌」としてさらに発展させて論じている。
（3）『日本神話の構成』（昭和48年）。ただ、次田氏は、〈神語〉の形成過程において、天語連から倭直へという伝承者の問題を論じながら、〈あまはせづかひ〉の句を〈天駈使〉と解する点で、折口・土橋氏の見解とはやや異なる。
（4）〈神語〉の伝承氏族を論じたものとしては、他に、「阿倍氏配下の越人の海人の丈部（海駈使部）」を想定する松前健『日本神話の形成』（昭和45年）や「若犬養部」の関与を推定する尾畑喜一郎『古代文学序説』（昭和43年）などがある。
（5）『記紀歌謡』（昭和47年）。
（6）「古代伝承文学と語り　氏族伝承・王権、そして神謡」（『日本文学講座3　神話・説話』昭和62年7月、『古代叙事伝承の研究』所収）

(7)『日本神話の基礎的研究』(昭和45年)
(8)「八千矛神の歌につき一言」(『日本古典文学全集』月報、昭和48年10月)
(9)大久間喜一郎「古事記私解(四)」(『明治大学教養論集』昭和58年3月)は、「天」を神聖の意とすることの妥当性を指摘している。
(10)ここで述べたことは、本書II・第一章・2で論じたので参照していただきたい。
(11)「事の語り言」の文脈からみた八千矛神像」(『國學院雑誌』平成11年11月、『古代文学の歌と説話』所収)
(12)注(2)『古代歌謡全注釈・古事記編』
(13)本書II・第一章・2
(14)『古事記の世界』(昭和42年)
(15)『文学序説(再訂版)』(昭和2年)
(16)『日本文学全史1・上代』(昭和53年)。この所説の具体的な展開は、『記紀歌謡』においてなされている。
(17)「神語・天語歌(神代記)」(『記紀歌謡』昭和51年4月)。
(18)『古代文学の周辺』(昭和39年)
(19)『古代歌謡の世界』(昭和43年)
(20)注(12)同書
(21)注(2)『古代歌謡をひらく』。また吉井巌氏も、演劇歌謡と言う場合、演劇概念を明確にする必要があるとし、土橋氏の見解に同意している(「八千矛神の歌語り」『別冊国文学・日本神話必携』(昭和57年10月)。
(22)その方法論については、注(2)『古代歌謡論』や注(19)同書に整理されている。
(23)注(21)同書
(24)『古事記注釈』第二巻(昭和51年)
(25)このような点から、土橋氏の実体推定論や転用論を厳しく批判したのは、益田勝実氏であった(注5同書)。
(26)省略や脱落とする見方は、相磯貞三『記紀歌謡新解』(昭和14年)や土橋『古代歌謡集』(昭和32年)・注(12)同書などに示されている。
(27)「古代ロマンの語り手―神語を軸として―」（『国文学』昭和43年11月、『臼田甚五郎著作集』第八巻所収）
(28)「『ことのかたりごともこをば』―古事記覚書―」（『新潟大学国文学会誌』昭和50年9月）
(29)注(12)同書
(30)注(5)同書
(31)臼田氏、注(27)同論文。また藤井貞和『源氏物語の始原と現在』（昭和47年）は、「歌」と「かたり」は両立しないものではなかったとし、「内容から見れば語り、形式から見れば歌謡であるという状態」と述べている。同じように古橋信孝「歌謡研究の現在―おもに八千矛神の「神語」をめぐって―」（『日本文学』昭和53年6月）も、謡と語りの未分化な状態を想定し、「神語」について「神にかんする内容の語りの謡ということであって、謡と語りは矛盾しない」と説き、三浦佑之「〈神語り〉＝拒否と受諾―〈昔語り〉への視座をこめて」（『想像力と様式・シリーズ古代の文学4』昭和54年2月）も、語りは「ある筋をもったまとまった内容をさすことばで、本来的には、形態をさし示すものではない」と指摘している。歌と語りは、発生的状況としては未分化なものと考えた方がよく、対立する形態のものではない。
(32)注(5)同書
(33)『古代歌謡論』（昭和57年）
(34)「表現としての『古事記』―うた・地の文・詞」（『成城国文』昭和59年3月）
(35)「民間説話〈昔話〉の成立―コト・フルコト・カタリゴトをめぐって―」（『民間説話の研究―日本と世界―』昭和62年6月）
(36)注(6)同論文
(37)注(5)同書。なお、次田真幸注(3)同書は、主に枕詞の検討を通して、〈神語〉の「歌風が万葉第二期、すなわち七世紀後半から末にかけてのころの長歌の歌風に近い」とし、梶川信行「『神語』の形成（下）」（『語文』昭和60年2月）も、八千矛神の二首目の歌の後半部について、「笠金村の悲劇をテーマとした歌などに見られる方法」との親近性が認められることを指摘している。

(38)　注(32)同書
(39)　注(33)同書
(40)　注(6)同論文
(41)　「八千矛の神の歌」(『現代詩手帖』昭和54年1月)
(42)　棚木恵子氏「下巻の技法」(『国文学解釈と鑑賞』昭和57年1月)
(43)　「適后」の用例は、他に神武記の伊須気余理比売に対するものがあるが、上巻ではこの一例だけ。須勢理毘売に対して他の箇所で「嫡妻」の語を二回用いているのに、ここだけが「適后」となっているのは問題があろう。「適后」あるいは「大后」を含めて后の表記は、『古事記』中・下巻の各天皇記に用いられるのが通例である。しかるに、唯一上巻に用いられた「后」の例が、この須勢理毘売の「適后」なのである。なお、「適后」を含む「后」の表記については、川副武胤『古事記の研究・改訂増補版』(昭和56年)が詳しく分析している。
(44)　注(34)同論文
(45)　「上代文学における〈語り〉様式─歴史的〈今〉と語りの〈今〉序─」(『基督教研究所研究年報』昭53・5)
(46)　「古事記上巻〝神語〟について」(『日本書紀研究』昭和62年12月、『天皇の系譜と神話三』所収)
(47)　古事記を主題と構想をもつ作品と見る視点は、吉井巌氏の「古事記の作品的性格」(『天皇の系譜と神話三』所収)という一連の論で展開されている。

2　ヤマトタケル葬歌と古事記の文体

はじめに

ヤマトタケルは、死後、白鳥となって天に飛んでいく。古事記には、后や御子たちが御葬歌をうたって、白鳥のあとを追いかける有様が語られる。そしてついに、その四首の歌に送られるように天翔っていく。ヤマトタケル物語が大団円において語ろうとするものは、「天に翔りて」と二度も記されるように、ヤマトタケルの魂の行方、その、天への回帰であった。

ここに二つの問題がある。一つは、ヤマトタケルの死は、なぜ四首の歌を含む物語として語られるのか、ということ。その場合、歌によってヤマトタケルの白鳥翔天を語る古事記と、散文の物語として記述する日本書紀との差異は何か。古事記では、ヤマトタケルの死を語る文体として歌による物語が選ばれているのである。ヤマトタケルの死には歌による物語で語られねばならない事情が存したのであり、それはまた物語のモチーフと深く結びついているはずである。

その第二は、ヤマトタケルはなぜ、白鳥翔天のモチーフで語られるのか、という問題である。死後の魂の行方を語る伝承は、古事記の中・下巻ではヤマトタケル物語しかない。従ってその問いかけは、王権におけるヤマトタケルの特異な位置やヤマトタケル物語の全体の構造から明らかにされねばならない。白鳥翔天のモチーフはまた、代々の天皇の死にそのまま重なる構造になっている。后や御子たちの歌が天皇の大御葬歌の起源として説明されるからである。そこで白鳥翔天のモチーフの意味するものが、古事記の物語の方法として問題になってくる。

一　記・紀の差異

まず、ヤマトタケルの白鳥翔天の物語は、記・紀の間でどのような差異があるのだろうか。差異は記・紀の独自性の主張であり、それぞれの物語の方法によって生じる現象である。その大きな違いと言えば、古事記の歌による物語に対して、日本書紀の散文の物語という形式に見られるが、さらにその細部においても看過できない相違がある。そこで次に記・紀の本文対照を示し、その表現を比較しながら記・紀の差異について検討してみよう。

記・紀の白鳥翔天の物語を比較してみると、次頁の表のようにそれぞれ七つの要素に分けることができる。この中で共通する部分は、次の五つの要素である。

（1）能煩野陵葬送―能煩野陵を造営し、ヤマトタケルを埋葬したこと。
（2）白鳥飛翔―白鳥と化して、飛翔していったこと。
（4）白鳥追跡―白鳥のあとを追いもとめたこと。
（5）白鳥陵―白鳥が留まったところに、白鳥陵を造ったこと。
（6）白鳥翔天―ついに白鳥が天に飛び去ったこと。

これはおよそこの物語の骨格をなす内容であり、記・紀成立の段階にすでにこのような五つの要素からなる伝

構成	古事記	日本書紀
(1)能煩野陵葬送	①ここに、倭に坐す后等また御子等、もろもろ下り到りて、御陵を作り、すなはちそこの那豆岐田に匍匐ひ廻りて、哭きて歌よみしたまひしく、 aなづきの　田の稲幹に　稲幹に　蔓ひ廻ろふ　野老蔓	すなはち群卿に詔し百寮に命せて、よりて伊勢国の能褒野陵に葬りまつる。
(2)白鳥飛翔	②ここに、八尋白智鳥に化りて、天に翔りて浜に向きて飛び行しき。	特に日本武尊、白鳥と化りたまひて、陵より出で、倭国を指して飛びたまふ。
(3)屍骨消失		群臣等、よりて、その棺櫬を開きて視たてまつれば、明衣のみ空しく留りて、屍骨は無し。
(4)白鳥追跡	③しかして、その后また御子等、その小竹の苅り杙に、足跳り破れども、その痛きを忘れて、哭きて追はしき。この時に歌ひたまひしく、 b浅小竹原　腰なづむ　空は行かず　足よ行くな ④また、その海塩に入りて那豆美行きましし時に、歌ひたまひしく、 c海処行けば　腰なづむ　大河原の　植草　海処はいさよふ ⑤また、飛びてその磯に居しし時に、歌ひたまひしく、 d浜つ千鳥　浜よは行かず　磯伝ふ ⑥この四つの歌は、みなその御葬に歌ひき。かれ、今に至るまでに、その歌は、天皇の大御葬に歌ふぞ。	ここに、使者を遣して白鳥を追ひ尋めぬ。
(5)白鳥陵	⑦かれ、その国より飛び翔り行きて、河内の国の志幾に留りましき。かれ、そこに御陵を作りて鎮り坐さしめき。すなわちその御陵を号けて、白鳥の御陵といふ	すなはち倭の琴弾原に停れり。よりてその処に陵を造る。白鳥、また飛びて河内に至りて、旧市邑に留る。またその処に陵を作る。かれ、時人、この三の陵を号けて、白鳥陵と曰ふ。
(6)白鳥翔天	⑧しかるに、またそこよりさらに天に翔りて飛び行しき。	しかしてついに高く翔びて天に上りぬ。
(7)衣冠埋葬		徒に衣冠を葬めまつる。

承を想起し得たことを示している。前川明久氏によれば、「白鳥伝説はクマソ征討・東国征討と並んで独自の成立を負うものであった[1]」という。ヤマトタケル物語の中でも、他に付随するというようなものではなく、独立性の強い伝承と見られる。ヤマトタケルの死後については、少なくともこのような五つの要素の一まとまりの伝承を生みだす共通の観念があったのである。

このように比較してみると、(6)の白鳥と化したヤマトタケルの翔天を語ることこそ、記・紀に共通した主題であったことがよくわかる。ところが、(6)までの語り方はかなり異なっていて、ここに示した五つの要素に加えられた記述は、記・紀それぞれの物語の方法や意図が表れた部分と言ってよい。

古事記では、(1)と(4)の部分が歌とその説明の散文によって、后・御子の行為を中心に展開される。日本書紀の場合は1と4の歌の部分が散文だけの簡略な記述になっているが、新たに、

(3)　屍骨消失

(7)　衣冠埋葬

という二つの要素が加わっており、その主体も群臣になっている。

また(5)の白鳥陵についても相違がある。古事記は河内国の志幾、日本書紀は倭の琴弾原と河内の旧市邑となっていて、まったく重ならない。(5)にはすでに異伝があり、記・紀それぞれの立場からの説明が可能であったということであろう。重要なのは、古事記が大和国ではなく、河内国の白鳥陵だけを挙げていることである。山折哲雄氏は、ここに盆地的なコスモロジーからの逸脱という象徴的な意味を見ながら、ヤマトタケルを河内への突破口をつくり出した人物ととらえている[2]。これは示唆的な見解で、仲哀から応神・仁徳と続く、大和から見ると外部の王権の始祖であると同時に、王権の中心である大和の外側に鎮められるべき人物であるとする古事記の

ヤマトタケル像が、(5)の白鳥陵の所在に示されていると言えよう。

さて、ここで話を元に戻して、古事記の(1)と(4)の歌と散文、日本書紀の(3)と(7)の記述に問題を絞った時、記・紀の差異はどのように見えてくるであろうか。この点について、倉塚曄子氏が言語的レベルから次のように発言しているのは、踏まえるべき見解であろう。

古事記のほうは、口誦的ニュアンスを残した説話のことばのおもしろさに関心を注ぐのに対し、日本書紀はその説話によって何かしら政治的歴史的なものを説明することに関心を注いでいる。

これは記紀の言語意識の違いにかかわってくると思います。つまり、書紀のほうには、ことばというものは何らかの思想内容を表現し伝達する手段という意識がある。これはまさしく文字言語レベルの言語意識ですね。これは、当時の知識人にとってまったく新たに獲得した誇るべき言語意識であったわけです。それにもとづいて、政治的、歴史的な何かしらの意味を語るものとしてすべての説話を物語っていると思います。[3]

日本書紀の歴史叙述の方法から言えば、例えば(3)と(7)などは、ヤマトタケル伝承を外来の新しい思想からとらえ直したものである。これはすでに言われていることであるが、(3)は明らかに道教の説く尸解仙として解釈している。棺に屍骨なく、衣のみ残るというのは、下出積与氏が指摘するように、黄帝を葬った時、棺から屍が消えて弓剣のみ残ることから黄帝仙を得ると伝える列仙伝の記事に通じている。[4]群臣を主体とする叙述も、官僚的政治的な視点に立つ紀の立場による。また、(7)の出典には史記・封禅書の、

黄帝已僊上レ天。群臣葬二其衣冠一。

という文章が想定されており、[5](6)の翔天の後に(7)の尸解昇天の記述を置くところに、白鳥翔天物語の全体を神仙思想によって構成する日本書紀の方法が読み取れるのである。それはヤマトタケル伝承の白鳥翔天について

日本書紀独自の解釈を示すものであり、テキストに即して言えば、(6)の「天」を神仙思想という新しい知識によって読み変えるという、日本書紀の一貫した立場によるものであった。先の倉塚氏の見解をここに敷衍すれば、日本書紀は、既存の伝承を新たな中国の思想から読み替えて、文字言語のレベルで国家の歴史秩序の構築あるいは体系化を目指したと言えよう。

この神仙思想はこの他に、飢者の尸解仙を聖徳太子だけが予見し、太子を「聖の聖を知る」と称賛する片岡遊行説話（推古紀二十一年）にはっきりと見られる。ヤマトタケルと聖徳太子は神仙思想に結びつく「超人的存在」(6)とされるが、それは王権において特異な位置を与えられたことを示す。その共通性は、天皇ではないが天皇に準ずる、あるいは天皇を超える霊威をもった始祖的な位置に立つ皇子と見ることができる。そのような神性に神仙思想と結びつく要因があったのだろう。

いま述べてきたように、紀には神仙思想による散文（漢文）の物語という明確な意図が認められたが、古事記の方にもそれと同様に独自な物語構成の方法やその論理がある。それは(1)と(4)の部分において、歌と散文によって展開される歌による物語の方法に明瞭に示される。古事記ではその四首の歌をヤマトタケルの死の伝承の根拠にしているのだ。つまり、日本書紀が神仙思想によって(6)のヤマトタケルの翔天を説明したのと同様に、古事記は近親者によってうたわれる御葬の歌を根拠として、(6)のヤマトタケルの魂の行方を語っているのである。

以上、記・紀の差異については、日本書紀は神仙思想を媒介して政治的な散文（漢文）の物語を構成し、古事記は近親者の歌を含んで宮廷的な鎮魂の物語を作り上げていると言えるであろう。言語表現から見ると、前に引いた倉塚氏の指摘にあるように、紀は文字言語レベルの歴史叙述と言えるが、記は、例えば歌と散文の間に見られるように、和語と和文の表現を志向している。これも記・紀の重要な差異になっている。すなわち、歌と散文の関係にこそ古事記の表現の方法が明瞭に表れているのである。

二　歌と散文の関係

歌と散文は情と事を表現する文脈として機能する。しかしその場合、歌は単純に物語に投げ込まれているわけではない。歌と散文の間には、連続を可能にする基本的な条件や論理があったと考えなければならない。

この点について古橋信孝氏は、八千矛神の「神語」を取り上げ、歌の説明として従属する散文のあり方を論じた中で、次のように述べている。

> ここに『古事記』の散文と神謡との関係という問題があらわれる。伝承されているのは具体的には神謡で、神謡を支える共同幻想があった。そしてその説明の仕方は多様にありえた。『古事記』の文脈はその説明の仕方の問題として把握しうる。謡が編者の気ままによって散文脈に嵌め込まれているわけではないのである。(中略)謡が背後に負っている共同幻想があり、それに則ってしか散文脈はなく、散文に謡を支える幻想が合致しないかぎり、謡が入り込むこともない。(7)

ここには、歌と散文の関係に対する基本原理が示されている。歌の表現がその外側にある共同の幻想によって支えられていることは、もはや記・紀の表現論の前提になっていると言ってよかろう。歌と散文の関係は、その間をつなぐ共通の観念、ここにいう共同幻想によって支えられていることになる。これはかつてヤマトタケルの薨去物語において論じたことだが、歌と散文の間には齟齬のように見えても、古代的な観念による必然的な連接の構造があると考えるべきなのだ。(8) 従って、散文は歌の叙事の表現であり、記・紀の記載のレベルで、歌の叙事を読み取ることにおいて書かれると基本的に考えておく。このような観点から、（1）（2）（4）の歌と散文の関係を検討してみよう。

於レ是、坐レ倭后等及御子等、諸下到而、作二御一陵、即匍二匐廻其地之那豆岐田一自レ那下三字以レ音。而、哭為レ歌曰、

那豆岐能　多能伊那賀良邇　伊那賀良邇　波比母登富呂布　登許呂豆良

（1）の①の原文である。西郷信綱氏は原文の「匍匐」「哭為歌」に注目し、この部分を殯宮儀礼での匍匐涕泣の所作と解釈した。(9) これに従う論は少なくないが、神野志氏が指摘したように、この文脈が一貫して「御陵」「御葬」の場を記述するところから、殯宮儀礼説は成立し難い。(10) 殯での魂呼びの場あるいはその歌ではない。(11) 白鳥翔天の物語は、この部分も含めて全体がヤマトタケルの葬を語り、その歌は葬歌と見るべきである。ただ、ここで重要なのは、葬送の場の実体をそこに求めてはならないということだ。それは、葬送儀礼に即した記述というよりも、葬送のイメージによって再構成された物語世界と見るべきである。

「匍匐」は死者に対する近親者の悲痛の所作を表す漢語である。古事記では伊邪那美命の死の場面で、伊邪那岐命の所作を次のように記す。

匍二匐御枕方一、匍二匐御足方一而哭時

この「匍匐」は「はひ」あるいは「はらばひ」と訓むところで、腹這いになって死者にすがりつくような儀礼的所作を表す。万葉集には、大伴旅人の死去の時、余明軍の挽歌に、

若子《みどりこ》の　匍匐《はひ》多毛《たも》登保里《とほり》　朝夕《あさよひ》に　哭《ね》のみそわが泣く君無しにして　（3・四五八）

とある。死者への悲痛を表す和語として「はひもとほる」があり、死に関わる「はひ」の表記は、「匍匐」という漢語に結びつくものであった。そこには日本固有の葬礼が中国葬礼の「匍匐礼」と結びついていく事情が想定

できる。[12]

①の散文部の「匍匐廻」は、aの歌の「波比母登富呂布」を漢語で表したものである。「蔓ひ廻ろふ」は「野老蔓」が稲の茎に絡まる意である。その比喩的意味については諸説あるが、この句は足に絡まる蔓から歩行の困難なことを表すと解される。aの歌が、他の三首と同様、「場所＋なづむ」という共通の構造をもつ、死者（の魂）を他界へ送り遣る歌とする見解は前に詳しく述べた。[13] 境界の場所に死者をなづみつつ追い行くのである。aの「蔓ひ廻ろふ」はその難渋する様を比喩的に表す語ということになる。「なづきの田」の句が難渋する意と響き合っていることは言うまでもない。そのような葬送に関わる「なづむ」所作すなわち「蔓ひ廻ろふ」は、①の散文において「匍匐廻」という漢語に置き換えられ、后・御子が「御陵」周辺を這い回って悲しむ葬送の場面として説明される。aの歌は、例えばよく引かれる、

孝子親死、悲哀志懣、故匍匐而哭之　（『礼記』問喪）

のような葬送での所作や心情を表す「匍匐」の漢語的イメージによって統合されるのである。

これと同様のことは③についても言える。

尓、其后及御子等、於二其小竹之苅杙一、雖二足跳破一、忘二其痛一以哭追。此時歌曰、

阿佐士怒波良　許斯那豆牟　蘇良波由賀受　阿斯用由久那

bは篠の生えた荒れ野原を難渋しながら歩く意だが、これも境界の場所に死者を追い行く様子をうたっていることは、いまaのところで述べた通りである。原文の「雖足跳破、忘其痛」は、そのようなbの「浅小竹原」「足よ行くな」の表現から引き出されてくる文字表現と見てよい。しかし、bには篠原が行く手を阻むことはうたわれていても、足を傷つけるという表現はない。しかも、「跳」は『爾雅』の釈言に「跳、刖也」とあり、「断

足」の意という注がある。中国古代の膝蓋骨を切り取る刑を意味する漢語である。bの説明として散文化する際、例えば『礼記』にあるような、葬送では素足になるという中国葬礼の知識がはたらいたことは十分考えられる。[14]さらに足を「きる」という訓の位置に「跰」の文字を用いたのは、西宮一民氏が述べるように、「実刑ではないものの、それに匹敵する苦痛を表わす意味」[15]があったのである。「跰」の文字によって葬送の悲痛な場面を強調する意図がはたらいたと言えよう。散文における、激しい悲痛さを表す「跰」の漢語的イメージによって、歌による葬送の場面が統合されるのである。

ところが、その一方で、歌の場面の説明として構成される漢文脈に、まったく異質の語が出てくる。それは先ほどの①の他に二箇所ある。

② 於レ是、化二八尋白智鳥一、翔レ天而向レ浜飛。智字以レ音。

④ 又、入二其海塩一而、那豆美此三字以レ音行時、歌曰、

宇美賀由気婆　許斯那豆牟　意富迦婆良能　宇恵具佐　宇美賀波　伊佐用布

いわゆる「以音注」を伴う音仮名表記の存在である。歌の説明としての散文にこのように「以音注」が出てくる例は、古事記に他にない。指定文字の音読を指示するこの注記は、それが和語であることを示しており、いずれも歌の語句と関連するものである。

①の「那豆岐田」は、aの「那豆岐能多」をそのまま散文に用いたわけだが、そこには和語を生かし、歌と散文を統合しようとする意図がはたらいている。その変体漢文という文体は、一貫して日本語として訓読されることを目指すものであったということだ。歌の語句をそのまま散文に持ち込むことは、口誦性を残す文体を作り出すことでもあった。それは②の場合も同じであろう。②において、「白智鳥」すなわちシロチトリと訓むべきこ

とを指示したのは、すでに西郷信綱氏が指摘したように、dの歌の「浜つ千鳥」と対応させるためである。[16] この散文脈の意図は、歌の語句を生かした「八尋白千鳥」という特別な語でヤマトタケルの霊魂を表すことによって、歌と散文を統合するところにあった。ヤマトタケルの霊魂は単なる「白鳥」ではなく、物語世界の「八尋白智鳥」でなければならなかったのだ。これは日本書紀にはない意識であり、古事記の歌と散文の関係においてはじめて創出される表現であったと言えよう。

次の④の「那豆美」は、cの歌の「許斯那豆牟」による。前にも触れたように、この語は難渋する意の和語である。それを仮名表記したのは、うたわれている「那豆牟」という和語のイメージが、この物語の中で漢語に置き換え得ないほどに重要な位置にあり、それを強調するためであろうと考えられる。「場所＋なづむ」という共通の構造をもつ歌を統合する散文表現の方法であったのである。

いま述べてきたように、(1)(2)(4)の散文は基本的に歌から分化してくるものと見てよい。歌の表現から理解しうる内容以上のことは書かれていないからである。散文においては、漢語的イメージを基本としながら、仮名表記の和語を含み込む形で、日本語として訓読するための和習の変体漢文が構成されている。それは藤井貞和氏が「入れ子型」と呼んだ、フルコトを記す文体に通じる。[17] 正確に言えば、入れ子型の散文がさらに歌を含み込んで、二重の入れ子構造の文体になっているのである。古事記は歌と散文という異質の文体をただつなげたのではなかった。そこには、これまで述べてきたように、散文の側に、歌を統合するための漢文脈の創造という営みがあったのである。歌を含まない日本書紀のその部分の散文がきわめて簡略な表現になっているのは当然のことであった。

このように見てくると、歌と散文のずれの度合いで独立歌謡か物語歌かを判定する土橋寛氏の提示した方法は、[18]

それほど有効性をもつとは考えられない。歌の独立性こそが歌謡物語の生誕の与件とし、ずれは程度の差として物語歌の存在を否定した都倉義孝氏の論に説得力があると言えるだろう[19]。つまり、物語のための創作歌などは考えにくく、歌と散文においては、歌（に内在する）の叙事によって歌の説明としての散文が生成してくると、基本的にとらえられるのである。

　この散文の問題について、神野志隆光氏は、古事記は訓主体の表現であるとし、「具体的には訓の方法による散文表現の可能性の追究」と、それに関わって、歌謡物語のような「散文表現のなかに歌をひきとることの方法化[20]」があることを、古事記の表現の水準としてとらえている。これは、古事記の散文表現に対する基本的な見解として踏まえておくべきであろう。いま見てきたように、散文の側に歌を統合するための、記載レベルでの営みがあった。すなわち、それは和化漢文という古事記の文体の問題である。歌による物語においては、散文は歌の叙事から生成してくると基本的に考えておくが、同時に書く行為の中では散文の側の主体性のもとに、「歌謡物語」という言語表現が創造されていくという指摘もある。そこに「変体漢文の多様な達成のありよう」を見ようとする身崎壽氏の立場[21]は、基本的に了解されよう。つまり、口誦伝承の記載化などという問題の一般化に終わらないために、古事記の言語表現の方法として歌と散文の関係をとらえていくべきだということである。

　このような視点に立つ時、散文脈に残る口誦性の問題も、さらに深めておく必要がある。一般に古事記は口誦性を残した文体と言われ、ここでも「以音注」の和語に口誦性を認めたのであるが、それは必ずしも口誦のヤマトタケル伝承を踏まえて記載した結果であることを意味しない。そこにはむしろ、書くことの試みを見るべきである。古事記は日本語として読まれる文体を目指す一つの方法として、散文脈に和語そのままを含み込むことで、口誦を装った文体を構成したのだ。もちろんそれは、古事記が記載のレベルで創出した文体である。歌と散文の関係には、歌の叙事に基づく散文の側の表現の試みがあった。その意味では、歌は物語の根拠であった。歌による物語という古事記の言語表現は、歌を根拠として構成する散文の方法によって成立してくるのである。

三　白鳥翔天のモチーフ

ヤマトタケルの死を語る、歌による物語について、これまで主に散文表現の方法を見てきたのであるが、次にこの物語を成り立たせている白鳥翔天のモチーフを取り上げ、その意味するところを考えてみよう。[22]

まず、二つの「天」に注目してみたい。

②　化二八尋白智鳥一、翔レ天而向レ浜飛行

⑧　自二其地一更翔レ天以飛行

冒頭でも述べたが、ヤマトタケル物語は、このように二度も「天翔りて」と記されるように、その魂の天への回帰を強く印象づける結末となっている。ただ、ここで注意したいのは、②の「天」は「浜に向きて」とあるから天空の意でよいが、⑧の場合はさらに「天」の彼方に飛び去るのであって、明らかに同じ「天」ではないという点である。それでは⑧はいかなる「天」なのか。

それは、天上の神々の世界と観念された「天」でなければならない。古事記の神話体系に即して言えば、高天原という神話的世界である。ヤマトタケルの魂の行方は、砂入恒夫氏[23]や尾畑喜一郎氏[24]が指摘したように、この高天原世界に求められた。白鳥翔天のモチーフはその魂の高天原世界への鎮まりを語ろうとしている。ヤマトタケルの物語の結末を、そのように読み取らせる古事記の物語の仕組みとはどのようなものであろうか。

西郷信綱氏は、古事記の中巻を「英雄の時代」とし、「英雄たちが半神であるのと見あって、中巻の物語も歴

史ではなくて半ば神話」ととらえ、また「これら英雄たちは社会を作った」とも認識されたことを論じている。(25)これはヤマトタケル物語の読みに対する重要な指針と言うべきであろう。ヤマトタケル物語の神話的構造という視点に立つ時、次の熊曽建に対するヤマトタケルの名乗りは注目される。

吾《あ》は纏向《まきむく》の日代宮《ひしろのみや》に坐《いま》す大八島国《おほやしまくに》知らしめす大帯日子淤斯呂和気《おほたらしひこおしろわけ》の天皇の御子《みこ》、名は倭男具那王《やまとをぐなのおほきみ》ぞ。（景行記）

「大八島国知らしめす」は日本書紀の当該箇所になく、古事記の各代の天皇記の中でも、この景行記にだけ見られる特殊な例である。「大八島国」は国生み神話に起源があり、その「大八島国」の「言向」の完成を語るのがヤマトタケル物語である。(26)ヤマトタケルは「山河の荒ぶる神を言向《ことむ》け」王化する王権の代行者を演じ、「大八島国知らしめす」天皇治世を切り開いた人物として語られる。つまり、天皇による「大八島国」支配の起源がヤマトタケルに結びつけられているのである。ヤマトタケルは「大八島国知らしめす」天皇の支配体制を実現した、言わば王権の始祖とする観念でとらえられたにちがいない。

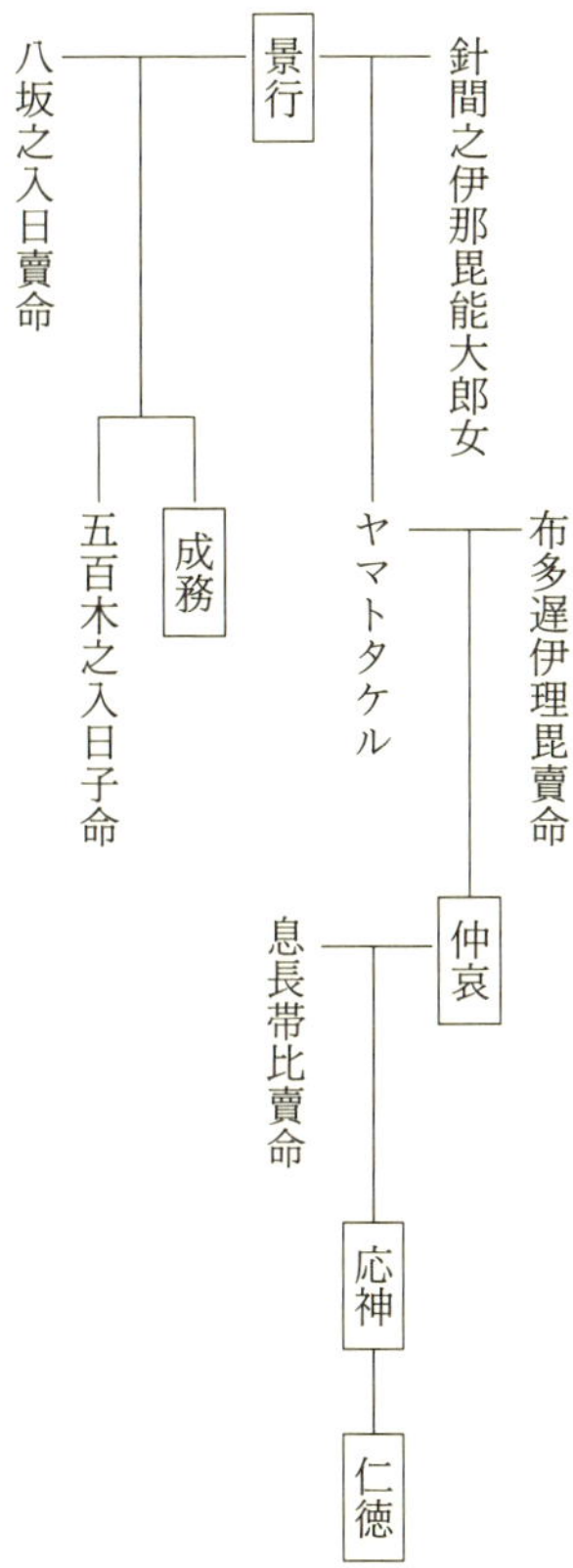

ヤマトタケルの始祖性については、(5)の白鳥陵の所在に関連して前にも触れたが、それは系譜のあり方からも言える。

ヤマトタケルはこのように仲哀の父であり、応神・仁徳の祖として系譜に位置づけられ、またその子孫の系譜が天皇系譜に匹敵あるいはそれ以上の破格の分量をもつという、古事記でも特異な系譜記事となっている。ヤマトタケル系譜の、歪みをもつに至った改変過程については、吉井巖氏によって詳述されているが(27)、ここで特に注意したいのはヤマトタケルが応神・仁徳皇統の始祖の位置に立つことだ。すなわち、ヤマトタケルを王権の始祖とする観念は、物語の中だけでなく、その系譜においても明確に読み取れるのである。その点に関連して西條勉氏が、ヤマトタケル系譜を「万世一系でつながる天皇系譜の裏面を貫くもうひとつの系譜」とし、ヤマトタケルに大王制から天皇制へ移行する、その大王制の終焉を見ている(28)のは、重要な指摘として注目される。応神・仁徳皇統の、言わば天皇の系譜に切り換わる直前の大王的存在と理解されるのであって、それはまさにヤマトタケルの始祖性を物語るものだからである。

次に、ヤマトタケルが「高光る日の御子やすみしし我が大君」とうたわれることも、その物語の構造に関わる重要な意味をもつと考えられる。

高光《たかひか》る　日《ひ》の御子《みこ》　やすみしし　我《わ》が大君　あらたまの　年が来経《きふ》れば　あらたまの　月は来経《きへ》ゆく　諾《うべ》な
諾な　君待ちがたに　我が着《け》せる　襲《おすひ》の裾《すそ》に　月立《た》たなむよ　（記28）

このミヤズヒメの歌は、日本書紀にない。従って、古事記のヤマトタケル像を明瞭に示すものである。「高光る日の御子」は、古事記において、ヤマトタケル・仁徳・雄略に対してのみ用いられる。この表現は、例えばアマテラス神話との関係を示す日並皇子挽歌（2・一六七）などの万葉歌の例からも知られるように、日の神の子である天皇（皇子）の神話的宗教的な権威を表す頌句である。「やすみしし我が大君」は、古事記ではヤマトタケル・雄略に用いられ、日本書紀では仁徳・雄略・勾大兄皇子・推古の例がある。万葉では「八隅知之」と表記されることから、大八島国生みの神話的観念を背景とする、天皇の政治的な権威を表す頌句ではないかと考えられている。

この二つの頌句が連続してうたわれる例は、記紀ではこの歌だけである。そこには日神の子として高天原から降臨し、大八島国を統治する天皇の権威を神話的な表現によって讃えるという観念が働いていると言えよう。そしてこの頌句はヤマトタケルに起源するのである。このようにヤマトタケルの、王権の統治と権威を作り上げた始祖という位置は、物語に含まれる歌からも印象づけられる仕組みになっている。

ヤマトタケルの歌や物語に、その始祖性を表す表現や仕組みを確かめてきた。王権の歴史を語る古事記において、ヤマトタケルは、天皇以上の特別な位置を与えられた皇子と言えるかもしれない。皇統の始祖、日神の子として語られるヤマトタケルの魂は、高天原という神話的世界へ回帰するという物語が必要であった。白鳥翔天のモチーフはそこにおいて求められ、古事記はそれを四首の歌による物語として構成したということになる。

この四首の歌は、ヤマトタケルの死を伝える白鳥翔天の叙事を内在し、その歌の叙事によって散文が成立したと考えられる。ヤマトタケルの死が天皇の大御葬歌の起源になっているのは、前述したように、その始祖性に由来すると言ってよい。皇子のまま他国で死を迎えた、言わば不完全な魂は、天皇の死の儀礼の起源を背負うことで、王権の側に組み込まれ鎮魂される。歌は基本的に王権に専有されるものと考えられるから、ヤマトタケルの死は大御葬歌の起源として語られることによって、王権の側から鎮魂されることになる。古橋信孝氏は、大御葬歌がこの起源の呪力によって天皇を鎮魂する歌になりえたという構造をここに見ている。(29)白鳥翔天の物語には、この大御葬歌よるヤマトタケルの鎮魂という起源を強く印象づける意図があったのである。白鳥翔天のモチーフは、四首の大御葬歌を支える観念と重なり合うものでなければならない。白鳥は、言うまでもなく死者の魂の姿である。大御葬歌には白鳥と化したヤマトタケルの魂を追いかける近親者の有様がうたわれるが、白鳥翔天はこれらの歌に媒介されて語られるモチーフでもあった。ヤマトタケルの翔天は、歌によって根拠を与えられていると言えるであろう。白鳥翔天を語る四首の歌の物語は、歌の叙事を根拠とする古事記の物語の方法において成立してくるのである。

結び

古事記がこの白鳥翔天で物語を終えるのはなぜだろうか。それはおそらく、魂の行方が語られることで、ヤマトタケルの死は完成するからだと考えられる。ヤマトタケル物語ではその死と鎮魂を語ることが求められ、死の完成によって物語は完結する。白鳥翔天のモチーフは、ヤマトタケル物語の構造において必然的な結末でもあった。

ヤマトタケルは四首の歌に送られるように天翔っていく、と冒頭で述べた。そして古事記において、歌による物語の文体が成立することを見てきた。歌は宮廷儀礼という王権の制度の中に集められる。王権は歌を専有するのである。そのような王権と歌の関係を、歌の起源として語るのが歌による古事記の物語の方法だったと言える。大御葬歌を中心とする白鳥翔天の物語は、王権と歌をめぐる問題としてとらえうる。歌と散文の古事記の文体は、王権を語る物語の様式であったと言えよう。

【注】

(1)「ヤマトタケル白鳥伝説の一考察(『日本歴史』昭和37年9月)
(2)「七、八世紀の日本」(『国文学』昭和62年2月)
(3)「古事記のよみをどう転換させるか」(『国文学』昭和59年2月)
(4)『神仙思想』(昭和43年)
(5)日本古典文学大系『日本書紀』頭注(昭和42年)
(6)注(4)同書
(7)『古代歌謡論』(昭和57年)。また斎藤英喜「文字とのめぐり逢い―〈歌〉と〈地の文〉の表現作用―」(『解釈と鑑賞』昭和57年1月)は、「神語」を取り上げ、「神婚幻想」に支えられた〈歌〉と〈地の文〉の、作中場面としての表現作用について論じている。
(8)本書II・第二章・2
(9)「ヤマトタケルの物語」(『文学』昭和44年11月、『古事記研究』所収)
(10)「『大御葬歌』の場と成立―殯宮儀礼説批判―」(『上代文学論叢・論集上代文学』第八冊、昭和52年11月)
(11)注(9)同論文の他、伊藤博「挽歌の世界」(『解釈と鑑賞』昭和45年7月、『万葉集の歌人と作品上』所収)や守屋俊彦「倭建命の葬送物語」(『甲南国文』昭和49年3月、『古事記研究』所収)などに、殯宮での魂呼び歌とする見解が示されている。
(12)「匍匐礼」を日本固有の葬礼とする見解は、尾畑喜一郎「高市皇子尊殯宮挽歌―殯宮の場と匍匐の呪儀をめぐって―」(『國學院雑誌』昭和56年5月、『万葉集の研究』所収)。
(13)本書I・第二章・1
(14)吾郷寅之進「倭建命御葬歌の原義」(『國學院雑誌』昭和41年3・4月)は、『礼記』問喪の「親始死、鶏斯徒跣、扱上衽、交手哭」を引き、葬礼で素足になる習俗の反映をここに見ている。葬礼での悲痛さを表す素足の表現は、大津皇子の死に殉じた妃山辺皇女の「被髪徒跣、奔赴殉焉」という日本書紀の記事にも見られる。

(15)　桜楓社版『古事記』(平成5年新訂版)
(16)　『古事記注釈』第三巻(昭和63年)
(17)　『物語文学成立史』(昭和62年)
(18)　『古代歌謡の世界』(昭和43年)
(19)　「歌謡物語へ、〈ウタ〉の転生―「情」をからめとる王権の仕掛けとして―」(『日本文学』昭和60年7月、『古事記　古代王権の語りの仕組み』所収)
(20)　「記紀における歌謡と説話―表現の問題として―」(『上代文学』平成元年4月)
(21)　「文字と散文文学の成立」(『国文学』昭和62年2月)
(22)　白鳥翔天のモチーフについては、本書II・第二章・3でも触れている。
(23)　「ヤマトタケル伝説の成立に関する試論―言向和平の表記をめぐって―」(『歴史評論』昭和44年3月、『ヤマトタケル伝説の研究』所収)
(24)　「原ヤマトタケル物語をめぐって―民俗と歴史の視点から―」(『上代文学』昭和61年4月)
(25)　注(9)同論文
(26)　大八島国生み神話と景行朝との関係は、天武・持統朝の王権論理から成立してくるとする荻原千鶴氏の指摘がある(「大八島生み神話の景行朝志向」『御茶の水女子大学人文科学紀要』昭和52年3月、「景行記の一性格―山河の神の言向―」『国語と国文学』昭和54年2月、『日本古代の神話と文学』所収)
(27)　「ヤマトタケル系譜の意味」(『文学』昭和46年11月、『天皇の系譜と神話二』所収)
(28)　「ヤマトタケル系譜とタラシ系皇統の王権思想―大王制から天皇制へ―」(古事記研究大系6『古事記の天皇』平成6年8月)
(29)　「王権の発生論―死者のうたと語り―」(『物語・差別・天皇制』昭和60年10月)

3　天語歌の〈語り言〉と雄略天皇

はじめに

古事記の「神語」および「天語歌」と呼ばれる歌謡群は、「ことのかたりごともこをば」で結ぶ特徴的な末尾形式をもつことで、古代歌謡研究において種々論議を呼んできた。[1]〈こと〉の語義については、「古代社会では……言と事とは未分化」とされる。コト（言）はそのままコト（事実・事柄）を意味し、コト（出来事・行為）はそのままコト（言）として表現されると信じられたのである（岩波『古語辞典』）。従って、「ことのかたりごと」の〈こと〉は事＝言の意であるが、「こと」は〈事〉、「かたりごと」の方は〈語り言〉と表記しておく。このような共通の結びは、両者の間に何らかの関係が存したことを示すものであるが、それは伝承者にかかわるものなのか、またこれらの歌謡の表現や内容が〈語り言〉とどのように関係するのか、というところに主要な論点があったと言ってよかろう。

かつて、この結び句は伝承者の固有の詞章とする説が有力であった。しかし、近年そのような説は見直されはじめ、〈語り言〉が何を指すのかという対象についても検討が試みられている。伝承者とは別の次元で、これらの語を通して古代の言語表現の一側面を明らかにする作業が必要になってこよう。それと同時に、この特徴的な結び句が日本書紀にはなく、古事記の、天皇では雄略に限られることが課題としてある。天語歌と三重婇に関する散文との関係も課題とされてきた。天語歌の〈語り言〉という歌の叙事を問うことで、それらの課題を追究していきたいと思う。

一　「事の語り言もこをば」の結び句

まず最初に、「事の語り言もこをば」がどのように出てくるかという問題と従来の見解を整理し、本論の課題を確認しておきたい。

① この鳥《とり》も打《う》ち止《や》めこせね　いしたふや天馳使《あまはせづかひ》　事の語《かた》り言《ごと》もこをば　（神語・記2）
② 命《いのち》はな死《し》せたまひそ　いしたふや天馳使　事の語り言もこをば　（神語・記3）
③ あやにな恋《こ》ひ聞《き》こし　八千矛《やちほこ》の神《かみ》の命《みこと》　事の語り言もこをば　（神語・記3）
④ 朝雨《あさあめ》の霧《きり》に立たむぞ　若草《わかくさ》の妻《つま》の命《みこと》　事の語り言もこをば　（神語・記4）
⑤ 是《こ》しもあやに畏《かしこ》し　高光《たかひか》る日《ひ》の御子《みこ》　事の語り言もこをば　（天語歌・記100）
⑥ 高光る日の御子に　豊御酒《とよみき》献《たてまつ》らせ　ことの語り言もこをば　（天語歌・記101）
⑦ 今日《けふ》もかも酒水漬《さけみづ》くらし　高光る日の宮人《みやひと》　事の語り言もこをば　（天語歌・記102）

共通の結び句と直前にある神（人）名との関係は、歌の内容から離れた付随的な末尾部とされてきたが、青木紀元氏は解釈上の問題から神（人）名までを歌謡本文とし、結び句だけを歌から切り離すべきだと提起した。(2) ①で言えば、八千矛神が「この鳥をまあ、どうかぶち殺してもらいたい」と依頼し、②では沼河比売が「鳥の命をば、どうか殺さないで下さい」と嘆願する相手が「あまはせづかひ」とし、ここまでを歌謡の本文と解釈する立場である。本書II・第一章・2で論じたように、「あまはせづかひ」は伝承者ではなく、天界の神聖なよばひ(求婚)の使という神話的人物と解されることから、青木説は首肯すべきものと言えよう。「事の語り言もこをば」のみが付随的な末尾部であることは、⑥の例において明らかである。⑥以外は神(人)名の呼びかけ句によって歌謡本文は終わり、歌全体への言い添えとして結び句が置かれるという末尾形式である。

「神語」や「天語歌」に添えられた結びのあり方を右のようにとらえると、それらの歌謡は〈語り言〉と称されたことになる。この点について折口信夫氏は早く、海部の民の「海部駈使丁《アマハセツカヒ》」によって伝えられた「海部《アマ》物語《ガタリ》」すなわち「天語」があって、その歌の部分が「天語歌」「神語」であったとした。「いしたふやあまはせつかひ」以下の結び句は、「天語連の配下なる海部駈使丁の口誦する天語の中の歌だということを保証するもの[3]」というのである。また、土橋寛氏の見解もその延長線上にあり、「語り部としての海人駈使はおそらく起源説話から天語歌までを一続きのものとして語りかつ歌ったので、歌の最後に『いしたふや海人駈使　事の語り言も此をば』の署名がはいる形になり、また『神語』のような非儀礼的・芸能的な歌謡にもこれを添えるのが慣例になっていたのではないか[4]」と述べる。

折口・土橋氏とも伝承者の名を刻印する海部特有の結び句とするのであるが、この点について本書では特定氏族に関わる詞句ではないとの立場から批判したので[5]、ここでは触れない。ただ、折口氏が〈語り言〉に「海部物語」(天語)を想定し、その歌の部分が「天語歌」としたのは、本論の課題として検討すべき点である。土橋氏も「神語」「天語歌」は「語り」ではないのに〈語り言〉と呼ばれることを問題とし、「『語り言』はその物語的内容をさした語とでも解するほかないが、天語歌のほうは内容的には物語的ではない」と戸惑いを示す。土橋氏の、歌謡なのに〈語り言〉であるという矛盾は、「事の語り言」の「事」は儀礼をも意味するとし、「『天語歌』は元来新嘗会で、伊勢の海部によって奏せられた寿歌であるが、その起源説話のやや変化したものが今日の『古事記』に見られるもので、その起源説話はまさに『事の語り言』というべきものである」として解消が試みられ、上記の起源説話・天語歌一続き論へと展開される。折口・土橋氏の〈語り言〉論は歌以外の説話との関係において矛盾を説明しようとするものであり、古代の表現形態への問題提起としてとらえるべきだろう。

　そこでさらに〈語り言〉の対象について検討したいのだが、土橋氏の見解によれば、「事」すなわち新嘗会でうたわれる天語歌という寿歌の起源説話が「語り言」ということになる。そうすると当然、歌に対して語り言も、という並立の「も」になるはずである。ところが、その口語訳は「事の語り言として、このことを申し上げます」とある。並立ではなく、強意・詠嘆の「も」になっているのである。つまり、歌は語りではないという前提と、歌を「事の語り言」とする強意・詠嘆の「も」とを両立させる案が起源説話・天語歌一続き論であったわけだ。しかし、天語歌は物語的でないと位置づけた時すでに、歌と〈語り言〉の間の曖昧さを不可避のものにしたと言える。

　この点、益田勝実は「うたはかたりごとと多くの点で異なる」として明快である。〈語り言〉の例に出雲国風土記の国引き詞章を挙げ、神語の歌は「かたりごとの形式の一部を受けつぐ、かたりごとの末裔であって」、天語歌はその「さらに後代的な派生形態」と位置づける。図式化すると、

　かたりごと→うたを含むかたりごと→かたりごとと呼ばれるうた（神語）→その亜流（天語歌）

ということになる。神語・天語歌は新しいのに、共通の結び句は「まことに古い」という。[6] 益田氏が結び句を歌そのものとの関係でとらえるのは首肯できる。しかし、「うたとかたりごと」を二元的にとらえつつ、神語・天

語歌を「かたりごと」から分化ないしは派生した「うた」とするところがわかりにくい。

古橋信孝氏が鋭く批判したのはまさにその点であった。古橋氏は村落の起源神話や物語をうたう沖縄の古謡群を視野に入れつつ、「謡と語りの未分化」を古代に想定すべきだという。さらに、仁徳記の雁卵の歌（記72）を説明する散文に「歌もちて語り白ししく」とあるのを引いて、「歌」は表現の方法で、「語」は答える内容を指すとし、神語は「神にかんする内容の語りの謡ということであって、謡と語りは矛盾しない」し、天語歌も同様に考えられると指摘した。(7) また藤井貞和氏はこの結び句について「内容から見れば語り、形式からみれば歌謡であるという状態(8)」と述べている。いずれも文学の発生を視野に入れた古代的表現の原理というべきもので、結び句はそうした表現の普遍的な問題としてとらえるべきだろう。かつて臼田甚五郎氏が、前掲の仁徳記散文を「歌のスタイルで語りの内容を盛ったことになる(9)」と解し、歌と語りは発生において未分化状態にあり、神語・天語歌の結び句は歌と語りの親近性を示すものだ(10)と述べたところに、その考え方は先駆的に示されていたと言える。

このように〈語り言〉は歌の部分とするに特に問題はない。しかし、古事記の文脈において結び句の〈語り言〉は歌を指していると言えるだろうか。近年の注釈では、例えば西宮一民氏が神語（記2）の結び句を「以上が、事の次第を語る詞章です、この詞章をどうぞ(11)」と口語訳し、歌の詞章と解している。それに対して神野志隆光氏は、「歌が伝承（語り言）にかかわっていくときの定型的な結び(12)」とし、「こをば」の「こ」は「『此妻問《ツマドヒ》の事を云』（『古事記伝』）のであって、歌それ自体とは違う」とした上で、「歌に対して『かたりごと』と並べる意」と解している。従って口語訳は並立の「も」ととるわけだ。その結び句は「話は語り伝えられてあり、それをふまえて歌っているのだという意味で、歌を保障している(13)」と述べ、「できごとの語り伝えでも同じように伝えているのですよ、このことを(14)」という口語訳を示すのである。

それは、並立の「も」ととる立場からの説明としては一貫しており、理解できる。しかし、「こをば」は歌以外の、記載されない「伝承（語り言）」を指すのであろうか。歌の結びの〈語り言〉や「こをば」が歌の外部に及び、何らかの説話伝承を指すとは考えにくい。記載されない以上、固定した説話伝承としてあるかどうかも分からないのであるが、「こをば」が「妻問の事」をいうのであれば、神語の歌にうたわれている内容そのものである。『古事記伝』も「此歌《ノ》の傳はり往《ユキ》て、今此事《ノ》は、遙《ハルケ》き後世《ノ》までも、故事《フルコト》の語言《カタリゴト》にぞ為《ナリ》なむ」と述べているから、歌の詞章と見ている。これまで述べてきたように、結び句の「も」は強意・詠嘆ととり、〈語り言〉はその前の歌と見て問題はない。この場合の〈語り言〉は「歌のスタイルで語りの内容」を意味するものであった。

二　「纏向の日代の宮」から「天・東・鄙」へ

〈語り言〉は歌の詞章以外ではあり得ない。従って、起源説話と天語歌を一続きのものとして語りかつうたったからだとする説明は成立しないことになる。そこで〈語り言〉である天語歌について、その表現からさらに検証してみよう。少々長くなるが、雄略記の該当箇所を次に掲げておく。

また、天皇、長谷《はつせ》の百枝槻《ももえつき》の下《もと》に坐《いま》して、豊《とよ》の楽《あかり》したまひし時に、伊勢国の三重《みへ》の婇《うねめ》、大御盞《おほみうき》を指挙《ささ》げて献《たてまつ》りき。しかして、その百枝槻の葉、落ちて大御盞に浮《う》きき。その婇、落葉の盞に浮けるを知らずて、なほ大御酒を献りき。天皇、その、盞に浮ける葉を看行《みそこな》はして、その婇を打ち伏せ、刀《たち》もちてその頸《くび》に刺し充《あ》てて斬《き》らむとしたまひし時に、その婇、天皇に白《まを》して曰《い》ひしく、「吾《あ》が身をな殺したまひそ。白すべき事あり」といひて、すなわち歌ひしく、

纏向《まきむく》の　日代《ひしろ》の宮は　朝日の　日照《ひで》る宮　夕日の　日がける宮　竹の根の　根足《だ》る宮　木《こ》の根の　根延《は》

ふ宮　八百土《やほに》よし　い杵築《きづ》きの宮　真木《まき》栄《さ》く　檜《ひ》の御門《みかど》　新嘗屋《にひなへや》に　生《お》ひ立《だ》てる　百足《ももだ》る　槻が枝は

上《ほ》つ枝は　天《あめ》を覆《お》へり　中つ枝は　東《あづま》を覆へり　下枝《しづえ》は　鄙《ひな》を覆へり　上つ枝の　枝の末葉《うらば》は　中つ枝

に　落ち触らばへ　中つ枝の　枝の末葉は　下《しも》つ枝に　落ち触《ふ》らばへ　下枝の　枝の末葉は　あり衣《きぬ》の

三重《みへ》の子が　捧《ささ》がせる　瑞玉盞《みづたまうき》に　浮《う》きし脂《あぶら》　落ちなづさひ　水《みな》こをろこをろに　是《こ》しも　あやに畏《かしこ》し

高光《たかひか》る　日《ひ》の御子《みこ》　事の　語《かた》り言《ごと》も　こをば　（記100）

故《かれ》、この歌を献《たてまつ》りしかば、その罪を赦《ゆる》したまひき。しかして、大后歌ひたまひき。その歌に曰ひしく、

倭《やまと》の　この高市《たけち》に　小高《こだか》る　市の高処《つかさ》　新嘗屋《にひなへや》に　生《お》ひ立《だ》てる　葉広《はびろ》　斎《ゆ》つ真椿《まつばき》　そが葉の　広《ひろ》り坐《いま》し

その花の　照《て》り坐す　高光る　日の御子に　豊御酒《とよみき》　献《たてまつ》らせ　事の　語り言も　こをば　（記101）

即《すなは》ち、天皇の歌ひたまひしく、

ももしきの　大宮人は　鶉鳥《うずらとり》　領巾《ひれ》取りかけて　鶺鴒《まなばしら》　尾行き合へ　庭雀《にはすずめ》　うずすまり居て　今日も

かも　酒水漬《さかみづ》くらし　高光る　日の宮人　事の　語り言も　こをば　（記102）

この三《み》つの歌は、天語歌《あまがたりうた》ぞ。故、この豊の楽に、その三重の婇を誉《ほ》めて、多《あまた》の禄《もの》を給ひき。

第一歌100の場合、三重婇は「白すべき事あり」と言った後にうたうのであるから、「事の語り言」の〈事〉はその「白すべき事」であるとともに、藤井氏が指摘するように「コトの内容は歌われる『天語歌』なのである」(15)と解される。〈事〉は三重婇が雄略に申すべき出来事の内容で、〈語り言〉はその出来事をうたった天語歌100の「高光る日の御子」までを指すという文脈になっているのだ。

しかし、散文では雄略の代の出来事とし、その宮は長谷朝倉宮なのに、歌では冒頭に景行の「纒向の日代の宮」をうたうという食い違いがあり、従来から問題とされてきた。天語歌はそれぞれの末尾に「高光る日の御

子」「日の宮人」とあるように、天皇と大宮人を言寿ぐ宮廷歌謡であることは疑いない。そこで、景行の物語にあった宮廷寿歌が「雄略天皇の話に改められた」(16)とする土橋氏のような見解が出てくるが、話の改作とか歌の転用という考え方で解決できるだろうか。

そもそも改作とか転用は、古事記の歌や話に、それとは別の、あるいは無関係の前段階を想定することである。想像された前段階は確かめようがないし、この種の考え方には、なぜ改作・転用されたのかという疑問が常に介在してしまう。問われるべきは、古事記の歌と散文がどのような関係で表現されているか、いかにそのような表現が可能になったか、という点にある。それは古事記の表現にこだわるところでしか解き得ない。改作や転用の考え方は、記・紀歌謡研究において、もはや克服されるべきであろう。

さて、「纒向の日代の宮」は雄略の代と景行の関係を示すものとしてうたわれている。景行の「大宮に名高く美《メデ》き槻《タ》の大樹」に、雄略の「長谷の百枝槻を、其《ソレ》に准へて」（『古事記伝』）うたったのである。最初の対の宮讃めによって雄略の代の起源が景行朝に求められ、続いて景行の宮の槻に雄略の長谷の槻を重ね「准へ」ることで景行と雄略の代が一体化し、そこに天皇統治の理想化された雄略の代の姿、すなわち「天」「東」「鄙」の世界が表現される文脈と読み取れる。その意味では「倭建命と雄略天皇は相映発する関係」(17)であり、「景行天皇の実現した世界を受け継ぎ、それを充足する」(18)雄略治世という理解があるものと見てよいだろう。冒頭にある日と根のそれぞれ対の宮讃めは、景行の代が特別に天と地に適うことを称える表現でもあるだろう。

宮から槻への展開は、景行の宮の槻に雄略の新嘗屋の槻が重なっていくことで、雄略の統治世界が神話的にうたわれる。その槻はかつて景行の宮にあった槻であり、いま雄略の新嘗屋に立つ大樹の槻と同一なのである。すなわち槻を媒介して景行を起源とする雄略の代のすばらしさがうたわれるという構造である。それは槻の枝が

「天」「東」「鄙」を覆うという表現で示される。太田善麿氏は「中央と、東《あづま》と、西の地方という三境域説が成り立っていて、それに合せることによってはじめて設け構えられる詞句(19)」とするが、「天」はもとより、「東」も「鄙」もどこかの地域というような実体的なものではなかろう。神野志隆光氏が、「天」は「日の御子」への讃美、「東」「鄙」は天皇のもとに秩序化された世界「天下」をあらわす(20)とするのは首肯できる。歴史学の立場から吉村武彦氏が、新嘗祭という統治原理を確認する場で、「大八島国という国土支配のコスモロジー『天――東――夷』が歌われたことに、この歌の重要な意味がある(21)」と説くことにも注目したい。雄略の治世が景行の代に起源するとうたうのは、これまでも認められてきたように、ヤマトタケルの西征・東征によって位置づけられた天皇統治の「大八島国」世界にほかならないからである。ヤマトタケルがクマソタケルに「吾《あ》は纏向《まきむく》の日代《ひしろ》の宮に坐《いま》す大《おほ》八島国《やしまくに》知らしめす大帯日子《おほたらしひこ》淤斯呂和気《おしろわけ》の天皇《すめらみこと》の御子《みこ》、名は倭男具那《やまとをぐな》の王《おほきみ》ぞ」と名乗りした中の「大八島国知らしめす」は、雄略治世の起源として天語歌100に踏まえられているのだ。

このように「天」「東」「鄙」は、新嘗祭に関わる天皇の統治原理を示す語であった。「天」は畿内とか中央という地域を言うのではなく、天上界に重ねられる祭祀の中心、すなわち「日の御子」たる天皇を指すのであろう。多田元氏がさらに具体化して言うところの「『祭祀王』の坐し所(22)」と見てもよい。もう一方の「東」「鄙」は、やはり新嘗屋をうたう文脈にあることを考慮すれば、次のような新嘗祭のユキ・スキに関わらせて考えることができるのではないか。

神宮《かむつかさ》、奏《まう》して曰《まう》さく、「新嘗《にひなへ》の為に国郡《くにこほり》を卜《うらな》はしむ。斎忌《ゆき》 斎忌、此《これ》をば踰既《ゆき》と云《い》ふ。 は尾張《おはり》国の山田郡、次《すき》 次、此をば須伎《すき》と云ふ。 は丹波《たには》国の訶沙《かさ》郡、並《ならび》に卜《うら》に食《あ》へり」とまうす。　（天武紀五年九月）

ユキは「斎酒(23)」の意とされるが、ここでは「斎城」で、神聖な区域の意とする説(24)に従っておきたい。新嘗祭は天皇が新穀を神と共食する儀式であり、即位の年は大嘗祭となる。その新穀を献上するために卜定されたユキ・スキの国は、天皇の統治原理の祭祀儀礼的表現である。万葉歌に「高照《たかて》らす日の御子の聞《きこ》こし食《を》す御饌《みけ》つ国」（万13・三二三四）とあるように、天皇が新穀や産物を食べる（「聞こし食す」「聞こし召す」）ことはそのまま統治することであった。その政治的統治観が応神記の「天津日継」「食国之政」「山海之政」に表れているし、その神話的な表現が「大八島国」であることは明らかである。天語歌100の「天」は、いまの応神記の例で言えば「天津日継」に通じ、天皇の「政」が「食国」と「山海」、ユキ・スキという二分観でとらえられることは「東」「鄙」と共通している。天語歌100の「東」「鄙」は、ヤマトタケルの西征・東征という故事を踏まえている。そして、新嘗祭の祭祀儀礼語であるユキ・スキとは、天皇の神聖な統治区域を表す語として重なり合うことを認め得る。景行（ヤマトタケル）から雄略へと受け継ぐ天皇統治の歴史を、新嘗祭の祭祀儀礼的世界に重ね、日の御子の神聖な統治区域として表現したのが「東」「鄙」である。それが三重婇の「白すべき事」という〈語り言〉の叙事内容であった。

三　天語歌の「三重の子」とその叙事表現

天語歌100の構成は、見てきたように第一段の宮讃めから第二段の新嘗屋の槻へと展開し、第三段において、槻の落葉から三重の子による献杯の叙事が導かれるというものだ。第三段の上つ枝・中つ枝・下つ枝の対表現は、第二段の「天・東・鄙」の三連対を受けるもので、とりわけ上つ枝と中つ枝の八句に及ぶくり返しは一見冗長で、意味的な効果はない。しかし、100の宮、槻の枝と葉のそれぞれに見られ、また101・102にも見られる対やくり返しは、本書I・第一章・1で述べたように、歌謡の発生においてすでに成立していた表現方法であって、神の言葉として発せられる呪詞や神歌に起源があった。例えば、宮古島狩俣では対のうたい方を「ふた声」と言って、神歌に特有のものと伝えている[25]。一見無意味な天語歌の対やくり返しのうたい方は、言葉の呪力が発現する律文的表現としてあると言えよう。

天語歌100の第三段のくり返しに即して言えば、土橋氏が「槻の葉の霊力（マナ）が接触によって上↓中↓下へと次第に蓄積されていき、下の枝の葉は最もマナに富んだ呪物になる意味[26]」と述べる通りだが、そのマナの蓄積を実現するのは対やくり返しという呪的な言葉の力なのである。上つ枝と中つ枝のくり返し表現を受ける下枝の文脈に、三重の子が天皇に槻の葉が浮いた杯を捧げるという叙事が組み込まれる。これは対の始源的表現を踏まえて、三重婇が「白すべき事」の内容を〈語り言〉としてうたったということだ。

しかしその時、三重婇がうたい手なのに、自らを三重の子と三人称でうたい、なおかつ自身に「捧がせる」という尊敬語を用いるのが問題となろう。矛盾のように見える敬語表現は、101で后が三重婇に「献らせ」と言い、102で雄略が袁杼比売に「臣の嬢子秀罇取らす」とうたうところにも見られる。〈語り言〉としては八千矛神の歌（記2）に、「八千矛の神の命は」と三人称でうたいはじめながら、途中で「我が立たせれば」と一人称に転じ、しかも自らに尊敬語を用いる例がある。同様に、本書では聖婚の叙事歌[27]と呼んでいるが、応神記「この蟹や」（記42）の長歌謡にも、三人称ではじまり、途中で「我が坐せばや」のように一人称と敬語が見られる。人称転換とか自称敬語と呼ばれるケースである。三重婇の歌の場合も婇自身がうたうのだから、一人称の文脈が「三重の子」で三人称に転換し、自分に敬語を用いたことになる。

なぜ、長歌謡において人称と敬語表現に不一致が起こるのか。折口信夫が一人称叙事体の神託に文学の発生を見定めたことは周知の通りであるが、宮古島狩俣の神歌「祓い声」は、祖先神がはじめは三人称、途中から一人称になって村の起源をうたうという、折口発生論を証明するような事例である。[28]この村立ての叙事歌においては、祖先神を演ずるうたい手が途中から神がかりをして一人称になるというよりも、一人称叙事体を基本にしながら、一人称と三人称の両立を可能にするのが叙事歌の文体と見た方がよい。神語（記2）や「この蟹や」（記42）の場合、人称の転換や不一致ではなく、神や物語人物の出来事を内容とする叙事歌は、もともと人称を移動させながらうたうために、一人称と三人称の両立あるいは混在する文体と考えるべきなのだ。同様に、自分に敬語表現を用いるという矛盾も叙事歌の文体としてあり得ることなのである。人称や敬語表現の矛盾とか不一致というのは、われわれ近代の側の見方にすぎない。天語歌100の「三重の子が捧がせる」の表現は、うたい手が一人称と三人称を移動してうたう叙事歌の文体と見れば理解できる。三重婇が自らを三重の子とうたうことはおそらく矛盾ではなく、叙事歌の文体として了解されていたのだ。

　三重の子がもつ盃に浮かんだ槻の葉を「浮きし脂」「水こをろこをろに」とする譬喩は、言うまでもなく創世神話の「国稚《わか》く、浮ける脂《あぶら》のごとくして」、イザナキが沼矛を「塩こをろこをろに画《か》き鳴《な》して」という故事に基づく。その霊異は雄略の代の瑞祥と理解されたことになる。しかし、それは創世神話を譬喩として読み解いたという言葉の技法、あるいは知の問題ではなく、雄略が原初のクニやオノゴロ島そのものを盃に現前させてしまったと三重婇はうたうのであり、その言葉の呪力、あるいは叙事の不思議さの問題をここに読み取らなければならないだろう。まさに神話の出来事が歌によっていまそこにあるということである。その叙事文脈は、三重の子が雄略に献杯をするという今の代の叙事と創世神話のふること[29]の叙事が入れ子構造になっており、そのようなふることによって表される神話的霊異の叙事が、「日の御子」たる雄略の「あやに畏」き権威を現出させる仕組みになっている。ここでも叙事歌のうたい方は複線的である。天語歌100は、景行（ヤマトタケル）の代の故事からうたい出し、天・東・鄙という天皇統治観、三重の子のめでたき献杯と創世神話のふること、による天皇の権威の讃仰という叙事が展開されるのである。そのような三重の子の献杯に関わる天皇讃美の出来事が〈事〉であり、歌による叙事が〈語り言〉であったと言えよう。

四　歌の叙事による散文叙述の生成

しかし、ここで問題となるのは、天語歌100と散文の三重婇説話との関係である。散文では三重婇の過失と雄略の怒りが中心になっていて、宮廷寿歌[30]とされる天語歌100との間が必ずしも一致しているわけではない。三重婇説話なる「語り伝え」が外部に存在して歌を支えているという、前に取り上げたような見解もそこに関わってこよう。その場合、散文は「語り伝え」としてある三重婇説話を記載したものだろうか。この点について、中村啓信氏は、日本書紀の雄略に関わる五つの采女説話、すなわち童女君・伊勢采女・山辺小嶋子・猪那部真根と采女・凡河内直香賜と采女に注目し、それらと古事記の三重婇説話は説話の型を共有しており、「物部氏提出の原資料から、『古事記』と『日本書紀』とに、雄略天皇における采女の説話が分かれた[31]」と述べている。物部氏の原資料という氏族伝承論には問題があるものの[32]、日本書紀の五つの采女説話と話型を共有し、なおかつそれが雄略の固有のものとなっているという指摘は、三重婇説話を読み解く上で踏まえなければならない。

いま三重婇説話という言い方をしたが、それは前述したように固定的な説話伝承ではなく、天語歌100の〈語り言〉として歌に内在するものであった。青木周平氏によれば、「三重婇物語」は「物語が生長していく契機として、三重の子が捧げた瑞玉盞の中に槻の葉が落ちるという歌謡の叙事性を利用していく方法を提示して」おり、「物語編者は、歌謡の叙事性を利用して〝怒れる雄略像〟を語る類型化された物語パターンに作りあげた[33]」という。「物語編者」という実体が必ずしも明確でなく、「怒れる雄略像」を語る物語を「作りあげた」とする点が気にならないこともないが、「歌謡の叙事性」の指摘は首肯できるし、それは三重婇の歌と散文を考える上で中心に置かれるべき問題である。

古事記の三重婇の話は、例えば原資料として想定されるような固定的な説話伝承によって書かれているのだろうか。本論では、そのような説話伝承が仮にあったとしてもそれに依拠して散文が書かれているのではないと考えてきた。それは天語歌100の散文が歌の叙事や詞句に基づいていることから証明される。

散文　　　　　　　　歌謡詞章
百枝槻　　　　　　　百足る　槻が枝
三重婇、指挙大御盞　　三重の子が捧がせる瑞玉盞
百枝槻葉、落浮大御盞　　上つ枝の　枝の末葉は　中つ枝に　落ち触らばへ……瑞玉盞に　浮きし脂
　　　　　　　　　　落ちなづさひ

このように対比してみると、散文のキーワードは天語歌100の表現と重なっている。三重婇の話が歌の外部の先行する説話伝承によるものならば、それに依拠した漢文表記になるはずであるし、そこに物語の作為性や虚構性が介在したならば、さらに自立した物語世界が展開されるであろう。しかし、その散文は歌の叙事に依拠するところが多い。三重婇の話の散文叙述は、天語歌100の叙事とその表現に基づいて書かれたとしか考えられない。より明確に言えば、歌の叙事を「利用して」物語化されるのではなく、歌の叙事から古事記の三重婇の散文叙述が生成してくるのである。しかも、「指挙」「盞」は歌によってそれぞれ「ささげて」「うき」と訓むことができる。歌の表現は漢文で書かれた散文を和語で読む根拠にもなっているのである。

しかし、散文には歌に表されない内容もある。雄略と長谷という登場人物と場、そして三重婇の過失と雄略の怒りという後半部である。雄略とその宮がある長谷は、三重の子（三重婇）との関係で、歌に内在する叙事としてあったはずだが、後半部の雄略の怒りのモチーフはどうだろうか。前掲の中村氏が提起したように、日本書紀の五つの采女説話と三重婇の話が采女を媒介する共通の話型であること、采女説話が雄略に集中し、雄略に固有の話という趣さえあることが注目される。とりわけ五つの采女説話のうち、童女君以外は采女に関わって雄略が怒りを発する話である。

①　童女君―元采女の童女君が一夜妊みで生んだ子を雄略が疑う。

②　伊勢采女―雄略は木工闘鶏御田が伊勢采女を犯したことを疑って処刑しようとするが、秦酒公の歌を聞いて罪を許す。

③　山辺小嶋子―雄略は歯田根命が采女山辺小嶋子を犯したことを責め、資財を没収する。

④　韋那部真根と采女―木工韋那部真根が采女の相撲を見て斧の刃を傷つけたため、雄略は処刑しようとするが、同僚の歌によって助命される。

⑤　凡河内直香賜と采女―凡河内直香賜が胸方神を祭る時、采女を犯したため雄略に処刑される。

憤怒の雄略は采女説話に限らないが、②～⑤は采女関連の怒れる雄略の話である。特に②④は、雄略が怒って処刑しようとしたが、歌を聞いて許す話である。この二話などは雄略の怒りに対して三重婇が歌によって助命、褒賞される話と類似する。雄略と采女の説話基盤に歌徳説話の理解があり得たことを示す事例であろう。

しかし、これら日本書紀に記載された采女関連の怒れる雄略説話を、直接に古事記の三重婇の話と結びつけることには慎重でなければならないだろう。また、これらが直接に古事記の三重婇の話を生み出したとも言えないだろう。しかし、雄略の説話基盤には釆女に関わって怒る雄略と歌を聞き入れて助命する雄略という理解のしかたがあり、そのような説話上の理解は天語歌100にうたわれた三重の子の叙事としても共有されていたと見るのが自然だ。こうした天語歌100の歌に内在する叙事が、三重婇の過失と雄略の怒りという散文叙述の後半部を生成していくのである。

以上をまとめれば、三重婇説話という固定した説話伝承に基づいて三重婇の散文があるのではなく、三重婇の話は天語歌の歌の叙事としてあり、その歌の叙事によって古事記の三重婇の散文叙述が生成してくるのである。三重婇の話は天語歌の〈語り言〉という、歌の表現としてあることになる。宮廷寿歌と言われる天語歌100は、古事記の文脈において古代叙事歌として成立しているのである。

結び

天語歌100を中心に、〈語り言〉という歌の叙事と散文叙述について論じてきたが、最後に天語歌という歌曲名の意味は何か、そして天語歌三首は雄略にとってどのような意味をもっていたのかという点に言及して、結びにかえたいと思う。

天語歌が伝承者、天語部の名に由来するとしたのは折口信夫であった(34)。天語部説は土橋寛『古代歌謡全注釈・古事記編』はじめ、従う注釈書は多いが、伝承者説にはすでに述べたように問題がある(35)。一方、西郷信綱氏は伝承者とは別の立場から、記100の「『天を覆へり』をインデックスとする『語り言』であるから天語歌と呼ばれた(36)」とした。これは新編日本古典文学全集『古事記』が採用している。ただ101、102も統一的に説明できる説がよいだろう。そこで、賀茂真淵が「句中高照日皇子語ヲサシテ、後世名付テ云ナルヘシ(37)」とするのをもっと注目してよいのではないか。「高照」は「高光」の誤りだが、真淵は「高照日皇子」の「語」を指して天語歌（真淵はアマゴトウタと訓む）と名付けたと考えたのである。「高光る日の御子」は天に輝く日神の御子の意で、天照大御神の子孫という神話的な称え名と考えられるから、「高光る」はすなわち「天」を意味した。その「天」なる「日の御子」の〈語り言〉としての歌という意で、天語歌の歌曲名で呼ばれたと見られる。この考え方は天語歌三首全体を説明できるという点ですぐれている。

次に、天語歌三首が雄略に対してもつ意味も、「高光る日の御子」の称辞に求められる。従来この三首は、武田祐吉氏が100と101について「内容上には関係することが少ない[38]」と言い、益田勝実氏も「三者三様の出自さえ持つている[39]」ことを示唆し、その異質な点が指摘されてきた。確かに一見そう受け取れるが、三首には緊密な関係もある。共通の結び句についてはすでに触れたが、100と101が「新嘗屋」の、102が宮中の酒宴をうたう宮廷寿歌であることなど、天語歌三首として一括される理由はあった。

よく見ると、三首には連続性も見出せる。それは雄略（の代）が現出させる「あやに畏し」という出来事、あるいは風景である。100の創世神話の出来事を受けて、101では「その花の　照り坐す　高光る　日の御子」とうたわれる。天皇を樹木（の葉・花）に見立てる表現はそれ自体呪的なもので、同じ句が仁徳記57にもあるが、101のこの表現は「斎つ真椿」の花が照り輝く「日の御子」と、雄略の霊異なる景をうたったものだ。それは101における「あやに畏し」の表現と言える。因みにこの表現は「大君は、彼《アノ》椿の花の如く照坐《テリイマ》し」（『古事記伝』）という譬喩ではなく、本書Ⅰ・第一章・2で述べたように、天皇は照り輝く花だとする融即の関係と見るべきである。三首目の102には、森朝男氏に「景としての大宮人[40]」という重要な論文がある。大宮人の「酒水漬く」様は、酒宴の座を外側から称えることで、天皇の坐す聖空間を言寿ぐ意味があるという、儀礼歌の表現様式を明らかにしたものだ。この歌の主題は「今日もかも　酒水漬くらし」という大宮人の景にあるわけだが、それは102にとっての「あやに畏し」であった。その有様はまさにこの世ならぬ「高光る日の宮人」の景であり、雄略の代の繁栄をうたう表現であった。

天語歌三首は、雄略の「あやに畏し」という出来事や景の叙事を通して、「日の御子」雄略の卓越した治世を古事記に位置づける意味があったのである。

【注】

（1）本書III・第三章・1を参照していただきたい。
（2）青木紀元『日本神話の基礎的研究』（昭和45年）
（3）「国文学の発生（第四稿）」（『日本文学講座』昭和2年、『折口信夫全集』第一巻所収）
（4）『古代歌謡全注釈・古事記編』（昭和47年）
（5）本書II・第一章・2、III・第三章・1
（6）『記紀歌謡』（昭和47年）。因みに益田氏は結び句を「事の語り伝えは、このとおりでござります る」と口語訳している。
（7）「歌謡研究の現在―おもに八千矛神の「神語」をめぐって―」（『日本文学』昭和53年6月）、『古代歌謡論』（昭和57年）。三浦佑之「〈神語り〉=拒否と受諾―〈昔語り〉への視座をこめて」（『想像力と様式』シリーズ古代の文学4、昭和54年2月）も、語りは「ある筋をもったまとまった内容をさすことばで、本来的には、形態をさし示すものではない」と指摘している。
（8）『源氏物語の始原と現在』（昭和47年）
（9）「道行の源流」（『国語科通信』昭和45年11月、『臼田甚五郎著作集』第一巻所収）

(10)「古代ロマンの語り手―神語を軸として―」(『国文学』昭和43年9月、『臼田甚五郎著作集』第八巻所収)
(11) 新潮日本古典集成『古事記』(昭和54年)
(12)「ことのかたりごともこをば―古事記覚書―」(『新潟大学国文学会誌』昭和50年10月)。多田元「『天語歌』の位相―歌の実相と記載と(服属をめぐって)―」(古事記研究大系9『古事記の歌』平成6年2月)が「外部の『語《かたり》』を前提とした歌謡のありよう」と述べるのも同様の考え方と思われる。
(13) 神野志隆光・山口佳紀『古事記注解4』(平成9年)
(14) 校注・訳、山口佳紀・神野志隆光、新編日本古典文学全集『古事記』(平成9年)
(15)「古代文学における語り―『古事記』の事例から―」(『上代文学』昭和57年11月、及び『物語文学成立史』)
(16) 注(4)同書
(17) 西宮一民・新潮日本古典集成『古事記』(昭和54年)
(18) 注(14)同書
(19)『古代日本文学思潮論(II)―古事記の考察―』(昭和37年)
(20)『古事記の世界観』(昭和61年)
(21)「都と夷(ひな)・東国―古代日本のコスモロジーに関する覚書―」(『万葉集研究』第21集、平成9年3月)
(22) 注(12)多田氏同論文
(23) 日本古典文学大系『日本書紀』下(昭和40年)
(24) 新編日本古典文学全集『日本書紀』3(平成10年)
(25) 本書・付論1に詳述。これは対句という技巧とは異なる表現で、「ふた声」の呼称はその古態の表現を見事に言い表している。
(26) 注(4)同書
(27) 本書I・第一章・1
(28) 本書・付論1に詳述したので参照していただきたい。

(29) 本居宣長『古事記伝』は、「此は、此国土《ノクニツチ》の成《リ》始めたる事にて、いとも〳〵たふとく好《メデタ》き故事《フルコト》」とする。
(30) 土橋寛「宮廷寿歌とその社会的背景―『天語歌』を中心として―」(『文学』昭和31年6月、『古代歌謡論』所収)
(31) 「三重の婇の伝承―雄略記の構想を探るために―」(古事記研究大系9『古事記の歌』平成6年2月、『古事記の本性』所収)
(32) 本書III・第三章・1において、氏族伝承の問題点に言及したので参照していただきたい。
(33) 「雄略記・三重婇物語の形成―儀式歌的視点から―」(『國學院雑誌』昭和51年8月、『古事記研究』所収)
(34) 注(3)同論文
(35) 本書III・第三章・1にその問題点を述べた。
(36) 『古事記注釈』第四巻(平成元年)
(37) 賀茂真淵書入本『古事記』(『賀茂真淵全集』第二十六巻、昭和56年)
(38) 『記紀歌謡集全講』(昭和31年)
(39) 注(6)同書
(40) 「景としての大宮人―宮廷歌人論として―」(『上代文学』昭和59年11月、『古代和歌の成立』所収)

付論　南島歌謡の叙事歌

1　宮古島狩俣の叙事歌——神の自叙としての「祓い声」

はじめに

宮古島の狩俣では、夏プーズ（夏穂祭）や冬ニガズ（冬の祖神祭）の二大祭祀などにおいて、様々な神歌がうたわれる。外間守善氏は、タービ・ピャーシ・フサ・ニーリと称する四種の歌謡を「もっとも基本的な神歌」とし、「構造化された『神祭り』の中で体系をもって機能している」と述べている。[1]このような狩俣の神歌群が活字化されることによって、[2]私たちは、宮古島の歌謡では祭祀でうたわれ機能する神歌に特色があり、南島の他の地域に比較して、とりわけ狩俣の神歌群が、その数において、表現の水準において、突出していることを知ったのである。

このような神歌群のなかで、ここでは「祓い声」というフサを取り上げる。[3]「祓い声」は村立ての神が自らの行動を一人称で展開していく叙事歌であり、この一人称叙事の発生システムはウヤーンと呼ばれる女性神役たちの祭儀の営みのなかにある。そこで祖神祭と神歌の関係を通して、「祓い声」の一人称による叙事表現がどのようにして生成されたかを考えてみるのが、本論の課題である。

一　幻想と転生

「祓い声」は、狩俣の最高神女であるアブンマ（ウプグフムトゥ〈大城元〉の司祭者）によってよまれる。ヨムについては古橋信孝氏が「始源的なニュアンス」として注目したように[4]、狩俣では神歌はウタウと言わず、ヨムという言い方をする。たとえば、フサを「カンヌフサ（神のフサ）」というように、狩俣の人々にとってタービやフサは神のものなのだ。だからヨムは、神の声、神の歌の行為として区別することばと受け取れる。女性神役にインタヴューするときも、決してうたってみせることはないし[5]、神から教わった歌だから、祖神祭では自然に口をついて出てくると答える。その意味では厳しい禁忌を表すことばでもある。しかし、なぜ禁忌なのかということには、後に述べるように、重要な問題が孕んでいる。

狩俣の祭祀を見ていると、「祓い声」は中心的な神歌との印象をもつ。祖神祭で必ずよまれるのが「祓い声」と「ヤーキャー声」で、一節が終わるごとに「祓い声」では「はらいはらい」、「ヤーキャー声」では「やーきゃー」という囃しことばがくりかえされる[6]。「祓い声」と「ヤーキャー声」の名はこの囃しことばに由来し、延々と続く囃しことばのくりかえしは、確かに「神歌の呪的なひびき[7]」を印象づける。これは神の呪的なことばとして聞こえる言語装置と言えるであろう。

これらの神歌がよまれる祖神祭は、旧十月から十二月（あるいは一月）の間に五回行われる。この祖神祭では、女性神役が祖神になるために、集落の背後のフンムイ（聖なる大森）で数日間山籠もりをする。そこには縦横に神の道が通り、十数ケ所の拝所があって、山籠もりの期間は飲食を断ち、裸足のまま山の中を歩き回るらしい[8]。また、神歌を歌唱して過ごすとも言われている[9]。しかしそれ以上のことはいっさい分からない。そのような秘儀を経て、フンムイからウプグフムトゥに下りてきたウヤーンによって「祓い声」はよまれる。村人がウヤーンを見られるのはこの時だけである。

ウプグフムトゥの起源神話は『御嶽由来記』（一七〇七年）や『琉球国由来記』（一七一三年）に載っている。それは「豊見赤星テタナフハイ主」という女神が天降ってきて狩俣の大城山に住み、父親不明のまま生まれた男女が狩俣の始祖になったという神話で、父親はのちに大蛇と判明する。真下厚氏は、この神話に関連して、先代のアブンマが聖地に籠もるなかで神から神聖な衣裳を授けられる夢を見、また大きな蛇が部屋を這っていくのを夫とともに見たという話を紹介し、この夢は「大蛇神の妻になると意味づけされ」たという興味深い見解を述べている。(10) 先代のアブンマが見た夢は、狩俣の女性祭司職が神授のものであることを示しており、「大きな蛇」は、蛇体神の始祖神話が彼女たちの中でくり返し幻想されることを示していよう。そして、夢は聖地に籠もるなかでの体験であったことにも注意したい。アブンマをはじめとする女性神役たちは、始祖神が籠もったフンムイという聖地に同じように山籠もりをし、蛇体の始祖神を幻想することで祖神に転生すると考えられる。

さて、狩俣の始祖神となった男子の名は「ハブノホチテラノホチ豊見」とする。女子の「山ノフセライ青シバノ真主」は、白浄衣、コウツという葛カヅラの帯、青シバという葛の冠、右手に高コバの杖、左手に青シバ葛の出で立ちで、神アヤゴを謡って大城山に飛び揚がり、姿を消したという。これが祖神祭の起源伝承である。

山ノフセライについては、夏プーズで男の神役によってうたわれるニーラーグ（祖神のニーリ）にも、「山のフシラズアウスバの真主」とあり、「豊見赤星テタナフハイ主」の娘を「山ノフセライ青シバの真主」とする神話と対応する。アウスバは草冠の装いをほめたもので、ウヤーンの「ヤーキャー声（冬祭り）」や「前の家元のフサ」に、

はーぬ　かじ　ういかう　　　頭の数の草冠を
まチジ　かみ　ういかう　　　真頂にかぶる草冠を
うシば　ばか　ビらし　　　　ウシバ〈植物〉を若々と（頭に）載せて
まきゃ　シら　モわし　　　　マキャ〈植物名〉を孵らに萌えさせて
ばかびりでぃがらよー　　　　若々と載せてからは
シらモりでぃがらよー　　　　孵らに萌えさせてからは

とあるのは、山ノフセライの神の顕現を表現するものであり、ウヤーンがそれを演ずるわけである。このように女性神役は、フンムイに籠もって草冠などを身につけ、山ノフセライの姿を装うことによってウヤーンに転生することがわかる。

ただ、本永氏が採集した川満メガさんの神話では、ンマティダと呼ばれる母神が、ヤマヌフシライと呼ばれる娘神を連れて、ナカズマに降臨したことになっている。母子神は飲み水がないので、カンナギガー、クルギガー、ヤマダガーの後にイスガーを探し、その近くのウプフンムイに住んだ。しかし、ヤマヌフシライが死んだので、ンマティダはナカフンムイに移って暮らしていたところ、青年が通ってきて懐妊する。青年の素性は大蛇であった。しばらくして生まれた男の子はテラヌプーズトゥミヤと呼ばれ、大蛇は後世、アサティダと呼ばれた。テラヌプーズトゥミヤは若者になって、八重山からヤーマウスミガという妻を連れてきたという。[(11)]これは、大城元にアサティダとンマティダを祀り、南屋にテラヌプーズトゥミヤとヤーマウスミガを祀ることの起源神話にもなっている。

このように神歌や起源神話を見てくると、女性神役たちがフンムイに籠もるのは、村立ての始祖神を幻想し、

「青シバ」を身につけて「神アヤゴヲ謡」い、神がかりをする「みあれ」の儀式のようなものではないかと理解される。少なくとも外部からは、山籠もりそのものが祖神誕生の秘儀に見えるという構造がある。それは、始源の聖地としてのフンムイがテンヤ・ウイヤの天上界とも置換可能な重層空間とする世界観があるからだ。(12)「祓い声」は神の「みあれ」の森から祭りの庭に天降ってきてよまれる。

祖神祭の二回目のイダスカンで言えば、「祓い声」は三日目の午後三時頃に大城元の神庭に下りてきたウヤーンによってよまれる。福田晃氏によれば、これは、来臨したンマティダの威力によって祓い清められるという働きがあるという。(13)そのときのウヤーンの衣装は、ウプパニ（白神衣）と腰の両脇にアヤパニ（綾帯）を着け、頭部をカフス（草冠）で覆い、腰に蔓を巻きつけ、手には葉のついた枝杖、ティフサ（手草）をもつ。神庭で円陣をつくり、そのなかにアブンマと後ろから支えるウプツカサが立つ。アブンマが主唱し、他のウヤーンが復唱して「はらいはらい」をくりかえす。枝杖を地面につき、手草を振り、体を揺らしながら調子をとる。はじめは聞き取れないほど低い声だが、途中から次第に大きくなっていく。一唱百和の単調な歌唱法である。この後「山のフシラズ」「真津真良のフサ」と続き、始祖神の降臨から村の創始と繁栄に至る神話は一時間ほどよみ続けられる。フンムイでの山籠もりの後に下りてきたウヤーンたちは、村の始祖神として祭りの庭に立ち顕れて「祓い声」をよみ、ンマティダによる村立ての神話的空間を現出させるのである。

二　カンナーギと一人称叙事

「祓い声」がよまれる場や状況について、フンムイでの山籠もりを中心にやや遠回りして述べてきたが、それは「祓い声」の一人称叙事の生成に深く関わると考えられるからであった。長くなるが、「祓い声」の全文を次に引く。

①やふぁだりるむむかん　　穏やかな百神
はりぃ　はらぃ（以下略）　　〈囃子。祓い祓い、の意〉
なゴだりる　ゆなオさ　　和やかな世直さ
〈大皿の名〉
②てぃんだオノ　みォぷぎ　　天道のお蔭で
やぐみゅーいノ　みオぷぎ　　恐れ多い神のお蔭で
③あさてぃだノ　みオぷぎ　　父太陽《あきてだ》のお蔭で
うやてぃだノ　みオぷぎ　　親太陽のお蔭で
④ゆーチキ　みうふぎ　　夜の月のお蔭で
ゆーてぃだノ　みうふぎ　　夜の太陽（月）のお蔭で
⑤にだりノシ　わんな　　根立て主のわたしは
やぐみかん　わんな　　恐れ多い神のわたしは
⑥ゆーむとぅぬ　かんみょー　　四元《むとう》の神は
ゆーにびぬ　かんみょー　　四威部《いべ》の神は
⑦かんま　やふぁたりる　　神は穏やかに
ぬっさ　ぷゆたりる　　主は静かに
⑧んまぬかん　わんな　　母の神であるわたしは
やぐみうふかんま　　恐れ多い大神は
⑨いチゆ　あらけんな　　一番新しくは
いチゆ　ぱずみんな　　一番初めには

---

⑩たばりジーん　うりてぃ　　タバリ地〈地名〉に降りて
かんぬジーん　うりてぃ　　神の地に降りて
⑪かなぎがーぬ　みじゅオ　　カナギ井戸の水を
かんぬかーぬ　みじゅゆ　　神の井戸の水を
⑫シるまふチ　うきてぃ　　白い真口に受けて
かぎまふチ　うきてぃ　　美しい真口に受けて
（みると）
⑬かなぎかーぬ　みずざ　　カナギ井戸の水は
かんぬかーぬ　みずざ　　神の井戸の水は
⑭みず　うふさやイシが　　水量は多いけれども
ゆー　うふさやイシが　　湯〈水〉量は多いけれども
⑮みず　あふぁさやりば　　水は淡い〈味が薄い〉ので
ゆー　あばさやりば　　湯〈水〉は淡い〈味が薄い〉ので
⑯シとぅギみず　ならん　　粢《しとぎ》水にはならない
いノイみず　ならん　　祈り水にはならない
⑰まばら　むチかいし　　まばらに持ち返し
あだか　かみかいし　　あんなに（頭に）載せ返し
⑱うすなうし　んめい　　押しに押し参られて
ぬイなぬり　んめい　　乗りに乗って参られて

⑲くるぎがーぬ　みずゆ　　クルギ井戸の水を
かんぬかーぬ　みずゆ　　神の井戸の水を
⑳シるまふチ　うきてぃ　　白い真口に受けて
かぎまふチ　うきてぃ　　美しい真口に受けて
（みると）
㉑くるぎかーぬ　みずざ　　クルギ井戸の水は
かんぬかーぬ　みずざ　　神の井戸の水は
㉒みず　んまんさやイシが　　水は旨いけれども
ゆー　んまんさやイシが　　湯〈水〉は旨いけれども
㉓みず　いきりゃがりば　　水量は少ないので
ゆー　いきりゃがりば　　湯〈水〉量は少ないので
㉔シとぅギみず　ならん　　粢水にはならない
いノイみず　ならん　　折り水にはならない
㉕まばら　むちかいし　　まばらに持ち返し
あだか　かみかいし　　あんなに（頭に）載せ返し
㉖やまだがーぬ　みジざ　　山田井戸の水は
かんぬかーぬ　みずざ　　神の井戸の水は
㉗みず　うふさやイシが　　水量は多いが
ゆー　うふさやイシが　　湯〈水〉量は多いが
㉘いんきらり　みずりば　　海に通う水なので
シーきらり　みずりば　　潮が通う水なので
㉙シとぅギみず　ならん　　粢水にはならない

いのイみず　ならん　　折り水にはならない
㉚まばら　むちかいし　　まばらに持ち返し
あだか　かみかいし　　あんなに（頭に）載せ返し
㉛うシなオし　んめい　　押しに押し参られて
ぬイなのり　んめい　　乗りに乗って参られて
㉜シまシずざ　さだみ　　島の頂を定めて
ふんシずざ　さだみ　　国の頂を定めて
㉝いソがジーん　うりてぃ　　磯井の地に降りて
かんぬかーん　うりてぃ　　神の井戸に降りて
㉞いソがかーぬ　みジざ　　磯の井戸の水を
かんぬかーぬ　ミジざ　　神の井戸の水を
㉟シるまふチ　うきてぃ　　白い真口に受けて
かぎまふチ　うきてぃ　　美しい真口に受けて
（みると）
㊱いシががーぬ　みずざ　　磯の井戸の水は
かんぬかーぬ　みずざ　　神の井戸の水は
㊲みず　いきりゃがりばまい　　水量は少ないけれど
ゆー　いきりゃがりばまい　　湯〈水〉量は少ないけれど
㊳みず　んまさやりば　　水は旨いので
ゆー　んまさやりば　　湯〈水〉は旨いので
㊴シとぅギみず　なりよ　　粢水になるのだ
いのイみず　なりよ　　折り水になるのだ

㊵ジジむゅーイ　のよりよー　　頂杜に登って
　ジジざキん　ノゆりよー　　頂崎に登って　　　　　（そこで）
㊶シまにまイ　トりょり　　島根の方をとって
　むらにまイ　トりょり　　村根の方をとって
㊷うイジみさやイシが　　居り心地はよいのであるが

　ふんジみさやイシが　　踏み心地はよいのであるが
㊸とぅらぬふぁぬ　かじぬ　　寅の方の風が（吹いたら）
　かんぬにーぬ　かじぬ　　神の根の方の風が　　　　（吹いたら）
㊹いんなイぬ　オトロ　　海鳴りが恐ろしい
　シーなイぬ　オトロ　　潮鳴りが恐ろしい

　この「祓い声」は、狩俣の母の神が井戸を求めて巡歴し、ついに村立てをするという内容の、全体が対の表現とくり返しによって進行する叙事歌である。1～8は神の名を崇べ讃えるカンナーギ（神名揚げ）の部分で、「タービ本来の姿であり機能」はこのようなカンナーギにあったと言われている。[14]1は、狩俣の神々に「穏やかで、和やかであってほしい」という歌い出しである。共同体にとって、神は恐ろしい存在なのだ。だから、まず四囲の神を和ませることばではじまる。2の「天道」には神が鎮座し、フサがよまれる場所でもある。3はウプグフムトゥで祀られる始祖神であると同時に、太陽と月の神というように4と対になっている。このような神を崇べ感謝するカンナーギの後に、4の「にだりノシわんな」という一人称句が置かれる。同じように、6～7でユームトゥの神を崇べた後に、また8の「んまぬかんわんな」という一人称句がくる。この冒頭部は、アブンマが夏プーズのときにウプグフムトゥでよむ「ヤーキャー声」にも、1を除いて共通して見られる。つまり、1～8は「カンナーギ＋一人称句」という様式である。

　そして9以下に、ンマヌカンの行動を一人称で叙する。9・10は天上からタバリに降臨する部分であるが、やはり夏プーズの「ヤーキャー声」にもよまれる。そこでは、

なかじまん　うりてぃ　　　　　中島に降りて
なかだらん　うりてぃ　　　　　中平ら〈島〉に降りて

とあって、ンマティダがナカズマに降臨したとする神話と合致する。タバリはナカズマのなかの聖地なのであろう。この部分は一人称による降臨の叙事である。

次の11〜39は、ンマヌカンによる村立てのための井戸探しである。カナギガーにはじまり、クルギガー、ヤマダガーを経て、良泉のイスガーを発見するまでの巡歴がよまれる。この部分の叙事の長さはほぼ同一句のくり返しによる。すなわち、

○○の井戸の水を真口に受けて、○○の井戸の水は（多い）けれども（淡い）ので、粢水にはならない。という定型を3回くりかえした後に、イスガーに至って「粢水になる」で終わるわけである。このように井戸探しの長い叙事も、定型的な表現になっていることは重要である。

「祓い声」の井戸探しの叙事はンマティダがイスガーを発見する神話と対応していることがわかる。良泉の発見と村立ては神の行為であり、それは村立て神話の類型であったのである。たとえば、ユーヌヌスによってよまれる「舟んだき司のタービ」でも、大神島の井戸の後に、狩俣の東門の近くに井戸（ズーガー）を発見し、そこがナーミムトゥ（仲嶺元）の起源になる。これらのタービでは、神が村立てをするための井戸を発見することに主題があった。

ただイスガーの場合、「祓い声」では水は旨いが少量とする点で二番目のクルギガーと同じであるから、筋が通らないとも言える。川満メガさんの神話では、水が旨くて豊富とするからそこに矛盾はない。そのようにタービは筋に不合理性をもっている。しかし、井戸の様子が合理的かどうかはあまり問題ではなく、古橋氏が述べる

ように、自分たちの村が「苦労して選び取られた土地だということを、場所の移動によって表現している[15]」と言える。神話ではイスガーの優位性が強調される内容になっているのに対して、「祓い声」の叙事表現は、最後の井戸に至るまでの、場所の移動を表現するくり返しにこそ意味があったとしか考えられない。このような定型のくり返しは、ンマティダの一人称のことばであり、神自身による村立ての叙事を示すものとして機能していることになる。それは韻律的な口誦表現として聞こえてくるものであり、神歌特有の性格になっている。この一人称の韻律的なくり返しも、神の呪的なことばとして聞こえる言語装置と見るべきもので、それゆえに神自身が発する歌のように受け取られるのである。

三　不完全な結び

かくして、ンマティダはイスガーの近くに村立てをする。それが40以下の最後の部分である。ンマティダがはじめに村立てをした場所は、「島の頂の森[16]」であった。ところが、住み心地はよいのだけれども、そこは風が吹くと海鳴りが恐ろしいと不完全な形で終わっている。そこで外間氏のように、「さいごの一、二節は欠落したのだろう[17]」とする見方が出てくる。神話では、最初の村立てがウプフンムイで、その後ナカフンムイに移住するからである。

この点について古橋氏は、村落共同体の共通の幻想によって了解されているから、このような「中止も神謡の特色」とする見解を示している[18]。確かに狩俣の人々は、このタービはこんな話をよんでいるという関係でとらえている[19]。つまり、タービを支える共通の幻想によって、話の筋立てを語ることができる。もちろんタービは具体的なストーリーをうたう表現ではないから、語り手の理解によって話が補足されて膨らんだり、新たな解釈が入ったりする。神歌は本来、このような補足や解釈をしなければ話として完結しないのであって、中止はしばしば起こりうる現象と考えられる。

内田氏の調査によれば、現在のアブンマがこの中止の後に、

うぷぐふ　うりてぃ　　ウプグフ（大城元）におりて
さとぅんなか　おりてぃ　　里の真ん中におりて

の一節をよんだことがあるという。[20] これは、ンマヌカンが天上から降りてくる句として「ヤーキャー声（夏祭り）」に見え、ンマヌカンがナカフンムイに移住するのと対応しているとも言える。しかし、この一節が加わったとしても中止であることに変わりはなく、これが「祓い声」のいかなる性格を示すのかという点について、さらに考えてみる必要がある。[21]

これまで見てきたように、「祓い声」は左右相称の対句と同形のくり返しによって進行し、カンナーギと神の自叙（井戸探し・村立て）で終わっている。これはかなり特殊と言わなければならず、たとえば祖神祭の「ヤーキャー声（冬祭り）」では、神の自叙の後に再び神に感謝し、神の村立てを讃えて、次のように結ばれる。

26 にだりぬシ　わんな　　根立て主のわたしは
やぐみ　うふかんま　　恐れ多い大神は
27 オどぅぬだみゃー　ゆままい　　お殿〈座敷〉鎮《だ》めをよまれて
ぎョらいだみゃー　ゆままい　　座敷鎮めを唱えられて
28 ゆまさまじがらよ　　（十分に祈願を）よまれてからは
ビざさまじがらよ　　（お願を）唱えられてからは

29 んまぬかん　みゆぷぎ　　母の神のお蔭で
やぐみかん　みゆぷぎ　　恐れ多い神のお蔭で
30 ゆらさまイ　みゆぷぎ　　許されるお蔭で
ぷがさまイ　みゆぷぎ　　満たされるお蔭で
31 ばーにふチ　オこいよ　　わが根口のお声で
かんむだま　まこいよ　　神の真玉の真声で
32 ゆみみゃがり　とぅたん　　謡い名揚げをとった
いじみゃがり　ゆたん　　謡い出して名揚げを申し上げた
33 んきゃぬたや　とぅたん　　昔の力〈霊力〉をとった
にだりまま　ゆたん　　根立てたままを申し上げた

これは、タービやフサの末尾にはほとんど見られる定型的な結びである。26までンマヌカンの立場で一人称でよまれてきて、最後に29で神の立場から離れ、33はよみ手の神女の立場にもどって村立ての神のことばを讃美した結び句と一応は解される。小野重朗氏の「草創神のお許しを得て、その神のお声を私（最高神女）が代って歌いました」[22]という解釈は、このような神の立場から離れた神女のことばとする理解である。しかし、この場合、明確に一人称と三人称でよみ分けられていると言えるであろうか。それよりもむしろ、31の「わが根口のお声」が結び句まで及んでおり、ンマヌカンとよみ手は最後まで一体で融合していると見た方がよい[23]。だから、29も「母の神（であるわたし）のお蔭で」という意であるし、33は「（ンマヌカンであるわたしが）村立てしたときのままによんだ」と解しうるのであって、それはンマヌカンから離れたよみ手のことばとは必ずしも言えないのである。

つまり、この結びにはンマヌカンの村立てのことばによって、始源の霊力をいまの世に呼び寄せようと期待する意味がこめられている。

村立ての神のことばを示すこうした定型の結びは、神々が創った理想世界への回帰をくりかえすことで、村の更新と繁栄を実現しようとすることの表明にほかならない。それがタービの基本的な性格であった。そしてこの定型的な結びの表現は、神歌が様式化していくことを明瞭に示しているのである。

そこで逆に、「祓い声」にこのような結びがないということが問題になる。タービのなかでこの結びをもたないものは、『南島歌謡大成Ⅲ・宮古篇』のテキストでは意外にも「タービの根口声」「舟んだき司のタービ（志立元）」「同（仲嶺元）」「マギチミガ（仲嶺元）」があるにすぎない。もっとも、「舟んだき司のタービ」「マギチミガ」はテキストによって異同が見られ、『平良市史』の詞章の方には結びがある。[24] そうすると、「祓い声」と「タービの根口声」だけが結びをもたないことになる。

「祓い声」はすでに述べたように祖神祭で、「タービの根口声」は夏プーズでいずれもアブンマによってよまれる。「タービの根口声」は村立ての神ンマヌカンが一人称でムトゥに坐す神々を鎮め讃えるもので、「ヤーキャー声」や「山のフシラズ」などに先立ってまず最初によまれる。ここに神々の行動を叙する部分はなく、全体がカンナーギと言ってよい。「祓い声」も大城元の庭に下りてきて最初によまれるフサであった。この二つの神歌には村立ての神の一人称句が見られ、狩俣全体の祭祀に関わる中心的な位置にある。「祓い声」と「タービの根口声」が定型の結びをもたないのは、これらが中心的なフサであると同時に、原形的な神歌であることを示していると言えよう。

四　一人称叙事の発生

ここでもう一度、「祓い声」の一人称句を見てみよう。5「にだりノシわんな」は村立ての神自身によってよまれることを示すもので、「タービの根口声」や「ヤーキャー声（冬祭り）」「東山のピャーシ」のような始源の世に関わる神歌にも見られる。また、8「んまぬかんわんな」は「ヤーキャー声（夏祭り）」「祝いのウプナーのピャーシ（狩俣）」「東山のピャーシ」にもあり、村立ての神や母の神というのは一人称でよまれるものなのである。

その他にも「西の家元のフサ」などに「チかさかんわんな（司神のわたしは）」、「マギチミガ（仲嶺元）」に「まぎチみがわんな（マギチミガであるわたしは）」などとあるのを見ると、「○○かんわんな（○○神であるわたしは）」という一人称句は、狩俣の神歌において叙事の様式となっていることがわかる。「祓い声」で言えば、5・8の「わんな」は、古橋氏が指摘したように、よみ手のアブンマがンマティダそのものであるということだ。[25]つまり、神の事蹟を内容とする叙事歌は、基本的に一人称で発想され、よみ手の神女によって「○○神であるわたしは」とよまれるのである。したがって、たとえば「山のフシラズ」のように「わんな」がない場合でも、「山のフシラズであるわたしは」という発想でよまれていると見るべきであろう。[26]これが神歌の基本構造と考えられる。

「祓い声」のような一人称叙事は、小野氏が「草創者の霊が神となって、高級女神人に託して（依りついて）、自分の苦労を子孫たちに語っている」[27]と述べたように、神がかりによる「神託」に起因すると考えられている。この点について福田氏が、ユタ・カンカカリヤーの呪詞・祭文にも通じる神語りの叙述形式で、原初的な伝承形態とし、[28]また真下氏が「この呪詞『ハライグイ』がシャーマニスティックな状態で神自身のことばとして発せられるように生み出されたもの」[29]ととらえるのは、そのような考え方に通じ合うものと言えよう。

このような神がかりの一人称のことばに最初に文学の発生を見据えたのは、折口信夫「国文学の発生（第一稿）[30]」であった。それは次のように示される。

①一人称式に発想する叙事詩は、神の独り言である。神、人に憑つて、自身の来歴を述べ、種族の歴史・土地の由緒などを陳べる。

②此際、神の物語る話は、日常の語とは、様子の変つたものである。神自身から見た一元描写であるから、不自然でも不完全でもあるが、とにかくに発想は一人称に依る様になる。

③昂ぶった内律の現れとして、畳語・対句・文意転換などが盛んに行われる。かうして形をとつて来る口語文は、一時的のものではある。併し、律文であり、叙事詩である事は、疑ふ事が出来ない。

④此神の自叙伝は、臨時のものとして、過ぎ去る種類のものもあらう。が、種族生活に交渉深いものは、屢くり返されて居る中に固定して来る。

⑤此叙事詩の主なものが、伝誦せられる間に、無意識の修辞が加わる。口拍子から来る記憶の錯乱もまじる。併しながら「神語」としては、段々完成して来るのである。

ここで重要なことは、文学の発生とは流動的段階的であって、折口は一人称叙事体の神託から叙事詩が発生してくる過程を跡づけたのであった。これは、「祓い声」の一人称叙事を考える上でもきわめて有効な説明となろう。

それでは、「祓い声」は神がかりによる「神託」であろうか。決してそうではない。すでにたびたび述べてきたように、それは様式化された叙事表現と言うべきものであった。②のように結びは不完全であるが、展開の仕方は③のように畳語・対句・文意転換などによる口誦の叙事歌であり、④の神の自叙というべきものである。しかし、これは一時的なものではなく、祖神祭のなかで厳格に伝誦され、⑤「神語」のような律文詞章として完成されていく過程の結果として生まれてきたと見ることができる。「祓い声」の詞章は、①のレヴェルすなわち神がかりによる「神託」に直結させてはならないだろう。「神託」のように見えるのは、真下氏が注意深く言い表した、神自身のことばのように生み出されたということであって、古橋氏が指摘したように、神歌は神のことばらしい装いをもたねばならなかったのである。(31)

神の自叙としての「祓い声」は、一人称の不完全な神がかりの「神託」を、村落共同体の起源神話としてとらえ直すことによって発生すると言ってよかろう。とらえ直すとは、神がかりの不完全なことばを一人称叙事体の神歌として様式化することであった。つまり、狩俣の村立ての叙事歌として「神託」を再構成するのである。

それでもなお、一人称叙事体になるのはなぜか。それは、村立てが神のことば、神の行動として絶対化されなければならなかったということであろう。折口が言うように、神のことばは一人称をとるのである。このような神歌に禁忌が伴うことは前に述べた。その理由について、興味深い説明を聞いたことがある。夏プーズのときの神歌に「旅栄えのアーグ」というカンナーギがあるが、岡本恵昭氏の説明によると、祭りのとき以外はこれを絶対にうたわないという。それをつい口ずさんだりすると、カンダカク（神高く）なってしまうからだというのである。神が寄り憑いてしまうということであろう。だから、普段は決して口にしてはならないという禁忌が伴う。カンナーギから一人称叙事への様式は、そのことばのうちにカンダカクなる呪力を秘めているのである。

結びにかえて――古代の歌への視点

「祓い声」は、神がかりの呪詞とか神託のことばと見ることはできない。「不自然」「不完全」な一人称発想の神がかりのことばは、神女たちによって山籠もりの神話的幻想のなかで、神歌としてとらえなおされたことになる。このとらえ直しという様式化の行為こそが、まさに文学の発生に他ならないと考えてきた。神の自叙としての「祓い声」は、神による一人称の叙事歌が様式化される過程に位置づけられる。私たちは、狩俣の神歌群を通して、そのような一人称の叙事歌が生成される表現の現場を見ることができるのである。

それはまた、歌というものが発生から抱え込んでいる原理と見なければならない。「カンナーギ＋一人称叙事」という神歌の構造は古代の歌の表現原理を照らし出すことにもなるのである。(32)

【注】

（1）『南島歌謡大成Ⅲ・宮古篇』「解説」（昭和53年、『南島文学論』所収）

（2）外間守善・新里幸昭『宮古島の神歌』（昭和47年）、同『南島歌謡大成Ⅲ・宮古篇』。その後、『平良市史』第七巻（昭和62年）に本永清氏らよる採集資料が紹介される。本稿では『南島歌謡大成Ⅲ・宮古篇』をテキストとする。

（3）内田順子『宮古島狩俣の神歌』（平成12年）によれば、フサはウヤーンの祭儀でよまれる神歌の総称、タービは麦と粟の豊年祭でウヤパー（ムトゥの司祭）がひとりでよむものという。

（4）「方法としての場―フィールドとしての沖縄」（『日本文学』平成5年2月）

（5）祖神祭や神歌をタブー視する意識については、岡本恵昭氏「宮古島の祖神祭（うやがんまつり）―狩俣・島尻村を中心として―」（『沖縄のまつり』昭和46年6月、後に『現代のエスプリ』「沖縄の伝統文化」所収）が明瞭に記している。また私も佐渡山安公氏とともに、かつての女性神役から聞き取りをしている時に、次のようなことを経験した。ツカサだった人は引退した気安さもあってか、小さな声でタービを口ずさんだ。すると、近くにいた夫が厳しく制止して私たちは驚いたことがある。祭祀の外では決して口にしてはならないという禁忌を実感したのだった。

（6）内田順子氏の最近の報告では、ハライグイはフシ（旋律）の種類を指すとし、現在のアブンマは、村立てを内容とするものは祖神祭の二回目と五回目の時だけしかよまないと説明しているという（注3同書）。これによれば、同じフシで村立てではないハライグイもよまれることになる。
（7）関根賢司「狩俣の神歌について」（『解釈と鑑賞』昭和54年7月）
（8）谷川健一『南島論序説』（昭和62年）
（9）本永清「宮古の神話と神歌」（『解釈と鑑賞』昭和52年10月）によれば、森のなかの小屋に籠もり、かずかずの神歌を歌い続けるという。また比嘉康雄『神々の古層・遊行する祖霊神』（平成3年）には「定期的にフサがうたわれる」とある。
（10）「神話の表現・叙述―民間神話から文献神話に及んで―」（『講座日本の伝承文学』第三巻、平成7年10月）
（11）「三分観の一考察―平良市狩俣の事例―」（『琉球史学』昭和48年6月）
（12）注(11)同論文
（13）「宮古島狩俣・祖神祭〈イダスウプナー〉考―ユタ・カンカカリヤーの成巫儀礼とかかわって―」（『神々の祭祀と伝承』平成5年6月）
（14）注(1)同書
（15）『古代歌謡論』（昭和57年）
（16）注(8)同論文の本永氏による共通語訳。
（17）注(1)同書
（18）注(15)同書。この点について、
（19）前に志立元のツカサだった人は、「この話はタービでおばあたちがよむけど」と言ってユーヌヌス神話を語りはじめた（居駒「南島歌謡論―狩俣・志立元の叙事伝承」『明治大学人文科学研究所紀要』平成6年12月）。
（20）「神歌と憑依」（『日本文学』平成11年5月、注3同書所収）
（21）内田氏によれば、〈祓い声〉の後〈ナービ声〉〈ヤーキャー声〉がよまれて、ヤマヌフシライィが家をつくる物語が続き、最後に結び句がよまれるという。〈祓い声〉では娘神の神話へと続く途中の、ンマヌカンの神話としては完結しな

い形になっていることになる。
(22)『南島歌謡』(昭和52年)
(23)藤井貞和『古日本文学発生論』(昭和53年)は、「人称の未分化状態(神霊と神女の一体化)」とする。
(24)私が志立元の夏プーズで「舟んだき司のタービ(志立元)」を聞いた時も結びはよまれていた(平成7年7月10日)。
現在のユーヌスがよむ口承テキストは『平良市史』のものに近い。
(25)「巫歌と史歌—宮古島」(岩波講座日本文学史・第十五巻『琉球文学、沖縄の文学』平成8年5月)
(26)「ばんやらばだらい(わたしならば)」という句を含むから、一人称で発想されていることは明らかだ。
(27)注(22)同書
(28)「南島説話の伝承世界」(『民話の原風景』平成8年5月)
(29)講座日本の伝承文学・第三巻『散文文学〈物語〉の世界』(平成7年10月)
(30)『折口信夫全集』第一巻
(31)『古代和歌の発生』(昭和63年)
(32)本書I・第一章・1を参照していただきたい。

2　奄美シマウタの叙事——〈短詞形叙事歌〉の生成

はじめに

奄美沖縄の膨大な歌謡とそれを生み出した歌文化は、ヤマトのそれとの影響関係を明らかにするだけでなく、歌の発生や表現の原理を知る手がかりがそこに示されている点で重要な意味をもつ。何よりもそれらの多くが村落社会の生活の中で、あるいは祭祀の場でいま生きて機能している歌謡であり、言葉だからである。

前の第1節では奄美沖縄の〈叙事歌〉の中でも、宮古島の〈神歌〉を取り上げて長詞形の歌謡のケースについて論じたが、ここでは奄美シマウタの中から悲劇的人物をうたう琉歌調の短歌謡に注目し、叙事を内容とする歌の生成やその表現を探っていくことにする。短詞形でありながら、叙事すなわち事件や事柄をうたう歌がどのように生成してくるのかという問いかけを通して、長詞形とは異なるもうひとつの〈叙事歌〉の位相とそれを成り立たせている表現の原理について考えてみたいと思う。

一　物語歌・うわさ歌・短詞形叙事歌

歌が叙事の表現形態でもあることは、南島歌謡においてはよく知られている。例えば、「おもろさうし」の中には神女や王の行動を叙する歌や戦いをうたう〈英雄叙事歌〉のようなものがある。また八重山には庶民の生活の出来事、特に恋などをうたう〈物語歌謡〉が多く見られ、狩俣のタービのような〈神歌〉とはまた別の位相に〈叙事歌〉が広く存在することも確認できる。それらは神話や物語に基づいてうたったものと言われる場合がある。そのような言い方には、口承の語りを前提とする歌という考え方があるように思われる。しかし、〈叙事歌〉は必ずしも先行する語りを歌にしたものとは言えないのではないか。狩俣の〈神歌〉の場合を見ても、毎年くり返しうたわれるタービに対して村の起源を語る伝承はあるが、その伝承とてタービに先行する固定的な語りとは見られず、むしろタービに並行して説明的に語られる祭祀の外側の伝承と位置づけられよう。(1)従って村の起源神話の表現としてあるのは、タービという〈叙事歌〉なのである。

これはかなり重要な問題で、神女や王の「おもろ」や庶民の〈物語歌謡〉なども神話・物語の固定的な語りを前提としてはじめて生成されるというより、むしろその「おもろ」や〈物語歌謡〉が神話や物語の表現だったとする視点が必要であろう。(2)もちろんそれらの〈叙事歌〉は筋立てをうたっていく長編もあれば、部分的なストーリーをうたうだけのものもある。部分的とは言え、そのストーリーは歌を共有する社会において共通理解が可能だったと考えられる。短い断片的なものであっても、神や人物の事蹟をうたう表現は、やはり〈叙事歌〉であった。

それでは宮古・八重山の長編の〈叙事歌〉に対して、奄美の場合はどうであろうか。例えば、ユタの成巫儀礼で伝承されてきた「ナガレ歌」という呪詞は、対句・対語のくり返しを用いた荘重なリズムと詞章という点で狩俣の神歌に類似する。そのような〈呪詞〉と呼ばれる長編の〈叙事歌〉の一方で、特に注目されるのは、「かんつめ節」「うらとみ節」「嘉徳なべ加那節」など特定の人物の事件や出来事をうたった〈節歌〉の存在である。それらは琉歌調を中心とするシマウタで、ウタアシビ（歌遊び）の席でサンシル（三味線）の伴奏による男女の〈歌掛け〉としてうたわれる。

小川学夫氏は、事件や物語に関係するものを〈物語歌〉と呼び、また「身近に起こったある事件なり、噂を歌としたもの」を〈うわさ歌〉と名づけ、このような〈物語歌〉〈うわさ歌〉の背景に〈歌掛け〉という〈歌遊び〉の場があることを指摘する。(3) 山下欣一氏は、〈歌遊び〉では話が歌にうたわれ、「物語唄は『話』と同じ伝播力を持ち、伝承されていく」(4)と述べ、このシマウタ特有の現象を説明している。奄美の〈歌遊び〉の場では、そこに寄り集う人々によって、話題の人物や事件・出来事を琉歌調の短い歌にのせてうわさする〈歌掛け〉が盛んに行われた。その内容は歌によって世間話やうわさをする、言わば風評的な歌という点に特徴がある。もちろん、それは歌を創作する意識ではなく、歌を媒体として話題を共有し、楽しみ、伝承するという意識であろう。伝説的な人物をうたう〈歌遊び〉の場にあるのは、その人物に関わる事件や出来事、あるいは伝説に対する関心である。すなわち、歌による叙事への志向である。従って、〈物語歌〉という呼称ではなく、〈短詞形叙事歌〉の用語が奄美シマウタと伝説の関係に適合すると考えられる。このような視点から、〈短詞形叙事歌〉の連続によって物語がうたわれるという、もう一つの〈叙事歌〉の様相が見通されてくるのである。

二　「かんつめ節」と〈短詞形叙事歌〉の生成

ここでは「かんつめ節」を取り上げて、〈短詞形叙事歌〉の生成について考えてみよう。この歌群を取り上げる理由は、カンツメは奄美の代表的な悲劇的人物で、多くの歌が伝承されているからである。

1　金富《かんとみ》愛子《あぐ》くゎが　明日《あしア》死の致《し》ゃん夜や　久慈《くじ》下《う》り口ぬ佐念《さねん》ぬ山なんて　提灯御火《ちョうちんうまつ》ぬ明《あか》がりゅたむんど

（カントミ嬢が明日死のうと決めた前夜は、久慈降り口の佐念山で提灯の火がともっていたよ）

伝承では、豪農に売られたかんつめが恋人岩加那と人目を忍んで逢っていたのが佐念山の砂糖小屋だった。しかし、かんつめは豪農の主人夫婦によって陰部を火箸で焼かれ、絶望して砂糖小屋で自殺したという。この歌はかんつめの死の夜をうたったものだ。身売りされたヤンチュ（家人）である娘の、あまりに酷い折檻とその死である。

左の歌は久保けんお氏が採集した歌詞とその順序によっているが、以下次のように続く[5]。

2　昨夕《ゆび》がれ遊《あし》だるカントミ愛子《あぐ》くゎ　翌日《なあちア》が夜なたと　後生《ぐしョ》が道じ　み袖振りゅり

（ゆうべまで楽しく歌遊びしたカントミは、つぎの夜になったら後生の道〈あの世の道〉で袖ふって別れを告げるよ）

3　カントミ愛子くゎや　大儀《やッと》な死にしゃ　原《はる》ぬ空宿《からやど》りなんて　草ぬ葉し花香《はなこう》しらて

（カントミは誠に気の毒な死に方をした。野原の空き小屋で看取る者もなく、まわりの草花が花香がわりで……）

4　カントミ愛子が言《い》い候《しョ》ることや　高頂上《たかちヾ》しがとて　岩《いわ》加那ヤクメに送られ欲《ぶ》しゃ有《や》たんど

（カントミが言うことには、あの佐念山の頂上で語って、岩加那様に見送られたかったよ）

5　吾《あ》がす世や暮れて　汝《な》きゃ夜や明けりゅり　果報節《かふせつ》ぬ有りば　またむ見きょそ

（私の世は暮れて、あなたの夜は明けます。さようなら、また幸せな節があればお逢いしましょう）

6　カントミ愛子くゎが貫《ぬ》き玉・佩《は》き玉や　中柱《なばしら》に下《さ》げて置《う》しょきば　岩加那ヤクメが　其《う》り見りゅたむんど

（カントミが身につけていた貫き玉や佩き玉は、中柱にさげて置いてあったら岩加那がそれを見つけて形見にしたろうに）

7　岩加那ヤクメが気の毒しゃん事や　カントミ診《み》ちゃる医者や　生きらしゃん薬や持《む》っち参《も》らんた物《むん》か

（岩加那が残念がる事に、カントミを診た医者は、彼女を生き返らせる薬は持ってらっしゃらなかったものか）

8　泣くな嘆くな　死じゃる人《ちュ》や仕方ぬ有りょんにゃ　線香《しんこ》と墓石《いし》や気張《きば》りん候《しョ》りょ岩加那ヤクメ

（泣くな嘆くな、死んだ者は致し方ないことです。せめてもの供養に、線香と墓石は奮発して下さい、岩加那さま）

9　生《ま》りらばよ加那　カントミ愛子くゎが生《ま》りするな　真塩《ましュ》ば摘《つ》で舐《なみ》て水ば飲《ぬ》で　この世たちゅる

（生まれるなら娘達、カントミのような生まれはするな。看取る人もなく、ひとりで塩をなめ水を飲んで死ぬよ）

10　女《うなぐ》ぬ子《くア》や余《あま》り禁《き》止《じ》るなよ親兄弟《うやきョで》達《きア》　名柄カントミ愛子　死にざま為《し》ざま見ちゃみ聞《ち》ちゃみ

（女の子は余りいじめるなよ親兄弟たち。名柄のカントミのしたこと死にざまを見ききしただろう〈あんなになるなよ〉）

11　カントミ愛子くゎ仕業《しわざ》見らんな　山ぬ奥《うく》いじトックリ下《さ》がとぞ　仕業見らんな

（カントミのした事を見ないか。山の奥へ行ってトックリの様にぶらさがって縊死してるよ、見てごらん）

12　カントミや名柄《ながら》　岩加那や真久慈《まくじ》　恋路隔みとて思《うみ》ぬ深さ

（カントミは名柄、岩加那は真久慈。恋路へだてて思いのふかさ）

ここにあげたように、「かんつめ節」として十二首が紹介されているが、曲調は「飯米取り節」に類似する。

その説明としては、カンツメは生前、「飯米取り節」という草薙ぎの労作歌を好んでうたっていたのだが、そのことをよく知る人が同じ節でカンツメの事件をうたい始めたので、「かんつめ節」と呼んだとの説がある。[6] そもそも〈歌遊び〉は歌が終わらないうちに次の人が最後を引き取ってうたい継いでいくやり方である。それが〈歌掛け〉のルールであるから、即興的に前の歌詞に応じてうたったり、共通歌詞から選んでうたうことになる。そのようにして〈歌遊び〉の場で一定の固定化を経て、「かんつめ節」の歌詞として人々が共有しているのが1～12であると見てよかろう。

それでは十二首が〈歌掛け〉のシステムによってどのように生成されたのであろうか。歌の表現を分析してみよう。まず1は「かんつめ節」の最初にうたわれる元歌と位置づけられることがあったのだろう。歌詞を見ると、1はカンツメが自殺をした夜、恋人岩太郎と逢瀬を重ねた佐念山の小屋に灯りがともっていたと、後日、カンツメの自殺を証言する歌になっている。つまり、第三者的立場からの事件報告で、一人で死んでいったカンツメへの哀惜をにじませている。

しかし、恵原義盛氏の歌詞では、

a　かんちめ姉《あご》や焼内《えーち》ぬ名柄《ながら》　岩加那《いわかな》やくめや西《にし》ぬ真久慈《まくじ》　郷里《しま》ぬ隔《へざ》めが思いぬ苦《くち》さ

が第一歌としてあげられている。[7] これは前掲12とほぼ同じで、名柄と久慈に分かれて住む二人の恋の辛さをうたうもので、事件の発端が示されていることから、これも冒頭にうたう歌としてふさわしいと考えられたのであろう。〈歌遊び〉の場によって歌い出し方にいくつかのバリエーションがあったと見られる。

1の第三者的事件報告の歌詞は、うたい手があたかも事件の目撃者であるかのように証言し、思いもかけぬ事件の細部へと歌い継がれる。2においてはカンツメの死後の姿がうたわれるのである。袖を振ってこの世に別れを告げるなどと、まるでありありと見てきたかのようにうたう。3にもカンツメの寂しい死後がうたわれる。なぜ死後のことをこれほどまでにリアルにうたうのか。その点は後に述べる。次の4は岩加那に見送ってほしかったとこの世を去るカンツメの未練をうたい手が代弁する歌だ。5もこの世に別れを告げるカンツメの言葉の代弁になっている。小川氏は、これを辞世の歌とし、岩太郎はカンツメの首を吊った姿を見ているという状況があるという。(8) そうだとすれば、これもリアルな事件描写である。6も、カンツメが首に下げる玉飾りを残してくれたなら岩太郎が形見にしたのに、と死後のことをうたっている。因みに恵原氏の歌詞では、「中柱に」が「表座敷《おもて》ぬ長押《なげし》に」となっており、カンツメはノロの家筋の大家の出で、表座敷は二人の初対面の場所を示すのだと注記する。それが事実かどうかということよりも、〈歌掛け〉の場で即興的にカンツメの話題がうわさ話風に飛び交うものとして見ておいてよいだろう。

7は岩加那の立場からカンツメを亡くしたことへの無念さをうたい、8は岩加那に向けて慰めの言葉をかけたものである。恵原氏の歌詞では「岩加那やくめが言しゃるこうとや（言ったことは）」とあり、岩加那の言葉を伝える立場でうたわれる。9・10は第三者の立場からカンツメ事件に対する批評と娘たちへの教訓をうたっている。それは決してカンツメのような死に方をしてはならないという厳しい批判とも読める。カンツメを死に追いやった人々への非難ではなく、自ら命を絶つという「死にざま」へ非難が向けられるのである。11はその「死にざま」を受けて「トックリ下がとそ」と首を吊る姿を具体的に描写をする。こんなところまでうたうのかというリアルさがあって衝撃的だが、「仕業見らんな」の尻取り式くり返しにあるように、1・2に通じるカンツメ事件の目撃証言（のような）の歌になっている。12はすでにaの類歌として触れたが、二人の悲恋への同情という総括的な視点が歌群の最後を結ぶにふさわしいとも見られたのであろう。

「かんつめ節」十二首の表現とその関連性を整理すれば、Aカンツメ事件とその死後を報告する1・2・3・11、Bカンツメの心中を代弁する4・5、Cそれに対応する岩加那の言葉の代弁・同情を表す7・8、D事件への批評と教訓の9・10、E全体を結ぶ12となる。うたい手の側から見ると、第三者的立場のAからカンツメの立場のBと岩加那のCに展開し、また事件を外側から客観的にとらえるDに転換し、Eで事件の全体をまとめるというように、視点がカンツメ・岩加那の当事者と第三者の立場の間を移動しながら、事件の叙事に当事者の心の内面や第三者の感想を入り込ませ、それが相互に絡み合って、「かんつめ悲恋物語のストーリーを」「織りなす」[9]のであり、歌によるカンツメの悲劇物語が生成されているのである。あるいはそこに、辰巳正明氏が〈歌遊び〉の方法として恋歌の道筋に注目しているように、恋愛事件の〈歌掛け〉にも道筋に沿ったうたい方があるのかもしれない。[10]

歌によるカンツメ物語の生成について、小川氏が〈歌掛け〉形式に注目しつつ、ここに「事件や人物をうたううちに、それが一人歩きを始めて、やがて一つの立派な物語に成長するという事実」[11]を指摘しているのが参考になる。この物語を成長させるのは、うたい手がカンツメや岩加那についたり離れたりしながら、事件をうたっていく〈短詞形叙事歌〉なのである。この〈短詞形叙事歌〉を生成させる場が奄美の〈歌遊び〉であり、いま「かんつめ節」の歌のつながりに見てきた即興的連続性はその〈歌掛け〉システムが作り出すものであった。〈短詞形叙事歌〉の事件の報告・伝言性と当事者の心の代弁性がらせん状に組み合いながら、悲劇物語へと膨らみ成長していく過程を「かんつめ節」の〈歌掛け〉に見ることができるのである。

三　「かんつめ節」の鎮魂性

「かんつめ節」がなぜカンツメの死後のことをうたいあげるのか。この問題は他の悲劇的な人物をうたう〈節歌〉にも共通する背景があるにちがいない。歌の表現に即して考えてみよう。

前述したように、1でカンツメの死がうたわれるが、2では袖を振って「後生の道」を去るというように、その死後の姿がありありと示される。3で草花が花香がわりだと異常な死への哀惜をうたいつつ、しかし表現はカンツメのこの世での不在に中心がある。4では佐念山の頂上で岩加那に送られてこの世から去ることを望む。5もこの世との別れだ。これらはいずれもカンツメのこの世との別れと不在を意識的連続的にうたっているのである。

話題からはやや逸れて感想めいた話になるが、カンツメの碑はいま、名柄峠の山頂の薄暗い森の中にある。私は名瀬在住の民俗研究者である高橋一郎さんに、その碑まで案内してもらったことがある。その時峠道の入り口で、高橋さんにここに来ると胸苦しくなると言われていることを聞き、一瞬身構えたことを覚えている。案の定、カンツメの碑には花が飾られ、線香が置かれていた。私は、カンツメの霊への畏怖がいまだに生々しく存在することを驚きとともに実感したのだった。

カンツメの「後生の道」の歌にもどろう。非業の死を遂げたかんつめへの畏怖は、簡単に消えるものではなかっただろう。事実、カンツメを死に追いやった豪農の家筋の人々は死に絶えたとする言い伝えもある。「かんつめ節」の歌はカンツメの死を美化し、哀惜するというような抒情的なものばかりではない。もっと民俗的な暗部に根ざしていたと見るべきなのだ。すなわち、非業の死への恐れとそれゆえの鎮魂である。うたい手がカンツメの心を代弁するのは、おそらくそういうことであるし、あの世への道行をうたうのは、この世にかんつめの魂が留まることへの恐れに発するものと考えられる。かんつめの魂はこの世の境界を超えて、あの世に去り鎮まったとうたわなければならなかった。歌の呪力によって死者の魂はあの世に鎮まると考えられたからである。つまり、他界へ送り鎮めるという意味での鎮魂である。(12) かんつめは佐念山の「高頂」という境界を越えて、「後生の道」を袖を振りながらこの世を去り、あの世に確かに鎮まったとうたうところに「かんつめ節」の鎮魂の〈歌掛け〉があったとは言えないだろうか。奄美シマウタには死者を弔うことから始まったとする、いわゆる弔い歌起源説が伝えられるように、(13) むしろ積極的にカンツメの魂が彼岸の世界に去り鎮まったことを、その悲劇的な事件の叙事に絡ませてうたったと考えた方が分かりやすい。カンツメの悲恋の〈歌遊び〉には、その非業の死への鎮魂という意識が作用したのである。

四　〈短詞形叙事歌〉による物語

こうした非業の死への鎮魂を契機とする〈歌掛け〉は、「嘉徳なべ加那節」や「うらとみ節」についても言えるだろう。

嘉徳《かどく》なべ加那や　如何《いきゃ》しゃる生《ま》れしちゅが　親《うや》に水汲まし　居《い》しゅて浴《あ》める
(嘉徳のなべ加那は、どんな生まれをしたのか。親に水を汲まして自分は座ったまま水浴びをする)

この歌にあるように、親を雑用に使う親不孝な娘、それがナベ加那に与えられたイメージであった。しかし、金久正氏によれば、ナベ加那は親までも仕えさせる崇高な神女と解すべきだという。(14) 確かに崇高な神女であるからこそ〈歌遊び〉に取り上げられ、〈歌掛け〉においてうたわれる物語人物にもなり得たとするのは説得力がある。

嘉徳浜崎《かどくはまさき》に　這《は》ゆるいしょかずら　這い先や無《ぬ》らずぃ　天《てん》に帰ろ

（嘉徳の浜辺に這っている磯蔓よ。這う先が無く、天に帰ろう）

小野重朗氏はこの歌の解釈について、ナベ加那が冠にしたカズラで、ナベ加那の死で用いる人もいないので天に帰ろうの意とする。(15)ナベ加那の死をうたったことは明らかであるから、それならば「天に帰ろ」はナベ加那の魂への呼びかけでもあると解し得る。ナベ加那という崇高な神女の死は、畏怖されるべき対象であったわけで、あの世への鎮まりがうたわれなければならなかったのだ。それが「天に帰ろ」の呼びかけの句であったと読むことができる。このナベ加那の場合も〈歌掛け〉による鎮魂が行われたと見てよかろう。

次の「うらとみ節」は主人公の名であり、伝説の中の人物である。加計呂麻島で生まれた美女ウラトミは、薩摩から来た代官の妻になるのを拒んだため、島を追われ、喜界島の小野津に流れ着く。その地で結婚し、ムチャ加那という娘が生まれる。年頃になったムチャ加那はあまりに美しかったので、島の娘たちの嫉妬を買い、海に突き落とされて死ぬ。母ウラトミも娘の死を知ってその後を追うという悲劇的な伝承がある。

うらとみやうらとみ　戻《むど》らめやうらとみ　うらとみ戻す人《しゅ》や　しまぬ狂者《ふりむん》

（うらとみやうらとみ。戻らないか、うらとみよ。いや、うらとみを戻そうと思う人など、シマ〈村〉の馬鹿者だ）

この歌には、ウラトミを生まれ島の加計呂麻に戻そうとする人をシマの馬鹿者と諭した歌とする理解、また「溺死してしまった彼女を戻そうとしても馬鹿なことだ」とする解釈があり、小川氏は後者が正しいようだとする。(16)ウラトミ・ムチャ加那母子の非業の死は〈歌遊び〉の場で鎮魂されなければならなかったのだ。他界への鎮まりは歌の呪力によってはじめて実現される。ここでも〈歌掛け〉よる鎮魂を契機としてウラトミ・ムチャ加那母子の物語が〈歌遊び〉の場で生成されていくことを確かめることができる。

ところが、その一方で「とばやむちゃ加那」という〈長詞形叙事歌〉が採集されている。それは、ムチャ加那が友達にアオサ採りに誘われ、行方不明になったのを母親が懸命に探すというストーリーをもつ長い〈叙事歌〉である。最近私は、喜界島でウラトミ・ムチャ加那伝承を調べる機会を得たが、喜界ではウラトミは比嘉のマス加那と呼ばれ、いまも子孫の家があり、その家にはかつてのマス加那の家の柱も残っている。喜界のマス加那伝承で注目されるのは、彼女が歌と三味線の名手だったこと、彼女の墓や子孫の家を教えたのはユタ神様と伝えていることである。(17) 喜界のマス加那伝承には明らかに巫者であるユタの存在が関わっていることを考えると、奄美では特殊と言われる長詞形の「とばやむちゃ加那」のうたい手としてユタがクローズアップしてくる。またウラトミやマス加那も実は「うらとみ節」のうたい手の名で、それが例えば〈歌遊び〉の場で伝説の主人公と紛れ、あるいは自ら主人公を演じ、伝説的人物の名として物語が生成されることも考えられる。(18)

結び

小川氏は、「かんつめ節」が「飯米取り節」という仕事歌を先行曲とし、「うらとみ節」は「とばやむちゃ加那節」という〈長詞形叙事歌〉が先行歌であるとした上で、「うらとみ型」は奄美では特殊な例で、歌掛けの場で生まれた「かんつめ型物語歌」の方が奄美では普遍的な形だとする。小川氏は叙事から抒情へという単線的な関係ではなく、「歌掛けの世界は叙事歌の時代と並行」して存在したとする。(19) 複線的並行的な歌謡発生論は説得力があり、きわめて有効だと考えられる。「うらとみ型」を特殊な例とする点については、これも〈叙事歌〉のあり方として複線的に考えた方が説得力があるのではないかと思われる。物語の筋立て、つまりストーリーの部分が「とばやむちゃ加那節」という〈長詞形叙事歌〉としてうたわれ、また他方では〈歌掛け〉の場で「うらとみ節」という連鎖的にうたわれる〈短詞形叙事歌〉が生成されていくということである。歌詞の共有もあり得たが、それは異なる場の並行としてとらえた方が理解しやすい。歌を掛け合う「かんつめ型」が奄美に支持を得たのは、〈短詞形〉の方が伝説の人物の心を叙事に絡ませて物語世界を重層化していくことが可能になるからであろう。「かんつめ節」に見てきたように、それはまさに奄美の〈歌掛け〉システムにおいて[20]〈短詞形叙事歌〉が生成する物語であった。

【注】

（1）神歌と伝承の並行という考え方は、狩俣の神歌について藤井貞和『古日本文学発生論』（昭和53年）が提示している。

（2）池宮正治氏は、琉球文学では共同体の物語（歴史）が韻文でうたわれ保存されているとし、「なぜ記紀歌謡は物語そのものを歌わないで、物語を散文に譲ったのだろうか」（「上代歌謡と琉球文学」『記紀歌謡』昭和51年4月）と問いかけたところに、この問題の核心が示されている。

（3）「南島歌謡と説話—奄美の島歌と説話を中心として—」（『南島説話の伝承』昭和56年8月）

（4）『奄美説話の研究』（昭和54年）

（5）日本庶民生活史料集成・第十九巻『南島古謡』「奄美諸島・三味歌」（昭和46年）

（6）小川学夫『奄美シマウタへの招待』（平成11年）

（7）『奄美の島唄・歌詞集』（昭和63年）

（8）「奄美の物語歌」（『演劇学』昭和59年3月）

（9）真下厚「韻文文学〈歌〉の成立」（講座日本の伝承文学・第一巻『伝承文学とは何か』平成6年12月）

（10）「奄美歌掛けの世界性」（『古代文学』平成11年3月、『詩の起原』所収）。なお、辰巳氏は、恋愛事件をうたう奄美シマウタが「中国の少数民族に見られる愛情故事に等しい伝承」であることを指摘し、奄美の〈歌遊び〉の歌唱文化は、中国西南少数民族文化と深く接触しているとする。

(11)　注(8)同論文

(12)　本書Ⅰ・第二章・1、2、3で論じた葬歌の表現と通じる問題である。参照していただきたい。

(13)　小川『奄美民謡誌』(昭和54年)

(14)　『奄美に生きる日本古代文化』(昭和38年)

(15)　『南島歌謡』(昭和52年)

(16)　注(6)同書

(17)　英啓太郎「ムチャカナ伝承話」(私家稿、平成6年)

(18)　「うらとみ節」とその伝説の関係については、居駒「奄美シマウタと悲劇伝説―〈短詞形叙事歌〉の生成―」(『伝承文化の展望』平成15年1月)で論じたので、併せて参照していただきたい。

(19)　注(8)同論文

(20)　酒井正子氏は「うた情報システム」と呼び、「『口にあたるまま』に、歌と話が絡み合って、うわさがうわさを増幅し、ついには一つの物語を生み出してしまう、というような相互コミュニケーションのプロセスこそ、オーラルな伝承の無限の創造性を示す、重要な局面ではないだろうか」(『奄美歌掛けのディアローグ』平成8年)と述べている。調査に裏付けられた、きわめて示唆的な指摘である。

3　太陽子＝王の古代語――「てだこ」と「てだぬふあ」と

はじめに

諸民族の神話の中で、おそらく太陽神を語らぬものはなく、また太陽と王の一体化も多くの神話に見出すことができよう。太陽神話は、それほどに根源的かつ普遍的であるわけだが、空間的な視点に立てば、日本に限ってみてもそこには地域的な諸相や特殊性が表れてくるにちがいない。ここでは太陽信仰が濃密な琉球弧における太陽子＝王の古代語を取り上げたい。(1)

『おもろさうし』には琉球王と太陽神との一体化がくり返しうたわれ、按司と呼ばれる地方の領主も太陽神と重ねられる。一方、奄美のユタが唱える呪詞や宮古島狩俣の神歌にも始祖としての太陽神が登場する。日神崇拝は琉球の国家神話だけでなく、村立ての起源を説く民間神話にも見られるのである。ここに琉球弧の太陽神話の広がりと太陽子＝王の神話的言説の成立という問題が立てられるし、呪詞や神歌には太陽子＝王の詩の言葉が発生する状況を見ることができよう。以下、『おもろさうし』の「てだこ（日子）」と狩俣のニーラーグ（長編叙事歌）に見える「てだぬふあ（太陽の子）」を中心に述べていくことにしたい。

一　首里のてだと天に照るてだと

『おもろさうし』には太陽の絶対的な存在を讃美した印象的なオモロが入っている。

一天《てに》に鳴響《とよ》む大主《ぬし》
　明《あ》けもどろの花の
　咲《さ》い渡《わた》り
　あれよ　見《み》れよ
　清《きよ》らやよ
又地天《ぢてに》鳴響む大主
　明けもどろの花の　（巻13・八五一）

朝日のキラキラした光のゆらめきは、花が咲き渡っていく光景に見えた。「明けもどろの花の咲い渡り」は、水平線から姿を現した日の出の瞬間の美しさをとらえている。外間守善氏はこの詩句について、「炎と光の渦になってグイグイ姿を現してくる太陽のさまに、いつ知らず天地をどよもすような底鳴りの音を聞いたのであろう」という。[2]「天に鳴響む大主」は太陽を擬人化したもので、天地をうなりどよもしながら誕生してくるさまが太陽の神名になっているのだ。

一東方《あがるい》の大主《ぬし》
　明けまもどろ　見れば
へに鳥《とり》の舞《ま》ゆへ　見物《みもん》

又てだが穴《あな》の大主　(13・八二五)

ここでは光のまばゆさを鳳凰の舞に見立てている。鳳凰は異界の鳥であるから、琉球王府の周辺では最高に美しいものの表現になったわけだ。「てだ」は周知のように琉球方言で太陽を指す古語である。太陽が「てだが穴の大主」とも称されるのは、若々しい太陽が東方の洞窟で誕生し出現してくるという観念に基づく。若々しい太陽の光にこそ霊威があると考えられたことを示している。そこには神話的な幻想さえ浮かび上がってくる。西郷信綱氏は前歌について神女が日の出を拝してうたう暁のオモロと推定しているが(3)、いずれも琉球王府の儀式に関わるオモロであることは確かであろう。「明けもどろの花」「明けまもどろ」は新しく誕生したばかりの太陽の光で、「見れよ」「見れば」は祭祀の場の人々がその強い霊威を身に浴び、取り込もうとする儀礼的な詩句と見られる。そして太陽神たる「大主」には琉球王が重なっていく構造がある。

一　昔初《むかしはぢ》まりや
　てだこ大主《ぬし》や
　清《きよ》らや　照《て》りよわれ
又せのみ初まりに
又てだ一郎子《いちろく》が
又てだ八郎子《はちろく》が
(以下省略)　(10・五一二)

という詩句ではじまる琉球の創世神話は、一六五〇年成立の正史『中山世鑑』やさらに古い『琉球神道記』(一六〇八年)にもほぼ同じ内容が記されることでよく知られている。王の正統性に関わる国家神話と見てよい。「てだこ大主」と称する太陽神が「あまみきょ」に命じて国・島を造らせ、人間を誕生させるという内容である。「てだ」や「大主」は、オモロでは王の他、領主である按司にも尊称として用いられ、そのような支配者が太陽神に一体化することで宗教的権威を示そうとした言葉であった。

一首里《しょり》のてだと
　天に　照る　てだと
　まぢゆに　ちよわれ
又御愛《みかな》してだと
　天ゝ　照る　てだと
又てだ一郎子と
　天ゝ　照る　てだと
又てだ八郎子と
　天ゝ　照る　てだと

（5・二一二）

このオモロは琉球国王と太陽神の一体化を直接的にうたっている。前歌の創世神話で太陽神の意であった「てだ一郎子」「てだ八郎子」が、ここでは琉球国王その人になっていることに注目すべきである。首里を天界に見立て、太陽神として君臨する国王が誕生したのである。太陽の霊威は「てだこ大主」という琉球国の創世神として神格化され、このオモロにおいて国王は「てだこ」として幻想されることになる。琉球国を創成した太陽神の末裔として統治するという絶対性の論理がそこにうち出される。「てだこ」は太陽子＝王の観念を表す儀礼的な古語であり、そのオモロは太陽としての王という神話的幻想を人々に共有させる呪的な力をもっていたであろう。

それは、古事記が天皇（神武）に対して、アマテラスが降臨させたニニギの末裔とし、「天神の御子」という特殊な名称を与えたことと通じる。古事記歌謡や万葉歌で天皇や皇子を讃える「高照らす（高光る）日の御子」の語ともまた響き合うものであった。

二　日光感精説話と「太陽が洞窟」

琉球国王は太陽子「てだこ」として位置づけられた。外間氏によれば、十三世紀に実在したと言われる浦添地方の英祖王には、母が日輪が懐に入ったのを夢見て生まれたという伝説（『中山世鑑』『球陽』など）があり、英祖の神号を「てだこ（日子）」とすることなどから、「てだこ（日子）」思想の原型は浦添地方で組み上がったものという。(4)英祖王の誕生伝説は、女が日光に感精して太陽神の子を生む、いわゆる日光感精説話と称される話型である。この英祖伝説は琉球王朝の内部において、始祖の王に対して太陽＝王の「てだこ」思想を表象する、日光感精による神話化が行われたことを示している。比嘉実氏は、族長や権力者の若太陽思想が国王を日神に一体化する太陽子思想へと昇華したのではなく、英祖伝説は春秋戦国時代の『十六国春秋』から見られる中国文献の日光感精説話に典拠があるとする。従って、国王の太陽子思想の形成は英祖王までさかのぼるものではなく、「天続之按司添」の神号をもつ一五二七年即位の尚清王あたりに認められるという。(5)この見解は文献史料の上では尊重すべき正しい指摘であるが、その観念が受容されるからにはやはり口承世界にも日光感精説話の広がりがあったと考えるべきではないだろうか。

奄美のユタが神がかりする時に唱える呪詞に、この日光感精説話が伝えられていることを紹介し、琉球王朝神話に対する民間説話の立場から体系的に研究したのは、山下欣一氏であった。(6)その採集資料の中で代表的な「うもいまつがね」の一節を示してみよう。[7]

1	うもいまつがねやよう	思松金は
2	あがんがり　きょらしゃるよう	あんなに美しい
3	うなぐまり　かみがまりぃよう	女と生れ　神の生れ
4	ぬふしやもしらじ	何も欲しいということも
5	たのふしやもしらじ	知らずに
6	てぃるてだぬ　こぬでぃよ	照る太陽に好かれて
7	いちぬとや　しゃしゃりぃてよ	いちのとにさされて

（中略）

22	かねぬまたらべーや	金の童子は
23	かみぬくゎあてぃどよ	神の子なので

（以下省略）

思松金という美女が（1〜3）太陽の光をうけて（6・7）神の子を生んだ（22・23）という。7の「さされて」は女の腹に光が射し、太陽神の子を孕む意で、日光感精のモチーフを示す言葉である。太陽の子である思松金は天上で試練を受け、克服して地上に戻ってユタの始祖になるとする伝承もある。ユタの始祖誕生を内容とするオモイマツガネやユタの神聖なる芭蕉の衣を主題とする芭蕉ナガレの叙事伝承は、ユタが神がかりの儀式において伝えてきた呪詞だったのだ。山下氏の研究によって、日光感精のモチーフが奄美のユタの呪詞からさらに昔話化して伝播していくという民間説話の実態が明らかになってきた。さらに山下氏は、村落の公的な司祭であるノロが伝えるオモリからユタのナガレ歌へという発展図式に疑義を呈し、その二つは関連しつつ別系統であることをも指摘している。日光感精をモチーフとする説話群は、ノロや琉球王府の神話とは異なる奄美の民間説話の世界において、ユタの職能に関わる呪詞として独自の発生と展開を遂げたと言えよう。そのような呪詞の生成の中心には担い手としての巫者や神役たちが存在した。真下厚氏が述べるように、呪詞が生きた神話として生成・伝承される土壌としてシャーマニズムの精神風土が関わっていたのである。(8)

　このような日光感精説話が奄美の他に宮古島周辺にも見られ、山下氏は伊良部島の比屋地御嶽の起源伝承になっている例を挙げている。その話は、女が太陽の光に感精して娘を生むが、娘は年頃になると、自分は神の子だと言って母とともに比屋地の森の神になったというものである。(9)森の神になったというのは、この娘が比屋地御嶽を開き、御嶽の神に仕えて祭祀するようになったことを示しているのではないか。これは『御嶽由来記』『雍正旧記』の由来伝説とはまた別の、民間の起源伝承として流布したものであり、周辺地域から類話も報告されている。

　村の神女が神の声を聞いて御嶽を開く話は、宮古島下崎にもある。神女与那覇メガさんが語った「万古山御嶽道開け縁起」によれば、親天太・母天太の神が天界から降りてきて島を造り、万古山御嶽を神座とした。そこに人間が村建てをして平井村と名付けたが、神の怒りにあって住めなくなり、八重山の平得村に移ったという。(10)宮古島の創世神話である。万古山御嶽の老婆に話を聞いた谷川健一氏によれば、その御嶽の近くに「太陽《てだ》が洞窟《がま》」があり、老婆は七日七夜そこに籠もり、八日目の朝、太陽を誕生させるための用意をする。その洞窟には誕生した太陽が水浴びをする場所があるというのだ。谷川氏が推測するように、そこでは太陽の親神と神女との儀礼的な交媾が行われるのかもしれない。(11)神女は「太陽が洞窟」で太陽を誕生させる秘儀をひとり執り行うのである。

それにしても、「太陽が洞窟」で誕生したばかりの太陽が水浴びをするとは、何とリアルな神話的表現であろうか。私は佐渡山安公氏の案内で、磯伝いに「太陽が洞窟」まで行ったことがあるが、その時、洞窟の中の海水に太陽の光がキラキラと映るのを見て、太陽の水浴びを思い出したのだった。神女が語った太陽の水浴びは、太陽の誕生の秘儀の中で経験した幻想の表現であったと考えられる。

「太陽が洞窟」が前述したオモロの「てだが穴」(13・八二五)とどのように関わるかはわからないが、太陽の誕生という共通の神話的幻想が背後にあることは言える。「明けもどろの花」「明けまもどろ」の詩句は、神女が「てだが穴」で誕生した若い太陽を幻想する表現であったかもしれない。太陽の水浴びは『楚辞』などの中国の文献にも出てくるが、宮古島の場合それと次元が異なることは言うまでもない。神女の語りは御嶽祭祀に関わる民間神話と見るのがふさわしい。

三　狩俣の祖先神「てだぬふあまぬす」

宮古島狩俣は数多くの神歌が伝承されることでよく知られている。冬の祖神祭で最高位の神女アブンマがよむ(うたう)「祓い声」という神歌の冒頭は、次のようになっている。

1　やふゃだりる　むむかん　　穏やかな百神
　なゴだりる　ゆなオさ　　和やかな世直さ〈大皿の名〉
2　てぃんだオノ　みオぷぎ　　天道のお蔭で
　やぐみゅーいノ　みオぷぎ　　恐れ多い神のお蔭で
3　あさてぃだノ　みオぷぎ　　父太陽《あさてだ》のお蔭で

うやてぃだノ　みオぷぎ　　　　　親太陽のお蔭で
4　ゆーチキ　みうふぎ　　　　　夜の月のお蔭で
ゆーてぃだノ　みうふぎ　　　　　夜の太陽〈月〉のお蔭で
5　にだりノシ　わんな　　　　　根立て主のわたしは
やぐみかん　わんな　　　　　恐れ多い神のわたしは(12)
（以下省略）

これはカンナーギ（神名揚げ）と呼ばれ、神名をよみあげて讃える部分である。そこに3のアサティダ（父太陽）という太陽神が出てくる。5ではアブンマ自身が根立ての神（狩俣の創成神）であり、この後に「んまぬかん　わんな（母の神であるわたしは）」とも出てきて、狩俣の母なる祖先神であることを表明する。この始祖神は狩俣の地に井戸を探して村立てをするのである。また民間神話の一つでは、ンマティダ（母太陽）という母神が娘神を連れて天から降りてくることとなっている。井戸を探して村立てをした後、ンマティダのもとに男が通って来て懐妊する。男の素性は大蛇で、天上に舞い上がっていく。その後、ティラヌプーズトゥユミャという男の子が生まれたと伝えている。(13)これによれば、ンマヌカンはンマティダということになる。狩俣の村立てをした男女の神は太陽神であり、その間に生まれたティラヌプーズトゥユミャも太陽を名とする。

一方、アーグ主という歌唱者を中心に男の神役によってうたわれるニーラーグは、狩俣の神々と歴史を内容とする史歌（長編叙事歌）であり、他に類例のない口承の叙事文芸であるが、(14)そこでは次のようにうたいはじめる。

1　てぃんぬ　あかぶしゃよ　　　　　天の赤星よ
てぃだなうわ　まぬシよ　　　　　太陽《てだ》の子真主よ

2　てぃだぬ　うぷージ　とぅゆみゃよ　　太陽の大按司豊見親よ
ういなうわ　まぬシよ　　天上の子真主よ
3　しらてぃやま　ビーゆぬシ　　シラテ山に坐《いま》す主
ふんむジん　ビーゆぬシ　　国の杜に坐す主
4　やまぬ　ふーしらジよ　　山のフシラズ〈大蛇神〉よ
あうシばぬ　まぬシよ　　アウスバの真主〈祖神〉よ(15)
（以下省略）

1のティンヌアカブシャ／ティダナウワマヌシは狩俣の始祖神のことで、『琉球国由来記』などの豊見赤星テタナフハイ真主と同神である。そこに「てぃだなうわまぬし（太陽の子真主）」がうたわれることに注目したい。太陽の子＝始祖神として位置づけられるのである。そしてその子ティダヌウプージトゥユミャは、太陽・領主の意をもつ大按司・英雄的支配者である豊見親の語によってその名が構成されている。狩俣ではこの神はある程度明確な支配者像をもっていたらしい。それは麦と粟の祭りの時にアブンマが「ティラの大按司のタービ」をよんでその名を讃えることからもわかる。神歌のアサティダ・ウマティダという太陽神の名が、ニーラーグではより明確に太陽の子神、太陽の末裔の英雄として位置づけられているのである。

狩俣では神歌でも史歌でも、太陽の子＝始祖神として共同体の神を讃えていた。その基盤には、前に御嶽起源伝承に見たような宮古島の濃密な太陽信仰があったであろう。特にニーラーグでは「てだぬふあまぬす」「てだぬうぷーじとぅゆみゃ」に見られるように、太陽＝始祖神・英雄として神名の系譜がうたわれていた。この島に王権は成立しなかったが、狩俣の太陽の子＝始祖神・英雄の系譜には、琉球王朝神話の太陽子＝王の思想と対応する、民間神話における「てだぬふあ（太陽の子）」思想が形成されていたのであった。「てだこ（日子）」と「てだぬふあ（太陽の子）」は、それを明示する神話的な古代語に他ならない。

結び

以上、「てだこ（日子）」「てだぬふあ（太陽の子）」ついて、琉球弧における太陽始祖神話の象徴的な古代語であることを見てきた。「てだこ」は琉球国の正史の文献神話に位置づけられた特殊な語であった。そこには、中国文献の影響とともに、「てだぬふあ」のような村落の始祖神を称える民間の口承神話との並行、そして相互に支え合う関係があろう。そして、このような太陽を始祖と位置づける文献神話や口承神話の関係は、記・紀に書かれ、万葉歌にうたわれた古代天皇神話の古代語に通じるところがあることは言うまでもない。それは、古代文学の深みへの視点を提示しているのである。

【注】

（1）琉球の王権儀礼において、〈太陽の王〉とその言語表現（神話と歌謡）を論じた末次智「琉球の王権儀礼と太陽の王」（『立命館文学』平成元年5月、『琉球の王権と神話』所収）、また琉球の日神神話やおもろさうしと万葉歌などの古代ヤマト文学を比較した論として永藤靖「王権と日神神話」（『明治大学人文科学研究所紀要』平成11年2月、『琉球神話と古代ヤマト文学』所収）がある。いずれも新しい視点を提示しており、本論のテーマに示唆を与える論である。

（2）『鑑賞日本古典文学25・南島文学』（昭和51年）

（3）「オモロの世界」『おもろさうし』（昭和47年、『古代の声』所収）

（4）「『おもろさうし』にみる太陽崇拝と日子思想の成立」『古典を読む22・おもろさうし』（昭和60年、『南島文学論』所

収）

（5）「琉球王国・王権思想の形成過程―若太陽から太陽子思想へ―」『球陽論叢』（昭和61年、『古琉球の思想』所収）

（6）『奄美説話の研究』（昭和54年）

（7）『日本庶民生活史料集成19・南島古謡』（昭和46年）、『南島歌謡大成Ⅴ・奄美篇』（昭和54年）に再録。

（8）「民間神話と呪詞」『民話の原風景』（平成8年）

（9）『南島説話生成の研究』（平成10年）

（10）岡本恵昭「平良市下崎・万古山御嶽道開け縁起」『日本民俗文化資料集成6・巫女の世界』（平成元年）

（11）『南島論序説』（昭和62年）、『南島文学発生論』（平成3年）

（12）『南島歌謡大成Ⅲ・宮古篇』（昭和53年）

（13）「三分観の一考察―平良市狩俣の事例―」（『琉大史学』昭和48年4月、日本文学研究資料叢書『日本神話Ⅱ』所収）

（14）狩俣のニーラーグという叙事文芸を文学研究の側から論じていくための基礎的な報告と考察については、居駒「宮古島狩俣のニーラーグ―アーグ主の伝承を中心に―」（『明治大学人文科学研究所紀要』平成12年3月）に述べたので参照していただきたい。

（15）注(12)同書

初出論文一覧

本書を構成する既発表および未発表の論文は、以下の通りである。
既発表論文はいずれにも手を入れた。本書のテーマに合わせて大幅に書き加えたり、書き直したものがある。その一つ一つに注記はしなかったが、これをもって定稿としたい。

序論　書き下ろし

Ⅰ　記・紀歌謡の表現様式

第一章　歌謡の発生

1　神名と歌謡の発生――叙事歌の様式
「歌謡の発生――神名の称辞と叙事歌の様式――」日本歌謡研究大系・上巻『歌謡とは何か』和泉書院、平成15年4月発行予定
＊初出論文に「五　物語人物をうたう叙事歌」を加えて、歌謡の発生から古代叙事歌への展開に言及した。なお、初出論文の刊行が遅れて本論文の方が先になったことを付言しておく。

2　表現としての樹木崇拝
「樹木崇拝と古代歌謡」『日本歌謡研究』第35号、平成7年12月

第二章　歌謡・和歌における境界の場所

1　ヤマトタケル葬歌の表現──境界の場所の様式

「境界の場所（上）──ヤマトタケル葬歌の表現の問題として──」『明治大学教養論集』第242号、平成3年3月

2　死者の歌の発生、そして挽歌へ

「境界の場所（中）──死者のうたの発生、そして挽歌へ──」『明治大学教養論集』第251号、平成4年3月

3　万葉挽歌の表現構造──境界の場所の視点から

「境界の場所（下）──万葉挽歌の表現構造について──」『明治大学教養論集』第259号、平成5年3月

第三章　記・紀歌謡と宮廷歌曲

1　古事記の歌と琴歌譜──琴の声の命脈

「『古事記』のうたと『琴歌譜』──琴の声の命脈──」古事記研究大系9『古事記の歌』高科書店、平成6年2月

2　記・紀歌謡と琴歌譜の「縁記」──歌の叙事と縁記の生成

未発表

II　歌による物語の生成

第一章　歌謡と神話・物語

1　神々の恋──恋の神話の様式

「神々の恋──恋の神話の様式」古代文学講座4『人生と恋』勉誠社、平成6年8月

2　八千矛神の婚歌──〈あまはせづかひ〉をめぐって

「八千矛神のうた――〈あまはせづかひ〉をめぐって――」大久間喜一郎博士古稀記念論文集『古代伝承論』桜楓社、昭和62年12月

第二章　古事記の歌と物語の構造

1　歌によるヤマトタケル物語の生成
「ヤマトタケル物語のうた」『日本歌謡研究』第32号、平成4年12月

2　ヤマトタケル物語と歌謡
「倭建命をめぐる歌謡――望郷歌・挽歌――」『国文学解釈と鑑賞』第55巻5号、平成2年5月

3　ヤマトタケルの死と歌の機能
「古事記における物語とうたの構造――倭建命薨去の物語とそのうたを通して――」『萬葉研究』（萬葉研究会）第10号、平成元年10月

第三章　記・紀の歌と歴史叙述

1　神話・物語としての風俗歌舞――歴史叙述の背景
「地方の諸国歌舞――神話・物語としての風俗歌舞――」講座日本の伝承文学6『芸能伝承の世界』三弥井書店、平成11年3月

2　斉明紀と建王悲傷歌群
「斉明紀建王悲傷歌の場と表現――二つの歌群の異質性をめぐって――」『上代文学』第47号、昭和56年11月

III　古代叙事歌の成立

第一章　歌の叙事と物語叙述

1　仁徳記・枯野の歌——琴の起源神話
「仁徳記・枯野の歌——琴の起源神話」日本歌謡学会創立三十周年記念論文集『日本歌謡研究——現在と展望』和泉書院、平成6年3月
2　衣通王の歌と物語
「『君が行き日長くなりぬ』のうた——〈歌謡物語〉〈歌語り〉への視座として——」『萬葉研究』（萬葉研究会）第7号、昭和61年10月

第二章　叙事歌としての記・紀歌謡
1　大山守命の歌と叙事表現
「記紀歌謡をどう読むか——大山守命の死と記51歌の叙事を通して——」『日本文学』第564号、平成12年6月
2　ヲケとシビの歌垣と宮廷叙事歌
「古事記の歌の位相——ヲケをめぐる〈歌垣〉と〈宮廷叙事歌〉——」『國學院雑誌』第103巻第6号、平成14年6月
3　記・紀共通歌の詠者の相違
「叙事歌としての記紀歌謡——記紀共通歌における詠者の相違について——」多田一臣編・上代文学会研究叢書『万葉への文学史　万葉からの文学史』笠間書院、平成13年10月

第三章　古事記における歌と散文の表現空間
1　八千矛神の「神語」と散文
「八千矛神神話——〈歌謡と散文をめぐって〉——」『古代文学』第27号、昭和63年3月
2　ヤマトタケル葬歌と古事記の文体
「天翔るヤマトタケル——歌謡物語の成立をめぐって——」尾畑喜一郎編『記紀万葉の新研究』桜楓社、平成4

年12月

3　天語歌の〈語り言〉と雄略天皇

「天語歌とかたりごと――『ことのかたりごともこをば』をめぐって――」臼田甚五郎博士古稀記念論文集『日本文学史の新研究』桜楓社、昭和59年1月

付論　南島歌謡の叙事歌

1　宮古島狩俣の叙事歌――神の自叙としての「祓い声」

「宮古島狩俣の叙事歌――神の自叙としての『祓い声』――」『日本歌謡研究』第36号、平成8年12月

2　奄美シマウタの叙事――〈短詞形叙事歌〉の生成

「奄美シマウタの叙事」『徳之島郷土研究会報』第25号、平成13年8月

3　太陽子＝王の古代語――「てだこ」と「てだぬふぁ」と

「太陽の子＝王の古代語――『てだこ』と『てだぬふぁ』と」『国文学』第45巻第10号、平成12年8月

あとがき

本書は、記・紀歌謡の論文を中心に、南島歌謡に関するものを付論として加えた二十五編の論文から成る。万葉集や琴歌譜の論も少し収めたが、いずれも本書のテーマや前後の論文と深く関係するためである。全体を「記・紀歌謡」「神話・物語」「古代叙事歌」の三部仕立てにし、それらが相互にうまくかみ合うように各論文を配置した。付論の「南島歌謡」三編は叙事歌のイメージを提示するという意味で、全体を側面から支える関係にある。本書の主たるテーマは、「古代叙事歌の成立」を通して古事記の「歌と散文の表現空間」を明らかにし、古代の「叙事文芸史」を構想するところにあるのだが、各論文がそこに向うように内容に修正を加え、全体を構成したつもりである。

こうして全体を眺めてみると、論じ残したところや十分に深められなかった点が目に付く。しかし、それもすべて私の浅学非才に帰することであり、いまは読者諸賢のご評正を賜れば幸いに思う次第である。

＊　＊　＊

昨日、最後に残っていた未発表論文を書き終えて二十五編のすべてを入稿し、それらの論文とともにあった私のささやかな研究生活を振り返っていた。國學院大學に入学し、尾畑喜一郎先生の「古代文学研究会」に参加したのが、私の出発点だった。その時の親友に瀧口泰行氏がいて、二人で大学院に行こうと誘われたのだった。後輩には青木周平・斎藤静隆・岡田桃三・多田元らの諸君がいた。

大学院での指導教授は臼田甚五郎先生である。先生には文献研究だけでなく、口承文芸の調査や研究方法を学んだ。伝承者の口から出てくるリアルな言葉に驚き、フィールドワークの面白さを知った。日本文学には文献の作品のもう一方に、分厚い口承文芸のテキストがあることを実感したのがこの頃だった。先生はよく〝実感実証〟とおっしゃった。調査に行くと、〝学生と一緒に学べ〟とも教わった。恩師の言葉にはいつも励まされ、深く感謝している。臼田研究室に出入りしていた大学院時代、助手の中村誠氏や渡辺昭五・岡部由文両氏との、時代の枠を超えた議論も視野を広げるのに役立った。

博士課程の一年目に、大久間喜一郎先生の日本書紀歌謡の演習が始まった。先生が徹底的な問題解決を求めたこともあって院生の間でしばしば激論になり、そのつど発表者に課題が与えられて〝地獄の演習〟と恐れられた。翌年の最初の授業で、先生は〈叙事歌〉〈物語歌〉について講じられた。和歌や歌謡のスタイルで形象される物語という〈物語歌〉の概念を提起され、それは〈記・紀歌謡〉や万葉歌のレベルでどうなのか、考えてみよ、ということだったと記憶する。この問いに、私は強いインパクトを受けた。本書の問題意識の芽は、この時の課題にあったと言える。先生との出会いは本当に幸運だった。心から感謝申し上げたい。

学会では主に古代文学会や上代文学会、そして日本歌謡学会などで学んだ。山形県の短大教員になった三十代前半、宮城学院の犬飼公之氏が仙台で行われていた「万葉研究会」に誘ってくださった。その会で犬飼氏をはじめ、佐々木民夫・原田貞義・細川純子の諸氏と議論できたことが、私にとって大きな励ましになった。六年後、東京に戻ってくると、古代文学会では、発生論から表現論に至る活動が区切りを迎えていた。学界が一九九〇年代への展望を模索していた時期である。私は、と言えば、古代の表現を読む方法を考えながら、それを明確に見出せないもどかしさを感じていた。その頃沖縄に目を向けたのは、臼田研究室の後輩に竹富島出身の狩俣恵一君がいて、大学院の時に八重山歌謡の話をよく聞いていたからである。彼に触発されて、南島歌謡を読んでいた。そこに藤井貞和氏や古橋信孝氏による沖縄の側からの発生論が刺激となって、沖縄に自分なりの読みの根拠を求めるようになった。

宮古島狩俣の豊富な神歌群は私にとって大きな意味をもった。村落祭祀の中で生きて機能する神歌に触れ、歌とは何かということを感じ取ることができた。それは、〈叙事歌〉という歌のイメージだった。宮古島でお世話になっている佐渡山安公さんや狩俣の人々には感謝の気持ちでいっぱいである。古橋・真下厚両氏には沖縄での話し合いを通していつも刺激を受けてきた。そして、ここ四、五年は奄美にも通っている。〈歌あそび〉の中で〈歌掛け〉として悲劇伝説がうたわれることに関心をもったからである。歌の掛け合いに物語が生成してくるシステムは、私にとってもう一つの〈叙事歌〉のイメージと言える。奄美では小川学夫・山下欣一の両氏や徳之島の松山光秀氏などに、いまも教えていただいていることを有難く思う。

このように振り返ってくると、大学院以来、挫折や方向転換ばかりの三十年間だったように思う。しかし、そのつど人との出会いがあり、恩師や先輩・友人に助けられてきた。ここにお名前を挙げられなかった多くの方々の支えも思わずにはいられない。そんな私にとって著書のことなど縁遠い話であったが、テーマらしきものが見えてきたのは、多田一臣氏の呼びかけで始まった「古代和歌史研究会」に参加し、「叙事歌としての記紀歌謡」(改題して本書所収、Ⅲ・第二章・3)を書いた頃からである。その会での多田氏や近藤信義氏・森朝男氏の適切なご教示は有難かった。記して感謝申し上げる。

＊　　＊　　＊

本書は、著書をまとめるよう勧めてくださった古橋信孝氏に相談し、笠間書院を紹介していただいたことから急に動き出した。古橋氏には深く感謝申し上げたい。本作りにあたって、二十二年間にわたる所収論文の前半のものは、本書のテーマに合わせて大幅に書き直した。それがかえってテーマを一貫させることになり、少しは論文の寄せ集めにならずにすんだかもしれない。本書が古代文学研究にいささかでも貢献できれば幸甚に思う。面倒な索引作りは、東京理科大学の斎藤静隆氏や獨協大学の飯島一彦氏をはじめ、谷口雅博・鈴木啓之・飯泉健司・牧野正文の諸君が買って出てくれた。大久間ゼミの後輩たちの協力は本当に有難く、うれしいことであった。心よりお礼申し上げる。

一九九〇年代以降の論文は、沖縄に通い始め、本書のテーマを明確化していく時期に当たる。その研究を進めるに際して、勤務先の明治大学から研究費の支援をいただいた。本書は、同人文科学研究所の叢書として出版助成を受けて刊行されるものである。所長の林雅彦氏をはじめ、関係各位にお礼申し上げる。教授会の後、いつも学際的な雑談につき合ってくれる哲学や外国語など、経営学部の同僚にも感謝したい。

本書刊行にご配慮いただいた笠間書院社主、池田つや子氏にお礼を申し上げたい。編集長の橋本孝氏、担当の重光徹氏は原稿が遅れたにもかかわらず、うまく出版まで運んでくださった。書名や構成にもアイデアを示され、本書は編集者との、まさに共同作業であった。印刷所のすばやい仕事にも大いに助けられた。両氏とともに印刷の方にも心より謝意を表する次第である。

最後に、身近で支えてくれた妻や郷里の両親にお礼を言いたいと思う。

平成十五年立春　　窓外の木叢にウグイスを見ながら

著者　識

●著者紹介
居　駒　永　幸（いこま　ながゆき）
昭和26（1951）年　山形県生まれ。
昭和54（1979）年　國學院大學大学院博士後期課程満期退学
現在　明治大学教授
専攻　日本古代文学
編著　『神話と現代』（共著、明治大学人文科学研究所、平成9年）

古代《こだい》の歌《うた》と叙事《じょじ》文芸史《ぶんげいし》　明治大学人文科学研究所叢書

平成15（2003）年3月31日　初版第1刷発行©

著　者　居駒永幸

装　幀　右澤康之
発行者　池田つや子
発行所　有限会社笠間書院
東京都千代田区猿楽町2-2-5［〒101-0064］
NDC分類：911.11　電話　03-3295-1331　fax　03-3294-0996

ISBN4-305-70257-6　印刷・製本：藤原印刷

出版目録は上記住所までご請求下さい。
email:kasama@shohyo.co.jp

事 項 索 引

神 人 名 索 引

●ゆ

●よ

●わ

●ん

歌謡・和歌索引

（古事記歌謡・日本書紀歌謡・万葉集・琴歌譜・南島歌謡・その他）

●古事記歌謡

●日本書紀歌謡

●万葉集

●琴歌譜

●南島歌謡

●その他